LA MANSIÓN

ANNE JACOBS

LA MANSIÓN

Tiempo de resurgir

Traducción de
Mateo Pierre Avit Ferrero y Ana Guelbenzu de San Eustaquio

PLAZA JANÉS

Papel certificado por el Forest Stewardship Council®

Título original: *Das Gutshaus: Zeit des Aufbruchs*

Primera edición: marzo de 2021

Printed in Spain – Impreso en España

ISBN: 978-84-01-02483-2
Depósito legal: B-589-2021

Compuesto en La Nueva Edimac, S. L.

Impreso en Liberdúplex
Sant Llorenç d'Hortons (Barcelona)

L 0 2 4 8 3 2

Kacpar

Primavera de 1995

¡Allí estaba! Enno Budde. Puntual como un reloj: las diez y media en punto. Dejó su Opel Corsa plateado en el aparcamiento para huéspedes junto a la nueva casa del inspector, a la que Jenny llamó con malicia «la nostálgica casucha de Simon». Permaneció un rato sentado en el coche para ordenar los papeles en su cartera.

Kacpar se levantó de su mesa de trabajo y se acercó a la ventana. Desde su piso de dos habitaciones en el ático de la mansión tenía una excelente vista sobre toda la propiedad, un plus inesperado de ese modesto alojamiento. Furioso, apoyó las manos en el alféizar, que seguía esperando la segunda capa de pintura, y observó cómo Enno Budde salía del coche muy despacio, con el gastado maletín marrón bajo el brazo izquierdo. El agente judicial de Waren era alto y flaco, caminaba encorvado, como si estuviera luchando contra el viento costero, y, cuando hablaba con la gente, siempre mostraba una compasiva sonrisa en la comisura de los labios. Una aparente solidaridad con los pobres diablos, que ahora debían pagar o sangrar. Enno Budde no tenía problemas en desangrar a su clientela.

Kacpar maldijo para sí. Estaba condenado a la imparcialidad. Franziska y Jenny habían rechazado su reiterada oferta para participar en el proyecto Hotel rural Dranitz: querían que quedase en familia.

—No, Kacpar. Ni hablar —había gritado Jenny dos días antes—. Entonces también habríamos podido admitir a Simon como socio.

La comparación le dolió. Simon Strassner era un buitre, un tipo sin escrúpulos para hacer dinero. Si hubieran admitido a Simon como socio, no habrían pasado ni tres meses antes de que se apropiara de toda la finca, junto con el parque y el lago.

Kacpar era exactamente lo contrario. Un tonto útil que desde hacía casi cinco años se encargaba de la planificación y la dirección de las obras por una cantidad irrisoria al mes. Había invertido sus conocimientos y su saber, su mano de obra y cinco años de su vida en ese proyecto, y ahora que estaban con el agua al cuello lo único que quería era echarles una mano con sus ahorros. Desde luego, con una garantía como socio, pensaba tener derecho a ello. Pero no: las señoras querían aguantar solas. Las Von Dranitz eran testarudas, pero eso siempre lo supo.

¿De qué les serviría cuando los bancos cerrasen el grifo y se subastase la finca? ¿Quién sería el primero en hacerse con ella? El señor Strassner, por supuesto. A Kacpar se le nublaba la vista solo de pensar que esa hermosa propiedad de ensueño, que bajo su dirección se había convertido durante los últimos años en una prometedora inversión, pudiera pertenecer en pocos meses a Simon Strassner. No podían llegar tan lejos. Ya era suficiente con que Simon les hubiese construido esa hortera casa de película delante de las narices y se presentase allí de vez en cuando para pasear con su hija y atiborrar a la pobre niña con golosinas.

Kacpar apartó sus opresivos pensamientos y alargó el cuello para ver mejor al agente. La avenida, en la que habían plantado plátanos hacía dos años, seguía bastante pelada; ojalá hubieran sobrevivido todos los árboles al invierno. Enno Budde llegó al patio, adoquinado y cercado por un muro bajo ornamental, y se dirigió directamente hacia la caballeriza de la derecha, donde Franziska y Walter Iversen se habían mudado hacía casi un año. En la casita de la izquierda, la que daba al parque y que tanto le habría gustado ocupar a Kacpar, vivía Jenny con su hija pequeña. La joven madre tenía prioridad, por lo que él había renunciado a ella y se había contentado con el ático a medio terminar. Ella ni siquiera le había preguntado lo que daba por supuesto.

Ya estaba con la pequeña en la guardería, donde echaba una mano por horas a su amiga Mücke y calmaba a los niños traviesos. Enno Budde lo sabía —en un pueblo como Dranitz y las poblaciones vecinas todos lo sabían todo—, por eso prefirió llamar a la puerta de Franziska Iversen, ya que allí tenía más posibilidades de encontrar a alguien.

Kacpar oyó ladrar a Falko, el pastor alemán: Franziska había abierto la puerta y probablemente invitó a Budde a pasar. Ahora, este le presentaría las facturas impagadas y las condiciones de pago fijadas en el juzgado. Y, por supuesto, ella nunca diría ni una sola palabra de lo que negociaban.

Resignado, sacudió la cabeza y suspiró. Ya no aguantaba en el piso, así que dejó los cálculos en los que trabajaba y decidió hacer una ronda de inspección por el restaurante, casi terminado. Estaba previsto celebrar la inauguración el Sábado Santo, que ese año caía a mediados de abril; el hotel debía abrir como muy tarde a principios de junio, en Pentecostés. El día anterior habían conectado los últimos aparatos en la cocina, lo que, como de costumbre, provocó cierta agitación cuando las tres grandes cocinas no se pudieron poner a plena potencia. Al parecer, la corriente de alta tensión no funcionaba bien; esperaban al electricista ese mismo día por la tarde, pero todavía estaba por ver si aparecería: era el tercer electricista que contrataban, los otros dos habían dejado de trabajar en la finca Dranitz por la manifiesta poca puntualidad en el pago por parte de la clienta. Era posible que el tercer electricista, que venía de Schwerin, se hubiera enterado. En ese caso sería difícil inaugurar en la fecha prevista, dado el poco tiempo que les quedaba hasta entonces.

Kacpar se puso deprisa una chaqueta y bajó las escaleras. En el ático, los escalones seguían sin estar terminados, llenos de restos de pintura y algunos incluso podridos y resquebrajados; debía tener cuidado con dónde ponía los pies. Más abajo habían hecho maravillas con la escalera en mal estado. Habían pulido la madera, recolocado algunas partes, restaurado el pasamanos y encerado todo a fondo. En el primer piso, donde Franziska y Walter Iversen vivieron durante un tiempo, habían construido ocho amplios dormitorios para huéspedes, todos con baño, además de otras tres habitaciones más pequeñas, que serían la lavandería, la sala de aparatos y la biblioteca. Todas estaban ya empapeladas, aunque en algunas faltaba aún el suelo y tampoco los baños estaban todavía acabados.

Los muebles serían «antiguos de verdad», y para ello habían llegado a un acuerdo con el anticuario holandés que tuvo un almacén en los locales de la antigua cooperativa de producción agrícola. Se había mudado a Neustrelitz, porque necesitaba más espacio. Allí estaban todos los hermosos y antiguos muebles que había comprado por muy poco dinero tras la Reunificación a los desprevenidos orientales y que mandaba restaurar para venderlos muy caros por todo el mundo.

Kacpar comprobó los grifos y las duchas en dos de los baños; funcionaban bien. El solador llevaba dos semanas sin trabajar. Kacpar supuso que su factura impagada estaba en la carpeta que Enno Budde le estaba mostrando a Franziska Iversen.

¡Era terrible que ahora, cuando estaban a punto de llegar a la meta, les viniesen con semejante tontería! Estaba seguro de que el restaurante no produciría un gran beneficio al principio, ya que debían pagar al cocinero y al ayudante de cocina, además de a dos jóvenes del pueblo para que trabajaran de camareras, pero de momento solo las habían contratado como eventuales para ahorrar costes y ser más flexibles. Elfie y Anke trabajarían cuando se lo pidiesen.

Lo que sí necesitaban era que los primeros huéspedes empezaran a llegar a partir de Pentecostés. Con pensión completa.

Todo estaba listo. Cuatro botes de remos y una pequeña playa en el lago, además de tres caballos de silla que Bernd Kuhlmann, el recién descubierto padre de Jenny, puso a su disposición. El perfecto descanso de las estresadas ciudades. También para familias. En el Zoológico Müritz de Sonja Gebauer habían creado un pequeño zoo infantil y un sendero por la zona, donde no había mucho que descubrir excepto campos y árboles. El venado local era huidizo y se escondía de los visitantes que pisaban fuerte.

De todas formas, lo peor ya había pasado. Los primeros ingresos podían empezar a llegar. Era para volverse loco. Allí estaba él con su cuenta bancaria, rebosante gracias a las acciones que había negociado con inteligencia y que podrían mantener alejados todos los problemas financieros de la finca Dranitz, pero ellas no querían. Preferían dirigirse a toda máquina hacia el precipicio que dar la mano a Kacpar Woronski. Era deprimente. A veces se preguntaba por qué no hacía las maletas. Al fin y al cabo, había bastantes inmuebles rentables por los alrededores que podía adquirir a buen precio, rehabilitar y dotar de una finalidad útil. Pero estaba pegado a Dranitz. Quizá porque había invertido mucha energía y entusiasmo en el proyecto. Quizá también por otros motivos, a los que era mejor no dar demasiadas vueltas. No tenía posibilidades. Jenny quería a Ulli. Y, para colmo, este era un buen tipo.

Habían cubierto las escaleras que bajaban al restaurante con moqueta verde oscura. En la planta baja todo estaba listo: el comedor con amplias ventanas que daban al parque, la barra con el cañero y los muebles rústicos, además de cojines y manteles de lino grueso a juego, un fino aparador de los años veinte y tres bonitos armarios altos de madera blanda en los que se guardaban la vajilla, las copas y los cubiertos.

Jenny se había encargado de la decoración del restaurante y él la había ayudado con sus consejos. Había disfrutado del tiempo que pasaron consultando catálogos a diario y comparando precios. En tres ocasiones fueron juntos a mirar mesas y sillas, y una vez durmieron en un hotel de Travemünde. En habitaciones separadas, por supuesto, pero fue bonito pasar juntos dos días enteros. Sabía que ella no lo quería, pero lo apreciaba. Más aún: le hacía caso. Casi siempre. Aún no estaba todo perdido. Lo necesitaba, contaba con él. Y Kacpar estaba ahí para ella. Era algo valioso. Podía aferrarse a eso. El amor podía surgir de repente, como le había pasado a Mücke con Kalle. Se conocían desde la infancia. Kalle se enamoró enseguida, pero Mücke no sintió el famoso flechazo hasta mucho más tarde. Tarde pero bien. Desde entonces estaban felizmente casados y habían tenido gemelas, dos chicas a las que llamaron Mandy y Milli.

«No debería darle tantas vueltas —pensó—. Ahora lo importante es la finca.» Enno Budde, con sus miserables facturas, era un problema menor. Quizá Franziska podía engatusarlo, ella conocía a su familia. A su padre o a su abuelo: no era fácil calcular la edad de Enno Budde. Seguro que ya de niño parecía aburrido.

Los bancos eran muy peligrosos, nada se podía cambiar. Cuando tocaba el tema, ambas guardaban silencio. Si no fuera porque casualmente mantenía relación con una empleada del banco de Schwerin, no sabría nada. Lo que su actual novia le había contado de manera confidencial hacía poco le puso los pelos de punta. Si era cierto, les podían quitar la finca de la noche a la mañana.

Fue hacia las mesas junto a las ventanas que se abrían al patio, hizo como si tuviese que mover los cojines y miro afuera. Aún no había rastro de Enno Budde. Era probable que negociasen en la caballeriza un pago parcial que evitase el embargo que vencía ese día. Por desgracia, en el restaurante había mucho que embargar, desde los muebles nuevos detrás del cañero, la nueva vajilla y los cubiertos hasta los equipos de alta tecnología en la cocina. Era posible que Enno hubiese puesto incluso la vista en los retratos recién enmarcados de sus antepasados, que Franziska Iversen había colgado junto con su marido en el vestíbulo del restaurante. Aparecieron en el desván durante las obras y eran el orgullo de Franziska.

Kacpar miró hacia la caballeriza. Si Franziska pagaba una parte de las facturas, era probable que no pudiese saldar los plazos mensuales de su crédito, lo que era aún peor. Si Enno debía estampar su sello de embargo, que no fuese en la nueva cocina del restaurante. Los bancos no bromeaban, seguro que estaban listos para ir a buscar su dinero. ¡Si pudiera aclarárselo!

Con Jenny tampoco podía hablar de ello. A veces era aún peor que su abuela. Sí, tenía un gusto indudable, por no decir maravilloso, pero ¿de veras debía comprar siempre lo más caro? Él sabía que había pedido un préstamo como copropietaria de la mansión. No se explicaba cómo había conseguido que el banco de Schwerin le diera el dinero: al fin y al cabo, no tenía ningún tipo de garantía y tampoco un sueldo, pero por lo visto los del banco creía firmemente en el proyecto y que en un futuro lejano rendiría mucho. Bueno, a veces la fe movía incluso montañas.

El dinero se invirtió en los muebles del comedor y en la cocina del restaurante. Kacpar no sabía cómo lograba Jenny pagar los plazos mensuales. El único ingreso que percibía era una pequeña remuneración por su trabajo en la guardería de Mücke, donde ayudaba a tiempo parcial. Seguro que no era mucho, porque además debía pagar la plaza de Julia. Hacía tiempo que se habían acabado los tiempos dorados de la asistencia infantil gratuita en ese país: la guardería de Mücke era una institución privada y costaba siete marcos al mes por niño.

Mücke era una chica lista y muy hábil para los negocios. Junto a la guardería había abierto una pequeña tienda de productos infantiles, además de un poco de ropa barata y otras baratijas para las madres. También se podía tomar café y comer tarta. Era una empresaria nata, ¿quién se lo iba a imaginar? Pero alguien tenía que ganar dinero, y en esa relación no se podía confiar demasiado en Kalle.

Las negociaciones en la caballeriza parecían alargarse y Kacpar tuvo que hacer un gran esfuerzo para no ir y ofrecer su ayuda a Franziska Iversen por enésima vez. Sin duda era justo el peor momento para ello, porque el orgullo de la baronesa estaba muy herido y su rechazo resultaría proporcionalmente violento. Tenía más posibilidades si lo intentaba más tarde a través de Walter Iversen. El marido de Franziska era una persona inteligente y sensata, y si Kacpar tenía suerte, ella le haría caso. De momento, hablar con Jenny era del todo inútil; estaba de los nervios, y no solo porque se acercaba la fecha de la inauguración, sino porque pronto debía examinarse en la escuela a distancia para que la admitiesen en la selectividad y aún tenía mucho que estudiar.

La camioneta de reparto que avanzaba por la avenida de los plátanos hasta el aparcamiento de huéspedes lo sacó del angustioso ciclo de problemas sin resolver. Si no se equivocaba, era la empresa Bauer & Co, que debía excavar en el sótano la fosa para la piscina. En efecto: la furgoneta llegó al final de la avenida y se detuvo en el aparcamiento. Tres robustos hombres con ropa de trabajo descendieron del vehículo, se echaron al hombro palas y azadas y se apresuraron hacia la mansión.

«Maravilloso —pensó Kacpar, contento—. El sótano avanza: en cuanto la piscina esté acabada habremos conseguido lo más importante. Si a Enno Budde se le ocurriese salir ahora de la caballeriza con su maldito maletín, todo se echaría a perder.» Enno era muy conocido en la zona, gracias sobre todo a los astutos vendedores de seguros y a los coloridos catálogos de las grandes empresas de venta por correspondencia. Más de uno había comprado dejándose llevar por la histeria del consumo y no había pensado en pagar. Cuando uno pierde el trabajo, como tantos en la región, podía acabar rápidamente con sus facturas impagadas ante Enno Budde.

—Agente judicial y sepulturero: son los únicos trabajos a prueba de crisis en este país —había dicho el alcalde, Paul Riep, el otro día en el bar de Heino Mahnke. Humor negro.

Por una vez tuvieron suerte. El trío de alegres trabajadores cruzó el patio y entró en la mansión sin cruzarse con el agente judicial.

—Buenos días, soy Paul Bauer, hemos hablado por teléfono. —El más fuerte de los tres hombres tendió la mano a Kacpar—. Podemos empezar hoy, si les viene bien.

Kacpar se había informado sobre la empresa antes de contratarla. Bauer & Co solo existía desde hacía unos meses. Paul Bauer y sus dos hijos mayores habían comprado varias máquinas de construcción a una fábrica de la RDA que cerró. Aceptaban obras de excavación de todo tipo, también talaban árboles o demolían edificios antiguos. Para su sorpresa, les llovían los pedidos. En las ciudades, donde se construía mucho, los hombres como Paul Bauer y sus hijos estaban muy solicitados. Era un milagro que tuviesen tiempo para ese pequeño encargo.

—Qué bien que hayan venido. —Kacpar estrechó la mano de Bauer—. Bajemos, he marcado en el suelo con tiza el lugar de las excavaciones.

Durante un instante le remordió la conciencia. No era en absoluto seguro que Franziska Iversen pudiese pagar a la empresa; de hecho, era probable que no. Sin embargo, era muy tentador avanzar un poco. Kacpar se propuso pagarles de su propio bolsillo si fuera necesario.

La escalera del sótano era de obra y estrecha. Se trataba de la antigua escalera de servicio, que antaño llevaba a la cocina y a las demás dependencias de los empleados. Allí abajo no había tanta luz, ya que las ventanas solo se elevaban a medias sobre el adoquinado del patio. En la parte izquierda habían dejado la antigua distribución. El lavadero, el almacén de madera y carbón, así como la bodega se podían convertir sin gran esfuerzo en salas de masaje con bañera.

El lado derecho tenía otro aspecto. Allí habían juntado la gran cocina con los almacenes, derribado los muros y construido más soportes que después deberían revestirse de columnas diseñadas con mucha imaginación. En ese gran espacio tenía que construirse la piscina. También estaba proyectada una exterior más pequeña. Por último, en torno a la piscina debía construirse una terraza con un gran césped y, más hacia el lago, un parque infantil. Desde luego, eso era lejana música celestial mezclada con los gritos del fantasma de la quiebra, pero a pesar de todas las preocupaciones y los problemas, no debía perder de vista sus visiones. Si lo hacía, ya podía dejarlo todo.

—Olvídate de meter la excavadora aquí —gruñó uno de los hijos, y picó el suelo de cemento para probar. Se desprendieron unos trozos y levantó polvo.

—Aquí solo sirve pico y pala —reconoció Bauer a sus hijos—. Será más fácil si primero atravesamos la capa de cemento. Mucha arena, quizá un par de rocas. También puede ser que demos con aguas subterráneas.

Era cierto que la mansión se encontraba unos metros por encima del nivel del lago, pero era posible que Bauer tuviese razón con su sospecha. Si encontraban aguas subterráneas necesitarían una bomba y mucha electricidad, lo que encarecería en extremo los siguientes trabajos. Dicho con más claridad: significaría una interrupción provisional de las obras. También les hacía falta mucha suerte, algo con lo que no debían contar, ya que no siempre había estado de su lado durante todo ese tiempo.

Kacpar dejó de lado ese problema y en su lugar observó sin decir nada cómo Bauer padre daba los primeros golpes con la azada a lo largo de la línea de tiza; luego se volvió, contento, y abandonó el inframundo para no perderse lo que estuviera ocurriendo en la caballeriza.

Algo había ocurrido en ese tiempo. Cuando Kacpar bajó los escalones que daban al patio, Falko, el fiel pastor alemán, corrió hacia él seguido por su adorada Julia. La hija de Jenny había cumplido cuatro años en marzo, su cuerpo se había estirado, las redondeces de bebé habían desaparecido; en cambio, le habían salido en la nariz y la frente un montón de pecas. Al igual que Jenny, Julia también gozaba de una mata de rizos de color cobre, lo que en la guardería le valió el apodo de Pumuki.

Si Julia estaba ahí, Jenny no podía andar lejos. Confirmó su sospecha cuando la vio aparecer en la puerta de la caballeriza junto a su abuela, absorta en la conversación con Enno Budde. Kacpar se quedó boquiabierto. Al parecer habían llegado a un acuerdo. Franziska Iversen sonreía a la manera de los hacendados mientras Jenny charlaba en voz alta y gesticulaba a la vez con las manos, como era típico en ella. Enno Budde esbozó una sonrisa afable, tendió la mano a Franziska y caminó deprisa en dirección al aparcamiento.

—¡Hola, Kacpar! —exclamó Jenny cuando lo descubrió—. ¿Has visto a Julia?

—¡Ha bajado al lago con Falko!

—Maldita sea. ¡Como siempre que lleva la ropa buena! —maldijo Jenny.

—Déjala —se inmiscuyó la abuela—. ¡La meto en la lavadora y listo!

A continuación, empezó a describir las ventajas de su nueva lavadora, que tenía secadora integrada, y luego señaló la camioneta de Bauer & Co y preguntó si ya estaban trabajando en el sótano. Ni una palabra de Enno Budde. Tal como esperaba.

—¿Y qué quería...? —empezó a preguntar Kacpar, pero Franziska lo interrumpió.

—Pasad todos, aún queda *gulash*, y también puedo cortar pan blanco. Hay de sobra para un tentempié.

La invitación era tan sincera y su sonrisa tan agradable que no podía declinarla. Sin embargo, Kacpar estaba seguro de que no sería más locuaz a la mesa. Era mejor que lo intentase con Jenny.

—¿Voy a por Julia? —propuso y se detuvo.

—Si quieres —replicó Jenny, encogiéndose de hombros—. Pero creo que volverá ella sola. Suele tener un hambre canina a esta hora.

Franziska ya había entrado en la casa, así que Kacpar no dejó pasar la oportunidad.

—¿Cómo habéis conseguido impedir el embargo de Enno Budde?

Jenny se rio para sus adentros y le hizo un guiño con sus triunfales ojos gris azulado.

—Muy fácil: hemos pagado.

Se le debió de reflejar una gran sorpresa en la cara, ya que ella soltó una aguda carcajada.

—Bueno, señor pájaro de mal agüero. No ha habido embargo ni casa subastada. Ulli me ha prestado dinero. Sencillamente. Sin pretender ser socio.

Acto seguido se volvió y corrió detrás de su abuela. Desconcertado, Kacpar se detuvo en la puerta. No sabía si alegrarse o enfadarse. Al final decidió lo segundo. ¡Precisamente Ulli Schwadke! Claro, apenas había tenido que invertir en su negocio de alquiler de botes porque Max Krumme destinó con generosidad el dinero que Ulli le había dado por el terreno a orillas del Müritz a los nuevos botes y el camping junto con la tienda, el bar y el quiosco. Durante los últimos tres años habían ganado mucho, reinvertido una parte, pero sin duda ahorrado también una buena cantidad. Ulli podía prestarles sin problema un par de miles y ellas aceptaron el dinero. Solo rechazaban su ayuda. Enfadado, Kacpar cruzó con dificultad el prado aún húmedo por la lluvia en dirección al lago.

«Sin pretender ser socio» dijo Jenny. Menuda indirecta. El caballeroso Ulli había soltado el dinero sin poner exigencias, mientras que el malvado Kacpar quería tener participación en la finca. ¿Y qué? Ulli podía permitírselo. De todos modos, quedaría en familia si se casaba con Jenny, lo que harían tarde o temprano.

Abajo, a orillas del lago, Julia tenía el anorak manchado de barro y los zapatos empapados de agua. Se ejercitaba en su nuevo pasatiempo, lanzar piedrecitas planas que rebotaban sobre la superficie del agua antes de hundirse.

—Uno... dos... tres... ¡cuatro! —celebró Julia—. ¿Consigues hacerlo tantas veces, Kacpar?

Era una niña increíblemente vivaz. Si no estaba cansada, siempre tramaba algo. Energía concentrada y pecosa. Kacpar se agachó y escogió una piedra adecuada, la lanzó y logró solo tres saltitos. Maldita sea. De joven lo hacía mejor. Lo volvió a intentar, mejoró un saltito, pero ella ya había conseguido cinco y volvía a estar por delante.

—¿Vienes? —Kacpar dejó de competir—. Hay *gulash* en casa de tu abuela. Y seguro que tiene calcetines secos para ti.

—Está bien...

Julia llamó a Falko, que buscaba huevos de pata por la orilla del lago. Como no quería volver, le silbó con dos dedos. Se lo había enseñado un niño de la guardería.

—«Muchachas que silban, gallinas que cantan... —Kacpar empezó con una sonrisa, pero prefirió omitir la segunda parte del proverbio—: a tiempo se ha de cortarles la garganta.»

Los tres volvieron a la mansión trotando despacio por el prado, mientras Julia hablaba sin cesar de sus vivencias en la guardería y Falko se sacudía repetidas veces el pellejo mojado. Kacpar se sintió extrañamente alegre y tranquilo en compañía de ambos. ¿Por qué se enfadaba sin necesidad? La subasta forzosa se había evitado de momento, él se había temido lo peor en vano. Abrirían el restaurante en Pascua y poco después podrían llegar los primeros huéspedes del hotel. Se rio cuando Julia le cantó sin entonar una canción infantil y se mostró dispuesto a enseñarle cómo se hacían los barquitos de papel.

Cuando llegaron al patio adoquinado y se dirigieron a la caballeriza, lo detuvo un grito desde la mansión. Bauer le hizo señas desde la escalera, agitado.

«Maldita sea —pensó—. ¿No puedo ser feliz ni un par de minutos?»

—Ve a casa de la abuela —le pidió a Julia—. Ahora voy.

¡Aguas subterráneas! Claro. ¿Por qué nada salía bien con esa obra? Bauer no dijo ni una palabra, se limitó a hacerle una señal para que lo siguiese. El pobre hombre estaba pálido. Bajaron las escaleras del sótano a toda prisa, giraron a la derecha y se detuvieron delante de la fosa. Solo habían levantado la superficie marcada a medias y nivelado la capa de cemento. Los pedazos estaban amontonados con cuidado delante de la ventana que daba al patio para transportarlos.

—¡Ahí! —dijo Bauer, señalando con el dedo el agujero en el suelo junto al que estaban arrodillados los dos hijos, que miraban algo fascinados.

—¿Aguas subterráneas? —preguntó Kacpar con un mal presentimiento en la boca del estómago.

—No —respondió Bauer—. Un muerto.

—¿Qué?

Kacpar se asomó al borde de la fosa y también miró. La deslumbrante luz de una lámpara de construcción cayó sobre un cráneo humano. Amarillento, con las amplias cuencas de los ojos llenas de tierra arenosa, la dentadura completa, el maxilar inferior aún medio enterrado en el suelo.

—¡Por lo visto, la señora baronesa tenía un cadáver en el sótano! —constató uno de los hijos con tono angustiado.

Franziska

—Calma —le dijo Kacpar a Franziska cuando entró en la casa. Estaba sentada con Jenny a la mesa y servía la sopa mientras Walter ayudaba a Julia a quitarse los zapatos y los calcetines mojados.

—¿Qué ha sucedido?

—En el sótano... ¿Podrías venir un momento?

Comprendió al instante que Kacpar traía malas noticias. Era por su sonrisa. Cuando sonreía de esa manera amable y conciliadora, algo iba mal, muy mal. En los cinco años que llevaban trabajando juntos en el proyecto del Hotel rural Dranitz se habían convertido en una especie de familia y le costaba esconder sus sentimientos ante ella. Ahora estaba alterado, aunque le pidiese que permaneciera tranquila.

—Enseguida volvemos. —Franziska volvió a poner el plato vacío en su sitio y se levantó—. Empezad sin mí.

—¿No puede esperar hasta después de comer? —gruñó Walter, que se había arrodillado ante la silla de Julia y se puso de pie a duras penas—. La mañana ya ha sido lo bastante agitada.

Franziska se echó encima el abrigo y corrió detrás de Kacpar a la mansión. Las catástrofes inesperadas eran el pan de cada día desde que habían empezado esa reforma; en realidad, hacía tiempo que debía haberse acostumbrado. En cambio, tenía la sensación de volverse cada vez más susceptible, de alterarse por cualquier nimiedad. Quizá fuera por la edad, al fin y al cabo ya tenía setenta y cinco años. Por el contrario, Jenny salía al paso de los nuevos problemas cada vez con más serenidad.

Esta vez no parecía ninguna nimiedad. Paul Bauer esperaba en la puerta de la mansión con un rostro sepulcral.

—Lo siento muchísimo, señora baronesa, en treinta años nunca me había pasado algo así.

—Calma —repitió Kacpar preocupado cuando bajaron las escaleras del sótano—. Por favor, permanece tranquila, Franziska.

Entonces se alteró más que nunca. En las habitaciones de abajo solo penetraba un poco de luz solar. A la derecha de la escalera se veía el brillo deslumbrante de una lámpara de construcción. Dos chavales, los hermanos Bauer, estaban delante de un agujero picado en el suelo y retrocedieron deprisa cuando ella se acercó.

Franziska miró la fosa. Al principio no supo bien qué era aquello tan espectacular que se suponía que tenía que ver allí, pero luego lo comprendió. Clavó los ojos en los restos de huesos amarillentos, que eran sin duda humanos, y notó cómo un escalofrío le recorría la espalda. ¡Cielos! En su sótano, debajo de los antiguos almacenes, habían enterrado a un muerto.

Kacpar le pasó un brazo por los hombros.

—Tendremos que comunicarlo a la policía —dijo él en voz baja—. ¿O tienes una explicación para este hallazgo?

No pudo responder enseguida. Tenía la vista clavada en la calavera, que miraba sin ojos a Franziska como si le pidiese perdón por el susto que le estaba causando. La asaltaron imágenes reprimidas durante mucho tiempo, con tanta rapidez y claridad que se mareó.

—No tengo ni idea —balbució—. Fue la guerra. Los rusos estuvieron en la mansión. Los refugiados. También otra gente que entonces vagaba sin patria...

—¿Quiere decir que podría ser un ruso? —preguntó uno de los jóvenes.

Franziska se encogió de hombros, desamparada. ¿Cómo iba a saberlo?

—Está debajo del suelo de cemento —constató Paul Bauer, que sabía de lo que hablaba—. Seguro que no fue fácil enterrarlo ahí. Tendrían que haber levantado el cemento.

No estaba equivocado. En caso de que hubieran matado a golpes o fusilado a una persona en el sótano, era probable que lo hubiesen enterrado en el cementerio o en el jardín, no debajo del cemento. Además, por lo general los rusos metían a sus muertos en camiones para darles sepultura en su país.

El recuerdo de aquellos tiempos la invadió de forma tan dolorosa que tuvo que respirar con fuerza para poder soportar las sombrías imágenes. Los fantasmas del pasado que creía haber exorcizado la observaban fijamente con sus órbitas negras.

—En aquel tiempo el suelo del sótano estaba levantado en varios puntos —explicó con la voz entrecortada—. Los rusos buscaban objetos de valor: cubertería de plata, monedas o joyas. Lo hicieron en todas las mansiones y casi siempre encontraban algo...

—Claro —dijo uno de los chavales—. Había bastante...

Se mordió los labios y guardó silencio. Ya estaban otra vez los prejuicios socialistas contra la maravillosa riqueza y la vida lujosa de los terratenientes. En la imaginación de los habitantes de la RDA, todos los nobles eran déspotas con el corazón de piedra, que vivían a todo tren y dejaban morir de inanición a sus pobres empleados y campesinos. Brutales seductores que se abalanzaban sobre las chicas del pueblo, las dejaban embarazadas y luego las abandonaban en la miseria. Seguro que hubo algunos así, pero la realidad era distinta. Solo que eso ya no podía transmitírselo a nadie. El tiempo había escrito su propia historia y aquellos que supieron cómo fue en realidad pronto callarían para siempre.

—¡Bueno! —exclamó Paul Bauer, y se pasó la mano por debajo del gorro para rascarse la nuca—. Entonces es asunto suyo, señora Iversen. Nosotros hemos terminado por ahora.

Recogió sus azadas y se sacudió la tierra. También sus hijos reunieron las herramientas, miraron por última vez el inquietante hallazgo y subieron las escaleras detrás de su padre. Dejaron la lámpara de construcción, que pertenecía a la mansión.

—Llámeme en cuanto haya arreglado el asunto —terminó Bauer dirigiéndose a Kacpar, y le tendió la mano para despedirse.

Arriba, Jenny fue a su encuentro, con su hija a remolque.

—¿Qué pasa ahora? —se alteró—. ¿No se puede comer con tranquilidad?

Franziska la cogió del brazo y le hizo un gesto a Kacpar para que se encargase de la pequeña. Esta no debía llegar a ver bajo ningún concepto el horrible hallazgo.

—Ven a verlo. Pero no te asustes...

Jenny se mostró mucho más serena de lo que Franziska esperaba. Con una mezcla de repugnancia y fascinación, miró fijamente el cráneo y luego exhaló con fuerza.

—Es como en las películas policíacas. El famoso cadáver en el sótano. ¿Tienes idea de quién puede ser?

—¡No! —exclamó Franziska—. Pero creo que el esqueleto es de la época en que los rusos ocuparon la mansión. Entonces no regía ni justicia ni ley y una vida no valía casi nada. Mataron a mi abuelo a tiros cuando se opuso a ellos y... —Su voz se quebró. Le dolía regresar al pasado, acordarse de las pérdidas que había tenido que sufrir cuando era tan joven.

Jenny cogió la lámpara de construcción, alumbró la fosa y escarbó en la tierra con un palo de madera largo. Salieron a la luz piedras, más huesos. Algo que parecía un retal oscuro y roído.

—Una mujer. Quizá lleve mucho tiempo aquí —supuso—. Al final cualquiera de nuestros antepasados pudo matar a su esposa a golpes y enterrarla en el sótano...

—¡No digas tonterías! —la reprendió Franziska—. ¡Eso solo ocurre en las novelas de miedo malas!

—¡No digas eso, abuela!

Era increíble la insolencia con la que Jenny hablaba de ese horripilante descubrimiento. Quizá era una forma de autodefensa: seguro que el hallazgo también la asustaba. Por otra parte, nunca había vivido una guerra con todas sus horribles consecuencias. Por suerte.

—La policía se encargará de esto. Es mejor que no sigas escarbando en el suelo.

Jenny dejó el palo y miró asustada a Franziska.

—¿Quieres informar a la policía, abuela? ¿Lo dices en serio? ¿Sabes lo que pasará?

—No hay otra solución, Jenny.

Su nieta puso los ojos en blanco e hizo un gesto suplicante.

—¡Abuela! Si esto trasciende, estará en todos los periódicos. «Esqueleto en la mansión Dranitz», o algo así. ¿Cuántos huéspedes crees que querrán pasar las vacaciones aquí? ¿Quién vendrá a nuestro restaurante para una cena íntima?

Franziska aún no había pensado en eso. Por supuesto, Jenny tenía razón. Si la prensa se enteraba del horroroso hallazgo, supondría una enorme publicidad negativa. A la inauguración vendrían como mucho un par de reporteros sensacionalistas.

—En mi opinión, deberíamos desenterrar a la pobre mujer y darle sepultura en el cementerio como es debido... si es una mujer. Quizá haya también un hombre —dijo Jenny—. Da igual. Lo principal es que seamos discretas. Sin prensa, ¿comprendes?

Sonaba razonable, pero había un inconveniente.

—Paul Bauer y sus hijos han visto el esqueleto —objetó Franziska—. Y es probable que ya hayan difundido la emocionante noticia.

—Maldita sea —se lamentó Jenny—. ¿Por qué no les dijiste que debían cerrar el pico? Por una pequeña propina seguro que lo habrían hecho.

Franziska sacudió la cabeza. Los dos chavales no parecían capaces de guardarse semejante sensación mucho tiempo. Se correría la voz, no podían hacer nada al respecto. Ya fuera de manera oficial en el periódico o por el boca a boca, seguro que en los próximos días el esqueleto del sótano de la mansión sería el principal tema de conversación en los alrededores.

—No tenemos otra alternativa que recurrir a la policía.

Malhumorada, Jenny miró por última vez la fosa, luego se volvió y caminó con dificultad hacia las escaleras delante de Franziska mientras maldecía en voz baja.

—También resolveremos este problema —le aseguró Franziska a su nieta, pero ella misma se dio cuenta de que su tono no sonaba demasiado convincente. Era por culpa de los recuerdos que la asaltaban cada vez con más intensidad. Ver el esqueleto había abierto una esclusa. Los sucesos que había querido olvidar para siempre salían a la luz con toda su fuerza. Sabía que no podría dormir las próximas noches.

En silencio cerraron el sótano, cuya puerta se quedaba atascada desde hacía tiempo, Franziska metió la llave y luego abuela y nieta se miraron.

—Lo mejor es que acabe con el asunto enseguida —dijo Franziska—. Sería penoso que la policía se enterase por terceros.

Jenny suspiró.

—Tú sabrás lo que tienes que hacer, abuela.

Mientras su nieta volvía deprisa a su *gulash*, Franziska se dirigió al vestíbulo del restaurante, donde habían construido un mostrador de recepción y detrás un pequeño despacho que aún no estaba del todo amueblado. Hojeó la guía y descolgó el teléfono, que aún era de los tiempos de la RDA.

—Policía de Waren —contestó una voz masculina al otro extremo de la línea—. ¿Qué podemos hacer por usted?

Franziska tuvo que carraspear dos veces antes de poder verbalizar su insólita petición.

—Al habla Franziska Iversen, de la mansión Dranitz. Hoy, durante las excavaciones, hemos encontrado restos humanos en el sótano del edificio principal...

Silencio. Era probable que no llegasen semejantes denuncias todos los días.

—¿Ha encontrado un cadáver?

—Sí. Un esqueleto.

—Bien. No toque nada. Vamos hacia allí, señora Iversen.

Cuando Franziska colgó el auricular, tuvo la sensación de haber hecho lo correcto, aunque eso no disminuyó su preocupación. Se podía hacer lo correcto y buscarse pese a ello un montón de problemas.

En la caballeriza, los que se habían quedado seguían sentados a la mesa. Walter había apartado el plato —al parecer ya lo habían informado de los acontecimientos—, Jenny rebañaba los restos de su *gulash* y Julia repartía migajas de pan blanco y daba de comer en secreto a Falko, que mendigaba debajo de la mesa. Impaciente, Kacpar esperaba a Franziska.

—La policía está en camino —anunció y se sentó en su sitio. No podía comer, se le había quitado el apetito por completo.

Kacpar asintió. Luego se levantó y miró con amabilidad a su alrededor.

—Gracias por la sopa. Me voy, tengo que seguir con la planificación del balneario y del diseño exterior.

Franziska lo siguió con la mirada, pensativa. No siempre entendía al joven arquitecto Kacpar Woronski; sobre todo, no le gustaba la inconstancia de su vida amorosa, aunque en principio lo consideraba una persona distinguida y decente. Primero todos creían que estaba enamorado de Jenny. ¿Por qué si no la habría seguido de Berlín al quinto pino? Luego, de repente, se decantó por Mücke y estuvo un tiempo con ella, hasta que al final la relación se rompió. Franziska creía recordar que Kacpar se había opuesto con vehemencia a la idea que Mücke tenía de casarse. Bueno: seguro que era mejor así, ya que Mücke se había casado con Kalle y estaba rebosante de alegría.

Después, el joven Woronski empezó una aventura con Anne Junkers, la secretaria del alcalde, pero lo dejaron a los pocos meses, lo que apenaba a Franziska, ya que el hijo de Anne, Jörg, se había encariñado mucho con Kacpar y todos pensaban que los tres podían formar una feliz y pequeña familia. Jörg ya tenía ocho años e iba a tercero de primaria, pero de vez en cuando aparecía por la finca y preguntaba por Kacpar. Había que reconocer que se seguía encargando del chico, le gustaban los niños y sabía tratarlos. La madre de Jörg se ponía hecha una fiera cada vez que el pequeño iba a la mansión. Anne Junkers se había tomado muy mal la ruptura con Kacpar y no quería volver a saber nada de él.

Sí, el joven polaco era, en lo que a su vida privada se refería, una persona bastante inconstante. Al parecer, en la actualidad lo habían visto a menudo con una joven de Schwerin, pero Franziska no hacía mucho caso de las habladurías. Sin embargo, tenía algo muy claro: no quería que Kacpar Woronski fuera socio del Hotel rural Dranitz. Lo evitaría como pudiera, aunque Kacpar era un excelente arquitecto y aparejador. No, la finca Dranitz debía permanecer en manos de la familia para siempre. Aunque Kacpar estuviera tan unido a la suya, la sangre tiraba.

Walter se levantó y le fue a buscar un plato de sopa a la cocina.

—Te he guardado algo caliente por si acaso —dijo con una cariñosa sonrisa.

Franziska se alegró de tener un marido tan solícito y cogió la cuchara. Le convenía comer algo, aunque tenía un nudo en el estómago. Walter era y seguía siendo el remanso de paz en su vida; escuchaba, daba consejos, consolaba y se preocupaba siempre por su salud. El riesgo del matrimonio tardío que habían contraído hacía tres años había resultado una gran suerte. A menudo había pensado en cómo habría sido su vida si la guerra y la división alemana no los hubieran separado. Una casa en Berlín, un estudio fotográfico, hijos, una familia grande y feliz..., todo eso habría sido posible. Pero había sucedido de otra manera, la vida casi nunca transcurre según lo previsto, el destino vuelve a barajar las cartas una y otra vez. Podía estar agradecida de que les hubiesen regalado esos últimos y hermosos años juntos.

—Me voy a estudiar —anunció Jenny y se levantó—. Los zapatos marrones de Julia siguen en vuestra casa, ¿no? Estos están hechos una sopa.

Julia le lanzó un beso a su madre, luego pidió sus lápices de colores y el cuaderno de dibujo. Estaba en una ardiente fase en la que casi siempre pintaba un gran sol amarillo, una casa y varios monigotes. El más grande era ella, después venía Falko, y los demás estaban escalonados según la importancia hasta el tamaño de las hormigas.

—¿No quieres echarte un poco, Franzi? —preguntó Walter mientras ella comía despacio la sopa—. Podría dar una vuelta con Julia y Falko para dejarte tranquila.

Dudó, porque sabía que le costaba caminar. Se había caído dos veces a orillas del lago, aunque por suerte no le había pasado nada grave.

—No vayas muy lejos —le advirtió—. Y ponle las botas de agua.

El consejo era inútil, porque mientras tanto la propia Julia decidió qué ponerse. Se podía conseguir algo con una suave persuasión, algo en lo que Walter era un experto.

—Esta noche hablamos —le dijo él sonriendo y le tendió la mano a Julia—. Creo que hay motivos para ello.

Franziska asintió. Más tarde, hacia las seis, mandarían a Julia a casa de Jenny, donde vería *Barrio Sésamo* antes de que su madre la acostara. Después Franziska y Walter podrían hablar de los acontecimientos del día mientras comían unos bocadillos y tomaban una copa de vino tinto.

Franziska llevó los platos a la cocina. A continuación, se retiró al dormitorio, se quitó los zapatos y se metió vestida debajo del edredón. Aunque no hacía frío fuera ni en casa, estaba tiritando. Escuchó un momento cómo Walter discutía con Julia sobre por qué no tenía botas de goma rojas como su amiga Annegret, sino verdes, y luego las voces se alejaron. La puerta se cerró y Franziska se quedó sola.

Nada más cerrar los ojos se dio cuenta de que no había sido buena idea acostarse a dormir la siesta. Las imágenes estaban ahí, se precipitaban sobre ella, se acumulaban en su ánimo y la atormentaban. No había olvidado nada. Sobre todo, la vaga tristeza que sintió cuando se subió con su madre al carro cargado hasta los topes para huir de los rusos con un matrimonio de profesores de Prusia Oriental. Después de haber recibido la noticia de la ejecución de Walter —que mucho después resultó por suerte falsa—, pensó que ya nada en el mundo podía conmoverla. Pero cuando la mansión desapareció de su vista, los campos de cereales, la dehesa caballar, el bosque con el cementerio familiar... Entonces comprendió de repente lo indefensos que se habían vuelto. Ya no tenían hogar ni patria, todo lo que poseían estaba amontonado en esos dos carros y tras ellos retumbaban y tableteaban los mortales cañones rusos.

En ese momento aún no sospechaban que no les quedaría casi nada de los bienes reunidos a toda prisa, ni siquiera la yegua alazana ni el manso caballo marrón castrado. Ya el primer día de su huida un grupo de hombres se abalanzó sobre ellos. Eran trabajadores checos y polacos que habían recuperado la libertad y se oponían a la patria. Habían sufrido y cogían lo que podían: alimentos, ropa, zapatos, mantas y almohadas. Desamparados, ellas y el matrimonio de profesores de Prusia Oriental tuvieron que ver cómo revolvían sus pertenencias, tiraban muchas cosas al suelo y lo dejaban inutilizable mientras arrastraban el resto.

Fue una sensación nueva para la joven Franziska, que hasta entonces había llevado una vida privilegiada como hija del hacendado. Ahora eran solo extranjeros apátridas, presa fácil para los vencedores, refugiados piojosos que hasta los sencillos campesinos que antes los saludaban con respeto echaban de sus casas. Y lo peor aún estaba por llegar.

Franziska se lamentó y se levantó de la cama para beber un trago de agua en la cocina. Pero las atormentadoras imágenes la seguían y, mientras bebía, contemplaba el pasado a través de una resbaladiza ventana. Durante todas esas décadas había guardado silencio, procurando reprimir lo que había vivido. Ni siquiera lo había hablado con su madre. Tampoco con Ernst-Wilhelm, su primer marido, que también había sido refugiado. Habían querido olvidar lo antes posible todos esos horrores. Si Ernst-Wilhelm y ella hablaban del pasado, se contaban las vivencias alegres que de vez en cuando hubo entre toda la miseria.

Nunca mencionaron los numerosos muertos que había en las cunetas. Casi volvieron a la normalidad; superaron las desgracias, se ocuparon de su propia supervivencia. El frente ruso los alcanzó pocos días después de haberse marchado. Los soldados irrumpieron en las granjas y las fincas, causaron estragos en los pueblos y las ciudades.

Tuvieron suerte de poder alojarse en un pueblito junto a una campesina, donde encontraron un establo para los caballos, un poco de leche y harina para sus hambrientos estómagos. Esa noche, los encantadores profesores se largaron con gran disimulo, cargaron el carro con las últimas provisiones, engancharon la joven yegua alazana y las abandonaron. Franziska y su madre se habían dormido profundamente por el agotamiento y no se dieron cuenta del engaño hasta la mañana, cuando unos soldados rusos rompieron la puerta.

Por la ira de no conseguir ni joyas ni relojes, arrastraron al pobre inspector Heinemann, que las había llevado en coche, al jardín y lo dejaron medio muerto. Luego llevaron a la joven campesina y a Franziska al granero. Lo que allí les sucedió era un agujero negro en su recuerdo, un vacío en su consciencia, algo que fue tan inimaginablemente brutal y humillante que se escapaba al recuerdo. Solo se acordaba del dolor que no remitía, se convertía en accesos de fiebre y seguía molestando durante semanas. Si su madre no hubiese estado con ella, no habría sobrevivido. Margarethe von Dranitz tenía más de cincuenta años, había dado a luz cuatro veces, dos hijos habían caído en la guerra y no sabía si volvería a ver a su marido y a su hija pequeña. Por todo ello, luchó con mayor vehemencia por la vida de Franziska, cuidó de su hija con amor y puso todo su empeño en encontrar un médico en Schwerin, lo que al final también logró. Su madre era una tenaz y valiente luchadora, nunca perdía la esperanza: incluso cuando ella y más tarde su hija menor, Elfriede, enfermaron gravemente de tifus, estaba convencida de que un día todo volvería a estar bien.

En Neustadt-Glewe terminaba el sector ocupado por los rusos; al oeste se habían establecido los británicos, e innumerables refugiados intentaban desesperados pasar de la zona rusa a la inglesa. Pero los británicos no estaban dispuestos a acoger las caravanas de refugiados y les bloqueaban el paso. Por su parte, los rusos reaccionaban con ira a los intentos de fuga y recluían a los huidos en campos de concentración. A duras penas lograron Franziska y su madre escapar de ese destino, pero su fuga al oeste acababa allí y no les quedaba otra opción que regresar a Dranitz, medio famélicas, desvalijadas, con los vestidos hechos jirones. Cuando llegaron, estuvieron infinitamente contentas de encontrar viva a Elfriede, la hermana siete años menor de Franziska. Elfriede apareció con el pelo cortado como un muchacho y les relató con voz quebradiza y entrecortada el destino de su padre y su abuelo...

Franziska se acurrucó debajo de la manta y se entregó a los horrores que pasaban delante de sus ojos. El padre detenido en la cárcel, el abuelo fusilado. La mansión llena de refugiados que habían tomado posesión de todas las habitaciones, que se extendían por allí y a ellos, los verdaderos propietarios, solo les dejaron una diminuta y sucia buhardilla. A menudo había disputas entre esas personas, desarraigadas y desesperadas. Se acusaban mutuamente de robo, se daban palizas.

Los soldados rusos irrumpían una y otra vez en la casa, realizaban controles por orden de sus comandantes, cogían lo que les gustaba, se llevaban a las jóvenes al jardín, donde habían levantado un campamento, bebían alrededor del fuego y voceaban canciones. Casi ninguna mujer —desde las ancianas hasta las niñas— escapó a ese destino. ¿No habían hecho los soldados alemanes lo mismo con las mujeres rusas? Era el momento de la revancha.

Franziska se incorporó e hizo un esfuerzo para pensar con claridad. ¿Era posible que alguno de esos refugiados ya no soportara más que violaran a su mujer, a su hija, una y otra vez, y que hubiera golpeado y enterrado en secreto a la víctima en el sótano de la mansión?

Se sintió aliviada cuando oyó que se abría la puerta. Necesitaba distraerse, el carácter alegre y terco de Julia, las miradas comprensivas de Walter, su mano en el hombro: todo eso la ayudaría a devolver los fantasmas del pasado a su tumba.

—Ay, aquí estás —dijo él, observando el dormitorio por el resquicio de la puerta—. La pequeña está en casa de Jenny, Ulli ha llegado y se la ha llevado. ¿Me haces compañía en la cocina?

Cuando Franziska entró en la cocina, él ya había preparado café y cortado el pastel de mantequilla que ella había hecho el día anterior.

—¿Sabes lo que he pensado? —preguntó, y le tendió el plato de postre para que ella lo llevara al salón.

—¿El qué?

—Podría haber algo así como un cementerio medieval debajo de la mansión. ¿No has mencionado alguna vez que aquí hubo un convento?

Sonja

Tres liebres con ácaros; un perro salchicha con diarrea; una camada del joven pastor alemán examinada y vacunada en casa de Konradi; un viejo gato alimentado con comida dietética. No estaba mal para un miércoles por la mañana, pero el beneficio tampoco iba a ser grande. Además, le habían regalado una cesta con tres gatitos que había llevado Tine Koptschik, la asistente, auxiliar y chica para todo. Los gatos eran de su prima, quien en realidad quería lanzar la indeseada descendencia contra la pared. Sonja los cobijaría. De manera provisional, había alojado a las crías grises y atigradas en su dormitorio. Se dejaban alimentar de buena gana mediante una botella pequeña de plástico con tetina de goma y ya comían trocitos de carne. Sonja había cubierto el suelo con periódico porque utilizaban la cajita con arena de vez en cuando, pero con la misma frecuencia también ocurrían accidentes.

El consultorio permaneció cerrado por la tarde, así que tuvo tiempo para ir al zoo a ver si todo estaba en orden. La junta directiva volvería a reunirse pronto. Esta vez se trataría, sobre todo, de las finanzas, pero también de si se podían construir por fin las casas y el cercado para los pequeños animales locales. Entretanto, la asociación contaba con casi quinientos miembros, la mayoría socios pasivos, aunque algunos la sacaban de quicio con ideas como la cría de elefantes, leones, hipopótamos y monos. Por suerte, la directiva de la asociación estaba compuesta por personas sensatas que solo se reían de semejantes tonterías.

Franziska ocupaba desde ese año el puesto de secretaria, Gerda Pechstein era la tesorera y Sonja, vicepresidenta. Kalle Pechstein ostentaba el cargo de presidente desde el principio; lo reeligieron y seguía mostrándose entusiasmado por el asunto. Sonja podía contar con él, al menos mientras Mücke no lo reclamase.

Por supuesto, había vuelto a llover. Sonja protegió con dos bolsas de plástico los pósters recién impresos que había mandado hacer con sus acuarelas mientras iba hacia su coche, aparcado en el arcén. Era una pintora apasionada y con mucho talento, y sus reproducciones tenían muy buena salida en la pequeña tienda del Zoológico Müritz. Abrió con esfuerzo la puerta del Renault azul claro y puso los pósters en el asiento trasero. El viejo coche rezongaba de vez en cuando, le costaba arrancar y consumía demasiado carburante, pero uno nuevo no era posible de momento. Solo podía esperar que aguantase un poco más. Ochenta mil kilómetros no eran tantos para un buen motor.

De camino al Zoológico Müritz pasó por delante de una serie de casas recién construidas, elegantes, grises y blancas, vanguardistas, tal y como gustaban y apreciaban en esa zona. Contaban con equipamiento de lujo en el interior, como chimenea abierta, sauna en el sótano y una cocina funcional de lo más selecto. Eran diferentes a los pisos de las casas viejas que aún se construían antes de la guerra. Calefacción por estufa, cocina de carbón y cuatro plantas sin ascensor, pero solo un par de marcos de alquiler. Desde entonces, los particulares habían comprado y renovado muchas de esas antiguas casas y, en consecuencia, los alquileres habían subido. Sin embargo,

Sonja era escéptica. ¿Quién podía permitirse en Waren vivir en esas casas de lujo grises y blancas? Seguro que había que pagar un dineral por el alquiler. Pero ¿sería posible que se mudaran allí unos cuantos empresarios con sus familias y compraran abonos anuales para el Zoológico Müritz? Al fin y al cabo, soñar no estaba prohibido...

El acceso al zoo seguía sin estar asfaltado, y el coche daba bandazos sobre el suelo mojado, iba a trompicones sobre las raíces de árboles, el agua sucia brotaba de los charcos. No se le podía exigir eso a ningún visitante: Kalle tenía que echar al menos grava en los hoyos. Bernd Kuhlmann había puesto a su disposición un trozo de terreno alquilado para un camino del aparcamiento a la entrada del zoo. No pedía nada a cambio, todo se basaba en la solidaridad vecinal y Sonja le devolvía el favor tratando sus animales gratis. Bernd había comprado, además de las cinco vacas que Kalle le había cedido, otras cuatro; tenía asimismo gallinas y gansos. También Artur y Susanita, los queridos cerdos de Kalle, vivían con él una vejez sosegada, aunque sacrificaban de vez en cuando a su descendencia. Bernd iba con regularidad al mercado de Waren y vendía productos cárnicos caseros junto a verduras, pan y queso.

El aparcamiento estaba hasta cierto punto bien, habían afirmado el suelo con piedras y grava y colocado varios tableros informativos y postes indicadores. Kalle lo había serrado y montado todo con sus propias manos; estaba especialmente orgulloso de los tableros que había cubierto con un estrecho techado de tejas. Por desgracia, algunos vándalos habían quemado uno de esos tableros el verano anterior y destrozado las papeleras. Era exasperante, porque sucedió por la noche y no pudieron detener a los responsables. Kalle permaneció tres noches al acecho con su amigo Wolf Kotischke, pero los chavales no habían vuelto a aparecer. Lo cual había sido la mejor solución para todos los implicados, ya que Kalle guardaba una incontenible rabia en su interior.

El antiguo molino de aceite había conservado, según los planes de Simon Strassner, un anexo y dos pequeñas dependencias en el correspondiente estilo arquitectónico y cumplía varias funciones. Había una taquilla, donde los visitantes sacaban sus entradas, y justo al lado se encontraba la tienda, en la que se ofrecía todo tipo de libros, recuerdos, animales de peluche, juguetes y objetos artesanales de madera, como granjitas o tallas que elaboraban Krischan Mielke y Helmut Stock. Se vendieron muy bien en Navidad, cuando ambos construyeron también pequeños trineos en cuyo interior Gerda Pechstein, la madre de Kalle, puso una macetita con una flor de Pascua cultivada por ella misma.

Por desgracia, la cosa no avanzaba demasiado de momento, los primeros días cálidos de primavera se hacían esperar, el bosque seguía pelado y el camino lleno de charcos. También el chiringuito, en el que en diciembre vendían vino caliente con especias y salchichas de Turingia, estaba cerrado desde enero y esperaba próximos visitantes. Ese año debían techar la plaza empedrada delante del puesto para que los clientes no tuviesen que refugiarse con sus grasientas salchichas y patatas en la tienda y manchasen los libros.

Sonja no estaba muy contenta con la evolución del zoo. Los visitantes se interesaban mucho más por un reparador tentempié y una cerveza barata que por los tableros informativos sobre la fauna local. Había rechazado con indignación la propuesta de un miembro de la asociación para celebrar cumpleaños infantiles y fiestas familiares y así aportar algo de dinero a la caja. No eran un parque de atracciones, sino una institución que quería informar sobre las especies autóctonas y conservarlas.

Delante de la ventana de la taquilla, Gerda Pechstein se

afanaba con la escoba y el cubo en quitar del empedrado las manchas de color gris pálido. Muchas gaviotas reidoras encontraban una y otra vez el camino desde el lago Müritz hasta el zoo, porque unos cuantos estúpidos las habían alimentado el verano anterior con restos de panecillos. Sonja no estaba enfadada con los visitantes voladores, incluso esperaba que las gaviotas se estableciesen para incubar, lo que sería un gran enriquecimiento para el zoo. No obstante, en primavera tendrían que cerrar la zona de reproducción para los clientes, ya que las gaviotas eran ponedoras terrestres.

—Bueno, ¿cómo va? —preguntó.

Gerda, que estaba de espaldas a Sonja y no la había visto venir, se sobresaltó.

—¡Ay, me has dado un buen susto! Bueno, ya ves. Flojo. Vino una familia de Stralsund que se quejó de no poder ver elefantes ni tigres. Luego todos quisieron salchichas con patatas, pero cuando Tillie calentó más salchichas cocidas cambiaron de opinión. ¡Porque los niños no comen salchichas sin ketchup!

Veían todo tipo de visitantes, en especial los diablillos mimados que no querían esto y no comían aquello. Los niños no tenían la culpa, sino sus padres, que participaban en el escándalo. Pero también había chiquillos magníficos, que abrazaban con mucho amor a las cabritas en el zoo infantil y lloraban cuando debían despedirse de ellas. La mayoría de esas cabras eran unas glotonas que habían puesto la vista, sobre todo, en las bolsas de comida. La asociación las vendía en la taquilla y era la única manera de que los visitantes pudieran alimentarlas.

—Lo principal es que han pagado la entrada —dijo Sonja—. Por Pascua hay vacaciones, así que seguro que vendrá un montón de gente.

Gerda fregaba con obstinación una mancha de gaviota especialmente pertinaz.

—Luego vinieron otros dos jóvenes con mochilas que pasearon por algún lugar del sendero. Preguntaron si aquí también hay tejones y lobos. Quieren hacer fotos para algún periódico.

Por fin una buena noticia. La publicidad en un periódico siempre era bienvenida.

—Y dos hombres mayores estaban en la taquilla. Ornitólogos. Están alojados en Waren, donde quieren observar algunas aves acuáticas. Pero se fueron enseguida...

—¿Y por qué?

Gerda se detuvo jadeante y contempló descontenta el resultado de sus esfuerzos. Los excrementos de gaviota estaban más pálidos, pero seguían siendo muy visibles en las piedras grises.

—Porque les molestaba el mal olor. Por eso.

—¿El mal olor?

—Sí, ¿no lo hueles? —preguntó Gerda, sorprendida.

Sí. Ahora que lo decía, Sonja también percibía el fuerte olor. El hedor procedía del terreno vecino. Arrugando la nariz, Sonja se protegió los ojos con la mano y descubrió a Bernd Kuhlmann, que con su tiro de caballos abonaba el suelo con abono biológico, también llamado estiércol líquido.

—Puf —se quejó Sonja y olfateó como un sabueso—. También hay estiércol de cerdo.

—Claro. En algún sitio tiene que poner esas cosas...

Sonja se encogió de hombros y dijo que la gente no debería ser tan remilgada. Dos días más y el mal olor se habría desvanecido. Pero claro: preferían comprar la verdura barata en el supermercado, que estaba encerada, tratada con abono químico y llena de pesticidas, pero parecía inmaculada.

En la pequeña tienda, Irmi Stock estaba reordenando los escaparates y quitando el polvo. Se había puesto una gruesa chaqueta de punto: hacía frío allí porque, excepto Kalle, nadie se atrevía a encender la vieja estufa de hierro. Helmut Stock, que también trabajaba allí como voluntario, había asegurado hacía unos días que dentro de poco volaría por los aires, que ya iba siendo hora de una estufa nueva. Mejor aún, de una calefacción que mantuviese también en invierno todas las habitaciones con una temperatura agradable.

Sí, el entusiasmo de sus compañeros no tenía límites. Tenían un montón de buenas ideas, pero si se trataba de financiación, enmudecían. El Zoológico Müritz estaba, pese a la entrega desinteresada de muchos miembros de la asociación, en números rojos. Si no recibieran ayudas privadas y públicas con regularidad, tendrían que haber renunciado hacía mucho.

—¡Qué bien lo haces! —la elogió Sonja—. He mandado imprimir unos cuantos pósters más, también hay dos nuevos motivos.

—¡Maravilloso! —exclamó Irmi, que ordenaba con amor y cuidado los minidinosaurios de plástico—. Ayer vendí los dos últimos. ¿Y sabes quién los compró?

Sonja se encogió de hombros. ¿Cómo iba a saberlo?

—El señor Strassner estuvo aquí. Con su nueva novia.

—¿En serio?

¡Increíble! Sonja sintió cómo se enfadaba. Tenían que figurárselo: primero ese dudoso arquitecto de Berlín se hizo miembro de la asociación y anunció a lo grande que, por supuesto, elaboraría los planos para el antiguo molino de aceite y también pondría a su disposición el material de construcción, y luego les presentó una factura desorbitante y chantajeó a su exnovia, Jenny, con la que en realidad quería casarse, y a su abuela. ¡Menudo miserable! Después se había disculpado varias veces por el cobro injustificado y se había ganado con su adulador encanto el corazón de las mujeres compasivas de la asociación. «¡Ay, pobre hombre!», había oído Sonja decir a Gerda Pechstein, que luego aún se había entusiasmado por lo afectuoso que era como padre: «Cada dos semanas viene a Dranitz, se instala en la casa del inspector y sale a pasear con su hijita. Es triste ver lo dura que Jenny Kettler se muestra con él. No es de extrañar que ahora se resarza con otra, que ya haya traído a la tercera novia: no molesta a las señoras en absoluto». Para Gerda e Irmi, esa era la prueba de que en el fondo el señor Strassner solo quería a Jenny. La madre de su encantadora hija pequeña, Julia.

—¿Le vendiste al menos mis carteles al doble de precio? —gruñó Sonja.

—¡Claro que no! —respondió, indignada—. Pero metió un billete en nuestra caja de donaciones.

Sonja se calló el comentario de que Simon podía meterse su fanfarrona donación donde le cupiese. Por desgracia, a Irmi le entusiasmaba el arquitecto de sienes plateadas, que además era miembro de pago en la asociación. Había que ponerse de acuerdo con él, aunque costase.

—¿Dónde está Kalle? Pensaba que quería reparar aquella cerca, donde los mapaches.

Mientras tanto, Gerda había vertido el agua sucia en uno de los váteres públicos y dejado la escoba en el almacén. Tiritando, regresó a la tienda y se frotó los rígidos dedos.

—Kalle tiene que recoger algún chisme en Waren —aclaró, malhumorada—. Para la tienda de Mücke. Siempre igual. Cuando Mücke llama, lo deja todo y está a su servicio.

Sonja guardó silencio. Gerda Pechstein había criado a su hijo sola, porque en su día el padre de Kalle se había largado. No le agradaba en absoluto tener que compartir a Kalle con su nuera. Sobre todo, porque Mücke había medrado como buena madre y aún mejor mujer de negocios y Kalle admiraba muchísimo a su esposa.

—¡Como corresponde a un buen marido! —pregonó Irmi, que como siempre tenía poca consideración hacia los sentimientos ajenos—. Mücke es trabajadora y Kalle sabe valorarlo. No es tan tonto como otros...

Sonja suspiró en silencio y decidió ir a ver un momento a Bernd Kuhlmann, que ya casi había terminado de arar. Irmi volvería a arremeter contra Jürgen Mielke, con quien Elke se había ido al Oeste hacía unos años y que la había dejado plantada por otra. A principios de enero, Elke se había mudado a casa de sus padres; la pobre se había tomado muy a pecho la historia y sufría depresión.

—¡Seguimos esperando a los dos de la mochila! —le gritó Gerda—. Cuando vuelvan, cerramos. De todas formas, hoy ya no vendrá nadie más.

Sonja asintió y enfiló el estrecho puente de madera, que llevaba por encima del arroyo al prado y a la huerta de Bernd Kuhlmann. Este estaba asegurando el arado sobre las ruedas para que los caballos pudiesen arrastrar el aparato por el camino al cobertizo. La agricultura ecológica, a la que se dedicaba desde hacía tres años, se resentía entre otras cosas de la falta de un lugar central donde los caballos, las herramientas, las cuadras y la casa estuviesen juntos. Era cierto que Franziska Iversen le había cedido un trozo de terreno donde se había construido una casa con dependencias y un establo para las vacas, pero para todos los demás trabajos tenía que recorrer largos caminos.

Empleaba a jóvenes de los alrededores y les pagaba bien, pero Sonja dudaba mucho de que estuviese contento así. Era probable que pronto se le agotasen los ahorros, si no lo estaban ya. Entonces Bernd Kuhlmann tendría que preguntarse en serio si había sido una buena idea cerrar su bufete en Hannover y empezar una nueva vida como agricultor ecológico. A Sonja le daba pena, le caía bien el tipo insignificante, pero listo y decente, que luchaba con semejante energía por una causa perdida. Le habría gustado ayudarlo, pero tenía pocas posibilidades.

—¡Hola, Sonja! —exclamó—. Disculpa si te espanto a los visitantes, pero por desgracia tiene que ser ahora, porque pronto empieza la siembra…

Sonja cruzó varios surcos, llegó al prado colindante, que estaba más descuidado, y negó con la mano.

—¡No es para tanto! Al fin y al cabo, estamos en el campo, así que forma parte de ello. ¿Y qué verduras quieres plantar?

Acarició los suaves cuellos de las dos yeguas y comprobó que estaban sudando. Arar era agotador para esas dos ancianas. Hacía tres años, Bernd las había acostumbrado con paciencia de santo al trabajo en el campo y ahora estaban mansas antes del arado y la grada. También arrastraban el carro y parecían incluso disfrutar de esa ocupación.

—Quería intentarlo con la col rizada, de Bruselas y el colinabo. Unas cuantas hileras de zanahorias y rabanitos en los márgenes.

—¿Nada de lechuga? —preguntó Sonja sonriendo.

Rio y se limpió los sucios dedos en un trapo antes de darle la mano.

—Aquí no. Está demasiado lejos de la casa. Y luego siempre maduran todas a la vez…

El año anterior apenas había dado abasto con la cosecha de cogollos de lechuga. Por desgracia, alcanzaban un precio muy bajo en el mercadillo, ya que los demás campesinos también tenían excedente. Había terminado regalando gran parte de la cosecha o dándola a las gallinas y a los cerdos.

—Esta mañana Brunhilde estaba muy rara —dijo—. Estaría bien si pudieras mirarla luego. Creo que el ternero está en camino.

—De acuerdo. —Sonja asintió—. Enseguida voy al establo. ¿Ha comido?

—Eso sí. Pero estaba bastante agitada y se echó en el corral un par de veces.

Brunhilde era una de las vacas de Kalle, que en su día había salvado de un carnicero, cuando la cooperativa de producción agrícola se deshizo del ganado. Nadie excepto él había creído que la vieja vaca volviese a parir. También Sonja, que había realizado la fecundación, se quedó perpleja cuando comprobaron que Brunhilde esperaba en efecto un ternero. Solo les quedaba confiar en que estuviera sano y viniese al mundo sin demasiadas complicaciones.

—Daré de comer rápido a los caballos, ¡nos vemos allí! —le gritó Bernd mientras ella ya volvía por el puente.

A Sonja le pareció cansado. El trabajo en su granja no arrancaba, y sobre todo ahora, en primavera, apenas dormía. No sabía cuánto tiempo seguiría su cuerpo aguantando la excesiva carga. Ya tenía casi cincuenta años y nunca había realizado un trabajo físico tan duro. Pero tenía una obstinada voluntad.

Le gustaba. Bernd Kuhlmann le gustaba mucho más de lo que ella misma quería reconocer. Durante muchos años estuvo convencida de que los hombres no le interesaban. Sobre todo, a nivel erótico. No obstante, las mujeres tampoco. Se había resignado a pensar que era así y se dedicó a otras cosas: a los estudios, a su consultorio y en especial a su gran proyecto, el Zoológico Müritz. Pero desde hacía algún tiempo creía ver en el apasionado agricultor ecológico algo que hacía vacilar su convicción. Bernd provocaba en ella sentimientos como la admiración y el deseo de cercanía. También corporal... No, no debía pensar así. Porque seguro que Bernd Kuhlmann no estaba interesado en ella. Por lo menos no... a nivel físico.

En la hierba, se quitó la tierra que tenía pegada a los zapatos y gritó a Gerda, Tillie y Irmi un amable «¡Adiós!» cuando pasó por delante de la taquilla de camino al aparcamiento. La casa y el establo de Bernd estaban al otro lado del lago, enfrente de la mansión. Las vacas pastaban en varios prados y ese año habría cinco terneros, con lo que el establo estaba al límite. Bernd le daba mucha importancia a que sus chicas solo estuvieran en los boxes el tiempo necesario para ordeñarlas. El resto del día tenían un gran espacio al aire libre donde podían «comunicarse», como él lo llamaba. Pocas veces había problemas, pero de vez en cuando Tusnelda creía que debía tiranizar a las cuatro nuevas.

Sonja martirizó su Renault hasta el establo por el camino lleno de barro y se extrañó de no ver a ninguna de las nuevas vacas en el pastizal. Delante de la quesería estaba Rosemarie Lau, que antes trabajaba en la fábrica de pan en Waren y ahora ayudaba a Bernd en la producción de sus dos tipos de quesos. Su marido había muerto de cáncer hacía un año, por eso Rosi estaba contenta de al menos poder trabajar unas horas, ya que tenía dos hijos adolescentes a los que alimentar. Bernd había aprendido a hacer queso en un cursillo acelerado, luego él había enseñado a Rosi y juntos habían adquirido la experiencia necesaria. Rosi también acudía dos veces por semana con Bernd en el mercado de Waren para vender sus productos ecológicos.

Sonja se detuvo justo delante de la quesería. Rosi la miró con ojos llorosos y un pañuelo de papel arrugado en la mano. Vaya, ¡algo iba mal! ¿Por qué Bernd no la había llamado por la mañana? Entonces quizá hubiera podido impedir lo peor.

Enfadada, se bajó, sacó la cartera negra del maletero y se volvió hacia Rosi.

—¿Y bien? —preguntó, compasiva—. Mortinato, ¿no?

Rosi se sorbió los mocos y se secó los ojos, luego cogió a Sonja del brazo y la llevó al establo.

—¡Míralo tú misma! —dijo—. ¡No es eso!

Las recibió un olor conocido y cálido. Sonja percibió enseguida que otra cosa se mezclaba con el hedor de vaca. Había un olor un poco viciado a sangre y algo más: había nacido un ternero. De momento, solo podía ver los traseros de ocho vacas blancas y negras que se agolpaban en uno de los rincones del establo y bufaban agitadas.

—¡Todas quieren saludar al nuevo ternero! —exclamó Rosi y se sonó la nariz—. Como una gran familia. Y Brunhilde, la ancianita...

Sonja la dejó plantada y anduvo con dificultad a través de la paja y las boñigas hasta las vacas curiosas, separó a dos de ellas y se plantó delante de un prodigio negro. No, en realidad había dos prodigios: primero, Brunhilde, entrada en años, que ya volvía a erguirse sobre sus cuatro pezuñas, y luego el ternero recién nacido, negro como el azabache. Con la cabeza bien alta y los ojos brillantes, el pequeño se asombró por la débil luz del establo y, cuando su madre le lamió el cuerpo con su áspera lengua, aguantó sin caerse de lado. Una y otra vez se acercaba una de las grandes tías, tocaba al recién nacido con la nariz, bufaba y lo lamía antes de que una compañera la empujase a un lado. Esa primavera las cuatro nuevas estaban todas preñadas por primera vez, pero la vieja Brunhilde había abierto la veda.

—¡Es... es magnífico! —balbució Sonja.

Primero atendió a Brunhilde, que le pareció sana. Ni hemorragia ni herida en la vagina. Temperatura corporal normal. ¡Qué suerte! Le dio una palmadita elogiosa en el cuello que la vaca ignoró, ocupada como estaba con su ternero. Sonja desinfectó el ombligo del pequeño y comprobó de paso que se trataba de un macho. Lástima, pues su destino estaba decidido: el pequeño ternero negro no tendría una vida larga.

La puerta chirrió detrás de ellas: Bernd había llegado. Cuando vio al pequeño vivito y coleando, primero enmudeció de alegría, luego se inclinó y extendió el brazo para acariciar la húmeda piel del ternero.

—Es macho —le dijo Sonja en voz baja—. ¡Madre e hijo están bien!

Conmovida, vio que a Bernd le corría una lágrima por la mejilla. Fue hacia Brunhilde para acariciarla y la anciana dejó de lamer un rato para disfrutar el cariño. Era increíble lo bien que se entendía con los animales. Y ese hombre había estado veinte años de su vida sentado detrás de un escritorio y manejando artículos aburridos. ¡Menudo despilfarro!

—¡Vaya! —carraspeó—. Vaya, y yo que pensaba que ambos...

No pudo seguir hablando porque se vio obligado a tragar saliva de la emoción. Sonja arrastró con dificultad hasta Brunhilde un cubo con agua, ya que la madre necesitaba un tentempié. Luego todos miraron cómo el ternero se ponía en pie, primero las patas traseras, luego las delanteras. Se cayó un par de veces en la paja, pero al final se mantuvo sobre sus cuatro patas delgadas y muy abiertas y buscó hambriento la ubre de Brunhilde, que por suerte encontró enseguida.

—¡Esto hay que celebrarlo! —exclamó Rosi cuando estuvieron fuera del establo y Sonja volvió a guardar su maletín en el coche—. Sentaos: ahí tengo algo.

Debajo de las ventanas de la quesería había un banco, junto al que Bernd había colocado un bancal con un rosal trepador. También se ocupaba de esas cosas, pese a todo el trabajo. Incluso había clavado a la pared un travesaño de madera para que el rosal pudiera trepar mejor. El año anterior había florecido. Rosa. Sonja se sentó junto a Bernd. Poco después, Rosi regresó de la quesería con una botella y tres vasos, los repartió y sirvió.

—Kirsch. Me lo ha dado Anna Loop. He pensado que podemos acompañarlo de una variedad de queso. ¿De qué tipo?

«Qué asco», pensó Sonja. El sabor le recordaba a la tarta Selva Negra de Tine Koptschik. Tampoco Bernd puso una cara feliz, pero brindaron y bebieron de un trago el líquido claro y un poco aceitoso.

—¡Por Brunhilde! —exclamó Bernd.

—¡Y por el diablillo negro! —Rosi rio.

—¡Por ti y tu granja! —añadió Sonja entusiasmada y miró radiante a Bernd, que reaccionó un poco sorprendido y sonrió avergonzado. Sonja tuvo miedo. ¿Había ido demasiado lejos? Se sintió obligada a aclarar su exclamación—. Un ternero sano en primavera es un buen presagio para todo el año.

—Ahí llevas razón —reconoció y giró al vaso en la mano—. ¿Sabes qué? Lo llamaré Black Jack.

Sonja asintió y guardó silencio. Un nombre para un ternero: era típico de Bernd Kuhlmann. Aunque sacrificasen a los pobres bichos en un par de semanas.

—Será un buen ejemplar —prosiguió—. Ya es muy fuerte, ¿no te parece?

Sonja lo miró, sorprendida.

—No querrás criar un ternero...

—¿Por qué no?

Sonja no dijo nada. En cambio, miró a Rosi, que frunció el ceño y objetó con prudencia que en la época de la cooperativa de producción agrícola habían alimentado a los terneros durante un tiempo, porque luego daban más carne.

—Quiero guardarlo para criar —aclaró Bernd—. Seguro que les gustará a las chicas.

—¿Quieres criar con un ternero de verdad?

—Claro. Así funciona en la naturaleza, ¿no?

«Déjalo —pensó Sonja—. Ya se dará cuenta de dónde se mete. La agricultura y la ganadería son cuestión de experiencia.»

—Bueno, pues que te diviertas —dijo ella—. Black Jack: ¡buen nombre para el futuro señor de tus pastos!

Jenny

—¡Mira esto!

Max Krumme gesticuló en la ventana del quiosco como un duende colérico, y a punto estuvo de catapultar una de las botellas de plástico verdes con gaseosa de asperilla.

—No te pongas así, Max —intentó tranquilizarlo Ulli—. Son chavales que no tienen trabajo ni formación...

Por la noche había vuelto a suceder. En el camping, habían derribado a patadas tres contenedores y dañado la caravana que una familia de Rostock había aparcado allí durante el invierno. Pero aún peor le había ido esta vez al quiosco. Los vándalos habían quemado los muebles de madera plegables que se encadenaban por la noche. El fuego también había dañado una parte del quiosco recién construido; en el barniz blanco había aparecido una horrible quemadura negra. Ahora, en primavera, cuando el camping acababa de volver a ponerse en marcha y no había demasiados huéspedes, los chavales que tras la Reunificación se sentían abandonados e ignorados podían descargar su frustración sin que los molestasen: preferiblemente sobre aquellos que se habían labrado un porvenir.

—¡Sé muy bien quién ha sido! —exclamó Max Krumme—. Esos dos asquerosos alcohólicos. Gentuza. Canallas holgazanes. Tienen envidia de que los demás logren algo y lo destrozan...

Jenny sentía compasión por el anciano, que se enfadaba mucho más de lo que merecía el asunto. Max Krumme se había quedado en los huesos durante los últimos meses, se le había afilado la nariz y sus orejas de soplillo parecían haber crecido aún más. Ulli le había dicho a Jenny hacía un par de semanas que estaba muy preocupado. Max se negaba en redondo a que lo viera el médico.

—Cuando se acabe, se acabó —replicó—. Pero solo yo decido cuándo, y no el tipo de la bata blanca.

—¡Tío Maaaax! —Jenny oyó la voz suplicante de su hija—. ¿Me das un helado de chocolate?

En el acto, la ira de Max se desvaneció. Se apoyó en los codos y se inclinó un poco para poder ver mejor a la pequeña, que estaba delante de la ventana del quiosco.

—Pues claro que te doy un helado de chocolate, cariño —respondió con voz suave—. ¿Con avellanas o mejor solo chocolate?

Los niños de cuatro años eran sus favoritos. Al parecer, Julia le recordaba a su hija mayor, Elly, porque de niña también tuvo el pelo rojizo, aunque con el tiempo se volvió cada vez más rubio. Las hijas de Max Krumme se habían tomado muy mal que le vendiera a Ulli el terreno a orillas del lago. Desde que se habían enterado, padre e hijas no se hablaban. Solo el hijo llamaba a veces, pero las conversaciones eran cortas y monosilábicas. Ulli, Jenny y Julia eran ahora su familia, con ellos era feliz.

—Chocolate —decidió Julia mientras se estiraba para ver cómo el tío Max sacaba el helado del arcón—. Pero uno azul, ¿eh? ¡No el rojo, es muy pequeño!

—¿Qué se dice? —preguntó Jenny.

Julia miró un poco molesta a su madre con los ojos azules, luego añadió a su petición las famosas palabras mágicas.

—¡Por favor!

Max Krumme estaba radiante cuando le tendió el helado envuelto en papel azul.

—De nada. ¡Que aproveche!

Julia cogió el helado y se esforzó por abrir con la mano libre su bolso de plástico verde. Ulli la ayudó, se hizo cargo del valioso helado de chocolate y le quitó el papel. Mientras tanto, la pequeña sacó del bolso una hoja doblada y la sostuvo lo más alto posible para que el tío Max la pudiera alcanzar.

—Lo he pintado para ti.

Fascinado, desplegó la obra de arte. Mostraba un gran sol, una casa y, delante, un perro. A la derecha se podía reconocer un barco con una vela triangular. Era cierto que estaba pintado con un poco de torpeza, pero sin duda era el Müritz con sus veleros.

—Precioso —lo elogió Max—. Lo colgaré en el salón, justo encima del sofá.

Julia lamió el helado de chocolate y asintió contenta. En el salón de Max Krumme todas las paredes estaban llenas de sus dibujos; sería complicado encontrar un sitio vacío.

—¿Y qué planeáis hacer hoy? —le preguntó Max a Jenny—. ¿Un paseíto por la orilla? Mejor no bañarse aún, podéis pillar un resfriado: el agua está fría.

—Pues me apetecería dar una vuelta con la casa flotante —dijo Jenny, y miró a Ulli con un gesto de invitación—. Solo una horita. Hoy hace sol.

Ulli no estaba entusiasmado. Se cubrió los ojos con la mano y miró el agua resplandeciente, luego hizo una mueca y dijo que hacía bastante viento, que el barco daría bandazos.

—¡Anda ya! —replicó y se estrechó contra él—. Eso no pasará con el mejor marinero de todo Mecklenburgo.

—Serán al menos dos o tres horas, Jenny.

—¿Y qué? —preguntó y le besó la mejilla.

—Queríamos estudiar mates, ¿recuerdas? No falta mucho para las pruebas de acceso.

Jenny se quejó y se alisó el encrespado pelo rojo, que el viento le soplaba en la cara una y otra vez.

—¡Hoy es domingo, no se trabaja, señor Schwadke! —refunfuñó.

—Seguro que el señor quiosquero lo ve de otra manera —replicó Ulli mirando a Max, que precisamente los domingos tenía el mayor volumen de ventas—. Excusas, tan solo excusas, Jenny. Mañana estarás demasiado cansada. Pasado mañana deberás ayudar a tu abuela. Luego tendrás dolor de cabeza y zas: ahí está el día de la primera prueba de acceso. No, primero se estudia y, si luego sobra tiempo, damos una vuelta con el barco por el lago.

—¡Señor, sí, señor! —exclamó Jenny, y se tocó la sien con la mano extendida—. Tienes razón. Ojalá no entraran las mates en el examen... ¡Cómo odio esa porquería!

—¡Lo conseguiremos! —afirmó con convicción—. ¿Podemos dejar a Julia contigo, Max?

El anciano asintió contento.

—Así tengo ayuda. Entra, Julia. Puedes ordenar los chicles o atender a los clientes. Y también tengo polvos efervescentes. Verdes y amarillos. Con pajita...

Julia hizo una mueca y miró de reojo a Ulli. Max Krumme le caía muy bien, pero quería a Ulli con toda el alma. No le gustaba que quisiese volver a estar a solas con su madre y la despachase.

—Tenemos que practicar el cálculo —trató de persuadirla Ulli—. Muy aburrido. Cuando terminemos, zarparemos todos juntos en el barco, ¿vale?

—No, ahora. —Julia pataleó y Ulli tuvo, como siempre, dificultades para negarse a sus exigencias.

¡Qué terca era esa niña! Se resignó cuando Jenny amenazó

con volver de inmediato a Dranitz si seguía estando de morros.

—Hace lo que quiere contigo —le dijo Jenny a Ulli cuando abrieron la puerta del jardín y entraron en la casa—. Tienes que ser más firme con ella.

Max le había cedido todo el ático a Ulli, de modo que junto al dormitorio también había un diminuto salón con cocina americana y un despacho. A Ulli le gustaba. Es cierto que era estrecho, pero no le importaba, y además desde allí tenía una fantástica vista del lago.

—No —se defendió—. Ella ya sabe cuándo tiene que parar. Lo intenta. Es normal, ¿no?

Jenny no estaba de acuerdo. No tenía ganas de pelear con su hija por cada pequeñez. Tampoco funcionaba en la guardería, allí se hacía lo que decía Mücke. Para Jenny estaba bien. Antes, cuando era pequeña, los tipos del piso compartido «discutían» siempre con ella durante horas porque creían que una niña debía aprender a desarrollar su propia voluntad. Pero lo único que había aprendido era que los adultos siempre tenían razón. Aunque perdieran el duelo verbal, hacían lo que querían.

En el salón, Ulli llenó el hervidor de agua para hacer café mientras Jenny colocaba dos tazas sobre la mesa, sacaba del diminuto frigorífico la jarrita para la leche y buscaba en el cajón las cucharillas de café.

—Puedo hacerlo yo —dijo Ulli—. Mejor saca los cuadernos de mates y el bloc. Tenemos que volver a practicar la discusión de la curva. Te doy una ecuación con dos incógnitas y tú calculas para que puedas trazar la curva…

Jenny revolvió en su bolso y sacó los cuadernos destrozados de la escuela a distancia. ¡Matemáticas! Se le ponía la piel de gallina solo de oír esa palabra. Había otras asignaturas que la divertían y en las que sacaba muy buena nota. Inglés, por ejemplo, le salía de un modo espontáneo. Francés era más pesado, pero le resultaba fácil. Alemán, por supuesto, siempre elogiaban sus ocurrentes redacciones y su estilo fluido. También física y biología, todo eso lo entendía sin problema. Pero las matemáticas: no, en realidad nadie las necesitaba.

—¿Tenemos galletas para el café?

Ulli abrió una lata y le dio la vuelta. Cayeron unas migajas al fregadero: ya no había galletas.

«Maldita sea», pensó Jenny. Tendrían que haber pensado en coger unos paquetes cuando fueron al supermercado el día anterior. Las mates ya eran horribles por sí mismas, pero sin galletas sería imposible.

—Voy corriendo a ver a Max, tiene galletas en el quiosco…

—No seas infantil, Jenny —la reprendió—. ¿Qué pretexto quieres buscar para no tener que estudiar? ¿Crees que te ayudará para los exámenes meter la cabeza debajo del ala?

Cómo odiaba cuando le hablaba así. Sí, maldita sea: tenía razón. ¡Pero por eso no debía darse tanta importancia!

—No busco pretextos —se defendió—. Simplemente necesito algo dulce en la boca si tengo que calcular estas cosas aburridas.

Ulli sonrió y le puso delante la lata con los terrones de azúcar.

—Adelante. —Abrió el cuaderno de la escuela a distancia y señaló uno de los ejercicios—. Este está genial, podrás comprobar si lo has entendido todo.

—Ve poco a poco… Aún no he llegado a eso…

Jenny agitó el bolígrafo y el cuaderno, se metió un trozo de azúcar en la boca y hojeó a la vez el cuaderno en busca de una página limpia.

Ulli esperó con paciencia hasta que estuvo lista y le dio un golpe en el hombro para animarla.

—Empieza. Y no lo olvides: al final hay que volver a revisar el ejercicio para no tener ningún descuido.

—Sí, sí —gruñó, molesta.

Ulli fue hacia la ventana y miró el lago, luego se sentó frente a ella y hojeó los cuadernos de ejercicios que había enviado la escuela a distancia.

«Increíble —pensó Jenny—. Ulli solo tiene que echar un vistazo a un ejercicio y sabe de inmediato de qué se trata y cómo llegar a la solución adecuada. Bueno: también es ingeniero naval, las mates eran la asignatura principal en sus estudios. ¿Cómo era lo de la resolución de esa ecuación de locos? Ah, sí: hacer una derivada. Poner un cero, luego se sacaba qué número era la estúpida equis...»

—¿Está el café listo? —quiso saber.

Ulli, que estaba distraído, se sobresaltó.

—Se está haciendo. Un momento... Tu subidón de cafeína llega enseguida.

Todavía hacía el café con un viejo filtro de porcelana que ponía sobre la cafetera. Incluso su abuela estaba más avanzada. Pero el café de Ulli no era malo y, en cualquier caso, bastante más fuerte que la aguachirle de la abuela. Ella siempre tenía miedo de que a Walter le diera un infarto.

—Bueno, ¿avanzas? —preguntó Ulli mientras le servía.

—No sé... Mira, ¿es correcto?

Posó la cafetera y estudió las tres líneas que Jenny había calculado. Ulli podía leer los números si los tenía en la cabeza, no necesitaba que le diera la vuelta al bloc.

—En la tercera línea ya no está bien. Piensa, Jenny...

Se desesperó. Siempre hacía algo mal. ¿Por qué volvía a fallar? ¿Por qué las estúpidas reglas no le entraban en la cabeza?

—Falta algo. —Le echó una mano y señaló el lugar adecuado.

Ahora. Lógico. Dio un sorbo al café y se quemó la boca.

—Sigue así —la elogió—. Vas por el buen camino.

Sufrió. Necesitó tres indicaciones más de Ulli hasta que por fin obtuvo el resultado correcto. Por supuesto, no estaba nada contento; la obligó a resolver enseguida un segundo ejercicio, aprovechando que ahora estaba muy centrada.

—Eres un verdadero explotador...

—¡Quiero que hagas una buena selectividad, cariño!

Se inclinó hacia ella y la besó en los labios. Ella lo agarró al instante y lo obligó a sentarse a su lado en el brazo del sillón.

—Necesito ánimos —murmuró ella.

—Ya te he dicho que vas por el buen camino.

—No. Distinto. Más emocional...

Por supuesto, la había entendido. Y estaba dispuesto a darle los ánimos emocionales, aunque en realidad no los necesitaba en ese ámbito, ya que tenía grandes dosis. Se acariciaron un momento, se pusieron tontos, se rieron y se hicieron cosquillas, hasta que la taza de Jenny se cayó y el contenido se derramó sobre la mesa y el bloc.

—¡Salvado! —Suspirando, Ulli contuvo el raudal marrón con un trapo—. Mira en el cajón, ahí hay otro cuaderno cuadriculado...

—Pero ya he solucionado un ejercicio entero —refunfuñó Jenny—. Queríamos dar una vuelta con Julia por el lago.

Ulli era implacable. Hasta entonces no conocía esa faceta suya. En realidad, era una persona tierna, más bien indulgente, muy considerado y que nunca se ponía en primer plano. Sin embargo, en su interior guardaba una férrea voluntad. También había sido bueno en su trabajo, muy ambicioso incluso. Y de la misma manera dirigía junto con su socio, Max Krumme, la empresa de alquiler de botes, incluidos el camping, las duchas y aseos, la tienda, el chiringuito y el quiosco.

De primavera a otoño, y últimamente incluso durante el invierno, sus empleados vendían bebidas, alimentos y artículos de higiene, lo que los huéspedes y a veces también los habitantes de Ludorf necesitaban, mientras Max estaba en su quiosco cerca del aparcamiento. Ulli llevaba la contabilidad de todo en su despacho del lago o en el que compartían en la casa y, por lo que ella había visto, el balance siempre cuadraba hasta el último centavo.

—Solo dos ejercicios más. Calcular y después dibujar la curva. Queda café...

Oyeron la penetrante voz de Julia. Algo había despertado su ira; a veces tenía verdaderos ataques de furia.

—No te levantes —dijo Ulli, que se asomó a la ventana y miró—. Max lo arreglará. No te desconcentres...

Era fácil decirlo. Ahora, todas las combinaciones matemáticas en su cerebro estaban confusas y revueltas. Jenny sintió tal aversión hacia esos estúpidos ejercicios que le habría gustado berrear, como su hija.

—Ya no puedo más, Ulli. No me entra en la cabeza. ¡Se acabó!

Retiró el cuaderno y apartó el lápiz en señal de protesta. Ulli la miró, afligido.

—Hazlo por mí, Jenny. No debes suspender las mates bajo ningún concepto. Si no, puede estar muy justo.

—¡No empieces a meterme miedo! —lo riñó y se levantó—. ¿Crees que entiendo mejor esa bazofia si siento pánico?

Ulli suspiró y la abrazó. Le acarició la espalda, le masajeó con suavidad la nuca y la besó.

—Quizá solo se deba a que soy mal profesor —murmuró—. Demasiado impaciente, ¿verdad?

Qué detalle por su parte. Ahora también asumía la culpa. Jenny se recostó contra él, le devolvió los besos y le tiró juguetonamente de los lóbulos de las orejas.

—Muy impaciente —le tomó el pelo, pegada a sus labios—. Y severo.

—¿Severo?

—Muy severo. Das mucho miedo.

Ulli se dio cuenta de que estaba bromeando y empezó a reír.

—¿Quieres que te enseñe lo que significa ser severo? —le preguntó, levantando las cejas.

Ulli le gustaba así. Nunca montaba en cólera cuando lo molestaba. Sabía reírse de sí mismo. Era bonito estar con él. Aunque estudiar juntos no funcionase en absoluto.

—Recogemos rápido y damos una vuelta en barco con Julia —decidió ella—. Se lo hemos prometido, Ulli. Y no se debe faltar a las promesas.

Se resignó con un suspiro. Lo molestaba no haberle podido enseñar la discusión de la curva. Era ambicioso, quería a toda costa que Jenny lo lograse y no entendía por qué no lo comprendía.

Fregaron los platos, Jenny guardó su bloc empapado de café y metió a la fuerza los cuadernos de la escuela a distancia. «Ya no queda mucho para las pruebas de acceso —pensó angustiada—. Para entonces tengo que haberlo captado.»

Fuera, en el quiosco, Max Krumme había sobornado a la obstinada Julia con una botella de cola. Él miró a Jenny con remordimiento, consciente de que Julia no debía beber esas cosas. Sobre todo, la bisabuela Franziska opinaba que ese pegajoso líquido marrón volvía a los niños nerviosos y obesos.

—¿Qué ha pasado? —quiso saber Ulli—. Ha berreado tan fuerte que la han oído hasta en Waren.

—Nada —refunfuñó Julia en voz baja, con la botella de cola bien cogida.

—La bolsa con los polvos efervescentes se cayó en el lago y le he prohibido sacarla —aclaró Max.

A Jenny el anciano se pareció pálido y exhausto. Quizá la vivaracha Julia era demasiado agotadora para él.

—Vamos a dar una vuelta corta —dijo Ulli, que por lo visto pensaba lo mismo—. ¿Quieres venir, Max? De todas formas, hoy ya no venderás más, casi todos los visitantes se han ido.

—¡Claro! —aceptó, contento—. Los botes aún no están alquilados, tenemos que aprovechar. Seguro que por Pascua desaparecen todos.

Tenían algunas reservas, sobre todo para las casas flotantes, que estaban muy solicitadas. Pero también los demás botes tenían clientes fijos: la valiente idea de negocio de Max Krumme había dado muy buen resultado con la ayuda de Ulli.

El lago Müritz brillaba con el sol poniente y había adoptado un misterioso color azul oscuro. Solo unas pocas aves acuáticas seguían por allí, la mayoría ya se había retirado a dormir a las riberas, donde se posaban entre las cañas y los arbustos aún pelados por el invierno.

Ulli conducía el bote, los demás estaban sentados junto a él y miraban en silencio el agua. Jenny notaba el ligero balanceo del bote, miraba cómo las luces de las poblaciones se volvían cada vez más definidas en el crepúsculo y proyectaban claras y oscilantes líneas sobre el oscuro lago.

Durante un rato disfrutaron en silencio de la tranquila atmósfera de la noche y escucharon el borboteo y el murmullo de las pequeñas olas que golpeaban el casco del bote, los sonidos de los pájaros, cada vez más escasos, y el susurro del viento que acariciaba el agua.

Al final, Max se levantó para encender las linternas y rompió el silencio con sus palabras. Había recibido correo de su hijo, que incluía una foto de Jörg con sus estudiantes en el campus de la Universidad de Friburgo.

Ulli habló de sus abuelos, que tenían problemas para arreglarse en su piso de la primera planta porque Karl-Erich, aquejado de reuma, estaba en silla de ruedas y ya no podía salir de casa por culpa de las escaleras.

—¿Por qué no se mudan abajo, al piso de Kruse? —se extrañó Jenny.

La señora Kruse había muerto hacía un año, y desde entonces el piso de abajo estaba vacío. Pero Mine temía la mudanza; al fin y al cabo, había pasado más de cuarenta años en el piso de arriba y tenía muchos recuerdos allí.

—No sabe separarse de nada. —Ulli sonrió—. Cada maceta, cada caja tiene una historia y debe estar a buen recaudo, pero creo que estoy a punto de convencerlos para que se trasladen al antiguo piso de Kruse.

Cuando terminó, Jenny les contó que la policía había desbloqueado el lugar del hallazgo del esqueleto, y que para eso habían ido el día anterior por la tarde dos arqueólogos de Schwerin y realizado investigaciones en el sótano de la mansión.

—Han descubierto parte de una muralla y creen que debajo del sótano están los restos de una iglesia conventual.

—Entonces, el muerto que estaba debajo del suelo de cemento sería un monje que enterraron en la iglesia y no una víctima de un crimen del siglo XX —concluyó Max.

—Más bien una monja. Según las antiguas crónicas, se trataba de un convento de monjas.

—Eso no está nada bien —murmuró Max Krumme—. ¿No queríais construir ahí una piscina y una sauna?

Jenny se encogió de hombros. Por mucho que se hubiera enfadado el otro día, allí, en el oscilante bote sobre el silencioso y oscuro lago, el asunto le parecía casi inofensivo.

—Aún podemos. Cavarán un poco y luego nos permitirán seguir construyendo. En todo caso, la abuela está muy aliviada; temía que fuera un ruso muerto de la Segunda Guerra Mundial.

Ulli sonrió. Max permaneció serio y solo dijo:

—¡Vaya!

Julia llevaba un rato sin decir nada: se había dormido en el regazo de Ulli.

Una pequeña familia. Hacía tres años, cuando Ulli y ella se dieron cuenta de que iban en serio, le había preguntado a Jenny si se casaría con él. Su respuesta fue «No lo sé...», y comentó que era mejor que esperasen. Desde entonces esperaban. Se veían dos o tres veces por semana, seguían muy enamorados y Julia se había encariñado de Ulli. Pero también tuvieron problemas.

Ulli vivía, sobre todo, para su alquiler de botes, incluso en invierno estaba ocupado y ganaba un montón de dinero. No le apetecía vivir con ella en la preciosa caballeriza de la finca Dranitz, decía que aquello estaba «en el quinto pino». Solo de vez en cuando pasaba una noche con ella; la mayor parte del tiempo vivía en Ludorf, en el estrecho ático. «No puedo dejar solo a Max —decía—. No está bien, es mejor que alguien cuide de él.»

Por un lado, era un detalle por su parte, pero por otro, Jenny sabía con exactitud lo que en realidad había detrás de eso. Ulli no se sentía a gusto en la finca Dranitz porque allí mandaban Jenny y su abuela. Era un hombre, y le gustaba ir a lo suyo. Sí, le habría gustado que se hubieran mudado con Julia a su casa de Ludorf, pero allí había poco espacio y, en verano, demasiado barullo. Además, ¿qué haría ella en Ludorf? Su sitio estaba en Dranitz.

Cuando amarraron en el embarcadero, estaba tan oscuro que Max tuvo que iluminarles con una linterna. Ulli llevó a Julia, que dormía, al coche de Jenny, la envolvió en una manta y le puso el cinturón.

—Bueno —dijo, abrazando a Jenny—. Lo he pasado genial con vosotras. Duerme bien y sueña conmigo, cariño. Hasta pronto.

—¿Cuándo vienes? —quiso saber Jenny mientras le daba un afectuoso beso de despedida.

Ulli pensó un instante antes de responder:

—Mañana quizá. Ay, no, espero una entrega que hay que guardar. Pasado mañana.

Siempre era así. Pasado mañana llamaría diciendo que por desgracia le había surgido algo. Pero Jenny tenía que ser sincera consigo misma: a menudo era ella la que anulaba los encuentros.

—Pasado mañana seguro —prometió Ulli—. Tenemos que practicar las mates, se nos acaba el tiempo.

¡Matemáticas! ¿No se le ocurría otra cosa que pudiesen hacer cuando iba a su casa?

Cornelia

Había sido un día de perros, pero la camioneta blanca en su aparcamiento del patio fue el colmo. ¡Así no, queridos vecinos! Estaba permitido entregar o recoger, pero tenían que pararse en medio del patio y no en su plaza, por la que pagaba treinta marcos al mes.

Furiosa, Cornelia se bajó, dio un portazo y fue deprisa hacia el insolente ocupante de su plaza, solo para encontrarse con que la cabina del conductor estaba vacía. Solo una muñequita rubia de plástico y un collar con piedras azules se balanceaban en el retrovisor. Cuando se volvió, vio en la entrada a un hombre musculoso con pelo oscuro y brazos tatuados que sacó un sillón rosa y lo puso sobre la superficie de carga de la camioneta. A continuación, se sacudió el polvo de la camiseta y se dirigió a la puerta.

—¿Hola? —exclamó Cornelia—. ¡Me bloquea la plaza!

El hombro lanzó una mirada a su Opel negro, que estaba junto a la entrada del patio.

—Ya acabo —respondió con acento turco—. Solo quedan cama y armario y dos cajas. Ya no queda mucho.

—¡No! —lo contradijo con vehemencia, y avanzó hacia el hombre—. Ni hablar. Y vuelva a meter de inmediato el sillón.

La miró con el ceño fruncido.

—¿Por qué?

—Porque es mi sillón. Por eso.

Ahora estaba desconcertado. Se rascó la nuca, miró el sillón, luego otra vez a Cornelia, y por último dejó vagar la mirada por la pared hasta la segunda planta. Allí estaba su piso.

—¿Su sillón? La señora Himmelreich ha dicho...

—¡Sylvie! —lo interrumpió—. ¡No será verdad! —Increíble, pero al final había cumplido su amenaza. Solo lo había conseguido porque Thomas la había respaldado. Sylvie nunca habría podido tomar una decisión por sí sola.

—Ese sillón es mío —le aclaró con voz firme al hombre—. Vuelva a dejarlo en su sitio si no quiere que llame a la policía.

El transportista se sobresaltó un poco y sacudió la cabeza sin comprender, pero cogió el sillón de la superficie de carga.

Cornelia entró en la casa y subió las escaleras delante de él. Al llegar arriba, vio que la puerta barnizada y anticuada estaba abierta de par en par. Detrás descubrió dos cajas de cartón, un ficus, tres bolsas de plástico y un cabecero de madera.

—¡Sylvie! —Cornelia jadeó. Nunca había sido especialmente deportista y subir las escaleras la había dejado sin aliento—. ¡Sylvie! ¿Qué es esto?

La revuelta melena rubia, por la que se extendían ahora pelos grises, apareció por encima de una caja. La cara de Sylvie estaba pálida y arrugada, y tras las gafas de metal, los asustados ojos redondos parecían aún más grandes de lo que eran.

—¿Conny? —preguntó con voz ronca—. ¿Ya has vuelto? ¿No era mañana cuando ibas a...?

¡Ajá! Pretendía empaquetarlo todo en secreto durante su ausencia y desaparecer sin despedirse. Y eso, después de más de veinticinco años viviendo juntas. Se habían mudado seis veces, habían compartido alegrías y penas, así como los muebles, la comida y a veces incluso a los hombres. ¿Y este era el final de una amistad de décadas? ¿Solo porque un tipo había convencido a Sylvie con algo de amor y promesas de matrimonio?

—Hemos acabado un día antes —aclaró con frialdad y apartó los cartones—. Y que quede claro: el sillón rosa palo es mío. ¡Me lo regalaron mis padres, es mío!

Sylvie estaba muy confusa por la excitación y los remordimientos.

—Pero si nunca te has sentado en él, Conny. ¿No decías siempre que preferirías tirar ese horrible montón de felpa a la basura? He pensado que te hacía un favor si me lo llevaba...

—¡Tonterías!

Sylvie no andaba muy equivocada. En su día se puso hecha una fiera porque sus padres le habían enviado una carretada de muebles, vajillas y otras cosas prácticas a su piso de estudiantes en Frankfurt. Cuando llamó a casa temblando de ira, su madre le dijo que habían oído que dormía en el suelo.

Conny lo había regalado todo; ya era bastante que se hubiera sometido a las presiones de su padre, Ernst-Wilhelm, para el que la empresa siempre era lo primero, y tuviese que terminar unas prácticas en un banco antes de la carrera. Abandonó los estudios de empresariales en cuanto se fue de casa y se había consagrado a las humanidades y a la política. El sillón de felpa rosa se había quedado porque nadie lo quiso. Nunca pudo soportarlo, pero ahora que Sylvie, esa desleal, quería desaparecer a escondidas con el monstruo rosa, sintió de pronto que en realidad sentía cariño por ese sillón. Seguro que la psicología podía explicar el porqué: un regreso a la infancia, desencadenado por una crisis...

¿Qué crisis, en realidad? No había habido ninguna crisis en su vida. A nivel profesional todo iba perfecto. Había probado y desestimado muchos trabajos, cambiado varias veces de ciudad hasta que por fin se aclimató a Hannover, donde también se habían afincado algunos excompañeros de pisos, entre ellos Sylvie, Herrmann y Bernd, el padre Jenny, su pareja a veces sí y a veces no, y desde hacía unos dos años definitivamente no. Allí, Bernd había dirigido un floreciente bufete antes de instalarse en Mecklemburgo-Pomerania Occidental como agricultor ecológico. Siempre había sido un chiflado, pero encantador, un soñador... Ella también había cambiado de carrera y llevaba un tiempo en la consultoría Schindler: los asesoramientos de empresas prosperaban en los últimos tiempos y siempre estaba abierta a las novedades.

En cuanto a su vida privada, de momento tenía poco dinero, pero no se le podía llamar crisis. Más bien «punto muerto». Reposo. Los preparativos para una nueva etapa vital. Exacto. Estaba, por así decirlo, algo apurada, y no era la primera vez.

Detrás de ella, en la puerta, apareció el transportista. Cornelia le mostró dónde debía dejar el sillón: en el salón, que ahora ya no sería común, sino tan solo suyo. Era la última que quedaba del piso compartido. Una roca primitiva. Un dinosaurio. Un fósil. Conny Kettler, activista política, comunista, feminista. Profesora expulsada del instituto por presentarse en clase con una blusa transparente a principios de los setenta. La despidieron por eso. Procedimiento disciplinario. No era moral enseñar así a la juventud. Bueno: borrón y cuenta nueva. Fueron sus años salvajes. Hacía mucho tiempo de eso.

—¿Te mudas a casa de Thomas? —gritó por el pasillo.

Su compañera de piso o, mejor dicho, su excompañera de piso no respondió enseguida porque el transportista, por lo visto un conocido suyo, quería saber qué hacía con las demás cosas.

—Sí, a casa de Thomas —oyó decir a Sylvie antes de que esta entrase en el salón—. Si no, no puede conservar el piso porque le han subido el alquiler. No quieres la cama, ¿verdad? —La cama era de Herrmann, pero la había dejado allí porque los listones se les habían roto a él y a su novio dos veces. Sylvie había puesto debajo cajas con libros para que aguantase.

—Llévatela —gruñó Cornelia.

¡Menuda excusa! El pobre tipo ya no podía pagar él solo el alquiler. Sylvie, el ángel de los inquilinos sin recursos. Thomas era publicista en paro y el tipo más vago con el que Cornelia había tropezado. Pero si Sylvie quería darle dinero, solo tenía su sueldo como profesora de primaria.

—¿Y por qué no te ayuda con la mudanza?

—Se ha torcido el pie.

—¡Qué mala suerte!

Sylvie sonrió avergonzada e hizo como si no hubiese captado la ironía. Se acercó a Cornelia, la abrazó y la estrechó fraternalmente.

—Así es, Conny. Cada vez que algo acaba, otra cosa empieza. Te agradezco los bonitos momentos que hemos pasado juntas. —Sus hombros empezaron a temblar.

—Está bien —murmuró Cornelia, y acarició con torpeza los hombros temblorosos de Sylvie—. Pero no tienes que llorar. No te vas tan lejos. Y si quieres volver en algún momento...

—Ay, Conny... Si no fueras tan tirana... —Sylvie apretó las húmedas mejillas contra la solapa de Cornelia, que frunció el ceño. ¿De verdad era una tirana?

Se produjo un gran estruendo en el pasillo: se había caído la parte trasera de la cama. Al mismo tiempo, les llegaron del patio unos bocinazos ensordecedores. Cornelia se separó de Sylvie y corrió hacia la ventana. Ajá, Noltemayer estaba en la entrada con su BMW y no podía llegar hasta su plaza porque su Opel bloqueaba el camino.

—¡Dios mío! —exclamó Sylvie—. ¿Estás listo, Osman? ¡Tenemos que darnos prisa!

El aludido subió los escalones de un salto y se llevó el cabecero de la cama; Sylvie cogió el ficus y su bolso y siguió a su ayudante mientras Cornelia, de piedra, la seguía con la mirada.

—¡Adiós, Conny! —exclamó por encima del hombro mientras ya bajaba las escaleras—. Nos vemos... pronto...

Volvieron a tocar la bocina. Cornelia venció su inmovilidad y también bajó. Osman quitó la furgoneta del acceso pasando delante de Noltemayer, que gesticulaba furioso, y Conny se subió al Opel para aparcarlo en su plaza. Esperó hasta que su vecino —un siempre estresado jefe de departamento de un proveedor automovilístico convencido de que podía seguir ascendiendo— desapareció en la casa. Luego ella se bajó, sacó el maletín y la cartera del maletero y regresó a su piso vacío.

Dejó las cosas en su habitación, donde también había establecido su despacho, y se puso ropa cómoda. Le había costado acostumbrarse a la ropa de ejecutiva que debía llevar como asesora. Tenía que ser así, gajes del oficio, pero sentía que iba disfrazada.

Sylvie apenas se había llevado nada de la cocina. Las cacerolas seguían allí, y también la vajilla y los cubiertos. Sin embargo, en la despensa faltaba alguna cosa. Ya no quedaba fruta ni cebolla; se había llevado incluso las zanahorias. Cornelia tuvo claro que en adelante no le quedaría más remedio que cocinar. El exquisito potaje de Sylvie, que se podía recalentar sin problemas; sus tortitas; las albóndigas cocidas en salsa de alcaparras; el delicioso asado de carne picada: todo eso era agua pasada.

Cogió un sobre de sopa, llenó una olla de agua y la puso sobre la cocina eléctrica. Sopa de pollo con pasta. Bueno... El pan también se había acabado, en el cajón solo quedaba una rebanada reseca de pan blanco. Cuando acababa de servir la sopa caliente en un plato e iba a mojar el pan seco, sonó el teléfono.

Era el jefe. El señor Schindler. ¿Cómo sabía que Cornelia ya estaba en casa?

—Buenas noches, señora Kettler. ¿Puede ser que haya entregado por equivocación el plan antiguo a Schulz & Kundermann? ¿El que aún no tenía introducidas las mejoras?

Debía de haber un flujo de información interno que desconocía. Claro que les había dado el plan antiguo, porque era mejor.

—Lo dudo mucho, señor Schindler, pero por supuesto que lo comprobaré.

—Hágalo cuanto antes. Sería una lástima que el encargo se nos escapase por eso.

—No se preocupe, señor Schindler. Yo me ocupo.

Mientras cenaba la sopa en la cocina, sintió cómo la frustración surgía en su interior. Iba a ver al cliente, estudiaba la empresa y redactaba un plan para hacerla más rentable, y luego venían esos chulos, recién salidos de la universidad, sin nada de práctica, pero firmemente convencidos de tener las mejores ideas, y lo criticaban. A continuación, decían de su trabajo un montón de imbecilidades que habían traído sin digerir de la universidad y vendían el conjunto al jefe como una maravillosa mejora. ¡Y Schindler caía en la trampa! «La gente nueva trae nuevos impulsos», rezaba su lema. Si lo creía en serio, debía dejar pronto su sillón; de todos modos, ya tenía casi sesenta años.

Si era sincera, en realidad tampoco en el trabajo las cosas iban del todo bien. Puso los platos en el fregadero y fue al salón para encender el televisor. Necesitaba distracción con urgencia. Pero los estantes vacíos, en los que estaban los libros de Sylvie, la desanimaron. Era mejor que ese día no entrase en su antigua habitación, ya habría tiempo al día siguiente.

Durante el fin de semana cambiaría la disposición, movería su cama y el armario a la habitación de Sylvie y ampliaría el despacho en la suya con un par de estantes. De todos modos, se le estaban acumulando las carpetas y ya no sabía dónde dejarlas. Desde entonces, la antigua habitación de Herrmann serviría de trastero.

Estaba contenta de haber conservado el sillón; en realidad era muy cómodo, podía sentarse de lado y balancear las piernas sobre el brazo. O acurrucarse bajo una manta, con la cabeza apoyada en el grueso cojín lumbar, con las piernas levantadas y los brazos rodeando las rodillas. No obstante, después de un rato le dolía la espalda y se le dormían los brazos. Así que mejor extender las piernas y poner los pies sobre un taburete. Santo Dios: así estaba su padre sentado siempre delante del televisor en la casa de Königstein. Su madre le había comprado un escabel especial, con un acolchado revestido de cuero artificial para se pudiese lavar.

Conny se levantó y se asomó a la ventana. Un angustioso sentimiento de soledad la recorrió. Pensó en los viejos tiempos, cuando compartía piso con hasta diez personas. Cuántas veces había añorado en secreto estar por fin sola, pero no se había imaginado que la soledad era tan angustiosa. Tan silenciosa. Tan definitiva. ¿Y si llamaba a Herrmann? Pero vivía con su novia y, si se pasaba por allí, sería solo para darle un sablazo. ¿Gudrun? Ay, se había casado y tenía gemelos. ¿Manni quizá? Manni siempre había sido un buen tipo. Educador de enseñanza especial, había intervenido a favor de los niños de las clases sociales desfavorecidas. Cierto: se había ido a Australia. También podría poner un anuncio. Se buscan compañeros para piso compartido. Antes colgaban sencillamente un cartel en el supermercado, siempre funcionaba. Pero entonces eran jóvenes sin complejos. Ahora lo veía de otra manera. Ya había vivido demasiado, se había vuelto exigente. No tenía ganas de aceptar a cualquier chiflado en su piso.

A propósito de chiflados. Podría llamar a Bernd. Lo admiraba mucho por el valor de cerrar su bufete y empezar algo totalmente nuevo. Cornelia no pensó hasta más tarde por qué quiso establecerse a toda costa en las antiguas tierras de la finca Dranitz: por Jenny. En realidad, era una buena jugada por su parte. Había evolucionado para bien, ya no era el soso pequeñoburgués que se fue del piso compartido echando pestes porque no podía aguantar que Klausi utilizase siempre su maquinilla de afeitar. Hubo una buena bronca y, como estaba tan enfadada con él, no le dijo que Jenny era su hija. Pero Bernd no era tonto, tuvo que haberlo sospechado durante todo el tiempo. Siempre le había gustado mucho la pequeña y se había ocupado de ella con ternura cuando aún vivía con ellos.

Y ahora quería reavivar la relación padre-hija en Mecklemburgo-Pomerania Occidental y cumplir al mismo tiempo un viejo sueño: la agricultura ecológica. Sin abonos químicos. Sin pesticidas. Todo natural. Renunció incluso a un tractor y araba en su lugar con un tiro de caballos, como hacía cien años. Y si ella le daba consejos de cómo podría organizar de manera más funcional su empresa, no prestaba atención.

Vaciló, pero al final se levantó y cogió el teléfono del despacho. Como lo utilizaban entre varios, tenía un largo cable que había que seguir para encontrarlo. Bueno, eso también era historia.

Se sabía de memoria el número de Bernd, su facilidad para recordarlos siempre había sido sobresaliente. A esa hora ya tenía que haber ordeñado las vacas, aunque podía ser que siguiese trabajando en la quesería. Conny odiaba la leche, sobre todo recalentada, y era probable que el olor de la quesería la matase.

—Kuhlmann.

¡Estaba en casa! Por fin tenía algo de suerte ese miserable día.

—Hola, Bernd, soy Conny. Quería saber cómo te va…

¡Si pudiese ver su cara! ¿Se alegraba o estaba molesto?

—Hola, Conny. Cuánto tiempo. Aquí todo sigue su curso. Siempre hay trabajo. La semana pasada planté coles y una de las vacas ha tenido un ternerito. Fue muy emocionante.

—¿Cómo está Jenny? —lo interrumpió Cornelia, a la que interesaban más bien poco sus experiencias en la feliz vida rural.

—Pronto hará las pruebas de acceso para la selectividad. Ya sabes, la escuela a distancia funciona de otra manera. Primero tienen que clasificarse para los exámenes de verdad. Está nerviosísima. Tiene problemas con las mates, pero con eso no puedo ayudarla mucho.

Cornelia se guardó el comentario de que su hija podría tener la selectividad en el bolsillo desde hacía mucho tiempo si no hubiera dejado la escuela.

—Seguro que lo consigue —dijo, confiada—. Nuestra Jenny no es tonta. Y por lo demás, ¿cómo está mi madre?

Estaba bien informado. Se merecía un respeto. En solo tres años había logrado ganarse no solo a su hija, sino también a Franziska y al resto del clan familiar, mientras ella se había quedado fuera.

La asaltó la amargura. Estaba excluida. Una tirana, había dicho Sylvie. Una tirana solitaria.

—Por cierto, tu madre ha inscrito a Jenny como copropietaria. Hace un tiempo ya —oyó decir a Bernd—. No sé si me gusta, Conny.

Sus palabras sacaron abruptamente a Cornelia de su autocompasión. En su cabeza sonaron las alarmas.

—¿Y por qué? ¿Acaso Jenny ha pedido un crédito?

Bernd no respondió. En su lugar, salieron ruidos extraños del auricular. Murmullos, crujidos, un chirrido raro...

—¿Bernd? ¿Hola? ¿Sigues ahí? ¿Se te ha caído la casa encima?

—¿Conny? —exclamó—. ¿Hola?

—Aquí sigo. ¿Qué haces?

Lo oyó reír. No reía como antes. Ahora lo hacía con más naturalidad. Con sinceridad.

—He adoptado tres gatitos. Sonja Gebauer, la hija de Walter, me los ha traído porque aquí tengo un montón de espacio, pero están haciendo muchas travesuras. Incluso he tenido que defender mi cena...

¡Gatos! Odiaba a los gatos. En general, los animales eran muy caprichosos. Como mucho los perros. Al menos se los podía amaestrar.

—¿Qué acabas de preguntar?

—Quería saber si Jenny había pedido un crédito.

Dudó, luego respondió con voz seria:

—Me temo que sí, Conny. Por lo visto, los gastos de las reformas se han disparado.

¡Estupendo! Jenny tenía deudas. Y Franziska era probable que también. ¿Podían pagarlas a plazos?

—¿Ha abierto el restaurante por fin? Pensaba que estaría acabado. Y también puede alquilar habitaciones, ¿no?

—El restaurante está abierto. El Domingo de Resurrección tuvo lugar la gran inauguración, pero durante la semana apenas hubo movimiento. Bueno, a partir de Pentecostés empezarán a venir los turistas. Ya han hecho las primeras reservas. Sin embargo, con el balneario no será tan rápido: hay un equipo de arqueólogos trabajando en el sótano porque durante las excavaciones para la piscina han descubierto un esqueleto que al parecer lleva allí mucho tiempo.

Bernd le contó que el cadáver pertenecía a una monja del siglo XIII, quizá incluso una abadesa. No la habían enterrado en un cementerio, sino en una iglesia, ya que la mansión estaba encima de las ruinas de un convento medieval.

—A nivel histórico es muy interesante —continuó—. Solo que de momento se han interrumpido las obras en el sótano hasta que todas las investigaciones concluyan.

Cornelia no creía que eso fuera un problema. De todas formas, opinaba que era más inteligente comenzar con las instalaciones exteriores: jardín, parque infantil, botes de remos, caballos. Con eso se podía atraer a los excursionistas de fin de semana. Publicitarlo de manera concreta, para que por fin entrase algo…

—¿Y tú qué tal, Conny?

—¿Yo? Bien. Todo marcha como estaba previsto.

Al parecer, sus palabras no habían sonado tan convincentes como pretendía, ya que Bernd carraspeó y luego propuso:

—Si estás trabajando demasiado, puedes pasarte por aquí. Salir de la ciudad, oler un poco de aire del campo…

—¿Por qué piensas que estoy trabajando demasiado? —repuso ella.

—Ni idea —dijo, apaciguador—. Quizá porque a mí me pasa lo mismo.

Se imaginó que él se había hecho cargo de demasiadas cosas. Ojalá lo lograra, ya no era un jovencito.

—Quizá me pase —pensó en voz alta—. En junio. O algo más entrado el verano. De momento hay mucho que hacer, no puedo irme.

—Estaría genial. Hasta pronto, Conny. Por desgracia tengo que colgar, aún quiero ir a la quesería.

—Hasta luego, Bernd.

Cornelia colgó y sostuvo un rato el auricular. Maldita sea, en realidad le encantaría ir a Dranitz. El campo en Mecklemburgo-Pomerania Occidental tenía algo calmante. Quitaba el estrés. Se podía respirar, mirar los prados y los campos verdes hasta donde el cielo tocaba la tierra. Avenidas, pinares silenciosos y sombríos, suaves nubecitas de verano en el cielo...

No: imposible. No podía irse. Si se marchara de vacaciones solo un par de días, los jabatos universitarios le quitarían la silla.

Volvió a encender el televisor, encontró una bolsa de patatas fritas empezada en la despensa y cogió una cerveza. Acababa de acomodarse en el sofá cuando sonó el teléfono.

—¿Señora Kettler? Disculpe que llame tan tarde. Acabamos de sentarnos a comentar su propuesta.

El cliente de Schulz & Kundermann.

—Nos ha convencido su plan y nos gustaría ponerlo en práctica. ¿Podemos concertar una cita para la semana que viene? Podría ser el lunes por la mañana... El señor Schindler ya está informado.

¡Bueno! Había engañado a esos jovencitos altaneros. La vida volvía a ser divertida.

Kacpar

Las bombillas de cien vatios en los dos proyectores estaban encendidas cinco horas seguidas, lo que gastaba un montón de electricidad, pero lo asumiría la oficina de Patrimonio, que había encargado las excavaciones. Kacpar estaba en la antigua entrada de la cocina con los brazos cruzados y miraba a los dos arqueólogos, que se habían sentado en la fosa, ensanchada desde entonces, y trabajaban con palitos y pinceles. «Agradable trabajo», pensó con el ceño fruncido. Estaban ahí en cuclillas y rascaban un poco de tierra de los huesos viejos, luego trazaban y fotografiaban, charlaban, hablaban de asuntos profesionales y bebían mucho café.

A mediodía, los dos arqueólogos —el doctor Schreiber y su ayudante, Sabine Könnemann— subían sucios, como estaban, al restaurante, tomaban sopa de fideos, ragú de pollo con arroz y peras *à la belle Hélène* u otras especialidades de Bodo Bieger, el cocinero del hotel rural, que preparaba la comida con mucho cariño, bebían refrescos de cola y aún más café y capuchinos. La factura corría a cargo del instituto de Schwerin. Era más fácil así, porque tendrían mucho que hacer allí.

—¿Quiere mirar, señor Woronski? —preguntó Sabine Könnemann parpadeando en su dirección. El proyector la cegaba.

—¿Hay algo nuevo?

—Ya lo creo. Hemos encontrado pruebas textiles.

Estupendo. Para eso habían rascado todo el día. Sin gran entusiasmo, se asomó al borde de la fosa, que ahora se llamaba «yacimiento», y estuvo a punto de pisar dos bolsas de plástico cerradas y rotuladas con lápiz blanco: las valiosas pruebas textiles. Sabine salió del yacimiento y sostuvo los hallazgos a contraluz. Kacpar reconoció algo marrón y pegajoso, que habría considerado un trozo de estera enredado.

—¿Ve? Urdimbre y trama. Es probable que incluso con patrón entretejido. Un trabajo bastante bueno. La arqueóloga textil nos lo podrá decir con exactitud.

Levantó la vista hacia él con rostro triunfante, como si le hubiera enseñado el manto de coronación del rey Arturo. Sabine Könnemann tenía veintipocos años y aún estudiaba, estaba haciendo unas prácticas durante el verano y en invierno seguiría estudiando en Hamburgo. Después quería optar a una cátedra en el extranjero, preferiblemente en Estados Unidos, aunque Inglaterra también le valía, e incluso Noruega. Entretanto, había planeado viajar a Siberia, Georgia y Sudáfrica para estudiar las excavaciones de esa zona y escribir artículos científicos para revistas. Había revelado a Kacpar todos esos planes la primera tarde, cuando se quedaron sentados en el restaurante tras el trabajo y tomaban la última copa. Sabine se había puesto a su lado como si le conociera de toda la vida y le había hablado de su familia, de su novio, que era filólogo clásico, y de sus grandes planes.

—Si la señora de ahí abajo es una monja, esto será un hábito —reflexionó él, frunciendo el ceño.

—Esa es la cuestión —dijo, y echó con vehemencia hacia atrás su larga melena rubia oscura—. Alwin ha dicho que, para ser un hábito, esta tela es demasiado delicada.

Alwin era el doctor Schreiber, catedrático de Arqueología

Medieval en Dresde. Un especialista convocado por la oficina de Patrimonio de Schwerin. El doctor Schreiber tenía unos cuarenta años, era un hombre muy alto y enjuto, con pequeños ojos marrones tras los gruesos cristales de las gafas. Era parco en palabras, pocas veces hablaba de los resultados de la excavación y chupaba siempre caramelos de eucalipto porque el aire del sótano le sentaba como una patada en los bronquios.

—Quizá sí que era abadesa —supuso Kacpar—. Si llevaba enaguas valiosas es probable que fuera noble.

—No creo —replicó Sabine sacudiendo la cabeza—. Las monjas del siglo XIII llevaban bajo sus vestimentas, como mucho, cadenas de hierro, ganchos afilados o aparatos similares para la automortificación.

Había oído hablar de ello. Lo hacían para tener que arder menos tiempo en el purgatorio. Pobres personas que sufrieron semejante error.

—Este trozo de tela sugiere que a lo mejor no era monja.

Ajá. Sin embargo, se planteaba entonces la pregunta de quién fue y por qué la enterraron en una iglesia.

—¿Una noble pues? ¿La fundadora del convento? ¿La soberana? ¿Quizá incluso una santa?

Sonrió o, mejor dicho, flirteó. Volvió a echar hacia atrás la larga melena y sacó pecho. ¿A quién quería impresionar? ¿Al insignificante Alwin? ¿O a Kacpar? Quizá a ambos. La chica era guapa, muy joven y francamente ingenua. No era su tipo. Aun así, debía cuidarse de ella.

—Es posible que una noble que tuviese alguna relación con el convento —aclaró—. Quizá incluso una reina. En ese caso, podría usted fundar un santuario.

Soltó una carcajada, y al final a él también se le escapó una sonrisa, aunque el asunto no le parecía nada gracioso. Difícilmente cabría un santuario entre las instalaciones del balneario, la sauna y la piscina. Más bien tendrían que cerrar el hotel.

—¡Sabine! —la llamó el doctor Schreiber desde la fosa. Se protegió los ojos con la mano de la deslumbrante luz de los focos—. ¡Haz el favor de venir!

La becaria bajó a prisa la escalera. Kacpar los oyó susurrar excitados, pero solo comprendió unas palabras aquí y allí.

—La cámara de fotos... El otro filtro... Otra fotografía... El pincel fino...

Ajá, habían vuelto a encontrar algo. ¿Quizá el sostén de la princesa? ¿Una liga? ¿El zapato izquierdo? Decidió que era mejor comprobar si en el restaurante todo estaba en orden. Tal vez había llegado un par de comensales por la lluvia. Habían hecho bastante publicidad, hasta entonces con un éxito moderado. Ese día había aparecido una familia para el *brunch*, dos ancianas de Neustrelitz que tomaron solo huevos escalfados, pan negro y café, y un mochilero que estuvo sentado más de una hora ante un café doble. También faltó afluencia al mediodía, y si esa tarde no venían unos cuantos...

—Esto es oro —oyó de pronto la voz de Sabina en la fosa—. Un pendiente, quizá un colgante de sien. Espera, acerco la lámpara...

Curioso, Kacpar se acuclilló en el borde del yacimiento y estuvo a punto de dislocarse el cuello para poder distinguir algo, porque los cuerpos de los arqueólogos encorvados hacia delante le tapaban la vista. ¿Oro? Entonces ¿sí que se trataba de una reina? Por fin, el doctor Schreiber se levantó y salió del yacimiento con un pequeño objeto en la mano.

—Un pendiente. Franco, sin duda. Con toda probabilidad del siglo XIII. Bonito trabajo. Es probable que la pieza sea de vidrio, pero también podría ser un rubí.

Sus ojos marrones tras los gruesos cristales brillaron de entusiasmo cuando le enseñó a Kacpar el preciado hallazgo. Un aro de alambre dorado al que estaba fijado un colgante en forma de gota con una piedra roja.

—Esto confirma mis sospechas de que se trata de la tumba de una noble de alto rango —anunció, excitado—. Quizá incluso de la tumba de Mathilde, condesa de Schwerin, que a principios del siglo XIII fundó el convento.

Una condesa fundadora de un convento. Bueno: aún mejor que una reina. Pero entre las instalaciones del balneario y la piscina exterior estaba un poco fuera de lugar.

—El asunto es el siguiente, señor Woronski —dijo el doctor Schreiber y retiró la mano con el pendiente—. Recogeremos todos los hallazgos de la tumba y seguiremos las investigaciones en el instituto. Durante estos trabajos, ninguna persona sin autorizar tendrá acceso a este sótano; encárguese, por favor. En cuanto hayamos abandonado el yacimiento por la tarde, el sótano tiene que permanecer cerrado. Es importante, porque hemos encontrado oro. ¿Comprende?

Por supuesto que comprendía. Había un montón de arqueólogos aficionados y ladrones de tumbas que estarían interesados en semejante hallazgo. Si tenían mala suerte, a alguien se le podría ocurrir entrar por la fuerza en la casa y arruinarles además un par de ventanas o la nueva y cara puerta.

—Comprendo —afirmó—. ¿Cuánto durarán los trabajos?

Indeciso, el doctor Schreiber movió la cabeza.

—Unas semanas, creo. Nos gustaría realizar excavaciones de prueba para aclarar el lugar exacto del convento. Es posible que haya más tumbas importantes a nivel histórico. Sería una auténtica contribución a la historia del estado federado de Mecklenburgo en la Edad Media.

Unas semanas. Estupendo. Mientras tanto, no podían seguir allí abajo. Interrupción de las obras, ahora que el asunto había cogido impulso.

—Me vendría bien una taza de café —dijo el doctor Schreiber, al que el extraordinario hallazgo había desatado la lengua—. ¿Y quizá un trocito de tarta? Esta tarde beberemos champán. ¡Por nuestro descubrimiento revolucionario!

—Sí... sí, por supuesto —accedió Kacpar—. Café y tarta.

En el restaurante reinaba un vacío deprimente. Solo dos ciclistas mojados y una pareja de ancianos estaban sentados en la gran sala. La pareja bebía café y compartía un trozo de tarta de almendras. Las dos camareras, Elfie y Anke —dos simpáticas jóvenes del pueblo—, que Jenny había llamado para ese día, estaban sentadas tras la barra: una doblaba servilletas y la otra sacaba brillo a las copas de vino.

Kacpar condujo a los dos arqueólogos hasta una mesa junto a la ventana, y luego fue a la cocina para hablar con Bodo Bieger, el cocinero. Afligido, Bodo miró los platos preparados que habían sobrado del mediodía; la ayudante de cocina, Erika, se había cambiado en un rincón y hacía crucigramas.

—No puedo tirarlo todo así sin más —se quejó, infeliz—. Pero si esta noche tampoco viene nadie...

—Esperaremos —lo consoló Kacpar—. Quizá deje de llover.

—¿Cree en los milagros? —suspiró el cocinero—. ¿Sabe qué, señor Woronski? Si esto sigue así, ya no me interesa.

Ulli

La tormenta de primavera había caído sin previo aviso sobre los paseantes y excursionistas; en la orilla y el aparcamiento reinaba un absoluto caos. Varios botes de remos se dirigieron a la pasarela, en el camping pusieron a cubierto las sillas plegables, mantas y servicios de café, mientras los cargadísimos padres se precipitaban hacia sus coches y las madres recogían a los niños empapados. Ulli y sus dos jóvenes ayudantes, Tom y Rocky, se encargaron primero de los botes que llegaban, luego Ulli ayudó a una joven madre a sacar de la ribera el cochecito atascado y al final tuvo que enfrentarse a un padre enojado, a cuyo retoño de tres años había pellizcado un pato colérico.

Algunas personas pusieron muy nervioso a Ulli. Antes les habría dado su opinión sin rodeos, pero ahora tenía que mantener las formas para no espantar a la clientela. En este sentido había pasado un duro aprendizaje con Max Krumme. Por suerte, la mayoría de los clientes era gente agradable, le encantaban sobre todo los niños. Le habría gustado tener alguno, pero Jenny primero quería hacer la selectividad y a continuación estudiar una carrera. La prole aún tardaría. Por desgracia.

Cuando el padre criticón se fue por fin con su mujer y su

hijo llorando en dirección al aparcamiento, ya no hubo movimiento en la pasarela y también volvió el silencio al camping. La gente estaba en sus tiendas de campaña y caravanas esperando a que el temporal cesara. Durante los últimos días había hecho un calor insólito para esa estación, no era de extrañar que se estuviera gestando una buena.

Ulli estaba calado hasta los huesos y quería ir a casa para ponerse ropa seca cuando oyó gritos en el aparcamiento. Delante del quiosco había tres personas bajo un paraguas, pero como la lluvia sonaba tan fuerte no entendía lo que gritaban. Un anciano golpeó el cristal con impaciencia, luego sacudió la cabeza con resignación y se fue hacia su coche. Indecisas, las dos mujeres se quedaron paradas, estiraron el cuello e intentaron mirar dentro del quiosco.

¿Dónde estaba Max? No se habría ido sin más si quedaban clientes, y mucho menos con semejante aguacero. Ulli sintió palpitaciones y cruzó corriendo el aparcamiento hacia el quiosco.

—Disculpen —dijo, y se agolpó cerca de las dos mujeres junto a la ventana. No veía a Max. Ulli subió el cristal y miró dentro, pero estaba demasiado oscuro en el interior del quiosco para distinguir algo—. ¿Max? ¿Hola? ¿Estás ahí?

Silencio.

—Dios mío, Dios mío —murmuró una de las dos mujeres detrás de él—. No le habrá pasado nada al viejo Max Krumme, ¿verdad? No es un jovencito...

—Donde menos se piensa salta la liebre —le dio la razón la otra—. Su mujer también falleció de repente. Amaneció muerta en la cama.

Tronó con fuerza, sobre el agua negra y revuelta del Müritz cayó un relámpago y por un momento todo estuvo iluminado. Ulli distinguió dos pies que asomaban tras las cajas de bebidas. Nervioso, sacó del bolsillo mojado el manojo de llaves y abrió, luego entró y cerró la puerta tras de sí antes de pulsar el interruptor.

—¿Max?

El anciano yacía en el suelo. Había tenido muchísima suerte, ya que, al caer, la cabeza le había quedado encima de una pila de periódicos. Respiraba, así que seguía vivo. Ulli se sentó a su lado y le frotó las sienes, después le tomó el pulso, que era bastante lento, y por último le dio un par de bofetadas para reanimarlo. Max Krumme abrió los ojos, parpadeó un par de veces y volvió el rostro hacia Ulli.

—Qué... dónde... —musitó desconcertado, con voz ronca.

Se sobresaltó cuando fuera sonó otro trueno.

—¡Ulli! —exclamó—. Lárgate, vienen los rusos...

Vaya, estaba totalmente ido. ¿Sería un ataque de apoplejía?

—La guerra se acabó, Max. Es una simple tormenta.

El anciano guardó silencio un momento y después sonrió con dificultad.

—No me digas —murmuró—. Me quedé en blanco. Estaba sentado en mi taburete y quería servir a un joven dos chicles y una serpiente de gominola... y, de pronto, todo desapareció.

Ulli se sintió aliviado al ver que Max hablaba con coherencia y que, al parecer, tampoco había sufrido ninguna herida grave. Lo ayudó a incorporarse con cuidado, abrió una botella de agua y le dio un sorbo.

—¿Qué hago con esto? —lo reprendió Max—. Acerca a mi amiguito. El whisky, no el digestivo. No estoy mal del estómago...

Después de echar un trago al whisky, Max aseguró que se encontraba bien, solo un poco cansado. Con la ayuda de Ulli, se volvió a sentar en su taburete y corrió el cristal. Las gotas mojaron las revistas y la cara de Max Krumme.

—¿Desean algo las señoras? —exclamó hacia el temporal.

Las dos mujeres habían aguantado junto al quiosco y se mostraron contentas y aliviadas de que el asunto hubiese acabado tan bien.

—¿Todo bien, señor Krumme? Ya pensábamos que...

—Estoy genial, pero ustedes se van a resfriar.

Les vendió dos helados y la programación televisiva, cobró y dio el cambio bien, y luego volvió a correr el cristal para que la lluvia no cayera dentro.

—Siéntate, Ulli. —Señaló la caja de agua—. Quiero hablar contigo.

Ulli quería quitarse la ropa mojada, pero por otra parte no pensaba dejar solo a Max. Sabía lo que vendría ahora, hacía semanas que Max hablaba de ello.

—Los cuatro patines acuáticos, los del catálogo rojo; quiero encargarlos de una vez —empezó Max—. Y hay que ampliar la tienda de alimentación del camping. Con una vitrina refrigerada como es debido. Y para el chiringuito necesitamos una cocina profesional, pero vale la pena, muchacho. Pinchos morunos, albóndigas, salchichas de Turingia y patatas fritas. La gente hará cola, te lo digo yo...

Ulli asintió. En invierno, el anciano lo había sacado de quicio con el proyecto de afirmar la orilla para que los clientes no tuvieran que caminar siempre sobre piedras y barro cuando se metiesen en el agua. Pero Ulli lo había rechazado, el hormigón en la orilla no era discutible, como mucho llevaría unas cuantas carretadas de arena. Además, Max quería reformar la casa, construir un anexo para que Ulli tuviese abajo un gran piso. Él se trasladaría arriba.

—Así podrás casarte por fin con Jenny y os mudaréis aquí conmigo. ¿A qué estáis esperando?

—Ya sabes, Jenny no tiene prisa con la boda, quiere ir a la universidad y llegar a algo profesionalmente...

—Ya no me queda mucho tiempo, muchacho —lo interrumpió Max—. Y aún tengo planes. Lo del camping suena muy bien, Ulli, pero en el bosque hay suficiente espacio para una urbanización turística. ¿Entiendes lo que te quiero decir?

Ulli contuvo un suspiro. Hacía un año que Max había puesto sobre la mesa esa idea y luego, por suerte, se había olvidado. Ahora la había vuelto a sacar como por arte de magia.

—¿Una urbanización turística? ¿Te refieres a esas cabañitas de madera que quieres poner en el bosque?

Max Krumme asintió. Después explicó que no hablaba en absoluto de cabañas primitivas, sino de casitas con electricidad, televisor y cuarto de baño, quizá también sauna.

—Sentarse en la bañera y beber champán mientras se observan a través del cristal los pájaros, los corzos o los tejones. ¿Entiendes, Ulli?

A Ulli le pareció una idea bastante disparatada. Él preferiría mucho más ir a nadar, dar un paseo por el bosque o navegar en el lago, pero quizá también había gente que quería pasar las vacaciones en la bañera.

—No sé, Max...

En los últimos tiempos el anciano aguantaba poco las protestas. Le enfadaba tener que convencer a Ulli de sus propuestas a duras penas.

—Yo sí lo sé —berreó y, enfadado, golpeó con el puño la estantería de madera delante de la ventana corrediza—. Será un gran acierto. Ya he proyectado los planos. Dos para empezar, además de una sauna. Si se tienden primero los cables, será más barato.

Los gastos. Con eso tocaban el asunto. Incómodo, Ulli tiraba de la camiseta mojada.

—Tengo frío, Max. Voy en un momento a casa y me pongo algo seco...

—Solo me evitas, Ulli —gruñó Max Krumme, malhumorado—. Ya sé que quieres huir de mí otra vez, pero hoy no te vas a salir con la tuya. El tiempo se acaba, tenemos que darnos prisa.

Ulli no entendió del todo la última frase, pero Max decía a menudo todo tipo de cosas ininteligibles: quizá el pobre hombre estaba un poco desconcertado.

—Lo he calculado con detalle —añadió, y miró a Ulli con ojos atentos.

Le llamó la atención que en los últimos tiempos a Max se le hubiera puesto blanco el borde de su iris azul claro.

—Necesitamos al menos cien mil marcos. Mejor ciento cincuenta. Con estas cosas siempre hay sorpresas...

Ulli carraspeó. Algún día Max tenía que saberlo, no podía hacer esperar al viejo amigo toda la eternidad.

—El asunto es el siguiente —empezó con cuidado—. En este momento no somos muy solventes. Le he prestado algo de dinero a Jenny...

La reacción fue más vehemente de lo que se había imaginado. Max abrió los ojos como platos y se los clavó como si de repente se hubiera transformado en un cocodrilo.

—¿Le has... dado dinero a Jenny? ¿Cuándo? ¿Cuánto?

Ulli se enfadó un poco, porque al fin y al cabo era su dinero. Max le había vendido el terreno a orillas del Müritz con todo lo que había encima y solo se había reservado un derecho de habitación vitalicio y las participaciones. Sin embargo, el anciano había ayudado mucho a que la empresa prosperase y puso un montón de dinero. Había encargado y pagado los botes con su dinero y también mandado arreglar el quiosco a sus expensas. Por supuesto, Ulli también había invertido sus ahorros hasta su último centavo y puesto la mano de obra.

—Cincuenta mil —respondió, vacilante.

—¡Cincuenta mil marcos! —se lamentó Max—. Sí... ¿estás loco, muchacho?

—¿Por qué te enfadas? —lo tranquilizó—. Queda en familia.

Max soltó una carcajada burlona que desembocó en un ataque de tos.

—¿En familia? Me pregunto en cuál. En los Von Dranitz o los Schwadke.

—¿Cuál es la diferencia? —preguntó Ulli, enfadado—. En algún momento me casaré con Jenny.

Max cogió de la estantería otras dos botellitas de whisky y le pasó una a Ulli, que desenroscó el tapón y se la bebió de un trago. No sabía nada mal. Pero era demasiado poco.

—¿Has pedido al menos una garantía? —insistió Max.

—¿Cómo que una garantía? —murmuró Ulli—. ¿Acaso soy como Simon Strassner, que enseguida quiere ser copropietario? No, le he dejado el dinero sin más. Por amistad. O por amor. Llámalo como quieras.

Max tuvo que luchar contra un hipo inminente, por eso no pudo responder de inmediato. Sin embargo, el horror se le podía leer con claridad en la cara.

—¿Sin más? —dijo por fin con voz entrecortada—. Pero ¿qué significa eso? Te habrá extendido un pagaré, o al menos un recibo. ¿Habéis estipulado cómo y cuándo devolverá la suma?

—En cuanto pueda...

Max hizo con las manos una línea en zigzag por el aire y luego las dejó caer en el regazo.

—Cuando las ranas críen pelo. Dime, muchacho, ¿tienes claro lo que has hecho? Has regalado cincuenta mil marcos. Han desaparecido, nunca los volveremos a ver. Y nos hacen falta aquí, en Ludorf...

A Ulli le remordió la conciencia. Sin embargo, no le gustaba que Max lo reprendiese como a un niño pequeño.

—Menudo capitalista te has vuelto, Max —se defendió—.

El alquiler de botes funciona bien, el camping está completo: estamos hasta el cuello de trabajo y no nos va nada mal. ¿Qué más quieres? A tu edad, una persona debería volverse más modesta, pero tú eres cada vez más codicioso...

Lamentó su discurso nada más acabarlo. Max lo miró con ojos tristes, luego se bajó del taburete y pasó junto a Ulli de camino a la puerta.

—Y tú eres un estúpido —dijo—. Aun cuando se case contigo, de la mansión ni siquiera te pertenecerá media teja. Hará separación de bienes. Solo te quedará lo que hayas construido.

—Pero Max...

El anciano abrió la puerta y salió a la lluvia, después se volvió hacia Ulli. Al menos la ira —y también el whisky— había activado su circulación y su cara estaba roja como un cangrejo.

—Pero ¿no lo entiendes? —increpó a Ulli—. No eres un empleado, de ti no cuida ninguna empresa, ni tampoco papá Estado. Eres empresario y, si tu empresa hace aguas, ¡ya no te quedará nada!

«Contente —pensó Ulli—. Es solo la ira. Lo pinta todo negro porque está enfadado contigo. Cuando se tranquilice, volverá a dominarse.» Miró cómo Max Krumme caminaba bajo la lluvia, pero en lugar de ir a la casa puso rumbo al embarcadero. Menudo terco. Quería asegurarse de que todos los botes estaban bien amarrados. Con la edad se volvía cada vez más meticuloso. Lástima: al mismo tiempo era un tipo encantador. Ulli se propuso tratar al anciano en el futuro con más paciencia y amabilidad.

Entretanto, los rayos y los truenos habían cedido, solo la lluvia no cesaba, así que no esperaban a más excursionistas. Ulli cerró con llave el quiosco y fue sin prisa a la casa: de todas formas, ya estaba mojado. También Max había vuelto. Se encontraron en la entrada, donde también esperaban Hannelore y el empapado Waldemar, los adorados gatos de Max.

—Sabes, Max... —comenzó Ulli con un tono conciliador, pero el anciano lo interrumpió.

—Falta un remo en el *Henriette* —lo reprendió—. Quien lo haya perdido tiene que reembolsarlo...

—Yo me encargo —prometió Ulli y subió las escaleras a su piso.

Se duchó con agua caliente y se puso ropa seca. Después recordó que Jenny tenía su primera prueba de acceso dos días más tarde y decidió ir a Dranitz para distraerla un poco. Seguro que la pobre estaba aterrorizada, sobre todo por las matemáticas. Se secó el pelo con la toalla, se peinó y comprobó en el espejo si necesitaba volver a afeitarse. Jenny siempre se quejaba de que su barba tenía el tacto de un rallador y le salían manchas rojas en la sensible piel cuando se besaban. ¿Quizá debía dejarse barba? Un lobo de mar en el Müritz: encajaba con su trabajo. Le preguntaría a Jenny qué opinaba.

Mientras conducía su flamante Volkswagen Passat en dirección a Dranitz, pensó con melancolía en el viejo Wartburg que había vendido en Nochevieja a Kalle Pechstein tras más de una copa de champán. Kalle había restaurado la histórica pieza con cariño y le había dado una mano de pintura plateada. En opinión de Ulli tenía una pinta horrible, pero estaba vendido y el monovolumen Passat era un coche bueno y fiable con un maletero grande, lo que era importante para la empresa.

En Dranitz también llovía, y se habían formado varios charcos en el aparcamiento. En el patio también había algunos, lo que no era normal, porque la empresa que lo había adoquinado había hecho una chapuza. Aparcó junto al coche del arqueólogo, el tal doctor Schreiber, un auténtico burro cargado de letras, con quien no se podía mantener una conversación normal, salvo si trataba de huesos medievales. Su colaboradora, Sabine, era muy simpática, pero algo pesada. Ulli la rehuía siempre que podía porque lo abrumaba con su verborrea sobre los últimos resultados de la excavación.

Los conventos medievales le interesaban muy poco, pero, por lo que había entendido, debajo de la mansión se encontraba el ábside de una iglesia conventual y, donde Jenny había proyectado la piscina, se había descubierto el cementerio. Un asunto bastante fastidioso, ya que ahora las obras estaban interrumpidas y de momento no se les permitía empezar a construir el balneario.

Ulli bajó del coche, se puso la capucha y saltó por encima de los charcos para proteger sus caras zapatillas de deporte. Estuvo un rato delante de la puerta de la caballeriza de Jenny y llamó varias veces, sin que nadie abriera; luego fue a la mansión. En realidad, su pareja se había tomado el día libre en la guardería de Mücke para prepararse a fondo de cara a las pruebas de acceso, pero, tal como era, vagabundearía por las habitaciones de la mansión alegando que se le había ocurrido una idea para los muebles.

Se limpió con cuidado los zapatos en el felpudo para no ensuciar los claros azulejos de la entrada, pero entonces constató que allí había tantas huellas que las suyas apenas se advertirían. Los arqueólogos estaban sentados en el restaurante con varios compañeros y bebían café. Desde que habían empezado los trabajos de excavación, llegaban a menudo especialistas o también periodistas, lo que al menos dejaba un poco de dinero en la caja. Pese a la publicidad, hasta el momento el restaurante tenía pocos comensales; habían limitado la cocina caliente a las cenas porque, de todos modos, a mediodía apenas iba gente a comer y así solo tenían que emplear a Bodo Bieger media jornada. Los ayudantes de cocina podían preparar los refrigerios y las dos jóvenes camareras del pueblo se alternaban para servir.

En el pasillo de la primera planta se encontró con Kacpar Woronski. El arquitecto lo saludó con el mismo afecto de siempre, le estrechó la mano y quiso mostrarle el nuevo papel pintado que habían colocado en algunas habitaciones poco después de Pascua.

—¿Jenny? Está con Julia en la guardería.

—¡Pensaba que iba a tomarse el día libre!

Kacpar se encogió de hombros: él también lo pensaba, pero Jenny no aguantaba en casa con los libros.

—Está bastante nerviosa, ¿no? —preguntó Ulli.

Kacpar asintió y suspiró sin hacer ruido. Era un tipo simpático, le caía bien. Sobre todo, era un excelente arquitecto que había puesto por completo sus conocimientos al servicio del Hotel rural Dranitz.

—Jenny no es de exámenes —añadió Kacpar con una sonrisa compasiva—. Pero lo conseguirá.

Ulli asintió. Jenny era una chica inteligente y astuta. Si era importante, demostraría lo que sabía.

—Creo que también está preparada para las mates —le aseguró, contento—. No es precisamente su asignatura favorita, pero hemos empollado duro y las ha entendido. —En efecto, se habían reunido en los últimos días varias veces para repasar otros ejercicios y Jenny los había hecho muy bien. Por lo menos, ya no entraba en pánico como hasta entonces. Estaba orgulloso de haber preparado tan bien a Jenny para el examen—. Pues salúdala de mi parte —le pidió a Kacpar—. Vendré mañana por la tarde y pasaré la noche aquí para poder llevarla por la mañana a Schwerin para hacer el examen.

—Sí, es mejor que no conduzca —le dio la razón Kacpar con una intensa sonrisa—. Si te surge algo, Ulli, puedo suplirte con mucho gusto. De todas formas, ya estoy aquí...

—Muy amable por tu parte. Pero podré, en cualquier caso. Aun así, ¡gracias!

Se despidió de Kacpar con un golpe en el hombro y bajó las escaleras. Mientras seguía pensando si debía pasarse por la guardería de Mücke, estuvo a punto de chocar con una joven con traje loden y zapatos de tacón que subía las escaleras.

—¡Ay! —exclamó ella, evitándolo en el último segundo—. ¡Por poco!

Ulli examinó a la mujer. No era guapa, pero sí atractiva. Melena color miel por los hombros, la cara más bien estrecha, los labios pintados; los ojos tenían una expresión que lo desconcertó. Al parecer, figuraba entre las que sabían exactamente lo que querían.

—Si quiere ir al restaurante —dijo, un poco avergonzado—, está aquí mismo, a la izquierda.

Ella miró un momento en la dirección que Ulli le indicaba, luego esbozó una sonrisa: cálida y agradable.

—Gracias, he visto la indicación —respondió—. Me han dicho que las habitaciones se encuentran en la primera planta.

—En efecto. Pero no todas están acabadas. El hotel no abrirá hasta principios de junio, es probable que en Pentecostés.

—No importa. Seguro que no le molesta si las miro de todas formas...

Hablaba con una amabilidad altiva que no permitía réplica. Ulli pensó en la abuela de Jenny. Educada, pero decidida.

—Yo también estoy de visita —aclaró él—. Pero el arquitecto está arriba, quizá tenga un momento para usted.

—¡Maravilloso! —exclamó y lo miró radiante—. Se lo agradezco muchísimo.

Ulli asintió avergonzado porque no sabía lo que le agradecía y se apresuró a salir de la casa. En el aparcamiento había un coche deportivo rojo que le resultó conocido. Simon Strassner volvía a estar en la zona. Estaba delante de la puerta de Jenny y tocaba el botón del timbre. Ahora Ulli se alegraba de que estuviese con Julia en la guardería de Mücke.

Campechano, Strassner le hizo una seña, como si fueran íntimos.

—¡Hola, Ulli! Menudo tiempo de perros hoy, ¿no? ¿Has visto por casualidad a mi acompañante? Rubia. Traje loden verde.

Ulli señaló la mansión, después se volvió y subió a su Passat. No quería tener nada que ver con Simon Strassner ni con su nueva novia.

Franziska

Últimamente la asaltaba con frecuencia el sentimiento de que el tiempo la había arrollado. ¡Se puso histérica cuando encontraron la tumba medieval en el sótano de la mansión! ¡Cuántas noches había permanecido despierta porque los malos recuerdos volvían a atormentarla! No, no podía deshacerse de ellos mientras les plantaba cara. Tampoco mientras los revivía una y otra vez. Llevaban en su interior un veneno que enfermaba el alma y solo había una posibilidad de salvarse: tenía que contener los espíritus en el abismo del pasado, solo así era posible seguir viviendo.

No obstante, ¿quién, salvo ella, lo comprendía todavía? Mine. Seguro que también Karl-Erich, que nunca había hablado sobre sus vivencias en la guerra. Algunos ancianos en el pueblo de Dranitz. Krischan Mielke. Paul Riep, el alcalde. Entonces era un niño. Max Krumme. Y Walter, su marido. Lo admiraba mucho, ya que en su luna de miel había encontrado la fuerza para evocar algunos de sus peores recuerdos y compartirlos con ella. Pero había guardado silencio desde entonces. Ella misma debió admitir avergonzada que nunca había encontrado el valor para abrir de forma voluntaria la caja de Pandora.

No obstante, ¿para qué? Desde entonces, el presente pertenecía a la nueva generación, que gracias a Dios nunca había vivido una guerra y podía abordar el asunto de manera muy distinta. Debía estar feliz por ello: y lo estaba. Sin embargo, un sentimiento de despedida se mezclaba con esa felicidad.

Había llovido durante días, pero ahora el cielo volvía a estar despejado; las colinas aún húmedas y el jardín floreciente resplandecían bajo el cálido sol. Franziska se levantó del escritorio para abrir la ventana y mirar. Había logrado mucho y podía estar orgullosa de sí misma. Allí estaba la antigua mansión, hermosa y joven con esa nueva vestimenta y con su renovado interior. Era cierto que no había recuperado toda la finca; muchas tierras de labranza y prados, los bosques y los pequeños lagos que habían pertenecido en su día a la finca Dranitz estaban ahora desgarrados y repartidos. Pero al menos Sonja había logrado arrendar una buena parte: la hija de Elfriede y Walter, que al principio no quería saber nada de ellos. Desde entonces formaba parte de la familia, se visitaban, compartían alegrías y penas, se ayudaban mutuamente en lo que fuese posible y dirimían, cuando hacía falta, más de una divergencia de opiniones.

Con una sonrisa, Franziska pensó que su madre, Margarethe von Dranitz, habría considerado esa reconciliación su mayor proeza, aún más importante que la recompra de la mansión. ¿Y su padre? Seguro que habría lamentado mucho la pérdida de las tierras, puesto que había sido, en cuerpo y alma, hacendado y agricultor. Al uso de la propiedad como hotel balneario y parque recreativo apenas habría podido resignarse. ¡Y el abuelo! Habría montado en cólera, habría hablado de «pecado y deshonra» o de «decadencia del antiguo orden mundial».

En la mansión abrieron la puerta. Una de las jóvenes camareras, la hermosa y rolliza Elfie, arrastró la máquina expendedora escaleras abajo para colocarla a la izquierda de la entrada. El restaurante estaba abierto, aunque solo había desayunos o «bandejas solariegas» con pan, porque Bodo Bieger, el cocinero, no llegaba hasta por la tarde. Pero algo es algo. Hacía poco había entrado a tomar algo un grupo de excursionistas que buscaban refugio de la lluvia persistente y Franziska tuvo que ayudar a Erika, chica para todo que echaba una mano en la cocina, a preparar las bandejas con pescado, salchichas ahumadas, queso y pepinillos en vinagre para veinticinco personas. Por desgracia, eso no ocurría demasiado a menudo, pocas veces aparecía un cliente a esas horas, sin contar a los arqueólogos o periodistas, que de vez en cuando se tomaban un café o comían algo.

Franziska iba a sacudir en la ventana las almohadas y los edredones cuando vio a Walter, que venía del jardín con Falko e iba hacia la mansión. Ajá: quería «espiar» en el sótano. Desde que habían descubierto los restos de un convento medieval debajo de la mansión apenas pasaba un día en que Walter no se informase acerca del avance de las excavaciones sobre el terreno. Incluso había ido a Schwerin con Kacpar para reunir material en el archivo sobre las fundaciones de conventos del siglo XIII en Mecklemburgo-Pomerania Occidental. Volvieron con varios libros y una pila de fotocopias, y Walter se dedicaba todas las noches desde entonces al pasado conventual de la finca. Mientras tanto, era bienvenido en las excavaciones y discutía a menudo y en detalle sobre sus descubrimientos con el doctor Schreiber, quien, por lo general, solo compartía los conocimientos técnicos con sus homólogos.

Franziska veía esta evolución con sentimientos encontrados. Por un lado, estaba bien que Walter se mantuviese mentalmente en forma, lo que era muy importante a su edad. Al fin y al cabo, celebraría en breve su octogésimo cumpleaños. Por otro lado, no le gustaba que dedicase casi todas las noches a reflexionar sobre los escritos antiguos y la dejase plantada sola delante del televisor. Un campo de interés estaba muy bien, pero no debía degenerar en una obsesión. Después de todo, no se había casado con un historiador, sino con «su Walter», el hombre al que había querido durante muchas décadas y con quien debía compartir su vejez.

—Pero, cariño —había objetado Walter sonriendo—. Pensaba que tendrías papeleo que hacer. Tu escritorio está siempre lleno de periódicos, catálogos y presupuestos para el hotel.

En eso no se equivocaba. Demasiado a menudo se había atrincherado por la noche tras su escritorio.

Entretanto, su propio afán había disminuido mucho; le faltaba ímpetu, lo que quizá se debiese a su avanzada edad, pero era probable que fuese más bien por sus permanentes preocupaciones de dinero, que la atormentaban desde que había vuelto a tomar posesión de la mansión.

—Desde que esos ratones de campo cavan en el sótano, es inútil planear nada —ponía como excusa—. El doctor Schreiber bloquea con éxito la ampliación del balneario.

Él la había abrazado y le había susurrado al oído que se asombraría de lo emocionante que podía ser la historia medieval. Ella se rio muchísimo, pero el abrazo surtió un efecto conciliador.

Ahora volvía a dirigirse al sótano, a través del patio y junto a los árboles recién plantados, cuyo fresco y joven verde ofrecía una verdadera delicia a la vista, igual que las flores de los viejos árboles frutales. Llevaba consigo al perro, que había aprendido a esperar solícito delante de la parte del sótano acordonada con cintas rojas y blancas. Esa joven, la asistente del «doctor Cavahuesos», sabía engatusar a Falko; le llevaba galletas para perro y siempre chillaba de alegría cuando saltaba sobre ella meneando la cola.

Franziska se quedó en la ventana y vio cómo Walter saludaba a los dos arqueólogos, que salían de la casa acompañados por un colega. En los últimos tiempos eso sucedía a menudo, algunos de esos señores se quedaban varios días, lo que les había permitido alquilar las primeras habitaciones antes incluso de la apertura oficial. Mientras tanto, el doctor Schreiber y su ayudante también se habían alojado allí a cuenta de la oficina de Patrimonio de Schwerin.

Franziska no había visto antes a ese compañero, que se asemejaba a un monje pequeño y barrigudo, sobre todo por la corona de pelo negro que rodeaba su calva sonrosada. Otra eminencia llegada de lejos que quería informarse sobre el convento en el lugar mismo. Si no hubieran cavado ningún hoyo, sino instalado solo bañeras y un par de piscinitas, se habrían ahorrado todo ese disgusto. Malhumorada, se volvió y bajó las escaleras para sentarse a la mesa del comedor con una taza de café.

No había remedio: tenía que encargarse de las finanzas, no podía dejárselo a su nieta. La pila de «asuntos urgentes» estaba lista sobre la mesa del comedor; había dejado al lado los formularios para las transferencias y ahora se pondría manos a la obra. El dinero que el banco le había prestado a Jenny casi se había acabado. Había sido una cantidad discreta, ya que se opuso con vehemencia a que su nieta asumiese un crédito mayor y, de todos modos, el banco no le habría dado más a Jenny. Pero había que pagar la escuela a distancia y también tenían que vivir.

La pensión de Walter iba en gran parte a los bolsillos de su hija, y la de ella, pequeña, no bastaba. Ojalá Jenny aprobase la selectividad, al menos se quitarían esa carga financiera. Suspirando, cogió la primera factura, volvió a comprobar cada partida, hizo una pequeña deducción y luego rellenó una transferencia. Por desgracia, una parte de esas facturas se debía pagar con el dinero de Ulli, que en realidad estaba previsto para la ampliación del balneario, pero si no querían que Enno Budde pegase un sello de embargo en su documentación, tenían que reorganizarse por las buenas o por las malas.

A Franziska no le gustaba nada que Jenny le hubiese dado un sablazo a su novio. Su nieta era muy ingenua. Era la ventaja de la juventud: uno pensaba poco en las consecuencias de sus actos. ¿Cuándo y cómo pensaba Jenny devolver el dinero? ¿Creía quizá que el asunto se solucionaría si Ulli y ella se casaban? Además, se planteaba la cuestión de cómo debía contabilizar esa cantidad. ¿Como inversión? ¿Como crédito? ¿Como donación? Pero eso no preocupaba a Jenny: era asunto de Franziska.

Cuando acabó con la pila, clasificó las transferencias, las metió en un sobre y luego en su bolso. Por la tarde iría al banco de Schwerin y después compraría un par de cosas, ya que planeaba invitar a unos amigos y familiares por la noche. Una comida en buena compañía era la mejor distracción para Jenny, que debía hacer su primera prueba de acceso al día siguiente. Cogió el teléfono de la cómoda y lo puso delante de ella, en la mesa, para invitar enseguida a los asistentes. Por supuesto, Mine y Karl-Erich tenían que estar presentes; vendrían porque veían muy poco a su nieto, Ulli, desde que se había hecho cargo del alquiler de botes.

—Ay, señora baronesa —oyó con voz ronca en el auricular—. Karl-Erich y yo tenemos que guardar cama. Mücke ha venido con un resfriado de la guardería y nos lo ha pegado.

—¡Dios mío! —exclamó Franziska, asustada—. Me paso enseguida y os llevo algo de comer y jarabe para la tos...

—Muchas gracias, pero no hace falta, señora baronesa. Tillie ya nos ha traído *gulash* con puré de patatas, y el doctor Schulz de Waren también estuvo aquí...

—¿Y cómo está Mücke? —preguntó Franziska, puesto que también quería invitar a la mejor amiga de Jenny.

—Está en casa y tiene que cuidar a las gemelas; está aliviada de que Jenny fuera a la guardería en su lugar. Kalle me ha dicho por teléfono hace un momento que Mandy y Milli están muy acatarradas. Tos irritativa. El jarabe no ayuda. Han colgado por todas partes toallas húmedas, pero aun así las pobrecitas no paran de berrear.

—Es horrible —suspiró Franziska, que se acordaba de noches así con Julia—. Bueno: mejoraos. Y si necesitáis algo, llamad. De día o de noche, no importa. Y si Walter o yo no tenemos tiempo, Sonja se pasará un momento.

—Muchas gracias, señora baronesa. Es muy amable por su parte. Pero Sonja también está muy ocupada porque esta mañana le dio lumbago a Bernd en el establo.

Vaya día nefasto, pero no le extrañaba que algo así le pasara a Bernd Kuhlmann. Todos temían que a la larga el pobre hombre no aguantase el duro esfuerzo físico. Con casi cincuenta años ya no era tan fácil, sobre todo porque de joven no había conocido el trabajo agrícola. Así que ahora había recibido un buen toque de atención y, al parecer, Sonja le estaba echando una mano. Había que cuidar de los animales y no era seguro que Rosi Lau lo lograse sola.

—Así es, señora baronesa —dijo Mine y tosió en el auricular. Al fondo oyó la voz ronca de Karl-Erich, que pidió a su esposa que le llevase algo. Iba en silla de ruedas desde que el reuma le había paralizado los pies. Ella cuidaba de su marido lo mejor que podía, por la noche iba Paul Riep, el alcalde, a ayudar, y por la mañana Helmut Stock sacaba a Karl-Erich de la cama y lo sentaba en la silla de ruedas. Ambos lo hacían desinteresadamente, una colaboración vecinal que existía desde hacía siglos y que aún entonces seguía viva. Ayudaban a los demás porque sabían que más tarde podrían necesitar ayuda.

—Bueno —suspiró Franziska, resignada—. Pues mi invitación para esta noche se quedará en nada…

—Eso parece, señora baronesa. Pero si no es hoy, será mañana. Ahora le tengo que llevar el café a Karl-Erich y luego las pastillas para la tos. Hasta pronto, señora baronesa. Y que le vaya bien a Jenny mañana. ¡Le deseamos suerte!

—¡Que os mejoréis! —le deseó Franziska y colgó.

Pese a la decepción, tuvo que mostrar un poco de satisfacción. Mine seguía enterándose de todo. Bien era cierto que ya no iba tanto por el pueblo como antes, porque no podía dejar solo a Karl-Erich, pero existía el teléfono y Mine lo utilizaba mucho.

Franziska colgó el auricular en la horquilla, se levantó y miró por la ventana, pero tampoco la vista de los árboles y los arbustos, que florecían exuberantes y que hasta hacía poco disfrutaba tanto, podía consolarla de la decepción. Entonces recordó que debían hacer algo con el descuidado terreno del jardín si querían que los futuros huéspedes descansaran allí. Talarían los árboles y tendrían que plantar otros, además de adecentar los prados y volver a cercar los caminos, pero ¿de dónde saldría el dinero? El proyecto Hotel rural Dranitz era una empresa interminable: apenas habían arreglado un asunto, ya aparecía la siguiente obra.

Volvió a su café, que ya se había enfriado; aun así, se sintió fortalecida después de haber apurado la taza. ¿Por qué estaba ese día de tan mal humor? No había ningún motivo. Bueno, su idea de la invitación para esa noche no había funcionado. En cambio, le organizaría a Walter un maravilloso festejo para su cumpleaños. Una fiesta como las que se celebraban antes en la finca Dranitz. Acudían familiares de todas partes, se reunían y organizaban para alojar a los numerosos invitados y Hanne Schramm, la estupenda cocinera, se encargaba de la comida. Los jóvenes salían a caballo, el cochero paseaba a los familiares mayores por el jardín y el bosque, los niños organizaban todo tipo de juegos emocionantes. ¡Y las inolvidables y largas noches en la sala de la chimenea, donde contaban las mismas y alegres anécdotas, bebían vino y cantaban canciones juntos!

«Era bonito porque estábamos todos juntos», pensó, y de golpe sus dedos marcaron un número que se sabía de memoria desde hacía años. Había que intentarlo una y otra vez, y dejar de lado todas las susceptibilidades. Así lo habría hecho su madre, la baronesa Margarethe von Dranitz.

—Kettler.

—Hola, Cornelia. Qué bien dar contigo. ¿Estás bien?

—Mamá… ¿eres tú? —se oyó en el auricular. No sonó precisamente entusiasta, pero Franziska no esperaba otra cosa.

—Espero no molestarte, Cornelia. Si no, cuelgo y ya llamaré en otro momento.

—No, no, está bien. Hoy tengo el día libre y estoy holgazaneando en casa. Mañana tengo que hacer un viaje relámpago a Bielefeld, luego estaré tres días en Hamburgo…

—Qué bien que tengas tanto que hacer —observó Franziska—. Por cierto, mañana Jenny tiene su primer examen de acceso.

—¡Ay, vaya! ¿Así que al final sigue con eso?

Su adusta hija sonó sorprendida, pero contenta. Cuánto se parecían pese a todas las diferencias. Ambas querían a sus hijas, pero no eran del todo correspondidas. ¿Qué habían hecho mal?

—¿Está por ahí? —quiso saber Cornelia—. Pásale el teléfono para que pueda desearle suerte.

—No está ahora mismo. Tiene que sustituir a Mücke en la guardería porque sus hijas se han puesto enfermas.

—¡No puede ser verdad! —echó pestes Cornelia—. La muchacha tiene que hacer mañana un examen importante y hoy está con los mocosos en la guardería. ¿Qué pasa si se contagia? ¿Y por qué trabaja allí? Sé por Bernd que ha pedido un crédito para ese...

—Creo que eso lo tiene que decidir la propia Jenny —la interrumpió Franziska—. Ya no es una niña, Cornelia. Tiene veintiséis años y es madre.

—En todo caso, no es muy inteligente por su parte —gruñó Cornelia—. Pero no pretendo entrometerme.

«Mejor así», pensó Franziska. De todos modos Jenny no la escucharía.

—Te llamo por una razón, Cornelia —dijo para cambiar de tema—. Pronto es el cumpleaños de Walter y me gustaría invitarte a la fiesta. Cumplirá ochenta años.

Silencio al otro extremo de la línea. Franziska ya estaba casi convencida de que Cornelia rechazaría la invitación, como siempre que intentaba reunir a la familia, pero entonces la oyó preguntar:

—¿Qué día?

—El 16.

Al otro extremo de la línea se hizo el silencio, luego Franziska oyó un crujido y comprendió que Cornelia hojeaba su agenda. ¡Una buena señal!

—¿El 16, dices? Ah, sí... Espera... Sí, podría ser. Me cojo un par de días de vacaciones, alquilo una habitación en una pequeña pensión en el Báltico y voy al cumpleaños. A principios de temporada la isla de Rügen debe de estar muy bonita.

Franziska sonrió.

—Maravilloso, Cornelia. Me alegra que nos visites y estoy segura de que también Walter estará muy contento.

—Ajá. Salúdalo de mi parte y dile a Jenny que le deseo mucha suerte. ¿Qué tal allí, por lo demás?

No sonó a verdadero interés, sino más como si quisiese terminar la conversación, así que Franziska no se extendió en detalles.

—Saluda a tu amiga Sylvie de mi parte —dijo en su lugar.

—¿Sylvie? Ya no vive aquí. Se ha mudado a casa de su novio. Que te vaya bien, mamá. Hasta luego...

Pensativa, Franziska colgó el auricular. ¿Estaba Cornelia sola en el piso? ¿O tenía otro compañero de vida? Una pena que no se lo pudiese preguntar abiertamente. Pero en caso de que hubiera otro hombre, era probable que lo llevase al cumpleaños. Quizá debería preguntarle después a Bernd; por lo que sabía, mantenía el contacto con Cornelia. De todas formas, le resultaba violento hacerlo.

Alguien llamó a la puerta y la sacó de sus pensamientos. Fuera estaba Ulli, de un buen humor primaveral, que la saludó con un abrazo.

—Recuerdos de parte de Max. También quería preguntarte si podrías quizá cuidar de Julia. Me gustaría distraer un poco a Jenny del examen de mañana.

—Pues... pues claro que la cuidaré —tartamudeó Franziska, a la que el plan la desconcertó por completo. Ella había planeado una maniobra de distracción parecida para su nieta.

—¡Bueno, pues fantástico! —se alegró Ulli, y se marchó para recoger a Jenny y a Julia de la guardería, que ese día cerraba a primera hora de la tarde.

Franziska se quedó en la puerta, parpadeó por el suave sol y lo siguió con la mirada cuando se marchó a toda velocidad en su Passat. Sí, Jenny tenía su pequeña familia, aunque aún no viviese con Ulli. Sin embargo, tarde o temprano eso también ocurriría. Durante un momento se quedó consternada, pero luego pensó que pronto llegaría Julia y eso la alegró.

Sonja

—¿Todo bien, Rosi?

Sonja resistió el impulso de taparse la nariz mientras miraba hacia la quesería. Rosi estaba junto a una enorme cuba, parecida a las calderas en las que antes se lavaba la colada en agua hirviendo, y removía una quebradiza masa blanca. Olía a leche, a ácido y a queso. ¡Qué asco!

Rosi llevaba un mono blanco, como era de rigor, y se había recogido el pelo bajo un pañuelo del mismo color. Levantó la cabeza cuando Sonja la abordó. Su cara estaba roja del esfuerzo y empapada por completo de sudor.

—Me las arreglo —aseguró—. Ahora mismo solo necesito ayuda para envasar.

Sonja tragó saliva. Ver prensar la masa quebradiza en los moldes de queso redondos la estremeció.

—Voy a ir a atender a Bernd. Ya he ordeñado: los cubos están allí. De todas formas, no es mucha debido a los terneros.

Rosi asintió y se limpió el sudor. Enseguida integraría la masa en una gran red que una polea que estaba fijada en el techo subiría para separar el queso del suero. A Sonja no le gustaba su elaboración porque se necesitaba un fermento de cuajo.

—Te puedes llevar dos cubos de suero para los cerdos.

—Rosi se pasó el dorso de la mano por la frente y señaló los dos recipientes que estaban junto a la puerta.

Sonja cogió los cubos y se marchó deprisa. Fuera, se apoyó contra la pared y respiró hondo. La agricultura no era asunto suyo, aunque Bernd se esforzase por darles a los animales la posibilidad de tener una vida agradable en su granja. Pero, según Sonja, la leche de las vacas pertenecía a sus terneros. Como mucho se les podía arrebatar un poco. Por ejemplo, para las cucharaditas de nata agria en la *solianka*.

El día anterior, Bernd le había dado una llave porque no sabía si podría caminar hasta la puerta para hacerla pasar. Aun así, llamó porque no quería cogerlo desprevenido. Nadie abrió: menos mal que tenía la llave.

—¿Bernd?

—¡Aquí! En el dormitorio.

En la cocina comedor se desperezaban dos de los coloridos gatos adolescentes en su cesta, junto a la estufa de carbón. Corrieron hacia ella en cuanto la vieron, seguramente porque tenían hambre.

—Enseguida os doy algo de comer —los consoló Sonja, que se agachó para acariciar a los pequeños.

Bernd estaba tumbado vestido en su cama y la esperó con rostro preocupado.

—Hola, Sonja. Estás viendo a un inválido. Hace un momento he ido al baño y he conseguido volver. Pensaba que me hacía pedazos...

El gatito negro grisáceo se había puesto cómodo en la cama de Bernd.

—El primer día siempre es el peor —le recordó, y puso el bolso en una silla. El día anterior había llamado al médico de Waren, pero este dijo que tenía mucho trabajo porque había un gran número de pacientes con resfriado debido a la ola de frío y que no podía prometer nada—. ¿Puedes mover las piernas?

Lo intentó, pero enseguida desistió quejándose.

—Moverlas sí, pero me duele muchísimo. No sabía que algo así te puede dejar en la estacada. Y, además, de un segundo a otro.

—Te has excedido —dijo ella.

Era justo lo que no quería oír.

—¡Caray, no puede ser! —se quejó—. Hay que labrar los huertos. Mañana es día de mercado, así que esta noche hay que sacar y atar los rabanitos y las coles. Tengo que cortar los canónigos y cargarlo todo en el coche, las cajas de fiambre, el queso... Enganchar a las yeguas...

Deprimido, guardó silencio y dejó la mirada perdida. Era probable que no hubiese pegado ojo en toda la noche, desesperado por buscar una solución. Y, además, tuvo que darse cuenta de lo que todos sus amigos y conocidos sabían desde hacía tiempo: no podía lograrlo solo.

—Ponte de lado —le ordenó Sonja—. Del otro. ¡La espalda hacia mí!

Quejándose en voz baja, hizo lo que le pidió.

—¿Qué pretendes?

—Te miro los discos intervertebrales.

—Pero suave —suplicó—. ¡No soy un buey!

—Ojalá. —Contuvo una sonrisa irónica.

Bernd hizo una mueca que quiso ser una sonrisa, pero solo transmitía dolor.

Sonja le levantó la camisa y le palpó la columna vertebral. Para llegar al coxis tuvo que pedirle que se desabrochase el cinturón. Él obedeció.

—¿Dónde te duele?

—¡Ahí! ¡Ah! Justo donde tocas. ¡Maldita sea!

La zona lumbar. Al tacto, no parecía que sobresaliese nada. Probablemente fuese una contractura aguda.

—Quédate así, ahora te pongo una inyección...

—¿Para caballos o bueyes?

—Para gallinas.

—¡Dios!

Era bastante musculoso para ser alguien que se había pasado media vida sentado a un escritorio. Sería por el trabajo físico de los últimos tres años. Preparó la inyección, escogió el lugar adecuado y lo desinfectó. Ni siquiera se sobresaltó cuando lo pinchó.

—¿Qué es eso? ¿Un anestésico?

Volvió a desinfectar el lugar y frotó un poco para extender el producto. Por último, buscó una tirita en su bolso.

—Algo similar. Relajado y curado. Normalmente es exclusivo para los pacientes privados, los pobres cerdos de la mutua solo lo consiguen con recargo.

Él se rio; seguía sonando un poco forzado, pero era mejor que nada.

—¡Así que no solo para las gallinas! —bromeó y se bajó la camisa—. ¿Y cuándo surte efecto?

—Enseguida, aún tienes que esperar un par de minutos.

Sonriendo, le hizo una seña con la cabeza y fue a la cocina para poner el hervidor al fuego. Había comprado panecillos, así que sacó de la nevera mantequilla, mermelada y restos de fiambre, y puso dos vasos y dos platos en la mesa. Después abrió las latas para los gatos. Pollo con arroz. Además, les dio una buena dosis de caricias. Cuando la lucha de los satisfechos minitigres por un viejo calcetín de lana estaba en pleno auge, Bernd entró en la cocina. Se movía con cuidado, como si no pudiera creer que volvía a caminar.

—Un remedio milagroso —dijo—. Ya no me duele nada. ¿Qué era eso? ¿Agua de Lourdes?

Sonja se rio y señaló a su sitio, donde lo esperaban un huevo cocido, un café recién hecho y un panecillo crujiente.

—Sin comentarios —respondió ella—. El efecto solo dura

un par de horas, luego puedes tomar un analgésico, aunque si tienes cuidado la contractura desaparecerá poco a poco al moverte. Pero cortar malas hierbas, cargar cajas o arrancar rabanitos está prohibido.

Se sentó a su lado a cámara lenta, bebió un sorbo de café, echó otro poco de azúcar y cortó el panecillo.

—¿Y por qué no estudiaste medicina humana? —quiso saber él.

—Porque prefiero los animales a las personas —fue su respuesta inmediata.

—Entiendo —dijo, y la miró pensativo.

No se sentía muy cómoda bajo su mirada. ¿Por qué había dicho semejante tontería? Claro que le encantaban los animales, y era verdad que algunos valían más que ciertas personas, pero no se podía generalizar. Al fin y al cabo, no era misántropa.

Bernd rellenó el panecillo con salchicha ahumada, lo cerró y lo mordió con placer. Lo acompañó con café y se movió de un lado a otro de la silla a modo de prueba, contento porque el efecto aún duraba.

—Yo estudié derecho para poder ayudar a la gente humilde. A aquellos que no podían defenderse contra una injusticia porque no tenían dinero para un abogado caro. Quería interceder a su favor, ¿comprendes?

Ella asintió. Lo que decía le gustaba. Pensó qué habría pasado si lo hubiese conocido entonces.

—¿Cuándo abriste el bufete?

—A mediados de los setenta. Primero en Frankfurt, y luego fui a parar a Hannover.

A mediados de los setenta ella ya estaba en el Oeste. Una divorciada y solícita estudiante de veterinaria. En Berlín. Y él vivía en Frankfurt. Habría sido necesario un milagro para que se encontrasen. Pero el destino no dio señales de vida. Lástima.

—¿Y lograste lo que te habías propuesto? —quiso saber.

Bernd se encogió de hombros. Masticó y miró escéptico hacia ella.

—A veces —dijo, pensativo—. Sí, había días en que estaba muy orgulloso de mí. Al principio. Más tarde tuve la sensación de luchar siempre contra enemigos imaginarios. Y luego quise hacer por fin algo que diese resultados. Un trabajo en el que al final tuviese algo en las manos: un repollo, un cesto de manzanas, un trozo de queso, lo que sea.

La miró con una sonrisa ladeada, dudando de si se reiría de él o lo tomaría en serio. Ella no se rio.

—Lo entiendo a la perfección, Bernd. Siempre quise hacer algo para ayudar de verdad a los animales. No trabajar en la industria farmacéutica y ganar mucho dinero, sino tener un pequeño consultorio y un zoo.

Sonja notó calor en la sonrisa de Bernd. Sí, la entendía. Ambos estaban en la misma onda. Ella lo había sentido desde el principio. Y, al parecer, él también se dio cuenta.

—Convertir un trocito de este mundo de locos en un paraíso —comentó él—. O al menos en un lugar mejor. Ambos somos unos ilusos.

—Sí —reconoció Sonja—. Pero ¿no son los ilusos quienes salvan el mundo?

Bernd se encogió de hombros. Sonja dudó. ¿Qué acababa de decir? ¿Salvar el mundo? En fin. Sonaba un poco infantil. En cualquier caso, demasiado ingenuo para un adulto.

—Tengo una idea —cambió rápidamente de tema—. Debo irme, pero volveré más tarde y traeré a un par de personas. Te ayudaremos a cargar el coche y a ir temprano al mercado.

—No te molestes tanto —declinó, cohibido, pero ella notó que estaba contento.

—Para comer te he preparado mi *solianka*. —Jugó su última baza—. Solo tienes que calentarla.

Sacó la olla del coche y la puso sobre la cocina.

—Eres un encanto, Sonja. ¡Muchísimas gracias!

Estaba de buen humor cuando pasó después por delante de la mansión. Aún tenía algo de tiempo, ya que por la tarde la hora de consulta no empezaba hasta las dos. En el aparcamiento estaba la indispensable furgoneta de los arqueólogos, que ya no se podían separar de los restos del convento. No vio el coche de Ulli. Pensó que con el buen tiempo tendría trabajo en Ludorf. Por lo demás, solo estaban los coches de Jenny y Franziska. Ningún huésped. Al menos, ninguno que hubiera llegado en coche.

Llamó a la caballeriza de la izquierda y se alegró cuando su padre abrió la puerta.

—¡Sonja! ¡Muchacha! ¡Entra, tengo grandes noticias!

Se saludaron con un abrazo y a Sonja le pareció conmovedor que la llamase «muchacha». En realidad, ya tenía cuarenta y ocho años, muy cerca de los cincuenta. Le pareció que estaba un poco pálido, quizá pasaba demasiado tiempo entre viejos papeles, al menos esa era la opinión de Franziska, y en esas cosas Sonja tendía a darle la razón a ella.

—Siéntate. Franziska está fuera, con Falko. ¿Quieres un café? ¿No? ¿Un vaso de zumo de manzana? Te lo sirvo enseguida. Mira mientras tanto ese dibujo.

Sonja se sentó a la mesa del comedor y Walter le tendió una hoja de papel antes de dirigirse a la cocina para ir a buscar el zumo de manzana.

Le pareció que caminaba un poco tieso. Era probable que tuviese problemas de cadera, pero no soportaba que le preguntase, así que sería mejor que guardase silencio. El dibujo estaba hecho con lápiz y comprendió enseguida que mostraba un conjunto conventual. ¿Sería el convento que hubo allí una vez? El conjunto se asemejaba a un pueblo pequeño rodeado por una muralla. Sonja vio la iglesia con su campanario, con la que colindaba en ángulo recto un edificio extendido: era muy posible que la vivienda con *refectorium*, *dormitorium* y todo lo demás perteneciese a un convento. Al lado había otros edificios, la mayoría más bien pequeños y todos agrupados en torno a un patio interior: talleres, establos, una pequeña panadería. Una casita para los enfermos. A lo largo de la muralla descubrió huertos, terrenos frutales y un estanque, probablemente para pescados, gansos y patos. Entre la iglesia y el muro defensivo había una zona reservada al cementerio. ¡Qué idílico! Examinó fascinada cada detalle, se imaginó las manzanas rojas en los árboles, las historias de las novicias y los empleados que corrían de un lado a otro del patio, cogían agua de la fuente, sacaban los panes del horno y los llevaban a la cocina conventual...

—¿Te gusta? —Walter la sacó de sus ensoñaciones y le sirvió un gran vaso de mosto de manzana casero—. Por supuesto, he hecho un poco de trampa. No sabemos con exactitud si de verdad tenía ese aspecto. Para eso hay que hacer más excavaciones. Pero he tomado otros conventos como modelos. Las benedictinas eran gente trabajadora que seguían el lema «Reza y trabaja». *Ora et labora.*

—Parece un jardín paradisíaco —dijo ella sonriendo—. ¿Y de verdad crees que tenía este aspecto? ¿Cuándo fue esto?

—Es probable que el convento se fundase en los años veinte del siglo XIII. Hay una carta del obispo Brunward von Schwerin en la que se conceden dos pueblos al convento que fundó la condesa Mathilde von Schwerin. Sin embargo, luego el monasterio tuvo que pasar una época difícil, puesto que, años después de su expulsión, los eslavos regresaron y causaron grandes estragos.

Sonja se imaginó escenas violentas. Jinetes con flechas y arcos, hombres armados con hachas de guerra y espadas cortas trepando la muralla, irrumpiendo en los edificios, en la iglesia, en la vivienda donde las monjas se habían atrinchera-do. Creía oír gritos, el olor se elevaba de las cabañas cubiertas de paja.

—Pero el convento consiguió sobrevivir, ¿no?

Walter asintió y cogió un libro en el que había muchas pequeñas anotaciones. Tardó un poco en encontrar el pasaje.

—En 1236 se vuelve a mencionar en un documento. Parece que en esa fecha aproximada una joven noble, una tal Audacia, ingresó en el convento, puesto que aportó varios pueblos y tierras.

—¿Audacia? Menudo nombre para una mujer medieval.

—Bueno —dijo Walter—. ¿Se requería especial audacia para ingresar en un convento?

Era probable que no. Sin embargo, el asunto parecía ser cautivador, ya que los arqueólogos suponían que los restos humanos que habían encontrado podían ser de esa tal Audacia. En primer lugar pensaron en Mathilde von Schwerin, pero las investigaciones habían revelado que se trataba de una mujer muy joven, menor de veinte años. Por eso descartaron a Mathilde, puesto que estaba comprobado que había dado a luz a cuatro hijos y varias hijas.

—¿Tendrías ganas de dibujar un par de acuarelas sobre el tema? —preguntó su padre—. Podríamos colgarlas en el restaurante.

¡Menuda idea! Como si no tuviese otra cosa que hacer que pintar antiguas murallas conventuales y benedictinas fallecidas hacía mucho tiempo. Pero luego vio el entusiasmo en los ojos de su padre y contuvo la observación burlona que tenía en la punta de la lengua.

—No es mala idea, siempre que encuentre tiempo.

—Llévate el dibujo, quizá te inspire —insistió y enrolló la hoja—. También te puedo dar literatura, he tomado prestados varios libros y…

—No, gracias, en realidad no tengo tanto tiempo, papá. Pero me llevo el dibujo, en cualquier caso.

Contento, Walter se levantó y cogió una goma de la cocina, enrolló el dibujo y lo puso en una bolsa para que no se dañase.

—Por cierto, quería saber cómo le ha ido el examen a Jenny —dijo Sonja—. ¿Ya ha contado algo?

—No demasiado —respondió él—. Pero al parecer está contenta. Esta mañana ha ido a Neustrelitz con Kacpar para escoger los últimos muebles de los cuartos.

«Vaya —pensó Sonja—. Sí parece que avanzan con el hotel. Envidiable. Ojalá puedan pagar también los bonitos y antiguos muebles.» Jenny era bastante despreocupada en esa cuestión, le gustaba elegir lo mejor y más caro, alegando que a largo plazo la buena calidad era más barata que los productos rebajados que se rompían enseguida.

—Cuando vuelvan, pregúntale por favor si pueden ayudar en casa del padre de Jenny. Tiene lumbago y debe preparar y cargar las cosas para el mercado.

Walter prometió dar el recado, luego acompañó a su hija hasta la puerta, la abrazó y le pidió que pensara en las acuarelas.

—Heredaste un gran talento, muchacha —dijo con mucha seriedad—. Sería una lástima desaprovecharlo.

Antes habría hecho un comentario mordaz: ahora podía alegrarse por su halago. Sentaba bien tener a una persona que creyese en ella, que la viese capaz de hacer algo. En realidad, su padre siempre lo había hecho, solo que ella no había querido oírlo.

Tuvo que darse prisa para no llegar tarde a la hora de la consulta. Encontró el buzón a rebosar; bajo los papelitos publicitarios, circulares de propaganda y facturas encontró una carta del distrito de Müritz. Nerviosa, la abrió, le echó una rápida ojeada y se quedó en la palabra «rechazado». No podía ser. Ese año no pagarían la subvención anual para el Zoológico Müritz, dado que el número de visitantes no cumplía las expectativas. Metió el escrito junto con el resto del correo en su bolso y subió las escaleras hacia su piso. Abajo, en el consultorio, Tine Koptschik, su leal ayudante, ya estaba ocupada con los preparativos y se oían sus ruidosas actividades en el pasillo.

Una vez arriba, sacó de la nevera el trozo de tarta de licor de huevo que Tine había llevado el día anterior, puso al fuego agua para un café rápido y a continuación deambuló hasta el salón para leer el correo con detenimiento. Por desgracia, la maldita carta del distrito seguía teniendo el mismo contenido desolador.

«Esto es lo que obtienes cuando eres sincera», pensó furiosa. Kalle le había dicho que apuntase de mil a dos mil visitantes más al año, pero ella temió que Hacienda preguntara por los ingresos no contabilizados y declaró la cantidad exacta. Bueno, redondeada hacia arriba. Pero solo habían tenido trescientos cincuenta visitantes de pago, lo que suponía un aumento del dos y medio por ciento en comparación con el año anterior. Pero era demasiado poco para las señoras y señores de la oficina de Turismo del distrito.

Así que no podrían construir la casa de los animales pequeños. Al menos no ese año. A no ser que cayese dinero del cielo de otra parte. Como siempre, habían escrito a grandes empresas y también a particulares. La mayoría de las veces recibían negativas, pero de vez en cuando también había donantes sorprendentemente generosos. En fin, luego convocaría una sesión extraordinaria de la junta para anunciar la triste noticia. Podía imaginarse lo que Kalle le reprocharía.

Oyó que alguien llamaba a la puerta del consultorio. El portero automático zumbó y varios perros empezaron a ladrar. Paul Konradi iba a vacunar a sus tres jóvenes pastores alemanes. Regresó deprisa a la cocina, se preparó un café instantáneo, se precipitó sobre el trozo de tarta y seleccionó con una mano el resto del correo —folletos publicitarios al cubo de la basura, las facturas apiladas—. Se detuvo de pronto. Vaya, también había una carta de Berlín. De su amiga y compañera Petra Kornbichler. Hacía una eternidad que no veía a Petra, a quien conocía de sus comienzos en Berlín. Cuando se marchó, acordaron mantener el contacto. Con el tiempo era cierto que se había vuelto más bien esporádico, pero también se telefoneaban de vez en cuando tras tantos años o se escribían cartas para el cumpleaños o Navidad. Se avivó en su interior la esperanza de que Petra hubiera intercedido a favor del Zoológico Müritz y abordado a varios compañeros y algunos artistas conocidos. ¿Quizá había surgido algo?

Querida Sonja:

Espero que estés bien de salud y tu maravilloso proyecto del Zoológico Müritz avance. Hoy tengo una petición especial para ti. He enseñado tus acuarelas a un conocido, Claus Donner, y está tan entusiasmado con las nuevas pinturas que le gustaría exhibirlas en una exposición. Lleva una pequeña galería que recomiendo de corazón. Claus tiene buena mano para los artistas jóvenes y los nuevos estilos. Si te apetece exponer algunas de tus obras en su galería, le gustaría dirigirse personalmente a ti. Espero que hablemos un día de estos. Por las tardes estoy disponible a partir de las siete.

Un saludo muy afectuoso,

Petra

Decepcionada, tiró la carta a la mesa. Nada de patrocinadores ricos, solo un tipo raro que quería exhibir sus pinturas.

¿Qué se creía Petra? No tenía tiempo para semejantes tonterías.

Abajo volvieron a llamar: ya era hora de que se pusiera la bata blanca y fuese a trabajar. Podía ser la señora Decker con el gato. Tine debía tener cuidado, porque a los pastores alemanes no les gustaban los gatos. Mientras bajaba se consoló un poco. Tres perros, un gato y después la pequeña quería venir con sus dos liebres, que se habían peleado. Sonja debía tratarles las mordeduras. Le explicaría que necesitaban un corral mayor, o de lo contrario no acabarían los disgustos. Ah sí: y esa tarde iría a casa de Bernd y cargaría cajas. Al menos de eso se alegraba mucho.

Jenny

—¿Sabes ya algo de las pruebas de acceso? —preguntó Kacpar, que volvía a ir con Jenny y la pequeña a la vieja fábrica en la que el holandés tenía su almacén de muebles antiguos.

—¡En serio, era para parvulitos! —se jactó—. Incluso las mates me salieron bien, aunque entré en pánico total. Tío, Kacpar, lo he superado y creo que incluso lo he hecho bien. Dentro de tres semanas tendré que presentarme a los exámenes de verdad, en Hamburgo.

Kacpar puso el intermitente y dobló al final de la estrecha calle lateral hacia los antiguos terrenos de la fábrica. El holandés era un viejo conocido al que la abuela Franziska había comprado material en su tienda cuando él aún tenía un almacén en Dranitz. Jenny estaba segura de descubrir allí algunas bonitas piezas para los dormitorios de los huéspedes, nimiedades que aún les faltaban, además de un par de elegantes asientos, preferiblemente de estilo Biedermeier, que conjuntaba tan bien con la mansión.

La superficie hormigonada en torno al almacén estaba llena de baches y charcos, por lo que Kacpar condujo con todo el cuidado posible, aunque Julia empezó a quejarse en su silla del asiento trasero.

—Tienes que imaginarte que el coche es un caballo salvaje —dijo él—. ¡Cuidado, agarraos bien, ahora viene otro brinco!

Jenny pensó que lo estaba haciendo muy bien, puesto que la pequeña empezó a emocionarse y quiso que el caballo saltase otra vez. Y otra vez. Y una última vez.

Cuando el coche se detuvo y Jenny la sacó del asiento, hizo una mueca.

—¡Mamá, tengo que hacer pis!

—No pasa nada, vamos rápido detrás de la nave.

Allí había todo tipo de matorrales, escarabajos y moscas zumbando, y en el aire flotaba un olor raro. Jenny se alegró de que su hija se aliviase con bastante rapidez y no hubiera nadie cerca. Cuando ayudó a la pequeña a subirse las bragas, constató que tenía una extraña erupción color pardo en la tripa. ¿Una alergia? ¿O el sarampión? ¿No debería haber tenido fiebre? Pero no la tenía, la frente estaba sudada, pero no caliente...

Kacpar las esperó con paciencia. Era divertidísimo ir a comprar muebles para la mansión con él. No importaba si escogían piedras, azulejos, parqués o elementos para los baños: siempre aceptaba sus ideas, las completaba con ocurrencias propias, aunque también la corregía si con el entusiasmo se había equivocado. Jamás rechazaba de forma categórica una de sus propuestas; en cambio, decía: «Podría complicarse» o «Le veo un pequeño problema». Y cuando luego lo pensaban bien, siempre encontraba una solución aceptable.

El holandés era un hombre pequeño y delgado con pelo ralo y gafas de gruesos cristales. Los esperaba porque Kacpar le había pedido hora por teléfono el día anterior. Se quejó de unas condiciones de compra difíciles y unos gastos de almacenamiento caros, pero los muebles que les enseñó eran de ensueño. Justo lo que Jenny se había imaginado. Armarios de nogal, algunos con espejo integrado, como se hacían en el siglo XIX. Un secreter chapado de cerezo con un panel abatible para escribir. Detrás había muchos cajones y compartimentos pequeños.

—¡Qué emocionante! —exclamó ella—. ¿También esconde un secreto?

El holandés se encogió de hombros, pero Kacpar abrió un cajoncito, arrastró la abertura y sacó a la luz otro cajón que estaba oculto detrás. Por desgracia estaba vacío, ni cartas de amor ni joyas escondidas.

Jenny estaba entusiasmada.

—¿Cuánto quiere por él?

Pedía mil marcos porque el mueble estaba en perfecto estado y además era inusual. En efecto: los precios habían subido mucho. Había pasado definitivamente la época en que muchos allí habían malvendido sus muebles antiguos para abastecerse de muebles baratos en una de las grandes empresas de venta por correspondencia.

—Vamos a seguir mirando. —Kacpar esbozó una sonrisa complaciente—. Como ya avisé por teléfono, nos interesa equipar ocho dormitorios casi listos con mobiliario pequeño adicional, ahí podría acumularse una partida más grande.

El holandés se alegró. Los guio a través de su almacén, les mostró sus mejores piezas, les contó en qué desván, en qué rincón polvoriento había descubierto esa o aquella joya, lo que se tenía que restaurar, cómo y dónde era mejor colocarlo. Jenny eligió algunas cosas, examinó los muebles a fondo y encontró siempre algún defecto, con lo que Kacpar la apoyó de manera decidida. Eran un buen equipo. Nunca dejaban ver cuánto les gustaba una pieza; en cambio, hacían como si pudieran renunciar a ello si el precio era demasiado alto.

Durante todo el tiempo Julia estuvo sorprendentemente formal y tranquila, por lo que hasta después de un rato Jenny no se dio cuenta de que su hija había desaparecido entre los muebles antiguos. Fue en su busca y la encontró en un sofá Biedermeier. Julia había abrazado un cojín de terciopelo y dormía profundamente. Cuando se sentó junto a ella y le puso la mano en la frente, notó que la pequeña tenía fiebre.

—Kacpar, Julia no está bien. Tenemos que irnos a casa ahora mismo. ¿Podrías llevarnos inmediatamente y quizá volver más tarde? Creo que estamos de acuerdo en lo que necesitamos.

Kacpar asintió y también el holandés se mostró enseguida dispuesto, en vista de las circunstancias especiales, a esperar en el almacén a que Kacpar regresase.

Jenny llevó a su hija al coche y le abrochó el cinturón. La niña se quejaba, pero apenas arrancó Kacpar, se quedó dormida. Cuando Jenny le palpó la frente, ya no le pareció especialmente caliente. Quizá se había equivocado hacía un momento.

Fueron por la carretera en dirección a Waren. El verde claro de las hayas jóvenes dominaba el bosque, en los campos brotaba el centeno como un vello verde intenso, los prados habían crecido con tanta rapidez y fuerza durante el período de lluvias que un pastor alemán como Falko podría desaparecer allí dentro.

—La mansión de tus padres ¿se parecía a Dranitz? —preguntó Jenny en el silencio que se había producido entre ellos.

Kacpar le lanzó una mirada de reojo y luego carraspeó.

—Solo la conozco por una foto antigua. Es un poco más pequeña que Dranitz, pero del mismo estilo arquitectónico. Un saliente de estilo clasicista con cuatro columnas. Debajo, una ancha escalera que llevaba a la entrada. Cuando los señores bebían café en el jardín, un criado bajaba las escaleras con la bandeja para servir tarta y nata.

—¿Cómo lo sabes si nunca has estado allí? —se extrañó ella.

—Se ve en la foto.

—Ajá.

Se volvió hacia Julia, que seguía durmiendo tranquila. Quizá no tuviese una erupción en la tripa. Tal vez solo se hubiera untado con algo. Hacía poco había cogido la barra de labios de Jenny y se había pintado.

—Siempre pensé que habías vivido allí. O al menos tu familia. Pertenecía a tu familia, ¿no? —siguió investigando.

Kacpar cambió de carril para adelantar un camión en la estrecha carretera.

—Mi abuelo trabajaba allí como administrador —explicó él cuando volvió al carril derecho—. Hablaba mucho de la finca. Mi abuela era del pueblo. Tras la Segunda Guerra Mundial los rusos les otorgaron la tierra y la granja y se instalaron allí.

Volvió la cara hacia ella y sonrió de soslayo.

—Mis antepasados no eran hacendados nobles, Jenny. Eran gente sencilla, pero amaban ese lugar y hablaban a menudo de él.

—Entiendo —dijo Jenny. Tras un rato, añadió—: Por cierto, mi abuelo tampoco era noble. Ni mi padre.

Él guardó silencio. Parecía cohibido. Jenny pensó que Kacpar nunca había afirmado de forma directa descender de hacendados nobles, pero contaba muy a menudo que también su familia había administrado una finca, de modo que le había dado la impresión de que se trataba de una propiedad familiar. Ahora se había decidido a aclarar la verdad. Estaba bien. Pero en cierto modo era conmovedor. A fin de cuentas, Kacpar era un tipo encantador. Si hubiera sido posible, le habría gustado adoptarlo como hermano mayor. Sin embargo, nunca supo muy bien qué pensar de él.

—¿Nos dejas en Ludorf? —preguntó—. Luego Ulli nos llevará a Dranitz.

Kacpar asintió algo crispado. Jenny sabía que desde hacía un tiempo estaba un poco celoso de Ulli, por lo que cambió rápidamente de tema y le habló de una pareja joven de belgas que había alquilado una casa flotante y chocado con un velero. Por suerte solo fue un susto, pero los dos ancianos del velero estaban furiosos porque la casa flotante iba por el lago sin conductor. La joven pareja se había retirado al interior para una cita amorosa.

—Ulli ha dicho que ahora pondrá un letrero en sus barcos: «¡Prohibido el sexo durante el trayecto!».

Kacpar soltó una carcajada un poco forzada.

—¿No es mejor que lleve a la pequeña a Dranitz? Está tan dormidita…

—No, deja —dijo Jenny—. Tiene ganas de ver a Ulli. Y a Max.

El aparcamiento de Ludorf estaba tan lleno que Kacpar las dejó en la acera.

—¡Hasta luego! —exclamó él por la ventanilla después de que Jenny cogiese a Julia del asiento trasero y se despidió con la mano.

Julia empezó a llorar. Sin duda estaba incubando algo.

—¿Me dejas comer un helado, mamá? —pidió la pequeña sorbiéndose los mocos.

Jenny le lanzó una mirada escrutadora.

—No te duele la tripa, ¿no?

—No. Quiero un helado…

Había cola delante del quiosco. Los helados y los refrescos desaparecían como si nada, de vez en cuando también vendían un periódico y, por supuesto, cigarrillos. Jenny fue con Julia hasta la puerta trasera y llamó para no tener que hacer cola tanto tiempo. Max abrió. Cuando las vio, se le iluminó toda la cara y las hizo pasar al frío quiosco. Mientras él seguía atendiendo a sus clientes, Julia podía sacar del arcón su helado favorito.

—¿Ulli está en la pasarela? —preguntó Jenny.

—Está donde el *Santa Cäcilia* —respondió Max, que estaba cobrando un gran pedido de helados—. Ayer volvió a dar problemas, quería comprobar lo que pasa.

—Mejor me llevo a Julia a la pasarela —dijo Jenny—. Hace un momento estaba algo caliente, como si tuviese fiebre, y está un poco quejumbrosa.

—¡Qué va! Déjala aquí —se ofreció Max—. Ya nos las arreglamos los dos. ¿No es cierto? Me ayudarás a vender —se dirigió entonces a la pequeña, que asintió con ganas.

Jenny le dio las gracias y fue a la pasarela.

El yate a motor *Santa Cäcilia* era el único barco que seguía en el embarcadero recién afirmado; todos los demás estaban alquilados. Se trataba de un estrecho Fairline Turbo blanco de doce metros de largo, el orgullo de su flota. Max lo había comprado barato hacía dos años por sorpresa.

—Es una diva —había dicho Ulli en alguna ocasión, arrugando un poco la nariz—. Siempre le pasa algo.

Llevaba razón; era cierto que deseaban muchísimo a la dama, pero tenía sus caprichos.

Cuando Jenny subió a bordo, vio a Ulli embadurnado de negro y de ese color se estaba poniendo, en cuclillas delante de la válvula inferior; debajo de él se encontraba el motor.

—¡Hola, cariño! —lo saludó—. Vaya, ¿no arranca?

—¡Ay, Jenny! —dijo—. No, ya he desmontado medio motor. No tengo ni idea de por qué vuelve a dar problemas...

No sonó a que su visita sorpresa lo entusiasmase. De momento le parecía mucho más importante el interior del *Santa Cäcilia* que la presencia de su novia.

—Así son los marineros —había bromeado Mücke hacía poco—. A uno así no lo tienes para ti sola: ¡siempre debes compartirlo con su barco!

Sin embargo, Ulli no era un marino que navegase los siete mares. Solo era ingeniero naval y alquilaba botes. Jenny no estaba dispuesta a compartir a su novio con nadie, y mucho menos con una diva a la que llamaban tontamente *Santa Cäcilia*.

—Kacpar me ha traído. Estábamos en Neustrelitz, en el almacén del holandés, pero de pronto Julia ha empezado a encontrarse mal, he pensado que era mejor venir a tu casa para que pudiese acostarse un poco. Pero vuelve a estar mejor —añadió deprisa—. Está con Max, comiendo helado y ayudándolo con los clientes.

—Entonces no será tan grave —zanjó Ulli y se volvió de nuevo hacia su motor.

—¡Adivina lo que hemos encontrado en el almacén del holandés! —soltó Jenny, entusiasmada—. No te lo puedes imaginar: ¡un secreter superguay con cajones secretos!

Ulli atornilló con obstinación una parte embadurnada de aceite, pero el destornillador se le resbalaba una y otra vez.

—¡Joder! —gruñó, colérico.

—¿Me estás escuchando, cariño?

El destornillador se le volvió a resbalar. Ulli levantó la cabeza y la miró. Furioso sería decir poco.

—Claro que te escucho —respondió de mal humor—. Has comprado un secreter. ¿Y qué tiene de especial tu escritorio?

¡Madre mía! Antes ella tampoco entendía mucho de muebles antiguos, pero Franziska había cambiado eso por completo. A la abuela le encantaban las antigüedades, las conocía bien y había transmitido esa pasión a su nieta.

—No es un simple escritorio, sino un armario pequeño del que se despliega un panel para escribir. Detrás se encuentran cajones o compartimentos en los que se pueden meter cosas.

Ulli asintió y sacó otro destornillador de la caja de herramientas para volver a intentarlo. Al final lo consiguió y levantó triunfante el tornillo.

—El holandés nos va a llamar para la entrega. Ha prometido darnos el próximo hueco disponible —se regocijó Jenny—. Entonces tendrás que venir sin falta para ver las cosas.

—Claro que iré. Seguro que necesitas a alguien que te lo suba a la habitación, ¿no?

—Eso también, por supuesto...

Decepcionada, guardó silencio y miró cómo limpiaba el interior de la pieza metálica con un pincel antes de volver a atornillarla. No entendía su pasión por los muebles antiguos. Si por él fuese, ella habría equipado todas las habitaciones con muebles prácticos de madera de pino barata.

—¿Te falta mucho? —preguntó y señaló la válvula abierta.

—Espero que no. —Suspiró—. Voy a volver a montarlo, tendría que funcionar.

—Vale, voy a cuidar de Julia —dijo y se volvió para irse—. Sería genial si pudieras llevarnos luego a Dranitz.

—Está bien, cariño —respondió él, pero Jenny notó que no la había escuchado.

Acto seguido, lo oyó gruñir y maldecir. Decepcionada, volvió a tierra firme, donde Rocky había gestionado la recepción de dos botes de remos. Rocky, de pelo rubio pálido, tenía un ligero sobrepeso, lo que no mermaba su movilidad. Saludó a Jenny y le habría gustado charlar un poco con ella, pero, por desgracia para él, una pareja joven que necesitaba su ayuda volvió a la pasarela con un patín acuático.

Jenny miró con envidia hacia el camping, donde había algunas caravanas y también grandes tiendas de campaña. Delante del chiringuito habían colocado varias mesas y sillas, y la gente estaba sentada muy junta para comer sus salchichas con patatas fritas. Solo con la venta de cerveza y refrescos hacían un negocio redondo.

«¿Y qué? —pensó para animarse—. No es nuestra clientela. Nosotros tenemos comida fina, buenos vinos y habitaciones amuebladas de forma acogedora a la manera de los hacendados. Vacaciones para huéspedes adinerados, no para los tipos que duermen en una tienda de campaña y comen salchichas grasientas en cuencos de plástico.»

Mientras tanto, el aparcamiento estaba algo más tranquilo, y también la cola delante del quisco había desaparecido. Jenny llamó a la puerta trasera y esperó hasta que su hija la hizo pasar. Julia tenía las mejillas calientes y rojas, sus ojos brillaban, febriles.

—Desde luego, está enferma —dijo Max, preocupado—. La pequeña tiene fiebre. Ojalá no sea el sarampión, tiene muchas manchas en la cara.

¡Qué desgracia! Ahora ella también lo veía. Las mejillas rojas se revelaron como una acumulación de pequeñas manchas, y la erupción se había extendido hasta la frente y la nariz.

—Cierro esto y os llevo a la consulta del médico de Waren —propuso Max—. Voy a por las llaves del coche.

—Pero Ulli puede hacerlo —objetó Jenny.

—No hay que molestarlo, muchacha —replicó Max sonriendo—. Está a solas con su diva.

En realidad, se tendría que haber reído, pero se enfadó. «A solas con su diva.» ¡Menudo humor tenía Max Krumme!

—¡Mamá, me duele muchísimo la cabeza! —se quejó Julia. Jenny cogió a su hija en brazos y comprobó la temperatura de su cuerpo.

—Ahora iremos enseguida a ver al médico y luego te meteremos en la cama.

Se puso a la pequeña en el regazo mientras Max las llevaba a la ciudad. Julia estaba apoyada contra ella, tenía los ojos cerrados y la fiebre cada vez más alta.

—Cuando hayamos acabado la ampliación —le contó el anciano para distraerla—, se terminará por fin el vaivén constante. Entonces vivirás con la pequeña en Ludorf y los tres estaréis siempre juntos.

Jenny aguzó los oídos. ¿De qué estaba hablando? Acarició el sudoroso pelo rizado de su hija y comprobó que la erupción también estaba detrás de las orejas.

—¿Qué ampliación?

—Bueno: queríamos construir un gran piso para vosotros en la planta baja. ¿No te lo ha dicho Ulli?

—No, no me lo ha dicho —replicó, nerviosa—. Y es una locura total. No quiero mudarme a Ludorf. Quiero quedarme en la finca y dirigir la empresa en algún momento. —De repente, el pánico se apoderó de su voz—. ¡Ay Dios! Creo que Julia va a vomitar.

Lograron detenerse justo a tiempo delante del consultorio pediátrico. Jenny gastó todo un paquete de pañuelos de papel.

—No nos esperes, Max —dijo cuando Julia estuvo un poco mejor—. Llamaré a la abuela para que nos recoja.

Él solo asintió. Puso el motor en marcha y se alejó sin despedirse. Jenny estaba tan ocupada con su hija que no le llamó la atención el silencio de Max.

En el consultorio no tuvieron que esperar mucho. La enfermera las mandó enseguida a una sala de curas para evitar que se sentasen en la sala de espera con los demás niños. Sarampión: no cabía duda. Las peores pesadillas de Julia se hicieron realidad cuando le pusieron una inyección.

—No es tan grave —la consoló la abuela Franziska cuando las recogió—. Todos debemos pasar las enfermedades infantiles. Aún recuerdo cuando en mi infancia medio Dranitz tuvo el sarampión. De niña no es grave. Además, tu madre también lo tuvo.

—Creo que yo no —dijo Jenny—. Pero estoy vacunada. Tuve que ponerme al día cuando empecé en la guardería. A mí no me puede pasar nada, pero Julia no debe salir de casa en un tiempo para no contagiar a nadie.

Audacia

—¡Ya llegan!

La abadesa miró por la ventana del *dormitorium*. Enfadada, se fijó en el manzanar nevado, donde el eslavo Bogdan había vuelto a subirse a un árbol para poder ver por encima de la muralla conventual. ¡Cuántas veces se lo había prohibido! Pero ese pícaro, al que un día habían encontrado medio muerto de hambre y con los miembros rotos ante las puertas del convento y habían acogido por compasión, sabía lo que quería. Era cierto que hacía de buena gana los trabajos que le encargaban, también se arrodillaba al final de la iglesia durante los laudes y las vísperas juntando las manos con devoción, pero, cuando le pedía que se santiguara o respetase la cuaresma, hacía como si no la comprendiese. Sin embargo, entendía muy bien el alemán.

En ese momento se dio cuenta de qué había inducido al eslavo a gritar: a lo lejos, varios cuervos volaban en círculo sobre las copas de los árboles pelados por el invierno; era probable que algo los hubiese espantado. Si eran aquellos a quienes esperaban, tardarían aún un rato en llegar a las puertas, puesto que el convento estaba en medio de espesos bosques y el camino ya era duro sin la profunda nieve.

—¡Baja enseguida del árbol, Bogdan! —exclamó la abadesa

y cerró el batiente revestido de piel de animal. Volvían a caer copitos finos y glaciales.

El invierno era una prueba divina para todo lo que vivía en esa zona. También los campesinos de los pueblos sufrían por el intenso frío que helaba los jergones en los que dormían. En el convento, el estanque estaba cubierto por una gruesa capa de hielo, de modo que había que ocuparse de las carpas; los gansos se habían refugiado en la cabrería. Tuvieron que llevar a tres monjas al sanatorio, donde se calentaban con la estufa, recibían asistencia y las ponían a régimen. Dos de ellas ya eran mayores, pero una aún era casi una niña, la hija de una familia noble que había ingresado en mayo del año anterior como novicia. Era una muchacha seria e inteligente; la abadesa la visitaba todos los días y rezaba por su restablecimiento.

Cogió la linterna y se dirigió a la escalera, pero antes lanzó otro vistazo a la sala entreclara en la que los catres de las hermanas estaban colocados en hileras. La abadesa no quería que sus subordinadas durmieran con ese frío en el enlosado: no podía ser la voluntad divina que todas muriesen de fiebre y por tener pulmones enfermos. Las monjas del convento de Waldsee dormían sobre paja o incluso pieles de cabra, y en las noches especialmente frías se les permitía poner varias fuentes de cobre con carbón incandescente. Esta medida no gustaba a todo el mundo. Entre las religiosas más jóvenes había algunas que estaban ansiosas por asumir todos los sufrimientos posibles por la gracia de Cristo y con la esperanza de alcanzar la salvación eterna. La abadesa apreciaba poco esa devoción exagerada, y tampoco le gustaba cuando las monjas se mortificaban con cadenas y estaquillas debajo de la vestimenta o ayunaban hasta desmayarse para expiar sus pecados. Para poder alimentar y vestir a las casi cuarenta mujeres del convento era necesario mucho trabajo, y para eso necesitaban un cuerpo sano y fuerte. Por eso insistía en que solo se ayunase según las reglas de san Benito: de septiembre a Pascua nada de carne y solo una comida al día.

Abajo, en el *refectorium*, varias religiosas mayores estaban reunidas alrededor de otra estufa encendida, ocupadas remendando ropa o estirando la lana. Habían puesto velas de sebo que despedían un fuerte olor; reservaban los cirios para el altar, eran demasiado caros para los trabajos cotidianos.

Todas saludaron a la abadesa con una reverencia, como era costumbre; dos se levantaron y le besaron las manos. No le gustaba ese gesto, sobre todo con las mujeres que tenían más del doble de su edad. A principios del año anterior, cuando la venerable madre Afranasia entró en el Reino de Dios, las monjas del convento la eligieron abadesa por amplia mayoría, una decisión que el convento de hermanos también ratificó. Asumió la carga de ese puesto, aunque entonces temía no poder satisfacer la confianza de sus hermanas. Solo tenía cuarenta años, era demasiado joven para semejante misión. Pero Dios le dio fuerza y la obsequió con un alma viva, de modo que el puesto no era una pesada carga, sino más bien una alegría.

Envió a una de sus hermanas a la cocina para anunciar a los invitados. Aunque las monjas tomasen una sola comida al día, tras las vísperas, tenían que convidar a comida y una bebida caliente a los acompañantes de la joven noble que ingresaría ese día en el convento. Era probable que fuese su hermano, Nikolaus, con alguno de sus caballeros para escoltarla, o quizá solo el burgués u otro funcionario de la corte. Tenían que proporcionar un alojamiento para la noche a los caballeros, como requería la hospitalidad y también el amor de Cristo, ya que bajo ningún concepto podían volver ese día con la ventisca.

La joven noble se llamaba Regula. Era la benjamina y la niña de los ojos de su padre, el conde Gunzelin, que había decidido casarla con un señor de Rostock. El confesor del convento, que tenía acceso a la corte de Schwerin, contó que Regula había despertado la ira de sus padres cuando se negó al matrimonio. Quería ingresar en un convento como novia de Cristo y consagrar su vida a Dios. Cuando su padre pretendió obligarla a casarse, la muchacha estuvo a punto de morir por una huelga de hambre. Entonces el anciano conde cedió por fin a las súplicas del confesor y de su hijo Nikolaus, y permitió a su obstinada hija el ingreso en el convento de Waldsee. Lo hizo de muy mala gana, porque si no podía casar a Regula, al menos le habría gustado tener a su hijo favorito en la corte.

Esos o similares eran los rumores en torno a la joven que se acercaba en ese momento con su acompañante a las puertas del convento. No era demasiado insólito; esas cosas sucedían todos los días, aunque no siempre en una casa condal. Muchas personas, sobre todo mujeres, querían llevar una vida pía, lo que no era posible en matrimonio, ya que este incluía el pecado.

Los conventos apenas sabían dónde alojar a las muchas incorporaciones; había numerosas fundaciones nuevas, pero también comunidades monásticas que no dependían de ninguna orden y vivían según sus propias —según se decía, a menudo inciertas— reglas. También el convento de Waldsee se estaba quedando pequeño y, si esa joven no fuera una noble que aportaría al convento varios pueblos y tierras, la abadesa la habría rechazado y enviado a Dobbertin.

Con una seña, una de sus aplicadas hilanderas salió corriendo para repicar la campana que llamaba a la sexta. Enseguida se animó el silencioso y nevado patio; las monjas llegaron de los talleres, los establos, el sanatorio, la portería y la cocina, depositaron en el *refectorium* las batas de trabajo que se habían puesto sobre el hábito y fueron una tras otra a la iglesia conventual a paso sosegado. También la abadesa se unió a ellas; en el patio solo quedó Bogdan, al que dio instrucciones de abrir las puertas a los caballeros en caso de que llegasen mientras las monjas cantaban la sexta.

Para la abadesa, las horas de rezo eran a la vez un recreo y un estímulo, un tiempo que solo se consagraba al pensamiento de Dios. Las palabras de los salmos, la melodía de los cantos unísonos, la secreta y cálida luz de los cirios ante el retablo eran para ella como ver a lo lejos el jardín del Paraíso. Por desgracia, ese día el trote de los caballos en el patio adoquinado perturbó su contemplación; además, se oían las voces agudas y estridentes de los jóvenes señores que daban órdenes a sus donceles. Habían llegado, desmontaron en el patio. Mandaron a Bogdan encargarse de sus caballos. Como seguía nevando, sin duda se refugiarían del mal tiempo en el *refectorium*, sobre todo porque hacía un calor agradable junto a la estufa.

Se equivocaba. Una corriente de aire hizo titilar en el altar las llamas de los cirios y se movió la hoja abierta en el salterio de la primera cantora: Bogdan había abierto las puertas de la iglesia a los invitados. Las espuelas metálicas produjeron un ruido acompasado en el suelo de piedra, las armaduras de cuero crujieron y uno de los señores estornudó con fuerza mientras otro dio sin querer con la espada contra una columna de piedra. Lo que profirió colérico con los labios apretados seguro que no era adecuado para un templo.

La abadesa levantó la cabeza, abarcó con la vista a sus numerosas monjas y las exhortó en silencio para no fijarse en los invitados, sino para cantar los salmos sin turbarse. La mayoría obedeció, solo algunas miraron de reojo, por encima de la barandilla del coro separado, a los jóvenes señores, la mayoría de los cuales ya se había arrodillado. Más atrás del entreclaro templo estaban de rodillas dos mujeres con amplios abrigos. Una era pequeña y enjuta; la otra, muy corpulenta.

Era una lástima que los invitados perturbasen la hora del rezo, pero la abadesa tuvo en consideración que quisiesen escuchar los cantos de las monjas, que eran muy famosas por sus salmos. La abadesa no tenía gran talento para la música, sino que confiaba la composición de los cantos a Bertolda, una de las hermanas mayores, que ensayaba aplicadamente con las monjas y pulía sus voces para hacerles comprender los coros celestiales.

Al finalizar la hora canónica, las mujeres volvieron a su trabajo. Prepararon un lecho para los invitados varones en el granero cubierto, mientras la abadesa se dirigía al *refectorium* para saludar a la joven Regula y su acompañante. En total eran ocho personas, dos mujeres y seis hombres. Como había supuesto, a Regula la condujo al convento su hermano Nikolaus, un joven esbelto y de pelo oscuro con ojos centelleantes y gestos vivos; lo acompañaba un hidalgo rubio de gran estatura, Baldur von Danneberg, amigo y compañero de Nikolaus von Schwerin. Además, tres soldados rasos y un doncel delgado y de rostro pálido. Todos hicieron una reverencia a la abadesa y le besaron el anillo de sello, primero Nikolaus y Baldur, después los tres soldados y por último el pequeño doncel, que tenía tanto miedo que tropezó y cayó de rodillas ante ella; los caballeros se rieron sin piedad de él. Entre los hombres la compasión era una palabra desconocida: cada uno de ellos había empezado como simple doncel y soportado palizas, frío y un duro adiestramiento.

La abadesa esbozó al joven una afectuosa y reconfortante sonrisa que le hizo sonrojarse y luego se volvió hacia las dos mujeres.

—¿Regula von Schwerin?

—Aquí está, venerable madre —respondió la mujer robusta—. Soy Oda, la nodriza de la joven princesa. He amamantado y criado a Regula, la quiero como a un hijo propio, incluso mucho más, porque es la hija de mi señor.

—¿No puede responder ella? —preguntó la abadesa con impaciencia.

Regula se había envuelto el pelo en un pañuelo, que también le cubría parte de la cara. Lo apartó y sonrió a la abadesa.

—Desde luego que puedo, venerable madre. Por favor, disculpad a mi nodriza, que ha cuidado de mí tanto tiempo y por ello no se puede separar de mí sino con dificultad.

Su voz era dulce y las frases que pronunció sonaban como una suave melodía. Además de la extasiada expresión del agradable rostro de muchacha: la abadesa necesitó un momento para serenarse. Había contado con una princesa rebelde, una de esas jóvenes que por su ascendencia enseguida exigían cierta posición. Se había preparado para mostrar a la joven novicia desde el principio que en ese convento no había diferencias. Ahora estaba perpleja y casi desvalida ante esa delicada muchacha, que la miraba amablemente con ojos afables y claros, ojos que tenían plumas grises como las alas de un pájaro.

—Seguro que sabes —dijo, y tuvo que carraspear—. Seguro que sabes que con el ingreso en el convento abandonas todo lo mundano que has poseído. Una monja ni siquiera posee el hábito que lleva, tampoco los zapatos que calza, ni el anillo ni el collar son vuestros, también se os corta la joya de la cabeza: la larga melena. ¿Estás dispuesta, Regula von Schwerin?

La muchacha se arrodilló ante la abadesa y susurró:

—¡No hay nada en el mundo que desee más, venerable madre!

Miró al suelo y el pañuelo se deslizó por su larga melena castaña oscura, que le rodeaba la cabeza como un resplandeciente velo. A la abadesa le costó librarse de la hermosa imagen, pero cuando notó la ansiosa mirada del caballero Baldur, se agachó y levantó a la joven.

—Si es así, Regula, bienvenida a nuestro convento. Por ahora te encomendaré a una de nuestras hermanas, que te instruirá, te proporcionará la vestimenta monacal de la novicia y estará en todo momento a tu lado. También por la noche estará su lecho junto al tuyo.

Dudó, ya que para esa tarea había nombrado por precaución a la priora Clara, una mujer exigente y poco bondadosa. Para una obstinada princesa, Clara le pareció la mejor elección. Pero ahora la abadesa pensaba que Regula necesitaba otra confidente, una persona que fuera tierna y más bien maternal. Pero la hermana Clara ya esperaba su misión junto a la estufa y a la abadesa no le pareció conveniente decepcionarla, así que le hizo una seña para que se acercase.

—La hermana Clara te acogerá bajo su manto, será tu maestra y madre.

Lo dijo más para la priora que para Regula y acompañó sus palabras con una insistente mirada. Era fea como la noche, con la cara desfigurada por úlceras, la figura enjuta y un poco encorvada hacia delante, las manos secas y largas como las garras de un ave rapaz. Pero quien la conocía sabía lo estricto que era el espíritu de esa mujer.

La despedida de su hermano Nikolaus no le resultó fácil a la joven. Se abrazaron y Regula le agradeció el respaldo, sin el cual no habría podido alcanzar su objetivo. Se bendijeron mutuamente y Regula añadió que estaba segura de que algún día volvería a unirse con Nikolaus en el Paraíso. A la abadesa le pareció una convicción muy valiente, que rayaba en la soberbia.

La pobre nodriza se despidió de su pupila sonora y desgarradoramente, las lágrimas corrieron por ambos rostros y al final fue la priora Clara quien, con su brusquedad característica, las separó y se llevó a Regula. La nodriza se quedó sollozando con los brazos extendidos hasta que dos de las religiosas mayores se encargaron de ella por orden de la abadesa. La llevaron a la cocina, donde la alimentaron y pudo ser útil.

Lo esencial de esa visita estaba resuelto: quedaba la obligación que tenía la anfitriona de ofrecer una buena comida a los señores. Entre las columnas del *refectorium* tendieron grandes paños, de modo que los invitados podían utilizar la parte trasera mientras que la delantera, más grande, permanecía reservada a las monjas.

Los señores podían estar contentos con la comida que les ofrecieron: habían sacrificado un ganso, y además había col y tortas de mijo al horno, gachas dulces con miel y manzanas horneadas. La abadesa iba a retirarse para resolver —según decía— obligaciones importantes, pero el joven Nikolaus von Schwerin la retuvo.

—Os lo ruego encarecidamente, venerable madre. Quedaos y hacednos compañía. No solo porque mis acompañantes y yo lo veríamos como un gran honor, sino también porque necesito vuestro consejo para un asunto importante.

Habría podido declinar, al fin y al cabo, no era usual que una religiosa se sentase a la mesa con seis señores. Pero le gustaba ese joven, que se encargaba con tanto cariño de su hermana, y tenía curiosidad por saber sobre qué asunto le pediría consejo. Así que se sentó en silencio a la mesa junto a él, pasó los platos y fuentes con la comida a los señores y los animó a servirse mientras que ella no se llevó ni un solo bocado a la boca. Tampoco bebió el mosto de manzana ni la cerveza casera, que los señores consideraron excelente. Los tres soldados conversaban entre sí sobre sus experiencias en las campañas contra los eslavos, elogiaron sus victorias, se jactaron del botín y también les habría gustado hablar de mujeres, pero por consideración hacia la abadesa no lo hicieron. Nikolaus charló un momento con su amigo Baldur, luego informó a la abadesa de que Baldur y él eran buenos amigos desde que servían como donceles en la corte de Tecklenburg, y el verano anterior los habían nombrado caballeros juntos.

—¡Cuánto lamenté no poder marchar con el emperador Federico a Egipto! —exclamó Nikolaus—. Entonces aún era doncel y nadie quería llevarme a Tierra Santa. Pero ahora es distinto, venerable madre. Ahora quiero ponerme en camino para luchar por la fe y la causa de Cristo en Tierra Santa.

Se lo había imaginado. Ese botafuego era un fanático de la fe, al igual que su hermosa hermana. Ahora hablaba de la cruzada, para la que se preparaba el rey francés, Luis, reclutando soldados por todas partes.

—Baldur y yo estamos completamente resueltos: queremos unirnos al rey —le comunicó con euforia, mientras su compañero solo asentía en silencio.

A la abadesa, Baldur le pareció más bien un alma simple; en caso de que alguna vez se marchase a una cruzada, era probable que volviese tras pocas semanas. Nikolaus era distinto. Se lanzaría convencido a la batalla por la victoria del cristianismo y moriría feliz para que lo admitiesen libre de pecados en el Reino de Dios.

—¿Y qué consejo esperáis de mí? —preguntó ella.

Él se recostó, dio vueltas a su vaso en las manos y por fin dirigió la mirada a la abadesa. Parecía resultarle difícil formular su pregunta.

—¿Creéis en las profecías, venerable madre?

No era una pregunta fácil. Las profecías podían venir de Dios, pero de igual manera ser insinuaciones diabólicas. En todo caso, convenía tener cuidado, una religiosa podía caer rápidamente en la sospecha de herejía.

—Creo en la Divina Providencia, que nos está velada —respondió con cuidado—. Muy pocas veces las profecías y la magia son de procedencia divina.

Él asintió en silencio, intercambió una mirada con su amigo y pareció aliviado.

—Os lo agradezco, venerable madre. Os lo agradezco de todo corazón, pues me habéis quitado una gran carga. Ahora me alegra por partida doble que mi hermana esté con vos en manos sabias y seguras.

Pese a sus preguntas, él no quiso seguir pronunciándose sobre el asunto, por eso Audacia lo dejó así. Aprovechó la oportunidad de dejar solos a los señores, ya que había llegado la hora de la Nona y las monjas volvían a reunirse en la iglesia.

A la mañana siguiente, Nikolaus y sus acompañantes abandonaron el convento de Waldsee tras un buen desayuno. Según le informó la priora, hubo una breve conversación entre los hermanos delante del sanatorio, donde Clara había puesto a trabajar a la novicia. Sin embargo, la priora impidió rápidamente ese encuentro ilícito.

La abadesa se esforzó durante las semanas siguientes en observar a Regula, y ordenó que la hermana Clara le informase todas las noches tras las vísperas.

—Es curiosa —dijo la priora.

—¿De qué manera?

Descontenta, la hermana Clara sacudió la cabeza.

—No lo sé con exactitud. Es obediente y aplicada, pero tiene un cuerpo débil, no es apto para el trabajo duro. Tose y tiene fiebre.

—Entonces deberías mandarla a confeccionar túnicas o a hacer velas.

—Lo he intentado, pero insiste en hacer precisamente aquellos trabajos que su cuerpo no puede soportar durante mucho tiempo.

Por supuesto que quería aquello. Al igual que su hermano, anhelaba sufrir y morir por la salvación de su alma. La abadesa se enfadó. La muchacha le caía bien y no quería perderla.

—Es asunto tuyo asignarle una tarea, Clara —le recordó—. No quisiera que Regula enfermase.

—No lo quiera el Señor, venerable madre.

Para su sorpresa, la abadesa constató que la joven Regula se había ganado el corazón de la priora; que Clara se esforzaba con todas sus fuerzas por darle tareas sencillas a la novicia, que podía hacer junto a una estufa caliente. Sin embargo, Regula enfermaba a menudo, se le notaba que tenía fiebre y no cumplía la jornada conventual más que reuniendo toda su voluntad. Solo en las horas de rezo y la misa del domingo, que celebraba el prior del convento de hermanos, parecía vivaz y estaba llena de felicidad.

Ya era marzo, la nieve se había derretido y en los bosques florecían las blancas almohadas de las anémonas, que aprovechaban la luz mientras los árboles aún no tenían hojas. Por la mañana, justo después de que las monjas hubieran cantado los laudes, la priora llamó a la celda de la abadesa.

—Necesito vuestro consejo —dijo Clara.

—Pasa.

Estaban enfrente la una de la otra en la estrecha habitación y la abadesa sintió una preocupación imprecisa. Clara nunca le había pedido consejo.

—Está enferma. Yace en el lecho, inmóvil como un muerto.

—¡Vayamos! —urgió la abadesa, resuelta, y quiso abrir la puerta, pero Clara la retuvo por la manga.

—No está realmente enferma, venerable madre —continuó en voz baja y vaciló. El miedo de la abadesa aumentó.

—Entonces ¿qué?

—Está poseída.

Silencio. Se miraron fijamente. El diablo era omnipresente. También podía adoptar la forma de una hermosa y joven novicia.

—¿Por qué lo dices?

—Tiene visiones —le explicó Clara—. Hoy ha visto un barco que se estrellaba en la tormenta. En él estaba su hermano con otros cruzados. Los vio luchar con las olas y ahogarse.

—Es un sueño, Clara —rechazó la abadesa enojada la sospecha de la priora—. Un sueño febril, nada más.

—No, venerable madre. No tiene fiebre. Lo ve con los ojos abiertos, mientras estoy sentada junto a su lecho.

Volvió a haber un momento de silencio en la celda. Luego la abadesa cogió a Clara por el brazo.

—Nadie debe saberlo —le ordenó con severidad—. Ninguna monja y, menos que nadie, el prior del convento de hermanos.

—Recemos por ella —respondió la priora en voz baja—. Recemos por ella, madre Audacia. Es una elegida.

—O una bruja.

Ulli

¿Cómo había llegado aquello tan lejos? Esa tonta e inútil disputa que ambos habían buscado. Y luego, ese silencio angustiosamente largo. Era lo peor. Levantarse todas las mañanas con el sentimiento de que el mundo ya no estaba bien. De que había arruinado algo muy importante en su vida. Era como una úlcera perniciosa en el estómago.

Ulli se levantó de la cama gruñendo y se golpeó la cabeza contra el techo inclinado. Fue al baño cojeando y maldiciendo. La ducha caliente lo activó un poco. Se secó con la toalla y clavó los ojos en el espejo. Estaba empañado por el vapor. Se frotó con la toalla y se miró la cara, roja, con la incipiente barba rubia oscura en torno a la barbilla y las mejillas. ¡Ahí! Una espinilla, justo en la nariz. Se alisó el pelo húmedo y examinó angustiado las entradas que se iban extendiendo. Si eso seguía así, se quedaría calvo dentro de cinco años, como mucho. Con treinta y seis años ya parecería un pensionista. Sería mejor afeitarlo todo y pasearse con la bola de billar. Siempre podía ponerse un gorro.

Se vistió y bajó para ver si Max ya había preparado café. Pues sí, ahí estaba la cafetera en la mesa de centro, al lado de la bolsa con panecillos recién hechos que Tom llevaba todas las mañanas de la panadería, junto con los bollos y cruasanes para la tienda del camping. Ulli los contó: dentro había seis piezas, así que Max aún no había desayunado.

—¿Max?

Llamó a la puerta entornada del dormitorio, lo que ahuyentó a Hannelore de la cama de Max, donde disfrutaba de un pequeño reposo matinal. Ni rastro de Max. Tampoco se veía al gato Waldemar; era probable que rondase por el camping mendigando comida a la gente. Lo que más le gustaba era el salmón ahumado, y aunque también aceptaba cerdo crudo, con los restos de fiambre era exigente.

Ulli pensó que Max solo había tomado un café antes de abrir el quiosco. De todos modos, ese día no vendería mucho: el cielo pendía como una manta gris sobre el lago, que había adoptado los colores del plomo líquido. ¡Otro triste día de lluvia! En esa estación las ventas caían siempre porque el tiempo no acompañaba, aunque ese año había habido algunos días extraordinariamente bonitos. En la pasarela, todos los botes de remos se mecían en el agua, igual que los dos patines acuáticos; solo estaban alquilados las casas flotantes y los yates. Bueno, el día solo acababa de empezar, quizá más tarde saliese el sol.

Cogió una taza en la cocina, untó un panecillo con mantequilla y lo llenó con salchicha ahumada. Era de la última visita a sus abuelos. Ese día quería volver a casa de Mine y Karl-Erich, porque tenía pendiente la mudanza al piso de la señora Kruse. Por fin habían cedido a la insistencia de Ulli para cambiarse a la planta baja y ese día debía estar todo preparado. Mine había llenado cajas y cartones; había que bajar las camas, los sillones, el televisor y otros muebles. También la mesa de la cocina, a la que todos se sentaban tan a menudo.

Ulli pensó en encender el televisor, pero no lo hizo. Masticó y bebió el café, que ese día volvía a estar tan cargado que habría podido despertar a un muerto. Sin embargo, no tenía la sensación de que la bebida caliente lo animase. Al contrario, se sentía agotado y habría preferido arrastrarse de nuevo a la cama. Deprimido, apoyó los brazos sobre las rodillas y miró la taza de café vacía. Tenía pintado un gran corazón rojo y debajo ponía: *I love Ulli*. Era un regalo de cumpleaños que Julia le había hecho el año anterior, aunque por supuesto Jenny estaba detrás.

Jenny...

Maldita sea, ¿qué había hecho mal? Todo empezó el día en que Julia contrajo sarampión. Había intentado arreglar el *Santa Cäcilia*, pero no había descubierto el motivo de los problemas del motor y se había enfadado muchísimo. Lo admitía: estaba especialmente de mal humor cuando Max fue a la pasarela.

—Si sigues así —lo había increpado el anciano—, me mudo a Berlín. A ver cómo te las arreglas tú solo con la tienda.

Para Ulli fue como un jarro de agua fría. Al principio pensaba que Max hablaba del bote, que por desgracia había sido incapaz de poner a punto.

—Pero ¿qué mosca te ha picado? —reprendió al anciano.

Eso no hizo más que azuzar la cólera del anciano. La pequeña tenía sarampión. Y Jenny no quería mudarse a Ludorf. Las había llevado al pediatra y la pequeña había vomitado en el arcén. Le preguntó si ni siquiera iba a hacer valer su autoridad. Jenny se llevaría el dinero de él, pero luego se iría a Dranitz y Max llevaría allí una vida aburrida solo...

Ulli necesitó un momento para ordenar el lío de esa verborrea y después siguió sin entender lo que sacaba de quicio a Max.

—¿Julia tiene sarampión? ¡Ay, Dios mío! ¿Por qué Jenny no dijo nada? ¡Las habría llevado al médico!

—Por qué, por qué, por qué —repitió Max mientras levantaba los brazos—. ¡Solo necesita mover el meñique para conseguir de ti todo lo que quiere!

Ulli frunció el ceño. Por lo visto, el anciano estaba cada vez más enfadado por el dinero prestado.

—¡No te pases, Max! Devolverá el dinero. Hemos redactado un documento porque su abuela así lo quiso...

—¡Un documento! —lo interrumpió Max—. ¡Maravilloso! Te ha escrito un papel y se ha embolsado cincuenta mil marcos. ¿Y qué hace con ello? Lo invierte en la mansión, donde se esfumará. ¿Sabes qué, Ulli?

Poco a poco le resultó inquietante, porque Max había levantado la voz y lo miraba fijamente con los ojos desorbitados y veteados de rojo. Dos chicas que acababan de examinar los botes de remos se volvieron asustadas hacia ellos.

—¿Puedes hablar un poco más bajo? —le pidió a Max en un susurro—. ¿O quieres espantar a nuestros clientes?

Pero a Max Krumme, siempre pendiente de tratar con amabilidad a sus clientes, todo le daba igual. Hizo un airado movimiento de brazos y vociferó:

—¡Jenny nos va a arruinar a los dos! Porque hace lo que quiere y tú no eres capaz de hacerla entrar en razón. Tu mujer tiene que estar aquí. En Ludorf. ¿Por qué hacemos la ampliación? Para que puedas vivir aquí con tu familia.

Ulli iba comprendiendo. Max le había contado a Jenny su plan de añadir un piso para ella y Ulli. Y directa y sincera como era, ella le había dicho a la cara que no tenía ninguna intención de mudarse a Ludorf. ¡Vaya! Había salido fatal. Tendría que haber preparado a Jenny para esa idea descabellada. Ahora habían chocado y, por supuesto, algunas cosas se habían hecho pedazos.

—No exageres, Max —intentó calmar al anciano—. Aún no se ha dicho ni mucho menos la última palabra.

Sin embargo, Max se había dejado llevar tanto por la ira que ya no prestaba atención.

—Ya sé cómo acabará —chilló—. ¡Te mudarás a Dranitz y me quedaré aquí solo! Más solo que la una.

«Ajá», pensó Ulli. De eso se trataba.

—¡Basta, Max! —le advirtió, y lo cogió por el brazo para ir con él a casa. En el salón, Max se hundió en el sofá y apoyó la cabeza contra el respaldo. Parecía muy pálido y acongojado. ¿Siempre había tenido esas ojeras azuladas? De pronto, Ulli se preocupó y fue a la cocina para llevarle a su amigo un vaso de agua.

—Toma, bebe un trago.

Cansado, Max cogió el vaso y bebió un poco.

—Llama a casa de Jenny —le pidió a Ulli con voz débil—. Quiero saber cómo está la pequeña. El sarampión no es ninguna broma…

—Voy —prometió Ulli.

Cuando Max se incorporó con esfuerzo para relevar a Rocky en el quiosco, Ulli le ordenó que se quedara sentado. Iría enseguida y se aseguraría de que Rocky y Tom se las arreglaban solos.

Max no lo contradijo. Eso también era una señal de que no estaba bien. Ojalá no se hubiera exaltado tanto como para que le afectase al corazón. Ulli llamó a Jenny, pero no consiguió localizar a nadie. Cuando lo intentó en casa de los abuelos, Walter le dijo que Jenny seguía fuera para resolver algún asunto, pero Julia ya estaba mejor.

De momento todo volvía a estar en orden. Al menos a primera vista.

Al día siguiente, Max vendió en su quiosco helados, cola y periódicos, como siempre. No habló más de la ampliación. En realidad, no habló mucho, y por la noche se sentó delante del televisor, mordisqueó unos cacahuetes y acarició a Hannelore, que se había puesto cómodo en su regazo.

Ulli fue a Dranitz dos días después. Jenny le había contado por teléfono que Julia ya estaba bien, pero que tenía que quedarse en casa porque seguía en cuarentena. Una epidemia de sarampión sería un desastre para Mücke después de la ola de resfriados de primavera; tampoco Jenny debía aparecer bajo ningún concepto por la guardería.

—¿Tuviste sarampión de niño? —le preguntó a Ulli.

Lo tuvo. Lo sabía porque la enfermedad se declaró durante una visita en Dranitz. Sus padres aún vivían. Entonces tenía cinco años y contagió al pobre Kalle, que en aquellos tiempos solo tenía tres.

Cuando dobló hacia la finca, lo primero que descubrió fue el camión verde delante de la puerta. Dos hombres habían metido una cómoda antigua en la casa; uno de ellos era Kacpar Woronski, el otro tenía que ser el holandés al que Jenny solía comprar muebles. Les había costado mucho mover la pieza, sobre todo porque el delgado polaco era un transportista francamente torpe.

Ulli se detuvo junto al camión, se bajó y ofreció su ayuda. Al final subió la cómoda solo, mientras Kacpar y el holandés lo seguían con los cajones.

Arriba, Jenny corría nerviosa de habitación en habitación, moviendo de un lado a otro sillas y sillones. Nada más saludarlo le pidió que montase una cama antigua. Bondadoso como era, se puso a trabajar, reunió las cuñas y los tornillos, y aún tuvo que escuchar que no debía hacer tanto ruido. Solo dio un par de golpes con el martillo para que las partes laterales encajasen. Cuando terminó, hacía mucho que Jenny había olvidado la cama. Estaba con Kacpar delante del secreter y sacaba brillo a la madera del panel y de los cajoncitos con cera, mientras mantenía con el polaco una conversación tremendamente erudita sobre la transición del estilo Imperio al Biedermeier.

—¿No es hermoso? —exclamó Jenny volviéndose hacia

Ulli—. ¿Has visto? ¡Hay compartimentos secretos detrás de los cajones!

—Precioso —dijo él.

En realidad, opinaba que habría sido mejor que Jenny comprase muebles nuevos, porque era posible que esas cosas viejas tuvieran carcoma y también olían muy raro. Al tufo de los siglos. Seguro que eso no les gustaría a todos los huéspedes si olía siempre así. Pero se guardó para sí mismo esa opinión porque no quería enturbiar la alegría de Jenny. Sin embargo, debió de notarlo de alguna manera, porque hizo una mueca y dijo de mal humor entre dientes:

—Bueno, a ti te van más las lanchas viejas que los muebles antiguos, ¿no?

En principio, ahí tenía razón, pero el tono provocador y la denominación despectiva de «lanchas viejas» lo molestó. ¿Por qué los muebles antiguos eran algo valioso, mientras que los barcos con unos años no eran para ella más que chatarra?

—Al menos no tienen carcoma —respondió.

—¡Esto tampoco!

Quizá habría cedido y le habría explicado que podía comprender su entusiasmo, aunque no entendiese demasiado de antigüedades, pero entonces Kacpar se inmiscuyó en la conversación.

—Deja a Ulli tranquilo con sus barcos —le dijo a Jenny, y le pasó el brazo por los hombros—. Mira, tengo una idea de dónde podríamos colgar el grabado Biedermeier.

Ulli se enfadó muchísimo. Ese Woronski acaparaba a su chica sin más, la rodeaba con el brazo y hacía como si él fuera un zoquete inculto. ¡Y pensar que lo tenía por un tipo simpático!

—¿Aún me necesitas? —le preguntó a Jenny—. Si no, me puedo ir. De todos modos, solo soy la mula de carga.

—Ahora no te enfades —se exaltó ella.

Y, de pronto, se desencadenó una fuerte discusión en la que él cometió el error de mencionar el dinero. Lo que fue una enorme estupidez, sobre todo en presencia de Kacpar. Evidentemente, Jenny se puso hecha una furia.

—¡Si hubiese sabido que querrías chantajearme, podrías habértelo quedado! ¡Recuperarás tu maldito dinero!

—No te quiero chantajear, Jenny, pero sí que habría esperado un poco más de delicadeza. Max estaba hecho polvo porque le dijiste a la cara que no quieres mudarte a Ludorf.

Entonces se enfadó aún más y empezó a lanzar improperios. Estaba furiosa aunque, al mismo tiempo, parecía una niña infeliz. ¡Ay, cuánto la quería! Justo en ese momento le habría encantado abrazarla, pero por alguna razón no fue capaz. De todas formas, habría sido un mal momento, puesto que chillaba y escupía fuego.

—¿Qué te has creído? ¿Prefieres que le cuente mentiras a Max para que no se ponga nervioso? ¿Qué ganaría con eso?

—He hablado de delicadeza. ¡Pero no sabes lo que significa!

Ya era demasiado tarde, y ahora la disputa entre ellos era como una sombra gigantesca y maligna. Le habría gustado coger el teléfono y zanjar el asunto, pero temía su reacción.

¿Por qué ella no llamaba? Ya que siempre quería tener la última palabra, ¡también podría decir la primera! En todo caso, a ella hablar le resultaba más fácil que a él. Las mujeres poseían un determinado gen del que carecían los hombres. El gen del habla. Lo había leído una vez en el periódico. Pero Jenny permanecía callada y el pensamiento de que cambiaba muebles de sitio y equipaba habitaciones todo el tiempo con Woronski no lo dejaba dormir por las noches.

No. Jenny le era fiel. De eso estaba seguro. Además, el polaco no era en absoluto su tipo. Pero ¿qué pasaba con los exámenes de selectividad? Había aprobado las pruebas de acceso por todo lo alto, pero ahora la cosa se ponía seria y seguro que era mejor que repasase las matemáticas...

Ensimismado, Ulli se metió el último trozo de bollo con salchicha ahumada en la boca cuando de pronto se le ocurrió algo. Llamaría a Mine en el acto, con el pretexto de que iba hacia allá para ayudarlos con la mudanza. Jenny también había prometido echar una mano antes de la disputa y quería saber si seguía manteniendo su palabra. Además, si alguien estaba al corriente de lo que pasaba en la finca y en el pueblo de Dranitz, esa era su abuela.

—¡Ulli! ¿Dónde te metes, muchacho? —exclamó Mine en el auricular—. ¡Hace mucho que el armario del salón está vacío!

—Enseguida voy, abuela —replicó—. Solo quería saber si Jenny está ya allí.

—¿Jenny? —se extrañó Mine—. No. Debe quedarse con Julia porque la señora baronesa y el señor Iversen tienen una cita y la guardería ha vuelto a cerrar. Sarampión. A la pobre Mücke siempre le pasa algo. Ya estuvo aquí Sonja y se llevó todos los papeles que no necesitamos. Bernd también vino, nos trajo salchicha ahumada, queso y pan recién hecho y ayudó a recolocar las lámparas.

—Entonces ¿Jenny no ha aparecido?

Oyó cómo Mine resoplaba al otro lado del auricular.

—Me quieres tirar de la lengua, ¿verdad? Sé que hay gato encerrado. Bueno, Ulli, te lo he dicho una y otra vez: Mücke es la chica adecuada para ti, no la señorita Kettler. Pero ahora Mücke está comprometida, ¡culpa tuya!

Ahí tenía su merecido. Podría haber pensado que su abuela aún no le había perdonado que se hubiera enamorado de Jenny y no de Mücke. Así y todo, según parecía, estaba al corriente.

—¿Has hablado con Jenny? Sobre algo más que sarampión, quiero decir…

—¡Ni pensarlo! —se exaltó Mine—. Solo he hablado con Bernd cuando estuvo aquí. Me ha contado que su hija debe tener mal de amores. Pero tampoco conoce los detalles…

¡Tenía mal de amores! Eso ya sonaba mejor. No era que se hubiese alegrado de que ella fuera infeliz, pero estaba bien saber que se atormentaba al igual que él con el asunto. No le daba igual, como había temido.

—¿Cuándo vienes, Ulli? —preguntó Mine—. ¿Ahora mismo o por la tarde?

—Voy a comprobar un segundo si todos los empleados están en sus puestos. Hoy apenas saldrá el sol, podrán trabajar solos.

Antes de que Ulli fuera a Dranitz, hizo una parada para ver a Max, que estaba, como siempre, en el quiosco.

—¿Todo bien?

Max tosió, pero sonrió y asintió.

—Solo estoy un poco resfriado. Saluda a Mine y Karl-Erich de mi parte. Diles que siento no poder ayudarlos.

—No te preocupes, Max —respondió Ulli sonriendo—. Te necesitamos aquí

Se despidieron con un gesto, luego Ulli se subió al coche y condujo en dirección a Dranitz. No habría mucho que hacer, bajaría rápido las cuatro cosas. Más difícil sería lo de su abuelo, al que tenía que coger a cuestas y bajar despacio con él las escaleras. El abuelo se quejaría mucho, porque ese transporte extraordinario no les sentaría bien a sus pobres y reumáticos huesos. En cambio, Mine podía llevarlo en silla de ruedas por el pueblo para que tomase el aire fresco y viese algo más que el piso. Ambos estaban muy contentos.

En el piso de Mine reinaba el nerviosismo. Bernd ya había conectado la nueva cocina en el antiguo piso de la señora

Kruse, luego Wolf Kotischke, que había sido tractorista en la cooperativa de producción agrícola y era un tipo fuerte, lo ayudó a bajar la «mejor pieza», el televisor, por las escaleras, cuando Mine hubo preparado la cómoda. El televisor descansaba allí sobre un tapete bordado: no podía ser de otro modo. Lo siguió el sillón, y luego había que desmontar y volver a montar la mesa de la cocina y las camas.

—¿Vuelves a estar bien de la espalda? —preguntó Ulli cuando vio que Bernd también echaba una mano.

—Impecable —respondió—. Sonja me ha inyectado un remedio mágico y desde entonces no me duele nada, aunque todavía debo cuidarme un poco.

—Bueno, entonces será mejor que no te vea —rio Wolf cuando Bernd posó la pesada caja con la vajilla sobre el aparador de la cocina.

Cuando casi todo estuvo terminado, pensaron cómo sería mejor transportar a Karl-Erich. Al final se impuso la propuesta de Mine. Ulli y Wolf lo bajaron sentado en una silla de la cocina. Fue más sencillo de lo que pensaban, gracias a que Karl-Erich ya no pesaba tanto como antes.

—¿Hay algo más que hacer? —preguntó Ulli cuando el abuelo se sentó sano y salvo en la nueva cocina delante de una taza de café con leche.

—Tan solo un par de pequeñeces —respondió Mine—. Arriba, en tu antigua habitación, aún hay un par de cajas.

Se temió lo peor, ya que Mine era de las que lo conservaban todo. Y, por supuesto, en su antigua habitación quedaban varias cajas sospechosas que había escondido en el armario.

—¡Míralas y dime qué se puede tirar! —pidió Mine, que lo había seguido escaleras arriba.

—Por mí… ¡todo!

Mine le lanzó una mirada severa, así que se resignó y se sentó en el suelo para emprender un viaje al pasado. Vacilante, levantó la primera tapa y contempló los ojos de cristal marrones de su viejo osito de peluche. ¿Y qué había debajo? No se lo podía creer: el tren eléctrico. O más bien lo que quedaba de él.

Iba a abrir la caja amarillenta con la locomotora cuando se sobresaltó. ¡Era la voz de Jenny en el hueco de la escalera! Allí estaba.

—Ay, Mine, siento muchísimo no haber podido venir antes. Ya está todo abajo, ¿no?

—No, no —respondió la anciana—. Los muebles sí, pero arriba aún quedan cosas por todas partes que hay que ordenar y empaquetar o tirar.

Durante un momento todo permaneció en silencio, luego creyó oír pasos en los escalones de madera, pero solo eran sus ensordecedores latidos.

Intentó volver a concentrarse en las cajas, pero entonces se abrió la puerta detrás de él. No se volvió. El suelo no crujió, lo que significaba que ella se había quedado parada en la puerta.

—Hola, Ulli...

Su voz sonó ahogada, como si tuviese una bola en la garganta.

—Hola, Jenny...

Silencio. Él miró fijamente la caja con la locomotora que seguía sujetando en las manos y pensó que debía volverse y decirle que lo sentía, que deberían arreglar las cosas. Con toda tranquilidad. Pero no pudo decir una sola palabra. Era casi como si se hubiera quedado de piedra.

Solo cuando oyó que la puerta volvía a cerrarse se dio la vuelta. Se levantó de golpe y quiso correr tras ella, pero cuando puso la mano en el picaporte se detuvo. ¿Y por qué él? ¿No le tocaba a ella dar el primer paso?

Mine

Paul Riep había admirado como era debido el nuevo piso y les había felicitado por la decisión de mudarse abajo. Todas las noches charlaban un rato en torno a la mesa de la cocina, se quejaban por las irregulares calles del pueblo, que necesitaban desde hacía mucho un nuevo pavimento, y Mine volvía a lamentar que hubiesen talado los hermosos y antiguos árboles que crecían a lo largo de la carretera. Porque los chavales, con su alegría desbordante, apretaban demasiado el acelerador y estampaban sus veloces coches contra los árboles cada vez con más frecuencia.

Al fornido Paul Riep le habían salido canas en los últimos años, lo que entre risas atribuía a su puesto como alcalde de Dranitz. Sobre las nueve pasaba a Karl-Erich con mucha habilidad de la silla de ruedas a su cama y se despedía de los amigos con un afectuoso apretón de manos. Desde que los niños eran mayores, Paul vivía solo; Gabi, su mujer, había muerto hacía quince años. Pero seguía teniendo su trabajo en la panificadora y el puesto como alcalde, que lo mantenía activo.

Mine le puso el pijama a Karl-Erich y, antes de irse a dormir, ordenó un poco la cocina y revolvió en una caja.

—¿Vienes de una vez? —gritó Karl-Erich desde el dormitorio—. Sigue rebuscando mañana. Por hoy ya es suficiente.

—Ya voy —contestó—. Tan solo he puesto los platos en el fregadero. Todo es nuevo, siempre tengo que pensar dónde he puesto cualquier cosa.

Cuando fue al dormitorio en camisón, él había conseguido encender la lámpara de cabecera con las manos, retorcidas por el reuma, pero el despertador se había hecho añicos.

—No importa —dijo Mine—. De todos modos, nunca lo hemos necesitado. Por la mañana siempre nos despertamos solos.

Era cierto, pero él lamentó ser tan viejo y no servir para nada. Ella ya lo sabía. Tenía que dejarlo hablar un rato y, cuando lo escupiera todo, se tranquilizaría.

—Mañana daremos una vuelta por el pueblo —lo consoló—. Para que puedas tomar aire fresco.

—Podríamos pasar por donde Heino —propuso Karl-Erich.

«Bueno —pensó aliviada—. Quiere ir al bar de Heino Mahnke. Vuelve a tener pájaros en la cabeza.»

—¿Quieres tomarte un aguardiente y una cerveza?

—Si ya estamos allí, ¿por qué no?

Mine vio cómo la miraba de reojo e hizo como si estuviera indignada por su propuesta. En realidad, se alegraba. Si él se divertía, a ella todo lo demás le daba igual. Y, de hecho, ahora estaba más vivaz, tenía ganas de charlar.

—¿Has leído lo que pone el periódico sobre la Bremer Vulkan? —preguntó él.

¡Ese día no había tenido tiempo para abrir el periódico!

—No...

—Tienen restricciones de solvencia.

¡Menudas palabras! Conocía las restricciones, como antes, cuando no había nada que comprar en las tiendas. Pero ¿lo otro? Sol...

—¿Tienen qué?

Puso la cara de pícaro que solía poner cuando tenía que explicarle algo. Antes se enfadaba con él cuando lo hacía. Ahora ya no. Eso estaba superado.

—La Bremer Vulkan —le explicó—. Donde trabajó Ulli. Tienen restricciones de solvencia. Significa que ya no tienen dinero.

—Ah, vale. Bueno, pues dilo. ¿Y qué será del astillero de Stralsund?

—Nadie lo sabe aún.

La Bremer Vulkan se había hecho cargo del astillero a través del fideicomiso hacía casi tres años, por lo que se corrió la voz de que los miles de millones de marcos que el depósito fiduciario pagó por la construcción de los astilleros de Mecklemburgo se habían filtrado en las filiales occidentales de la Bremer Vulkan. Ahora ya no tenían dinero.

—En todo caso, es una suerte que Ulli tenga algo propio en Ludorf —dijo Mine, contenta.

Mine se acurrucó bajo la manta y se estiró con cuidado. Ojalá no tuviese calambres en los pies; ese día había corrido muchísimo de un lado a otro. Miró a su alrededor. En realidad, el dormitorio tenía el mismo aspecto que el anterior: las camas, los dos veladores, el ropero, una cómoda, una silla sobre la que siempre ponía su ropa. Pero olía diferente. Eran los suelos nuevos y el papel pintado. También había otras cortinas, que Gerda Pechstein había cosido para ellos, y Kalle había atornillado la barra por encima de la ventana.

—¿Aún quieres leer? —preguntó Karl-Erich, que ya estiraba el brazo para apagar la lámpara de cabecera.

—Solo echar un vistazo...

Cogió de la mesita de noche un cuaderno rojo y bastante gastado y se puso las gafas. El cuaderno no era suyo y tampoco estaba bien que lo hubiese cogido. Sonja había dejado su coche justo delante de la puerta para que pudiesen cargar enseguida todos los papeles que querían tirar y, cuando Mine fue a poner una bolsa con periódicos viejos en el maletero, vio que ya había una caja en la basura de Sonja, que también quería llevarse. De pronto descubrió ese cuaderno entre todo tipo de hojas con dibujos y lo cogió, sin saber ni ella misma muy bien por qué. Lo hizo de manera impulsiva, sin pensar. Conocía el cuaderno y no quería que acabase en la papelera.

—No es... —murmuró Karl-Erich cuando vio el cuaderno rojo en sus manos. Mine asintió—. Es el diario de Sonja.

Él guardó silencio y miró cómo lo hojeaba. Mine sabía que Karl-Erich pensaba en la época en que la niña de trenzas rubias se sentaba con ellos en la cocina. Sonja iba a menudo a su casa, jugaba con Olle y Vinzent y adoraba a Karla porque era seis años mayor y se cosía amplias faldas. Como las que vestían las mujeres del Oeste.

—¿Te lo ha dado ella?

—No. Lo ha tirado.

—¿Tirado?

—Estaba en la basura con el resto de los papeles.

Oyó cómo él jadeó profundamente, luego empezó a toser.

—Y entonces ¿lo has cogido sin más? —preguntó con desaprobación—. No deberías.

No estaba segura de tener derecho a hacerlo, pero pensó que un cuaderno tirado era algo así como los restos que arroja el mar. Y, como es sabido, pertenecían a quien los encontraba.

—Y tampoco deberías leerlo —aseveró él—. Es privado.

—Pero pone algo sobre nosotros y nuestros hijos —objetó ella.

Suspirando, Karl-Erich se acomodó la almohada y miró en silencio cómo Mine leía las primeras páginas. Luego propuso:

—Puedes leerme algo. Lo que tenga que ver con nosotros, quiero decir. No quiero morir sin saberlo…

Y Mine leyó.

5 de septiembre de 1956

Ya estoy en tercero de primaria. Tengo tres amigas, son Gerda, Karin e Inge. No podemos soportar a Tillie ni Erika. Vinzent Schwadke es terriblemente tonto, está un curso por encima de nosotras y ni siquiera sabe contar bien hasta mil. Pero por lo demás es agradable: va a nadar conmigo y Gerda, y nos ayuda cuando los mayores nos quieren hacer ahogadillas en el lago.

Hoy Karla Schwadke me ha hecho trenzas. Con un copete en medio. Papá no sabe hacerlo.

Mi mejor amigo es Alf. La señora Kruse me lo ha regalado. No ladra, por eso no sirve como perro guardián. Cuando estoy en la escuela y papá trabaja en Waren, Alf da vueltas alrededor del lago. Me recoge en las extraescolares: Gerda ha dicho que él es mi mamá. Ahora tengo que parar porque papá quiere que apague la luz.

7 de septiembre de 1956

Papá no quiere que sea zapadora. En mi curso todos lo son. Quedan por la tarde y juegan. Soy la única de la clase a la que no dejan participar. Mine también ha dicho que eso no está bien. Los zapadores tienen un pañuelo azul y un emblema cosido en la manga de la blusa. Olle Schwadke está en el consejo, también quiere que participe.

Papá tuvo que ir hoy al colegio y aclarar por qué no me deja ser zapadora. Luego estaba furioso.

Pero cuando me ha dado las buenas noches, ya no estaba enfadado. Me ha abrazado. Me ha dicho que me deja ser zapadora si de verdad quiero.

Sí quiero. Pero tampoco quiero que papá esté triste por eso.

13 de diciembre de 1956

Ahora soy zapadora. Mine ha ido conmigo en autobús a Waren y hemos comprado una blusa blanca y el pañuelo azul. Papá nos ha dado el dinero. He recibido un carné. Como los demás. Y ahora puedo ir a todas partes con él. En el colegio solo dos niños no son zapadores. Sabine y Klaus Bödinger. Su papá es pastor en la iglesia. Karin ha dicho que de todos modos son raros, no los necesitamos.

Soy aplicada y lucho por la paz. Amo la República Democrática Alemana. Y prometo amistad a la Unión Soviética. Eso pone en mi pasaporte. Karl-Erich ha afirmado que los rusos fueron muy malos en la guerra. Y que deportaron a mi abuelo. Pero Mine ha dicho que fueron los rusos, pero no los soviéticos. Los soviéticos son nuestros hermanos. Y los rusos eran nuestros enemigos.

Papá ha dicho que no debo preocuparme. Porque lo de antes ya ha pasado y todo vuelve a empezar. Pero no debo creer todo lo que cuentan en la escuela.

¡En verano me deja ir al campamento de zapadores!

6 de febrero de 1957

Alf ha venido por segunda vez al patio de la escuela. Me ha buscado y se ha alegrado cuando en el recreo he corrido hacia él. Hemos jugado con el perro en el patio, pero el señor Pauli vigilaba. Ha dicho que tenía que llevar a Alf a casa y encerrarlo en el piso. Si volvía a la escuela, nos quitarían a Alf.

A Alf no le gusta estar encerrado. Hoy ha hecho pis en el piso. Justo al final del pasillo, donde apenas se ve. Pero papá y yo lo hemos olido enseguida. No es ninguna sorpresa que tenga que hacerlo si está encerrado todo el día.

7 de febrero de 1957

Ahora, después de la escuela, voy a pasear con Alf, luego hago deberes con él en el piso. Cuando papá viene, dejo salir a Alf. Da una vuelta y vuelve él solo. Por la noche se pone junto a mi cama, pero la mayoría de las veces se mete por la noche y duerme conmigo. Sabe con exactitud cuándo me despierta papá por la mañana, ya que se baja un poco antes y se pone en su sitio. Alf es un pillo.

Las profesoras de las extraescolares han dicho que no debo quedarme sola en casa, pero papá ha hablado con ellas y me ha dado de baja. Ya he hecho novillos dos veces el miércoles por la tarde. Los zapadores son aburridos, prefiero jugar con Alf. Olle Schwadke me ha dicho que no funciona así y que, si no voy el próximo miércoles, tendré que presentarme ante el consejo de alumnos. No puedo llevar a Alf el miércoles por la tarde.

14 de febrero de 1957

Este miércoles por la tarde hemos hecho los dibujos para las ventanas. He dicho que los zapadores también deben querer a los animales, sobre todo a los perros. A Gisela y Karin les ha parecido bien, pero los demás se han reído de nosotras. La señora Tilling ha asegurado que las personas siempre son más importantes que los animales y que la construcción del socialismo tiene que ser nuestro primer objetivo. Los animales deben ser útiles al ser humano, como las vacas o los cerdos, los gansos y las gallinas. Luego ha preguntado quién de nosotros tiene una mascota. Gerda tiene un periquito y otros dos, cobayas. Yo tengo un perro. Elke tuvo un gato, pero murió el año pasado.

Los periquitos, las cobayas y los gatos no son animales útiles. Los perros tampoco.

No hay que querer a los animales. En todo caso, a los animales de granja no. Pero tampoco a los demás. Tenemos que querer a nuestros padres. Y la República Democrática Alemana. Y la paz.

Yo al que más quiero es a mi papá. Y a Mine. Pero a Alf lo quiero un poco más que a Mine.

15 de marzo de 1957

Papá está muy raro. A veces se ríe y no entiendo por qué. Luego me abraza y está muy serio. Ayer dijo que quizá vayamos a Berlín para visitar a una amiga de mi abuela. Mi abuela está muerta, nunca la he visto.

No quiero ir a Berlín porque no me puedo llevar a Alf. Tengo que cuidar de él, ya que la gente dice que ha matado a un corzo en el bosque. Pero no es cierto, no fue Alf. Quizá fuese un lobo. O un oso. Alf estuvo todo el tiempo conmigo.

10 de abril de 1957

No vamos a Berlín. ¡Estoy contenta! Papá tampoco habla ya de ello. Le he preguntado por la conocida de mi difunta abuela, pero solo ha sacudido la cabeza. En las vacaciones de primavera quiere ir de excursión conmigo y con Alf, nos llevaremos a Vinzent y quizá también a Gerda. A Alf le cae bien Vinzent, pero siempre ladra a Gerda porque ella le tiene miedo. Queremos ir hacia Neustrelitz...

Papá ha dicho que tiene que irse de Dranitz un par de días, está harto de la mansión.

16 de mayo de 1957

La excursión estuvo muy bien. Nos llevamos una tienda de campaña y por las noches nos sentamos a la orilla del lago. Papá y Vinzent hicieron un fuego, y Gerda y yo cocinamos una sopa con el puré de guisantes. Algunas veces compramos salchichas y las pusimos en la sopa. Alf vino con nosotros. Es un ladrón. Una vez robó de algún sitio medio jamón y se lo comió casi entero. Por la noche cuidó de nosotros y a veces ladró. También trajo dos liebres, lo reñí mucho. Pero le dio igual, no soltó las liebres. Vinzent afirmó que los perros necesitan carne. Y él también prefiere comer salchichas que solo sopa de guisantes con pan.

Papá cantó canciones con nosotros. Tiramos piedras planas al lago y contamos cuántas veces saltaban. Papá ganaba casi siempre, solo una vez Vinzent fue mejor. Gerda fue la peor, sus piedras siempre se hundían enseguida. Todos teníamos ampollas en los pies y papá nos pegaba por la noche muchas tiritas. Fueron mis mejores vacaciones.

31 de mayo de 1957

El alcalde ha estado en nuestra casa con otros dos hombres. Querían llevarse a Alf, dicen que cazó furtivamente. Pero no estaba, así que se fueron. Papá dijo que tienen razón. En la escuela la profesora explicó que los perros que cazan son malos y que Alf también podría morder a los niños. Entonces dije que Alf jamás mordería a un niño y que siempre duerme conmigo en la cama. Tillie, que se sienta a mi lado, se apartó de mí porque dice que seguro que tengo pulgas. ¡Es una atontada!

Alf vino por la tarde y lo escondí en mi habitación. Por la mañana, antes de ir a la escuela, he ido con él al bosque y le he dicho que debía huir porque si no lo capturarían. He llegado tarde a la escuela y he tenido que estar castigada toda una hora porque ya es la tercera vez. Cuando he vuelto a casa, Alf no estaba. Me he alegrado. Más tarde ha llegado papá y le he contado que había echado a Alf para que no lo cogiesen.

4 de junio de 1957

Tillie ha contado en la escuela que han matado a mi perro en el bosque. Su papá oyó varios disparos. Pero eso no demuestra nada. También pueden haber disparado a un corzo. No pueden, afirmó Tillie. Porque ahora es tiempo de veda, así que no se permite cazar.

Alf no ha vuelto. Era mi único y mejor amigo. Me encantaba que durmiera conmigo en la cama porque era muy cálido y me gustaba su olor a perro. Y porque era muy fuerte y corría muy rápido. No es cierto que esté muerto. Cuando de noche miro por la ventana, creo que está sentado sobre la maleza en algún lugar a la orilla del lago y me mira. Entonces lo llamo a veces. Pero no viene, porque se lo he prohibido. Papá me ha traído una cobaya. Es blanca con manchas negras y tiene unas patas finas y rosadas.

—No —dijo Karl-Erich—. Deja de leer, Mine. Me pone muy triste.

La anciana suspiró. Pobre muchacha. A Sonja le gustaban desde siempre los animales. Pero Alf lo fue todo para ella.

—¿Lo mataron de verdad? —preguntó él.

Claro que lo habían matado, ella también había oído los disparos. Estaba en la parte de arriba del establo, en la cooperativa de producción agrícola, sacando el estiércol con los demás. Karl-Erich no lo oyó porque estaba arreglando un tractor y el motor era muy ruidoso. Alf había sido un malvado cazador furtivo. Un vagabundo. Encadenado a la granja de Kruse parecía que nunca había roto un plato. Pero cuando estaba suelto, se metía por la ventana en casa de la gente y robaba lo que podía. En casa de Kruse incluso había logrado abrir la puerta de la despensa y birló dos salchichas ahumadas. En todo caso, eso habían asegurado para que el señor Iversen les pagase los daños. Entonces hubo una buena disputa. En esa época el señor Iversen montaba rápido en cólera, al contrario que ahora.

—Quizá Alf solo cambió de territorio —le dijo a Karl-Erich—. Los lobos lo hacen a veces. Y tenía algo de lobo.

Karl-Erich se contentó con eso y ella también. Hacía tanto tiempo... ¿Por qué seguía entristeciéndolo?

—Ahora durmamos, muchacha —pidió y estiró el brazo hacia la lámpara de cabecera.

Mine asintió, se quitó las gafas y cerró de golpe el cuaderno para dejarlo en la mesita de noche. Entonces, una hoja cayó hacia ella. Pensó que podía utilizarla como marcador.

Pero cuando miró con más detenimiento el papel plegado, se dio cuenta de que era una carta. Y, de pronto, se quedó todo a oscuras porque Karl-Erich había apagado la luz.

—Espera un momento —lo reprendió—. Se ha caído algo. ¡Vuelve a encender la luz!

—¿Qué pasa ahora? —gruñó él.

Karl-Erich necesitó tres intentos hasta que dio con el botón de la lámpara. ¿Dónde había caído la carta? En la alfombrilla, por supuesto. Tuvo que darse la vuelta para alcanzarla y, cuando por fin volvió a ponerse las gafas, estaba sofocada.

—¿Qué tienes ahí? ¿Es una carta?

Sin responder a su pregunta, Mine desplegó la hoja.

—Seguro que es para Sonja —se quejó Karl-Erich—. No deberías leerla. No se hace. Eso es fisgonear. —Si hubiera podido, seguramente se habría incorporado y acercado a ella para quitarle la carta. O para leerla con ella, depende. Pero hacía mucho que ya no le era posible con esos huesos reumáticos.

—No es para Sonja —dijo Mine—. Es para el señor Iversen.

—¡Aun así, no deberías leerla!

—Adivina quién la ha escrito —dijo ella—. ¡Nunca lo acertarás!

—¡No lo quiero saber! ¡Quiero dormir de una vez!

—La escribió la señora baronesa.

—Es igual…

—No me refiero a Franziska von Dranitz sino a la baronesa madre. Margarethe von Dranitz escribió esta carta al señor Iversen.

Él bostezó con ganas.

—Entonces la carta tiene que ser muy vieja. De antes de la guerra, ¿verdad?

—No —dijo ella y le mostró la fecha—. Es de abril de 1957.

Él parpadeó para ver mejor. Luego sacudió la cabeza, incrédulo.

—Entonces tuvo que equivocarse, Mine. Hacía mucho que estaban en el Oeste. Y aquí las fronteras estaban cerradas.

—Escucha. Te la leo.

Querido comandante Iversen:

Su carta me ha conmovido profundamente. Lo que nos han hecho a usted y a nosotros solo Dios puede estimarlo, para Él queda reservado el juzgarnos a todos. Ahora sé que mi pobre hija, mi pequeña Elfriede, ha muerto demasiado pronto y por ello me haré eternos reproches.

Y, sin embargo, su carta también da lugar a la alegría. Querido amigo mío, sigue con vida y tengo una nieta que está en sus manos. En cuanto me sea posible, quiero intentar ayudarlos a ambos.

Por lo que respecta a mi hija Franziska, hace casi diez años que está felizmente casada, también tiene una hija que nos hace muy felices.

La vida prosigue, querido comandante Iversen; juzgar las injusticias cometidas no es asunto nuestro. He tenido que dejar mucho atrás, la preocupación por mi pobre marido, cuyo destino desconocemos, me acompañará hasta el último momento. No obstante, miro hacia delante.

La felicidad de mi hija y de mi nieta es más importante para mí que todo lo demás. Por ello, le pido encarecidamente que no escriba a Franziska ni intente ponerse en contacto de cualquier otro modo con ella. Ha encontrado la paz, tiene a una persona encantadora a su lado, con quien empezará aquí una nueva vida. Está en su mano poner todo esto en juego o alegrarse por esta tranquila y segura felicidad de Franziska.

¿Quizá podamos entender que también una renuncia es una forma de amor?

Se lo pido encarecidamente, querido amigo mío.

Siento mucho no poder enviarle mejores noticias y deseo de todo corazón lo mejor para su futuro y el de mi nieta.

MARGARETHE VON DRANITZ

Mine se emocionó tanto con la carta que se sentó un momento en la cama sin hablar y meditó. Un rato después miró a Karl-Erich, que también guardaba silencio. Ya creía que se había quedado dormido, pero estaba boca arriba y miraba el techo recién blanqueado.

—Así lo hace la gente bien —gruñó cuando notó su mirada—. Tiene a otro, así que tú sobras y debes hacer el favor de dejarla en paz.

—Quizá tampoco fue del todo así —repuso Mine, pensativa—. ¿Qué habría pasado si de golpe y porrazo Franziska hubiera atravesado la frontera hasta Dranitz?

Siempre había algunos que migraban del Oeste al Este. Es cierto que los inspeccionaban a conciencia, pero podían quedarse. Entonces el Estado de la RDA estaba orgulloso de que los occidentales huyesen al Este.

—¿Por qué lo habría hecho? —preguntó Karl-Erich, escéptico—. Tenía marido y una hija del otro lado.

—Mmm —oyó decir a Mine.

Franziska von Dranitz quería mucho al comandante Iversen: habría sido absolutamente capaz de una locura así. Al menos, su madre lo temía. Pero quizá solo estaba preocupada porque el matrimonio de Franziska pudiese verse perjudicado si el comandante se presentaba en su casa.

—No, eso no estuvo bien —insistió Karl-Erich—. Tendría que haberlo decidido la propia Franziska. Pero a la baronesa madre siempre le gustó manipular los acontecimientos cuando se trataba de la familia.

Mine asintió y volvió a doblar la carta. Entonces, el señor Iversen había descubierto de alguna forma la dirección del Oeste. ¿Cómo lo había conseguido? ¿A través de unos amigos de Berlín? Exacto, quiso ir a Berlín con Sonja. ¿No había sido justo en esa época? ¿Quiso cruzar la frontera sin papeles con la muchacha? ¿Para ir a casa de Franziska?

—Vuelves a devanarte los sesos por asuntos que no te conciernen —dijo Karl-Erich—. Pon de nuevo la carta en su sitio y olvídalo todo. Agua pasada. ¡Y, además, por otro puente!

Mine suspiró, pero comprendió que Karl-Erich tenía razón. Sin embargo, tardó mucho en dormirse. ¿Cómo había llegado esa carta al diario de Sonja? ¿Se la había dado a leer su padre más tarde? ¿Quizá en 1967, cuando ella se fue al Oeste? ¿O hacía poco? En todo caso, Sonja parecía no darle más importancia a esa carta. La había tirado a la basura junto con su diario.

Y era mejor así.

Franziska

¡Menuda nieta maravillosa e inteligente tenía! Si se trataba de elegir muebles, Jenny y ella estaban en la misma línea. Durante tres días habían rebuscado con Kacpar accesorios bonitos y antiguos en distintos mercadillos y los habían repartido por las habitaciones. Grabados enmarcados con motivos de los alrededores, dos maravillosas lámparas Jugendstil, muy acordes con el mobiliario. Jarrones y anticuados expositores de postales, un juego de escritorio con tintero y esparcidor de arena, incluso habían adquirido un encantador orinal de porcelana blanca.

—Tiene casi el mismo aspecto que antes, cuando yo era una jovencita —se entusiasmó Franziska—, esa maravillosa atmósfera señorial, solo que mucho más clara y moderna.

Jenny asintió.

Se había volcado en el trabajo con todo su empeño. ¡Si consiguiera reunir semejante fervor para los exámenes de selectividad! Jenny estudiaba muy poco y a Franziska le daba la sensación de que se estaba durmiendo en los laureles después de las pruebas de acceso que había aprobado con éxito. Pero el tiempo apremiaba y a Franziska le asaltó la sospecha de que su nieta no se podía concentrar porque tenía problemas amorosos.

—¿Qué tal está Ulli? —preguntó con inocencia. Cuando Jenny se encogió de hombros y aseguró que le daba totalmente igual, vio confirmada su sospecha—. No os habréis peleado...

El silencio también era una respuesta. Precisamente el hecho de que Jenny no quisiese soltar prenda significaba que la relación no iba bien.

—Si quieres hablar, Jenny... —le había propuesto a su nieta.

—Gracias, abuela, pero no me apetece.

Ahora Jenny tiraba sin parar de una de las cortinas y no parecía saber muy bien con qué empezar.

—¿Ya has estado con Bodo en la cocina del restaurante? —preguntó Franziska.

Molesta, Jenny negó con la cabeza. Franziska presintió el motivo. Erika, la ayudante de cocina, le había contado que Jenny le había pedido a Bodo Bieger que comprase huevos, leche y verduras de temporada en la granja de su padre, pero él no quiso comprometerse. Con el buen tiempo venían más clientes al restaurante, y los sábados además iban a menudo familias de los alrededores porque el cocinero ofrecía un menú barato para la cena con cinco platos. Y previa petición, preparaba una tarta de cumpleaños: fue idea de Paul Riep y había tenido mucho éxito. Para el restaurante fue la mejor publicidad entre los lugareños: el alcalde celebra aquí su cumpleaños.

—De todos modos, esto no lleva a ningún sitio —gruñó Jenny, y le dio un suave puntapié a la bonita cómoda nueva.

—¿Por qué no lo llamas? —propuso Franziska. Quizá podía intentar sacar a Jenny de su caparazón. El humor de la muchacha apenas podía empeorar.

—¿A quién? —gruñó Jenny.

—Sabes a quién. —Franziska contuvo una sonrisa de satisfacción—. Los hombres se hacen los duros con las reconciliaciones, siempre creen que quedan mal si dan el primer paso. Hay que darles algunas facilidades...

—¡Ay, abuela! —se lamentó Jenny—. No se trata de eso. —Se dejó caer en el bonito sillón Biedermeier.

Franziska estaba convencida de que se trataba justo de eso, pero se abstuvo de hacer comentarios.

—Entonces ¿de qué se trata?

—¡No funciona! —se quejó—. Él está en Ludorf con Max y su alquiler de botes y yo estoy aquí, en la finca. ¿Entiendes? Somos como la luna y el sol. Como las dos caras de una moneda. ¿Cómo nos juntamos? Pues no es posible. ¡Fin de la historia!

—Encontraréis una solución, Jenny —intentó consolarla Franziska—. Si os queréis...

—Max Krumme está construyendo un piso para nosotros. Cree de veras que me mudaría con Julia a Ludorf.

No estaba bien, en absoluto. Ese Max Krumme era un solitario difícil, siempre lo había sabido.

—¿Y qué opina Ulli?

Jenny cogió el esparcidor de arena.

—Le parece muy bien.

—¡No puedo creerlo! —exclamó Franziska—. Ulli es una persona razonable.

—Eso pensaba yo.

—Y si vuelves a hablar con él...

—¡Abuela!

A Franziska le dolió no poder ayudarla. Su nieta no daba con la salida y no quería escuchar consejos.

—Deja que se vaya —le recomendó Walter cuando ella le contó sus preocupaciones por la noche—. Tienen que reconciliarse de alguna manera. No puedes ayudar ni aconsejar.

Había abierto una botella de vino tinto y se levantó para coger una copa. Franziska suspiró descontenta y apartó el folleto publicitario en el que pretendía trabajar. Sonja había pintado unas preciosas acuarelas, solo faltaban los textos. ¿De verdad no podía hacer nada para ayudarlos? Ulli le caía bien, en su opinión era el marido perfecto para Jenny y también sería un buen padre para Julia. Además, se querían. No podía ser que se destruyera ese amor solo porque Max Krumme tenía esa idea descabellada. ¡Un piso en Ludorf! Si decidían irse a vivir juntos, sería por supuesto en la finca Dranitz. ¿Para qué si no habían reconstruido las dos caballerizas?

—¿Sabes lo que he descubierto? —preguntó Walter cuando le sirvió una copa de vino.

Madre mía. Tenía que volver a escuchar sus últimos avances sobre el antiguo convento. Bebió un largo trago de vino tinto. Le pareció que sabía un poco a barniz y se esforzó por poner cara de interés.

—El nombre «Audacia» aparece varias veces en las crónicas —anunció Walter y revolvió en una pila de fotocopias—. Se informa acerca de la donación de una noble al convento, eso fue en el siglo XII, demasiado pronto para la tumba. Luego hay una Audacia, que era abadesa; además, también está el discurso de otra Audacia, que tuvo un hijo ilegítimo y lo enterró a escondidas en el cementerio. Por supuesto, la descubrieron y la historia acabó mal para ella. De todos modos, fue mucho más tarde. En torno a 1360.

—¡Ay, pobre! ¿Qué hicieron con ella?

—La expulsaron del convento. No se sabe lo que le ocurrió después.

Franziska notó el efecto relajante del vino tinto y se recostó en el sillón. Menudos destinos. Y todo aquello había pasado en ese pedazo de tierra. Siglos antes habían construido allí un convento, levantado piedra a piedra una iglesia y otros edificios, las monjas los habían ocupado, habían llevado una vida tranquila y ordenada, hasta que su tiempo pasó y el convento se desmoronó. ¿Era la mansión tal y como estaba ahora la primera de su género? ¿O hubo precursoras? ¿Seguiría estando allí dentro de cincuenta, cien años? Se imaginó unas aguas que discurrían deprisa y sintió que se mareaba. Todo tenía su tiempo, nada permanecía como era, todas las felicidades y todas las penas desaparecían; los edificios bien construidos se desmoronaban, los destinos se consumían y caían en el olvido.

—Y luego hubo una joven noble que en 1236 ingresó en el convento. Sin embargo, no se llamaba Audacia, sino que tenía otro nombre... ¿Te acuerdas? Lo mencioné el otro día... Sí, ya lo tengo. Regina... no, Regula, así se llamaba. Regula, de la casa condal de Schwerin.

Franziska puso la copa en la mesa y cogió cacahuetes del cuenco. Tenía que comer algo con urgencia, de lo contrario pronto estaría achispada.

—Sí, exacto —dijo, e intentó recordar a las distintas Audacias y a la joven noble. ¿Cuál había sido el destino de esa Regula?—. Entonces, la abadesa Audacia tendría que ser la mujer que encontraron en el sótano, ¿no? Sin embargo, me extraña que se convirtiese en superiora tan joven...

—Sí, también ha extrañado a los arqueólogos. Y ahora se ha comprobado que la abadesa Audacia desempeñó durante dos décadas esa función y era mucho mayor —continuó, entusiasmado—. La citan en un documento y por eso no puede ser de ningún modo la noble que hemos encontrado. Sin embargo, podría tratarse de la joven Regula von Schwerin...

—Interesante... —Los pensamientos de Franziska se dirigieron al balneario, cuya construcción estaba aplazada de manera indefinida.

Walter alzó la vista de sus fotocopias y solo entonces pareció entender que sus pensamientos estaban en otro lugar.

—Te preocupas por Jenny, ¿no? —preguntó—. ¿No la crees capaz de resolver sola sus problemas?

¿Qué debía responder? Por supuesto que confiaba en su nieta, Jenny era una muchacha inteligente. Por otro lado, era importante que tomase la decisión correcta. Al fin y al cabo, se trataba del futuro de la finca.

—¿Crees que podría ayudar si hablo con Ulli? —preguntó ella.

—Solo si viene a ti por iniciativa propia.

Su rostro tuvo que expresar más que disgusto, ya que él se apresuró a reconducir la conversación hacia otro tema.

—¿De verdad tengo que prepararme para un asalto? —bromeó.

—¿Cuándo? —preguntó ella sonriendo, e hizo como si no entendiera la pregunta, aunque sabía a la perfección que hablaba de su cumpleaños.

—Entonces está bien —dijo—. Ya tenía miedo de que pudieras haberte molestado demasiado.

En efecto, así fue. Las invitaciones estaban enviadas, la lista de asistentes hecha y a Bodo Bieger, el cocinero, se le había ocurrido un extraordinario menú de gala. La mera lectura de los platos tenía valor culinario. Además, habría varias sorpresas que los invitados habían pergeñado... No obstante, había seleccionado solo a un pequeño número de personas porque sabía que a Walter no le gustaban las grandes fiestas.

—Muy pocas —mintió—. Un café en la intimidad.

—Me alegro —dijo Walter, y volvió a sumergirse en sus fotocopias.

Franziska ideó unos textos para el folleto y por fin se fueron a la cama.

Al día siguiente, Jenny estaba delante de la puerta con Julia.

—¿Podrías cuidar de la pequeña? Mine sigue necesitando ayuda para abrir las cajas.

Julia corrió hacia Falko, que dormía su siesta debajo de la mesa y se despertó como un relámpago cuando olió las golosinas en la mano de su pequeña amiga. Niña y perro se acomodaron debajo de la mesa; Falko masticaba galletas para perros y Julia las que le había dado su madre. Sabían mejor que las golosinas para perro que había probado hacía poco.

—¿No ha acabado ya la mudanza? —preguntó Franziska—. Yo también quería echar una mano, pero Mine me dijo que no era necesario, que para las cosas pesadas tenían a hombres fuertes y ella sola podía llevar las menudencias.

—Te aviso si hay mucho que hacer —prometió Jenny, que se despidió de su hija y se puso en camino.

Franziska la siguió con la mirada. Estaba pálida y parecía infeliz. No podía seguir así. Tal vez Walter tuviera una opinión distinta respecto al asunto entre Jenny y Ulli, pero ella también tenía experiencia en estos temas y pensaba tomar cartas en el asunto, no fuese que esa tonta disputa estropeara al final la fiesta de cumpleaños de Walter.

—Tengo algo que resolver —le dijo a Walter, que acababa de entrar en el salón, y cogió las llaves del coche. Antes de que él pudiese replicar algo, Julia salió disparada de debajo de la mesa y le saltó a los brazos.

Franziska aprovechó la oportunidad y corrió hacia la puerta. Tenía claro que la raíz del problema estaba en Ludorf y se llamaba Max Krumme. Seguro que Ulli estaba en casa de sus abuelos para ayudar a desembalar: así podría hablar a solas y calmadamente con el hombre. Hasta entonces solo había visto a Max Krumme una sola vez, hacía dos años en la boda de Mücke. La joven pareja se había despedido de los invitados con una alegre fiesta y a continuación habían emprendido el viaje de bodas en una casa flotante de Max Krumme.

Ese día había pocos coches en el aparcamiento de Ludorf, por culpa del tiempo nublado y lluvioso. También el quiosco estaba cerrado, pero las contraventanas, que se cerraban por la noche, estaban abiertas. Por si acaso, Franziska lanzó una mirada a través del cristal, pero el puesto estaba vacío. Ni rastro de Max Krumme. Fue despacio hacia el alquiler de botes, donde un hombre rubio pálido y corpulento se comía un bocadillo de embutido sentado bajo una sombrilla convertida en paraguas.

—¿Me puede decir dónde está Max Krumme? —preguntó.

—¿No está en el quiosco?

—Allí no he visto a nadie.

—Entonces ha cerrado —dijo el joven—. Hoy no hay movimiento. Es probable que esté en casa, con la contabilidad.

Franziska le dio las gracias y fue hacia la antigua casita en la que Max Krumme vivía con Ulli. Estaba rodeada por un jardín descuidado en el que los arbustos y los árboles habían crecido tan rápido que apenas se veía el edificio. La cerca y la puerta del jardín eran nuevas, era probable que no les importara que la gente del camping fuese a visitarlos.

La puerta solo estaba entornada. La empujó y avanzó por el estrecho camino de losas hacia la casa. Un gato con manchas la miró con desconfiados ojos verdes. Recordó que Ulli había contado que Max tenía dos gatos. Se acercó despacio hacia el animal, se agachó y le tendió la mano con cuidado. El gato retrocedió, se volvió con brusquedad y se deslizó en el interior de la casa por la puerta entreabierta. ¡Vaya! ¿Dejaba siempre abierto por los gatos?

Pulsó el botón, oyó resonar el timbre y esperó. Poco a poco se apoderó de ella la sensación de que algo no iba bien.

¿Ladrones? ¿Habían asaltado al anciano para robarle? Era probable que se hubiese corrido la voz de que allí se acumulaba un montón de dinero.

—¿Señor Krumme? ¿Hola?

Silencio. Ahora le resultaba muy inquietante. ¡No tendría que haber visto tantas películas policíacas en la televisión! Tomó aliento, hizo un esfuerzo para tranquilizarse y entró en el pasillo. Seguro que se estaba dejando llevar por su imaginación. Con cuidado, espió en la cocina a través de una puerta abierta y se llevó un susto de muerte cuando un gato saltó de la mesa. No era el grande y colorido, sino uno más pequeño y gris. El pobre animal estaba al menos tan asustado como ella.

—¿Señor Krumme? ¿Hola? ¡Soy Franziska Iversen!

Nadie respondió. Era un poco inquietante. El gato había desaparecido. Una segunda puerta llevaba al salón.

—¡Me gustaría hablar con usted! —exclamó para animarse.

Nada.

De pronto sonó un teléfono y Franziska se sobresaltó. Sonó una, dos, tres veces: nadie descolgó. Ya pensaba abandonar a toda prisa esa extraña casa, que al parecer solo habitaban dos gatos, cuando entró en el salón. Y allí encontró a Max Krumme. Yacía sobre la alfombra, entre el tresillo y el televisor, pequeño y doblegado, dándole la espalda, de modo que no podía ver su rostro. Durante un momento se quedó de piedra al creer que sus peores temores acababan de confirmarse, pero luego reflexionó y se arrodilló junto a él. Él se movió cuando intentó tomarle el pulso, murmuró algo y volvió a desmayarse. Le tocó la frente: ardía como un horno. Solo entonces descubrió en su cuello las traicioneras manchas rojas.

¡Sarampión! ¡La niña había contagiado al pobre hombre! Vaya, eso podía ser fatal a su edad.

Se levantó y cogió el teléfono, pero justo cuando quería descolgar el auricular para marcar el número de urgencias, volvió a sonar. Franziska respiró hondo y respondió.

—Casa de Krumme —contestó, afónica.

Al otro extremo de la línea se hizo el silencio durante un instante, después se oyó la voz desconcertada de Ulli.

—¿Con quién hablo? ¿Eres tú, Franziska?

¡Ulli! ¡Qué bien que llamase!

—Sí, al habla Franziska. Por favor, ven lo más rápido que puedas. Max Krumme tiene sarampión. Tiene tanta fiebre que apenas está consciente. Ahora llamaré a una ambulancia.

—¿Sarampión? ¡Madre mía! A su edad… ¿Y qué haces en casa de Max, Franziska? Da igual, voy enseguida…

Audacia

Había llegado el verano. La fruta maduraba, en el huerto crecían eneldo y manzanilla, cebollino, artemisa y consuela, además de cebollas, col y remolachas. Prometía ser un año próspero, puesto que las provisiones del año anterior aún no estaban agotadas y Bogdan había informado de que la avena y el centeno se estaban dando muy bien en los campos de los agricultores. También el ganado estaba satisfecho y las carpas del estanque engordaban: al bondadoso Señor le gustaba cuidar de todos ellos como un padre.

No obstante, la abadesa estaba a menudo preocupada. Dormía mal por las noches y a veces le costaba concentrarse en cantar los salmos sin que sus pensamientos divagasen. La novicia fijaba sin cesar su afable mirada en ella en cuanto se encontraban en la misma habitación. Esos ojos animados, que la confundían y de los que sin embargo no podía escapar, quizá tampoco quería. Regula no era como las demás mujeres, no servía para el trabajo duro y, aunque rogase una y otra vez que no fuesen benévolas con ella, la abadesa solo de tanto en tanto la dejaba escardar mala hierba en el huerto. Dos veces se había desmayado, de modo que las monjas la habían tenido que llevar al *refectorium*, donde la abadesa la había reanimado con agua fría y hierbas muy aromáticas.

—Tiene convulsiones —habían cuchicheado las monjas por la noche en el *dormitorium*—. Un espíritu malvado está en su interior, la atormenta porque quiere salir. Deberíamos decírselo al hieromonje.

La abadesa había advertido con severidad a las monjas para que abandonasen semejantes sospechas pecaminosas, puesto que quien hablaba del Maligno lo invocaba y atraía la desgracia a todas ellas. Entonces bajaban las cabezas y guardaban silencio. Pero la abadesa sabía muy bien que la sospecha había anidado en sus almas y a la mínima ocasión saldría para causar daños. También la priora Clara, que vigilaba junto con la abadesa a Regula, estaba muy preocupada.

—Hemos tenido suerte de que no haya hablado —dijo en voz baja a la abadesa por la noche—. Pero puede suceder en cualquier momento y entonces ya nadie la podrá guardar.

—¡El Señor la guardará, Clara!

—Si Él quiere, lo hará, madre Audacia.

La abadesa se había devanado los sesos para encontrarle un trabajo sencillo a la novicia, que no provocase la envidia de las demás pero que la librara de nuevos accesos.

—¿Sabes bordar? —le preguntó a Regula tras el almuerzo. El abad del convento de hermanos les había dado un traje de ceremonia para adornar.

La novicia amontonó los platos de loza para llevarlos a la cocina. Cuando la abadesa le dirigió la palabra, se detuvo y alzó la vista hacia ella. Qué suaves eran los rasgos de la muchacha, casi infantiles y a la vez angelicalmente hermosos. Un estremecimiento recorrió a la abadesa, sonrió de mala gana y le tendió la mano para acariciar la mejilla de la novicia. Regula no se movió, tampoco bajó los ojos, sino que siguió manteniéndole la mirada a Audacia.

—¡Quiero cumplir cada tarea que me deis con toda mi fuerza, venerable madre!

La abadesa reflexionó y retiró la mano. La recorrió el pensamiento de que ese ser angelical podría ser un instrumento del Maligno, pero lo rechazó. La muchacha estaba apegada a ella con un amor infantil: ese venía de Dios, era un regalo por el que tenían que darle las gracias.

—Entonces intentémoslo. La hermana Agnes te instruirá.

Por entonces, pocas monjas eran capaces de confeccionar semejantes bordados. Unas eran ya demasiado mayores y tenían mala vista; otras, que aún veían bien, eran demasiado torpes. La hermana Agnes era la única que no solo bordaba, sino que también sabía diseñar patrones.

Dos días más tarde, la priora solicitó una entrevista tras las completas.

—Parece que hemos encontrado el lugar adecuado para la muchacha —comunicó—. La hermana Agnes me ha informado de que la novicia da las puntadas más delicadas que ha visto, y eso no es todo: dibuja nuevos patrones que son mucho más ocurrentes que todo lo que Agnes ha llevado a cabo.

La abadesa estaba aliviada. Con ese trabajo Regula no se fatigaría en exceso y, si Dios quería, tampoco sufriría ataques. En ese caso, encargaría a la hermana Agnes no hacer mucho ruido, sino que mandase a buscar enseguida a la priora o, mejor aún, a la abadesa.

Pero se preocupaba en vano, ya que durante las semanas siguientes la novicia cumplió todas sus tareas con plena satisfacción. Tampoco enfermó, sino que estuvo muy serena. A menudo la abadesa visitaba a las bordadoras, que en verano trabajaban al aire libre por la luz clara, y alababa su trabajo. De hecho, bordaban el traje sacerdotal de muchos colores y Regula ya había dibujado patrones nuevos y aún más bonitos. Se distinguían caballeros y castillos, zarcillos enredados llenos de rosas, grifos y animales mitológicos, así como un grácil unicornio.

—Querría que me permitiesen bordar también un traje así

para vos, venerable madre —le dijo a la abadesa—. Me alegraría mucho veros tan elegante.

¡Menuda idea! La abadesa se asustó ante esa afirmación infantil y montó en cólera.

—¡Nunca vuelvas a atreverte a decir algo así, Regula! ¡Ve y reza para no caer en el pecado de la soberbia y la vanidad!

La muchacha la miró muy asustada y la abadesa se arrepintió en el acto de haber pronunciado esas coléricas palabras.

—Aún tienes mucho que aprender, Regula —dijo, ahora con más suavidad—. Por eso se te perdona.

Le tendió la mano y Regula se arrodilló ante ella para besarla. Guardó silencio, pero la abadesa notó sus cálidas lágrimas y retiró la mano deprisa.

Como siempre, el domingo apareció el hieromonje del convento de hermanos con dos acompañantes para oficiar la misa y confesar a las mujeres. Como no era cuaresma, después los invitaron a comer y, por último, la abadesa le entregó el traje de ceremonia bordado.

—Qué trabajo tan bonito —la elogió el hieromonje—. Si vuestras mujeres saben confeccionar semejantes bordados, os procuraré más encargos.

—Es muy amable por vuestra parte, hermano Gerwig —respondió la abadesa con cortesía. No podía rechazar tales encargos, pero le molestaba que el convento de hermanos revendiese sus bordados al doble de precio y ganase así dinero con el trabajo de las monjas.

—Nos ha llegado una triste noticia, madre Audacia —continuó el hieromonje mientras envolvía con cuidado el traje en un paño—. Un peregrino que ha regresado de Tierra Santa ha comunicado en la corte de Schwerin que el joven conde Nikolaus ha perdido la vida con todos sus acompañantes en un naufragio. Que el Señor se apiade de su pobre alma, puesto que murió sin confesión y antes de ver el Santo Sepulcro. Amén.

La abadesa se asustó. Así que el sueño de su hermana era cierto. Seguro que era una coincidencia: muchos peregrinos no sobrevivían a la travesía hasta Tierra Santa, sus barcos se topaban con una tormenta y se hundían o los asaltaban los piratas, que vendían a los peregrinos como esclavos. Pero la sospecha de la abadesa fue peor: Regula tenía sueños proféticos, podía ver el futuro. O bien era una profeta del Señor o una sierva del diablo.

—Os lo digo porque seguro que rezaréis por la pobre alma del joven conde —continuó el hieromonje—. ¿No vive aquí su hermana?

La abadesa se preparó, pues creyó haber percibido algo receloso en la entonación del sacerdote.

—Cierto. Es la misma que ha bordado el traje tan magníficamente.

El hermano Gerwig se mostró contento y pidió a la abadesa que transmitiese la noticia con la mayor precaución posible para no entorpecer a la novicia en su trabajo.

—Quizá también sepa pintar miniaturas. Tenemos documentos que se deben adornar con pincel fino. No obstante, se requiere para ello una mano hábil…

¡Su preocupación había sido en vano! Al hieromonje solo le importaba el beneficio que podía sacar del trabajo de las monjas.

—Le encargaré crear un dibujo como patrón —propuso la abadesa—. Si os gusta, llegaremos a un acuerdo sobre el precio.

Él se pasó la mano por la prominente papada y la miró con complicidad e ironía. Audacia era, al contrario de su predecesora, una difícil negociadora.

—Nos pondremos de acuerdo, madre Audacia —le aseguró—. Quizá pronto necesitemos todos los recursos para satisfacer nuestro vasallaje. Se dice que los eslavos vuelven a amotinarse.

No impresionó demasiado a la abadesa, ya que siempre existía peligro por el este. Los señores de Schwerin habían derrotado de forma aplastante y echado a las tribus eslavas hacía más de veinte años. Desde entonces se corría una y otra vez la voz de que podrían volver. En ese caso, el convento tendría que proveer a los señores de Schwerin de siete combatientes armados con sementales y armaduras, lo cual era un asunto caro. Y en ningún caso una garantía para que saliesen indemnes de un asalto.

—Ese mozo que alimentáis es eslavo, ¿no?

—¿Bogdan? En efecto. Pero nos es devoto, puesto que le hemos salvado la vida.

El hieromonje hizo una mueca.

—Es y sigue siendo eslavo, madre Audacia. Cuidaos de él.

Sirvieron al hermano Gerwig y a sus acompañantes tanta cerveza de las monjas que de vuelta a su convento tuvieron que darse prisa para no perderse las vísperas.

Por la noche la abadesa mandó llamar a Regula.

—Tengo una mala noticia para ti —dijo, afligida—. Concierne a tu hermano Nikolaus.

La novicia había entrado vacilante; en su rostro, que era como un libro abierto para la abadesa, había espanto. Pero ahora sus rasgos cobraban vida, sonreía con tristeza.

—Sé que está muerto, venerable madre. Lo veo con tanta claridad como si estuviese junto a él, pero no puedo ayudarlo. También sé que el Señor ha admitido a mi hermano en su reino eterno, pues lo veo pasearse en el Paraíso entre los santos. Por ello no hay motivo para llorarlo. De todos modos, pronto estaremos juntos y nunca más nos tendremos que separar.

Esas palabras conmovieron mucho a la abadesa, pero confirmó su sospecha.

—¿Ya has tenido antes esos sueños, Regula?

La novicia se había arrodillado ante ella como era costumbre en el convento. A una señal de la abadesa se levantó y empezó a hablar con una confianza infantil.

—El primer sueño lo tuve con trece años; entonces vi tres ángeles celestiales con los rostros de mis hermanos menores. Sonreían y me hacían señas, después desaparecieron y solo quedó una gran luz.

—¿Fue cuando una enfermedad causó estragos en el castillo y también afectó a los hijos del conde?

—Sí, venerable madre. Murieron dos días después.

—¿Hablaste entonces de tu sueño?

—Se lo conté a Nikolaus, pero me prometió no decírselo a nadie, ni siquiera al sacerdote.

—Un hermano inteligente —suspiró la abadesa, aliviada—. Deseo que también me lo prometas, Regula. Hay personas que podrían considerar semejantes sueños una obra diabólica y acusarte de hereje. Pero, tranquila, te protegeré lo mejor que pueda.

La novicia extendió por instinto los brazos hacia la abadesa y, como Audacia temía que la muchacha pudiera caerse, la cogió y estrechó contra el pecho.

—Cuando me llamaron, tenía mucho miedo de que pudierais estar descontenta conmigo y reprenderme —sollozó Regula—. Pero ahora estoy exultante y juro hacer todo lo que me mandéis, incluso lo más difícil. Sois para mí una madre y una hermana mayor. Sois mi benévola señora, mi firme amparo y protección. Mis fervientes oraciones, mi apasionado amor está dirigido a vos hasta el final de mi tiempo en la tierra y más allá, mientras el Señor quiera…

La abadesa notó el delicado cuerpo de la muchacha muy emocionado, la siguió abrazando y escuchó con atención su voz, tan aguda como si procediese de un coro celestial. Solo cuando las palabras de la novicia le resultaron demasiado insistentes, alejó de sí a la muchacha.

—Tu amor, Regula —le dijo con severidad—, no debe conocer padre ni madre, hermano ni amiga, sino estar dirigido solo a Nuestro Señor Jesucristo. Por eso debes rezar todos los días, pues solo eso te abrirá algún día la puerta del Paraíso.

Regula volvió a caer de rodillas ante ella y juntó las manos.

—Quiero intentarlo, venerable madre —susurró entre lágrimas.

—¡Y piensa siempre en lo que nos has prometido a tu hermano y a mí! —exhortó la abadesa.

El domingo apareció el hieromonje Gerwig con cuatro jinetes armados y un caballo de carga. Encima estaba atada una caja que contenía varias telas valiosas para trajes de ceremonia y un infolio. Esta vez las monjas no solo debían bordar las vestimentas, sino también coser; el infolio contenía la copia de un libro sobre hierbas curativas. Gerwig mandó a las mujeres elaborar una pintura antes de cada capítulo, y además debían decorar las grandes letras del principio con figuras y símbolos. La abadesa agradeció al convento de hermanos la confianza y prometió realizar los trabajos con todo el esmero y la destreza necesarios. Antes de negociar el pago, sirvió a los señores abundante cerveza elaborada en el convento y alcanzó así con la ayuda de Dios y la inteligencia propia lo que había planeado.

—Sois dura, madre Audacia —se lamentó el hermano Gerwig—. El abad me reprenderá porque os he prometido demasiado, ¡pero lo hago por la prosperidad del convento y de sus monjas, que elaboran esta cerveza tan deliciosa!

—Que el Señor os bendiga, hermano Gerwig. ¿Me permite servirle más? Queda un poco en la jarra.

—Adelante. Sería vergonzoso echar a perder semejante regalo de Dios.

Cuando ya estaba sentado en el sillín con sus acompañantes y la vigilante había abierto la ancha puerta de madera, el hieromonje se acordó de algo.

—Antes de que lo olvide, madre Audacia: el conde os pide que la semana que viene os reunáis con él en el castillo. Se trata de algunos pueblos que el difunto conde Nikolaus legó a su hermana antes de la peregrinación y que ahora, así fue la voluntad del fallecido, corresponden al convento Waldsee.

Eso era otra buena noticia. La abadesa dio las gracias y prometió cabalgar a Schwerin en los próximos días para discutir allí el asunto y firmar los documentos. De buen humor, se apresuró a la iglesia para cantar las vísperas con las hermanas, luego escuchó con atención las palabras de la lectora mientras cenaban y, solo después de que hubieran celebrado las completas, se acordó de que Bogdan volvía a estar ausente. En los últimos tiempos el eslavo iba a lo suyo, abandonaba a menudo el convento de madrugada, pasaba la noche fuera y no regresaba a los muros protectores hasta el día siguiente, cansado y con la ropa desgarrada. Se acurrucaba bajo el heno fresco del granero para dormir a gusto, por lo que una vez había dado un susto de muerte a las dos monjas que alimentaban a las cabras. La abadesa lo había reprendido varias veces por esas excursiones prohibidas, puesto que desatendía los trabajos que tenía que hacer, pero los reproches no lo alejaban de su actividad.

—Bogdan tiene que ir, encontrar huellas, escuchar como corzo, oler como zorro…

—No eres un animal salvaje, Bogdan. Tu sitio está en el convento, te necesitamos. No está bien por tu parte que nos abandones.

Compungido, levantó las pobladas cejas y movió los brazos con brusquedad.

—El sitio de Bogdan está en convento. Bogdan está agradecido para siempre. Quiere morir por la señorita. La bella señora del convento…

Con esas palabras el raro muchacho no se refería a la abadesa, sino a la novicia Regula, por la que había desarrollado una pasión casi mística y sumisa. Cuando permanecía en el convento, ponía todo su empeño en verla al menos un instante, lo que de momento siempre lograba, pues las bordadoras trabajaban al aire libre. Ese extraño admirador no entusiasmaba mucho a la propia Regula, que jamás reaccionaba a sus gestos y llamadas, y una vez había reconocido a la priora Clara que el eslavo loco le daba miedo.

Pocos días después, la abadesa se preparó para cabalgar a la corte condal, una agotadora empresa para una amazona inexperta como era la religiosa. El conde le había enviado un caballo y varios jinetes de acompañamiento, pero ella también quería llevarse a Bogdan como criado. Como no había caballo para el eslavo, tuvo que cabalgar tras ellos sobre un macho cabrío.

En su ausencia, había encomendado encargarse de las monjas a la priora Clara, que quería cumplir esa tarea con todo el esmero necesario. Tras la vigilia, las monjas rezaron por el éxito de ese peligroso viaje, pidieron al Señor que pusiera su mano protectora sobre la abadesa y la restituyese sana y salva al convento. Emocionada, Audacia vio que algunas de sus mujeres, en especial aquellas que aún eran muy jóvenes, estaban llorando porque sin la madre abadesa se sentían desprotegidas. Regula no lloraba, pero a la luz de los cirios del altar su rostro parecía tan inmóvil y blanco que la abadesa temió que pudiese volver a sufrir uno de sus ataques. Lo que, por suerte, no sucedió.

Partieron con la primera luz del día. Dos jinetes iban a la

vanguardia, los seguían la abadesa y otro jinete, que debía acudir en su auxilio en caso de que no se las arreglase con el caballo. Dos jinetes más estaban en la retaguardia y, tras ellos, Bogdan trotaba con lentitud sobre su macho cabrío. El eslavo era objeto de algún que otro chiste grosero, que aguantaba sin pestañear, de modo que los jinetes acabaron pensando que no dominaba el alemán. Solo Audacia sabía que Bogdan entendía cada palabra. Varias veces les prohibió a los hombres que insultasen a su criado, pero los jinetes eran gente tosca que no se preocupaban de las órdenes de una monja.

Pronto se le pasó el enfado, puesto que el recorrido a caballo por el estival bosque despertó en ella recuerdos de su infancia que había olvidado hacía mucho. La centelleante luz que se entreveía a través del follaje y cegaba los ojos, los rayos del sol que se filtraban entre los troncos de las hayas como velos dorados y hacían brillar con un verde claro el musgo en el suelo del bosque. El excitado gorjeo del arrendajo, que advertía del grupo de viajeros a los habitantes del bosque; el olor a caballo; el aroma de las setas; los amentos de la dedalera, la garra del diablo; el lirio martagón que tanto gustaban a los corzos.

Hacia el mediodía hicieron alto en un pueblo, bebieron leche fresca de vaca que un campesino les sirvió en un cántaro y comieron los alimentos que las religiosas les habían dado. La propia abadesa estaba sorprendida de no echar en falta la tercia ni la sexta, aunque los salmos y oraciones pertenecían desde hacía muchos años a su invariable rutina diaria. Le gustaba viajar. Los mugrientos niños del pueblo, que miraban a los viajeros con asombro y un poco de miedo; las casas bajas y cubiertas de paja; el pozo de garrucha, del que las mujeres sacaban agua; los pequeños perros, que los olfateaban con curiosidad: todo era obra de Dios, cada cosa, cada persona y cada animal tenía su sitio.

—Prosigamos para que no nos alcance la oscuridad —propuso el cabecilla de los jinetes—. ¡De lo contrario, los lobos podrían perseguirnos por culpa del macho cabrío!

La cabalgada se alargó hasta la noche y la abadesa se alegró al ver a lo lejos el castillo entre praderas y campos. Exhausta, desmontó del caballo en el patio. Apenas sentía las piernas, pero no quiso que el paje que acudió corriendo la ayudase. Le asignaron una pequeña alcoba, le dieron de comer y le hicieron saber que el conde la esperaba al día siguiente. Audacia se alegró de que no debiese presentarse ante el señor del castillo esa misma noche, puesto que estaba muerta de cansancio por lo que había visto y vivido ese día. Solo notó vagamente que Bogdan se sentaba delante de su puerta para vigilarla antes de caer en un sueño profundo.

El despertar fue doloroso. La inusual cabalgada le había paralizado las piernas, solo pudo levantarse del lecho con esfuerzo, cada paso era un tormento. Sin embargo, disimuló cuando la llevaron a través del patio hasta el castillo principal y tuvo que subir varias escaleras. El conde Gunzelin estaba desayunando con sus fieles; saludó a la abadesa con el debido respeto y le pidió que participase en la comida. No le quedó más remedio que comer un cuenco de puré dulce y beber unos tragos de vino, que estaba condimentado con hierbas y alargado con agua: aun así, se le contrajo la boca al beber porque estaba muy ácido.

Después de un rato, los comensales se levantaron: las mujeres fueron a trabajar y los caballeros bajaron al patio, donde los jóvenes donceles ya practicaban el salto de potro.

—Dediquémonos a nuestros negocios, madre Audacia —propuso el conde, que cogió su vaso y se sentó junto a ella.

Al conde Gunzelin le habían salido canas desde que la abadesa lo había visto por última vez; su cabellera parecía translúcida, y también lucía ojeras.

—Se trata de tres pueblos que están cerca del convento

—empezó su negociación—. Mi hijo Nikolaus los había recibido por parte materna y, en el testamento que redactó antes de su peregrinación, pone que los pueblos, junto con el terreno vecino, deben recaer en su hermana Regula.

La abadesa ya lo sabía. Se había alegrado de esa herencia, pero ahora el conde la informaba de que tenía pocos motivos para ello.

—Como seguro que ya sabéis, venerable madre Audacia, nos vuelve a amenazar el peligro desde el este. Por ello, reuniré a combatientes que, armados con sementales y armaduras, defiendan nuestra patria.

Por cuenta propia, el astuto conde había aumentado a doce el número de jinetes que el convento tenía que proporcionar y, cuando la abadesa le aclaró que las religiosas no disponían de los medios necesarios para armar a tantos hombres, le presentó una pérfida propuesta.

—Los tres pueblos son muy pequeños y no rinden sino escasos impuestos: pero para no perjudicar al convento, estoy dispuesto a negociar. Me certificáis la propiedad de los pueblos y yo armaré doce jinetes para el convento.

Y así fue como se desvaneció la herencia, el codicioso conde se la quitaba para que pudiese cumplir con su vasallaje. Seguro que no era esa la intención del joven Nikolaus, pero así era el mundo. Quien tenía el poder tenía la razón. Ella solo era una religiosa: ¿cómo habría podido oponer resistencia al poderoso conde?

—Que el Señor os recompense la bondad —dijo ella para concluir. El conde le dio las gracias y la despidió de forma altanera. No había notado la ironía de sus palabras.

La vuelta fue mucho menos agradable que la ida. El cielo se había encapotado y una llovizna les calaba la ropa. Faltaba la clara y alegre luz del sol, había sombra bajo el dosel arbóreo de los bosques, los seres indefinidos parecían acechar en la maleza, ojos extraños se fijaban en los jinetes que pasaban. Tras unas pocas horas, los jinetes del conde se separaron de ella: le dijeron que el camino ya no estaba lejos, que podía llegar al convento sin que la acompañasen. El hieromonje se llevaría el caballo el sábado para devolvérselo al conde.

Se quedó sola con Bogdan, que cabalgaba sobre su macho cabrío junto a ella y pronto se convirtió en su guía.

—No ese camino, señora. Por aquí, cree Bogdan. Bogdan es criado fiel…

Vaciló cuando él abandonó el sendero habitual, cabalgó a través del bosque hasta otro camino que ella no conocía y después volvió a cambiar de ruta.

—Nos alejamos demasiado al oeste, Bogdan. Si seguimos por aquí, no encontraremos el convento.

—Mejor no encontrar que perder la vida.

—¿Qué tonterías dices, Bogdan? ¿Quién nos haría daño?

—No preguntar. Bogdan guía a su señora bien.

Estaba en las manos de Bogdan, que conocía los bosques y encontraba los caminos como si estuvieran grabados en su cerebro, mientras que ella hacía mucho que había perdido la orientación. Por la noche, cuando ya deberían haber llegado al convento, aparecieron en un calvero dos cabañas abandonadas y Bogdan le comunicó que pasarían allí la noche.

—No hacer fuego. Dormir en la casa. Bogdan vigila…

Compartió con él las últimas provisiones y pasó una agitada noche sobre el húmedo musgo entre todo tipo de bichos que le quitaban el sueño. Cuando por la mañana salió de la cabaña, Bogdan había desaparecido. Primero se asustó, pero luego vio que su caballo y el macho cabrío pastaban al lado y se tranquilizó. De hecho, el eslavo salió poco después del matorral, sonrió contento y ensilló el caballo.

—Camino es libre. Bogdan ha guiado bien.

—¡Entonces llévame de una vez al convento!

Esta vez escuchó. Apenas cabalgaron una hora hasta que reconoció los muros del convento entre los árboles y al poco estuvieron delante de la puerta. En el convento reinaba una gran preocupación, ya que esperaban a la abadesa el día anterior.

—El bosque no es seguro —dijo la portera—. Los pájaros echan a volar asustados. Ayer también vino una manada de corzos a los muros del convento como si los lobos la persiguiesen. ¡Gracias a Dios que habéis vuelto con nosotras sana y salva, venerable madre Audacia!

La abadesa sacó sus conclusiones y quiso agradecer a Bogdan su inteligente recorrido, pero hacía mucho que el eslavo se había escondido en el granero para dormir a gusto bajo el heno. A las doce del mediodía, antes de la sexta, la abadesa informó a la priora Clara sobre su visita a la corte del conde. Ambas estaban coléricas por el engaño.

—El Señor lo castigará —observó la priora—. ¡Ojalá se me permitiera ser su herramienta! —Después, la abadesa se enteró de que la novicia Regula se había puesto muy enferma y había pasado dos días en el sanatorio. La priora había temido seriamente por la vida de la muchacha, pero esa mañana, cuando la abadesa estuvo delante de la puerta conventual con Bogdan, Regula sanó de forma misteriosa.

—Casi creo que os ha echado de menos, venerable madre, y por ello enfermó.

—¿Ha tenido un ataque?

—No, solo estaba muy débil y no podía ponerse de pie.

La abadesa suspiró. Hacía unos días estaba llena de alegría y esperanza, ahora se acumulaban las malas noticias.

Encontró a Regula en el cuarto junto a la sastrería; la muchacha había mezclado varios colores y pintaba un dibujo policromo, que había grabado con finas rayas en el pergamino del libro.

—No debes cansarte tanto —le recordó la abadesa sonriendo y admiró la miniatura naciente, que mostraba un castillo tras un sinuoso zarcillo de plantas.

—Estoy bien, madre Audacia —afirmó la muchacha—. Ahora que volvéis a estar con nosotras, estoy fuerte y alegre. Mirad, he pintado sola esta pequeña imagen para vos. Os debe recordar a mí cuando ya no pueda estar a vuestro lado.

Sacó un trocito de pergamino de debajo del libro, un estrecho recorte que había sobrado al cortar las hojas. En él había pintado con gran destreza una delicada rosa. La abadesa suspiró, pero no quería echarle una reprimenda y aceptó el regalo.

—Solo esta vez, Regula —dijo en voz baja y acarició la cabeza bajada de la muchacha—. Porque estoy contenta de encontrarte sana y serena.

La desgracia se acercaba al convento sin descanso y en silencio, y no había forma de escapar de ella. El domingo, cuando el hieromonje celebró la misa, sucedió lo que la abadesa y la priora temían desde hacía mucho: durante la anáfora del hermano Gerwig, la novicia Regula se desplomó y poco después sonó su aguda voz por el templo.

—Vendrán con espadas y lanzas y quemarán nuestras casas, matarán a los hombres, esclavizarán a las mujeres. Se derramará sangre clara, las almas justas e injustas subirán al cielo...

La priora se apresuró a levantar a la muchacha y dos jóvenes monjas la ayudaron a llevarla al *dormitorium*. El hieromonje había interrumpido la anáfora, pero ahora seguía hablando y la misa retomó su transcurso habitual. Pero ni la abadesa ni la priora Clara eran capaces de abismarse en los textos sagrados ni en las oraciones, temerosas de que el hieromonje comunicase el incidente al convento de hermanos.

Su preocupación estaba más que justificada. Tras el almuerzo, en el que ese día los invitados solo comieron con moderación, el hermano Gerwig le preguntó con rostro horrorizado si no había notado que el Maligno hablaba mediante esa muchacha.

—Hace muy poco que se ha hecho mujer, si sabéis a lo que me refiero, hermano Gerwig —dijo la abadesa—. Estar de pie mucho tiempo la agota, después se le nubla la vista y se desvanece. Dentro de medio año se habrá terminado. Dadme vuestro vaso para que pueda serviros.

No obstante, ese día no convenció al hermano Gerwig ni siquiera con la ayuda de la buena cerveza del convento. Insistía con obstinación en que la novicia estaba poseída. Habían oído hablar alto y claro al Demonio a través de su boca.

—Un espíritu maligno ha anidado en ella, madre Audacia. Tenemos que expulsarlo para que no se extienda por todo el convento. Informaré al abad, mandará recogerla.

—No lo consentiremos, hermano Gerwig —replicó la abadesa—. Si se tiene que practicar un exorcismo a la novicia, debe suceder en el convento. No la alejaremos de aquí.

—Ya se arreglará, venerable madre. No os corresponde proteger a una mujer que está poseída por el Maligno. ¡Sed obediente y piadosa!

El hieromonje posó la jarra de cerveza apurada y aclaró que debía partir. Ese día tampoco sus acompañantes aguantaban sentados, ya estaban en el patio con los caballos ensillados.

La despedida fue breve y poco amistosa y, cuando los cuatro dejaron atrás la puerta del convento, espolearon a sus animales y desaparecieron deprisa entre los árboles.

—La desgracia tomará su rumbo —dijo la priora en voz baja—. Si Dios no quiere proteger a Regula, no podemos hacer mucho por ella.

La abadesa tenía otra opinión. No entregaría a la muchacha a los monjes para un exorcismo, puesto que sabía que podía acabar en un proceso inquisitorial. Subió al *dormitorium* para cuidar a Regula y la encontró echada en su lecho con los ojos abiertos y todo el cuerpo rígido.

—Morirán —susurró—. Nadie huirá. Veo el hacha que parte el cráneo del monje, lo veo caerse del caballo... Están encima de él, tan numerosos como hormigas.

¿También era un sueño profético? La abadesa dejó a la muchacha al cuidado de una monja y se apresuró hacia la iglesia para subir a la torre. La portera estaba en lo cierto, vio echar a volar de las copas a pájaros asustados, y varias liebres huyeron hacia el convento como si el zorro fuera tras ellas. De pronto vio a dos hombres salir furtivamente de la espesura. Inspeccionaron el muro conventual, bordearon una parte y volvieron a zambullirse en el bosque. Hacía años que Audacia veía a los guerreros eslavos; eran pequeños, llevaban sencillas armaduras de cuero y utilizaban hachas y lanzas como armas, aunque algunos también tenían flechas y arcos.

Pensó que esos dos hombres eran exploradores, e intentó dominar su ascendente temor. Los eslavos estaban ahí mismo, tenían la vista puesta en el convento. «Debemos enviar un mensajero al conde para que nos socorra con sus jinetes», pensó.

Bajó de la torre y se apresuró al establo para buscar a Bogdan.

—Se ha ido —dijo la monja que alimentaba las cabras—. Justo después de la misa saltó el muro y el pícaro desapareció.

«Es y sigue siendo eslavo», había dicho el hermano Gerwig. «¡Cuidaos de él!»

Jenny

—Mañana por la mañana te llevo —había propuesto Kacpar—. Estás demasiado nerviosa. No quiero que te pase nada.

—¡Vaya tontería! Conozco el camino al dedillo, ¿qué puede pasar?

—Tiene razón, Jenny —intervino la abuela—. Una desgracia ya es suficiente, no debes provocar otra.

Por la noche, la abuela había vuelto de Ludorf muy confusa y les contó que Max Krumme estaba en la clínica de Waren. En la unidad de cuidados intensivos. Con sarampión.

—Han controlado la fiebre —explicó—. Pero ahora tiene disnea extrema. Está muy desconcertado, no sabe dónde está ni qué ha sucedido. ¡Horrible! Está en una tienda transparente de oxígeno. Como Blancanieves en el ataúd de cristal.

—Bueno, bueno... —Walter le pasó el brazo por los hombros—. Tranquilízate, Franzi. El señor Krumme es un tipo muy fuerte. Al menos, a juzgar por todo lo que se oye de él.

—Ay, Walter —suspiró la abuela y se apoyó en él—. ¡Si supieras cómo me sentí cuando anduve a tientas por esa casa desconocida!

«Qué tierno», pensó Jenny. Eran, pese a su edad, una verdadera pareja de enamorados. Envidiaba el cariño con que se trataban. ¿Por qué ella no conseguía ser feliz? ¿Qué hacía mal?

Jenny pensó en el encuentro con Ulli hacía un par de horas en casa de Mine. Cuando llegó, él había vuelto a sentarse en su antigua habitación y revisaba las cajas. Por lo visto, seguía sin poder decidir lo que debía tirar y lo que no. Le habría gustado decirle cuánto lamentaba esa estúpida disputa, pero las palabras se le habían atragantado y no habían llegado a salir. Quizá porque él no daba ninguna muestra de acercarse a ella.

Y ahora el asunto de Max. ¡Sarampión! ¡Qué horrible! Seguro que Julia se lo había contagiado. ¿Por qué se había bajado en Ludorf con la pequeña en lugar de ir a casa con Kacpar? Sabía que algo no iba bien. Pero, claro, no supo que era sarampión hasta más tarde. ¿Ulli ya lo sabía? ¿Quizá por eso se había ido tan repentinamente poco después de que ella llegase a casa de Mine?

—El pobre Ulli está deshecho —contaba la abuela ahora, por lo que sobró la pregunta de Jenny. Se había sentado en el sofá y sorbía un vaso de agua mineral que Walter le había llevado—. Cuando entré en la casa, de pronto sonó el teléfono. Seguí el sonido y descubrí al señor Krumme en el salón. Ulli estaba al aparato. Le dije que Max yacía en el suelo casi inconsciente y que era probable que tuviera sarampión. Entonces llamé a una ambulancia y Ulli fue al hospital de Waren lo más rápido que pudo e intentó hablar con su amigo, pero los médicos pusieron a Max en cuarentena y no se lo permitieron. Cuando poco después llegué yo también, la enfermera me preguntó si el señor Krumme era pariente de Ulli. Por lo visto quería informar con urgencia a los familiares.

No sonaba bien. Si preguntaba por los familiares, Max Krumme tenía que estar muy mal, ¡podía incluso llegar a morir! A Jenny se le saltaron las lágrimas.

—Siempre... siempre se alegraba tanto cuando estaba allí con Julia —balbució—. «Tío Max» lo llamaba, y él se encargaba con tanto cariño de la pequeña...

¡Qué terrible! Ahora su amor por Julia a lo mejor le costaba la vida. Jenny sollozó y cogió el pañuelo de papel que Kacpar le tendía.

—Hay un montón de niños en el camping —intentó consolarla—. Y en algún momento van al quiosco a comprar helados. Puede haberse contagiado en cualquier parte, Jenny.

Sacudió la cabeza. Julia estuvo un buen rato con él en el quiosco. Y luego Max Krumme las había llevado al pediatra. También coincidía el tiempo de incubación: de ocho a catorce días, a veces incluso más. Empezó a contar, la abuela cogió su calendario y, en efecto, eran más o menos catorce días. Por desgracia.

—Seguro que mañana estará mejor —le aseguró Kacpar—. Ahora hay antibióticos eficaces que curarán al señor Krumme. En todo caso, mañana por la mañana iré a la clínica, Jenny.

Por la noche tuvo una pesadilla horrible. Había perdido a su hija y caminaba desesperada por el jardín abandonado, pero siempre que descubría a Julia en algún lugar le pesaban tanto los pies que no podía avanzar. Entonces Julia se transformó de repente en Ulli, que huía de ella y desaparecía una y otra vez en el sombrío follaje. «¡Déjame en paz! —le gritaba—. Tengo sarampión. ¡Soy contagioso!»

Se despertó empapada en sudor, se sentía fatal y se levantó para beber un vaso de agua en la cocina. Después estuvo un poco mejor. Regresó al dormitorio y se asomó de puntillas a la cama de su hija. Julia yacía sonrosada en las almohadas como un angelito dormido, con los rojizos tirabuzones sudados y estrechando al perro de peluche ya bastante deteriorado, un regalo de Kacpar. Durante un momento contempló a su hija, luego notó cómo la tranquila imagen disipaba el efecto de la pesadilla y la sosegaba poco a poco.

A la mañana siguiente, Mine llamó a su casa para preguntarle si podía pasar a buscarla para ir juntas al hospital.

—Ulli no me puede recoger porque tiene que encargarse del alquiler de botes y luego quiere ir a la clínica de Waren. El pobre está destrozado, no quiero importunarlo ahora.

—Claro —respondió Jenny—. Te recogeremos, Mine. ¿Se las arreglará Karl-Erich sin ti?

—Helmut Stock ya ha estado aquí y lo ha puesto en la silla de ruedas. Después del desayuno lo colocaré delante del televisor, así estará ocupado.

Durante el trayecto a Waren, Mine habló como si le hubieran dado cuerda. De los tiempos pasados, de cuando Max Krumme y Gertrud, su mujer, llegaron en 1945 a Dranitz como refugiados y se alojaron durante un tiempo en la mansión. Entonces habían trabado amistad y más tarde, cuando Karl-Erich volvió del cautiverio, los invasores rusos habían asignado a Max el terreno a orillas del lago que había pertenecido a una gran finca que los rusos trocearon y repartieron entre toda la gente posible. Y después, cuando fundaron las cooperativas de producción agrícola y apremiaron a los campesinos para que trabajasen en ellas, nadie se había interesado por el terreno de Max Krumme, porque era casi todo bosque y no tierra de cultivo.

—Íbamos a menudo con los niños a casa de Max —contó—. Con el autobús se llegaba bastante rápido. Nuestros maridos remaban por el Müritz con los niños en dos botes…

—Pero ¿cuántos hijos tiene Max? —quiso saber Jenny.

—Tres. Elly es la mayor. Luego está Gabi, y Jörg es el benjamín. Elly ya tenía siete años y Gabi cinco cuando Gertrud volvió a quedarse embarazada.

Jenny estaba contenta de que Mine hablase tanto, porque la distraía de sus pensamientos sombríos. Sin embargo, Kacpar parecía menos entusiasmado, suspiraba de vez en cuando y lanzaba a Jenny miradas de resignación. Era probable que quisiera conversar con ella. En los últimos tiempos, Kacpar estaba increíblemente afectuoso, siempre quería invitarla a tomar café en Waren, ir al mercadillo con ella o estudiar matemáticas. «Mates, bah.» ¿Por qué todos le hacían creer que no aprobaría la selectividad si no seguía estudiando? Había hecho brillantes pruebas de acceso en todas las asignaturas, incluso la que más odiaba le había salido más o menos bien, así que ¡también aprobaría la selectividad!

En la clínica, tuvieron que esperar en la puerta hasta que la joven de recepción encontró en su lista el número de la habitación de Max Krumme.

—Está en la 215. Es en la unidad de cuidados intensivos. Sin embargo, no pueden entrar porque está en cuarentena.

Mine se indignó: le había llevado expresamente bocadillos de jamón al señor Krumme para que comiese algo decente y se recuperase pronto. Jenny trató de persuadir a la recepcionista para que al menos los dejasen hablar con un médico.

Al final cogió el teléfono y marcó un número interno.

—Pasen, enseguida vendrá alguien a hablar con ustedes, pero no podemos dejar que nadie lo visite excepto los familiares directos, y solo si se puede demostrar que están vacunado o inmunizados contra el sarampión. Tal vez pase un tiempo hasta que un médico pueda atenderlos, pero en el pasillo hay sillas, esperen allí.

Subieron a la segunda planta en ascensor y Mine le contó que Karl-Erich había estado allí cuando sufrió el infarto hacía tres años. Cuando las puertas del ascensor se abrieron, les llegó el típico olor a hospital, una mezcla de desinfectantes, manzanilla, comida, exhalaciones humanas y productos de limpieza. Jenny se encontró mal un momento y notó que Kacpar le pasaba el brazo por los hombros.

—Estás muy pálida, Jenny.

—Estoy bien.

Una enfermera les abrió la puerta de la unidad de cuidados intensivos y los condujo hacia el cuarto de cuarentena. Entonces descubrieron a Ulli, que se encontraba sentado solo en una silla del pasillo, con los codos sobre las rodillas y la mirada perdida. Estaba bastante ojeroso. Le habría gustado abrazarlo, pero por algún motivo no podía. Por Mine y Kacpar. Y también porque Ulli les dedicó una mirada despectiva.

—Buenos días —saludó—. Qué bien que vengáis, aunque no podéis pasar. Tampoco yo.

—¿No querías ir primero al alquiler de botes? —preguntó Mine.

—Sí, abuela —dijo y se levantó para abrazar a la anciana—. Pero ya no aguantaba en Ludorf. Tengo que saber cómo está y por teléfono nadie me ha dado información porque no soy familiar. Espero saber algo pronto. Estoy esperando a un médico.

—Pero ¿cómo está? —preguntó Jenny vacilante y se sacudió el brazo de Kacpar.

Ulli la contempló durante un momento con una mirada que ella no supo interpretar, luego respondió en voz baja:

—La enfermera me ha dicho que Max ha pasado una noche tranquila, pero que su pulmón funciona mal, por lo que de momento sigue con respiración artificial.

—Ay Dios, pobre —suspiró Mine y también Jenny se puso, si cabía, aún más pálida.

—No me han dejado entrar porque Max está en cuarentena. Es cierto que me ha dicho que quería verme, pero yo no estaba seguro de estar vacunado o haber tenido el sarampión de niño.

—Claro que lo tuviste —lo tranquilizó Mine—. Todos lo pasábamos de niños. Muy pocas veces había vacunas o cosas así en los pueblos.

—Podría entrar en su habitación —dijo Jenny en voz baja—. Cuando empecé en la guardería de Mücke necesité un certificado médico y, como no estaba segura de qué enfermedades había pasado de niña, me hicieron una prueba y me pusieron o renovaron las vacunas necesarias: también la del sarampión. Pero entonces tendría que volver primero a Dranitz y coger mi certificado de vacunación...

Ulli no reaccionó y rehuyó su mirada.

El corazón de Jenny se encogió. ¿Por qué la ignoraba? ¿De veras iba a durar esa estúpida disputa toda la eternidad? ¿Acaso no podían hablar como personas normales? Abrió la boca para añadir algo, pero en ese momento dos mujeres, acompañadas por un joven de bata blanca —probablemente el jefe de sección—, atravesaron el pasillo y se acercaron a la habitación 215. Una de ellas era baja y delgada, tenía el pelo gris y llevaba gafas; la otra era más grande y llevaba el pelo teñido de rubio. Se detuvieron en seco cuando vieron a Ulli.

—¡Ya tiene lo que quería, señor Schwadke! —bufó de repente la mujer teñida—. ¡Qué más quisiera que apoderarse de todo lo que nos corresponde! Pero no lo toleraremos, nosotros no, señor Schwadke, puede apostar la cabeza, ladrón... ¡ladrón de herencias!

Ulli la miró atónito. Mine estaba completamente sorprendida, igual que el joven jefe de sección. Kacpar se rascó el mentón sin comprender. Jenny pensó que lo había entendido mal. ¿Ulli un ladrón de herencias? Estaba chiflada.

—¿Cómo se atreve a hablarle así? —exclamó Jenny, furiosa.

Sin embargo, la mujer de gafas no le prestó atención.

—Nos vemos en los tribunales, señor Schwadke —continuó. Luego entró con la rubia y el joven de la bata blanca en la habitación donde estaba Max Krumme: por lo visto, eran inmunes al sarampión. «Y a los buenos modales también», pensó Jenny. Le habría gustado ir tras ellas y defender a Ulli. ¿Y por qué él no se justificaba?

—¿Eran Elly y Gabi? —preguntó Mine cuando recobró el habla. Ulli asintió.

—Al parecer... —Luego carraspeó con fuerza y dijo—: Sí, tienen que ser las hijas de Max. La clínica las ha llamado. Han llegado enseguida. La enfermera me ha dicho que el hijo vendrá esta tarde.

Escandalizada, Mine sacudió la cabeza.

—No las habría reconocido. Con lo adorables que eran de pequeñas. Pero Gertrud siempre mimó a sus hijos, ahora se ve el resultado. Llamar ladrón de herencias a mi Ulli... —Indignada, dio un par de pasos hacia la puerta de la habitación y luego se volvió hacia su nieto—. ¡Además, tú eres el único que se preocupa de Max!

Ulli cogió a su abuela del brazo.

—Vayámonos. Te llevaré a casa —le dijo en voz baja—. De todos modos, ahora no podemos hacer nada aquí. —Seguía sin dignarse a mirar a Jenny.

Mine asintió en silencio y dejó que su nieto, que se despidió de Kacpar con la cabeza, la acompañase al ascensor.

Jenny los siguió con la mirada. Cuando entraron en la pequeña cabina, oyó decir a Mine:

—No ha sido amable por tu parte, Ulli. Te has ido otra vez sin despedirte de Jenny.

—Por favor, abuela —siseó—, ¡ahora no! —Luego desaparecieron.

Jenny y Kacpar los siguieron.

—Demos un paseo por el lago —propuso Kacpar cuando salieron de la clínica—. Necesito aire fresco.

—¡Yo también!

Fueron al pequeño puerto y caminaron por la orilla.

—¡Qué desagradables las hijas de Max Krumme! —dijo él después de un rato.

—Son buitres —gruñó Jenny—. En todo este tiempo no se han encargado de su padre y ahora quieren su dinero. No sé por qué Ulli ha aguantado sus insolencias.

Kacpar dijo que probablemente estuviera nervioso a causa de la preocupación. Luego propuso ir a tomar un café.

Señaló las coloridas y protegidas cafeterías con terraza a orillas del lago, que pese a que era temprano ya estaban muy concurridas. Jenny aceptó; algo de cafeína no podía hacerle daño y quizá mitigase la tristeza que se apoderaba cada vez más de ella. ¿Por qué Ulli se encabezonaba de esa manera?

—Creo que una relación depende mucho de que a ambos les entusiasmasen las mismas cosas —irrumpió Kacpar sus sombríos pensamientos.

—¿A qué te refieres? —preguntó, desinteresada.

Kacpar asintió.

—Hablo de una relación de por vida —continuó—. El enamoramiento, sabes, desaparece. Luego cuentan otras cosas. Tolerancia. Consenso. Aprecio.

—Es posible…

Vaya tema de conversación. ¿Qué sabía Kacpar de una relación de por vida? Eso se les podía preguntar a Mine y Karl-Erich.

—Pero también estuvieron enamorados —dijo ella—. Y bastante.

—¿A quiénes te refieres? —preguntó Kacpar, desconcertado.

—Bueno, a Mine y Karl-Erich. Él se la comió con los ojos durante todo un año. Y solo cuando tomó la decisión de irse, ella le dijo por fin que no quería vivir sin él.

Kacpar levantó la taza de café y parpadeó por el deslumbrante sol de la mañana.

—¿Ah sí?

—Ella lo apuntaba todo. Pídele a la abuela que te lo enseñe.

Se quedaron en silencio un rato y miraron el Müritz. El viento encrespaba el agua y las pequeñas olas brillaban al sol como medias lunas plateadas. Dos yates blancos arrancaron en la pasarela, salieron con cuidado del puerto hasta que estuvieron en aguas abiertas y navegaron. Una de las casas flotantes se bamboleaba cerca de la orilla; dos chicas estaban sentadas delante comiéndose unos bocadillos. Una flotilla de patos rodeaba la pequeña arca de Noé.

Jenny notó que se le saltaban las lágrimas. Cuántas veces Ulli y ella habían salido en bote, hecho el bobo, reído y luego se habían puesto uno al lado del otro y...

—¿Sabes qué, Kacpar? —dijo y buscó un pañuelo en su bolso—. Sin amor no funciona. Al fin y al cabo, el amor es lo más importante en la vida.

Triste, la miró con sus hermosos ojos azules y asintió.

—Entonces ¿nos vamos? —preguntó en voz baja.

—Claro.

Hablaron poco mientras regresaban. El exuberante paisaje pasaba ante sus ojos; en los campos había centeno; los cebadales ondeaban al viento como un mar verde lima; aquí y allí brillaban los tejados rojos de un pueblo; los manzanos en el borde de la carretera daban los primeros frutos. Jenny comprendió que Kacpar se había hecho ilusiones que ella no podía corresponder y le daba pena. ¡Otro motivo para estar depresiva ese día!

Debía de haber otros motivos. De vuelta en la finca, Jenny lanzó una última mirada a las nuevas habitaciones. Las reservas arrancaron vacilantes, solo habían recibido algunas, pero la abuela había llevado a imprimir los folletos, que se repartirían por los alrededores del Müritz. ¡Sería ridículo si no llenasen todas las habitaciones!

Subió los peldaños de la mansión y se alegró al ver la bonita puerta tallada que un carpintero de Schwerin había elaborado a medida. También en el vestíbulo todo estaba perfecto: los azulejos beis limpios, el mostrador de la recepción desempolvado y el timbre que brillaba encima. Los antiguos cuadros familiares quedaban a las mil maravillas en las paredes blanqueadas. Jenny tocó un poco el timbre y enseguida apareció Elfie para preguntar por los deseos del supuesto huésped. Sí: funcionaría en cuanto se corriese la voz de lo bonito que era.

Jenny subió a las habitaciones. En el piso superior notó un extraño olor a cerrado, poco conveniente para una lujosa casa de campo. Olfateó y comprobó que dos puertas estaban abiertas. ¿Acaso había una fuga en una tubería? Por favor, otra vez no. Odiaba la lapidaria máxima que los obreros siempre decían en esos casos: «El agua busca su camino».

Sin embargo, no había humedades: eran los antiguos sillones que, con las ventanas cerradas, despedían ese olor. ¡Vaya! También el bonito sofá Biedermeier apestaba a siglo XIX; probablemente tendrían que cambiar todo el tapizado. Resignada, bajó las escaleras. En el vestíbulo tropezó con Bodo Bieger, que iba con mochila y dos cestos llenos a la cocina del restaurante.

—¡Hola, señor Bieger! ¿Hoy ha vuelto a comprar en el mercado?

—Claro —replicó con cara extasiada—. Lechuga, huevos, rico queso de Müritz, lomito tierno: calidad excelente. —Puso el pulgar y el índice en los labios e hizo un ruido—. Sencillamente exquisito… Tan fresco solo lo consigo en el mercado.

—O en la propia granja ecológica —objetó Jenny—. Ahora

mi padre tiene lechuga en abundancia. Y en ningún sitio se consiguen huevos aún más frescos que directamente de la gallina.

—Me gusta escoger mis alimentos —gruñó Bodo, que no quería comprometerse de ninguna manera con un único proveedor.

—Bueno, todo eso suena muy bien, pero a fin de cuentas pagamos nosotros los productos… y a usted.

Bodo posó los cestos de la compra y puso los brazos en jarras.

—¿Sabe qué, señora Kettler? Estoy harto. Aquí echo margaritas a los puercos. Creo los mejores menús y ¿qué piden estos pueblerinos? La bandeja solariega. O escalope con patatas fritas, ¡pero en mi restaurante eso no está en la carta! No, ya no quiero seguir. Tengo una oferta del hotel que está a orillas del mar en Binz, allí al menos van comensales que entienden algo de buena cocina.

Horrorizada, Jenny le clavó los ojos. ¿Bodo Bieger presentaba su dimisión? ¿Y de dónde iban a sacar tan rápido a otro cocinero?

—Tranquilo, señor Bieger —intentó calmarlo—. Estamos repartiendo folletos, la publicidad se pone en marcha: tenga por favor un poco de paciencia. Y, además, pronto será la fiesta de cumpleaños: ¡no puede dejarnos en la estacada!

¡Menos mal que se había acordado del cumpleaños de Walter!

De hecho, Bodo Bieger transigió. Dijo que no quería estropearle el aniversario al señor, por eso se quedaría hasta entonces. Pero no sabía lo que pasaría después.

Agotada, fue a la caballeriza para recoger a Julia. Walter le abrió la puerta. Estaba solo con la pequeña, la abuela había bajado al lago con Falko.

—¿Y bien? —preguntó cuando ella se dejó caer en el sofá y abrazó a su hija—. ¿Cómo está el señor Krumme?

—Bueno —replicó arrastrando las vocales—. Sigue con respiración artificial.

Walter suspiró.

—Entonces, esperemos lo mejor. ¿Quieres un café?

—Encantada.

—¡Galletas! —berreó Julia y se bajó del regazo de Jenny para volver a dedicarse a sus dibujos.

—Sí, cariño, te traigo galletas —dijo Walter y desapareció en la cocina. Cuando regresó con una bandeja en la que había dos tazas de café, un vaso de leche y un plato con galletas, le contó a Jenny los últimos descubrimientos arqueológicos en el sótano de la mansión para distraerla un poco de sus preocupaciones por Max Krumme y sus problemas con Ulli.

Los arqueólogos habían descubierto una segunda sepultura, también en el ábside de la iglesia conventual.

—Aún no es seguro si se trata de un hombre o una mujer. El cuerpo que han encontrado en la tumba no era muy grande. Los huesos están rotos y soldados en varios puntos, así que, fuera quien fuese, esa persona tuvo que haber sobrevivido a un combate o a un accidente…

Jenny escuchó distraída, pero el tema le pareció poco atrayente. Un muerto del siglo XIII con fracturas, ¿a quién le interesaba saber algo así? En cambio, Julia no parecía escandalizarse: estaba muy ocupada dibujando a una joven con una pequeña pala y una brocha, que de hecho se parecía a Sabine Könnemann, mientras se metía en la boca una galleta tras otra.

—¿Han dicho cuándo van a desbloquear por fin nuestro sótano? —quiso saber Jenny.

Walter se encogió de hombros. Tras ese nuevo hallazgo aún podían tardar un par de semanas más.

—Ah, sí, antes de que lo olvide —dijo Walter de pronto y arqueó las cejas—. Ha llamado Ulli. Dice que ahora se pasará a verte porque tiene algo que decirte.

El corazón le dio un vuelco. Ulli quería hablar con ella. Era probable que ahora lamentase haberla dejado plantada así en la clínica hacía un momento. Incluso Mine dijo que no había estado bien. Seguro que quería disculparse y ella podría decirle por fin lo que no había verbalizado en todo ese tiempo. Cogió su bolso y corrió hacia la puerta.

—Entonces me voy ya.

Una vez en su piso, corrió al baño para peinarse y echarse un poco de crema facial que olía a rosas. ¿Ya había llegado? Fue al dormitorio, donde aún reinaba el caos matinal, y se asomó a la ventana. ¡Allí! En el aparcamiento estaba su Passat. Pero ¿dónde estaba Ulli? ¿Delante de la puerta? Daba igual. Esperaría con toda tranquilidad hasta que llamase. Y luego...

En el patio había dos personas. Ulli y Evelyne, la última conquista de Simon. Hablaban como viejos amigos. Increíble. ¿Desde cuándo se conocían? Y de repente...

Jenny cerró los ojos y los volvió a abrir, desorbitados. ¡No podía ser! Estaba abrazando a Evelyne. Estaba pegada a él como una lapa, tenía la cabeza en su hombro y él la agarraba por los brazos. Jenny retrocedió de la ventana tambaleándose y se dejó caer en la cama. Tras unos segundos estuvo firmemente convencida de que era víctima de una alucinación. Poco a poco, con el corazón desbocado, se levantó, se acercó a la ventana y miró fuera. Allí estaba esa arpía, Evelyne; se despidió de Ulli con la mano y se marchó contoneándose, mientras se echaba con brío la melena rubia por encima del hombro.

Jenny sintió un impreciso vacío en la cabeza. Así que Ulli era uno de esos. Nunca lo habría creído capaz de algo así. ¿Había besado a esa mujer delante de la ventana de su dormitorio con la intención de que ella lo viese?

¿Por eso estaba allí? ¿Para enseñarle que en ningún caso dependía de ella?

Acto seguido llamaron a la puerta. Una vez. Dos. Tres. Cuatro.

Jenny no abrió. Estaba arriba, junto a la ventana, y desde detrás de la cortina vio cómo él regresó lentamente a su coche. Volvió varias veces la cabeza hacia la casa, después se subió y marchó.

Solo cuando perdió de vista su Passat en la carretera, Jenny se echó a llorar.

Sonja

Diez acuarelas. ¿No eran demasiadas? Dudó antes de meter las pinturas en el tubo de cartón en el que debían viajar a Berlín, a casa de Claus Donner, el galerista, que la había llamado la otra noche. Le había parecido simpático, sobre todo cuando le contó que tenía dos perros; los había oído ladrar al fondo y habían convencido a Sonja de confiar en Claus Donner. Y, por supuesto, la intercesión de su amiga Petra, que siempre había sido una gran aficionada al arte, había asistido a todas las inauguraciones posibles y había hecho sus pinitos como escultora.

Sacudió el tubo y pensó si debía sacar las pinturas y envolverlas en un papel de burbujas para que no se dañasen. Le dolía enviar sus queridas acuarelas. ¿Quién sabía lo que les pasaría en Berlín? ¿Entusiasmarían a Claus Donner o decidiría no exponerlas en su galería? ¿Y si el público se burlaba de sus pinturas?

—¿Estás lista, Sonja? —preguntó Tine Koptschik por el hueco de la escalera—. He limpiado y sacudido la alfombrilla. ¡Tenemos que irnos enseguida! —Sonja miró el reloj y comprobó que era hora de acudir a la sesión de la junta, que esta vez tendría lugar en el nuevo piso de Mine y Karl-Erich: trabajo e inauguración a la vez, por así decir. De ese modo podía volver a estar por fin presente Karl-Erich, que, según Mine, se alegraba como un niño.

—¡Voy enseguida!

El tubo cerrado, la cinta adhesiva pegada y la dirección anotada. Al día siguiente por la mañana lo llevaría a la oficina de correos.

Tine ya estaba delante del coche de Sonja, cargada con una bolsa de tela y otra de cáñamo. Sonja tuvo que aceptar que las juntas de la asociación degenerasen en acontecimientos culinarios, de los que sobre todo Mine y Tine Koptschik eran responsables. Gerda Pechstein se encargaba de las correspondientes bebidas alcohólicas.

—¿Tarta Selva Negra? —preguntó Sonja sonriendo mientras abría el coche.

—Crema de queso y pastel de vainilla cubierto de almendras. Conduce con cuidado, la crema de queso no se ha solidificado del todo.

En la cocina comedor de Mine ya estaba montada la mesa plegable junto a la grande, de modo que tenían suficiente espacio para poner todos los manjares, platos y cubiertos. Solo Franziska, la secretaria, necesitaba la mesa como soporte para el cuaderno y el lápiz. Y Sonja, por supuesto, con su archivador siempre a mano. Alguien debía mantener la visión de conjunto.

El reencuentro fue cariñoso. Sobre todo, Karl-Erich se alegró de volver a estar por fin «con gente», y les tendió a todos la mano torcida por el reuma y les dio la bienvenida a su nuevo viejo hogar. Gerda Pechstein ya había estado allí para ayudar a Mine a poner la mesa. Había comprado servilletas de papel con girasoles estampados para la ocasión. Y luego también tuvo que poner la bebida a enfriar. Con el puchero de pescado se podía elegir vino blanco o cerveza, y para después había llevado licor de mandarina, vodka ruso y aguardiente de Nordhausen. Al café invitaba Kalle, al que el año anterior habían reelegido como presidente por amplia mayoría. Franziska no había querido quedarse atrás y había preparado una ensalada fresca. Sonja se había quejado la última vez de que engordaba dos kilos en cada sesión, lo que no sorprendió a nadie.

Todos se sirvieron en abundancia y Mine contó a los que aún no lo sabían que Max Krumme estaba ingresado en la clínica de Waren con sarampión.

—Parece que no está bien —suspiró Mine—. Su hijo Jörg también ha estado ya allí. Es profesor en la Universidad de Friburgo y ha viajado a toda prisa de tan lejos. Parece preocuparse de verdad por su padre. Lo que no se puede decir precisamente de las dos chicas. No, ¡menudas codiciosas!

—Ya, cuando se trata de la herencia —observó Tine Koptschik, que se limpió la espuma de cerveza de la boca—, ¡a más de uno se le ve el plumero!

—¿Por qué hablas de herencia? —gruñó Karl-Erich—. Max solo tiene sarampión. Dentro de poco estará recuperado.

Todos asintieron, aunque tuviesen otra opinión. Mine sirvió a Kalle la segunda ración de puchero, Gerda se sirvió más vino y Sonja miró a hurtadillas la hora. Aún les concedería media hora, luego se pondría firme.

Cambiaron de tema para charlar de los hijos. Kalle habló orgulloso de sus gemelas. Mandy y Milli habían vaciado hacía poco el armario de la cocina. Mücke había podido salvar las ollas grandes, pero lo demás había aterrizado fuera, en el arenero. Sonja escuchaba un poco frustrada; no tenía nada que aportar a ese tema, ya que no era ni madre ni abuela, y ya nada cambiaría en ese sentido. Por fin, Gerda retiró los platos y cubiertos, Mine llevó los míseros restos del puchero a la cocina y Franziska puso la máquina de café en funcionamiento.

—¡No, Tine! —se quejó Gerda cuando Tine Koptschik

puso sobre la mesa la crema de queso y el pastel de vainilla cubierto de almendras—. ¡Por tus tartas y el puchero de Mine vendría todas las noches a la sesión de la junta!

Sonja empujó ostensivamente el plato de postre y puso el archivador sobre la mesa.

—Vamos a empezar, de lo contrario se hará demasiado tarde. Kalle, ¿puedes informar? Si no hay más remedio, con la boca llena.

Kalle dio un buen sorbo al café y lo acompañó con la tarta.

—Enseguida, Sonja. Tine, ¿puedes guardar un trozo de pastel para Mücke? Tengo que llevarle algo dulce a mi dulzura...

Sonja puso los ojos en blanco y vio para su alivio que al menos Franziska había cogido lápiz y cuaderno.

—Bueno —empezó Kalle cuando se limpió la nata de las comisuras—. De momento tenemos cuatrocientos veinticinco miembros de pago. Dieciséis personas han anunciado su baja, pero hay un nuevo miembro.

—¿Y quién es? —quiso saber Tine, curiosa.

—Una tal Evelyne Schneyder —comunicó Franziska—. Es amiga de Simon Strassner y está comprometida por la defensa del medio ambiente. Al menos eso dice.

Todos se pusieron a hablar sin orden ni concierto e intentaron sonsacarle a Franziska información sobre el último amor de Simon, hasta que Sonja golpeó la mesa con decisión.

—¡Silencio! —interrumpió—. ¡Nos importa un comino el aspecto que tenga esa Evelyne Schneyder! Preferiría saber por qué dieciséis miembros han dejado la asociación. ¿Hay algún motivo, Kalle?

—Claro. Dos consideran la cuota de un marco al mes demasiado cara. Cinco se han mudado. Uno ha desaparecido y ya no está localizable. Los ocho restantes han escrito diciendo que el zoo ofrece muy pocas atracciones y por eso no creen en su continuidad.

—¡Qué cara! —se desahogó Tine.

—Las atracciones son para los circos. Esto es un zoo —le dio Sonja la razón, enfadada.

Karl-Erich golpeó la mesa con la mano torcida para hacerse oír.

—¡Tienen derecho! Un zoo sin leones y elefantes… no es nada. ¿Adónde quieren ir los niños siempre primero? ¿Y bien? Exacto: a los elefantes. Y luego a los leones. ¡Pero sobre todo a los monos!

—Qué va. ¡Monos! —gruñó Kalle—. ¡Colgaré un gran espejo, así podrán contemplar a un montón de monos!

Sonja tomó nota de la queja. ¡Siempre había críticas por la falta de atracciones! La gente iba corriendo por el bosque, sonreía, alborotaba, silbaba y se extrañaba de que los animales se escondiesen en el rincón más alejado de sus —como reconocían, muy extensas— cercas. ¿Por qué no se podía enseñar a los niños a ir en silencio por el bosque y aguzar a la vez la vista y el oído?

—Bueno, he traído el libro —hizo saber Gerda—. ¿Puedo leer?

—Sí —rogó Sonja—. Pero no las observaciones tontas. Solo lo importante.

Hacía unas semanas que había en la caja del zoo un libro en el que los visitantes podían firmar. Había muchos elogios, pero no pocos visitantes habían aprovechado la oportunidad para reflejar su descontento.

Gerda sacó de la bolsa de tela floreada un infolio encuadernado en cuero marrón. «Libro de visitantes», estaba impreso en letras doradas. Se puso las gafas.

—Bonito parque, muy natural, nada de escándalos molestos.

Los demás asintieron.

—¡No hay papel higiénico!

—¡Bueno, si siempre gastan tanto, en lugar de economizarlo! Tillie no da abasto para reponer —echó pestes Tine y se sirvió un segundo trozo de pastel.

—¡Mala señalización! ¡Nos hemos perdido y hemos tardado dos horas en volver a encontrar el camino!

—Pero ¿cómo es posible? —se sorprendió Karl-Erich.

Kalle resopló como un semental colérico.

—Unos miserables nos han quemado los letreros. Seguro que fueron los mismos que patearon los contenedores de basura en el aparcamiento. Algún día los atraparé, ¡y entonces más vale que tengan hecho el testamento!

—¡Más! —urgió Karl-Erich—. ¿Pone algo sobre los leones?

—¡No hay animales interesantes! ¡Nuestros hijos ya saben cómo son los caballos y las cabras!

—¡Puf! —se quejó Franziska—. ¿Acaso hay algún comentario amable?

Gerda pasó una página, luego asintió.

—Las salchichas están bien y a buen precio.

—¡Es cierto, nuestras salchichas son demasiado baratas! —se exaltó Tine—. Hace poco una mujer compró seis pares de salchichas con mostaza y bollos, y se subió al coche.

—¿Acaso no pagó entrada? —quiso saber Franziska, frunciendo el ceño.

Consciente de su culpabilidad, Tine se encogió de hombros.

—Dijo que tenía mucha prisa, así que la dejé pasar.

Kalle sacudió la cabeza, enfadado.

—Eso no puede ser. Voy a poner un letrero: «Uso de servicios solo con entrada».

—Siguiente punto —pidió Franziska mirando la hora—. La construcción prevista de la casa de los animales pequeños. ¿Qué sucede con las subvenciones, Sonja?

Había llegado la hora de la verdad.

—El dinero del distrito... llegará más tarde este año —rehuyó Sonja con diplomacia—. Sigo esperando el consentimiento del estado federado. Además, se han presentado tres patrocinadores, de modo que ya tenemos reunida una suma de tres cifras.

—¿Tres cifras? —preguntó Kalle—. ¿Cuántos miles son eso?

—Exactamente trecientos veintiún marcos —dijo Gerda, la tesorera.

—¡Con eso no compras ni una pila de ladrillos!

—No todo está perdido aún —lo consoló Mine.

El punto se pospuso para la lista de tareas de la siguiente sesión. Gerda trajo las botellas de la nevera, Tine recogió el servicio de café y sacó del armario de cocina los vasos de Mine.

—¡Alto! —protestó Sonja—. Aún quedan dos puntos por tratar: publicidad y gastos diversos.

Era como hablar con la pared. Kalle opinaba que el vodka ruso estimulaba su actividad cerebral y Karl-Erich destacó que tras la grasienta tarta de crema necesitaba con urgencia un aguardiente. Sonja capituló y se permitió un licor de albaricoque.

En efecto, Kalle se puso creativo tras el primer trago.

—Yo me encargo de lo de los leones —fanfarroneó—. La semana que viene podréis verlos llegar...

—¿No querrás meter a un león en el zoo? —preguntó Tine, preocupada.

Kalle puso una cara misteriosa y alzó el vaso.

—En ese caso, que sean dos —replicó sonriendo—. Así tendrán descendencia.

Sonja consideró la idea de Kalle un desvarío por el vodka ruso. El tema de la publicidad se resolvió rápido: reimprimirían y repartirían los antiguos folletos. Franziska propuso proveer a todas las agencias de viajes que tuviesen Mecklemburgo-Pomerania Occidental en el programa. A Sonja le pareció una buena idea, pero Gerda lamentó que hubiese que volver a pagar los gastos de envío.

—¿Gastos diversos?

Gerda Pechstein hizo constar que en la tienda hacía falta un felpudo: los visitantes tenían los zapatos sucios y ensuciaban el suelo. Tine Koptschik quería poner a la venta huevos sorpresa con minidinosaurios, que les encantaban a las hijas pequeñas de su vecina. Kalle opinó que debían destilar un aguardiente del Zoológico Müritz y venderlo por todo el mundo. Estaba dispuesto a elaborar la receta.

Sonja comprendió que ya no era de esperar nada sensato y pidió a Kalle Pechstein, el presidente, que levantase la sesión. En el fondo, llevaban meses sin avanzar, ningún problema se acometía en serio, el proyecto Zoológico Müritz estaba abandonado. Bien era cierto que mantenía alejada la maldita palabra «insolvencia», pero cada vez se inmiscuía con más frecuencia en sus pesadillas.

Necesitaba una idea brillante. Un reportaje televisivo llevaría a la gente al parque. Pero hasta la fecha, sus intentos en esa dirección habían sido poco exitosos. «Ningún interés», fue la respuesta de la MDR, la Radiodifusión de Alemania Central. El tema no llevaba a nada. Hasta que un lobo no devorase a alguien, los medios no les prestarían atención.

Kalle se despidió el primero. Dijo que debía volver a su harén, las chicas volvían a tener un poco de fiebre y la nariz congestionada; sería una noche agitada, así que no podía dejar sola a Mücke tanto tiempo. Gerda se marchó con su hijo, Franziska fregó rápidamente los platos para que Mine no tuviese tanto trabajo y Sonja recogió el mantel y las servilletas de girasoles mientras Tine ayudaba a Karl-Erich a bajarse de la silla de ruedas para que Helmut Stock no tuviera que pasarse después.

—¿Dónde pongo el resto de las servilletas, Mine? —preguntó Sonja.

—En el armario del salón. Puerta izquierda. Déjalas junto a los floreros.

En el armario del salón de Mine reinaba un caos ordenado: recuerdos de una larga vida. Allí se encontraban floreros, tazas pintadas con la inscripción «Para la pareja de aniversario» y «Por el octogésimo cumpleaños», al lado de paquetes de regalo con todo tipo de cosas que Mine y Karl-Erich conservaban para alguna ocasión, pero nunca habían utilizado. Además, saleros, cajitas para las pastillas, un gato de plástico negro en cuya larga cola se podían colgar rosquillas saladas y, en un lateral, entre dos floreros, un cuaderno rojo. Sonja extendió la mano y lo sacó con cuidado entre los panzudos floreros. En efecto. Era su diario. ¿Cómo era posible? Lo había tirado a la basura.

—¿Has terminado, Sonja? —exclamó Tine Koptschik—. ¡Me gustaría ir a casa, estoy muerta de cansancio!

¿Cogerlo o dejarlo? Tomó la decisión en una fracción de segundo. Si era buena o mala, ya se vería.

—¡Ya voy! —exclamó Sonja por encima del hombro y se metió el librito rojo debajo del jersey.

—Ha vuelto a ser una velada muy agradable —se entusiasmó Tine cuando iba con Sonja en dirección a Waren—. Mine es una mujer genial. ¡Con todo lo que ha vivido, qué energía sigue teniendo a sus ochenta y cinco años!

—En eso tienes razón —admitió Sonja—. Mine Schwadke siempre sorprende.

Pensó en el cuaderno rojo que había hurtado del piso con disimulo.

Lo echaría al contenedor del papel. Esta vez definitivamente. ¿O debía quemarlo en la estufa? Pero en junio no se ponía la calefacción, así que sería preferible romper todas las hojas, una a una, en muchos y pequeños pedazos, y tirarlos por el retrete. Claro, era el método más seguro. Así no quedaría nada.

¡De ningún modo lo leería!

3 de marzo de 1962

¡Ella ha vuelto a estar aquí! Papá puede ordenar todo lo que quiera, limpiar el suelo, cambiar la ropa de cama. Percibo el olor de su piel, el jabón que utiliza, el champú con el que se lava el pelo. Y su sudor. Es repugnante. Ya es la tercera vez. ¿Tan tonta cree que soy? Se lo noto en la cara cuando quiere meterla a escondidas en el piso. Espera hasta que yo haya dado las buenas noches, «besitos, duerme bien, cariño. No leas mucho, es malo para la vista...». Luego espera y yo hago lo mismo. Estoy tumbada y pienso: ¿va a venir de una vez? Estoy cansada, pero no quiero dormirme porque sé que enseguida entreabrirá la puerta del dormitorio. Entonces la luz del pasillo me da en la cara y debo tener cuidado de no pestañear o mover la boca. Debo parecer dormida para que esté tranquilo y vuelva a cerrar la puerta.

Y luego los oigo en el pasillo. Ella ha venido en autobús y espera fuera, delante de la casa; luego sube la escalera y me imagino cómo se besan. A veces suspiran, y entonces la rabia se apodera de mí. O me gustaría llorar. Cuando por fin van al dormitorio de papá, me quedo tumbada en silencio, con la mirada perdida en la oscuridad. Por el rabillo del ojo van cayendo las lágrimas a ambos lados de la almohada. Simplemente caen, primero están calientes, pero en la almohada pronto se enfrían. No digo ni una palabra. No quiero saber lo que hacen allí. Tampoco quiero imaginármelo. En biología hemos estudiado la reproducción, pero para mí es inimaginable que mi papá haga algo semejante. Encima con esa Christa...

7 de marzo de 1962

El señor Pauli ha dicho que de ningún modo pasaré al último curso de la enseñanza media si sigo así. En mates, historia y ruso necesito mejores notas. Pero, sobre todo, depende de mi actitud frente al Estado de trabajadores y agricultores. No es adecuada. Porque aún no he asumido una función en la Juventud Libre Alemana y se echa en falta mi compromiso. Solo está enfadado conmigo porque siempre llevo ropa del Oeste. Me la manda mi abuela de Frankfurt. Hace poco dijo que no era propio de una alumna del instituto politécnico; que podía ponerme esas cosas en casa si quería lucirlas a toda costa.

Si él tuviese una abuela en el Oeste, también pediría que le mandara paquetes...

10 de marzo de 1962

En la escuela he reñido con Karin porque ha dicho que tengo los pechos caídos. A las demás chicas les ha parecido gracioso, solo Gerda ha estado de mi parte. Karin está muy plana por delante y Gerda ha dicho que de ahí ya no saldrá nada. Aún no ha tenido la regla. Solo lo finge en clase de educación física.

Para ser sincera, me alegraría estar plana por delante. El sujetador que he comprado vuelve a ser demasiado pequeño. Y los tirantes me hacen daño en los hombros. De veras espero que mis pechos dejen de crecer. Gerda dice que en realidad podría darle un poco. También me gustaría hacerlo. Por desgracia, no es posible.

Estoy sola esta tarde y, mañana, todo el día. Papá debe ir a Rostock para un curso de su empresa. Ojalá volviese a tener un perro, pero después de Alf papá ya no quiere. Tampoco cobayas, porque tienen muchas crías. Mine ha dicho que puedo pasar la noche en su casa. En el cuarto de Olle, que ahora está en Stralsund y será ingeniero naval. Hace mucho que Karla se fue, está en Berlín. Solo queda Vinzent. Dejó la escuela tras el octavo grado y trabaja en la cooperativa de producción agrícola. Dice que le divierte porque le gusta conducir el tractor y tratar con los animales. Yo también estoy a menudo en la cooperativa, pero no por los estúpidos tractores. Observo cuando ordeñan, pero sobre todo me gusta estar presente si una de las vacas da a luz a un ternero. La mayoría de las veces Otto Mielke ayuda porque sabe lo que tiene que hacer. Pero yo también lo sé, lo he visto muchas veces.

Estoy muy contenta de que papá no esté aquí el fin de semana porque me gusta estar en casa de Mine. Allí siempre hay buen ambiente, Mine habla mucho y Karl-Erich gasta bromas. Lástima que no podamos bajar al lago para hacer un picnic, pero aún hace demasiado frío.

12 de marzo de 1962

Ayer por la noche papá volvió muy tarde. Tenía miedo de que pudiera haber sufrido un accidente y no podía dormirme, pero hacia las once entró en silencio al piso y abrió con cuidado la puerta de mi habitación. Me senté en la cama y encendí la luz; entonces entró y se sentó en el borde junto a mí. Quiso saber cómo había pasado el fin de semana. Lo que Mine había cocinado. Si había conducido el tractor. Le conté todo lo que había hecho y luego le pregunté cómo estaba él.

—Muy bien —dijo—. Pero ahora tienes que dormir, Sonja. Debemos irnos a primera hora. Te lo contaré más adelante, ¿vale?

Se quedó en nada, porque por la tarde tuve grupo de trabajo de biología y por la noche hablamos sobre núcleos celulares y cromosomas. Se puede hablar largo y tendido con papá de muchos temas porque se interesa por todo. Le gusta escuchar y hacer preguntas y, cuando luego quiero explicárselo, a menudo me doy cuenta de que yo aún no me entero bien. Después me ayuda y descubrimos juntos el asunto.

Ha sido una noche bonita. Pero papá la ha vuelto a estropear con una sola frase. Cuando yo estaba a punto de ir al baño, ha dicho de pronto que había invitado a alguien el sábado para un café.

—¿A quién?

—A Christa Schiede. Una compañera. La viste en la fiesta de carnaval de la empresa, ¿te acuerdas?

Y tanto que me acuerdo. Primero, porque la fiesta de carnaval de la carpintería fue horriblemente aburrida, y luego porque papá bailó mucho con Christa Schiede.

«Es su nuevo amor», dijo entonces uno, y otra mujer soltó un «¡Chist!» mirando hacia mí.

—Cuando venga, no voy a estar —le dije ayer por la noche a papá.

14 de marzo de 1962

Me ha mentido. Cobarde y miserable. Porque tenía miedo de decirme la verdad: no estuvo el fin de semana en un curso, sino con Christa Schiede en la isla de Rügen.

Fue muy sencillo descubrirlo. Después del colegio fui a su

dormitorio y saqué del armario la chaqueta que llevó el fin de semana. En los bolsillos no había nada salvo un pañuelo y un peine pequeño, pero cuando quise volver a colgar la chaqueta en el armario, encontré abajo, en la base del armario, un trozo de papel arrugado en uno de sus zapatos buenos. Dos entradas para el faro en el cabo Arkona. Estaban juntas, se sacaron a la vez. Era probable que se le hubiesen caído del bolsillo cuando colgó la chaqueta en el armario y, como aterrizaron en el zapato, no las vio.

Por la tarde me he saltado la Juventud Libre Alemana y por la noche he fingido no saber nada. Papá ha hablado de la escuela conmigo; se ha encontrado al señor Pauli en el autobús y se ha enterado de que en tres asignaturas estoy en la cuerda floja. Además, le ha revelado que Gerda y yo hemos fumado con tres chicos en el recreo. Hemos estado una hora castigadas. Papá me ha preguntado si de verdad quería comprometer mi gran objetivo, ser veterinaria, por ser perezosa y hacer tonterías. Cuando le he contado lo de mi actitud frente al Estado de trabajadores y agricultores, ha estado un momento en silencio y luego ha dicho que en parte era culpa suya. No tenía que contar en la escuela todo lo que hablábamos en casa. Y, en principio, el Estado de trabajadores y agricultores era algo bueno. Hemos hablado mucho rato sobre eso y al final le he dado la razón.

No ha dicho ni una palabra de la visita del sábado por la tarde. Pero es evidente que ha invitado a esa Christa para que me acostumbre a ella. Pero no lo haré. Nunca. Nunca. Jamás.

18 de marzo de 1962

Este sábado ha hecho muchísimo frío, incluso ha nevado un poco. Aun así, ha venido. Falda azul oscura y blusa a rayas.

Tiene medias de nailon del Oeste, y también sé quién se las ha regalado. No es especialmente alta y tiene los ojos marrones y el pelo rubio oscuro y corto. Su cara es redonda y, en realidad, bastante bonita. Si me la encontrase así en el autobús o por la calle, no vería nada especial en ella. Nunca se me ocurriría que pudiese seducir a mi papá. Pero lo ha hecho y ha funcionado.

He decidido no irme; en cambio, he ayudado a poner la mesa para el café. Papá se ha alegrado y me ha abrazado. Entonces me ha remordido la conciencia. Pero muy poco, porque tenía las dos entradas para el faro del cabo Arkona en el bolsillo. Ha llegado a las cuatro menos diez en autobús y he visto cómo ha cruzado la calle hacia la mansión. Como si hubiese estado ayer en casa. Claro, conoce el camino, ya lo ha recorrido tres veces bien entrada la noche.

Papá estaba bastante nervioso cuando le ha abierto la puerta. Estaban uno enfrente del otro y no sabían cómo debían saludarse porque yo también estaba en el pasillo. Entonces papá le ha tendido la mano y ella se la ha estrechado, aunque parecían algo tensos. Claro: habrían preferido abrazarse y besarse, como siempre han hecho por la noche. Después papá me ha presentado y le he dado la mano a Christa Schiede con educación.

—Buenos días. Pase, señora Schiede.

—Muchas gracias. Ya casi eres una adulta, Sonja. Tu padre siempre habla de su «muchachita».

—Tengo catorce años.

—Entonces pronto pasarás al último curso.

—Quizá.

Me ha traído una caja de bombones. Para papá tenía dos naranjas de las que vendían en Neustrelitz, en un puesto junto a la carretera. Nos hemos sentado a la mesita y hemos comido pastel de cerezas, que Mine preparó y papá recogió en la cooperativa. Ha sido divertido ver cómo hablaban papá y Christa, ya que eran muy formales. Primero han hablado del tiempo, luego de la empresa, por último, la escuela y, como papá seguía sin ir al grano, Christa ha comenzado.

—Tal vez te sorprenda, Sonja, que tu padre me haya invitado a tomar café...

Ajá, pensé. Ahora viene la confesión. Hace bastante tiempo que tu padre y yo nos conocemos. Y hemos comprobado que encajamos bien. Pero no debes pensar que ahora perderás a tu padre. No, al contrario. Ganarás a una madre. ¿Crees, Sonja, que podremos hacer buenas migas? Eso diría, pero no quise oírlo. De ningún modo.

—No —dije en voz alta—. ¿Por qué iba a sorprenderme? El fin de semana pasado estuvisteis juntos en Rügen.

Mientras lo decía saqué las entradas del bolsillo y las tiré al plato de Christa. Me miraron horrorizados, luego Christa cogió los papelitos blancos, los manoseó y lanzó una mirada llena de reproches a papá.

—También sé que ha pasado tres noches con mi padre —seguí diciendo para que no tuviesen tiempo de pensar—. Solo fingí dormir. Pero me levanté y entreabrí la puerta. Y lo vi todo. ¡Fue asqueroso!

—¡Sonja! —exclamó papá, furioso.

Se levantó de golpe y temí que me fuese a pegar, porque tenía la cara muy roja. En efecto, intentó agarrarme, pero me escabullí, salí del piso y bajé al lago por el jardín abandonado. Papá me siguió por el viejo e inestable embarcadero. Corrí hasta el final, luego me di la vuelta y vi que papá se había parado. Estaba muy quieto, como si se hubiese congelado, y tenía los ojos desorbitados.

—¡No lo hagas, Sonja! —dijo él en voz baja—. ¡Por favor, no lo hagas!

—¡Entonces, échala!

—¡La quiero, Sonja!

—¡Échala!

Me acerqué aún más al borde. Vaciló un momento, luego sacudió desesperado la cabeza y volvió a la mansión. Esperé hasta que estuvo dentro, después bajé del embarcadero. En realidad, estuve a punto de caer al agua porque una tabla estaba podrida y se levantó al pisarla. Cuando llegué a la mansión, vi cómo Christa se subía al autobús en la carretera. Se fue ella solita.

Kacpar

—¿Quieres un vino? —preguntó Carola.

Kacpar se sentía bien en su presencia. No solo porque obtuviese de ella alguna que otra información interna del banco: le gustaba de verdad estar con ella. No era complicada, no esperaba que se casasen, no exigía regalos caros ni quería que la invitara a locales de lujo. Solo deseaba un poco de afecto y cariño, y él le daba ambas cosas. Carola fue a la nevera, sacó una botella de vino tinto empezada y sirvió dos copas. Brindaron y bebieron, luego él le pasó el brazo por la cintura y la estrechó.

—¡Ni te imaginas lo que ha vuelto a pasar hoy en el banco! —dijo ella y lo llevó tras de sí al salón.

Mientras le contaba lo del desagradable director de la sucursal, que andaba detrás de su compañera y a la vez tenía mujer y tres hijos, el muy falso, él bebía el vino a tragos rápidos. Sus palabras le remordieron la conciencia. Él también era un falso, era evidente. Estaba allí sentado con esa mujer mientras solo pensaba en Jenny. Ya pensaba en ella cuando conoció a Carola. Para ser exacto, desde la época en que trabajaban en el estudio de arquitectura Strassner de Berlín.

Cuando su abuela y ella tuvieron dificultades financieras, esperaba poder prestarles ayuda económica para estrechar así relaciones, pero ni mucho menos fue así. Una mujer como Jenny no se dejaba comprar. La finca Dranitz tampoco. Aunque Kacpar a veces no sabía qué le importaba más, si Jenny o la finca. Iban de la mano, deseaba tanto la antigua casa como a la joven propietaria, lo uno sin lo otro no tenía sentido, aunque sabía que sus sueños no se cumplirían.

—Por cierto, ¿has vuelto a oír algo del hotel rural? —le preguntó a Carola, y cogió el cuenco con cacahuetes que ella había puesto sobre la mesa de centro.

—Aún no se ha anunciado la quiebra —lo tranquilizó; había interpretado mal la expresión de preocupación de su rostro—. Al menos de momento no tienes que preocuparte por tu puesto de trabajo.

—Pues me alegro —balbució con cierta torpeza. Carola cruzó las piernas de manera que se le subió un poco la falda—. El futuro a corto plazo no parece correr peligro, ¿no?

—Bueno —dijo ella—. En algún momento tendrá que entrar algo de dinero: el restaurante está abierto desde Pascua, y tienen previsto alquilar las habitaciones a partir de Pentecostés, pero ambas cosas parecen funcionar más bien flojo. Aunque, mientras vayan llegando los ingresos para poder saldar los intereses del crédito, aún podría aguantar un tiempo.

Ajá, aludía al préstamo de Ulli.

—Pero, a la larga, deberías buscarte otro trabajo —le aconsejó Carola y se acercó más a él—. Quizá encuentres algo aquí, en Schwerin. Construyen por todas partes...

La idea de vivir cerca de Carola lo horrorizó. Sí, era una chica adorable, pero nunca había planeado dejar que la relación fuese duradera. Sin duda, Jenny tenía razón: sin amor nada funcionaba. Y él no estaba enamorado de Carola.

—Me lo voy a plantear —replicó, evasivo, e hizo un esfuerzo para pasarle el brazo por el hombro.

—Hazlo —insistió ella—. Por ejemplo, sé que ahora

nuestro banco tiene varios proyectos. Seguro que hay algo para un arquitecto con ideas creativas.

Hablaba de ello con frecuencia. El banco había adquirido unos inmuebles muy bonitos a buen precio y quería remodelar algunos —según informó Carola— con todos los lujos para alquilarlos más tarde. Otros, que eran menos prometedores, los puso a la venta.

—Podría mencionar tu nombre —propuso ella, pero Kacpar rehusó.

Carola fue a la cocina, volvió con otra botella de vino y sirvió; luego se sentó aún más cerca en el sofá y se recostó contra él. Cuando primero le metió la mano por debajo de la camisa y luego en el pantalón, él se levantó de golpe.

—No, deja. No me encuentro muy bien. Hoy he tenido unos horribles dolores de cabeza y las pastillas que he tomado por lo visto no van bien con el vino.

Ella se detuvo y lo miró.

—Ay Dios, ¿te doy un vaso de agua? ¡Estás muy pálido! —Preocupada, se levantó de golpe.

—No, gracias, déjalo —rehusó con brusquedad—. Mejor me voy a casa mientras aún pueda conducir.

Carola pareció decepcionada, pero fue al pasillo y le cogió la chaqueta.

—Llámame cuando estés mejor, ¿vale?

Kacpar asintió y le dio un beso fugaz en la boca. Luego se subió el cuello de la chaqueta y bajó las escaleras.

Él dudo que volviese a llamarla. En realidad, lo mejor sería poner fin a la historia. En el fondo, no anhelaba otra cosa que el gran amor, pero hacía tiempo que lo había encontrado y no creía que apareciera una segunda vez.

Estaba enamorado de Jenny. Hasta los tuétanos y para toda la eternidad. Era su mujer ideal. La inalcanzable. Su gran amor.

En la finca Dranitz había poco movimiento. Aunque aún no eran las diez, las luces del restaurante ya estaban apagadas, así que, una vez más, apenas habían ido comensales. También en la casita de Jenny estaba todo oscuro; solo en el salón de su abuela centelleaba la luz azulada del televisor. Era probable que Walter Iversen estuviese sentado delante de la pequeña pantalla.

Kacpar abrió la puerta de la mansión y se quedó de una pieza cuando le asaltó un desagradable olor a podrido. Cómo no: los arqueólogos habían olvidado cerrar la puerta del sótano. Enfadado, atravesó el vestíbulo y cerró la puerta, pero cuando subió las escaleras a su pequeño piso del ático, cerca de las habitaciones, tuvo la impresión de que el olor venía más bien de allí, y no de abajo. Kacpar suspiró y decidió resolver el asunto a primera hora. Quería terminar de trabajar y relajarse un poco. «Mañana será otro día», pensó.

Una vez arriba, se metió en la ducha y se sentó un momento en el sofá para intentar sosegarse, pero no lo consiguió. Una y otra vez pensaba en Jenny y Ulli, en Carola y en las deudas de Franziska y su nieta, en los misteriosos hallazgos de huesos en el sótano y lo que suponían para la mansión, y en todos esos pensamientos se mezclaban también sus remordimientos de conciencia por mantener esa relación con Carola. Un rato después se levantó, se preparó un café cargado pese a lo tarde que era y se sentó a su lugar de trabajo. Desde allí distinguía las dos caballerizas en la noche iluminada por la luna. Más a la izquierda se veían el tejado rectangular y las dos chimeneas de la restaurada casa del inspector; detrás se alargaban abetos y hayas, enebros como árboles y un joven abedul cuyo tronco y hojas brillaban con un color plateado.

Un profundo desánimo se apoderó de él. Desde hacía casi

cinco años se esforzaba, luchaba por una causa perdida, se alegraba por éxitos parciales que más tarde se le escurrían como arena entre los dedos. ¿Para qué? ¿Quería seguir así toda la vida, ser solo el perdedor, presenciar cómo la suerte que esperaba para sí le tocaba a otro?

Solo un completo idiota lo haría. Así que decidió poner punto final.

Se tumbó en la cama y se durmió enseguida pese al chute de cafeína. Cuando las voces de los arqueólogos en el vestíbulo lo despertaron por la mañana, se sintió descansado, como si se hubiera liberado de una pesada carga. Sí, había tomado una decisión que llevaría de inmediato a la práctica.

Un poco melancólico, en la cocina untó dos tostadas con la exquisita mermelada de fresa de Mine, a la que tendría que renunciar en el futuro. Cuando echó un vistazo por la ventana, vio cómo la puerta de la casa de Jenny se abría y aparecía la pequeña Julia con un vestido de verano verde y un adorable sombrero de paja encima de los rizos pelirrojos; luego su madre salió con vaqueros de pitillo y una camiseta ajustada. Por lo visto iban camino de la guardería, que había vuelto a abrir. «No todo está perdido», pensó.

En efecto, aún era muy temprano y, tras echar un vistazo a la hora, hizo lo que había prometido no hacer nunca más: marcó el número de Carola. El del banco, no el privado.

Carola se alegró de que llamase, ya que por lo visto no contaba con que volviese a hacerlo tan rápido.

—Ah, eres tú. ¿Cómo vas con el dolor de cabeza?

—Mucho mejor. ¿Tienes dos minutos?

Una conversación breve: Carola lo satisfizo y luego ella preguntó si ya se sentía lo bastante bien como para pasarse por su casa esa noche. Kacpar aceptó con poco entusiasmo, aunque sabía que con toda probabilidad no mantendría la cita. Luego colgó.

Con tres direcciones en el bolsillo, bajó las escaleras de buen humor. Vio brillar el sol matinal por las ventanas y supo que sería un día maravilloso. El primero de su nueva vida.

Se topó con Walter Iversen en el vestíbulo, que, como de costumbre, bajaba al sótano para charlar con los arqueólogos. El entusiasmo de Kacpar sufrió un pequeño revés, ya que Walter le caía muy bien.

—¡Hola, Kacpar! —lo saludó Iversen—. Bueno, ¿ya en pie también?

Kacpar se detuvo y murmuró algo de unos proveedores de Waren a los que tenía que visitar con urgencia.

—Lo que haces por la familia Von Dranitz, Kacpar, apenas se puede expresar con palabras. A decir verdad, hace tiempo que también es tu mansión, ¿no?

«Demasiado tarde —pensó—. Por desgracia, tu mujer lo ve de otra forma.» Pero ya no era importante.

—Sí, le he tomado cariño a la casa —reconoció con una sonrisa, y echó un vistazo a la hora—. Tengo que irme. ¡Que te diviertas en la Edad Media!

Kacpar pasó junto a Walter y se apresuró hacia la salida en dirección a su coche. Condujo por Reuterstadt e Ivenach hasta Altentreptow, luego dobló a la izquierda de la carretera, fue a trompicones por viejos caminos y llegó a un pueblito que parecía abandonado. Perplejo, se detuvo en la calle cubierta de mala hierba e intentó ver a través de la maleza y las flores silvestres por la ventana de una casita humilde de ladrillo. ¿Se movía algo detrás de la cortina? ¿O solo eran las flores silvestres que se reflejaban en la ventana? Entonces un rayo de sol iluminó el cristal y alguien abrió la ventana; apareció el rostro de una anciana de pelo cano que miraba desconfiada al forastero.

—Aquí no vive nadie —dijo con voz ronca—. Se han ido todos.

Parecía bastante desaseada. Tenía el pelo revuelto y, por lo que él podía ver, solo le quedaba un único incisivo.

—¿Está sola en el pueblo? —preguntó, acongojado.

La anciana se llevó la mano a la oreja derecha.

—Tiene que hablar más alto, solo oigo de un lado. Aquí ya no queda nadie. Solo la vieja Dörthe y Alma. Pero ahora también están muertas. Los demás se han ido todos...

Qué horror. Estaba completamente senil. Aun así, lo intentó.

—Busco una casa llamada Alto de Wolfgang. ¿La conoce?

En silencio, la mujer señaló con el dedo la salida del pueblo. Estaba en el camino correcto.

—Antes había allí una residencia para tuberculosos. Ya hace tiempo que se fueron también. Tosían el alma y luego morían.

Se rio entre dientes y volvió a indicar en dirección al final del pueblo. Después cerró de golpe la ventana.

¿Una residencia para tuberculosos? Eso no sonaba nada bien. Pero al menos habían encontrado un aprovechamiento para el inmueble y conservado así su antigua esencia. Diez minutos más tarde paró delante de una propiedad que parecía encantada, con entramado de madera que la hiedra y la bisorta casi cubrían por completo. Ni siquiera bajó del coche, solo le echó un largo vistazo, sacudió la cabeza y continuó. Demasiado pequeña. No buscaba una casita de brujas, sino una vistosa finca que pudiese competir con Dranitz. Tenía sus ahorros, podía pagar una parte y financiar el resto. No era Simon Strassner, no disponía de sus medios, pero era mejor arquitecto, sin duda alguna. Hacía cinco años quedó segundo en un concurso de arquitectura, pero renunció a todas las oportunidades para seguir a una tal Jenny Kettler a Mecklemburgo-Pomerania Occidental.

La siguiente dirección se encontraba a pocos kilómetros al

sur, en una zona forestal. Cuando ya temía haberse perdido definitivamente, se abrió un claro ante él y durante un momento quedó tan deslumbrado que estuvo a punto de chocar con un poste corroído. Tuvo que dar un poco marcha atrás para abarcar mejor la propiedad, que estaba sobre una superficie con mucha vegetación. Se quedó embriagado.

El castillo Lambrow, ¡una finca señorial! Al menos lo había sido. Construido en estilo Tudor, adornado con miradores y torres. Gruesos muros llenos de hiedra, ventanas rotas de las que salían jóvenes abedules. La naturaleza también había reconquistado el edificio adyacente, los tejados estaban hundidos, la mala hierba y la maleza crecían en el interior, en los muros había unas gaviotas que miraban hambrientas al visitante. Un lago rodeaba el pequeño castillo por tres partes, los alisos florecían exuberantes, los sauces llorones dejaban caer sus finas ramas en la superficie, por la que se extendía una gran cantidad de lentejas verdes de agua. ¡Qué idílico! ¡Qué ruina!

No era de extrañar que el banco quisiese deshacerse de esa propiedad. Si Carola le hubiese comentado en qué estado se encontraba, podría haberse ahorrado el viaje.

La última dirección lo llevó de nuevo a Reuterstadt y luego al oeste por un paisaje extenso y un poco accidentado. A lo lejos se veía la propiedad con el bonito nombre de Karbow; entre hayas y abetos reconoció una construcción de dos plantas, arcos de medio punto, columnas y una ancha escalera.

Allí estaba. Su futura casa. Así se la había imaginado. Una mansión parecida a Dranitz pero un poco más grande, con las columnas bien conservadas, al igual que los escalones. Incluso seguía habiendo jardineras de obra junto a la escalera. Se bajó, rodeó la casa y miró por las ventanas. El interior no tenía buen aspecto: al parecer, en una habitación se había hundido el tejado, probablemente debido al agua. En la parte trasera había una terraza amurallada; aún quedaban dos esculturas, que antes decoraban el muro; el musgo cubría un Cupido con flecha y arco, y algún vándalo le había roto el brazo derecho a la joven Diana.

Sin duda, allí había habido un extenso jardín, que llevaba mucho tiempo abandonado. Comprobó fascinado que seguía habiendo varios edificios adyacentes, pequeños y grandes: establos y viviendas para los empleados. A primera vista el conjunto parecía muy prometedor; por supuesto, solo tenía que saber con exactitud el tamaño del terreno, el estado de los edificios y el precio que el banco pedía. Entonces negociaría con firmeza, como Simon Strassner. Al fin y al cabo, había sido testigo en su día con bastante frecuencia de esas transacciones.

Se subió al coche, se despidió de su futura casa con una afectuosa mirada y volvió a Dranitz. Esa noche haría una última visita a Carola y le pediría más información sobre la finca Karbow. Era posible que se pudiese comprar bajo mano, porque el banco aún no había puesto la propiedad a la venta de manera oficial. Tendría que ser rápido. Actuar sin vacilar. Quizá financiarla a través del banco y listo...

Vio varios vehículos en el aparcamiento de la mansión Dranitz. Al parecer, había llegado un grupo de arqueólogos forasteros, lo que era bueno, ya que suponía dinero para la caja del restaurante y, si pasaban la noche, también para el hotel. Pero ¿qué más le daba? No se quedaría allí mucho más tiempo: la finca Karbow lo esperaba.

Cuando entró en la casa, comprobó que el olor viciado no había desaparecido. Con un enérgico empujón cerró la puerta del sótano, que volvía a estar abierta; luego se dirigió a las escaleras e iba a subir a su ático con paso apresurado cuando de pronto oyó un sollozo.

¡Sin duda era Jenny! ¡Ay Dios!

Tenía que estar en una de las habitaciones. «Continúa —se ordenó a sí mismo—. Llora por Ulli. No te concierne.» Sin embargo, las piernas lo llevaron al origen del ruido como movidas por unos hilos invisibles. Se detuvo delante de una puerta entornada.

—¿Jenny?

Estaba sentada encima de un bonito sofá Biedermeier. Cuando él entró, se secó deprisa las lágrimas de las mejillas y cogió un pañuelo.

—¿Todo bien?

—¡Claro! —Asintió y se sorbió los mocos—. Todo genial.

—¿Por qué huele tanto a moho por aquí? —preguntó cuando se sentó junto a ella y le llegó ese desagradable olor que ya había percibido la noche anterior.

Lo miró con ojos hinchados, luego se dio la vuelta y empezó a llorar.

Kacpar le cogió una mano.

—Cuéntamelo, Jenny, ¿qué sucede? —quiso saber—. ¿Es por Ulli? Todo el mundo sabe que estáis peleados…

—No, no —lo interrumpió de inmediato—. Es… por los muebles. Huelen a moho, como bien has notado. ¡Los gastos se van a disparar! —Lo miró con ojos llorosos.

—Se puede remediar, Jenny —la consoló—. Hablaré con el holandés, seguro que podemos cambiarlos por otros. —Dudó, y después añadió sin soltarle la mano—: Pero no es realmente por eso, ¿verdad?

Jenny le retiró la mano y se levantó de golpe.

—Tengo que irme —dijo, y se apresuró hacia la puerta—. Simon vendrá enseguida. Quiere ir a pasear con Julia.

—Ah —repuso Kacpar, que también se levantó—. ¿Y qué sucede con la rubia atractiva que es el principal tema de conversación en Dranitz? ¿También viene?

—No creo. —Jenny se limpió la nariz—. ¿No sabías que engaña a Simon?

—Ah —dijo solo Kacpar, puesto que no lo sabía.

—¡Adivina con quién! —exclamó Jenny y lo miró con ojos desorbitados.

Él le notó en la cara que ocultaba una sorpresa. Y poco agradable. Más bien nada.

—No será con... —balbució, desconcertado.

—Con Ulli Schwadke. ¡Exacto!

Después se volvió y echó a correr por el pasillo hacia las escaleras.

Ulli

No se había cubierto de gloria precisamente. Más tarde se avergonzó. Ella había sido la única en interceder por él, lo menos que podría haber hecho era darle las gracias y decirle adiós.

Su abuela se lo había reprochado durante todo el viaje de vuelta: era un terco, lo había heredado de su abuelo, pero así no llegaría lejos en la vida. Sobre todo, con las chicas. Él se enfadó con Mine y le respondió que no tenía que preocuparse de esa relación, que había otras mujeres a las que gustaba. Eso también había estado muy mal, porque entonces Mine se inquietó más que nunca.

Max seguía sin mejorar. Esa mañana, Ulli había podido visitarlo por primera vez. Delgado y débil, estaba tumbado en la camilla de hospital, respiraba tan deprisa como si acabase de correr cien metros en nueve segundos. Apenas podía hablar, pero sonrió cuando dejaron pasar a Ulli. La amable enfermera lo había tranquilizado diciendo que no tenía que preocuparse, que a los médicos aún les quedaban balas en la recámara. Fuera lo que fuese lo que quería decir con eso, la forma de expresarse había gustado poco a Ulli. ¡Sonaba como si ya se preparasen para la última batalla!

Luego volvió a Ludorf para ocuparse de la empresa. Max

también lo habría querido así, estaba seguro. Además, la enfermera prometió llamarlo en caso de que hubiese algún cambio en el estado del anciano.

Por la tarde empezó a llover y tuvo que cerrar el alquiler de botes y patines acuáticos.

Ulli decidió hacer trabajar a su colaborador mientras estaba fuera. Por negocios. Quería resolver con urgencia algo que en realidad había sido idea de Jenny y que quizá sirviera para reconciliarlo con ella. O al menos para dar un primer paso en la dirección correcta. Aun cuando seguía creyendo que eso seguía siendo tarea de ella.

Fue a Dranitz, dejó la mansión a la derecha y tras recorrer unos pocos kilómetros dobló hacia un camino. La lluvia había llenado los baches de agua, de modo que su Passat se ensució por completo. No muy lejos de la orilla del lago había varios edificios; uno de ellos era una construcción baja y extensa, los demás eran más pequeños y con tejados puntiagudos, cuyas tejas rojas brillaban a lo lejos.

La granja ecológica de Bernd Kuhlmann constaba de tres conjuntos separados de edificios, uno de los cuales albergaba la casa con quesería, gallinero y establo para las vacas. Más al oeste había un granero para carros y aperos de labranza que al mismo tiempo servía como caballeriza. Detrás, en el bosque, había otro pajar, en el que Bernd guardaba el heno y varios utensilios.

Ulli no comprendía el complicado sistema organizativo de esa empresa agrícola, aunque no se había preocupado mucho por ello. Parecía que lo que todo el mundo decía era cierto: Bernd Kuhlmann se complicaba mucho más de lo necesario. ¿Quién seguía arando los campos con caballos, cuando por poco dinero habría podido comprar uno de los tractores de la antigua cooperativa? Pero Kuhlmann, el agricultor ecológico, quería trabajar de forma no contaminante, y eso significaba emplear el menor número posible de máquinas de gasolina. Ese Bernd era un bicho raro y, además, el padre de Jenny.

Ulli volvió a tratar de convencerse de que estaba allí solo por negocios. Se bajó, miró un momento su Passat gris oscuro y luego se dirigió a la casa antes de que la lluvia lo empapase. ¡Qué manera de diluviar! Los antiguos árboles se inclinaban bajo las inclemencias del tiempo, el canalón de la casa se había desbordado y del bidón con agua junto a la quesería brotaba una fuente. Ulli llamó y esperó. Ya temía que no hubiese nadie en casa cuando la puerta se abrió de pronto.

—Entra rápido —le pidió Bernd Kuhlmann—. ¡Vas a acabar calado!

Ulli dejó un rastro húmedo en los azulejos grises de la cocina, lo que no pareció molestar a Bernd. Dos gatitos se peleaban en un viejo sofá; cuando lo vieron, se separaron en medio del juego y lo miraron fijamente con sus grandes ojos.

—Siéntate. ¿Necesitas algo seco para cambiarte? ¿No? Pero un café sí que tomarás, ¿verdad?

—Si está caliente y cargado... ¡claro!

Tenía una cocina de carbón antiquísima, pero a su lado había una de gas moderna. Bernd Kuhlmann llenó el hervidor y lo puso sobre la llama. ¡Madre mía, menudo hervidor! Todavía existían esos buenos electrodomésticos de la RDA. Al igual que él, Bernd hizo el café con un filtro de porcelana que puso encima de la cafetera. Antes había pasado el café por un molinillo que estaba colocado en la pared: por supuesto, sin electricidad.

—Hay muchos aparatos eléctricos que son totalmente superfluos —dijo sonriendo cuando volvió con un cajoncito lleno de café molido—. En realidad, ahora moler café no supone un gran esfuerzo. Puede hacerlo hasta un niño.

Ulli tenía que reconocer que el café sabía excelente. No había comparación con la aguachirle tibia que salía de la máquina. Por eso en su pisito de Ludorf también había optado por ese método mientras Max prefería el café de máquina. Max... ¿Cómo estaría? Ulli se deshizo de sus turbios pensamientos. Era agradable estar sentado en esa cocina y beber café con Bernd mientras fuera se estaba acabando el mundo.

Se oía cómo la lluvia batía contra el tejado. La quesería de al lado desapareció en una niebla gris, dos gallinas huyeron en desbandada por el patio hasta la puerta de la casa y Bernd las dejó entrar en la cocina.

—Y si ahora viene una oca del campo, ¿también la dejas pasar? —bromeó Ulli.

—Claro. —Bernd sonrió—. ¡Si somos tres es más agradable!

Se rieron a carcajadas y Ulli volvió a sentirse por primera vez en mucho tiempo realmente bien. Bernd era un gran tipo. Lástima que se viesen tan poco, pero eso iba a cambiar.

—Tengo una idea —dijo, y le tendió a Bernd la taza para que le sirviera más café—. ¿Qué te parecería proveer mi tienda del camping de verdura, huevos y queso?

Bernd lo pensó un momento y luego dijo que le encantaría, pero que le faltaba tiempo.

—Podría ser como mucho los días de mercado, aprovechando que salgo con las cosas. Pero enganchar los caballos expresamente para eso es difícil en época de cosecha.

A Ulli le pareció que, decididamente, Bernd exageraba con su debilidad por el transporte sin emisión de gases. Una furgoneta de segunda mano no era cara y supondría mejores ingresos.

—¿Y si envío tres veces por semana a alguien que compre en tu tienda y luego lo lleve a Ludorf?

—Eso podría funcionar. Pero no soy un supermercado, no siempre tengo de todo. Solo lo que se está cosechando.

—Aquí, en el Este, estamos acostumbrados a eso —replicó Ulli con una sonrisa.

La lluvia cesó. El agua caía ahora del canalón sobrecargado en finos y transparentes hilos, pero entre las nubes grises ya volvía a asomarse el cielo azul. Los gatitos se acercaron curiosos a las gallinas mojadas, aunque guardaron las distancias cuando una ahuecó las plumas con intención beligerante.

—¿Cómo está tu amigo Max? —preguntó Bernd—. He oído que tiene sarampión.

Se lo había dicho Franziska, que se pasaba de vez en cuando con Falko. También había mencionado que Jenny se reprochaba que Julia hubiese podido contagiar a Max.

—¡Menuda tontería! —dijo Ulli, acongojado—. Y, aunque fuese así, Max es adulto, Jenny no es responsable de él.

Bernd opinaba lo mismo. Y ya que tocaban el tema, Ulli preguntó como quien no quiere la cosa si Jenny siempre había sido un poco «sensible».

—¿Sensible? ¿A qué te refieres?

Ulli se anduvo con tiento.

—Bueno, pues fácilmente irritable. Un poco susceptible.

Bernd frunció el ceño y reflexionó. Era de los que pensaban bien antes de decir algo. A Ulli le pareció gracioso.

—Era una niña espabilada y simpática. Tenía mucha labia. Y a veces había que prestar atención, porque se le ocurrían ideas alocadas. Le gustaba sentarse en el alféizar y jugar a los aviones con los brazos extendidos.

—¿Y qué tiene eso de malo?

—Estaba en la tercera planta...

Ulli tragó saliva. ¿Por qué nadie prestaba atención a la niña? Jenny contaba que su madre nunca había tenido tiempo para ella.

—Pasó mucho tiempo en los pisos compartidos —dijo, vacilante—. Uno confía en los demás, ¿no? Y la madre de Jenny estaba muy ocupada consigo misma.

Para su sorpresa, Bernd lo contradijo.

—Más tarde quizá, cuando Jenny fue mayor. Cuando era pequeña, Cornelia se ocupó de ella con mucho cariño.

«Mira por dónde —pensó Ulli—. Me lo había descrito de una forma muy distinta.» Pero no dijo nada, porque no quería dejar en mal lugar a Jenny.

Bernd se animó.

—Era la época en que las estudiantes amamantaban a sus bebés en clase sin ningún disimulo. Camiseta levantada y al pecho. La época de los pantalones acampanados y las camisas teñidas al batik. ¡Y esas alpargatas! Cornelia llevaba sujeta a Jenny en un fular portabebés que había comprado en el mercadillo a una africana. Todo el día mecía, amamantaba y hablaba con su bebé y por la noche dormía con la pequeña. Nadie sabía quién era el padre, nunca lo reveló, pero se ocupó de su bebé, ¡y no veas cómo!

—¿Y luego? ¿También la educó de forma antiautoritaria más tarde? Entonces estaba muy de moda, ¿no?

Bernd se tomó la pregunta muy en serio.

—Entonces estaba en auge —aclaró—. Los sesentayochistas nos rebelamos contra la hipocresía de los adultos. Contra esa sociedad que fingía que el Tercer Reich nunca había existido. Como si todo hubiese sido solo un error y se pudiese seguir sencillamente como hasta el momento. Entonces seguían pegando en las escuelas como en los tiempos del emperador. Las palizas y la violencia generan súbditos. Nuestros hijos debían criarse libres y por cuenta propia, debían sentirse arropados por todos los del piso...

—¿Y bien? —quiso saber Ulli—. ¿Funcionó con Jenny?

Bernd sonrió con ironía y sacudió la cabeza.

—No como nos lo habíamos imaginado en la teoría. Seguro que fue culpa nuestra: éramos malos educadores. Impacientes. Inconstantes. Poco consecuentes. Además, Cornelia insistía en que debía decidir ella sola sobre la educación de

Jenny. Pero como luego pasaba mucho tiempo fuera, la pequeña se quedaba a menudo a cargo de los demás compañeros de piso.

—¿Y por qué su madre estaba tanto tiempo fuera? —quiso saber Ulli.

Bernd suspiró y miró el sol, que entretanto había vuelto a imponerse. Se levantó para dejar que las dos gallinas saliesen al patio y luego se sentó de nuevo junto a Ulli a la mesa de la cocina.

—Eran los años setenta, Cornelia estaba comprometida con el movimiento feminista. Estaba metida de lleno y ocupaba un puesto importante. Jenny ya iba a la escuela, hacía sus deberes a la mesa de la cocina con nosotros y luego salía con los demás niños que jugaban en el patio. Cornelia intentó un tiempo que su hija se apasionase por los derechos de las mujeres y la llevó a los encuentros, pero Jenny no quería saber nada, era demasiado joven...

Bien mirado, a Ulli le pareció que la infancia de Jenny no había sido tan horrible como ella la había descrito. No la habían pegado ni desatendido, y su madre se había preocupado mucho por ella. Pero quizá solo quería una familia «tradicional».

—¿Cornelia y tú nunca pensasteis en casaros?

—Sí —reconoció Bernd, y se echó el resto del café, que ya se había enfriado—. Incluso se lo pregunté dos veces. Pero pensaba que el matrimonio era pequeñoburgués. Por entonces yo ya estaba hasta las narices del piso compartido. Quería ganar dinero de una vez y tener mi propia casa. Cornelia no lo podía comprender. Así que nuestros caminos se separaron. No sabía que era el padre de Jenny y, aunque a veces lo presentía, no había nada que confirmase mi suposición.

Claro, a Jenny le había faltado un padre. Por eso había caído en la trampa de ese vejestorio, Simon Strassner. Menudo chiflado, siempre con sus nuevas novias. Esa rubia era especialmente mala. Se había torcido el pie por el tacón, perdió el equilibrio y cayó en sus brazos. Menudo truco tonto. Bueno, Simon no se alegraría mucho si ella se descarriaba. Sin embargo, era probable que estuviese más interesada en sus negocios que por él. El tipo había envejecido bastante en los últimos tres años y tan solo iba de cita en cita. No obstante, la compasión estaba fuera de lugar. Según las habladurías del camping, Simon Strassner acaparaba medio Stralsund y todo Rostock. Y visitaba a Jenny con regularidad para ir a pasear con su hija.

—Bueno —suspiró Bernd, que le puso la mano en el hombro a Ulli—. No tengo más remedio que seguir trabajando. Tengo que ver lo que ha quedado de las lechugas después del chaparrón. Los tomates están protegidos con plástico, pero las coles habrán recibido lo suyo.

Ulli comprendió que su visita había acabado: Bernd tenía trabajo. Él, por cierto, también. Le quedó claro que había ido sobre todo para saber más sobre Jenny.

—Hasta pronto —se despidió y se dirigió a su coche.

Bernd asintió.

—Nos vemos. En el cumpleaños de Walter, ¿no?

—¡Sí, claro!

Otro fastidio. El anciano le caía muy bien a Ulli, no quería declinar la invitación de ningún modo. Por otro lado, le resultaba incómodo aparecer por allí, porque Jenny estaría y todos sabían que en ese momento su relación atravesaba una crisis.

Estaba abriendo la puerta del conductor cuando de pronto un Opel Corsa gris entró en el patio y se detuvo junto a su sucio Passat.

Un hombre flaco y pálido se bajó y se dirigió hacia Bernd, que lo miró horrorizado, luego dio un paso y profirió con voz crispada:

—¿Qué hace aquí? Pensaba que habíamos dejado claro que yo...

—No se altere —le dijo el hombre flaco a Bernd—. Solo cumplo con mi deber, ya lo sabe, señor Kuhlmann.

A Bernd se le hincharon las venas del cuello y se le enrojecieron las mejillas por los nervios.

—¡Atenta contra la ley, señor Budde! ¡No tiene derecho a embargar mi ganado porque lo necesito para mi empresa!

Ulli lo comprendió. Ese «señor Budde» era agente judicial y venía a ejecutar un embargo. Maldita sea. Por otra parte, se veía venir. La granja estaba en números rojos. Eso podría cambiar si Bernd no trabajase de forma tan poco rentable.

—Se equivoca, señor Kuhlmann —lo contradijo Budde, que se limpió una mancha oscura del pantalón, probablemente agua que le había salpicado—. No debo llevarme el ganado que es necesario para el sustento del deudor y su familia. Aquí hay nueve vacas y cinco terneros: es más de lo que usted necesita.

—Se trata de mi empresa —se alteró Bernd—. Necesito los animales...

—Le dejamos los caballos. Y tampoco queremos las vacas. ¡Solo nos llevamos los terneros!

—No tiene derecho. —Bernd cruzó con obstinación los brazos.

—¡Entonces pague sus facturas, señor Kuhlmann!

A Ulli le resultó violento escuchar esa conversación. Le habría gustado ayudar a Bernd, pero si también le prestaba dinero apenas le quedarían ahorros después de su generosa aportación a Jenny.

Dejó vagar la vista por el patio y descubrió junto al cercado del establo un vehículo para transporte de ganado. Dos jóvenes estaban al lado de la verja y examinaban el rebaño, que pastaba sin inmutarse. Había llevado a personal especializado. Era necesario: el enjuto agente ni siquiera habría podido meter un pacífico cabrito en el vehículo.

Ulli vio que Budde hacía señas a sus ayudantes, quienes a continuación, armados con una soga, abrieron la verja. Bernd Kuhlmann caminó cargado con sus botas de goma en dirección al prado, decidido a luchar por sus terneros.

«Esto solo puede salir mal —pensó Ulli—. No tiene posibilidades.»

—¡Bernd! —exclamó—. ¡No hagas tonterías!

Pero el agricultor no respondió. Mientras tanto, los dos hombres habían puesto una soga al cuello del becerro negro y se esforzaban por tirar del animal, que se resistía, hacia la verja. El torito tenía pocas ganas de dejarse llevar y clavaba los cascos delanteros en el campo mojado, por lo que el nudo se deslizó tanto hacia delante que estuvo a punto de estrangularse.

—¡Suelten a Black Jack! —vociferó Bernd, furioso. Ulli corrió hacia él y lo cogió del brazo para que no hiciese ninguna tontería, pero se soltó. En ese momento, Brunhilde decidió ayudar a su ternero y galopó hacia los vaqueros de pacotilla. El resto del rebaño la siguió. Los chavales saltaron la valla y se escondieron por precaución detrás del vehículo.

«Ataque rechazado —pensó Ulli—. Quizá se rindan.»

Pero el agente judicial no quería irse como un perdedor. Furioso, se apresuró hacia el prado y reprendió a sus ayudantes, que volvieron a intentar sacar al toro, aunque con mucho cuidado: uno de ellos cogió la soga y se refugió de nuevo detrás de la valla.

Tiraron, el ternero luchó, se cayó y empezó a respirar con dificultad, mientras Brunhilde corría desesperada de un lado a otro para rechazar al enemigo, que estaba seguro detrás de una valla de madera maciza.

—¡Vais a matar a Black Jack! —vociferó Bernd, horrorizado—. Parad. ¡Esto es maltrato animal!

Ulli opinaba lo mismo, le habría gustado propinar un buen puntapié a Budde y sus esbirros, pero al fin y al cabo trabajaban para el brazo de la ley.

De pronto un perro empezó a ladrar, y una mata de pelo negra y amarilla corrió por el prado, reunió el rebaño de vacas y rodeó al ternero negro, que yacía en el suelo casi inmóvil. ¿Falko? Claro, era Falko. Cuando reconoció a Ulli, dio entusiasmado un salto por encima de la valla y luego hacia él.

—¡Falko! ¡Haragán! Pero ¿qué haces aquí?

Acarició al perro y solo entonces se dio cuenta de que Falko no estaba solo.

—¿Qué hacen? ¡Van a matar al animal! ¡Paren de inmediato! —ordenó Franziska con su tono de terrateniente. El vehículo la había ocultado, por eso no habían llegado a verla. Se detuvo junto a los hombres e intentó arrebatarles la soga—. ¿No han oído? ¡Suelten al animal!

Falko, que se dio cuenta de lo excitada que estaba su querida ama, se lanzó con feroces ladridos sobre los hombres, que soltaron espantados la cuerda.

—¡Retenga al perro! —vociferó Budde. Franziska silbó un momento. Falko obedeció y volvió gruñendo junto a su dueña—. Eso ha sido una agresión —declaró el agente judicial—. No me esperaba esto de usted, señora Iversen.

—Y yo jamás habría esperado que usted azuzase a su gente contra un ternero indefenso. Han estado a punto de matarlo. A ustedes quizá no les importen los animales, pero esta negligencia supone al menos un delito de daños materiales, ¿no es cierto, Bernd? —Se volvió hacia Kuhlmann, que respiraba con dificultad junto a ellos y miraba a Black Jack, el cual, gracias a Dios, como la soga ya no le cortaba la entrada de aire, se había recuperado y volvió renqueante con Brunhilde.

Tras un momento, Bernd se dominó y le dijo con voz firme y tranquila al agente judicial:

—Señor Budde, es mejor que se vaya. El asunto tendrá consecuencias. Que no pueda pagar un par de facturas no le da el derecho de maltratar a mis animales. —Por lo visto, había recuperado su faceta de abogado.

—¡Nos volveremos a ver! —gruñó Budde, y anunció a sus hombres que se marchaban.

Cuando se fueron, Bernd se volvió hacia Franziska y le pidió que escribiera un informe. También necesitaba a Ulli como testigo, puesto que planeaba presentar una denuncia. Llevaría el incidente ante los tribunales.

Cuando se tranquilizaron un poco y miraron las vacas, que volvían a pastar plácidamente, Franziska se dio la vuelta hacia Ulli.

—Uno de tus muchachos, Tom, me ha llamado. La clínica ha intentado contactar contigo y, como Tom no sabía dónde estabas, ha facilitado todos los números que estaban en la pared del despacho… y ha dado conmigo.

Ulli palideció.

—¿Se… acaso se ha…?

—No —lo apaciguó Franziska—. Al contrario. Está bien, vuelve a respirar solo y ya ha superado los momentos más críticos. Podrás llevártelo dentro de unos días, porque está armando un jaleo terrible diciendo que quiere volver a casa. Pero tiene que cuidarse y, además, no debería salir a la calle. Es peligroso por la posibilidad de contagio que sigue habiendo unos días después de que desaparezcan los síntomas.

—Gracias a Dios. —Ulli exhaló, luego sus pensamientos se dirigieron sin querer hacia Jenny—. Bueno, alguien estará aliviada…

Audacia

Iban a llegar. Si Dios no obraba un milagro, los eslavos destruirían el convento y a todos sus habitantes. La abadesa había oído los relatos de las ancianas que habían sobrevivido hacía veinte años a los ataques de estos guerreros. Esos hombres eran bestias que no creían en Dios nuestro Señor ni en Jesucristo, su hijo. Prendían fuego a los conventos, destrozaban los altares de las iglesias, robaban los objetos de plata de la Eucaristía y muchos obtenían un placer especial al ejercer la violencia contra una religiosa. En aquella época encontraban a las desdichadas monjas desnudas y deshonradas, ensangrentadas, entre los cascotes de los edificios del convento; pocas salieron con vida de aquello.

Sin embargo, mientras ella fuera la abadesa del convento de Waldsee sus religiosas no iban a rendirse ante los paganos sin oponer resistencia. Antes morir que seguir viviendo en la vergüenza y la miseria.

Ya no les quedaba mucho tiempo. Si había interpretado bien las señales, se había producido un asalto en el bosque y el pobre hermano Gerwig y sus acompañantes tenían pocas esperanzas de seguir vivos. Probablemente los eslavos habían tendido una emboscada a los jinetes desprevenidos, los habían arrojado de sus caballos y los habían molido a palos.

Regresó al refectorio para intentar aclarar las ideas. Tras el almuerzo, las monjas habían vuelto a su trabajo habitual; solo la priora se encontraba junto a la ventana, con el cordel del rosario entre las manos arrugadas.

—Todas hemos sido escogidas para ser mártires de la fe —le dijo a la abadesa—. No lo siento por mí, soy vieja y he tenido mi tiempo. Pero me dan lástima las mujeres jóvenes. Sobre todo, las chicas que nos fueron confiadas.

—Convócalas a todas aquí, en el refectorio —ordenó la abadesa, sin entrar en los lamentos de Clara—. Es hora de pasar a la acción.

La abadesa vio con claridad en la mirada de la priora cuál era su opinión, pero obedeció en silencio. El espacio se llenó de las mujeres que acudieron con gruesos delantales de trabajo desde los establos y jardines, de los talleres y las alacenas. Juntas sumaban cuarenta hermanas. Las más jóvenes charlaban en voz baja, mientras las mayores especulaban sobre el motivo de aquella orden tan poco común, guardaban silencio, temerosas, y caminaban con la cabeza gacha. Dos de las que habían sobrevivido al ataque hacía años soltaban risas dementes y gritaban que se acercaba el fin del mundo. La abadesa tuvo que imponer el silencio con vehemencia para poder anunciar sus instrucciones.

—Los paganos están muy cerca del convento, mis queridas hermanas. En cualquier momento podrían atacarnos. Sin embargo, nos queda el consuelo de que Dios nuestro Señor está del lado de los cristianos, él nos asistirá.

Se oyeron cuchicheos entre las mujeres. Muchas observaban incrédulas, pero la mayoría habían caído presas del pánico.

—Nos matarán a todas —murmuró una monja con voz temblorosa.

—Pero no de buenas a primeras —chilló una de las viejas locas—. ¡Primero se ensañarán con vosotras!

La abadesa ordenó que la hicieran callar.

—No os he convocado para dejarnos llevar por la desesperación, sino para daros ánimos —aclaró en tono firme—. Defenderemos el convento con ayuda de Dios. Todas tenemos una tarea que cumplir en esto. ¡Escuchadme!

—¿Cómo vamos a oponer resistencia a esas hordas de salvajes nosotras, mujeres débiles? —exclamó la bordadora Agnes—. Tienen espadas y hachas, flechas y arcos. Se encaraman a las paredes y luego, ¡que Dios se apiade de nosotras!

La abadesa no estaba dispuesta a permitir ese tipo de intervenciones. En cambio, les comunicó sus medidas.

—Dos mujeres con buena vista permanecerán de guardia en el campanario y avisarán a las demás si alguien se acerca al convento. Gutrune y Bernhardia, vosotras haréis la primera guardia, luego os relevarán.

Las monjas estaban acostumbradas a una obediencia absoluta, así que las nombradas cruzaron corriendo el patio hasta la iglesia.

La abadesa continuó:

—Las puertas se cerrarán con cerrojo. Si los enemigos intentan trepar por las paredes, las mujeres que tengan fuerza suficiente ahuyentarán a los adversarios con piedras. Otras encenderán hogueras para preparar agua y aceite hirviendo. Voy a repartir las tareas, escuchad con atención para que todas sepáis lo que tenéis que hacer...

Tal vez todo fuera en vano, pero así por lo menos no pasarían sus últimas horas aterrorizadas, sino activas. La abadesa también adjudicó tareas a las ancianas y a las más jóvenes, que debían rezar en la iglesia para pedir ayuda a Dios y mantener las oraciones por todas las demás, pues ninguna monja podía descuidar la labor que le había encomendado la abadesa.

—Por último, necesito a cuatro mujeres que salgan a escondidas por la puerta trasera del convento e intenten por varias vías llegar al castillo de Schwerin para pedir a los condes que acudan en auxilio del convento con sus caballeros.

Era el cometido más peligroso, porque las monjas se sumergirían en la oscuridad de la noche, y en el bosque no solo esperaban los guerreros eslavos, sino también espíritus del averno y animales salvajes. No obstante, aparte de la confianza en la omnipotencia protectora de Dios, era la única esperanza real que le quedaba al convento. La abadesa escogió a las mujeres con cuidado. Kundula, voluminosa y callada, la ágil Tessania, Eufrasia, baja y vigorosa, y...

—¡Yo también voy! —Se oyó una voz dulce y aguda en el fondo del refectorio.

La abadesa se llevó un buen susto.

—No, Regula. Tú no. Estás demasiado débil para aguantar las fatigas del camino.

¿No estaba enferma y aturdida poco antes? Caminó erguida y a paso ligero entre las demás mujeres y se lanzó a los pies de la abadesa.

—Os ruego por Cristo que me concedáis esa gracia, venerable madre. Pensad que en el castillo me conocen. Me dejarán entrar y mi padre me escuchará.

La abadesa titubeó. Era más que dudoso que Regula llegase hasta Schwerin. Por otra parte, ¿qué destino le esperaba a la chica si se quedaba en el convento?

—Ve con Dios —dijo en voz baja, y se inclinó hacia delante para ayudarla a incorporarse. Cuando Regula se plantó delante de ella, el velo de la novicia se le cayó de la cabeza y el precioso cabello sedoso, que no cortarían hasta que no entrara definitivamente en la orden, le cayó sobre los hombros. La abadesa abrazó a la novicia y la besó en la frente—. Ve con Dios. Que él pose sobre ti su mano protectora y te haga llegar hasta Schwerin sana y salva.

—La mano protectora de Dios y vuestro amor, venerable

madre —susurró Regula con los ojos cerrados—. Seguro que ambos me acompañarán.

La abadesa bendijo a cada una de las cuatro mujeres, pero cuando atravesaron el patio hasta la puerta secreta situada junto a la iglesia tenía los ojos clavados solo en Regula, que caminaba a paso ligero junto a las demás. Su corazón latía solo por aquella chica, no había nada que ansiara más en este mundo que volver a tenerla cerca, notar la mirada constante de sus ojos y oír su voz, bonita y clara.

«Es pecado —pensó—. Un artificio diabólico. Una pasión prohibida. Tal vez soy yo, pecadora, la causa de todo lo que Dios nuestro Señor ha impuesto a nuestro convento.» No le quedó tiempo para seguir reflexionando sobre el asunto, pues una de las mujeres jóvenes cruzó corriendo el patio hasta el refectorio.

—¡Ahí está! —tartamudeó—. Está en la entrada. Con lanzas y flechas. Que Dios se apiade de nosotras, venerable madre.

—¿Están en la entrada?

—Solo uno —le comunicó la monja, exaltada—. Pero va con un macho cabrío que tira de un carro.

La abadesa se dirigió a la puerta, abrió el tragaluz y vio al eslavo Bogdan.

—Dejad pasar a Bogdan, señora —balbuceó—. Abrid la puerta. Hay enemigos por todas partes. Traigo buenas armas.

En efecto, en el carro había varios arcos grandes y aljabas llenas de flechas. También escudos de madera y tres cascos de piel dura debajo. ¿Era una emboscada? ¿Acaso Bogdan quería conseguir que abriera la puerta para luego atraer con una señal a sus hermanos eslavos y que conquistaran el convento sin problemas?

—¿De dónde has sacado esas armas?

El hombre hizo un movimiento impaciente y miró por encima del hombro hacia el bosque.

—Las he robado para el convento. Tengo que proteger a mi pequeña señora.

Hablaba de Regula, a la que adoraba como si fuera una santa. La abadesa aún no estaba convencida. Era peligroso abrir la puerta, cuando la gran viga que bloqueaba la puerta no estuviera, costaría mucho volver a colocarla en su sitio.

—¿Quieres proteger a Regula? ¿Sabes manejar la fecha y el arco?

En ese momento algo se deslizó por el aire sin hacer ruido y se clavó en la madera de la puerta del convento. Una flecha.

—Abrid, de lo contrario Bogdan muerto y todas las armas de nuevo al enemigo.

—¡Rápido! —gritó la abadesa, y le echó una mano.

La viga pesaba, entre los tres les costó mucho retirarla del soporte. Las hojas de la puerta crujieron al abrirse un poco, lo justo para que Bogdan se colara con el macho cabrío y el carro. En cuanto estuvo dentro, el eslavo las ayudó a volver a cerrarla lo antes posible.

—¡Bogdan os enseña! —exclamó, y levantó uno de los arcos del carro—. No es difícil. Aquí la flecha. Tensar el arco, con firmeza, con mucha fuerza. Luego soltar. Otra mujer debe sujetar el escudo delante o te matarán las flechas de los eslavos.

Nunca había dado un discurso tan largo, pero explicó a las monjas con empeño cómo tenían que manejar el arco, les enseñó a colocar la flecha, a poner la mira en el objetivo, tensar la madera…

Las monjas lo miraban anonadadas, pero cuando quiso ponerle el arco en la mano a una de las mujeres, ella retrocedió, temerosa. Reunir piedras para usarlas de proyectiles era trabajo de mujeres, pero disparar con un arco… eso no era propio de una mujer, y mucho menos de una monja.

—¡Dámelo!

La abadesa agarró el instrumento de lucha, colocó la flecha

y se esforzó por tensar el arco. Era increíblemente difícil, ahora entendía por qué los donceles y también los caballeros practicaban a diario.

—Coge el otro brazo —le aconsejó Bogdan—. Y no apunte a las monjas, mejor al tejado del granero.

De todos modos, la flecha alcanzó al tejado de paja del granero y se quedó ahí clavada. Audacia repartió los arcos entre sus mujeres, que aceptaron las armas con manos prudentes.

—Disparar flecha cuando un hombre suba por la pared —explicó Bogdan—. Pero cuidado, ellos también disparan flechas.

Se oyó un grito agudo desde el campanario.

—¡Ya vienen! Desde un lateral, por el criadero de carpas. ¡Tres ya están en las murallas!

Bogdan avanzó corriendo con los arcos y las aljabas; la abadesa y algunas mujeres lo siguieron. La batalla se prolongó hasta la tarde del día siguiente y se cobró numerosas víctimas. Más tarde figuraría en la crónica del convento. Igual que otros sucesos que aún están por explicar.

Al principio fue un éxito. Dispararon varias flechas contra las tres figuras que habían trepado las paredes del convento, pero en el otro lado bajaron mal por la pared porque ahí el criadero de carpas limitaba con las paredes. No quedó claro quién disparó la flecha mortal, pero la abadesa suponía que en los tres casos había sido Bogdan que, pese a tener los huesos encorvados, resultó ser un buen arquero.

—¡Han caído en el estanque! —exclamó una de las monjas—. Tenemos que sacarlos de ahí o nos echarán a perder las carpas.

—¡Luego! —ordenó la abadesa.

Fue una lucha desigual, solo la pared gruesa que doblaba la altura de los hombres protegía a las monjas del fracaso inmediato. En el bosque resonaban de nuevo los gritos de guerra de los atacantes eslavos, que habían imaginado más fácil la toma del convento y ahora se abalanzaban sobre las paredes con el doble de furia. Sin embargo, las mujeres aprendieron a usar las armas más rápido de lo que creían y las jóvenes novicias se afanaban en recoger las flechas del enemigo que aterrizaban en el convento y llevárselas a las arqueras.

Como los eslavos querían amedrentarlas con sus espeluznantes bramidos, la abadesa ordenó a las ancianas que hicieran sonar sin pausa las dos campanas del convento. Siempre que aparecía la cabeza o el brazo de un eslavo por la pared del convento era recibido con piedras y flechas y, si aun así conseguían superar las paredes, las mujeres se abalanzaban sobre él con lanzas y ollas llenas de agua hirviendo.

Cuando cayó la tarde y por fin remitieron los furibundos ataques, el patio del convento estaba repleto de cadáveres entre los que gemían los heridos. La mayoría eran guerreros eslavos, pero entre los fallecidos también había trece monjas, víctimas de las flechas del enemigo. La abadesa ordenó arrojar por encima del muro a los hombres muertos y llevar a los guerreros heridos al sanatorio. A las mujeres que habían salido malheridas las trasladaron al dormitorio, donde las atendieron las monjas con conocimientos de hierbas medicinales.

—¿Atacarán de nuevo el convento al amparo de la oscuridad? —preguntó la abadesa cuando se hizo de noche.

Bogdan, el eslavo, había sido su guía durante la batalla, les había enseñado a usar las armas, las había animado y enfervorizado, además de enviar al infierno a no pocos paisanos. La abadesa no sabía por qué lo había hecho, pero había entendido que Bogdan guardaba en su interior una profunda ira hacia ellos. Nunca les había explicado quién le había roto las extremidades de forma tan brutal en su día, pero la abadesa suponía que era la forma de impartir justicia de los paganos. Era un condenado, pero jamás averiguarían qué delito había cometido.

—De noche, no luchar. Vienen por la mañana, pronto, cuando brilla la primera luz en el cielo. Ahora duermen, pero montan guardia. ¡La primera luz es la primera batalla!

La abadesa le dio las gracias y le ofreció comida que las mujeres habían preparado a toda prisa. Bogdan comió solo unas cuantas cucharadas de puré de cebada y lo acompañó con agua. Luego quiso saber dónde estaba la señora menuda.

—Está de camino al castillo de Schwerin.

Se quedó callado. Estuvo un rato sentado en el suelo del refectorio, con el cuenco de puré entre las rodillas, la mirada fija en las monjas que ingerían la comida, mientras una de ellas recitaba salmos en voz baja y cantarina. De pronto se puso en pie, salió del refectorio y desapareció en la oscuridad del patio del convento de noche.

—Quiere dormir en el granero, bajo el heno —supuso una de las monjas.

La abadesa calló para no desanimar a las mujeres, pero sabía que Bogdan había salido del convento por la puerta secreta para ir a buscar a Regula y protegerla. Ahora las monjas estaban solas y dependían de sí mismas y de la misericordia de Dios.

La noche pasó antes de lo esperado. Las mujeres estaban exhaustas, pero les costó conciliar el sueño. Lo sucedido aquella tarde era demasiado cruel para su existencia, hasta entonces tan pacífica y reglada. Algunas también pensaban que al día siguiente se reunirían con sus hermanas en la muerte, y preferían pasar sus últimas horas orando que durmiendo. Las que estaban heridas lidiaban con su dolor, y sus cuidadoras procuraban ayudarlas. Otras, sobre todo las chicas jóvenes con buena vista, se turnaban en el campanario y escudriñaban la oscuridad por si veían una antorcha ardiendo que delatara un ataque nocturno. Sin embargo, lo único que distinguían era un brillo rojizo sobre el bosque, a lo lejos. Ahí estaba el campamento enemigo.

A la hora acostumbrada, la priora llamó a las mujeres a la vigilia y llevaron a las monjas heridas y las moribundas a la iglesia para que escucharan una vez más la alabanza a Dios y los salmos. Luego, la abadesa dio orden de que se fueran a dormir, salvo las vigías del campanario.

Cuando apenas había aparecido la primera luz azulada de la mañana por encima del bosque, la novicia que estaba en la torre tocó la alarma.

—¡Ya vienen!

Sin embargo, como no apareció ningún guerrero en la muralla del convento, la abadesa corrió a la iglesia para subir también al campanario.

—¿Qué hacen?

Solo eran unos cuantos guerreros que caminaban agachados de un lado a otro por delante de la puerta. Algunos se protegían con los escudos de madera, aunque otros, más valientes, confiaban en que las monjas no les hicieran nada.

—Se están llevando a sus muertos —afirmó la abadesa—. Es muy decente por su parte, teniendo en cuenta que son paganos.

—¿Y qué son esos fardos tan raros que llevan? —quiso saber la novicia.

A la abadesa le escocían los ojos por el esfuerzo de penetrar la débil luz del amanecer. No obstante, no era esa la causa de las lágrimas que ahora le rodaban por las mejillas. Era su corazón, acongojado por la preocupación y el dolor.

—Son nuestras hermanas, las que se pusieron en marcha para pedir auxilio al castillo de Schwerin.

Por el tragaluz de la portería vieron los cuerpos sin vida delante de la puerta. Las extremidades y las cabezas, con los hábitos arrancados, las piernas desnudas, manchadas de sangre. La imagen era tan terrible que la abadesa olvidó toda prudencia y ordenó abrir la puerta para llevar a las fallecidas dentro del convento. Los enemigos fueron misericordiosos y no aprovecharon la ocasión para atacar, tal vez porque estaban seguros de tomar el convento ese mismo día.

Dejaron los cuerpos deshonrados en la iglesia, frente al altar, donde ya habían velado a las demás mártires, los cubrieron con paños y la abadesa pronunció la oración por las difuntas. Kundula, Tessania y Eufrasia habían cumplido la orden de la abadesa con lealtad, pero Dios había decidido que les llegara la muerte a manos de los paganos. Era difícil de entender, pero los designios de Dios eran inescrutables, ningún ser terrenal tenía derecho a interpretarlos ni a dudar de ellos.

La abadesa sintió un gran alivio al comprobar que Regula no estaba entre las muertas. Tal vez Dios nuestro Señor seguía tendiendo su mano protectora a la chica, o quizá Bogdan la había encontrado y la había guiado hasta Schwerin por un camino secreto. Sin embargo, era mucho más probable que la hubiera matado un animal salvaje. O que se hubiera desplomado por el camino de debilidad y esperara con impotencia su final en la maleza del bosque.

¡Ojalá pudiera estar a su lado para morir con ella! Sin embargo, la abadesa creía que iba a encontrar su muerte allí, en el convento, ese mismo día, y que sería cruel e infame, pero ¿por qué iba a correr mejor suerte que las pobres mujeres que habían seguido sus órdenes para arrojarse en brazos de la muerte?

—¿No es más inteligente abrir la puerta y entregarnos, en vez de seguir luchando? —preguntó una de las monjas—. De todos modos, vamos a morir, pero por lo menos no cargaremos con ninguna culpa en nuestras almas.

Recibió la aprobación de algunas mujeres, pero la abadesa le hizo un gesto airado.

—Mirad lo que les han hecho a nuestras hermanas —dijo, al tiempo que señalaba a las difuntas—. ¿Queréis aceptarlo en silencio y entregaros como obsequio?

—¡Dios nuestro Señor los juzgará! —repuso la priora, que saltaba a la vista que daba por concluida su existencia terrenal—. Es asunto suyo, no nuestro, venerable madre.

También surgió la propuesta de llevar el heno y la paja a la iglesia y prenderle fuego para morir todas engullidas por las llamas. La mayoría la rechazaron porque era pecado provocar la propia muerte. Además, el fuego les daba aún más miedo que los eslavos.

—¡Ya basta! —gritó la abadesa—. El día ha despuntado, que cada una vaya al sitio que le he indicado. Dios está con nosotras, pase lo que pase, ¡vivimos y morimos en nombre de nuestro Señor!

La oración de despedida fue breve, ya que en ese momento se oyó un chillido penetrante desde el campanario.

—¡Que vienen! Son muchos, salen de todas partes, y tienen...

La novicia enmudeció cuando una flecha entró por el tragaluz de la torre y le perforó el pecho. Cayó hacia atrás entre las vigas y las monjas oyeron el impacto sordo del cuerpo contra el suelo de piedra del campanario. Pasado un instante, varios hombres escalaron la pared en el huerto de manzanos y bajaron de un salto al jardín del convento, donde fueron recibidos con flechas. Dos cayeron al suelo, pero los demás iban blindados con piel gruesa, en la que rebotaban todas las flechas.

Los sanguinarios corrieron hacia las arqueras, mientras otros guerreros subían por las paredes. Una salva de flechas ardiendo prendió fuego al tejado del granero, las llamas rojas se alzaron, tiñeron el cielo antes de la aurora con un brillo sangriento y saltaron con codicia a los tejados de los talleres y del sanatorio.

Las arqueras cayeron víctimas de las espadas de los atacantes, otras huyeron e intentaron buscar amparo en la iglesia, pero las detuvieron otros eslavos que habían trepado por la puerta. Los gritos de guerra de los paganos resonaban en los oídos de la abadesa. Se abrió camino en el patio, evitó a un guerrero que quería agarrarla del hábito y entró corriendo en el campanario. Subió a toda prisa la estrecha escalera hasta las vigas, agarró la cuerda de las campanas y tiró de ella. Si el convento se hundía, que fuera con el sonido de sus campanas, que se impusiera a los aullidos victoriosos de los paganos.

Sin embargo, antes de hacer sonar las dos grandes campanas percibió un sonido lejano. Un cuerno sonó con fuerza e insistencia en el nítido aire matutino. Allí donde el sol separaba las nubes con su intensa luz, revoloteaban pájaros asustados en las ramas de las hayas. Los caballeros se acercaban al convento.

Cornelia

La víspera del cumpleaños de Walter, Cornelia se presentó en la mansión. Llegó tarde a Dranitz y se dirigió a las dos caballerizas. Aún no las había visto por dentro; la última vez que estuvo de visita en Dranitz su madre y Walter aún vivían en la mansión. En la caballeriza de la derecha aún había luz. Cornelia llamó al timbre y poco después Franziska, que ya iba en camisón y bata, la saludó con cariño.

—¡Madre mía, niña! ¡Pero si es casi medianoche! Ya me estaba preocupando por si te había pasado algo.

Era curioso que, después de tantos años, su madre siguiera soltando las mismas frases. ¿Qué iba a pasarle? De camino había ido a visitar a un cliente en Halberstadt y había almorzado con él para comentar varios puntos sobre el plan de personal de su empresa. Por otra parte, era agradable que alguien volviera a llamarla «niña». Y eso que por aquel entonces odiaba que la llamaran así. En aquella época, hacía mucho, mucho tiempo...

—¿Es que en el campo os vais a la cama como las gallinas? —preguntó al entrar en el salón—. ¿No dijiste que en la mansión había un restaurante?

—Pero a las diez se acabó lo que se daba —aclaró Franziska—. Tenemos un restaurante de gran calidad, ¡no un bar!

Cornelia saludó a Walter. Teniendo en cuenta que al día siguiente iba a cumplir ochenta años, mostraba un vigor sorprendente, aunque tuviera pocas ganas de levantarse de la cómoda butaca. Falko salió de debajo de la mesa, la olisqueó con desconfianza y luego pareció dispuesto a incluirla en su rebaño; Franziska fue a la cocina a preparar algo de picar y Walter abrió su vino tinto preferido. Mientras tanto, Cornelia observaba el salón y vio algo que le resultó familiar: el viejo sofá. Y el piano. Y, por supuesto, ahí estaba también la fotografía de la mansión. Incluso con un marco nuevo. Sus padres siempre la tenían encima cuando comían en el salón de su casa de Königstein. Sí, la vieja mansión de Dranitz había sido una presencia constante, y ella no tenía nada en contra. A pesar de que de joven le ponía de los nervios ese discurso repetitivo sobre la época dorada y la propiedad perdida. Bajo la tenue luz del patio costaba ver el aspecto actual de la casa, pero parecía que las obras y la rehabilitación iban por buen camino.

Los bocadillos estaban riquísimos. Pan de pueblo, hecho con masa madre de verdad y harina de centeno. ¡Y el embutido! En realidad, no le gustaba el paté de hígado, pero ese llevaba las especias perfectas y sabía muy bien. Engulló todos los bocadillos y solo dejó tres rodajitas de pepinillos en vinagre. Estaban demasiado ácidos y le arruinaban el vino tinto.

Siguieron charlando un poco sobre su trabajo en Hannover y sus planes de vacaciones en el mar Báltico, en Rügen, donde tenía reserva al cabo de dos días, y prometió pasar a verlos después. Luego se dio cuenta de que Walter estaba a punto de quedarse dormido en su butaca y Franziska no paraba de bostezar.

—¿Tenéis una cama libre para mí? Me gustaría quedarme aquí, si el hotel no está completo…

—Te enseñaré tu habitación.

Se alojó en la mansión. La recepción del hotel, con los

preciosos arcones antiguos, era impresionante. Franziska le explicó que en los cuadros de las paredes aparecían algunos de sus antepasados, y que habían descubierto las pinturas enrolladas en el desván. Era todo un tanto patético, eso de los abuelos al óleo, pero así era Franziska. La guio por una escalera y un largo pasillo y abrió una de las puertas de la derecha.

—Espero que estés a gusto aquí. Jenny decoró la habitación y está muy orgullosa de ella.

Su hija no tenía mal gusto, no estaba nada mal. Tal vez resultaba un poco anticuada, pero perfecta para la mansión. El baño era maravilloso: baldosas claras resaltadas con verde oscuro, ducha, bañera y retrete. Había hasta un bidé y unas toallas mullidas de color verde oscuro a juego con una sinuosa «D» de Dranitz bordada en dorado.

—Era mi habitación de niña —dijo su madre con una sonrisa—. Y al lado estaba la habitación de Elfriede.

Era su tía, la que había sufrido una muerte tan prematura y había tenido una hija con Walter. Sonja. Antes, las mujeres Von Dranitz sí que se lo pasaban bien. Franziska no tenía motivos para reprocharle las «condiciones» en su piso compartido en 1968. Sin embargo, la generación de su madre siempre buscaba excusas en la guerra. Fue una época horrible de la que los jóvenes no podían opinar.

—Que duermas bien, Cornelia —se despidió su madre—. Será mejor que desayunes en el restaurante, en casa hay demasiado barullo por la mañana. —Franziska dudó un momento, luego abrazó a su hija—. ¡Me alegro de que hayas venido!

—Te lo prometí —repuso Cornelia con cierta aspereza, aunque en realidad se sentía conmovida—. Hasta mañana.

De pronto se sintió agotada. Se cambió deprisa y se acostó. Estaba en la habitación de la que tanto le había hablado Franziska. No tardó nada en quedarse dormida.

Cuando despertó al día siguiente, se asustó al ver que ya eran las nueve. El sol matutino inundaba la habitación porque la noche anterior había olvidado correr las cortinas de lino verde. Se sentó en la cama y se frotó la nuca. El ambiente en la habitación era asfixiante y olía un poco a moho, lo que no era de extrañar, porque la butaca y el canapé parecían sacados de la primera etapa de la expedición militar a Rusia de Napoleón. En esos cojines anidaban generaciones enteras de ácaros: los muebles necesitaban con urgencia un nuevo acolchado y tapizado, fueran antigüedades o no.

Cornelia se levantó y se acercó a la ventana, restaurada al estilo de los viejos tiempos. Hasta habían pulido los antiguos tiradores y los habían vuelto a montar. Abrió una de las hojas, respiró hondo el aire fresco de la mañana y miró fuera. Las vistas eran amplias, sobre unas pequeñas colinas, abovedadas por el cielo veraniego de color azul grisáceo. Era una sinfonía de tonos verdes y amarillos, campos donde maduraba el grano, vastos prados, aquí y allá un bosquecillo de color verde oscuro. ¿No era justo eso lo que siempre alababa Franziska? ¡Por supuesto!

Le hablaba de los pueblecitos entre las colinas, con sus campanarios puntiagudos, de su padre y sus dos hermanos. Había olvidado los nombres, pero los dos habían caído en la guerra muy jóvenes. Como tantos otros por aquel entonces. Los rusos habían secuestrado a su abuelo y no habían vuelto a saber nada de él. Comprobó que los recuerdos la sumían en la melancolía, y no le gustó nada. Siempre se había resistido a verse incluida en el clan familiar de los Von Dranitz. No era de las que se quedaba enganchada al pasado. Lo pasado, pasado estaba. Ahora era ahora. Y lo que su madre había levantado tras la Reunificación con ayuda de Jenny era magnífico. ¡Sus respetos! Casi lamentaba no haber participado.

Cuando se sentó a desayunar en el restaurante, su entusiasmo ya se había atenuado. Allí no pasaba nada. «Espero que no estén ocupadas todas las habitaciones del hotel», pensó. Desde el punto de vista económico, la empresa Hotel rural Dranitz no era un éxito. Cuando la camarera le llevó el desayuno se enteró de que se llamaba Elfie y le encantaba trabajar en la mansión. No, por desgracia no tenían muchos clientes. Solo algún excursionista de verano, la mayoría ciclistas, aunque de vez en cuando iba gente del pueblo a celebrar un cumpleaños o una fiesta conmemorativa.

—¡Normalmente solo vienen los arqueólogos!

—Los arqueólogos...

—Sí, ¿no lo sabía? Han encontrado dos esqueletos en el sótano. Son de la Edad Media. Primero una mujer y después un hombre.

—Sí, sí —se apresuró a afirmar Cornelia—. Entonces ¿ahí abajo hay algo parecido a un cementerio?

Elfie asintió.

—Antes había un convento. Es muy posible que allí dieran sepultura a sus difuntos.

Cornelia se preguntó cuándo iba a darle la noticia su madre. Las excavaciones arqueológicas retrasarían durante un tiempo indeterminado la obra de la zona de gimnasio y balneario, si no la frenaban del todo. Era típico de Franziska guardarse algo así y apartarlo en algún rincón de su consciencia. Mordió el panecillo, pensativa. El jamón ahumado era una delicia.

—Ah, otra cosa —le dijo a Elfie, que iba de camino a la cocina—. ¿De dónde es este jamón ahumado tan exquisito?

—La joven señora Kettler se lo compra al señor Kuhlmann, que tiene una granja ecológica. Tiene un sabor fantástico, ¿verdad?

Cornelia asintió. Así que Jenny le compraba a Bernd productos de la granja, después de haber soltado sapos y culebras cuando ella quiso negociar un pedazo del terreno de Franziska para Bernd. La granja ecológica era buena idea de verdad, lo demostraba claramente la tendencia de los últimos años.

—¿El restaurante compra ahí todos los productos frescos?

Elfie negó con la cabeza.

—No; nuestro cocinero, el señor Bieger, compra sobre todo en el mercado, pero no quiere que la temporada dicte su carta.

Vaya. Habría que ver lo que servirían por la noche. Quizá el cocinero no quería que los productos de temporada dictaran la carta, pero tendría que adaptarse a las ideas de Franziska y Jenny. Estaría encantada de recordárselo. Tal vez no estaba tan mal que hubiera pasado a verlos.

Le dio las gracias a Elfie por su amable hospitalidad y decidió ir a las caballerizas a felicitar al cumpleañero y darle su regalo. Había comprado dos botellas de vino tinto francés para Walter, además de un libro que le había llamado la atención en un anticuario de Halberstadt. Era un compendio histórico de la antigua ciudad episcopal. Había llegado hasta él después de que en una de sus llamadas Franziska mencionara que a Walter le interesaba la historia.

Atravesó la zona de entrada con sus regalos envueltos. De nuevo notó en la nariz un olor a moho. Cornelia se detuvo y tomó aire para comprobarlo. No, no olía a mueble antiguo tapizado. Pero ¿de dónde salía ese hedor húmedo? Vaya, ahí había una puerta abierta. La del sótano. Eso no podía ser: si al entrar en el hotel una notaba un aroma mohoso en la nariz, se le quitaba el apetito. No era de extrañar que en el restaurante apenas hubiera clientes. Agarró el pomo con resolución e intentó abrir la puerta, pero se atrancó. Cornelia tiró de ella con energía. Tras otro fuerte estirón lo consiguió. Un convento en el sótano. Seguramente también un cementerio. ¡Quién lo iba a imaginar!

Fuera brillaba el sol, que se reflejaba en las ventanas de las preciosas caballerizas construidas al estilo moderno, pero respetando la construcción original. ¿Qué era ese bonito edificio al otro lado del aparcamiento? Parecía una casa de muñecas del siglo XIX. Cornelia se acercó y se detuvo delante de la valla del jardín, pintada de blanco. Un jardincito inglés, ¡era precioso! Había enredaderas de colores, delfinios azules, amapolas rojas, botones de oro amarillos. En medio había hierbas aromáticas, como las que se plantaban antes en los jardines. Muy bonito. La placa de la puerta no era tan agradable.

DESPACHO DE ARQUITECTOS SIMON STRASSNER

PLANIFICACIÓN, CONSTRUCCIÓN,

DIRECCIÓN DE OBRA

TODO DE UN MISMO PROVEEDOR

Debajo figuraba su número de teléfono. Era el tipo que la había convertido en abuela. El canalla que había seducido a Jenny en Berlín y la había dejado embarazada. ¿Qué hacía ahí, en medio de la mansión, como un gusano en una manzana? Supuso que Jenny sabía lo que se hacía. Por lo demás, visto a la luz del día, el terreno estaba bastante descuidado. Naturaleza en estado puro, por así decirlo. Casi no quedaba rastro del precioso jardín que, según las fotografías de Franziska, antes rodeaba la mansión. Cornelia vio abetos rojos y pinos con decenios de antigüedad, arbustos de enebro altos, también abedules y hayas jóvenes que crecían con libertad. Entre las ramas brillaba el lago plateado. Ahí debía de estar el embarcadero de la familia Von Dranitz.

Conny habría recorrido encantada el angosto sendero que

conducía hasta el lago por el bosque, pero no le dio tiempo. Un coche se detuvo en el aparcamiento y de él bajó un hombre joven, moreno y delgado, con una bolsa de la panadería y otra de la compra en las manos. ¿No era el arquitecto polaco que las ayudó con las reformas? La saludó con un breve gesto de la cabeza y desapareció en la caballeriza de la izquierda. La casa de Jenny. Pero ese no era el nuevo novio de Jenny. Franziska le había contado que su novio tenía cuerpo de gimnasta, y no era el caso del polaco.

Mientras contemplaba la casa de su hija, de pronto apareció en la ventana una niña pelirroja, medio dormida. La pequeña Julia parpadeó ante el intenso sol matutino, con un animal de peluche arrugado bajo el brazo izquierdo y el pulgar derecho metido entero en la boca. Cornelia quedó prendada. ¡Dios mío, cómo había crecido la niña! Parecía muy inteligente. Apretó la nariz contra el cristal de la ventana y se quedó mirando a la mujer del patio con la frente arrugada. Cornelia saludó a la pequeña. Julia la observó intrigada, pero no le devolvió el saludo. Probablemente no se acordaba de su abuela.

Cornelia se acercó a la casa de su madre ligeramente decepcionada y llamó al timbre. Le abrió Walter, vestido con traje oscuro y pajarita, que aceptó las felicitaciones y los regalos y la invitó a pasar al salón, donde ya había varias personas bebiendo champán, comiendo canapés con pescado y jamón ahumado y charlando de todo un poco. Franziska corrió hacia ella y presentó a Cornelia diciendo: «Mi hija ha venido especialmente desde Hannover».

Le estrechó la mano el alcalde de Dranitz, un hombre agradable y bondadoso, además de un matrimonio de Waren que tenían algo que ver con el pastor alemán de Franziska. Había tres matrimonios más del pueblo, así como una mujer joven que no paraba de soltar bobadas inmaduras.

—En cuanto hayamos terminado aquí, escribiré un reportaje sobre el convento; luego abordaré mi doctorado y, mientras escribo mi tesis doctoral, quiero ir a Georgia, donde van a desenterrar tumbas de una dinastía.

—Ah, es usted arqueóloga —la interrumpió Cornelia—. Entonces seguro que podrá explicarme lo del sótano de la mansión...

No hizo falta ni que terminara la frase para que la mujer se lanzara. Se llamaba Sabine Könnemann y era estudiante, pero pronto sería doctoranda.

—El segundo esqueleto es de un hombre —informó la arqueóloga—. Seguramente lo torturaron por algún delito, porque le rompieron las extremidades. Imagínese: todas volvieron a soldarse, así que sobrevivió al castigo. Murió de una herida en el cráneo que años después...

—¿Un monje? —preguntó Sonja.

—Los escasos hallazgos textiles no apuntan en esa dirección. Lo que sí es seguro es que hubo un incendio que destrozó la mayor parte del convento. Y luego está la mujer joven con el aro en la oreja...

Cornelia dio un sorbo a la copa de champán y escuchó fascinada. Sonaba realmente emocionante. Un condenado que a saber qué delito había cometido y una mujer joven con un aro en la oreja recubierto de oro.

—¿Y qué hay ahora exactamente debajo de la mansión? ¿Un cementerio?

—Hay un cementerio bajo la terraza que da al lago —explicó la joven arqueóloga—. Justo debajo de la mansión está la iglesia del convento. Hemos encontrado restos de columnas. Estoy deseando ver qué encontramos en las siguientes excavaciones; la construcción del convento era alargada y seguramente lo rodeaba un muro. Las puertas podrían estar donde hoy en día está la casa del inspector. Tengo pensado, en mi tesis doctoral...

Esa chica era increíble. Hablaba por los codos. Al final Cornelia la dejó con Walter, que parecía muy interesado en el convento medieval, y observó la mesa del salón, cubierta de regalos. Flores, varias cestas con vino, embutidos, café y mermelada, chocolates y loción de afeitado, lo que se le regala a un caballero de ochenta años.

—¿Te apetece dar una vuelta con Falko y tu abuela? —preguntó tras ella una voz de mujer.

Su hija Jenny. Qué guapa era. Ya no era la mocosa díscola y pelirroja, ahora parecía más femenina, pero también más estable.

—¡Hola, mamá!

—Hola, Jenny...

No fue un saludo demasiado cariñoso. La hija se volvió hacia el cumpleañero, abrazó a Walter Iversen y le besó con amor en las mejillas. La pequeña Julia estaba junto a la puerta, no parecía tener muchas ganas de mezclarse con los invitados. Llevaba tejanos, una camiseta rosa y unas zapatillas de deporte del mismo color. ¿Quién le compraba a la niña esas tonterías? El rosa era el color preferido de esas misóginas muñecas Barbie. ¡Y con el pelo rojo!

—¡Quiero ir con Falko! —aclaró la Barbie rosa y roja—. Si la abuela quiere venir, que venga.

Cornelia tragó saliva.

—Hola Julia. Soy tu abuela. ¿Te acuerdas de mí?

Su nieta apretó los labios, como si reflexionara.

—¡Franziska es mi abuela!

—Franziska es tu bisabuela —le explicó Jenny—. Esta mujer es mi mamá. Tu abuela de verdad, ¿entendido?

—¿Tú también tienes una mamá?

—Todo el mundo tiene una mamá. Ahora las dos os vais a dar un paseo hasta el lago con Falko. Enséñale a tu abuela la casa de los botes. Y cómo haces saltar piedras, ¿de acuerdo?

La pequeña Julia asintió, escrutó con la mirada a la abuela desconocida y luego dijo:

—Bueno, entonces ven.

—Me encantará ir contigo —contestó Cornelia—. Pero falta la palabra mágica...

La pequeña puso cara de sorpresa. Jenny se inclinó hacia su hija y le susurró algo al oído.

—¡Ah, eso! —dijo la niña con desparpajo—. Por favor. Ven conmigo, por favor.

—¡Perfecto! —la elogió Cornelia, y se ganó una mirada de indignación de su hija.

—Que precisamente tú le quieras enseñar buenos modales... —masculló Jenny en tono burlón, y se dio media vuelta.

Era sorprendente la naturalidad con la que trataba la niña al pastor alemán, y eso que ese grandullón podría hacerle mucho daño con un solo mordisco. Cornelia nunca fue muy amante de los animales, los perros le daban miedo y, a su juicio, los gatos eran bastante imprevisibles. Su nieta, en cambio, cogía sin ningún problema al pastor alemán por la correa, e incluso lo agarraba de la cola cuando no hacía lo que ella quería.

—¿Tú también tienes perro? —le preguntó a Cornelia.

—No. Donde yo vivo los animales están prohibidos.

La pequeña Julia hizo una mueca compasiva al enterarse de que la pobre abuela ni siquiera tenía perro.

—¿Vas a la guardería? —le preguntó Cornelia.

—¡Ya casi voy al colegio! —exclamó la niña en tono triunfal—. También sé leer.

Había aprendido sola con la revista de la programación de radio y televisión porque quería saber qué ponían en la tele. ¡Increíble! ¡Había que incentivar a esa niña, iba muy por delante de los de su edad!

—¿Por qué no has venido de visita? —le preguntó Julia.

—Porque vivo lejos. En Hannover.

—Ah. —Bajaron por el estrecho sendero hasta el lago.

Cornelia dejó que la niña corriera con el perro para detenerse un momento en la linde del bosque. ¡Esas aguas pintorescas, cercadas por bosques y el alto cañaveral, eran como un sueño! Un remanso para los veraneantes hastiados de la ciudad. Un refugio de artistas. Solo por ese precioso lugar ya había valido la pena comprar la propiedad. Bajó a la orilla despacio, con los ojos entornados por el sol deslumbrante. Le pasaron por la cabeza las fotografías de su madre, que antes tan nerviosa le ponían. Ahora entendía cómo debió de sentirse al ser expulsada de un paraíso como ese.

«Me estoy haciendo mayor —pensó, furiosa—. Ahora entiendo a mi madre.»

—¡Voy a enseñarte cómo se hacen saltar piedras! —anunció la pequeña Julia cuando Conny avanzó hacia ella. Se agachó y lanzó con destreza una piedra plana sobre la superficie del agua—. ¡Tres veces! —gritó jubilosa, y se puso a dar saltos de alegría—. ¡Pruébalo, abuela!

Cornelia se agachó. De niña también lanzaba piedras planas en su lago favorito para bañarse en la zona del Taunus. Iban ahí en coche, hacían un picnic…

—Primero tengo que practicar.

Hundió tres piedras con un ruido deprimente en el lago, pero luego le salió bien.

—Dos veces, tres veces… ¡Oh, lástima, casi cuatro veces!

—Mamá sabe hacerlo cinco veces. ¡Y Ulli siete!

¡Siete saltos! Ese Ulli sí que sabía.

—¿Ulli vive con vosotras? —preguntó, consciente de que era una indiscreción.

—¡No! Vive en casa de Max, en Ludorf.

¿De Max? ¿Quién era ese?

—¿Y quién os lleva los panecillos por la mañana?

—¡Ah, ese es Kacpar!

Cornelia estuvo pensando en su hija. Ulli era su novio, pero prefería vivir en casa de un tal Max. El polaco le llevaba los panecillos del desayuno. Y su ex vivía justo enfrente, en esa casa de muñecas con jardín inglés. No estaba mal. Pero la culpa era suya, que siempre había convivido con varios hombres en un piso. Le faltaron unas cuantas explicaciones.

—Lanzamos otra vez y luego volvemos, ¿vale? —propuso; Julia asintió, se metió dos dedos en la boca y silbó como una golfilla. ¡Fantástico! Cornelia buscó la piedra adecuada, escupió encima y la lanzó.

—Cuatro veces... Ha sido el récord, ¿no?

—¡Para lo mayor que eres ha estado bien! —la elogió su nieta.

—¡No soy tan vieja! —gruñó Cornelia—. Solo tengo cuarenta y siete años.

—Mamá tiene veintiséis. En noviembre cumplirá veintisiete...

—¿Es que ya sabes contar?

Julia se limpió los dedos sucios en los tejanos, también llevaba la camiseta rosa manchada de lodo de la orilla.

—Sé contar hasta cien. Es superfácil. Uno, dos, tres...

Durante el camino de regreso contaron en voz alta sus pasos. Cuando Julia se equivocaba, Cornelia ayudaba. Se saltaron los ochenta y en el noventa y nueve llegaron al aparcamiento.

—¡Cien! —celebró la niña—. ¿Has visto, abuela? Sé contar hasta cien. Y luego viene el ciento uno...

Cornelia iba a deshacerse en elogios, pero antes de poder abrir la boca la niña salió corriendo detrás del pastor alemán y se fue. En el aparcamiento había una furgoneta de color azul claro de la que bajaron dos personas. Una era Sonja Gebauer, la veterinaria. Su prima. Quería felicitar a su padre por su cumpleaños y llevaba una caja de regalo bajo el brazo. El otro era Bernd. Le aguantó la caja a Sonja para que pudiera cerrar el coche y luego caminaron los dos juntos, charlando.

Le pareció que eran íntimos. ¡Cómo sonreía él cuando miraba a Sonja de reojo! Eso ya se lo había visto hacer, pero entonces esa sonrisa era para ella. Sin embargo, eso ya había pasado. En la actualidad solo eran amigos. Definitivamente. ¿Qué le encontraba a esa Sonja? ¿Era por su delantera? Antes no le gustaban los pechos grandes. Los prefería pequeños y firmes.

Vio cómo el pastor alemán rodeaba a Sonja meneando la cola mientras Julia daba saltitos delante de Bernd y le contaba algo. Justo después los cuatro la miraron. Vaya, les había contado su paseo. Cornelia no tenía muchas ganas de extenderse en el saludo, pero se acercó a los dos, les dio la mano y explicó que iba a retirarse a su habitación. Se había llevado trabajo, así que ya se verían por la noche en la cena.

Dicho esto, regresó a la mansión. Iba a atravesar el vestíbulo cuando se oyó un gemido amortiguado desde la puerta del sótano. Se quedó de una pieza.

—¡Dejadme salir de aquí, maldita sea! ¡Quiero salir!

Por lo visto, alguien se había quedado encerrado en el sótano. Seguramente uno de los arqueólogos.

—¡Que no cunda el pánico! —gritó—. ¡Ya voy!

—¡Tiene que tirar con fuerza, la puerta se queda atrancada! —gritó el encerrado con voz ronca—. ¡Usted tire, yo empujo!

Cornelia agarró el pomo de la puerta con las dos manos y tiró de él con todas sus fuerzas. La persona que estaba al otro lado jadeaba por el esfuerzo. Se oyó un crujido y por fin se abrió la puerta. Un hombre bajo y pálido salió dando tumbos al vestíbulo y se apoyó en el mostrador de recepción.

—¿Está usted bien?

El hombre intentó recobrar el aliento, se aclaró la garganta, tosió y se agarró del cuello.

—Alguien ha cerrado la puerta —afirmó—. Se queda atascada. Por la humedad...

—¿Es usted arqueólogo?

—No, soy cocinero.

Vaya, el peculiar cocinero que no quería comprarle a Bernd.

—¿Cocinero? ¿Y qué hace en el sótano?

Él la miró con los ojos de par en par. Qué tipo tan curioso. Sin duda era artista. Un artista de la cazuela.

—Mi plantación de champiñones está ahí abajo. Para los entrantes: *carpaccio* de ternera con tiras de champiñón fresco.

—Vaya, creo que ha sido culpa mía —confesó Cornelia—. Olía mucho a moho, y no sabía que la puerta se quedaba atrancada.

Respiró hondo, se limpió el sudor frío de la frente y luego hizo una leve reverencia.

—Bueno, no ha pasado nada. Me llamo Bodo Bieger, encantado...

—Cornelia Kettler. Soy de la familia.

Le sorprendió la facilidad con la que le salió la frase de la boca. Era de la familia.

—Voy a buscar la cesta de champiñones —anunció él—. Pero, por favor, no vuelva a cerrar la puerta.

—No se preocupe, pero hay que hacer algo con el olor sin falta. ¡Ahuyenta a los clientes!

Bodo Bieger asintió y desapareció a toda prisa en el sótano mientras Cornelia subía con una sonrisa a la primera planta. En su habitación, sacó el cuaderno y el bolígrafo, se sentó junto a la ventana y se puso a trabajar. Las ideas prácticamente fluían solas; calculó los detalles y pensó en qué más había que invertir.

El resto de la mañana pasó en un suspiro. Hacia el mediodía bajó al restaurante, donde varias mujeres estaban preparando y decorando con cariño la mesa familiar. En la cocina, el pequeño chef trabajaba con tanto fervor que Cornelia quedó sinceramente impresionada. Ese tipo era un fanático. Con qué amor cortaba los pedazos de carne. Qué meticuloso era en la supervisión de todos los detalles, escaldaba las verduras al punto, no paraba de probar la sopa, como si le fuera la vida en ello. Todos estaban tan ocupados que apenas se atrevía a pedir un café. De todos modos, el cocinero era increíble, solo había que bajarle los humos.

Cornelia había metido en la maleta un vestido oscuro para la velada; al fin y al cabo, era una celebración. Antes no se habría puesto semejante prenda ni bajo amenaza de los peores castigos, la habría tirado a la basura tachándola de «trapo burgués». Sin embargo, desde que trabajaba como asesora empresarial tenía una visión distinta de esas formalidades. Eran gajes del oficio, y su actual oficio le gustaba.

Alrededor de las seis los invitados del cumpleaños se reunieron para una bienvenida con champán en el restaurante.

—¡Estás fantástica, Cornelia! —exclamó Walter Iversen cuando brindó con ella. Su madre lo confirmó y añadió que siempre había sabido que su hija encontraría su camino. Jenny, que estaba arrebatadora con un vestidito de cóctel de color verde oscuro, no fue tan complaciente.

—¿Eres tú, mamá? No te reconocía. Se acabaron tus años locos, ¿eh?

—Te equivocas, Jenny —protestó—. No han hecho más que empezar.

Antes de que pudieran seguir con sus pullas, Franziska convocó a los invitados en la mesa. Cornelia contó doce personas, incluida ella: un círculo más bien pequeño. ¿No le había dicho su madre que antes en las celebraciones familiares eran entre veinte y cuarenta personas a comer? Pero bueno, eso era en los buenos tiempos.

La habían colocado entre Bernd y la pequeña Julia; Jenny y el polaco estaban sentados enfrente. Franziska y Walter ocupaban una cabecera de la mesa, y en el otro lado se acomodó un matrimonio de ancianos, antiguos empleados de la mansión. Además, había una pareja joven, Mücke y Kalle. Por lo visto, esa tal Mücke era amiga de Jenny, y el chico, un muchacho más bien sencillo pero adorable, tenía algo que ver con el refugio de animales de Sonja.

—¿El novio de Jenny está enfermo? —le preguntó a Franziska por encima de Julia.

—¡Han roto! —explicó la niña antes de que la bisabuela pudiera abrir la boca.

¡Vaya! De ahí los panecillos. Errores y preocupaciones, igual que le había pasado a ella. ¡Cómo se repetía la vida! Mientras tomaban los entrantes, el *carpaccio* con las tiras de champiñón, se volvió hacia Bernd.

—Me han dado un embutido exquisito para desayunar. ¡Creo que tu granja ecológica tiene un gran futuro!

Él pinchó con esmero un trocito de carne con setas con el tenedor, masticó y luego la miró con una sonrisa rara.

—Está al borde de la quiebra, si te interesa saberlo. Me veré obligado a abrir un pequeño despacho de abogados en la zona.

Cornelia se sobresaltó. ¡No podía ser verdad! Del susto, se le atragantó una tira de champiñón y empezó a toser.

—¿Cómo puede ser?

Bernd se encogió de hombros. Demasiado trabajo, nada de dinero para pagar bien a los trabajadores, así que menos producción y menos ganancias. Era un círculo vicioso.

—Sonja me ha prometido quedarse con los animales —añadió, y luego hizo un gesto hacia su prima, con una sonrisa—. Para mí es un gran alivio.

El consomé de vaca con picadura de huevo seguro que estaba delicioso, pero Cornelia estaba tan tensa que apenas notaba el sabor. ¡Estaba en bancarrota! Seguramente incluso tenía deudas. Necesitaba un plan de saneamiento.

Antes del plato de pescado, el homenajeado pronunció el típico discurso de agradecimiento y luego su madre habló de lo feliz que era de volver a vivir una celebración familiar en las antiguas salas. En particular, la hacía feliz que su querida hija Cornelia hubiera viajado desde Hannover para celebrarlo con ellos.

Ahora que todos la miraban, Cornelia tuvo que dignarse a decir unas palabras. Por supuesto, volvió a meter la pata hasta el fondo.

Se levantó, se aclaró la garganta, felicitó de nuevo al cumpleañero y le dio las gracias por permitirle asistir a la celebración. Hasta ahí, todo bien, pero luego continuó:

—Fruto del entusiasmo por todo lo que nuestra familia ha levantado aquí, esta mañana he desarrollado un plan de negocios para vuestra empresa, que hasta ahora no es rentable.

Si esperaba entusiasmo, se llevó un buen chasco. Jenny puso cara de desesperación, Bernd volvió la cara hacia un lado, cohibido, y Sonja la miró como si le hubiera puesto una multa por aparcar mal. Franziska guardó silencio. Solo Walter murmuró, consternado:

—Suena muy interesante…

Por suerte, en ese momento sacaron el plato de pescado, filete de lenguado con almendras y rodajas de naranja. Cornelia se sentó de nuevo y todos se concentraron en sus platos.

Estaba delicioso, y pronto el ambiente se animó de nuevo.

—¿Sabes, mamá? —le dijo Jenny después de la cena—. La abuela y yo nos las hemos arreglado muy bien hasta ahora sin tus conceptos. Me pone de los nervios que aparezcas aquí y creas que lo sabes todo.

—Yo solo quiero ayudaros, hija —protestó Cornelia, enfadada.

—Pues nosotras no queremos tu ayuda, así que déjalo.

Cornelia no volvió a mencionar su idea durante el resto de la velada. Procuró ser educada, aunque mantuvo las distancias con los demás invitados, jugó con la pequeña Julia, que se aburría, varias partidas de cartas y pensó que su nieta era el único ser simpático de la familia.

Hacia las diez, se despidió con la excusa de que últimamente había tenido mucho trabajo y estaba muy cansada. En el vestíbulo se encontró con Bodo Bieger, el artista de los fogones, que se iba a casa.

—¡Ha sido fantástico! —exclamó, entusiasmada—. Nunca había comido tan bien.

El semblante afligido del cocinero enseguida se animó.

—¡Me alegro mucho! Ha sido mi menú de despedida. Mañana es mi último día de trabajo.

—¡No lo dirá en serio!

El cocinero asintió.

—Sí, absolutamente. Cuando no se aprecia el trabajo que uno hace, hay que procurar buscar algo nuevo. Ya tengo una oferta de un hotel costero en Binz.

Cornelia reaccionó de forma impulsiva, como casi siempre. Sacó una tarjeta de visita del bolso y escribió el nombre de la pensión en Rügen donde había reservado una habitación.

—Por si necesita asesoramiento, durante las próximas semanas me localizará aquí.

Ulli

En realidad, todo le había salido bien. Como por la mañana tenía que recoger a Max en la clínica y ocuparse de él durante el resto del día, «por desgracia» no podía asistir a la celebración del cumpleaños. El anciano seguía bastante débil, tenía que vigilar que no se esforzara demasiado. Su negativa no gustó a Franziska, pero lo entendió, por supuesto.

—De acuerdo, pero en unos días venís los dos para felicitarlo con retraso —le pidió—. Lo principal es que Max lo supere y recupere las fuerzas poco a poco. Y pronto podrá volver a hacer vida normal.

Exacto. Y así él, Ulli, no tendría que sentarse al lado de Jenny en la mesa. Habría sido muy desagradable, porque ninguno de los dos sabía fingir y al final le habrían estropeado el cumpleaños a Walter. No, primero Jenny y él tenían que hablar largo y tendido, poner las cartas sobre la mesa con todo lo que no funcionaba entre ellos, lo que no le gustaba a uno y a otro y qué había hecho él que le hubiera sentado tan mal a Jenny. Estaba harto de verla ofendida y de reproches silenciosos. Dolía demasiado. Él la quería. La necesitaba. Por eso iba a dar el primer paso. Solo tenía que esperar unos días a que Max se encontrara un poco mejor.

Cuando llegó a la clínica hacia las diez, el anciano ya estaba sentado en el pasillo, impaciente, con la bolsa que Ulli le había llevado el primer día preparada, al lado. Tenía buen aspecto, las mejillas rosadas, los ojos brillantes por la alegría de vivir. Estaba delgado, el chándal azul le colgaba por todo el cuerpo. Sin embargo, antes ya era un peso pluma, y los kilos que había perdido los recuperaría rápido cuando empezara a comer algo decente. Ulli le pediría a Mine que le preparara unas cuantas de sus especialidades para Max.

—¡Aquí estás, por fin! —exclamó—. ¡Ya pensaba que querías dejarme aquí marchitándome, muchacho!

—Poco a poco —contestó Ulli, que agarró a su amigo del brazo y la bolsa de viaje de cuadros—. Primero he tenido que hacer la ronda con los botes, ayer Tom alquiló el yate y no llenó el depósito.

—¡Pues vaya! —se indignó Max—. Ya es hora de que vuelva a casa. ¿Por lo menos habéis abierto el quiosco, o ha estado todo el tiempo cerrado?

Ulli lo calmó. Él mismo había atendido el quiosco durante horas, había hecho turnos con los empleados y como ahora, justo antes de que empezara el verano de verdad, ya había bastante ajetreo, había contratado también a Elke Stock, que buscaba trabajo después de regresar del Oeste. Elke era una empleada excelente y pretendía hacerla fija para que se ocupara también de la tienda del camping si no se entendía con Max.

Bajaron en ascensor al vestíbulo, donde Max pasó por la puerta recto como un palo y saludó a la hermana que estaba de servicio.

—¡He burlado a la muerte una vez más! —exclamó, y estiró la mano en alto en un gesto victorioso.

En el coche habló por los codos. Se quejó de sus hijas, que ya creían que podían meterlo en la caja. Echó pestes de los médicos, que no paraban de soltar latinajos y trataban a un hombre adulto como si fuera un colegial. Las enfermeras tampoco salieron bien paradas.

—¡Son unas marimandonas! —le aseguró, con un gesto de desesperación—. Son inflexibles.

—A mí me parecen muy simpáticas —le contradijo Ulli—, además, al fin y al cabo, han hecho que te recuperes, eso tienes que reconocérselo, Max.

—Ya lo hago —gruñó el anciano.

Luego guardó silencio, miró pensativo por la ventana el paisaje veraniego y, cuando apareció el Müritz, se le dibujó una sonrisa alegre en el rostro. Igual que se alegra uno al reencontrarse con un viejo amigo.

—Hay mucho movimiento, ¿no? —preguntó cuando atravesaron el aparcamiento ocupado hasta sus plazas privadas.

—¡No me extraña, con este buen tiempo! —Ulli miró hacia el embarcadero.

Casi todos los botes estaban alquilados, solo dos patines a pedales y un bote de remos seguían esperando a un navegante con ganas de actividad. Rocky estaba en el puesto de comida rápida, ataviado con un gorrito blanco y un delantal manchado, vendiendo patatas fritas con mayonesa, y Tom en el embarcadero de alquiler de barcas. Hacía poco que su novia Maggy también trabajaba allí; en la tienda había mucho que hacer.

Ayudó al anciano a bajar y quiso llevarlo a casa, pero Max insistió en pasar un momento por el quiosco. Solo quería asegurarse de que todo iba bien, aunque fuera de lejos.

Cuando Elke Stock vio llegar a los dos hombres, levantó la mano para saludarles. Saltaba a la vista que se alegraba de ver a Max. Como todos los días bonitos, se había formado una larga cola delante del quiosco, así que enseguida se volvió hacia sus clientes y siguió vendiendo con amabilidad y paciencia periódicos, limonada y hielo. Se notaba que le gustaba su trabajo.

—Bien hecho, muchacho —dijo Max cuando se dieron la vuelta y se dirigieron a la entrada del jardín—. Es muy trabajadora. Podríamos conservarla.

Al llegar a la casa, el anciano testarudo insistió en tumbarse en el sofá.

—¡No, no, Ulli! Ya he estado bastante tiempo en la cama. Además, está Hannelore, que me calentará la barriga. Ah, ahí viene también Waldemar. Pásame el cojín. El grueso no, el pequeño. Sí, exacto. Y tráeme la manta de cuadros del dormitorio.

Tenía frío, aunque fuera estaban casi a treinta grados. Ulli lo tapó bien y preparó un café fuerte por si acaso. Por si era la circulación. Cuando volvió al salón con las tazas y la cafetera, Max ya estaba dormido, rodeado de sus dos gatos, que ronroneaban. Ulli dejó la bandeja en la mesa con el máximo sigilo posible y esperó un momento por si el anciano se despertaba y necesitaba algo, pero Max empezó a roncar por lo bajo y Ulli decidió ir a echar un vistazo a las barcas.

Pasó una hora en el embarcadero, ayudando a los clientes a subir a las barcas. Les pasaba los remos, les explicaba cuatro cosas y les cobraba el alquiler. Se alegró cuando Tom le relevó de nuevo. En la playa, alguien le saludó. Ulli se protegió los ojos con la mano. ¿No era la mujer rubia que se le lanzó al cuello hacía poco? Claro. Diablos, sí que era insistente. Le devolvió el saludo con educación y se fue a toda prisa.

Cuando entró en la casa flotante hacia las tres y media, llenó el depósito y ordenó un poco. Luego llegó Tom con los siguientes clientes que querían reservar ese barco tan acogedor.

No volvió a la casa hasta la tarde. Encontró a Max sentado en el sofá, acariciando a sus gatos.

—¿No deberías tumbarte? —preguntó Ulli con aparente severidad.

El anciano sonrió.

—No pasa nada, muchacho. No puedo estar quieto porque he tenido que estar tumbado mucho tiempo. Hasta he ido al despacho y he trabajado un poco, y luego he caminado un poco, hasta el quiosco. Por la circulación y esas cosas.

Ulli hizo un gesto de incredulidad con la cabeza.

—No te fiabas de que me las arreglara en la tienda sin ti, ¿eh?

Max amplió la sonrisa e hizo un amago de levantarse.

—Voy a preparar un café decente.

—Quédate sentado. Te traeré el café cuando esté hecho —se ofreció Ulli con amabilidad—. ¿Quieres también galletas?

—Para mí no, gracias...

Ulli se llevó de la mesa la cafetera con el café frío, puso otra y volvió con la cafetera llena y un plato de galletas al salón. Max cogió la taza, agradecido, y bebió despacio y a pequeños sorbos. Cuando la cafeína hizo efecto, le dio por hablar. En un año deberían estar terminadas las casitas de troncos para los turistas, por lo menos cinco, con suministro de agua y electricidad. Pequeñas y acogedoras, con calefacción y baño, así tenían que ser.

—Haz que tu chica te devuelva el dinero —apretó a Ulli—. Por lo menos, lo que aún queda. Deberíamos invertir, muchacho. Solo así funcionará. La competencia no se duerme en los laureles, ya hay un montón de alquileres de barcas y hoteles en la zona. Salen como setas. Pero no tienen un terreno boscoso tan grande como este. ¡Ese es nuestro capital!

Ulli le dio la razón con un gesto y guardó silencio, aunque por suerte, con la emoción, Max no se dio cuenta. ¿Cómo iba a exigirle el dinero precisamente ahora? No había momento más inoportuno. Además, a su juicio, la empresa les quedaba grande. No siempre había que invertir y crecer, también hacía falta tiempo para la vida personal. ¿Qué iba a hacer con todo ese dinero si Jenny lo dejaba? La felicidad no se podía comprar. Y el amor verdadero, tampoco.

Por suerte, a Max no le duró mucho la locuacidad. Le pidió a Ulli que le fuera a buscar una salchicha al curri con patatas fritas al puesto para recuperarse deprisa después de la «papilla de hospital».

Ulli le concedió el deseo. Hacia las diez, regresó al punto de alquiler de barcas, el quiosco, la tienda y el puesto de comida a recoger los ingresos del día, que guardaba en casa, bajo un tablón suelto del suelo del despacho. Al día siguiente lo llevaría al banco. Aunque en esa época del año en que los días eran más largos aún no había silencio en el camping, a las diez era el toque de queda. Ulli se alegraba de que sus empleados estuvieran dispuestos a hacer horas extra en verano; tendrían que deslomarse durante la temporada porque luego, en invierno, reinaría allí un silencio sepulcral. Quizá Max no fuera tan desencaminado con sus casitas de troncos con calefacción, podrían alquilarlas también durante las épocas de frío...

Cuando volvió a la casa, se sorprendió al ver a Max vestido y armado con una manta en una silla de la cocina. Parecía estar esperándole.

—Pero si querías acostarte, Max. ¿Qué pasa, necesitas algo? —preguntó Ulli con cierta preocupación.

—No, en realidad no. Pero tengo un deseo...

—¡Pues dispara!

—Me muero de ganas de navegar por el lago. Cuando pensaba que había llegado mi hora, no deseaba otra cosa. Ahora ya no queda nadie a quien pueda infectar...

Ulli no pudo decirle que no, así que se dirigieron a la casa flotante.

Era una noche despejada, el Müritz descansaba liso y negro ante ellos y una franja brillante de claro de luna se extendía sobre el agua. Max dejó que Ulli le ayudara a llegar a la casa flotante, se sentó al timón y dio las órdenes. Siempre le había gustado ser el capitán. Ulli era como mucho marinero de primera, más bien grumete. Sin embargo, le parecía bien si a Max le divertía. Encendió las dos luces, una en la proa y otra en la popa, y zarparon poco a poco hacia la noche con luna.

Después de un día ruidoso y del alboroto de tanta gente, era bonito deslizarse con calma por el lago, notar el leve balanceo de las olas y dejar que el aire fresco y húmedo de la noche les soplara en las sienes. Qué tranquilidad. Solo se oía el tenue borboteo del agua, de vez en cuando el susurro de un viento suave en los árboles de la orilla, el barco que crujía cuando uno de ellos se movía. En Waren, las luces se fueron apagando poco a poco. En el puerto aún se veía un barco con excursionistas bien iluminado, las luces de colores bailaban sobre el agua oscura.

Max se sentó al timón en silencio y clavó la mirada en el lago, con los ojos bien abiertos.

—Es bonito, ¿eh? —rompió Ulli el silencio.

—Sí. Podría quedarse así...

Dieron una vuelta larga, flotaron un rato en medio del lago sin rumbo y contemplaron el cielo estrellado.

—Al alcance de la mano —dijo Max—. Solo hay que estirarse un poco y puedes coger una.

Ulli se rio, pero entendió lo que quería decir el anciano.

Ya era más de medianoche cuando amarraron en el embarcadero de Ludorf y volvieron a casa.

Ulli le dio las buenas noches a Max, luego subió por la escalera a su piso y se dejó caer en la cama. Había sido un día agotador, y el largo paseo en barco en el frío aire nocturno lo había cansado, por eso enseguida se sumió en un sueño profundo del que no despertó hasta la mañana siguiente, en medio de unos extraños sueños inquietos. Se sentó en la cama y comprobó asustado que el día anterior había olvidado poner el despertador: ya eran las siete y media. Corrió al baño, se vistió, se afeitó, y bajó la escalera para preparar el desayuno.

—¿Max?

No hubo respuesta. Seguía durmiendo. Preparó la cafetera. Puso el pan en la tostadora y abrió la nevera para ver qué había.

—¿Te gusta el jamón para desayunar, Max?

Seguía sin obtener respuesta. Qué raro, el anciano era madrugador. ¿Se habría levantado y se habría ido a vigilar el quiosco, aunque los médicos se lo tenían terminantemente prohibido? Ulli volvió a cerrar la nevera y llamó a la puerta de su dormitorio.

—¿Max? ¿Ya estás despierto?

El anciano estaba estirado sobre los cojines, delgado y céreo, con la boca entreabierta y los ojos cerrados. Desde el accidente de sus padres, Ulli no había vuelto a ver ningún muerto. Tuvo que apoyarse en el marco de la puerta y se quedó un rato petrificado.

Max se había ido. La víspera había dado su último paseo por el lago, había visto el cielo estrellado por última vez. Tenía muchos planes, pero no las fuerzas para llevarlos a cabo.

Ulli se sintió infinitamente solo. Como cuando se vio junto a la tumba de sus padres, pero entonces estaban Mine y Karl-Erich con él. Ahora estaba solo. Max Krumme, su mejor y único amigo, había emprendido el gran viaje, y Mine y Karl-Erich eran demasiado mayores para apoyarle. Se lo diría más tarde.

Le rodaron lágrimas por las mejillas. Se las limpió, pero no paraban de brotar. Al final se acercó con cuidado a la cama, acarició la mejilla del fallecido y se asustó al notar lo frío y duro que estaba. Sin saber qué hacer, estiró la manta con torpeza.

Tenía que hacer algo, pero ¿qué? De pronto echaba muchísimo de menos a Jenny. Ella sabría qué hacer, le consolaría, le abrazaría y le susurraría que por lo menos Max había muerto en su propia cama y no en ese maldito hospital. Sí, de eso se alegraba mucho. Max había podido tomar sus decisiones hasta el último momento. Y tenía planes para su futuro en común...

El súbito sonido del timbre le sobresaltó. Hizo un esfuerzo, salió de la habitación y cerró la puerta del dormitorio con suavidad. En el pasillo, se limpió la cara deprisa con la parte inferior de la camiseta y abrió la puerta.

—¡Hola! —saludó Evelyne Schneyder con una sonrisa—. Espero no molestar.

«Pues sí», pensó Ulli. Mucho. Pero, al fin y al cabo, no podía saber lo que había ocurrido.

—No —balbuceó él, y se quedó indeciso en la puerta.

Ella lo escudriñó con sus ojos claros.

—¿Va todo bien, señor Schwadke? —preguntó—. Está pálido como una sábana...

—Sí, eh, no... Mi amigo ha fallecido esta noche —anunció a media voz—. Acabo de encontrarlo.

—¡Dios mío! —susurró ella, y se abrió paso hasta la casa. A continuación, hizo todo lo correcto. Fue con él al dormitorio y se quedó en silencio a su lado antes de juntar las manos y exclamar, como un cura—: ¡Descanse en paz! —Luego se volvió hacia Ulli—. Se ha dormido tranquilamente —le consoló—. Mire lo relajados que tiene los rasgos de la cara.

Permanecieron un rato juntos frente al difunto Max, luego ella se sentó a la mesa del comedor y escribió una lista. Llamar al médico para el certificado de defunción. La funeraria. ¿Su amigo era religioso? Llamar al párroco. Comunicárselo a los parientes. Quizá debería avisar a un notario, por si había dejado testamento.

—Esto sería lo más importante... Si puedo ayudarle en algo más...

—Gracias, no, creo que ahora me las arreglaré solo. Ha sido usted muy amable al echarme una mano.

—¡Me gusta ayudar cuando puedo, señor Schwadke! —afirmó ella, y le puso una mano en el hombro con suavidad—. Aquí tiene mi tarjeta, llámeme si necesita ayuda. Da igual qué hora sea, del día o de la noche.

Se metió la tarjeta en el bolsillo, esbozó una débil sonrisa y se alegró de quedarse solo al fin. Cuando la mujer se hubo ido, se dispuso a cumplir las tareas de la lista. Llamó al doctor Schulz de Waren, buscó una funeraria en la guía telefónica y luego hizo de tripas corazón y marcó el número de Jörg, el hijo de Max que vivía en Friburgo.

El hijo, profesor de universidad, esperaba la noticia, aunque dijo que le sorprendía que la clínica le hubiera dado el alta a su padre y muriera durmiendo la primera noche que pasaba en casa, pero seguro que el médico al que había llamado Ulli podía darle más detalles. Prometió informar a sus hermanas y le dijo a Ulli que quería ir a Ludorf lo antes posible, ya que había numerosas formalidades que solucionar, para las que le gustaría poder contar con la ayuda de Ulli. Cuando colgó y recobró la compostura, informó a los empleados y a Elke Stock y les pidió que lo excusaran durante el resto del día. Luego volvió a la casa a esperar al doctor Schulz.

El médico llegó a mediodía, cuando terminó el horario de atención en su consulta.

—El corazón —afirmó tras una breve inspección—. Era

cuestión de tiempo, señor Schwadke. El cáncer de próstata se había vuelto a extender, y encima el sarampión... Es un milagro que haya aguantado tanto.

Ulli clavó la mirada en el cuerpo enjuto de su difunto amigo y pensó que Max había encontrado la paz sin sufrir. No le aliviaba, notaba la pena como una úlcera en el pecho que parecía crecer a cada minuto y lo dejaba sin aliento. Cuando poco después llamó a la puerta el empleado de la funeraria con su ayudante, le dieron ganas de decirle a esos hombres tan elegantes vestidos de negro que se fueran. En cambio, dejó que le pusieran un catálogo en la mano para que se lo entregara a los familiares en cuanto llegaran.

El empleado y su ayudante metieron a Max con la manta en un ataúd de plástico y lo sacaron de la casa. Habían aparcado el coche fúnebre muy cerca de la entrada, pero, por supuesto, allí estaba la gente del camping y otros curiosos ansiosos por ver qué pasaba. Algunos lloraban. Muchos se acercaron a Ulli, que se había quedado en la puerta, para darle la mano y el pésame.

Más tarde, Ulli se sentó en el salón, acarició a los gatos huérfanos, los alimentó y pensó si debería ordenar el dormitorio. Pero no fue capaz. El dolor en el pecho era demasiado grande, le robaba el aire y lo dejaba sin fuerzas.

Hacia las cinco, se levantó y dio una vuelta por la zona del camping, les dio las gracias a los empleados que mantenían en pie el negocio y se acercó al quiosco para pedirle a Elke que trabajara hasta la tarde. Luego podía cerrar y darle la llave a Tom.

—Con mucho gusto, Ulli —le aseguró—. Siento mucho lo de Max. Me caía muy bien.

—Gracias, Elke. Cuando haya pasado todo este barullo, hablaremos sobre tu contrato. Ahora eres imprescindible para mí.

Ulli vio cómo se le dibujaba una sonrisa de agradecimiento en los labios.

De pronto sintió que lo invadía una nostalgia incontenible. Había otras personas en su vida que le eran imprescindibles. Se dirigió a toda prisa a su Passat y arrancó. Sin duda no era muy sensato, quizá estuviera del todo equivocado, pero no podía evitarlo. No podía seguir luchando contra lo que le dictaba el corazón, porque ella era la única persona en la que confiaba plenamente, con la que podría dejarse llevar.

Una vez en la mansión, vio el Kadett rojo de Jenny en el aparcamiento. Gracias a Dios, estaba en casa. Bajó deprisa y corrió a la caballeriza.

Ella abrió la puerta al oírle llamar al timbre con tanta insistencia.

—¡Jenny! —dijo él, con la voz quebrada—. Por favor, déjame pasar... ¡te necesito!

—Pero bueno, Ulli —contestó ella, tan sorprendida como asustada—. Pareces un zombi.

—Es como me siento —murmuró él—. Max ha muerto.

—Max —susurró ella.

—Lo he encontrado en su cama esta mañana a primera hora...

Le falló la voz.

Jenny lo abrazó con fuerza y se quedó así un rato. Ulli se aferró a ella como un náufrago y sintió que la dureza que sentía en el pecho se derretía y se convertía en lágrimas cálidas.

Franziska

Verano de 1995

Era el primer entierro que se celebraba en su antiguo y nuevo hogar. La terrible muerte no había golpeado en Dranitz, sino en Ludorf. Sin embargo, en los pocos años que hacía que conocía a Max Krumme le había tomado cariño al anciano, se había convertido casi en un miembro de su familia. A todos les parecía indestructible, no se daba nunca por vencido. Era de los que miraban hacia el futuro siempre con una actitud positiva, de los que no se limitaba a hablar, sino que actuaba. El viejo Max era astuto. Tenía buen ojo para los negocios. Pero para Ulli había sido sobre todo un amigo fiel y paternal.

—Solo tenía setenta y siete años —comentó Walter—. Pero creo que durante los últimos cinco vivió el doble.

—Sí —reconoció ella, pensativa—. Quizá no se trata de la cantidad de años de vida, sino de si fueron plenos y felices.

—Sin duda —contestó él.

Estaban más unidos desde que la noticia de la muerte había llegado a Dranitz. De pronto, Franziska veía claro que la vida era un tiempo muy valioso que no se podía desperdiciar con minucias. Por la tarde le hizo compañía a Walter en el salón y charlaron con el televisor apagado. Hablaron sobre los acontecimientos del día, evocaron algún que otro recuerdo de los viejos tiempos y mencionaron las preocupaciones por el restaurante y la mansión. Walter le informó sobre el estado de las excavaciones, le enseñó copias de las crónicas del convento y le habló de una época lejana, muy remota, que a Franziska la fascinaba cada vez más.

—Este trozo de tierra está poblado desde la Edad Media. ¡Cuántas vidas han transcurrido aquí!

Walter tenía pensado escribir una crónica que reflejara las historias del convento y lo sucedido tras su disolución.

—Si tengo tiempo —añadió con una sonrisa.

—Yo te ayudaré —prometió Franziska—. Lo haremos como Mine y Karl-Erich: lo escribiremos juntos.

¡Mine y Karl-Erich! Ellos eran los más afectados por la muerte de Max Krumme. Jenny fue a verlos con Ulli para darles el funesto mensaje, y le contó que Mine se puso a llorar.

—Se arrepintieron de no haber ido a visitar a Max, aunque tenía prohibidas las visitas.

Con todo, la muerte de Max había tenido un efecto positivo: Jenny y Ulli se habían reconciliado. Desde ese día eran inseparables. Ulli dormía en casa de Jenny y, cuando Mücke podía prescindir de su amiga en la guardería, se iban juntos por la mañana a Ludorf y ella echaba una mano. En principio, Franziska se alegraba mucho, aunque estaba convencida de que, a la larga, no podía salir bien, porque Jenny tenía que devolver su crédito. Además, debía ocuparse de la mansión y del restaurante.

Desde que se había ido Bodo Bieger, Erika, la ayudante, estaba sola en la cocina. Uno de los trabajadores eventuales la ayudaba los fines de semana, mientras el otro atendía las mesas. Ya no había menús estupendos, sino comida casera y las célebres bandejas solariegas. No podían seguir así mucho tiempo, pero encontrar un cocinero nuevo estaba resultando extremadamente difícil.

Y encima, ahora Jenny tenía los exámenes. Los de verdad, no los de prueba. Así que hoy iban a dar sepultura a Max y al día siguiente Jenny tendría que irse a Hamburgo a hacer los exámenes finales, que duraban varios días. Franziska temía que no hubiera estudiado lo suficiente con tantos acontecimientos inesperados, pero su nieta daba muestras de una serenidad sorprendente. ¡Ojalá todo fuera bien!

Max había dejado un testamento certificado por un notario que abrió el juzgado y luego envió una copia a los herederos. En él especificaba que quería que incineraran su cadáver y esparcieran las cenizas en el lago. Sus hijas Elly y Gabi estaban en contra solo porque estaba prohibido esparcir las cenizas de un difunto en el Müritz, pero su hijo Jörg decidió, con el apoyo de Ulli, que se celebrara un funeral en la iglesia de Ludorf para que todos sus amigos pudieran despedirse de él. A continuación, se llevaría la urna para cumplir la última voluntad de su padre.

Tuvo que negociar con insistencia con el dueño de la funeraria porque en Alemania existía la «obligación de dar sepultura», pero al final se había mostrado dispuesto a hacer entrega de la urna a cambio del «recargo» correspondiente que solo conocerían Ulli y él. Ulli se lo había contado a Mine, que se lo había confiado a Franziska bajo la condición de guardar el secreto...

Los tres hermanos Krumme se alojaron en el hotel de la mansión de Dranitz porque, como les contó Elfie durante el desayuno, los alojamientos modernos de Waren no les habían gustado. La primera vez llegaron sin poder organizar el viaje, cuando les avisaron del hospital, y al poco de pasar la alarma y volver a Prenzlau y Dranitz, les llegó por sorpresa la noticia de su muerte. De haber sabido que Jenny salía con ese «ladrón de herencias», como según su nieta llamaban las dos a Ulli, no se habrían instalado allí. Jörg era el único que no parecía resentido con él.

El verano mostraba su mejor cara, el sol brillaba en un cielo despejado y sin nubes, apenas soplaba la brisa, el lago estaba plácido, lucía el color del cielo y resplandecía con tonos claros y oscuros.

—Una sinfonía de despedida para Max —comentó Franziska con una sonrisa de camino a la iglesia.

No obtuvo respuesta. Walter tuvo que frenar el coche porque lo adelantó un motorista mientras un tractor se acercaba en dirección contraria con un remolque. Mine y Karl-Erich guardaron silencio en el asiento trasero, afligidos. En Ludorf los esperaba Ulli en el aparcamiento para ayudarles a bajar al abuelo del coche y colocarlo en su silla de ruedas.

—Me alegro de haberos reservado unos sitios libres —dijo Jenny, que también se acercó a ayudar—. Está tan lleno que no caben todos en la iglesia. Por suerte, la pequeña Julia está con Mücke y los gemelos, de lo contrario me habría desmayado del calor. Tenía muchas ganas de despedirse del tío Max, pero al final se ha mostrado razonable.

—Tampoco es sitio para una niña —dejó caer Mine, y Franziska hizo un gesto de aprobación.

La antigua iglesia de ladrillo de Santa María y San Lorenzo era visita obligada para los turistas. Era un edificio de base octogonal con contrafuertes y tres pequeñas capillas que se construyeron después. Fue una donación de un peregrino que regresó de Jerusalén a principios de la Edad Media y que se inspiró en la capilla del Santo Sepulcro para su construcción. Ese día, los asistentes al funeral la llenaron hasta el último rincón.

Habían ido todos, los amigos de Dranitz y de Ludorf, además de la gente del camping y los empleados. Quien ya no encontraba sitio en la iglesia se quedaba fuera, delante de las puertas que abrieron de par en par. Algunos se sentaron bajo la sombra de los viejos árboles y escucharon desde ahí la ceremonia a través del portal abierto de la iglesia.

Cuando Jenny, de la mano de Ulli, les enseñó los sitios que les había guardado, Franziska clavó la mirada en los tres hijos de Max, que se habían sentado en primera fila. Gabi había visto a Ulli, señaló a la joven pareja y susurró algo al oído de Elly, que se dio la vuelta y observó a los chicos, a Franziska y a Walter. Entonces empezó el funeral. El joven párroco habló con mucha sensibilidad y fue breve en vista de la cantidad de invitados que esperaban fuera de la iglesia con el calor. Al final de la ceremonia, Jörg Krumme se levantó y se puso al frente para invitar a todos los asistentes al funeral a un café en su memoria en la zona de acampada del «señor Ulli Schwadke»; los invitados de Dranitz, así como la familia, serían atendidos en el restaurante del hotel rural, como había acordado previamente con Ulli.

Cuando los asistentes congregados dentro salieron al patio de la iglesia, entraron los demás a dejar flores delante de la urna de Max Krumme.

—Vaya —le dijo Karl-Erich a Jenny, que empujaba su silla de ruedas al salir de la iglesia—. No ha estado bien por parte de Max largarse con este calor. Ya podría haber esperado a otoño. ¡Pero siempre ha sido de tener ideas propias!

—¡Eso sí que es verdad! —confirmó Ulli, y miró a Simon Strassner, que había asistido con su novia y le había dado el pésame. También Evelyne Schneyder le había estrechado la mano, y Franziska se sorprendió al ver que Ulli se sonrojaba. Pero quizá fuera solo por el calor.

—Luego vamos —dijo Jenny cuando Karl-Erich estuvo sentado sano y salvo en el coche al lado de Mine y la silla de ruedas en el maletero—. Elke Stock espera a los invitados en el camping, está todo preparado, así que no debería durar demasiado, aunque me temo que allí la cosa no se quedará en café y pasteles. ¡No te preocupes, abuela! Ulli solo tiene que ir a ver un momento que todo esté en orden, yo me quedaré junto al agua para poder llevarlo luego a Dranitz.

Poco a poco los asistentes al funeral fueron entrando en la mansión. Mine había metido en el horno el día antes varias bandejas de bolitas de cereza y de mantequilla, pero también Tine Koptschik, Irmi Stock y Mücke quisieron aportar sus delicias caseras. Gerda y Kalle habían prometido ocuparse de las bebidas. Eso era importante, porque un funeral debía empezar con tristeza, pero tener un desenlace alegre. De hecho, el restaurante de la mansión estaba tan lleno que tuvieron que ir a buscar sillas de las habitaciones y del despacho.

Había acudido mucha gente del pueblo, sobre todo los mayores, que conocían a Max y a su esposa Gertrud desde la época posterior a la guerra, cuando el matrimonio vivió un tiempo en Dranitz. Sin embargo, también asistieron los más jóvenes. Algunos llevaron a sus hijos, que acabaron sentados en la mesa infantil junto a Julia, Jörg Junkers y Mandy y Milli. Erika, la ayudante de cocina, y las dos camareras, Elfie y Anke, iban de mesa en mesa con termos llenos de café y ofrecían bandejas de pasteles.

Poco a poco, la gente comenzó a charlar. Krischan Mielke recordó cómo habían llegado al pueblo Max y Gertrud, andrajosos y medio muertos de hambre. Llegaron a pie desde Masuria, junto con los padres y una hermana de Gertrud. Cuando terminó de contarlo, Paul Riep, el alcalde, pronunció un breve discurso, aunque habló más de la mansión y la «señora baronesa» que de Max Krumme. A Franziska le dio un poco de vergüenza que le diera las gracias por su gran trabajo delante de todos los invitados. Sin duda, cuando llegó del Oeste tras la Reunificación y compró la vieja mansión al principio desconfiaron un poco, porque algunos decían que volverían los nobles hacendados para instaurar las antiguas condiciones de antes de la guerra. Sin embargo, esos fueron muy pocos, ya que la mayoría de los habitantes de Dranitz se habían alegrado de su regreso, sobre todo Mine y Karl-Erich Schwadke, por supuesto.

—Ahora la antigua casa brilla con un nuevo esplendor, han abierto un hotel y un restaurante que atraerán clientes y los vecinos de Dranitz sacaremos provecho. Veo aparecer negocios y cafeterías en nuestro pueblo, nuevas calles y edificios, la escuela y la guardería volverán a llenarse de vida, y quizá incluso consigamos un enlace ferroviario...

Para acabar, levantó la copa que Gerda Pechstein se había apresurado a llenar de vino y propuso un brindis.

—Por la señora baronesa y su mansión, ¡salud!

Su discurso fue recibido con un gran aplauso. Retiraron las tazas de café y llenaron las copas, bebieron por «la señora baronesa», luego por Max Krumme, después por el alcalde Paul Riep y, quien aún no había tenido bastante, levantó la copa por los viejos tiempos y por el futuro. Jenny y Ulli aparecieron en el restaurante en plena euforia general y, antes de que pudieran ocupar sus sitios junto a Franziska y Walter, les dedicaron un brindis también a ellos.

—¡Viva la joven pareja!

—¡Pronto habrá una boda en Dranitz!

—Y la pequeña Julia tendrá hermanitos...

Elly y Gabi, que también habían tomado asiento en el restaurante, se levantaron enfadadas y se fueron del salón.

—¡Claro! ¡La chusma de los ladrones de herencias! —le susurró Elly a su hermana al salir. ¿En qué estaba pensando Jörg al relacionarse con ese Ulli? Pero aún no habían dicho la última palabra, iban a contratar a un abogado para reclamar lo que les correspondía.

Jörg, en cambio, se quedó, se levantó y le dio las gracias a

Ulli delante de todos los presentes por la auténtica amistad que le había brindado a su padre y por su inestimable ayuda con el entierro. También le dio las gracias a Franziska y a todos los que habían conocido a su padre, le apreciaban y habían convertido ese día en una maravillosa despedida.

—Creo que a Max le habría gustado —le susurró Ulli a Jenny cuando los invitados volvieron a alzar sus copas por Max Krumme—. No soportaba a los sosos.

Poco después empezaron a irse los primeros invitados; unos querían ver las noticias en televisión, otros tenían ganado que ordeñar. Irmi y Tine repartieron las últimas raciones de pastel y el restaurante se vació poco a poco. También Jörg Krumme se despidió y se retiró a su habitación del hotel. Erika y las dos ayudantes recogieron la vajilla y pusieron en marcha el lavaplatos. Los invitados que quedaban, entre ellos Sonja, Bernd, Mücke y Kalle, estaban reunidos en la mesa de Franziska. La conversación giró en torno a Max durante un rato. Luego, Kalle se levantó y se dirigió a la salida.

—Vamos a casa, cariño, las niñas tienen que bañarse.

—Poco a poco se van quedando sin espacio en casa de los Rokowski —comentó Sonja con mala conciencia, cuando se fueron.

En realidad, Kalle había querido mudarse al molino de aceite reformado, pero como ahora albergaba la tienda y la sala de exposiciones del zoológico, vivían en casa de sus suegros. Seguro que a Tillie Rokowski no le importaba, así tenía siempre a sus nietas cerca.

Ahora que estaban solos había más calma en la mesa. El ambiente de euforia provocado por los bonitos recuerdos de Max Krumme y el discurso de Paul Riep se había disipado. Volvieron a los problemas pendientes, charlaron sobre las novedades e intentaron hacer previsiones de futuro prudentes.

—Espero conseguir salir de esta sin declararme insolvente —afirmó Bernd—. Seguir dirigiendo la granja con nuevas cargas solo me hundiría más en los números rojos. Es el momento de cerrar, y eso es lo que voy a hacer.

Jenny, testaruda como todas las mujeres Von Dranitz, se opuso.

—Papá, sabes tan bien como yo que un proyecto así se mantiene durante como mínimo cinco años en números rojos hasta que por fin rinde algo. Tienes que respirar hondo y no tirarlo todo por la borda a la primera. Además, de momento yo podría prestarte una pequeña cantidad.

—Querida Jenny —contestó Bernd—, creo que necesitas el dinero, según tengo entendido en la mansión Dranitz aún queda mucho por hacer.

Franziska era de la misma opinión. Le recordó a Jenny que, en última instancia, era el dinero de Ulli, y había que devolvérselo lo antes posible.

—No hay prisa —intervino Ulli de buena fe—. Pero a mí también me parece que Bernd tiene razón: tenéis que recuperaros poco a poco con la mansión, o de lo contrario será demasiado cara.

Ahí estaban de nuevo los eternos problemas, viejos y nuevos. Franziska se lamentó de que el restaurante pronto tendría que cerrar por la dimisión del cocinero: no podían ofrecer eternamente a los clientes los mismos platos sencillos que sacaban adelante a duras penas.

—¿Y por qué no contratáis a un cocinero nuevo? —preguntó Sonja, sorprendida.

—¡Porque no encontramos ninguno! —Habían publicado un anuncio en el periódico, pero las aspiraciones económicas de los candidatos eran exageradas. Quizá fueran adecuadas para un restaurante de cinco estrellas en la orilla del Müritz, pero no para el Hotel rural Dranitz.

—Ojalá fuera veinte años más joven —afirmó Mine, que seguía atenta la conversación—. Habría sido una buena cocinera. Igual que nuestra Hanne Schramm entonces. Con unos restitos de jamón preparaba una cena entera.

Karl-Erich lo confirmó con un gesto y comentó con una sonrisa que él era el afortunado que disfrutaba desde hacía más de cincuenta años de la fantástica cocina de Mine. Ulli añadió que durante unos años él también le había sacado provecho, y Sonja y Walter también podían opinar. De pronto habían olvidado todos los problemas y la conversación giró en torno a recetas de la región, platos de pescado, ragú de liebre, pastelitos de queso quark y lomo de corzo con rebozuelos. Franziska también participó. Era agradable huir durante un rato de las preocupaciones y escuchar las historias de Mine sobre «los buenos tiempos».

Sí, la cocinera Hanne Schramm era una mujer estricta, pero tenía muy buen corazón. Daba todo de sí por aquellos a los que apreciaba, y jamás fue injusta con una ayudante de cocina. Escribió sus recetas en un librito encuadernado en verde, con un cordel atado y un nudo tan fuerte que alguien sin autorización necesitaría la ayuda de un cuchillo para acceder al contenido. Hanne Schramm solo deshacía ese nudo antes de las grandes celebraciones, como bodas o bautizos, porque necesitaba releer alguna que otra receta que cocinaba solo de vez en cuando.

—¿Y qué fue de ese librito? —preguntó Jenny, intrigada.

—Bueno —contestó Mine, afligida—. Cuando la buena de Hanne estaba en el lecho de muerte, con los rusos invadiendo el país, lo escondió. Para conservarlo y que no cayera en malas manos.

—¿Dónde lo escondió? —preguntó Walter con una sonrisa pícara.

—Por desgracia, no lo sé —respondió Mine, afligida—.

De lo contrario, hace tiempo que habría hurgado en él para cocinarlo todo.

Kacpar, que había guardado un silencio inusitado todo el tiempo, comentó que seguro que semejante colección de recetas era un tesoro.

—Yo, por ejemplo, pagaría una buena suma por él —le confesó a Mine.

—¿Desde cuándo coleccionas las recetas antiguas de Mecklemburgo? —preguntó Jenny, asombrada.

Franziska miró a Kacpar y supo que llevaba unas cuantas noches durmiendo mal. Pobre. Se había hecho ilusiones y, ahora que Jenny volvía a estar con Ulli, se habían desvanecido.

—¿Por qué no? —preguntó Kacpar con cara de sorpresa—. Al fin y al cabo, pretendo comprar una mansión por aquí cerca y convertirla en un hotel gastronómico.

Todos guardaron silencio. Solo Karl-Erich, que últimamente no oía bien, seguía contándole a Walter lo que había para comer en el frente ruso en 1944 y lo ingeniosos que tenían que ser sus compañeros y él para mantenerse más o menos con fuerzas.

—Que quieres... ¿qué? —balbuceó Jenny.

Kacpar levantó la mirada, un tanto cohibido.

—Quiero independizarme. ¡He reunido la experiencia suficiente para montar algo por mi cuenta!

Franziska tardó un momento en comprenderlo. Kacpar quería irse de Dranitz. Era inconcebible, llevaba años con ellas, siempre tan solícito, trabajando, disponible para todo. Sin Kacpar no habría sido posible la reforma de la mansión. Por otra parte, su decisión era completamente comprensible. Le habían negado su deseo de ser socio, ¿por qué iba a comprometerse más tiempo con Dranitz?

—Si la decisión es en firme, Kacpar, lo lamento mucho —dijo, despacio—. ¡Te echaremos de menos!

Él se encogió de hombros y miró un momento hacia Jenny, que estaba callada y miraba con turbación su plato de pastel vacío. Ulli se aclaró la garganta para decir algo, pero luego desistió.

—No creo que deje un gran vacío —protestó Kacpar—. Para mí ha sido una época bonita y muy instructiva la que he pasado aquí, en Dranitz, pero mi intención nunca fue quedarme para siempre. Me pasa algo parecido a Bernd: ha llegado el momento de poner fin a una etapa de mi vida.

Franziska advirtió que le costaba mantener la compostura, ya que le tembló la voz al pronunciar las últimas palabras. Se levantó, hizo un peculiar gesto educado y al mismo tiempo rígido al grupo y salió del restaurante.

—No lo va a hacer de verdad —afirmó Jenny en voz baja—. Le tiene demasiado cariño a Dranitz...

Miró a Ulli en busca de ayuda, pero él hizo un gesto de resignación para trasmitirle que tenía poco que decir al respecto y la rodeó con el brazo.

—En todo caso, yo me quedo contigo, Jenny —le prometió con cariño—. Estaremos juntos contra viento y marea. ¡Pase lo que pase!

—Eso es lo principal —admitió ella, y se arrimó a él.

Los demás callaron, consternados. Bernd suspiró, afligido. Mine sacudió la cabeza y Karl-Erich levantó a duras penas la copa de cerveza con las manos agarrotadas por el reuma para beber un trago.

—Quizá la oferta que nos hizo Cornelia en el cumpleaños de Walter no esté tan mal —apuntó Sonja después de un rato de silencio y angustia.

—¿Qué oferta? —preguntó Jenny.

—¿No te acuerdas? Dijo que había ideado un plan de negocios con el que podríamos sanear la economía de nuestra empresa.

Jenny hizo un gesto de desdén.

—Ah, eso. Grandes frases vacías. Típico de mamá —gruñó.

Franziska coincidía con Sonja. Hacía años que Cornelia asesoraba con éxito a empresas, pero no tenía ni idea de la auténtica miseria económica y empresarial en la que se encontraban. Todos menos Ulli.

—No os preocupéis tanto —dijo él de inmediato—. Mi empresa va fenomenal, y estoy dispuesto a echaros una mano. Todo queda en familia...

Era muy amable por su parte, pero a largo plazo no era una solución. Endeudarse siempre a costa del futuro de su nieta iba en contra de los principios de Franziska.

La simpática y regordeta Elfie se acercó en ese momento a la mesa.

—¡Ah, siguen todos aquí! —exclamó—. Qué suerte. Tengo una carta para el señor Schwadke.

—¿Para mí? —se sorprendió Karl-Erich, que recuperaba el oído cuando había una mujer guapa cerca.

—Creo que es para su hijo. El señor Ulli Schwadke.

—Es mi nieto, joven.

Ulli cogió el sobre, asombrado, y le dio la vuelta para saber quién se lo había enviado.

—Las dos señoras, las hijas del señor Krumme que se alojaban aquí, me han dado la carta. Por cierto, se han ido. Tendríamos que enviarles la factura.

Ulli abrió el sobre, leyó con cara de confusión y luego soltó una risa nerviosa.

—Esas dos quieren denunciarme. Parece que van en serio. Dicen que Max no estaba en plenas facultades mentales cuando me vendió su terreno, que yo les he arrebatado su herencia de forma ilícita y que hay testigos. Que nos veremos en el juzgado...

Audacia

La novicia no sabía lo espeso e impenetrable que era el bosque cuando evitó los senderos trillados. Durante su infancia había salido del castillo en muy pocas ocasiones, y nunca por su propia cuenta. Cuando se trasladaba a otro castillo, cargaban arcones y cajas en carros de bueyes y las mujeres nobles iban a caballo o las llevaban en carromatos provistos de toldos. Esos días, ella se sentaba delante, junto al cochero, y contemplaba fascinada el paisaje, admiraba los bosques, campos y prados y, cuando pasaban junto a un lago, anhelaba poder bajar y correr por la orilla. Sin embargo, rara vez lo tenían permitido las mujeres.

Así que, por primera vez en su vida, sentía el suelo blando del bosque bajo los pies, olía el aroma a setas de la podredumbre y la nueva vida cambiante, y tenía las manos ensangrentadas por la áspera corteza de los viejos robles a los que se agarraba de vez en cuando. Así que eso era el bosque que observaba con tanta nostalgia desde la ventana de sus aposentos, el follaje seductor, ondulante, que brillaba con multitud de tonos verdes, que en otoño resplandecía maravilloso de color rojo y marrón y en invierno se convertía en un ramaje negro que dibujaba filigranas. Era un mundo maravilloso en el que ahora estaba de pronto sumergida, un universo repleto de belleza y vida en el que al mismo tiempo se sentía una intrusa. No estaba segura de si la acogida allí sería amable u hostil.

Lo último en lo que pensaba era en los combatientes eslavos. Allí, en aquella verde maleza, creía estar bien escondida. Apenas se veía nada a tres pasos, ¿cómo iba a descubrirla un enemigo? Le preocupaba mucho más equivocarse de camino. Sabía que el castillo de Schwerin estaba situado al norte, pero como había abandonado el camino y el sol solo brillaba de vez en cuando entre las copas de los árboles sin que pudiera reconocer su posición en el cielo, no tenía ni idea de hacia dónde se dirigía. Eso la atormentaba porque, si no encontraba el castillo de sus padres, no podría ayudar al convento.

Eso era lo que más le dolía. Tenía que ir a buscar ayuda. Para todas sus hermanas, que corrían un gran peligro. Y para la abadesa. Para Audacia, que merecía todo su amor. Era su madre y su hermana, su señora y su amiga cariñosa, era fuerte y severa, capaz de imponer castigos y enfadarse, pero en el fondo de su alma era todo amor. Igual que ella, Regula, que había consagrado su vida a Dios, y al mismo tiempo dedicaba todo su amor desbordante y apasionado a la abadesa. Dar la vida por ella no sería suficiente. Si Dios se lo permitía, también quería hacerse responsable de todos los pecados de su señora y expiarlos por ella en el purgatorio.

De momento los expiaba en la Tierra sin que la abadesa sacara ningún provecho. Hacía rato que el calzado estaba empapado de la humedad, la piel cedía y las costuras se abrían. Le dolían las manos y se le nublaba la vista, todos los árboles le parecían iguales, los arbustos eran similares; de vez en cuando aparecía ante ella un árbol gigantesco caído, cubierto de musgo y plantas jóvenes, que le servía de punto de referencia. No, no estaba caminando en círculo, nunca había estado allí. Sin embargo, costaba ver si así se estaba acercando al castillo de Schwerin. Se detuvo junto a un riachuelo y cogió con la mano un poco de agua para aplacar la sed. Ya debía de ser mediodía, la hora de la sexta, que tendría que rezar allí sola.

Un ruido la sacó del salmo en latín que estaba recitando para sus adentros. Era un fuerte crujido que parecía provocado por un animal grande o una persona. Se le aceleró el corazón: ¿podía ser que la hubiera descubierto el enemigo? ¿Justo en plena oración, cuando se creía protegida por Dios?

—No tenga miedo, señora —susurró una voz ronca—. Solo Bogdan, si Dios quiere.

La presencia del eslavo no la tranquilizó, esa gente rara le daba miedo. ¿Por qué la había seguido? ¿Qué quería de ella?

—¿Dónde estás? —gritó con severidad en la dirección de donde procedía la voz.

No obtuvo respuesta, pero avistó una silueta entre los árboles que se le acercaba dando unos curiosos brincos. Bogdan le hizo una señal para que se acercara, hizo muecas de lo más intimidatorias, desapareció un momento por detrás del tronco rugoso de un árbol vetusto, luego apareció de nuevo y se detuvo a unos pasos de ella.

—El bosque es grande —dijo él, y torció el gesto, preocupado—. Le enseñaré camino a mi señora. Castillo Schwerin. Buscar caballeros del conde.

¿Podía fiarse de él? A fin de cuentas, también era eslavo, un enemigo. Por otro lado, había llegado justo en el momento en que ella estaba arrodillada, rezando. ¿Qué había dicho? «Si Dios quiere.» ¿Y si realmente era así?

—¿Puedes llevarme al castillo?

Él asintió para confirmarlo, le sonrió y la invitó a seguirlo con una señal. Ella lo hizo confiando en Dios, y a partir de ese momento el camino le resultó fácil. Por lo visto, Bogdan, el eslavo, se sentía como en casa en ese ignoto mundo del bosque. Se movía sin prisa, de vez en cuando verificaba el tronco de un árbol, buscaba algo en el suelo, subía con una destreza asombrosa a las copas de los árboles y volvía a descolgarse de ellas con movimientos seguros. Le allanó el camino, le retiraba las ramas y colocaba piedras en el arroyo para que pudiera pasar de una orilla a otra con los pies secos. Él caminaba por delante, aseguraba el entorno, suspicaz y ojo avizor como un animal, y luego regresaba con ella para guiarla. No se atrevió a tocarla ni una sola vez, pero sonreía todo el tiempo, de modo que ella a veces se preguntaba si solo se alegraba de poder ayudarla o si tramaba algo.

La misión que había asumido le dio una fuerza que ni ella misma había imaginado poseer. No se tomaron un descanso hasta que la luz palideció y compartió con él las escasas provisiones de pan, queso y carne seca. Él se arrodilló delante y se puso las dos manos en el cuello antes de atreverse a aceptar los obsequios.

Apenas había acabado de comer cuando el eslavo se estremeció, se levantó a toda prisa y se quedó un momento inmóvil con la mano en la oreja derecha. Regula también había oído el leve crujido, pero lo había atribuido a un animal del bosque. Sin embargo, Bogdan no opinaba lo mismo. Con un gesto inusitadamente enérgico le indicó que no se moviera del sitio, luego avanzó entre los árboles y desapareció en la maleza. En ese momento Regula se fijó en el sigilo con el que se movía, la astucia con la que colocaba los pies para no rozar ni una ramita, ni una piedra suelta. Se había ido en la dirección por la que habían llegado. ¿Pretendía dar un rodeo para sorprender a alguien?

Se puso en cuclillas sin hacer ruido y aguzó el oído en el bosque. Intentó rezar, pero no pudo porque tenía el alma atenazada por el miedo. Entonces lo oyó: un crujido fuerte, como cuando se rompen ramas, una tos y un gemido, golpes amortiguados, luego un breve alarido que terminó con un estertor espeluznante. Ella se levantó de un salto, sin saber si debía huir o correr a ayudar a Bogdan, pero en ese momento apareció él entre los arbustos. Caminaba despacio. Se detuvo, apoyó la espalda en un tronco y se llevó la mano derecha al pecho. Cuando retiró la mano, Regula vio que tenía sangre.

—¡Bogdan! ¡Estás herido!

Él la miró y sacudió la cabeza.

—No es grave. —Torció el gesto en una mueca que pretendía ser una sonrisa, se agachó y cogió un poco de musgo. A continuación, se abrió la túnica de piel parcheada que llevaba, se colocó el musgo en la zona herida y se puso en movimiento—. Vamos —ordenó con voz ronca—. No quedarnos aquí, o vendrán.

Ella lo entendió y caminó presurosa tras él. Saltó troncos y piedras para no perderlo de vista, ya que él rara vez la miraba. De vez en cuando se detenía y se apoyaba jadeando en un tronco. Cuando la luz de la luna en ciernes penetró el atardecer, vio que tenía los ojos cerrados.

—¿Quieres que te vende la herida? Puedo arrancar una tira de mi hábito para sujetar con ella el musgo a la herida y que no sangre tanto —propuso, preocupada.

Sin embargo, él no la escuchó y siguió abriéndose camino sin hacer ruido.

—¿Era un enemigo? ¿Qué has hecho con él?

Bogdan guardó silencio ante sus preguntas. Solo abrió los ojos cuando ella se acercó, le rozó la manga hecha jirones e hizo un amago de inspeccionarle la herida. En sus pupilas negras se reflejaba el claro de luna.

—¿Crees que nos están siguiendo?

—Tenemos que seguir, irnos de aquí.

Caminaron toda la noche, y al amanecer Regula estaba tan agotada que se desplomó en el suelo cuando hicieron una breve pausa junto a un arroyo. Bogdan también tuvo que sentarse, cambió varias veces el musgo de la herida, una vez se puso unas hierbas que encontró y bebía con ansia el agua fría del arroyo. Regula no hizo más preguntas, se limitaba a ir tras él dando tumbos con sus últimas fuerzas, sin preocuparse por la fauna salvaje ni los malignos espíritus nocturnos. Sus pensamientos estaban muy lejos. Bajo la luz rojiza vio el convento, los enemigos que trepaban por las paredes, los tejados de paja engullidos por las llamas que se elevaban al cielo, y se le encogía el corazón por su querida señora, por Audacia, la abadesa.

Al amanecer llegaron a la linde del bosque. Ante ellos se extendía la superficie de color azul claro del lago, con un brillo plateado por el sol matutino. En la orilla, entre campos y prados, rodeado de pinos nudosos, se encontraba el castillo de su padre.

—Por fin —susurró—. Te lo agradezco, Bogdan. No lo habría conseguido sin ti.

El último tramo del camino estuvo marcado por la alegría y el dolor. Tenía los pies ensangrentados, le dolía todo el cuerpo, veía fantasmas pálidos que querían nublarle la vista. Dos caballeros acudieron a su encuentro, las cotas de malla eran negras, los cascos recién pulidos brillaban al sol.

—¡Eh, tú! ¡Eslavo! ¿Adónde vas con la monja?

Regula reconoció al caballero de su padre y se dirigió a él por su nombre.

—Saludos, Sigmund von Wolfert. Regrese al castillo e informe a mi padre. Tiene que prestar ayuda al convento de Waldsee.

—¡Señora! —exclamó—. Disculpe que no la haya reconocido con el hábito. ¿Qué dice? ¿El convento está en apuros?

—Los eslavos…

En ese momento, una profunda oscuridad ascendió del suelo y la envolvió, la sacó del mundo para llevarla a otro lugar, apacible y redentor. Estuvo un buen rato flotando en esa suave penumbra, se convirtió en polvo de nubes que la llevaba por encima del mar, se deslizaba sobre países y continentes hasta el borde del disco de la Tierra, donde el universo se aboca al inframundo. Vio a Cristo, que rodeaba el cosmos con brazos cariñosos; oyó los coros esféricos de los ángeles y sintió los vientos que Dios enviaba desde los cuatro puntos cardinales para que ella hiciera su aportación a la gran obra de la creación. Volvió a descender al mundo de los vivos a lomos del viento del norte, los sonidos cósmicos resonaban cuando penetró la semiesfera transparente que cubría el disco de la Tierra, y a partir de ese momento volvió a sentir la miseria y el dolor de la existencia terrenal.

—¡Está despierta! —gritó una voz conocida. Era la anciana Oda, su ama de cría, que estaba sentada junto a su cama y daba palmas de alegría—. ¡Traed papilla de cebada endulzada con miel! —ordenó a las criadas—. ¡Vino especiado! Pastelillos. Pollo cocido... ¡Oh, mi querida señora! ¡Qué preocupada estaba!

Regula parpadeó ante la luz del mediodía que entraba por la ventanita de la habitación. Estaba en el castillo de su padre. Ahí estaba Oda, los objetos que conocía desde niña. El arca tallada donde guardaban sus vestidos, que parecían de hilos de lana, y un tapiz bordado en el que tres caballeros saltaban sobre un campo de espigas. El taburete bajo sobre el que descansaba la lámpara, y al lado un hábito de monja, sucio y hecho jirones.

La invadió un terror enorme. Agarró del brazo a Oda, que quería darle un vaso de agua.

—¡Los caballeros! —exclamó—. ¿Han ido al convento?

Oda no se dejó alarmar. Ayudó a su joven señora a sentarse mejor y le sujetó el vaso en la boca.

—Hace ya un buen rato, señora. El señor conde, vuestro padre, ha enviado mensajeros para reunir a todos los caballeros, y vuestro hermano Heinrich los ha guiado hasta la batalla.

Regula bebió el agua con avidez del vaso de Oda, luego se dejó caer de nuevo y notó que el corazón le latía con fuerza.

—¿Ya es mediodía?

—Hace tiempo. Tenéis que comer algo para recuperar fuerzas.

Ya era por la tarde. Entonces, habrían partido hacia el mediodía, pero sabía que siempre se tardaba un tiempo en reunir a los combatientes. ¿Cuánto tardarían en llegar al convento? ¿Llegarían a tiempo o se lo encontrarían destrozado y a las mujeres deshonradas y asesinadas? Regula sabía que la abadesa se pondría delante de las monjas para protegerlas y sin duda sería una de las primeras en morir. Rechazó el cuenco con el puré caliente que le ofrecía Oda y cerró los ojos. El miedo y la impotencia le invadieron el pecho.

—Tenéis que comer, señora —oyó que decía Oda—. ¡Os lo ruego!

—Déjame…

—¡Solo una cucharadita, os lo suplico!

—¡Vete!

El ama tenía que obedecer, pero no se movió de su lado. Regula se quedó inmóvil en su catre, con la mirada fija en el techo de la pequeña habitación, el miedo le paralizaba la mente y el alma. Era incapaz de hacer nada, salvo rezar. Sin embargo, por mucho que lo intentara, ya no recordaba las palabras. Hasta que no cayó el crepúsculo no logró conciliar un sueño intranquilo lleno de imágenes aterradoras. Eran pesadillas que le enviaba el diablo, no los sueños verdaderos procedentes de Dios. Esos nunca la asaltaban dormida, siempre estando despierta.

—¡Señora, mi pequeña Regula, tenéis que despertar! El señor conde, vuestro padre, quiere hablar con vos…

Se alegró de que la sacaran de sus terribles sueños, ya que había visto a su hermano Nikolaus en el fondo del mar. Vio una silueta cruel bajo las rocas, con las cuencas de los ojos vacías porque los peces se los habían comido.

—Ya voy...

El ama la ayudó. Quería ponerle un vestido nuevo de lino, pero Regula se negó y exigió su hábito, aunque estuviera sucio y hecho jirones. Bebió un poco de vino especiado mezclado con agua y se puso en pie para bajar al gran salón, donde la esperaba su padre. Fue un recorrido fatigoso, los pies magullados le escocían a cada paso como si fueran de fuego, y aún tenía los miembros entumecidos por el largo camino.

Su padre estaba sentado en un taburete de madera, muy cerca del hogar. Tenía un abrigo forrado de piel sobre los hombros y una manta de lana extendida sobre las rodillas. Era raro, ya que los días en verano eran cálidos y a Regula no le pareció que hiciera frío en el gran salón.

—¿Eres tú, Regula? —preguntó, y levantó la cabeza al oír sus pasos—. Ven conmigo.

Comprendió que su padre apenas veía ya. También parecía más menudo, con la barba rala y oscuras ojeras. En ese momento recordó lo que había dicho Oda, que su hermano Heinrich había guiado a los caballeros. Había ocupado el sitio de su padre, que antes siempre iba a la cabeza de sus combatientes.

—Estoy aquí, padre —contestó ella, y le cogió de las manos, que permanecían inmóviles y frías bajo la manta de lana.

—Has salido del convento, Regula —dijo—. No ha estado bien por tu parte, porque has roto tus votos...

Ella le acarició las manos nudosas e intentó comprender lo que decía.

—Me fui por orden de la abadesa, padre. El convento se encontraba bajo la amenaza de los guerreros eslavos.

Su padre asintió varias veces, pero ella vio que no había entendido el significado de sus palabras. Era horrible. Su padre estaba enfermo, Dios le había arrebatado la razón.

—Los eslavos —dijo, y se echó a reír—. Les vencimos. Están todos muertos. Hoy los donceles han matado a los últimos.

Regula no lo entendía. Su padre decía cosas sin sentido, mezclaba recuerdos con ideas imaginarias.

—Mi hermano ha ido al convento con los caballeros. —Regula intentó devolverlo a la realidad—. ¿Ya ha enviado un mensaje? ¿Hay noticias de si han vencido a los enemigos?

El anciano dejó vagar la mirada. Al final se arrancó la manta de lana de las rodillas, agarró un bastón nudoso que estaba junto a su asiento y se levantó con mucho esfuerzo.

—¡Ahí! —gritó, y le señaló una de las ventanas del salón—. ¡Ahí está, el eslavo, muerto!

Se acercó renqueando a la ventana, se apoyó con una mano en el poyete de la ventana y miró abajo, al patio. Regula se quedó sin aliento. Se acercó despacio a la ventana, se colocó al lado de su padre y abajo, en el poblado, vio entre las cabañas de los artesanos un grupo de donceles jóvenes. Aún no tenían edad de ser llamados al campo de batalla y habían pagado su rabia por ello con una persona desvalida. Cuando uno de ellos se apartó a un lado un momento, Regula vio el jubón de piel, cubierto por una gran mancha de sangre oscura, y supo a quién habían dado muerte los donceles en el patio.

Bogdan, el eslavo. Su fiel sirviente y salvador. Había muerto como un mártir allí, en el castillo de su padre. Notó que se avecinaba un arrebato, que todo su cuerpo se ponía rígido y la luz de Dios crecía en su interior hasta alcanzar una claridad radiante. Una voz extraña, parecida a la suya, dijo: «Que Dios perdone tus pecados, Bogdan, y te acoja en su reino eterno».

Luego la asaltaron las imágenes. Eran bonitas y aterradoras al mismo tiempo: vio a su padre muerto, tumbado en la cama, y a su hermano Heinrich sentado en su trono de conde. Vio los escombros humeantes de su querido convento, los túmulos en el cementerio y las cabañas humildes tras los muros derruidos del convento, cubiertos de nieve. Sin embargo, también vio la mano de Dios que protegía a las escasas mujeres que se habían librado de la muerte. Y vio a su querida señora, Audacia, la abadesa. Su rostro reflejaba una profunda preocupación, se inclinó hacia la novicia y le acarició con cariño las mejillas. Una cálida dicha invadió a Regula con el roce, quiso levantar el brazo para coger la mano de su señora y besarla, pero era incapaz de hacer ningún movimiento. Unas lágrimas calientes cayeron sobre su hábito y lo atravesaron hasta llegar al pecho, donde se enfriaron.

—¡Lleváosla! —oyó una voz estridente—. Fuera de aquí. Está loca. Encerradla en una sala. ¡No quiero volver a verla!

Llegaron unas sirvientas y la sacaron de la sala, la subieron a rastras por la escalera de caracol hasta su cuarto y la dejaron en la cama.

—Qué rara se nota al tacto —oyó que decía una de las sirvientas—. Está muy rígida.

—Es inquietante cargar con ella —añadió otra—. Parece una muerta.

—Tened cuidado —dijo la primera—. Es el diablo que se le ha metido dentro y la pone rígida. Cerrad la boca para que no pueda entrar también en vosotras.

Oda, la vieja ama, estaba a su lado. Le frotaba las sienes, le masajeaba brazos y piernas, la envolvía en mantas cálidas y cantaba en voz baja y fina las viejas canciones infantiles. Ya era una hora avanzada de la noche cuando Regula notó que la rigidez abandonaba su cuerpo. Se incorporó de golpe.

—Come —ordenó Oda, y le dio el cuenco de puré.

Esta vez Regula obedeció. Vació el cuenco, se bebió la hidromiel y notó que poco a poco recuperaba las fuerzas.

—Han venido unos mensajeros —susurró Oda—. Los eslavos han sido derrotados, y el convento liberado. Eres una heroína, una santa, mi pequeña Regula, por haber venido en busca de ayuda.

Ella guardó silencio, porque sabía que el ama no admitiría réplica. Sin embargo, no era a ella a quien debían agradecer que el convento se hubiera salvado. Era mérito de Bogdan. ¡Y con qué crueldad se lo habían recompensado!

—Quiero que el eslavo reciba sepultura cristiana —anunció.

El ama la miró preocupada, no entendía a qué se refería su protegida, pero asintió con amabilidad para no alterar a su joven señora.

—Y mañana mismo quiero volver al convento.

El ama asintió de nuevo y cogió un peine de madera para alisar la larga melena de Regula.

—Quizá mañana sea un poco pronto, mi querida señora. Pensad que tenéis los pies heridos. Además, el obispo Brunward ha anunciado una visita para mañana. Vendrá hasta el castillo por vos.

—¿Por mí?

El ama desenredó los puntos donde el cabello de su protegida estaba enmarañado y apelmazado.

—Sí, mi señora. Le han informado de que estáis aquí, en el castillo, y el santo varón quiere veros sin falta.

Jenny

Estaba tan cansada que se durmió durante el trayecto en tren y estuvo a punto de pasarse la parada de Waren. Cogió su maleta a toda prisa del portaequipajes, bajó el bulto hasta el suelo pasando muy cerca de la cabeza de un viajero y corrió con él hasta la puerta. Tuvo que esperar, porque los pasajeros de Waren ya estaban subiendo, así que saltó al andén con la maleta. Un trueno ensordecedor acompañó su salto, y en ese momento se abrieron las esclusas del cielo y cayó un aguacero torrencial sobre la tierra.

—¡Ahí estás! —Ulli la esperaba en el andén, bajo un enorme paraguas negro, sonriéndole con alegría—. Ya pensaba que no ibas en el tren —murmuró, mientras la rodeaba con un brazo. Con el otro sujetaba el paraguas sobre los dos.

—Me he dormido…

¡Cómo le gustaba que la estrechara entre sus brazos! Lo había echado mucho de menos en Hamburgo. Ya no podía imaginar una vida sin Ulli. No sabía cómo había soportado esa época horrible en que estuvieron peleados. Jamás deberían volver a llegar tan lejos. Se lo habían prometido. Él se separó un poco y la miró esperanzado.

—¿Y? ¿Cómo ha ido? ¿Crees que ya tienes el bachillerato en el bolsillo?

Después de los exámenes escritos le llamó desde la cabina telefónica que había delante del hotel en Hamburgo, pero aún le quedaban los orales. El de matemáticas le había ido regular, pero se había defendido con valentía; no paraba de repetirse lo que él le había enseñado y de alguna manera lo había logrado. Cuando después del examen comparó sus soluciones con las de los demás le dio la impresión de que no le había ido tan mal.

—Creo que se acabó —dijo ella, con cara de falsa decepción.

Él la miró asustado.

—Nunca tendré que volver a rellenar cuadernos de la escuela a distancia —añadió con una sonrisa, y él le dio una palmadita fingiendo estar enfadado.

Jenny se arrimó a él con una risita y caminaron abrazados bajo el paraguas negro junto al viejo edificio de ladrillo de la estación hasta el aparcamiento, donde esperaba el Passat de Ulli. Allí, Jenny se hizo cargo del paraguas mientras él metía la maleta en el maletero. Se mojaban de todas formas, porque la lluvia salpicaba desde el pavimento humeante y les empapaba los pantalones y los zapatos. Los truenos y los rayos zigzagueantes se sucedieron a toda prisa en el cielo; a través del manto de agua gris se veían transeúntes que huían para refugiarse en el hotel de la estación. Solo un joven con el pelo teñido de verde caminaba despacio y con los brazos extendidos por el aparcamiento, con la cara vuelta hacia la lluvia que lo golpeaba.

—¿Qué tal era tu hotel? —preguntó Ulli cuando estuvieron sentados en el coche y limpiaron el vaho del cristal.

Jenny se había alojado en un hotel minúsculo y barato cerca de la estación; por la noche comprobó asustada que estaba situado en medio del barrio de la prostitución, pero luego decidió que le daba igual. Estaba ahí solo por los exámenes, de todos modos, no iba a salir de noche y tampoco era una mojigata. Aun así, apenas había pegado ojo. En parte por el ruido en la habitación de al lado, pero también por los nervios infernales previos a los exámenes. Cuando pasó el de matemáticas el pánico remitió.

—Ah, muy bien...

Hizo un gesto de resignación, apoyó la cabeza en el hombro de Ulli mientras salían del aparcamiento y le explicó con una sonrisita cómo era su alojamiento. Al ver la cara de susto de Ulli, soltó una carcajada.

A él no le hacía ninguna gracia.

—¡Si lo hubiera sabido! —se indignó—. Podría haberte dado el dinero para un hotel decente, Jenny. ¡Me pone enfermo pensar en todo lo que podría haberte pasado!

—He sobrevivido —le tranquilizó ella, y miró por la ventanilla. La ciudad parecía muerta bajo la lluvia, el Müritz había desaparecido por completo con el fuerte aguacero.

A medio camino hacia Dranitz de repente dejó de diluviar y salió el sol. La carretera mojada estaba llena de charcos, el suelo caliente por el sol empezó a soltar vapor de la humedad, los árboles y los arbustos en el margen de la carretera parecían cubiertos de un barniz transparente.

—Tengo que pasar a ver a tu padre —anunció Ulli—. Por el asunto de las hijas de Krumme. ¿Me acompañas o te llevo primero a casa? ¡Seguro que quieres saludar a la pequeña Julia y a tu abuela!

—Vamos un momento a ver a Bernd, así no tienes que ir de aquí para allá.

Tomaron el camino que atravesaba el bosque, lleno de profundos charcos por todas partes. Cuando se detuvieron delante del edificio y la pequeña quesería, vieron a Bernd con Sonja junto a los prados de las vacas.

—Esa no querrá llevarse ya las vacas, ¿no? —preguntó Jenny.

Ulli no contestó, pero Jenny vio que se temía lo mismo.

Bernd no era un charlatán, iba en serio con su decisión de echar el cierre definitivo a la granja. Había vendido una parte de sus aperos para pagar las deudas y que Enno Budde no volviera a intentar embargarle los terneros. Sin embargo, sin la maquinaria agrícola la granja estaba parada, y el círculo se cerraba. No podría recoger lo que había aún en los campos, y aunque estaba buscando con urgencia un arrendatario, tenía claro que no sería fácil encontrar a alguien. La mayoría de los interesados eran del Oeste, muchos de Baviera y querían enormes superficies útiles que se pudieran trabajar con maquinaria pesada. Bernd no era el adecuado.

—Las gallinas también han desaparecido —comentó Ulli cuando paró el coche y se acercaron a los prados.

Jenny no quería saber qué había pasado con las aves que correteaban por allí tan contentas, prefirió concentrarse en saltar los charcos para no hundirse en el lodo. Cuando se acercaron, oyeron la voz enérgica de Sonja.

—¡No, no necesito un transportista, Bernd! Agarraré a Brunilda por los cuernos, y el resto nos seguirán caminando. No hay mucho hasta el zoológico. Justo el tramo a través del bosque y luego pasando junto al antiguo molino de aceite por el puente...

—¿Y si Black Jack se larga? —reflexionó Bernd—. Últimamente ese minitoro negro tiene voluntad propia.

Sonja frotó el morro de Brunilda, que se estiraba hacia ella a través de la valla. El novillo estaba dos pasos por detrás de su madre y observaba con atención lo que ocurría. Desde la mala experiencia con Enno Budde y sus asistentes, Black Jack se mostraba retraído, se dejaba tocar como mucho por Bernd y desconfiaba del resto de las personas.

—De momento caminará con su madre —le aseguró Sonja—. En unas semanas podría ser muy distinto. Seguro que tendré un montón de discusiones con ese muchacho.

—Pero si es un tipo estupendo —repuso Bernd con una media sonrisa.

—¡Cierto! Y creo que lo sabe.

Los dos se volvieron hacia Ulli y Jenny.

—¡Pero bueno, niña! —exclamó Bernd—. ¿Cómo ha ido?

Jenny sonrió y le dio un empujoncito amistoso a su padre en el costado. Sin embargo, aún no le salía lanzarse al cuello, como hacía con el resto de la familia, incluida Sonja. Hacía tres años que sabían que eran padre e hija, se llevaban bien, a veces incluso se trataban con cariño, pero seguía habiendo cierta distancia. Bernd no era el gran padre, cariñoso y protector con el que tantas veces había soñado Jenny. Tendría que contentarse con eso.

—Ahora toca esperar —respondió ella—. Me darán los resultados de los exámenes por escrito dentro de unas dos semanas. Pero tengo buenas sensaciones —se apresuró a añadir cuando notó su mirada de preocupación.

—Y luego lo celebraremos —prometió Sonja—. Te lo mereces de verdad, Jenny. Me parece fantástico lo que has hecho durante los últimos años. *Chapeau!* —Se quitó un sombrero imaginario y Ulli achuchó con orgullo a su novia.

—En realidad, quería hablar un momento contigo, Bernd —dijo, pero él hizo un gesto y le preguntó si no podían aplazarlo a los próximos días. Cuando los animales ya no estuvieran tendría un pequeño respiro.

Antes de que Ulli pudiera poner algún reparo, Sonja tomó la palabra.

—Mañana a primera hora Kalle quiere tener la valla lista —le dijo a Bernd—. Las cercas ya están puestas. Vendremos hacia la hora del almuerzo a buscar a tus chicas y sus crías. Por si alguien tiene ganas de acompañar a la procesión, ¡estáis todos invitados!

—¿Puedo traer a la pequeña Julia? —preguntó Jenny.

Sonja lo pensó un momento, luego decidió:

—Julia... sí. Y también Jörg Junkers, cuando termine el colegio. Pero no quiero ningún niño más.

Ulli explicó que se tomaría el día libre en Ludorf y también acudiría. ¿Podía llevar a alguien más?

—Poco a poco —sonrió Sonja—. ¡Si no, tendremos más espectadores que vacas! —Le dio a Brunilda una palmada amable en el cuello y se dispuso a marcharse—. ¿Está todo claro, Bernd? ¿O hay más preguntas? ¿Comentarios?

Bernd negó con la cabeza.

—De acuerdo. ¡Hasta mañana, entonces!

Sonja se despidió con la mano y saltó sobre los charcos hasta su Renault de color azul claro. Jenny tenía la sensación de que esos dos se habrían despedido de otra manera si hubieran estado solos. El hecho de que a su padre le gustara su tía Sonja le provocaba sentimientos ambiguos. Sí, era adulto y podía hacer lo que quisiera. Y jamás en la vida volvería a estar con su madre. ¡Hablando de Cornelia! Tenía mala conciencia por haber despachado a su madre hacía poco de forma tan abrupta. Siempre era igual: el carácter impulsivo de su madre la alteraba y reaccionaba a la defensiva. Sin embargo, ya no tenía dieciséis años y debería estar más relajada. ¿Por qué no había conseguido decirle al menos unas palabras amables? En el fondo le conmovía de verdad el entusiasmo de Cornelia por Dranitz. Quizá no fuera ninguna tontería su plan de negocios. ¿Y si era incluso una oportunidad para Dranitz?

Cuando Sonja se fue, se dirigieron a la vivienda y se sentaron a la mesa de la cocina. A Bernd se le notaba lo mucho que le costaba renunciar a los animales, a los que llamaba por su nombre.

—Con Sonja estarán bien —le consoló Jenny—. Y Kalle les tiene cariño a tus vacas, al fin y al cabo, las salvó de los establos de la cooperativa.

Bend asintió con una sonrisa y comentó que ese día estaba un poco sensiblero, pero que ya se le pasaría.

—Voy a prepararos un café decente. Tenemos que celebrar el éxito de Jenny en Hamburgo. ¡Estoy ansioso por que me lo cuentes todo, tardes lo que tardes! Aún tengo pastel en la nevera, lo trajo Sonja. Es de Tine, su ayudante en la consulta, siempre le regala los restos de pastel de sus celebraciones familiares.

Se puso en pie para poner el hervidor a calentar, mientras Jenny se ocupaba de los pasteles. Cuando estuvieron cómodamente sentados a la mesa y después de oír la explicación de Jenny, Ulli se removió inquieto en la silla y luego dijo, dirigiéndose a Bernd:

—¿Puedo hacerte una pregunta rápida? Me corre mucha prisa...

Jenny lo miró preocupada. Ulli se había puesto pálido al formular la pregunta.

Bernd dejó la taza de café y también lo observó. Ahora también parecía un poco preocupado, así que Ulli se puso muy rojo.

—Bueno, tampoco es tan grave —los tranquilizó a los dos, pero sacó el escrito de las hermanas Krumme de un sobre que había cogido del coche, además de una carta del abogado de las señoras y una copia del juzgado relacionada con la apertura del testamento.

—«... denuncia por cerrar un contrato con un socio incapaz para sacar provecho personal» —citó del texto del abogado—. Han presentado la denuncia de verdad. Si el pobre Max lo supiera, se revolvería en su tumba.

Bernd echó un vistazo a los papeles y luego comentó con un gesto de indignación que Ulli no tenía de qué preocuparse, las hijas de Max Krumme tenían muy pocas opciones de salirse con la suya.

—Me parece más una reacción airada fruto de la desesperación. Porque es evidente que no están contentas con la herencia, así que como mínimo quieren causarte molestias. Dame la copia de la apertura del testamento.

Ulli le dio a Bernd lo que le pedía y le informó de que las hijas de Max no se habían ido con las manos vacías. De hecho, Max le había legado a él todas las participaciones en el negocio, pero su cuenta bancaria pasaba a los herederos, y contenía una buena suma: más de cuarenta mil marcos.

—Además, cuando Jenny estaba en Hamburgo esas dos enviaron a un transportista con un camión para que se llevara los objetos personales de su padre.

Bernd preguntó si Ulli había supervisado la recogida y elaborado una lista de los objetos correspondientes.

—¿Cómo querías que lo hiciera? ¡Tenía trabajo con el maldito motor del yate, que se había estropeado otra vez!

—Pero no se llevaron nada del despacho, ¿no? —se aseguró Bernd—. Documentos empresariales, listas de ingresos y gastos, etc. Para eso se necesita una autorización de registro, y no parece que exista.

—No. —Ulli sacudió la cabeza—. Solo estuvieron en la casa, no en la empresa de alquiler de barcas. Pero recogieron todas las cosas de su vivienda: su cama y los colchones, su ropa, el tresillo, el televisor, hasta la vajilla de la cocina, aunque una gran parte era mía. Pero eso me da igual. Por suerte, los dos chicos de la empresa de transportes dejaron a Hannelore y Waldemar. Por lo visto, a Elly y Gabi no les interesan los animales.

—Pensarán que tendría escondido su dinero en los colchones —gruñó Jenny, sorprendida y enfadada por lo que Ulli estaba contando.

Bernd sonrió y echó un vistazo a la cesta de los gatos, donde los dos animales de colores dormían acurrucados muy juntos. El tercero estaba en la quesería, le encantaba beber leche. Jenny pensó con tristeza que Rosemarie prepararía su queso allí por última vez. ¡Era una verdadera lástima!

—Estaría bien reunir a unas cuantas personas que pudieran declarar que Max Krumme estaba en sus cabales cuando te vendió su terreno —le recomendó Bernd a Ulli—. Por si acaso.

—Mis abuelos. Ellos declararán seguro.

—Ante un tribunal los parientes se consideran poco creíbles. Piensa quién más podría hacerlo…

—Tío, nunca he tenido nada que ver con un tribunal —suspiró Ulli, y empezó a hacer una lista de posibles testigos—. ¡Todo este asunto me está angustiando!

Jenny le acarició el brazo y le aseguró que pasarían juntos por ese mal trago. Y que podía confiar en Bernd.

Al despedirse se encontraron con Rosi, que llegaba de la quesería con dos cubos de plástico y tiraba el suero de leche por el desagüe.

—Es una lástima —se lamentó—. Se pueden hacer muchas cosas con esto, pero es el momento de bajarse del tren. ¡Una pena!

Bernd puso cara de preocupación, porque iba a dejar a Rosi en el paro.

—Con un sistema de elevación eléctrico habría ido mejor —comentó ella, disgustada—. Es imposible que funcione una granja si quieres llevarla como hace cien años. ¿Habéis visto cómo lo hacen esos tipos de Baviera que han arrendado la tierra de la cooperativa agrícola?

Cierto. Avanzaban con una enorme maquinaria que desempeñaba varias funciones a la vez: rastrillar, sembrar, abonar… Pasan una vez por los campos y listos. Para el mismo trabajo, Bernd necesitaba varios días con sus caballos.

—¡Ay, déjame en paz! —exclamó Bernd—. Soy un ingenuo soñador, y ahora la realidad me ha superado. ¡Y punto!

Dio media vuelta, desapareció en su casa y cerró la puerta de un golpe. Los otros tres se miraron cohibidos.

—Le afecta mucho más de lo que quiere reconocer —afirmó Ulli, afligido—. Es una canallada tener el valor de atreverse a hacer algo insólito y luego fracasar de manera tan estrepitosa.

Fueron a Dranitz un tanto abatidos, y Jenny intentó convencer a Ulli de que no regresara a Ludorf y se quedara con ella y la pequeña Julia.

—Pero tengo que dar de comer a los gatos —protestó él.

—Bueno, ya les darán comida suficiente en el camping, y creo que en algún sitio leí que tampoco hace daño un ratón de vez en cuando...

Al final, Ulli cedió.

—Voy a buscar a Julia a casa de la abuela y a decirle que todo ha ido bien en Hamburgo —le ofreció a Jenny, que dejó su equipaje delante de la caballeriza de la izquierda—. Mientras tanto, puedes deshacer la maleta.

Poco después apareció con Julia, que estaba pálida y muy callada, y con un termo en la mano. Dentro había infusión de manzanilla. Simon se había llevado a su hija de excursión y, como siempre, la había atiborrado con todo tipo de chucherías.

—He vomitado —explicó la niña después de darle a su madre un abrazo un poco más efusivo de lo habitual—. Las almendras garrapiñadas, y el helado, y los ositos de goma, y el pedazo de pastel y la limonada. Y luego la salchicha con ketchup y las patatas fritas.

—¡Madre mía! —se lamentó Jenny—. ¿Ya te encuentras mejor?

—Aún tengo el estómago un poco revuelto.

—Entonces, acuéstate ahora mismo con tu perro de peluche —propuso Ulli—. Y te leeré cuentos, ¿de acuerdo?

El perrito que le había regalado Kacpar seguía siendo su

muñeco preferido y no podía faltar cuando se iba a la cama. A Julia le gustó la propuesta de Ulli, asintió enérgicamente y exigió:

—¡Pero mamá se queda conmigo en casa, y puedo escoger las historias!

—De acuerdo.

—Y tienes que sentarte al lado de mi cama hasta que me duerma.

—Lo haré.

Jenny volvía a tener la sensación de que su hija se estaba camelando al bueno de Ulli, pero le pareció adorable ver cómo la niña se sentaba en la cama y se bebía la manzanilla, obediente, mientras Ulli se esforzaba por representar la historia con muchas voces y gestos. Pasó un rato hasta que Julia se cansó y adoptó la posición de dormir con su perro bajo el brazo.

—Otro cuento, Ulli —murmuró.

¡Pero bueno, si volvía a meterse el pulgar en la boca! Jenny decidió hacer una excepción y dejarlo pasar, y se fue a la cocina a coger el champán de la nevera. Había que celebrar su regreso de Hamburgo. Buscó dos copas y lo preparó todo en el salón. Poco después Ulli salió de puntillas de la habitación de la niña, con el dedo índice sobre los labios.

—No hagas ruido —susurró—. Ya se ha dormido. He tardado una eternidad en liberar mi pulgar de su mano de hierro.

Jenny se rio y abrió el champán. El corcho salió volando al techo con un ruido potente. Ulli dio un respingo del susto, pero en la habitación de la niña todo seguía tranquilo.

—Cuando duerme, ya puede despegar un avión al lado, ¡no se despierta!

Sirvió las copas y le dio una a Ulli, luego levantó la suya y brindó con él.

—¿Ya quieres celebrar que has aprobado los exámenes? —preguntó él, sorprendido.

—¡Por el amor de Dios! No, quiero brindar por los dos. ¡Por ti y por mí!

Eso sí le parecía bien. Bebieron juntos, luego él apartó la copa y fue a besarla.

—¡Para! —dijo, y lo paró—. Primero tengo algo que decirte, Ulli Schwadke.

Él la miró intrigado, y una sonrisa de felicidad apareció en su rostro.

—Dilo, niña. ¡Cómo me alegro!

Vaya, lo había entendido mal. ¡No estaba embarazada! ¿Para qué tomaba la píldora?

—¡Calla y escucha! —le ordenó, impaciente—. Quiero hacerte una pregunta.

—¿Qué tipo de pregunta?

Dios, qué poco románticos eran los hombres. Ella tomaba la iniciativa y él no paraba de interrumpir.

—Si quieres casarte conmigo, bobo. Eso quería preguntarte.

Lo cogió completamente por sorpresa y no supo qué decir. Al final la estrechó entre sus brazos y la abrazó con fuerza.

—¡Oh, Jenny! —susurró, emocionado, y la besó—. Es maravilloso que me lo pidas. Llevo mucho tiempo intentando arrastrarte al altar, pero siempre me decías que no era el momento...

—Pues ha llegado el momento, Ulli —dijo, y le devolvió el beso—. Estoy completamente segura de que es una buena idea.

Ulli se quedó un rato callado, como si primero necesitara digerirlo todo. Luego se aclaró la garganta.

—¿Sabes, Jenny? Creo que deberíamos esperar. No quiero que te veas involucrada en todo ese absurdo asunto judicial. Hablemos cuando todo eso haya pasado, ¿de acuerdo?

Sonja

¡No era un sueño ni un espejismo! Sonja dejó la cuenta sobre el escritorio, respiró hondo y volvió a coger la hoja. ¿Es que había pasado por alto una coma? Pero no, se leía claramente: 2.357 marcos. Dos mil trescientos cincuenta y siete marcos.

Claus Donner había vendido todos sus cuadros y le pedía más acuarelas. Tenía pensado organizar una presentación con prensa, clientes importantes y mecenas, ¿podría viajar a Berlín para asistir en persona? Además, le pidió una fotografía suya e información más detallada: biografía, formación, actividad artística, profesores destacados, formación continua, presentaciones, quizá algo sobre su relación con el paisaje que inspiraba sus acuarelas.

Se desplomó en la silla del escritorio y se pellizcó en el brazo. Dos mil trescientos cincuenta y siete marcos del ala. Necesitaba sus datos bancarios para hacerle una transferencia. Estudió las cuentas con más detenimiento. Mira por dónde, el bueno de Claus Donner se había quedado con la mayor parte del precio de venta. El sesenta por ciento para él, y el cuarenta para la artista. ¡Una exageración!

Decidió que primero quería ver el dinero en su cuenta antes de dar otro paso. Además, ¡viajar a Berlín! ¿Qué se creía? En primer lugar, tenía muchas cosas que hacer; en segundo, eso costaba dinero, y en tercer lugar, ella no era una artista a la que la prensa dedicara artículos enteros.

Miró el reloj: ya eran más de las nueve. Era hora de llevar al ganado desde los prados de Bernd hasta el zoológico. Vació deprisa la taza de café, se puso una blusa holgada y escogió unas zapatillas de deporte viejas, porque los senderos del bosque aún estaban húmedos. Mochila al hombro y listo.

En la cocina de Bernd esperaban un montón de voluntarios a que todo empezara de una vez. Había ido Rosi; Jenny y Ulli habían llevado a la pequeña Julia; Elke Stock y Anne Junkers, que se habían hecho amigas, estaban sentadas juntas; Jörg, el hijo de Anne, también estaba ahí, e incluso su padre, Walter Iversen, había ido con Franziska. Se habían llevado a Falko, que tenía que ir con la correa.

—¡Ahí llega nuestra vaca guía! —exclamó Kalle con alegría cuando entró en la cocina.

—¡Pero la tía Sonja no es una vaca! —protestó Julia, enfadada, antes de que pudiera contestar la propia interpelada.

—¡Tú y yo, la vaca de Kuhlmann, el buey de Kuhlmann, ese eres tú! —exclamó Jenny con toda naturalidad, y señaló a Kalle con el dedo.

Como todos se echaron a reír, Sonja se ahorró más comentarios y empezó a repartir instrucciones.

—Cuando tenga a Brunilda agarrada por los cuernos, abres la valla, Kalle. Vosotros os apartáis a un lado, hacia donde está la casa, para que el rebaño solo pueda caminar en la dirección contraria. Kalle es el responsable del lado izquierdo; Ulli vigila el derecho. Caminaréis despacio tras ellas. Y sujetad bien al perro, o hará que las vacas salgan al trote.

Todo aquel asunto le daba un poco de mala espina. La otra vez, Kalle le llevó a Bernd sus cinco chicas con el remolque, pero desde entonces el grupo había crecido y, con los terneros de este año, eran catorce animales. Sin embargo, no dejaban de ser animales gregarios, seguirían su instinto.

Al principio todo fue a las mil maravillas. Brunilda se dejó llevar por la valla como si fuera un corderito, Black Jack caminaba detrás y el resto del rebaño los siguió. Los acompañantes también hicieron gala de un comportamiento ejemplar, salvo Falko, que no paró de ladrar en todo el tiempo, alterado, y al que Franziska sujetaba con fuerza. El camino atravesaba un terreno boscoso hasta los campos de centeno de Bernd; por allí siguieron un camino rural y pasaron por un prado hasta el puente. Para atravesarlo, tuvieron que seguir un rato el sendero del zoológico hasta llegar a la nueva valla que Kalle había terminado la víspera a primera hora.

La primera parada se produjo en el camino rural entre el centeno, cuando dos zorros se cruzaron en el camino y Brunilda saltó asustada. A continuación, se desordenó la procesión, Black Jack saltó al centeno y algunas vacas y terneros le imitaron. Pese a todo, Bernd y Kalle consiguieron reunir a los animales desviados con el resto del rebaño.

Durante un rato todo fue bien, pero en el puente resultó que todas las vacas y terneros tenían sed y querían beber en el arroyo fresco. Ni un solo animal pasó sobre el puente de madera, porque Brunilda escogió el camino a través del arroyo y todas sus damas la siguieron. Por lo menos ya estaban en las tierras del Zoológico Müritz y veían el cercado nuevo: parecía que había pasado lo peor.

Sin embargo, Sonja no había pensado en la desviación y el pequeño rodeo. Brunilda, ese animal tan listo, avanzó por el camino correcto hacia la valla, pero el curioso de Black Jack se detuvo y se quedó pasmado contemplando la banderola que ondeaba al viento y chirriaba que Gerda había colocado la semana anterior para indicar que en la tienda también se podían comprar helados y chucherías. El pequeño toro no sabía leer, pero esa cosa rosa ondeando le pareció interesante, así que se acercó más. Dos vacas jóvenes y sus terneros lo siguieron. Ulli salió tras ellos de un salto e intentó dirigir a ese animal negro y fisgón en la otra dirección, pero Black Jack tenía voluntad propia. Kalle corrió a ayudar a Ulli mientras Bernd reunía al resto de los animales. Las vacas jóvenes y sus terneros volvieron a su curso enseguida. Por delante, Sonja ya había abierto la valla y Brunilda entró con cierta desconfianza, pero voluntariamente, en los nuevos prados. Black Jack, en cambio, había huido corriendo de Ulli y Kalle y trotaba solo por el pequeño rodeo en dirección a la valla del venado.

—¡No corráis tras él! —les gritó Bernd a los dos—. No servirá más que para que corra más rápido. Desde que le pusieron la soga al cuello es muy desconfiado, maldita sea, siempre cree que lo quieren atrapar con la cuerda.

—¿Y qué hacemos ahora? —preguntó Kalle, entre jadeos—. Puede que haya visitas en el zoológico, si las arrolla tendremos un disgusto.

—A lo mejor vuelve solo —comentó Ulli, esperanzado.

—O sale corriendo a la carretera y lo atropellan —gimió Bernd.

Entretanto habían llegado el resto de los acompañantes, y todos discutieron acaloradamente la situación. Elke quería llamar a los bomberos, Rosi a los guardas forestales, y Walter opinaba que solo había que esperar a la salida del camino circular y que volvería a salir por ahí.

—Si no hace una paradita de camino en el bosque —reflexionó Sonja.

La pequeña Julia no paraba de dar brincos y de gritar, pero ningún adulto le hacía caso. Sin embargo, al final Sonja la oyó.

—Falko puede ir a buscarlo. ¡Suelta a Falko, abuela! ¡Suéltalo de una vez!

—¡Tiene razón! —exclamó Sonja—. Quítale la correa al perro, Franziska. A lo mejor lo consigue.

Falko salió corriendo, siguió un tramo del camino, luego se paró a olisquear el suelo y siguió a toda prisa. Pronto desapareció del campo visual y empezaron a elucubrar sobre qué haría entonces el perro.

—A lo mejor corre hacia la tienda, ahí hay salchichas —planteó Anne Junkers.

—Va a cazar corzos —se temió Franziska.

—No —protestó la pequeña Julia, muy convencida—. ¡Va a buscar a Black Jack!

Al cabo de un rato oyeron ladridos. Nerviosos y coléricos. Se oyó más fuerte, se acercó, los cascos retumbaron amortiguados en el suelo del bosque.

—¡Apartaos del camino! —gritó Bernd, que quitó a la niña con ímpetu.

Black Jack pasó por su lado al trote, y tras él el perro pastor ladrando y disfrutando con la tarea. Kalle corrió a una velocidad de vértigo hasta la valla para abrirla del todo, Black Jack se refugió junto a su madre, Brunilda, que ya lo buscaba con la vista, preocupada, y Falko aprovechó la ocasión para empujar a todo el rebaño animándolos con sus ladridos.

—¡Pero bueno! —exclamó Kalle—. Después de esto, las chicas van a dar nata en vez de leche.

Julia recibió numerosos elogios, ya que había sido idea suya que Falko ejerciera de perro pastor. Le disculpaban que se hubiera pasado un poco de rosca, a fin de cuentas, solo era un hábil aficionado y no un profesional. Cuando Franziska lo llamó, volvió con la lengua colgando y unos ojos caninos de felicidad junto a su dueña y se dejó poner la correa.

—¡Ya está! —anunció Sonja a los presentes—. Muchas gracias a todos por vuestra ayuda. Estáis invitados al helado que queráis.

—¿Falko también? —preguntó Julia.

—Falko el primero —contestó Bernd, y la cogió de la mano—. Tienes que escoger el helado de Falko, Julia.

Tomaron el atajo hasta la tienda, donde Gerda Pechstein estaba vendiendo limonada y salchichas calientes a dos jóvenes excursionistas.

—¿Dónde están los leones? —preguntó uno de ellos.

—Justo a la izquierda —aclaró Gerda—, pero no les deis de comer, por favor.

Kalle, siempre tan bromista, había colgado en la entrada un cartel que decía: «A los leones». Si seguías la indicación acababas en el gran camino circular, donde pasados unos cien metros había una caja de madera con incrustaciones de cristal sobre dos bases. En la caja había varios leones de peluche. El humor de Kalle no sentaba bien a todas las visitas, pero la mayoría se reía y lanzaban unas cuantas monedas en la hucha que habían colocado al lado con la inscripción: «Para la ampliación del Zoológico Müritz».

Gerda abrió el arcón de los helados a los exhaustos pastores y todos metieron la mano menos Walter, que dijo que prefería una limonada. Estuvieron un rato juntos, comentando la emocionante experiencia. La pequeña Julia le plantó a Falko un helado de vainilla en el morro y se enfadó porque el perro no le dio un lametazo educado, sino que le propinó un mordisco y estuvo a punto de comerse también el palo de madera.

—Te ha salido de primera —le dijo Bernd a Sonja.

Notó que se sonrojaba, no tanto por el halago como por la mirada intensa que acompañó las palabras, con esos ojos que siempre la alteraban de un modo vergonzoso. ¿Acaso era consciente él de lo que provocaba?

—Ha estado a punto de salir mal —se quitó mérito ella.

—Pero no ha sido así. ¿Pasarás por casa mañana a primera

hora? Necesito otra firma. Por el traspaso del rebaño al Zoológico Müritz.

—Claro. Pero hacia las ocho y media. Abro la consulta a las nueve.

Bernd le tendió la mano para despedirse y le puso el brazo con suavidad sobre los hombros. Lo había hecho varias veces, pero ella no se atrevía a corresponderle. Aún no... Quizá lo hiciera al día siguiente. Le estaba dando vueltas a una idea que quería plantearle. Era una propuesta bastante alocada y al mismo tiempo muy sensata. Su reacción le demostraría si de verdad sentía algo por ella o solo eran imaginaciones suyas. Acto seguido se prohibió seguir pensando en ello. No había que removerlo: el hilo de esperanza tornasolado podía romperse de pronto y convertirse en un terrón negro.

Miró un momento hacia la tienda de la derecha, cogió la factura de la empresa de bebidas y le preguntó a Gerda por las visitas de la semana anterior. Veinte personas y dos perros habían adquirido una entrada; comparado con la semana anterior suponía un aumento del cien por cien. Dependía mucho del tiempo: cuando llovía, no había visitas.

Mientras Kalle daba de comer a las cabras a toda prisa, echó un vistazo a la pequeña sala de exposiciones, donde había colgado carteles de sus acuarelas. Cogió tres cuadros de la pared y desplazó las otras obras expuestas para que no quedaran huecos. Luego abrió la puerta de hierro de la vieja estufa y metió madera para encenderla.

—¡No pretenderás encender la estufa! —exclamó Gerda por la rendija de la puerta—. Fuera estamos a treinta grados.

—Solo un momento —protestó—. La sala está húmeda, en verano también hay que poner la calefacción de vez en cuando.

Abrió la ventana para que saliera el aire caliente. Era consciente de que no tenía mucho sentido. Tampoco se trataba de la temperatura en la sala, sino de otra cosa. Era el día en que tenía que conseguir por fin deshacerse de ese maldito diario. Separarse de él. Para siempre. Las cenizas se convertirían en cenizas. Y el polvo, en polvo.

Sacó el diario rojo de la mochila, miró con desconfianza hacia la puerta para comprobar que Gerda no estuviera mirando e intentó romperlo por el medio. Era el mejor método para acabar con esa maldita cosa, ya que en cuanto se prendiera caería en la tentación de leerlo. Tiró con todas sus fuerzas, estuvo a punto de cortarse los dedos, usó las rodillas de apoyo, pero el papel y la tapa se mantenían en su sitio. Así que tenía que abrirlo y arrancar las páginas una a una. Sin leer bajo ningún concepto. Debería mirar por la ventana. O hacia la puerta. Al lado había dos cubos de plástico de color naranja que utilizaban cuando volvían rápido del trabajo y tenían que limpiar el suelo.

Odiaba esa cosa. Plástico. Esa masa dura y apestosa que adoptaba distintas formas. Cubos. Palanganas. Tazas. Piezas de electrodomésticos...

Sacktannen, 19 de marzo de 1964

El trabajo es absurdo, para retrasados mentales, podría hacerlo hasta un mono. Pero da igual. Estuve tres semanas en el infierno. Luego el mundo se ve con otros ojos. Papá me salvó. Me sacó de allí y me llevó a casa. Le estaré agradecida por ello toda mi vida.

Ahora ha terminado la pausa del mediodía, tengo que dejar de escribir. Me tienen en el punto de mira, tengo que ir con cuidado. No cometer errores. Seguir las reglas con precisión. Ante la más mínima infracción, me echarán de nuevo. Me lo dijo el director cuando me soltaron. «Volveremos a vernos, Iversen. Te lo prometo. No te desharás de nosotros.

En toda tu vida.» Es el mayor sinvergüenza que haya visto el mundo. De puertas para fuera era un educador solícito, y por dentro pegaba y se dedicaba a hacer jueguecitos sádicos. Pero eso ya lo he superado. No volveré jamás. Preferiría estar en el mismísimo infierno, muerta y enterrada. Prefiero dar vueltas a un cubo de plástico tras otro, limpiar los restos que sobresalgan y colocar las asas. Jamás habría pensado que algún día haría algo así voluntariamente.

Sacktannen, 20 de marzo de 1964

Taller de manufactura de plástico en Sacktannen. Al oeste de Schwerin, junto al lago Neumühler. Desde el patio se ve brillar el agua entre los troncos de los pinos. Dentro no se ve nada, todo está pegajoso y huele raro. Me he encontrado mal dos veces, porque hay que estar todo el tiempo de pie. En la pausa del mediodía nos dan comida de la gran cocina; no está muy rica, pero es abundante, y también hay té. Vivo con otras tres chicas en una habitación justo al lado de la fábrica. Preferiría irme a casa por la tarde, pero Dranitz está demasiado lejos. Papá me echa mucho de menos, solo lo veo los sábados. Las chicas mantienen las distancias conmigo porque he estado «en chirona». Las tres son bastante tontas, acaban de terminar la formación profesional y no tienen otra cosa en la cabeza que salir a bailar y conocer chicos. Como siempre van juntas y hablan a gritos, cuesta concentrarse en un libro o en escribir. A veces se van por la tarde, y entonces estoy tranquila. Siempre llevo el diario encima para que nadie lo pueda leer. Papá me dijo que sería mejor dejarlo en Dranitz y escribir solo los fines de semana. Puede que tenga razón. Pero escribir me ayuda. Por lo menos durante el día. De noche, cuando me asaltan los sueños, a menudo me despierto asustada y no puedo volver a dormir. Al día siguiente estoy agotada. Aun así, no puedo cometer errores, porque si no me vendrán a buscar y me llevarán otra vez allí. Si lo hacen, de verdad, me corto las venas. Con el cuchillo que uso con los cubos. Está bastante afilado.

Dranitz, 21 de marzo de 1964

Es sábado por la tarde. He llegado tarde porque el autobús no ha salido puntual, pero papá ha cocinado para los dos y luego hemos estado hablando mucho rato sobre qué hacer a continuación. Lo hacemos todos los sábados por la tarde, a menudo también los domingos, y el resultado siempre es el mismo. Tengo que demostrar que he interiorizado la visión socialista del mundo, comprometerme a sumarme al colectivo y no sé qué más. Yo le explico una y otra vez que hace tiempo que es tarde para eso. Ya no tengo opciones porque soy «incorregible», haga lo que haga ya no me dejarán ascender. Papá siempre comenta que es culpa suya que yo no me entienda con el socialismo, pero no es verdad, en absoluto. También se debe a que no soy amable con la mayoría de los chicos de mi edad. Desde que Vinzent no está aquí no hay nadie de quien de verdad quiera ser amiga. Tampoco Gerda. Inge y Karin están ahora en Rostock, pero ya nos habíamos peleado antes.

Existe otra posibilidad de cómo podría ser mi futuro. Pero no puedo hablar de eso con papá. Una vez se lo dije, se alteró mucho y me preguntó si quería pasarme el resto de mi vida en la cárcel. Así que cerré la boca. Pero por dentro pienso que quizá valga la pena correr ese riesgo. Así podría cursar el bachillerato y estudiar en el Oeste. Allí podría llegar a ser veterinaria, aquí siempre seguirá siendo un sueño. Estaré examinando palanganas de plástico hasta la jubilación y raspando los pedazos que sobresalgan.

Aún resuena en mis oídos. Fue entonces, cuando empezó toda esta miseria. «¡Esa posibilidad te la has negado tú misma, Sonja!»

El director Pauli me lo dijo con cara de asombro y una expresión burlona. Nada de secundaria para Sonja Iversen. Había terminado todas las asignaturas con un sobresaliente, salvo deporte, porque había hincado los codos como una loca, pero por desgracia esa estudiante carecía del enfoque adecuado para el Estado obrero socialista. Sin secundaria, no hay bachillerato. Ni carrera universitaria. «Preséntate para ordeñar vacas en una cooperativa agraria. O de cuidadora en el zoológico, si tanto te gustan los animales», me propuso Gerda. Ella estaba muy contenta de poder empezar en la fábrica de producción de pasta alimenticia de Waren. Le encantaba hornear pasteles.

Me enviaron a una fábrica textil donde se fabricaban materiales sintéticos. Aguanté un tiempo, obediente, y observé a las trabajadoras, tenía que embalar los fardos de tela y meterlos en una carretilla. En algún momento, conocí después del trabajo a Erwin y Dieter, que estaban siempre junto a la iglesia, con una pancarta manuscrita en alto y cantando con la guitarra. En el cartel decía: «Todo el poder al pueblo». Me parecieron graciosos y me fumé un cigarrillo con ellos. Al principio no compartía su opinión sobre la RDA, pero pensé que no eran tontos, y sobre todo no eran unos mojigatos como tantos otros. Ahora sé que tenían razón en sus opiniones. Pero también da igual.

Un fin de semana de enero nos fuimos los tres a Berlín. A visitar a unos amigos. No fue nada especial, porque Dieter no paraba de sobarme. En la casa destrozada de sus amigos hacía un frío que pelaba y apenas había comida. Estuvieron hablando todo el tiempo del socialismo de verdad, como lo quería Karl Marx. Bebimos un vodka ruso que me dio ganas de vomitar. Nos quedamos hasta el miércoles, llamé a la empresa y les expliqué que me había puesto enferma durante una visita a mi tía en Berlín. Por supuesto, no me creyeron. Como los amigos de Dieter y Erwin ya estaban «bajo vigilancia», sabían perfectamente dónde estaba y que no estaba enferma. Pero no hicieron nada. Cuando volví al trabajo el jueves, llegaron dos tipos de la Stasi y se me llevaron.

Dranitz, 22 de marzo de 1964

«Mejor eso no lo escribas —me advirtió papá—. Si lo encuentran, te meterás en problemas.» Pero tengo que dejarlo por escrito. Porque si no, no me lo quitaré de encima y soñaré con eso todas las noches. Se me llevaron como si fuera una delincuente, tuve que atravesar las salas de la fábrica entre los dos hombres, al lado de todos los compañeros. No pude recoger mis cosas, ni siquiera coger una compresa, aunque estaba en uno de esos días. Me metieron en una furgoneta y me llevaron a un campo de tránsito. Allí me pusieron delante de un educador, un tipo bajito y fortachón con el pelo rubio y corto. No paró de gritarme, eso le gustaba mucho, sobre todo cuando empecé a llorar. Luego quiso que le hablara de Dieter y Erwin, de qué habíamos hablado, si querían huir de la república y, en caso afirmativo, cómo pretendían llevarlo a la práctica. Pero yo cerré la boca, no soy de las que delata a sus amigos. Tampoco cuando empezó a pegarme. Luego me arrancó el jersey. Porque era del Oeste, de mi abuela. Una socialista no podía ponerse algo así. Cuando me quedé solo con el sujetador delante de él, hizo bromas estúpidas sobre mis pechos, dijo que estaba bastante bien dotada para mi edad. En un momento dado me metieron en una celda, tal y como estaba. Dentro había un catre que se podía plegar, un taburete y un cubo. Por si acaso. Hacía un frío horrible sin manta ni jersey. Al principio no usaba el cubo, porque siempre había alguien mirando por la corredera de la puerta hacia la celda. Sin embargo, al día siguiente la urgencia era tal que me daba todo igual. Me dejaron tres días en ese agujero miserable y luego volvieron a interrogarme. Pero fui testaruda, me limité a llorar y dejar que me pegaran. Luego me puse enferma. Inflamación pélvica. Del maldito frío que hacía. Al principio dijeron que todo era puro teatro. Cuando se percataron de que estaba enferma de verdad, me enviaron a casa.

Pero eso solo fue el limbo, el infierno de verdad estaba por llegar. Papá estuvo muy cariñoso conmigo. Mientras estuve enferma cuidó de mí, cocinó, me dio los medicamentos y me animó. Siempre ha creído que todo es culpa suya, estaba tan desesperado que incluso tuve que consolarlo yo. Durante días me encontré fatal, pero cuando pude volver a ponerme en pie tuve que volver a la fábrica textil. Solo era cuestión de tiempo que vinieran a buscarme otra vez. Porque aún estaba enferma y cometí errores. Y también porque las compañeras querían deshacerse de mí. No querían a alguien como yo en el colectivo, estaban esperando a hablar mal de mí. Sin embargo, luego todo fue mucho más fácil. Llegaron al cabo de dos semanas, era principios de febrero cuando se me llevaron de nuevo. Porque Erwin y Dieter habían cruzado la frontera en Berlín. Supuestamente yo lo sabía. Esta vez me llevaron directamente al centro juvenil. Eso era el auténtico infierno.

Sacktannen, 23 de marzo de 1962

Ayer no pude terminar de escribir. Era demasiado. Solo puede hacerse poco a poco, porque las palabras lo resucitan todo. Como cuando se aprieta el botón y empieza la película. Solo que tú estás en medio de la película y ya no puedes salir. Tienes que querer hacerlo, sentirte lo bastante fuerte para soportar la película. Cuando lo consigas, te alejarás de ella. Pero también puedes quedarte atrapada en medio y volverte loca.

Tengo suerte, porque esta tarde las chicas querían ir a ver no sé qué acto, así que me han dejado tranquila. Adelante la película. El centro juvenil. Lejos de Dranitz. Una especie de centro penitenciario para jóvenes. Pasillos largos, techos altos, marcha al compás, celdas diminutas como en la cárcel, ventanas enrejadas. No eres nada, menos que un insecto, hacen contigo lo que quieren. La reeducación para convertirte en buena socialista funciona de la manera siguiente: llevar ropa de la unidad. Cortar el pelo. Recibir gritos y golpes por los motivos más insignificantes. Por la mañana, salir del catre a las cinco y media para hacer deporte. Subir y bajar escaleras corriendo. Flexiones. Quien no lo consigue, recibe quemaduras. Desayuno. Trabajar en una empresa. Quien no cumple con la tarea es culpable de que todo el grupo sea castigado. Así luego se vengan de ti. El ser humano es así. Siempre desahogan la rabia con el más débil porque no da problemas. Nunca con los verdaderos culpables. Una vez estuve tres días en una celda individual por defenderme. Del director, que quería hacérselo conmigo. Fue tan asqueroso que no dejaré que me vuelva a tocar un hombre en la vida. Entonces se terminó todo.

Corte de la película. Las imágenes que aparecen ahora me hacen polvo. No me puedo imponer a ellas. Si no quiero volverme loca, tengo que parar la película.

Resulta que papá fue a buscarme. Me contó que se estaba volviendo loco porque sabía por experiencia propia lo que era la cárcel. Había hecho todo lo posible, había incordiado a la gente del centro juvenil, estuvo con todos los funcionarios posibles y al final descubrió que un viejo amigo que había estado en el mismo internado que él era un pez gordo del cuadro del partido. Consiguió que me sacaran por «incorregible». De lo contrario, me habría quedado en el infierno hasta mi decimoctavo cumpleaños. Habrían sido once meses más.

Siempre llevo el cuaderno rojo bajo la camisa. Por la noche tampoco me quito la ropa interior, porque aún tengo miedo de que entre alguien y me arranque la manta.

25 de marzo de 1964

Ayer estuve agotada todo el día porque la noche anterior no pude dormir. Me equivoqué: escribir no ayuda contra las pesadillas, incluso las ha empeorado. Pese a todo, he trabajado en la empresa sin cometer errores. Lo mejor sería olvidarme de todo, sin más, pero no puedo hacer mucho. Solo se puede esperar a que pase solo. Tengo un jefe nuevo. Es de Fürstenberg y está estudiando su especialidad para ser obrero cualificado. Esta mañana a primera hora me ha parado delante del taller y me ha preguntado si quiero ir al cine con él por la tarde. No tengo ningunas ganas de ir, pero he aceptado. A lo mejor el cine me ayuda con las pesadillas. Si cree que me puede manosear en la oscuridad está muy equivocado. Se llama Markus. Markus Gebauer.

Dejó el cuaderno medio abierto, como si fuera un tejado de color rojo claro, sobre la madera para el fuego y encendió una cerilla. Prendió la madera seca sin dudarlo y vio cómo las llamas envolvían el papel, los bordes de las páginas se ennegrecían, llameaban y el cuaderno se transformaba por dentro en cenizas negras en pocos segundos. Lo atizó un poco más hasta que todo se desintegró, luego echó más leña, cerró la puerta de la estufa y salió de la tienda. Fuera respiró hondo. Se sentía aliviada, liberada de una carga pesada. Como recompensa, se permitió un helado de vainilla del arcón.

Kacpar

El propietario de la mansión Karbow era un tal Joachim von Northeim, con domicilio en Frankfurt. Kacpar tenía la dirección y el número de teléfono gracias a un anciano ajado que llevaba una existencia solitaria en un edificio adyacente a la mansión. No resultó fácil hacerse entender porque ya estaba medio sordo. Kacpar tuvo que hablar a gritos. Cuando por fin el anciano comprendió que el desconocido tenía interés en comprar, dijo «un momento» a voz en grito y desapareció en su vivienda oscura. Kacpar se quedó un rato esperando en la puerta, hasta que el anciano volvió a aparecer y le puso una tarjeta de visita en la mano.

—¡Ya es usted el segundo esta semana! —bramó, y cerró la puerta.

El dorso de la tarjeta de visita estaba decorado con un colorido patrón de flores. Kacpar pensó que sería una mujer, rubia, rolliza, de unos treinta años, casada, con un hijo. Sin embargo, cuando marcó el número de teléfono indicado contestó una voz de hombre.

—El Paraíso Azul, ¿en qué puedo ayudarle?

Kacpar tuvo que aclararse primero la garganta de la sorpresa.

—Hola, me llamo Woronski, y me gustaría hablar con el señor Von Northeim.

—Soy yo. ¿Quieres reservar una mesa? Hoy es noche de solteros. Eres soltero, ¿verdad?

¡Un bar de homosexuales! Pues sí que empezaba bien la cosa. A Kacpar le habría gustado ser más abierto de miras, pero no tenía ninguna experiencia en el trato con homosexuales, así que se sentía inseguro.

—Se trata de otra cosa —afirmó, un tanto cohibido—. Me interesa la mansión Karbow.

Al otro lado de la línea se oían varias voces, Von Northeim daba instrucciones sobre cómo colocar las mesas.

—.... No, así no, cariño. Más hacia la ventana. Un poquito más... así está mejor, ahí podemos meter otra mesita... Hola, ¿Woronski? ¿Sigues ahí?

Kacpar respiró hondo para contener su frustración.

—Sí. Usted es Joachim von Northeim, el dueño de la mansión Karbow, ¿no?

—Sí, claro, cariño, ese soy yo. ¿Y tú quieres quedarte con el viejo caserón? ¡Vaya! ¡Pasa una eternidad en que a nadie le importa la choza, y esta semana llaman dos interesados en comprar!

Kacpar se maldijo en silencio por haber dudado tanto. Era demasiado blando, sobre todo cuando se trataba de Jenny. Y eso que sabía que nunca habría nada entre ellos, y hacía tiempo que debería haber aceptado las consecuencias. La vida castiga a quien llega demasiado tarde. Ahora un competidor le pisaba los talones y eso subiría el precio, por supuesto.

—¿Puedo ver la casa por dentro?

Oyó un ruido de cristal al romperse y un grito.

—¡Dios! No hace falta que lo hagas todo tú... déjalo, cariño, yo me ocupo. Te vas a cortar con los cristales.

—¿Hola? —insistió Kacpar—. ¿Me oye? Quiero saber si la casa...

—¿Por dentro? Claro, Woronski. Bastian tiene una llave,

es el anciano que vive en el edificio de al lado. Dile solo que vas de parte de Jojo y quieres ver la casa. Por dentro está un poco hecha polvo, pero con papel de pared y pintura se puede adecentar.

Kacpar guardó silencio. Tenía la esperanza de que en la visita no se vieran grandes daños. Se contentaría con que por lo menos se conservara la esencia.

—¿Tiene usted una idea del precio?

Joachim soltó una carcajada que parecía un borboteo.

—Esa joya debería darme cien mil, Woronski. La compré para mi madre porque insistió mucho. Por los viejos tiempos; cuando era pequeña correteaba por allí. Ya sabes cómo son los viejos. Y luego ella murió de repente el año pasado, tuvo una neumonía y pam, fuera. Para mí fue horrible, terrible. Sí... y ahora tampoco quiero tener ya esa casa en ruinas.

—Entiendo —murmuró Kacpar un tanto abrumado ante tanta verborrea—. Le llamaré. Buenos días.

—Que tengas también un buen día, Woronski. Si alguna vez te aburres, pasa a vernos. ¡Aquí siempre hay algo!

A Frankfurt iba a ir. Al Paraíso Azul. A ese le faltaba un tornillo.

Esa misma mañana condujo hasta Karbow y llamó a la puerta del edificio adyacente, que en principio había sido la vivienda de un empleado. Tuvo suerte. El anciano, que se llamaba Bastian, no solo tenía una llave de la casa, sino también un plano exacto de la propiedad. Según el mapa, la casa incluía cinco mil metros cuadrados de terreno, una zona de jardín y parque, que a esas alturas se había asilvestrado hasta convertirse en una zona boscosa. También había un pequeño lago alimentado por un arroyo. No estaba mal.

La llave encajaba, pero costaba girarla en la cerradura. Al final tuvo que ayudarse con un palito y temió romper la llave. Qué tonto. ¿Por qué no se había llevado su botellita de aceite para engrasar? Sabía que la mayoría de esas viejas cerraduras estaban oxidadas. La estancia en la que entró parecía haber sido un impresionante vestíbulo en otra época; se veía la preciosa escalera con ornamentación tallada, que sin duda no fue construida para esa casa porque era una escalera de caracol montada alrededor de un robusto tronco de roble. Seguramente la habían trasladado de un castillo o un edificio parecido. Tampoco estaba mal. De hecho, estaba muy bien. Había llevado una linterna con la que ahora examinaba la madera. Un roble viejo y sólido. Nada de carcoma. Excelente.

Iluminó un poco alrededor y comprobó que el techo estaba compuesto por vigas firmes que apenas se descolgaban. De todos modos, los suelos estaban muy dañados, había que quitar las baldosas y poner unas nuevas. Abrió las puertas que daban a distintas estancias más pequeñas y comprobó que no se podía salvar mucho, pero las paredes y los techos parecían estar en un estado aceptable. En una de las salas que daban atrás se había caído el techo estucado, seguramente instalado por algún obrero chapucero más tarde.

Dejó el sótano para más tarde y subió a la primera planta. La preciosa escalera de caracol crujía, y eso no le gustó. El crujido no importaba, la madera vieja podía rechinar un poco, pero el sonido procedía de los refuerzos a las paredes, habría que retocarlo. Arriba olía a moho, algunos cristales de las ventanas estaban rotos y la lluvia había afectado a los tablones de madera y los papeles de pared, que ahora criaban hongos. Dio golpes en las paredes. El revoque no servía para nada, se desconchaba por todas partes; en algunos sitios se veían los ladrillos, pero por lo menos así podía confirmar que las paredes estaban bien. Del mobiliario original solo quedaban dos estructuras de cama talladas, además de tres armarios roperos destartalados y dos sillas que cojeaban. Algunos marcos de ventana estaban tan podridos que habría que cambiarlos, pero por lo menos se podían desatornillar los tiradores antiguos y volverlos a colocar.

Subió la estrecha escalera que daba al desván, echó un vistazo a los antiguos cuartos de los criados, estudió la viguería, con la que quedó satisfecho, y le sorprendió que las viejas ripias del tejado se mantuvieran sin goteras pese al musgo y los helechos. De todos modos, el desván estaba poblado por un alegre clan de ratones cuyos miembros más valientes se divertían pasando a toda prisa junto a sus pies.

Se subió a un viejo arcón para mirar por la ventana del desván y las vistas le parecieron como mínimo igual de impresionantes que las que tenía desde su vivienda en Dranitz. Veía incluso el lago verdoso, situado al norte de la mansión, rodeado de abedules y unos cuantos pinos. Detrás se vislumbraban los tejados de un pueblecito solitario y muchos campos y prados. Por encima se abovedaba el cielo de verano, claro y de color azul marino y, a lo lejos, donde acariciaba los verdes pastos, debía de estar el fin del mundo. Kacpar bajó de su mirador y quiso bajar también la escalera del altillo cuando de pronto oyó un crujido delator. Alguien subía por la antigua escalera de caracol.

O bien era el viejo Bastian, pensó, o un vagabundo que se había asomado a la puerta abierta. «Puede que sea incluso mi competencia, el que también quiere visitar la casa.» Reflexionó un momento y luego decidió quedarse arriba, en la escalera del altillo, para observar al otro cuando llegara a la primera planta. Siempre era bueno tener a la vista al enemigo, valorarlo y elaborar una estrategia.

El otro se tomó su tiempo. Kacpar oyó cómo bajaba de nuevo la escalera, abría y cerraba las puertas en la planta baja y daba golpes en las paredes. ¿Acaso iba también al sótano para ver los espacios del servicio? Podía tardar un rato en llegar a verlo. Kacpar se sentó en el suelo y ahuyentó con un gesto a dos ratones curiosos que querían investigar sus zapatos. Justo después, para su gran alivio, oyó pasos en la vieja escalera, en algún sitio se cayó el revoque y alguien gimió.

—¡Dios mío!

Se levantó de un salto. ¡Una mujer! Acto seguido vio un abrigo rojo y una melena de color miel y supo quién era su rival.

—¡Está todo lleno de moho! —criticó Evelyn con la mirada puesta en las ventanas.

Decidió revelar su presencia.

—Solo en la cara norte —anunció, y bajó la escalera del altillo con una sonrisa afable—. Al sur y al este las ventanas siguen intactas.

Ella estaba mucho menos sorprendida de lo que se temía. Se estremeció un momento, luego levantó la cabeza y amplió la sonrisa.

—¡Así que es usted! —exclamó ella—. El señor arquitecto Woronski, de la mansión Dranitz. ¿Quiere hacerle la competencia a su jefa y abrir también un hotel?

Estaba dos categorías por encima de las mujeres con las que él solía empezar una relación. Inteligente y guapa, era una mujer de negocios con experiencia y una dura rival. Sin embargo, también tenía sus debilidades. Kacpar se había enterado de que rondaba a Ulli Schwadke, con quien no tenía ni la más mínima posibilidad. Con Simon Strassner tampoco parecía que tuviera nada ya, y lo entendía perfectamente. Así que, si quería vencerla, tenía que recurrir a sus encantos masculinos. Era su punto débil. Esperaba que su encanto fuera suficiente.

—La señora Kettler no es mi jefa —protestó, bajó los últimos escalones y procuró parecer lo más relajado posible—. Es más bien una buena amiga a la que he ayudado con mis conocimientos técnicos.

Ella calló, y Kacpar vio que se guardaba su opinión. Él la

siguió al dormitorio, le mostró el material sólido de las paredes y ella asintió en un gesto de aprobación. La ayudó a abrir una ventana para que entrara más luz en la habitación y se quedaron ahí juntos para respirar el aire fresco que entraba y contemplar los prados y campos.

—Lo ha arrendado una empresa de la baja Baviera —comentó, al tiempo que señalaba la cebada verde que se movía con el viento como las olas del mar.

—Ahí hay un pequeño lago que pertenece a la propiedad —explicó Kacpar, que sacó el mapa del bolsillo interior de la chaqueta.

—¿Puedo? —preguntó, y estiró la mano.

—Por favor.

Ella estudió el plano con la frente arrugada, se encogió de hombros y le devolvió el papel doblado.

—Silvestre y romántico —comentó ella con sorna—. Hay que hacer una considerable inversión.

—Sin duda.

Se colocó el cabello rubio detrás de la oreja y lo miró. Tenía unos ojos extraordinarios, de color gris claro, y una mirada muy directa, un tanto desafiante. Seguro que intimidaba a las personas sencillas.

—¿De verdad tiene intención de comprar esta casa en ruinas, señor Woronski?

Le sostuvo la mirada y esbozó una sonrisa cautivadora. El joven solitario de ojos azules y soñadores. La mayoría de las mujeres lo encontraban algo conmovedor. Despertaba su instinto protector. Antes le resultaba desagradable, pero había aprendido a sacarle provecho.

—¿Por qué no? Por lo menos, yo me ahorro los costes de un buen arquitecto.

—¡Eso es verdad!

Era sorprendente la seguridad que trasmitía al pisar con

sus zapatos de tacón. Bajó la escalera por delante de él, se detuvo un momento donde se veía el refuerzo de la pared de hierro forjado y suspiró.

—Hay que hacer una reforma integral —afirmó él—. ¿Ya ha estado en el sótano?

Ella asintió.

—En realidad, tampoco tiene tan mala pinta. Venga conmigo.

Kacpar la siguió. Abajo, ella sacó una linterna del bolsillo de la chaqueta y él también iluminó los distintos espacios del sótano. Todo parecía seco, pero las estancias eran muy pequeñas y las ventanas apenas daban luz.

—No es adecuado para un restaurante —aseguró Evelyne—. Como mucho, para un bar o algo parecido.

Él discrepaba, pero era evidente que ella estaba restando valor al objeto para apartarlo de la compra.

—Sí —contestó, pensativo, mientras regresaban al vestíbulo—. No sé si conviene lanzarse a semejante aventura...

—¡Desde luego!

La puerta de la casa estaba abierta una rendija, en la franja de luz que penetraba las partículas de polvo bailaban un vals iridiscente de colores.

—Será que le gustan las aventuras, señor Woronski...

Ese era el pie: quería coquetear con él. Creía que era una presa fácil que envolver en su telaraña y devorarla. Pero él iba con cuidado.

—¿Esa es la impresión que le he dado?

Ella lo miró de soslayo, de arriba abajo; era un desafío claro. Vamos, demuéstrame quién eres. Quiero saberlo.

—Aún no estoy segura —contestó, orgullosa.

Él sonrió, cohibido; le reconoció el logro de haberlo confundido y al mismo tiempo pensó que ahora él tenía que tomar posiciones.

—Bueno, en general, calculo con bastante precisión antes de meterme en una aventura comercial.

Ella comprendió en un segundo que lo había subestimado. Parecía que le gustaba.

—Muy bien —lo elogió ella con una sonrisa satisfecha—. Yo también. ¿Y cómo son sus cálculos sobre esta propiedad, señor Woronski?

—Aún no estoy seguro.

Kacpar bajó la mirada mientras le devolvía la pelota, pero notó que ella se tensaba un poco de la rabia.

—Me interesa mucho —insistió ella.

Debería habérselo imaginado. Al fin y al cabo, él era el experto, y podía hacer un cálculo aproximado de los inminentes costes de la reforma mejor que nadie. ¿De verdad era tan ingenua como para creer que le iba a revelar sus apreciaciones?

—Para mí también es importante su opinión —respondió.

Guardaron silencio un momento. Kacpar pensó cuánto ofrecería ella. En ningún caso cien mil, esa construcción derruida no lo valía. Tampoco los cimientos y el suelo, ya que estaban en el quinto pino, en medio de la nada, y ni siquiera había una carretera asfaltada, por no hablar de autobús o enlace ferroviario. ¿Quizá la mitad? ¿Un cuarto?

Mientras seguía cavilando, ella se dirigió con decisión a la puerta y luego se dio la vuelta.

—¿Qué le parece si comentamos los detalles en una cafetería agradable de Waren?

La aventura prometía.

—Me parece muy bien. ¿Nos encontramos en el puerto?

—En el Café Liedermann.

—¡Perfecto!

Mientras ella salía con el coche, él se quedó lidiando con la cerradura oxidada. Le pidió un poco de aceite al viejo Bastian y al final juntos consiguieron cerrar la puerta de la casa. Tuvo que recurrir a sus artes de persuasión para llevarse el mapa, porque el cerbero solo soltó el papel de mala gana. No se lo dio hasta que Kacpar le aseguró que tenía serias intenciones de comprar.

Encontró a Evelyne sentada en una mesa en el interior de la cafetería, que estaba bastante vacía debido al buen tiempo. Disfrutaba de un café helado y lo miró esperanzada mientras sorbía la pajita. Él pidió un café. Necesitaba un estimulante para no cometer ningún error.

Sin embargo, cuando apenas había dado el primer trago al líquido caliente, ella lo desconcertó con una propuesta insólita.

—¿Qué le parece si compramos juntos la mansión?

—¿Juntos?

Era consciente de que se le había quedado cara de bobo. Ella se rio. Sonó simpática, se reía sobre todo de sí misma y de su idea disparatada.

—Sí, juntos. A partes iguales. Yo me ocupo de las formalidades, hago propuestas para su uso posterior, busco ayuda financiera. Usted se hace cargo de los aspectos arquitectónicos.

Sí, claro. Él hacía el trabajo y luego ella recogía los beneficios. Por supuesto, Evelyn le vendería cara su participación una vez terminada la reforma.

—No me interesa —contestó.

Evelyn se llevó una decepción. Estuvo removiendo su café helado para pescar la vainilla y tomó un poco.

—Usted no quiere vender la mansión después de la reforma, sino quedársela —afirmó ella—. ¿Me equivoco?

Kacpar asintió y bebió otro trago largo. El café no era nada del otro mundo, le habían puesto demasiada leche.

—¿Un hotel? ¿Un restaurante? ¿Un rincón secreto para

reuniones de negocios discretas o encuentros de clubes con capacidad económica?

—Lo que sea...

Ella se limpió una mancha de nata del labio superior, y al hacerlo tiñó de rojo la servilleta de papel con el pintalabios. Tenía unos labios gruesos preciosos. En general, era muy atractiva.

—¡Yo lo haría, señor Woronski!

Le hizo el cálculo de cómo adquirir la propiedad a buen precio mediante negociaciones hábiles, siempre y cuando fueran a la una. Así el precio de compra se dividía entre dos. Igual que los costes de la reforma.

—Viajo mucho, señor Woronski. Tiene la ventaja de que tengo contactos y una buena visión de conjunto. Las dos cosas nos convienen.

En realidad, la propuesta no estaba tan mal. En primer lugar, protegería su cuenta bancaria y podría sacar provecho de los contactos de Evelyn: clientes que pagaran bien, que sabrían apreciar la ubicación apartada con comodidades de lujo. Con todo, había un aspecto que no le gustaba.

—¿Sabe lo que cuesta un buen arquitecto y aparejador?

Ella también lo había pensado.

—Al final presentará una factura y yo me haré cargo de la mitad. Yo haré lo mismo con mis gastos.

Seguramente ahí estaba el inconveniente. No tenía ni idea de lo que se avecinaba. Por otra parte, hacía tiempo que tenía claro que el proyecto superaba con creces sus propios medios. Tendría que solicitar un crédito que estaría pagando hasta el fin de sus días.

—Deje que lo consulte con la almohada —le pidió, y dejó la taza.

—Claro —respondió ella, y empujó el vaso vacío—. ¿En tu casa o conmigo en el hotel?

La propuesta no era del todo inesperada, pero aun así le sorprendió. Kacpar se decidió por el hotel; le habría resultado embarazoso que alguien en Dranitz descubriera su aventura con la novia de Simon Strassner. Fueron a pasear por la orilla del Müritz, donde ella le contó que hacía tiempo que su relación con Simon Strassner era puramente profesional. Tenía mucho que agradecerle, en cierto modo él había sido su mentor y un amigo paternal, por eso seguía teniéndole cierto cariño.

Se enteró de que a Evelyn le encantaba la música clásica, sobre todo Johann Sebastian Bach, y que tenía su obra completa en vinilo. Kacpar confesó que no sabía mucho de música: le gustaba toda, fuera cual fuese. A cambio, ganó puntos con sus conocimientos de pintura, conocía tanto a los maestros antiguos como los modernos. Ambos evitaron los temas de conversación que implicaban abrirse al otro, se reservaron sus deseos, decepciones, esperanzas y heridas. Hacia el atardecer fueron a un restaurante, él se sintió obligado a invitarla y ella aceptó, agradecida. Evelyn pidió un bistec y ensalada variada; al menos en eso coincidían, a él también le gustaba una buena ración de carne, aunque en su punto, mientras que ella se comió su bistec casi crudo. Después fueron a un bar, se tomaron varios cócteles, y al final ella lo llevó a su habitación del hotel.

Al día siguiente por la mañana, Kacpar se despertó con el ruido de fondo de la ducha. Ya eran más de las ocho, pero estaba hecho polvo tras la larga noche. Se puso su camiseta interior, que estaba en el suelo, junto a la cama. Se sentía desencantado: era la sensación habitual después de acostarse con una mujer. Como siempre, intentó convencerse de que su pareja era encantadora a su manera, aunque él no la quisiera de verdad.

Evelyn entró en la habitación envuelta en un largo albornoz blanco de rizo y una toalla sujeta en el pelo mojado. Sin maquillaje le pareció más dulce, vulnerable, casi entrañable. Sin embargo, con su pregunta le demostró que no lo era en absoluto.

—Dime, ¿le has presentado tu factura a la señora baronesa? Después de cinco años, debe de ser un buen pico...

Cornelia

No estaba hecha para pasar las vacaciones en el mar, al menos no en temporada alta, en pleno verano. ¿Qué tenía de tranquilo sentarse en una tumbona de playa, asarse al sol y luego morirse del aburrimiento? ¿El mar? Bueno, muy bien, olas pequeñas, aves acuáticas, unas cuantas conchas. Pocos cambios, en realidad siempre era igual. Cuando viajó a Binz después del cumpleaños de Walter, disfrutó del descanso: no estaba ni de lejos tan lleno como ahora y pudo dar largos paseos entre las dunas y junto a las célebres rocas cretáceas. Ahora hacía demasiado calor. Solo se podía estar tumbado en la playa y refrescarse de vez en cuando en el agua.

Su idea para Schulz & Kundermann, en ese momento el mayor cliente de la asesoría empresarial Schindler, había tenido una gran aceptación, pero la transformación no sería fácil, así que había decidido reducir la cantidad de horas extra y volver a tomarse unas vacaciones antes de deslomarse de nuevo. ¡Esperaba que esos tarugos ambiciosos no hicieran ninguna tontería en su ausencia! Ella les había dado el número del hotel frente al mar de Binz y les rogó que la llamaran si surgía alguna duda.

Desvió la mirada hacia los veraneantes que ocupaban la playa en grupos apretados: mamás con sobrepeso, niños gritones que no paraban quietos, hombres con bañadores demasiado estrechos sobre los que les colgaba la barriga. No era un deleite para los ojos. El día anterior había recorrido un poco la isla en coche para volver a ver las famosas rocas cretáceas y subir al faro de cabo Arkona, con la lengua fuera y el pulso acelerado, en un entorno cubierto de polvo. Esta vez lo hizo rodeada de turistas armados con cámaras, todos empujándose y estorbando para encontrar los mejores motivos para sus fotos de vacaciones: no podía decirse que fuera un ambiente reposado.

No, nunca más se plantearía viajar en temporada alta. La tumbona de playa, que con el entusiasmo había alquilado para dos semanas, tampoco era lo que le habían prometido. Los asientos estaban duros, siempre llenos de arena, y el reposapiés se empeñaba en atascarse cuando intentaba sacarlo. Sin embargo, al menos le permitía cierta intimidad.

Era increíble el descaro con el que se extendía la gente ruidosa por allí. Le caían pelotas en la barriga, le pasaban por encima aros voladores, los críos desnudos hacían pis en la arena justo al lado de su tumbona. El día antes había tenido una acalorada discusión con una madre muy preocupada de tres mocosos maleducados, y luego encima apareció el marido, que se creyó en la obligación de defender a su clan. Los niños son nuestro futuro, decía. Pagaban nuestras pensiones. Si no los soportaba, debería irse de vacaciones a un balneario. Bueno, en eso se habían equivocado. Les soltó un discurso breve pero contundente sobre la educación en el respeto y la consideración, y al final los dos se fueron enfadados.

Eso no era lo suyo. Ese calor y tanto grito alrededor le estaban poniendo de los nervios, y la perspectiva de pasar una semana más allí, aburrida, no mejoraba las cosas. Pensó en ir a buscar un *currywurst* con patatas fritas al remolque, o un helado al quiosco. Quizá mejor un helado y un refresco de cola, con ese calor se necesitaba líquido. Hurgó en su monedero, en el que había metido por precaución solo unas pocas monedas, ya que no paraban de hablar de robos en las tumbonas de playa sin vigilar. En cuanto se puso en camino hacia el quiosco, volvieron a oírse gritos en la playa.

—¡Déjame en paz de una vez, mamá! ¡Quiero estar sola!

—Pues no funciona así. Tienes que sentarte.

—¡Nooo! ¡Eso hace daño al pez, voy nadando tras él!

—Entonces las olas se llevarán tu colchoneta nueva con forma de animal.

«Ay, esas madres —pensó Cornelia—. Siempre refunfuñando. Que deje que las olas se lleven ese trasto, así la niña habrá aprendido algo importante para la vida.»

Echó un vistazo a la playa y vio a la madre y la niña, además de un enorme delfín de plástico de color azul claro que se bamboleaba en el agua. Las dos eran preciosas, la madre delgadísima con su biquini verde, que le quedaba genial con la melena pelirroja. La niña también tenía el pelo rojo, pero no veía el color del traje de baño porque la criatura chapoteaba en el agua. En ese momento la madre soltó el objeto azul de la discordia, se enderezó, puso los brazos en jarras y observó la conducta de su hija.

—¡Pero no te vayas muy lejos nadando, Julia!

Cornelia se detuvo y pensó si al final le había dado una insolación. ¿Por qué iba a ir su hija Jenny a Rügen, después de haberla tratado tan mal en el cumpleaños de Walter? Decidió averiguarlo. Pasó corriendo junto a dos mujeres que se estaban asando en sus toallas y luego comprobó que no era una insolación ni una alucinación. Era Jenny la que se metió en las olas con un salto audaz para atrapar al delfín que se escapaba. ¿Cómo sabía esa chica nadar tan bien? De ella no lo había sacado.

La pequeña Julia también dio unas cuantas brazadas, luego se incorporó, se paró en las olas y observó a su madre con cara de pocos amigos. En ese momento, Jenny regresó con el delfín azul bien sujeto bajo el brazo. Iba a lanzárselo a la niña cuando descubrió a Cornelia en la playa.

—¡Hola, mamá! —gritó, y la saludó con la mano. No parecía muy sorprendida de ver a su madre allí.

Cornelia levantó despacio la mano para devolverle el saludo. En la cabeza le daban vueltas las suposiciones más dispares. ¿Una casualidad? ¿Una visita sorpresa? ¿Un apuro? La pequeña Julia salió del agua, escupió y se limpió la boca con el dorso de la mano mojada.

—¡Sabe a sal, mamá!

—Claro, es agua del mar. Mira, es la abuela.

Jenny señaló hacia ella.

—Vamos a darle los buenos días.

Mientras Jenny corría hacia ella con el delfín bajo el brazo, Cornelia decidió abordar el tema con naturalidad.

—¡Pero bueno! —le dijo a su hija—. ¿Estáis de vacaciones aquí?

—No, no es eso —dijo Jenny—. Hemos pasado por aquí un momento. Julia nunca había nadado en el mar Báltico.

Cornelia miró a su hija con escepticismo. Todo aquello era muy raro, pero también bonito. Sonrió a su nieta.

—¡Nadas muy bien, Julia!

La niña asintió. El halago no la impresionó. Observó a Cornelia con los ojos entornados y se apartó el pelo mojado de la cara porque le hacía cosquillas.

—Estás bastante gorda, abuela —dijo—. Casi tanto como Sonja.

Cornelia pensó que a la niña le hacía falta aprender alguna que otra cosa sobre educación y respeto.

—Hay personas delgadas y personas gordas…

—A mí me gustan las personas gordas —la interrumpió su nieta—. Es muy guay acurrucarse con ellas.

Qué sonrisa más cautivadora. Arriba a la derecha ya le

faltaba un diente. El traje de baño era color azul claro con rayas azul marino.

—He alquilado una tumbona de playa —alardeó Cornelia—. ¿Vamos a sentarnos allí?

Su nieta Julia abrió los ojos de par en par de la emoción.

—¡Sí!

Se puso a dar brincos en el sitio, luego corrió al lado de Cornelia mientras se abrían paso entre los veraneantes que tomaban el sol. Jenny, que las seguía con el delfín azul, atraía muchas miradas, sobre todo de bañistas masculinos. Cornelia pensó que había traído al mundo a una hija de una belleza extraordinaria, con la melena pelirroja de la línea Von Dranitz. Su abuela Margarethe, que murió a finales de la década de los sesenta, también era pelirroja. Al menos eso le había contado su madre, porque ella recordaba a la abuela Margarethe con el pelo canoso.

—¿Esa de ahí? —preguntó la nieta por enésima vez, mientras señalaba distintas tumbonas.

—No, esa no, Julia. Más atrás. Un poquito más...

—No me llamo Julia, ¡me llamo pequeña Julia!

—Perdona. Pensaba que ya eras mayor y que podía llamarte Julia.

—Soy mayor —aclaró la nieta—. Pero sigo siendo la pequeña Julia. ¿Te acordarás, abuela?

Su dulce nieta pelirroja usaba un tono bastante autoritario. Se ahorró la respuesta y en cambio señaló su tumbona, que ahora se veía entre otras dos.

—Esa de ahí, ¿la ves? La de la toalla de rayas.

—¡Bien! ¡Nuestra tumbona de playa! —exclamó la niña, y salió corriendo para tomar posesión del refugio acolchado.

A diferencia de su hija, Jenny estaba muy callada. Cornelia suponía que buscaba las palabras adecuadas para explicar esa visita sorpresa, y le intrigaba lo que podía contarle. Jenny se tomó su tiempo. Primero regañó con vehemencia a su hija porque Julia se había acomodado en horizontal en el asiento, con los pies descalzos llenos de arena pegada encima de la toalla de rayas.

—¡Déjanos sitio!

Las tres estaban un poco apretadas, pero a nadie le molestó. Jenny se reclinó en el respaldo y cerró los ojos; por lo visto primero quería tomar el sol. Julia le contó que nunca se había sentado en una tumbona de playa y que era «muy guay».

—¿También duermes aquí, abuela?

—No. De noche duermo en una habitación de hotel. ¿Ves ese edificio grande de ahí? Es el Seehotel Binz.

—¿La primera vez no te alojaste en una pensión? —preguntó Jenny.

—Sí, sí, pero hacía tiempo que estaba todo reservado para la temporada alta. Entonces me di el gusto de reservar una habitación ahí: programa completo de mimos para relajarse.

—Y si tienes hambre, ¿qué haces? —preguntó la pequeña Julia.

—Voy a comer al restaurante del hotel. He reservado media pensión.

—¿Y si necesitas algo? —insistió la niña—. Yo siempre tengo hambre.

—Entonces voy a buscar un *currywurst* con patatas fritas o un helado. Ahí, en la playa.

Jenny abrió los ojos porque preveía lo que vendría a continuación, y miró a su hija.

La pregunta no se hizo esperar.

—¿Me vas a buscar también un *currywurst*, mamá?

—Entonces tendríamos que volver al coche, Julia, porque me he dejado ahí el monedero.

—Bueno —intervino Cornelia, y cogió su bolso—. Hoy me siento generosa. No puedo ver cómo mi única nieta se muere de hambre de forma tan miserable. ¡Ten!

«Mira lo educada que puede ser la niña», pensó. Cogió los cinco marcos, le sonrió y dijo:

—Muchas gracias, abuela. ¿Quieres que te traiga algo?

—Eres muy amable, pero no tengo hambre.

—¡Ahora mismo vuelvo!

Dicho esto, se fue dando zancadas por la arena. Jenny se reclinó de nuevo en el asiento y parpadeó al sol. Cornelia esperó con paciencia y, en efecto, llegó el primer intento.

—Seguro que te ha sorprendido que apareciéramos aquí las dos de repente, ¿no?

—Sí —contestó Cornelia.

—Quería hablar contigo...

Cornelia colgó la toalla de rayas del techo de mimbre para tener sombra. Luego ella también se recostó en el asiento.

—¿De qué? —preguntó.

—Bueno, nada, en general —balbuceó Jenny—. No hemos sabido nada la una de la otra en bastante tiempo...

—Cierto.

La parca conversación no avanzaba. Cornelia se reprochaba que podría haber sido más amable. Más atenta. Tender puentes con su hija, pero esas cosas no eran su fuerte. Siempre tenía que superar primero su propio carácter.

—¿Y ahora te apetece hablar? —preguntó, al tiempo que miraba a Jenny.

Su hija se irguió y se frotó los antebrazos.

—¿Tienes crema solar?

—En el bolso. El bote marrón.

Era una maniobra de distracción. Saltaba a la vista que Jenny también necesitaba superar su primer impulso. Sacó el aceite solar de la bolsa de baño de Cornelia y se lo untó. Tenía la piel clara y sensible al sol. En realidad, ella misma tendría que pensar en ponerse crema.

—Bueno, pasa lo siguiente... —empezó Jenny, que volvió

a cerrar el bote—, hace poco, en el cumpleaños de Walter, estuve un poco antipática contigo. Lo siento. No lo hice con mala intención. Ya sabes lo que pasa: a veces dices algo que suena muy distinto a como pretendías.

—Lo entiendo. No soy rencorosa, Jenny. Olvidémoslo.

Guardaron silencio de nuevo. Jenny se hizo sombra en los ojos con la mano para buscar a Julia con la mirada, y Cornelia pensó si se había precipitado con ese «olvidémoslo». No quería pasarse de simpática, ella también tenía su orgullo. El comentario insolente de Jenny la había herido.

—A lo mejor de ahora en adelante conseguimos ser un poco más amables entre nosotras —dijo.

Jenny asintió. No lo hizo en absoluto con alegría y convicción, sino más bien como un gesto débil. Cornelia se fue impacientando poco a poco. Enseguida volvería la niña con su *currywurst* y tendrían que olvidar su conversación.

—¿Cómo va en la mansión? —preguntó Cornelia para dar un impulso a la charla.

—No muy bien —admitió Jenny—. Por desgracia.

Luego por fin lo soltó. Las cosas no iban nada bien en Dranitz, ni a su familia; al contrario. Bernd se había rendido, el zoológico estaba en números rojos, el cocinero del restaurante de la mansión se había ido y hasta el momento no habían conseguido un sustituto para Bodo Bieger. Además, los arqueólogos seguían hurgando en el sótano. Y, para colmo, el amigo y socio de Ulli había fallecido y había disputas con la familia, que no estaba de acuerdo con la herencia.

—Y Kacpar, al que tanto necesitamos para las reformas pendientes en el sótano, ahora quiere comprar él una mansión en la zona y restaurarla —añadió Jenny, mientras se daba golpecitos en la barbilla—. Probablemente quiere convertirla en un hotel con restaurante. ¡Es un disparate! Eso nos quitará hasta los últimos clientes. ¡Acabaremos todos en la quiebra!

Cornelia pensó en Kacpar Woronski, ese polaco delgado de cabello oscuro y ojos azules brillantes. En la celebración del cumpleaños había estado bastante callado.

—¿Por qué lo hace?

Jenny recogió con destreza una pelota de playa que pasó volando junto a la tumbona. Un joven de piel morena se acercó y esperó obediente hasta que Jenny decidió devolverle el proyectil.

—¿Por qué? —repitió la pregunta de Cornelia, y cruzó los brazos detrás de la cabeza—. Seguramente le molesta que la abuela no quiera tenerlo de socio.

¡Por supuesto! Ese viejo orgullo de nobleza de su madre. La mansión de los Von Dranitz no podía acabar en manos extrañas. Había que pasarla a los hijos, y a los hijos de los hijos. Con deudas o no, lo principal era que fuera propiedad de la familia. Eso siempre le había molestado de Franziska. No tenía el más mínimo sentido del bien común. Siempre miraba solo desde arriba. Pero ¿por qué se molestaba? A fin de cuentas, ya conocía a su madre.

—No suena bien —reconoció, pensativa y con cara de asombro.

—Ahora mismo es un período difícil —Jenny quiso restarle importancia a la situación.

—¿Y qué piensa hacer Franziska?

Jenny suspiró y se rascó una picada roja e inflada que tenía en el antebrazo.

—La abuela es una mujer fantástica. Una luchadora, valiente. Ha invertido todos sus bienes en esta mansión. Y hemos conseguido muchas cosas…

—Deja de rascarte —la interrumpió Cornelia, tensa—. Solo vas a conseguir que la picada se inflame aún más.

Se ganó una mirada airada y se mordió los labios. ¿Por

qué después de tantos años actuaba de repente como una madre preocupada? Jenny era adulta.

—Por desgracia, con el tiempo la abuela Franziska se ha cansado —continuó Jenny, y se acarició el brazo con la palma de la mano—. No es que ya no haga nada, pero ha perdido fuerza. Ha perdido empuje. Siempre está con el abuelo Walter y desatiende algunas cosas.

—¿Y tú? Siempre pensé que Franziska y tú erais socias. ¿No te has ocupado de encontrar un cocinero nuevo, o has hablado con el departamento de protección del patrimonio para que terminen de una vez las excavaciones? Aunque entonces seguramente no tendríais ni un cliente más que pagara... —Jenny soltó un bufido—. ¿Y por qué no te has impuesto con ese Kacpar? Un arquitecto así vale oro...

—¡No puedo ocuparme de todo! —se encolerizó Jenny—. Tengo una hija, y ayudo a Mücke en la guardería. Además, me encargo de la reforma, de la empresa... Ah, sí, ¡y además he aprobado el bachillerato!

«No lo digas —pensó Cornelia—. Cierra el pico, solo te traerá problemas. Solo conseguirás que...»

—Si no hubieras dejado los estudios... —se le escapó sin querer.

—¡Sabía que me ibas a echar en cara eso otra vez! —rugió Jenny—. Para que lo sepas, mamá: ¡fue solo culpa tuya que dejara los estudios entonces! ¡De tu maldito egoísmo y falta de cariño, que ya no aguantaba más!

—¿Mamá?

Jenny se calló, y la mano que gesticulaba con furia se quedó helada en el aire. De pronto, la pequeña Julia se plantó delante de ellas como si tuviera que proteger a la abuela de su furiosa madre.

—¡Mamá, gritas tanto que se te oye hasta en el puesto de salchichas!

—¿De dónde sales tú? —preguntó Jenny, un tanto confusa—. ¿Y dónde has estado tanto tiempo?

—He conocido a dos niños que tenían un flotador grande y hemos jugado a caballitos de mar. Ellos eran los caballitos y tenían que tirar de mí. A cambio yo los he alimentado...

Había metido el *currywurst* y las deliciosas patatas fritas con sus tenedorcitos de plástico en las bocas hambrientas de esos dos niños. Siempre por turnos. Hasta que ya no quedó nada. Era increíble cómo Julia conseguía que todo y todos sirvieran a sus intereses. La niña llevaba en la sangre la larga línea genealógica de nobles terratenientes.

—¡Y ahora tengo hambre, mamá!

Jenny reaccionó enseguida.

—De todos modos, ya nos vamos. En el coche tengo algo de comer. Coge tu delfín para que no se nos olvide.

La niña puso cara de decepción.

—Pero seguro que la abuela también tiene hambre. Podríamos comer juntas...

—¿No has oído lo que te acabo de decir, pequeña Julia?

¡Su preciosa y dulce hija Jenny podía ser muy estricta con la niña! A Cornelia le recordó a su infancia; de hecho, la voz de Jenny se parecía a la de Franziska, que aún resonaba en sus oídos. «¡No te sientes en el sofá, acabo de sacudir los cojines! ¡No toques el piano con los pies, ha costado mucho dinero! ¿Por qué no está ordenada la cocina? Una chica joven debería aprender pronto cómo se lleva una casa...»

Julia también se comportaba como una auténtica Von Dranitz. Pataleaba en la arena, testaruda.

—¡Pero hace muuucho tiempo que no veo a la abuela!

Jenny agarró el delfín azul por la cola y cogió de la mano a su hija.

—Otro día, Julia. Hoy no tenemos tiempo. Ulli nos espera.

—¡Pues no quiero! —gritó la niña.

Cornelia supo que debía intervenir. En contra de su propia naturaleza. Era el mejor momento.

—Escucha, Jenny —dijo, y alzó la voz porque Julia se quejaba muy alto—. Escucha, siento lo que te he dicho. No quería hacerlo, pero ya sabes lo que pasa. De pronto se te escapa y en ese mismo momento ya desearías haberte mordido la lengua.

Jenny la observó. Enfadada pero un tanto insegura.

—¡Lo siento! Por favor, quedaos.

Jenny soltó a su hija. Julia sacudió la mano que su madre había cogido con tanta fuerza.

—Eso... no me lo habías dicho nunca —tartamudeó Jenny, y el delfín voló hasta la arena.

Cornelia se aclaró la garganta.

—A mí tampoco me resulta fácil —mascullló—. Pero era necesario. Y también sincero.

Jenny seguía desconcertada. Tiró de su biquini, se tocó el pelo que llevaba recogido y colocó un mechón extraviado en su sitio.

—Me gustaría invitaros a las dos a comer —siguió Cornelia.

Julia sonrió y dirigió una mirada de súplica a su madre. Jenny se sacudió la arena del trasero y asintió despacio.

—Pero primero tenemos que ir al coche. A cambiarnos.

—¡Nos vemos en el jardín de arena! Está a la derecha, junto al edificio del balneario.

—De acuerdo.

Cornelia se puso un vestido de playa y recogió sus cosas. En realidad, tendría que haber cerrado la tumbona, pero decidió no hacerlo. Si alguien quería sentarse mientras ella no estaba, adelante. Durante un momento siguió con la mirada el delfín azul, que se balanceaba a lo lejos en la orilla, y luego giró hacia el aparcamiento.

Corrió al hotel a coger dinero y volvió a toda prisa al paseo marítimo. A esas horas el restaurante estaba muy lleno, pero tuvo suerte, porque justo en ese momento se marchó una familia y consiguió una mesa junto a la ventana. Se acomodó, pidió una botella grande de agua mineral y esperó. Miró con impaciencia a través del cristal, observó a los bañistas que pasaban por delante, las familias con niños pequeños, las señoras mayores con sus sombreros de colores para el sol, los chicos morenos con sus pantalones cortos y bañadores ceñidos. ¿Dónde se habían metido? Bebió un sorbo del vaso de agua y notó que estaba inquieta. Le entraron ganas de levantarse y correr al aparcamiento. ¿Y si Jenny decidía irse en el último momento?

¡Ahí! La melena pelirroja de su nieta. ¡Cómo brillaba al sol! Jenny se había puesto unos tejanos cortos y una camisa blanca, y Julia un vestido rosa que sin duda era cosa de Franziska. En su momento, su madre también le ponía siempre esa ropa cursi.

—¡Podemos mirar por la ventana mientras comemos! —exclamó la pequeña Julia, entusiasmada, en cuanto puso un pie en el restaurante con Jenny—. ¡Ahí detrás está el mar, abuela!

Al principio, Jenny estuvo callada; Julia, en cambio, parloteaba como si le hubieran dado cuerda. Le hablaba de su amigo Falko, de Mücke y los niños de la guardería, de que pronto iría a la escuela y de que ya tenía novio. Se llamaba Jörg y ya iba a tercero.

Jenny no volvió a mostrarse comunicativa hasta el postre. Charlaron sobre la decisión de Bernd de renunciar a la granja, que Cornelia lamentaba mucho.

—Cuando vivíamos en el piso compartido ya hablaba de que le gustaría tener una granja... pero claro, con jamelgos en los campos las cosas no funcionan. ¡Qué lástima!

Le sonsacó a Jenny un montón de chismorreos. Vaya, así

que Sonja también era una pintora de talento. A Walter le interesaban las excavaciones, incluso investigaba él mismo. Y la novia de Simon Strassner, el padre de Julia, le era infiel. Bueno, cada uno tenía lo que merecía. ¿Habría pensado ese hombre en dejar en herencia la casa del inspector a su hija Julia? Mejor aún, traspasársela...

—En el cumpleaños de Walter dijiste que tenías un plan de negocios para mejorar la situación económica de nuestras empresas —dijo Jenny.

Ahí estaba. En realidad, su visita se debía a un motivo mucho más profano. Pero había provocado muchas cosas buenas.

—Para eso necesito más información, claro. Los libros de cuentas. Los gastos. Los ingresos. Subvenciones y esas cosas...

—¿Podrías venir a vernos cuando vuelvas de tus vacaciones?

¡Una invitación! ¡De su hija Jenny!

—Me lo pensaré —contestó Cornelia con cautela.

La pequeña Julia clavó su cuchara en el helado de chocolate con nata y luego se la llevó llena a la boca ya embadurnada de dulce marrón.

—Puedes quedarte en mi cama, abuela. Ya dormiré en casa de Jörg.

—¡Ni hablar de eso!

Le dio al camarero una generosa propina y las acompañó al aparcamiento para despedirse de ellas. Más tarde se llevó su libreta a la playa y se acomodó en la tumbona. En efecto, el ruido y la brisa nocturna eran muy estimulantes para trabajar, las ideas fluían sin más.

¡Esas vacaciones habían sido todo un acierto!

Franziska

—Qué bonito es esto —dijo Mine con un suspiro mientras contemplaba el lago, ensimismada—. ¿Sabes, Karl-Erich? Ahí volcó el trillador. Y aquí, en la casa guardabotes, me escondía con Beke y Lise para espiaros. Ay, qué tiempos aquellos...

—Recuerdo que nos bañábamos ahí —siguió él—. Pero entonces no sabía que las chicas nos espiaban.

—Pues así era —sonrió Mine—. ¡El lago sigue siendo liso y bonito! Nosotros dos, en cambio, nos hemos ido arrugando con los años.

Era última hora de la tarde, pero el lago aún lucía de color azul turquesa y reflejaba los árboles altos en la orilla; solo donde Jörg Junkers y Falko daban brincos el agua estaba gris por el fondo revuelto. Franziska había recogido a Mine y Karl-Erich en el pueblo y los había llevado a los dos a la casa guardabotes. Querían pasar juntos unas horas agradables junto al lago, asar salchichas y comerlas acompañadas de la ensalada de patata de Mine, y el motivo era muy especial: había llegado la carta con los resultados de los exámenes de Jenny. Se llevaron una gran alegría. No había ningún sobresaliente, pero sí un notable. Ahora, los planes de Jenny de estudiar dirección y administración de empresas se toparían como mucho con el problema del número de plazas, pero también encontraría una solución para eso. En todo caso, era un día de celebración.

A Franziska le conmovió la alegría que provocó en los dos ancianos con su invitación, sobre todo Karl-Erich se puso como loco cuando llamó el día anterior. Luego tomaron café y comieron pastel de cerezas. La conversación giró en torno a los viejos tiempos, cuando la baronesa Franziska se sentaba allí con su madre, en el banco de la vieja casa guardabotes; llevaban vestidos ligeros de verano y la madre sujetaba un pequeño parasol para que le diera sombra. Mine les servía de vez en cuando limonada fresca, hecha por ella, naturalmente, con fruta, hierbas, azúcar y agua. También hablaron de los jóvenes señores, Jobst y Heinrich, pero solo de anécdotas alegres recuperadas de la memoria. Nadie mencionó a la pobre Grete, ni tampoco el trágico destino de los dos chicos, fallecidos de forma tan prematura en la guerra. En cambio, Franziska les habló de los viajes que hacían para esquiar en invierno, y Karl-Erich describió con todo lujo de detalles lo bonito y lujoso que era el viejo trineo y el esfuerzo que requería ponerlo a punto todos los años en otoño.

Walter encendió la barbacoa y Karl-Erich insistió en prender el carbón de la parrilla como un profesional. Walter había descubierto una refrigeración fantástica para las bebidas, una vieja cesta metálica que llenó de botellas y luego ató con una cuerda al embarcadero para sumergirla en el agua y volverla a sacar cuando fuera necesario. A Franziska y Mine les resultaba agradable dejarse servir, Karl-Erich estaba feliz de poder agarrar las pinzas de la barbacoa con las manos agarrotadas para dar la vuelta a las salchichas, mientras Walter ponía la mesa, llevaba la ensalada de patata y servía cerveza fría.

—¡Así sí que me gusta! —suspiró Mine.

Durante la comida no hablaron mucho. El sol arrojaba sus rayos alargados y resplandecientes sobre el agua, que se reflejaban en la superficie y cegaban los ojos. Una flotilla de patos pasó a toda prisa cerca de la orilla en busca de su cena, y las impertinentes gaviotas blancas que se habían instalado allí acariciaban la superficie del agua con su vuelo artístico. Jörg devoró una salchicha y una montaña de ensalada de patata antes de irse corriendo porque su madre, Anna Junkers, no soportaba que llegara demasiado tarde. Falko se puso triste con la pérdida del compañero de juegos, así que ahora estaba tumbado al lado de Franziska, con una pata sobre su pie descalzo para recordarle que él también tenía interés en una de esas salchichas que desprendían un olor tan delicioso.

—¿Por qué no han venido Jenny y la niña? Pensaba que celebrábamos que había aprobado el bachillerato —preguntó Karl-Erich. La tarde había pasado tan rápido y estaban tan distraídos con sus preciosos recuerdos que casi habían olvidado el motivo real de su reunión.

—Están en Ludorf echando una mano —aclaró Franziska—. Jenny ha llamado esta mañana, han faltado dos empleados en la tienda y en el bar también hay uno enfermo. Necesitan todas las manos posibles. Pero querían venir en cuanto pasara el peor momento de afluencia. —Echó un vistazo al reloj—. Creo que llegarán en cualquier momento.

Jenny pasaba mucho tiempo en Ludorf. Cuando no tenía que ayudar a Mücke en la guardería, se llevaba a su hija a primera hora con ella a la empresa de alquiler de botes. Por lo visto, le encantaba ayudar con las barcas y en la tienda del camping. Ahí siempre había movimiento y se necesitaba toda la ayuda posible.

Por desgracia, en Dranitz las cosas no iban tan bien. Las reservas de habitaciones seguían siendo escasas porque el balneario seguía sin estar terminado. Además, estaba claro que tarde o temprano tendrían que cerrar el restaurante si no encontraban pronto un cocinero. A la larga, acabarían ahuyentando a los últimos clientes si siempre servían las bandejas solariegas y una minúscula carta improvisada de platos sencillos que preparaba Erika con ayuda de Franziska. El bar de Ulli, en cambio, iba viento en popa.

—Por cierto, ¿qué ha sido de la denuncia de las dos hermanas Krumme? —le preguntó a Karl-Erich, que se esforzaba por poner con las pinzas las salchichas hechas en un plato que le dio Walter. Lo hacía despacio y con cuidado, y cuando una salchicha amenazaba con caer, Walter siempre aparecía con el plato.

—De momento nada más —contestó Mine en su lugar—. Pero esas cosas van para largo. Y eso que antes eran dos muchachas pálidas y encantadoras que asentían obedientes cuando daban los buenos días. Gertrud siempre procuró que sus hijos tuvieran modales, aunque fueran unos consentidos de mucho cuidado, sobre todo las niñas. Se revolvería en su tumba si supiera lo que están haciendo Elly y Gabi...

—Bueno, Bernd lo arreglará —la tranquilizó Walter, y dejó los platos llenos en la mesa—. Estoy seguro de que es buen abogado. Ya ha encontrado casa y aún tiene que resolver unas cuantas formalidades antes de poder abrir su despacho.

—¡Vaya! —exclamó Karl-Erich—. ¿Ya no vive en su granja?

—No, se ha mudado a Waren —le informó Walter—. No sé exactamente adónde. Pero el piso tiene que ser espacioso y no demasiado caro. Está buscando un arrendatario para la granja.

—Otra vez uno menos —suspiró Mine—. La semana que viene Irmi y Helmut Stock se mudan a Rostock porque Helmut ha encontrado un puesto en el puerto. Luego Elke se quedará sola en la casa, la pobre chica.

Era una evolución lenta de la que al principio no se hablaba por no querer admitirlo, pero en el pueblo de Dranitz ya se habían vaciado algunas casas. Desde que se había disuelto la cooperativa agraria se habían suprimido algunos puestos de trabajo, y también en las ciudades cercanas habían cerrado varios talleres.

El «auge del Este» previsto se hacía esperar, así que muchos de los vecinos de Dranitz habían decidido irse a donde hubiera trabajo. El destino de la mayoría fue Hamburgo, aunque algunos se habían ido más hacia Occidente, a Munich o Stuttgart. Los vecinos cuidaban de las casas vacías que los propietarios no querían vender, aunque tampoco habrían encontrado compradores.

Franziska asintió, afligida. Por lo menos Elke tenía trabajo en Ludorf, era un pequeño consuelo. Sin embargo, Jenny y ella tenían la esperanza de poder ofrecer puestos de trabajo a los vecinos de Dranitz cuando el hotel tuviera suficientes clientes. Entretanto, habían presentado firmes protestas ante el gobierno regional contra la continuación de las excavaciones y habían reclamado ayudas para su proyecto, que ofrecería nuevos empleos en la región y por tanto debería ser prioritario. La decisión aún estaba pendiente.

Sin embargo, de pronto a Franziska le fallaban los ánimos. Por primera vez desde que había vuelto a Dranitz se sentía agotada. Tal vez fuera por la edad, ya rondaba los setenta y cinco años, o quizá fuera porque había perdido las esperanzas en el futuro que hasta entonces la impulsaban. Jenny había encontrado una pareja, ¿podía exigirle a su nieta que se quedara en la mansión Dranitz si esa decisión podía poner en peligro su felicidad? Pero si Jenny y la pequeña Julia se mudaban a Ludorf para sacar adelante el negocio con Ulli, ni siquiera sabía en manos de quién podía dejar la mansión algún día.

Como si los hubiera invocado con solo pensar en ellos, en ese momento aparecieron Jenny, Ulli y la pequeña Julia entre la maleza del aparcamiento abandonado. Falko se levantó de un salto para salir corriendo hacia ellos, los rodeó meneando la cola y paró, obediente, cuando la pequeña Julia le dio un abrazo.

—¡Mamá, tendríamos que llevarnos a Falko a Ludorf! —se quejó—. ¡No puedo estar sin él!

—¡Sentaos con nosotros! —exclamó Walter, y se levantó para ir a buscar tres sillas plegables—. Aún quedan salchichas y medio cuenco de ensalada de patata.

—También queda cerveza ahí —añadió Karl-Erich.

—¡Y nosotros hemos comprado el postre! —gritó Jenny, y sacó una bandeja llena de vasos de cartón de colores. Eran de la tienda del camping y contenían distintos tipos de yogur con fruta o natillas de chocolate con nata.

—Esa cosa artificial —dijo Mine, con un gesto de desaprobación—. Por ese dinero os habría hecho un buen flan de vainilla. Y con sirope de frambuesa, me lo ha regalado Gerda. Casero.

—A caballo regalado, no le mires el dentado —la reprendió Karl-Erich, apenado al ver la cara de decepción de Jenny.

Walter desapareció hacia su mecanismo de refrigeración y sacó la cesta del agua. Volvió con una botella de champán mientras Franziska sacaba las copas de la cesta de picnic.

—Primero vamos a brindar por la recién graduada —propuso mientras llenaba las copas y entregaba una a cada uno. A la pequeña Julia le sirvió un zumo de naranja, pero también en copa alta.

Alegre, Jenny lucía una sonrisa de oreja a oreja.

—Por ti, mi querida Jenny, y creo que puedo afirmar sin miedo a equivocarme que todos estamos muy orgullosos de ti.

—Ahora ya nada se interpone en el futuro de Dranitz —reconoció Walter—. Estoy ansioso por ver qué ideas se te ocurren para el hotel rural en cuanto empieces a estudiar ciencias empresariales.

Brindaron entre risas, luego Jenny dejó su copa y se abalanzó sobre las salchichas y la ensalada de patata mientras Karl-Erich saboreaba el yogur «artificial».

—¡Tengo una noticia para vosotros! —anunció con la boca llena, y mojó una salchicha en la mostaza que tenía en el plato para metérsela en la boca a la niña—. Ya que habláis de ideas para el hotel, tengo que contaros que la semana que viene vendrá mamá de visita. Quiere ver nuestros libros de cuentas y el resto del papeleo.

Franziska dejó caer la cuchara con el yogur de frambuesa y miró a Walter, que estaba por lo menos tan atónito como ella.

—Me alegro mucho. ¿Te ha llamado ella?

—¡Mamá y yo hemos estado con la abuela en la playa! —informó la pequeña Julia, entusiasmada, también con la boca llena—. Es un amor, la abuela. Y tiene una tumbona.

Franziska no se lo podía creer. Jenny había ido a ver a su madre a Rügen. Había ocurrido un milagro.

—Se me había atragantado la situación —reconoció la joven, que le dio una servilleta de papel a su hija para que se limpiara la nata de la barbilla—. No me porté bien en el cumpleaños de Walter, por eso me fui con Julia al mar Báltico. Fue un viaje largo, pero mereció la pena.

—Es una sorpresa maravillosa, Jenny —reconoció Franziska, impresionada—. Hacía tanto tiempo que esperaba que os reconciliarais en algún momento… y luego pasa de repente, como si nada, por así decirlo, sin que me entere. ¡Ay, qué bien!

No pudo evitarlo, se levantó y le dio un abrazo a su nieta. Luego hizo lo mismo con Ulli, que dejó caer su salchicha en el plato, asustado, y por fin abrazó a Walter, que también se había puesto en pie. Y como todos estaban dándose abrazos, la pequeña Julia también quería un «achuchón».

—¡Una ronda por la madre de Jenny! —vociferó Karl-Erich, que ya se había tomado tres cervezas y la copa de champán—. ¡Viva ella, por haber traído al mundo a nuestra Jenny!

—¡Tú tienes que acostarte! —le amonestó Mine, que lanzó una mirada de reproche a Ulli—. No has parado de servirle. ¡Y ahora ya la hemos liado!

—Vamos a hacer una regata para celebrar el día —rugió Karl-Erich—. ¡Una carrera de remos! Ulli contra mí. Por todo el lago.

Agitaba los brazos con tanto ímpetu que a Franziska le preocupaba que volcara la silla.

—Una carrera con los angelitos del sueño, es lo que vas a hacer ahora mismo —bufó Mine, que lo miró con tal severidad que enmudeció.

Ulli ya se había levantado para colocarse detrás de la silla de ruedas de Karl-Erich cuando el anciano añadió:

—Pues a mí me gustaría remar por el lago una vez más. No sé cuánto tiempo me queda. Piensa en Max, se fue de repente, rápido.

Ulli se quedó helado un momento, luego se acercó a la casa guardabotes, cogió la llave de la viga, abrió y empezó a hurgar en los botes de remos.

—¡Os habéis vuelto completamente locos! —se lamentó Mine—. ¡Se va a ahogar, mi Karl-Erich! ¡Puede ir muy rápido, en eso lleva razón!

Franziska también quiso protestar, pero Ulli ya estaba amarrando un bote al embarcadero y cogió los remos del gancho.

—¡Vamos!

Levantó al abuelo de la silla de ruedas, se lo cargó en la espalda y lo llevó al embarcadero. Lo dejó con cuidado en la barca que se balanceaba.

—¿Quieres acompañarnos, Walter?

Walter no se hizo de rogar. Era más ágil que Karl-Erich, pero a sus ochenta años también necesitaba que le echaran una mano para subir a la barca. El bote se tambaleó de forma preocupante y las espectadoras, que entretanto habían acudido a la pasarela, estaban muy exaltadas.

—Pero ¿qué haces, Ulli? ¡Se van a caer los dos al lago! —gritó Jenny, alterada.

—¡Ay Dios! ¡Ay Dios! Si el bote zozobra, se me va a ahogar —se lamentó Mine. Pero los tres caballeros ya habían zarpado y Ulli remaba dando rápidas paladas hacia el interior del lago.

La luz se había vuelto más tenue, el sol cayó y las sombras se cernieron gigantescas sobre el lago oscuro. La pequeña Julia agarró a Franziska de la mano.

—¿Por qué lo hacen?

—Porque los dos abuelos quieren volver a ser jóvenes —respondió Franziska.

—Pero no puede ser, ¿no?

—A veces sí, Julia.

—¡Mirad! —oyeron que gritaba Mine—. Karl-Erich ha cogido los remos, ¡pero si ya no puede con su reuma! Espero que no se le caigan...

—La felicidad puede obrar milagros —comentó Jenny—, y creo que ahora mismo Karl-Erich es muy feliz.

—Están dando la vuelta —aseguró Franziska—. Ahora Ulli vuelve a tener los remos.

Amarraron sin incidentes, Ulli ayudó a Walter a bajar, luego estiró a su abuelo en el embarcadero y volvió a cargárselo en la espalda.

—Quería volver a vivirlo —dijo Karl-Erich cuando volvió a sentarse en su silla de ruedas—. Una vez más. ¡Solo una última vez!

Le temblaba todo el cuerpo con fuerza, tenía la cara roja y sudada, pero todos comprendieron que en ese momento era completamente feliz.

Audacia

Las mujeres habían liberado el ábside de la iglesia de los restos del entramado del tejado derruido y ahora estaban arrodilladas bajo el cielo despejado, cubiertas de cenizas negras, para rezar los laudes. Alabado sea el Señor, que las había liberado de las manos de los paganos. Que enviaba a los salvadores, los combatientes del conde, de los que el convento había armado y pagado a doce hombres con sementales y arneses.

—*Benedictus Dominus Deus Israel, quia visitavit...*

Solo unos cuantos luchadores participaron en la oración; la mayoría seguía durmiendo en el refectorio, donde habían montado su alojamiento para la noche. También yacían allí dos de sus heridos. A las mujeres heridas y moribundas las habían alojado en la cabreriza, el único espacio que no se había visto afectado por el incendio. Casi todas las cabras que antes vivían allí habían huido durante la batalla, pero las pocas que se habían quedado habían sido degolladas por los hambrientos salvadores, que las habían asado ensartadas en pinchos.

—*... salutem ex inimicis nostris...*

La abadesa alzó la voz al recitar el texto en latín para infundir ánimos a las mujeres, ya que alrededor solo se oían susurros y suspiros. Algunas de las monjas incluso habían enmudecido, con la mirada perdida al frente, y ni siquiera parecían ser conscientes de dónde se encontraban. Solo a unas cuantas les quedaban fuerzas para seguir el ejemplo de la abadesa. Entre ellas se encontraba la priora Clara, que había sobrevivido a la batalla casi ilesa, y también una de las jóvenes novicias. Era Katerina von Wolfert, la pobre chica a la que tuvieron que cuidar en el sanatorio unos meses antes cuando estaba a punto de morir. Dios le había permitido sanarse, y durante la batalla había demostrado que en su cuerpo débil habitaba una gran fuerza de voluntad. Una flecha le rozó el brazo derecho, pero cuando la abadesa le vendó la herida, afirmó que no sentía ningún dolor.

—*... et tu, puer, propheta Altissimi vocaberis...*

Habían salvado el convento de manos del enemigo, pero ¡a qué precio! Durante tres días no habían hecho otra cosa que cavar fosas y enterrar a queridos difuntos en la tierra de Dios. De las cuarenta monjas que eran, solo diecinueve seguían con vida, y de ellas, siete estaban en la cabreriza lidiando con la muerte.

También había víctimas entre sus salvadores. A dos de ellos tuvieron que enterrarlos fuera, delante de las puertas del convento, y a otros dos de origen más distinguido se los habían llevado a sus familias. Tampoco quisieron entregar a los eslavos caídos a los cuervos, por eso los caballeros decidieron enterrarlos en el bosque, lejos del convento y de sus propios muertos. Tal y como era costumbre en la guerra, desnudaron a los enemigos fallecidos, les quitaron las armas y los dejaron solo con lo que ya nadie necesitaba.

Habían estado todos tan ocupados con esos tristes quehaceres que la abadesa tuvo que recordar con vehemencia a sus monjas la liturgia de las horas. No se podía descuidar el ritmo previsto entre el trabajo y la oración precisamente en esos momentos de necesidad, se lo debían a Dios nuestro Señor, pero también a sus hermanas y a sí mismas.

Después de entonar la liturgia de las horas, las monjas caminaron sobre los escombros y las vigas ardientes que cubrían la nave de la iglesia y se dirigieron al refectorio. Entretanto, se habían despertado los primeros durmientes. Se despojaron de sus capas, se colocaron bien la ropa y la mayoría salieron a vaciar la vejiga. Ninguno de los hombres había respetado el deseo de la abadesa, expresado con educación, de ir a la puerta del convento para desahogarse. Orinaban contra los árboles frutales, en los bancales de hierbas pisoteados, contra las paredes de los edificios derruidos, y algunos tenían predilección por hacer pis en el estanque de las carpas. Había perdido mucha agua, ya que la habían usado para apagar las llamas de los edificios, pero poco a poco volvía a llenarse la cuenca vacía. Los combatientes habían pescado y hervido casi todas las carpas, que tanto les costaba criar; había sido fácil atraparlas en el agua poco profunda.

En el refectorio, dos monjas preparaban el puré del desayuno sobre una hoguera porque la cocina del convento estaba destrozada. La comida constaba de agua, miel y harina de cebada; solo una pequeña parte era para las monjas, la mayoría se lo comerían los soldados que seguían en el convento. Las provisiones casi se habían agotado, y en los pueblos, los eslavos habían causado estragos y habían matado a muchos campesinos: no sabían si ese año habría cosecha.

—¡Venerable madre! —gritó una de las mujeres jóvenes—. Tiene que venir al sanatorio, la hermana Bertolda ha exigido su presencia.

—¡Voy!

La hermana Bertolda, que inventaba unas melodías maravillosas para los salmos y cantaba como los ángeles, iba a presentarse esa misma noche ante Dios. La habían golpeado con un hacha en el hombro, produciéndole una herida abierta: desde entonces estaba tumbada, quieta y pálida, sobre una lona y ahora ya veía a los ángeles de Dios, que pronto le brindarían su compañía celestial.

—Venerable madre Audacia —susurró cuando la abadesa se arrodilló a su lado—. Me alegro de que Dios os haya dejado el convento. Mientras estéis con vuestras hijas, hay esperanza. Siento mucho no poder quedarme para apoyaros.

La abadesa, profundamente emocionada, apretó la mano de la moribunda.

—Te vas al reino eterno de Dios, Bertolda. Allí no hay preocupaciones ni dolor, y te acogerán los brazos amorosos de la madre de Dios.

Se quedó a su lado y la protegió hasta que el alma inmortal de su hermana abandonó el cuerpo y encontró su camino hasta Dios. Luego bendijo a la difunta y miró a las demás mujeres que recibían cuidados, les dio ánimos, algo de beber y a continuación se dirigió al refectorio. Estaba tan cansada que habría preferido tumbarse en un rincón a dormir y descansar un poco. Sin embargo, no podía ni planteárselo, tenía que ocuparse de sus religiosas, que, tras las crueles atrocidades de la batalla, se veían amenazadas por nuevos peligros. Aún no había puesto un pie en el refectorio cuando oyó los chillidos estridentes de una de las jóvenes novicias y aceleró el paso.

—¿Qué pasa aquí? —exigió saber, en un tono que infundía respeto.

Dos soldados habían retenido a la pequeña Mariana cuando iba a servirles el puré en los cuencos de madera. Entonces se le cayó el cazo de las manos y el puré de cebada, de color marrón amarillento, se desparramó en el suelo de piedra.

—¿Qué quiere de nosotros ese espantajo delgado? —preguntó uno de los dos, entre risas—. ¡Debería haber dado más de comer a sus mujeres! Apenas se ve un pechito o un buen culito.

Era la primera vez que los soldados hablaban así, que no soltaban a la novicia, sino que la agarraban con más fuerza. La abadesa intuyó que ahora no podía recular. El Señor le había confiado a las mujeres de su convento y las defendería mientras siguiera con vida.

—¿Sois soldados o paganos impíos? —preguntó a voz en grito—. ¡Soltad a esa mujer o presentaré una queja contra vosotros ante el conde de Schwerin!

Le contestaron con carcajadas. Schwerin estaba lejos, y todo el mundo sabía que el conde había perdido el juicio.

—¡Somos soldados y tenemos derecho a un botín! Danos la plata que escondes y soltaremos a la chica. Quizá...

La abadesa miró a su alrededor, por si alguno de los compañeros de esos dos brutos quería intervenir, pero todos se hicieron los sordos, siguieron comiendo el puré del desayuno con la cuchara y fingieron que la discusión no iba con ellos. Los dos nobles caballeros que el día anterior habían regresado a Schwerin eran los que daban las órdenes. Los que ahora seguían en el convento eran unos simples muchachos, hijos de campesinos que habían progresado gracias a una fuerza y destreza especiales y habían recibido un entrenamiento de soldados en la corte del conde. No estaban contentos con que la batalla ya hubiera terminado y prescindieran de ellos, ya que ahora no sabían muy bien adónde dirigirse. Además, esperaban un botín más grande que las escasas monedas que habían conseguido pescar de los adversarios vencidos o en los pueblos.

—El convento solo tiene los utensilios de plata del altar. ¿De verdad queréis robar en el altar de Dios?

Semejante pecado atemorizaba incluso a esos jóvenes ateos. Se miraron, y uno de ellos estuvo a punto de liberar a la novicia, pero el otro la sujetó con más fuerza.

—No hace falta que sea el cáliz de la Eucaristía, señora abadesa. Valdría con un pequeño vaso de plata. ¿Le da mucho más valor a la plata que a esta chiquilla?

Zarandeó a Mariana de tal manera que le hizo un largo desgarrón en el hábito, quedando ante él casi desnuda.

—¡Suéltala o te arrepentirás para toda la eternidad! —gritó la abadesa, furiosa.

Reaccionaron con carcajadas.

—¿Crees que es la única de tus mujeres que en nueve meses te regalará un precioso recuerdo de estos días? —exclamó con picardía, e intentó agarrar con más fuerza a Mariana, pero ella se escurrió del hábito rasgado y atravesó corriendo el refectorio para ocultarse detrás de la abadesa.

—¡Ven aquí! —rugió el soldado, que se acercó a la abadesa en actitud amenazadora.

En ese momento la ira de Dios se apoderó de Audacia con toda su fuerza. Cogió una rama de la hoguera que ardía bajo la caldera de la sopa y corrió con ella hacia el hombre, con la madera candente en las manos como si fuera una espada de fuego que le clavó con todas sus fuerzas en la cara. Oyó sus bramidos más perpleja que enfadada. Se tambaleó hacia atrás, cayó al suelo y se marchó a rastras, aún en el suelo, aterrorizado. Las risas burlonas de sus compañeros, que habían observado con atención lo sucedido, acompañaron su huida. Audacia se quedó un rato paralizada y lo siguió con la mirada. Comprendió que ese bocazas era en realidad un miserable cobarde, recogió el hábito de Mariana del suelo y se acercó al fuego.

Dejó que le sirvieran un cuenco de puré y pidió a la priora que recitara los versos habituales que escuchaban durante las comidas. En actitud de reverencia y agradecimiento, las monjas que quedaban se congregaron alrededor de Audacia mientras Mariana se ponía a toda prisa el hábito hecho jirones. Detrás, en la sala, charlaban los soldados que quedaban, se oían fuertes carcajadas y también gritos coléricos, pero la abadesa, sin mudar el gesto, se comió su desayuno y la anciana Clara pronunció sus versos, imperturbable. Los hombres dudaban si atacar a las religiosas. Por fin, cogieron sus armas, subieron a sus caballos y atravesaron los restos carbonizados de las puertas del convento hasta llegar al bosque.

—Ahora la tomarán de nuevo con nuestros pobres campesinos —suspiró la priora—. Lo que no les hayan quitado los eslavos se lo robarán los guerreros del conde, tan valientes.

Se habrían deshecho encantadas de sus salvadores, pero los soldados no tenían muchas ganas de abandonar el convento. De día deambulaban por el entorno, atacaban pueblos y se abalanzaban sobre las mujeres y las chicas. Por la tarde aparecían en el convento con los cerdos y las gallinas robados, los mataban y los asaban al fuego. No ofrecían parte del botín a las monjas, quizá porque sabían que jamás habrían aceptado.

—El conde debe de haber perdido la cabeza —dijo Katerina—. Dicen que sería mejor que se muriera. Así su hijo Heinrich podría ocupar el trono y la tierra contaría con un regente.

La abadesa calló, pero tenía el corazón inquieto porque estaba pensando en la novicia Regula, a la que había que agradecer la salvación del convento de los eslavos y de quien no había tenido noticias. Sin embargo, lo lógico era que Regula permaneciera bien protegida en la corte de su padre, recuperándose de la fatiga. Audacia echaba mucho de menos a esa chica, le daba miedo que en la corte del conde decidieran enviarla a otro convento después de los graves daños sufridos en el de Waldsee tras el ataque de los eslavos, que ya no considerarían lugar para su hija. Estaba segura de que Regula se opondría a semejante orden, y eso también le preocupaba por si la chica enfermaba o incluso llegaba a morir.

—Dios nos castiga con severidad por nuestros pecados —se lamentó la priora—. Al conde le arrebata el juicio, envía a los paganos contra nosotras y diecinueve hermanas tienen que traspasar el umbral de la muerte sin confesarse ni recibir la bendición de un cura. ¿Por qué me deja con vida a mí, una anciana? No lo entiendo...

—Son veinte las hermanas que hemos perdido —dijo Audacia, afligida—. Bertolda también nos ha dejado hoy.

La noticia no era inesperada, pero las palabras de la abadesa provocaron una profunda tristeza. Solo eran doce a la mesa, y si no se curaba alguna de las hermanas convalecientes, no cambiaría mucho.

—Doce mujeres siguiendo al Señor —dijo Audacia, y levantó la cabeza para mirar una a una a sus once hermanas—. Doce discípulas de Jesús. Doce vírgenes que portan la luz con sus lámparas llenas de aceite. Así quiero veros, hermanas mías. Ahora volved a vuestro trabajo, hasta que la priora os llame a la oración.

Le costaba horrores dar ánimos a esas mujeres exhaustas y desesperadas. En su terrible situación solo les quedaba la confianza en Dios y en sus propias fuerzas, pues tocaba prepararse para el largo invierno. Esos soldados fanfarrones podrían haberlas ayudado, ya que para dotar a los edificios de techos nuevos y montar una puerta en el convento había que talar árboles y cortar tablones. Sin embargo, cuando se lo pidieron se rieron de ellas. Eran soldados, no obreros. Las monjas debían recurrir a sus campesinos, que estaban obligados a la servidumbre feudal en el convento. No obstante, los campesinos habían sufrido tanto con el ataque que la abadesa no quería exigirles sus servicios.

Se dirigió al cementerio para cavar la nueva tumba junto con las hermanas. Luego se sentó bajo uno de los manzanos carbonizados, se apoyó en el tronco inerte y acto seguido se sumió en un sueño profundo. Soñó con el jardín del paraíso, lleno de preciosos árboles y flores. Un muro bajo de mármol blanco rodeaba ese bendito lugar. Dentro paseaban hombres y mujeres santos con largos hábitos de colores, se saludaban con amabilidad y bebían agua cristalina de una fuente que manaba en medio del jardín. Audacia creyó ver la figura de la novicia

Regula entre las mujeres, ataviada con un hábito azul y la larga melena de seda cayendo sobre la espalda. Paseaba con una calma beatífica por el jardín del paraíso y la abadesa se sintió feliz, aunque le dolía no poder volver a estar cerca de ella nunca más. Cuando el grito de la priora la despertó, la asustó ese sueño que parecía anunciar su despedida y su pena.

El día transcurrió al ritmo habitual de trabajo y oración, lo que sentó bien a las mujeres y les dio confianza después de tantas atrocidades. Trabajaron duro, retiraron los escombros de los bancales de hortalizas e intentaron salvar una pequeña parte de la cosecha. Algunas de las gallinas que habían huido a la carrera encontraron el camino de vuelta al gallinero del convento; de las cabras y ovejas no había ni rastro, era de suponer que los animales salvajes las habrían devorado. Tras la sexta, Audacia les concedió a sus mujeres unas horas de reposo mientras ella examinaba con la priora las provisiones que quedaban y pensaba en cómo evitar el hambre. También le preguntó a la anciana hermana qué había querido decir uno de los soldados con su comentario malicioso de que el espíritu era fuerte pero la carne era débil, y Clara le confesó que dos de las monjas se habían acercado a los soldados de un modo pecaminoso. Le dio los nombres, y la abadesa sintió un gran alivio al saber que entre ellas no estaban ni Katerina ni Mariana.

—Ya confesarán sus pecados al cura, siempre y cuando se encuentre sano y salvo en su monasterio —dijo.

Después de que Gerwig y sus acompañantes emprendieran el camino de vuelta al monasterio, no habían tenido más noticias de él. Si había caído con los demás en manos de los eslavos, seguro que su destino había sido cruel. Que Dios se apiadara de sus almas y les concediera la entrada al reino celestial.

Más tarde, Audacia relevó a la cuidadora de enfermos, puso ungüentos sanadores en las heridas de las mujeres, cuidó también de los dos hombres heridos y envió a la priora y a Katerina al bosque a recoger musgo y hierbas. La novicia Katerina era aplicada y tenía ganas de aprender, en unos años habría adquirido el conocimiento de la priora. Era un pequeño rayo de esperanza en tiempos oscuros.

Tras las vísperas, prepararon la cena y zurcieron la ropa hecha jirones. Pronto regresarían los soldados al convento, desplumarían y despellejarían su botín y encenderían una hoguera para asar la carne. Luego, por lo general estaban de buen humor, se reían y daban voces, iban de un sitio a otro y gastaban bromas pesadas a las desdichadas monjas.

Sin embargo, ese día los groseros soldados se hicieron esperar. Cuando llegó la hora de las completas no había aparecido ni uno; solo cuando las monjas ya se habían retirado a dormir oyeron el ruido de cascos de caballo. Un jinete. Seguramente lo seguirían más. Dios aún no las había liberado de esos parásitos.

Cuando alguien empezó a aporrear la puerta con fuerza, la abadesa se levantó para abrir el cerrojo. Un hombre entró dando tumbos, miró con los ojos entornados a Audacia, que estaba delante de él con la linterna en la mano, y reculó.

—¡Asesinos! —balbuceó—. Carniceros. Tened cuidado, os van a matar a todas.

En ese momento la abadesa vio que el soldado tenía la cara ensangrentada y la ropa desgarrada.

—¿Qué ha pasado, por el amor de Dios?

El hombre cogió una jarra de agua y la vació de un trago, luego dejó caer el recipiente al suelo cuando lo asustó un ruido en el patio. Uno de los perros había empezado a ladrar.

—¡Os matarán a todas! —susurró el hombre—. Escondeos. Están viniendo. Asesinan y lo destrozan todo…

Se tambaleó hacia atrás y tuvo que agarrarse a la jamba para no caerse. ¿De verdad ese era uno de los soldados fanfarrones? Tenía que serlo, aunque ya no llevaba arma y además había perdido los zapatos. Presa del pánico, cruzó el patio hasta su caballo, se subió de un salto a la silla y salió al trote en plena noche.

Las monjas se quedaron atrás, atemorizadas. Los eslavos atacaban de nuevo y atravesaban los bosques cometiendo asesinatos y saqueos, y los despreocupados soldados habían caído en sus manos. Cuando los enemigos llegaran al convento, se vengarían con rabia por la derrota sufrida.

—¿Qué hacemos, madre Audacia? —susurraban las mujeres, desesperadas.

La abadesa se sentía exhausta y desanimada, le costaba seguir confiando en la ayuda de Dios. Sin embargo, no permitió que se le notara. Mientras siguiera con vida, cumpliría con sus funciones.

—Antes de laudes, una de nosotras vigilará en el muro. Si se acerca una cuadrilla al convento, nos esconderemos en la bodega. Si Dios quiere, no nos encontrarán y seguirán su camino.

La opción de salvarse era muy remota, ya que sin duda los enemigos revisarían la bodega en busca de provisiones. Quedaba la posibilidad de esconderse en el bosque, pero ahí también era fácil encontrarlas. Así que las mujeres buscaron su salvación en la oración, rogaron al Señor que las librara de más violencia y no pusiera el convento, fundado en su honor, en manos de los paganos.

Esa noche ninguna pudo conciliar el sueño. Poco antes de la hora de laudes, la abadesa envió a Mariana al muro porque la chica tenía buena vista. Ella vigiló en su puesto mientras las monjas llevaban a cabo la oración en la iglesia destrozada, y después del desayuno la relevó Katerina. Hasta entonces no había aparecido ni un solo eslavo, pero tampoco había vuelto ningún soldado.

—Que Dios nuestro Señor nos proteja —dijo una de las mujeres, esperanzada.

—Vamos a permanecer alerta, hermanas —contestó la abadesa.

Alrededor de la hora del almuerzo, poco después de la sexta, resonó la voz aguda de la novicia.

—¡Viene gente desde el bosque!

Audacia ordenó recoger todo lo que pudiera delatar su presencia y llevar a los enfermos a la bodega. Temblorosas y entre suspiros, las mujeres se pusieron manos a la obra, aunque no pocas opinaban que era una tarea completamente absurda porque iban a morir de todas formas.

La abadesa había subido al muro con Katerina para ver a los enemigos que se acercaban con sus propios ojos. Eran solo tres hombres, barbudos y ataviados con ropa tosca que arrastraban una carretilla.

—Son campesinos de nuestros pueblos —anunció la abadesa con gran alivio—. Permanece en tu puesto de todos modos, a saber si vienen solos.

Sin embargo, solo esos tres se acercaban al convento. Se detuvieron delante de la puerta destruida, estuvieron deliberando y al final bajó uno de ellos, un muchacho rubio y joven con barba rojiza, que entró en el patio del convento por encima de los escombros. Miró alrededor, asustado, vio los edificios sin techo arrasados por el fuego, la torre de la iglesia caída y meneó la cabeza, afligido, al ver los manzanos quemados. Luego descubrió las fosas recientes junto a la iglesia y vio también que alguien había revuelto los bancales y regado las plantas.

—¿Madre Audacia? —gritó—. ¿Dónde estás? Soy Mertlin, del pueblo de Karbow. ¿Dónde estáis?

—¡Estoy aquí!

La abadesa bajó del muro y se acercó al campesino asustado. Le tendió la mano con una sonrisa y él se arrodilló ante ella para besarle el anillo.

—Como puedes ver, los paganos han causado estragos en

el convento —dijo—. Cuéntame cómo estáis en el pueblo y si podemos seros de ayuda.

En ese momento entraron también los otros dos hombres, tiraron de la carretilla sobre los escombros por la puerta de entrada y luego se arrodillaron ante la abadesa. Eran hombres de barba gris, trabajadores, temerosos de Dios, que iban a misa los domingos y pagaban sus impuestos al convento con puntualidad.

—Tenemos mucho miedo, venerable madre —dijo el campesino joven, que llevaba la voz cantante—. Por eso hemos venido a pediros vuestro apoyo.

—No tenemos nada más que nuestros rezos —contestó la abadesa—. Si Dios nos escucha, la venganza de los eslavos no nos afectará.

Los tres hombres intercambiaron miradas de duda, había algo en las palabras de la abadesa que les resultaba inconcebible. El joven campesino se aclaró la garganta y siguió hablando.

—Los eslavos, madre Audacia, ya no nos molestan. Nos da miedo la ira del conde, que sin duda se vengará de nosotros. Por eso os pedimos, venerable madre, que intercedáis por los nuestros y tranquilicéis al conde.

La abadesa intentó entender lo que había oído. Por lo visto, no le preocupaba que regresaran los eslavos, así que tendría que ponerlos sobre aviso. En cambio, los pueblos habían hecho algo que había despertado la ira del conde.

—Intercederé por vosotros con mucho gusto —accedió—. Pero antes espero vuestras confesiones.

Los tres agacharon la cabeza, parecía que les costaba revelar sus pecados. A continuación, el joven soltó un profundo suspiro.

—No fue porque tuviéramos ganas de matar, venerable madre. Fue por necesidad. Habían forzado a nuestras mujeres, prendido fuego a nuestras casas, robado el ganado. Lo hicimos juntos, los llevamos al desfiladero y los apedreamos hasta que todos dejaron de moverse.

La abadesa se quedó sin aliento.

—¿De quiénes hablas? —preguntó con severidad.

El joven campesino le lanzó una mirada suplicante.

—De los soldados del conde, venerable madre. Eran seis en total, los que matamos. Uno se nos escapó y huyó, y otro suplicó por su vida con tanto fervor que lo dejamos marchar.

Esos parásitos impíos no iban a volver. Estaban muertos. Habían sido apedreados por los campesinos, que los habían torturado hasta matarlos. Era el castigo justo y al mismo tiempo un pecado horrible. La abadesa pensó un momento, luego decidió ayudar a sus hijos, los campesinos de los pueblos.

—¿Los habéis enterrado según el deber cristiano?

Los tres asintieron.

—¿Y la ropa? ¿Las armas? ¿Los caballos?

Todo eso se lo habían llevado. Como compensación por la injusticia que habían sufrido.

—Entonces escuchad lo que os digo: poned troncos podridos y piedras sobre la tumba para que nadie la encuentre. Las armaduras y las armas, esparcidlas por el bosque para que parezca que los hombres murieron en la lucha contra los enemigos. Los caballos os los podéis quedar. Decid que los atrapasteis cuando deambulaban sin rumbo y sin jinete. Si el conde exige que los devolváis, tendréis que dárselos. Pero ni una palabra de lo que habéis hecho.

Los tres hombres asintieron a todo lo que les aconsejó.

—¿Comunicará nuestra confesión al cura, venerable madre? —preguntó uno de los dos ancianos.

La abadesa Audacia miró alrededor en silencio. Solo lo había oído Katerina, las demás mujeres se habían escondido en la bodega, tal y como habían acordado.

—Solo Dios nuestro Señor ha oído tus palabras, Mertlin. Conoce tu culpa, sabe castigar, pero también perdonar. Volved al pueblo y haced lo que os he dicho. Mis hermanas y yo rezaremos por vosotros.

Los tres le besaron el anillo con gran fervor, luego se pusieron en pie y levantaron varios sacos de la carretilla. Dentro había cereales y tocino, fruta desecada y setas, su agradecimiento por la ayuda que esperaban. Se fueron con la carretilla vacía, visiblemente aliviados y contentos.

—Esto va contra la ley, venerable madre —se indignó Katerina—. ¡Un campesino jamás puede ponerle la mano encima a un soldado del conde!

—¡Es la ley de Dios la que se impone por encima de todas las leyes! —contestó la abadesa—. Ve a buscar a nuestras hermanas a la bodega: el peligro ha pasado.

Ulli

—¿Toda la noche? —preguntó Ulli al teléfono, horrorizado—. Ay, pobres. ¿Al menos ahora os encontráis mejor?

—Está durmiendo —respondió Jenny al otro lado de la línea—, pero creo que tiene fiebre. Cuando se despierte, la llevaré al médico por si acaso.

—Será lo mejor —coincidió él—. Entonces ¿hoy no tendrás tiempo para ir a comprar conmigo unos muebles para la parte de abajo? Es horrible verlo tan vacío desde que Max ya no está y sus hijas se lo llevaron todo. Me pregunto qué harán con todos esos viejos trastos. ¡Y cuánto debe de costar llevar todos esos cachivaches a Munich y Prenzlau!

Jenny dudó. No quería decepcionar a Ulli, sobre todo porque sabía que la muerte de su viejo amigo aún le corroía.

—A lo mejor esta tarde. Luego te digo, ¿de acuerdo?

—No pasa nada, cariño. Dale un beso a la pequeña Julia de mi parte. Y que os mejoréis. ¡No te contagies, Jenny!

—¡Lo intentaré, cariño!

Los dos se echaron a reír, y colgó. La pobre niña se había pasado toda la noche vomitando, qué horrible. Se alegraba de que se hubieran quedado en Dranitz. Para esas cosas Ulli era un blandengue: si veía a alguien vomitar, le daban arcadas a él.

Hoy no irían a comprar muebles, eso estaba claro, aunque

el vacío que reinaba abajo fuera un peso terrible para él. El día anterior había estado pegando papel pintado hasta altas horas de la noche y pintando paredes; ahora las habitaciones apenas se reconocían. Estaban bonitas, claras y alegres, y Jenny buscaría los muebles a juego. Tenía buen gusto, las habitaciones de la mansión que había decorado ella le encantaban, aunque las antigüedades no fueran lo suyo.

Bueno, entonces por la mañana se dedicaría a su empresa, que también le urgía. Una de las casas flotantes tenía problemas con el timón, y el maldito yate a motor necesitaba tanto combustible que algo debía de ir mal. Probablemente habría una pequeña fuga en el depósito. Ese barco siempre tenía algo roto, quizá fuera mejor desguazarlo.

Cogió la taza de café medio llena del escritorio y se acercó con ella a la ventana para echar un vistazo. Todavía era pronto; Rocky ya merodeaba por los botes, pero aún no había rastro de Tom. Elke Stock bajó del autobús en la parada y se dirigió hacia el aparcamiento; ya era empleada fija y tenía su llave del quiosco. Ulli vio cómo abría la tienda, colocaba las mesas y las sillas y preparaba el expositor de los periódicos. Se alegraba de contar con una trabajadora tan cuidadosa y digna de confianza. Lástima que fuera tan inaccesible, a Rocky ya le había dado calabazas varias veces.

En el camping, dos niñas pequeñas esperaban delante de la tienda con bolsas de tela en la mano para los panecillos del desayuno que siempre llevaba Tom por la mañana. ¿Dónde se había metido? Ulli se puso un jersey y bajó corriendo. En la cocina, aparte de los viejos fogones eléctricos y un armario empotrado, solo quedaban las dos cestas de los gatos que había comprado hacía poco para Hannelore y su hijo. Olisquearon con generosidad la nueva adquisición y luego escogieron la cesta más grande para dormir juntos bien acurrucados dentro. Podría haberse ahorrado la segunda cesta. Podía dársela a Bernd para sus gatos, si es que decidía llevárselos a su piso en Waren. A lo mejor se habían quedado con Sonja o en la granja ecológica, para la que seguía buscando un nuevo arrendatario. Ulli dio de comer a Hannelore y Waldemar, los acarició y abrió la ventana para que luego, después de comer, pudieran salir con libertad.

Cuando cerró la puerta del jardín tras él, vio que Tom salía corriendo del aparcamiento con la gran cesta de panecillos y le saludaba con una sonrisa. Abrió la casa guardabotes, escogió sus herramientas y decidió ponerse primero con la casa flotante. Hacía un tiempo estupendo, apenas había nubes en el cielo, el sol brillaba con fuerza y una leve brisa acariciaba el agua del Müritz. Varios deportistas madrugadores corrían por los caminos de la orilla, algunos muy entusiastas daban sus vueltas matutinas a nado, y a lo lejos, en el lago, pasaban dos regatistas cansados.

Cogió la llave de la casa guardabotes del gancho y, cuando iba a dirigirse al embarcadero, vio a los dos chicos jóvenes que lo estaban esperando. Maldita sea, ¿qué querían esta vez? Los conocía, ya los había expulsado dos veces porque llegaban borrachos y se enzarzaban en peleas. La semana anterior casi acabaron a puñetazos porque unos chavales jóvenes del camping se dejaron provocar, pero por suerte intervino a tiempo.

—¡Hola! —saludó de malas maneras—. Aquí no hay alcohol para vosotros, ¿queda claro?

El mayor de los dos se llamaba Berti. Tenía el pelo moreno y ralo, y las mejillas hundidas. Sufría un temblor permanente en las manos, a veces el cigarrillo encendido se le resbalaba de los dedos y se le caía al suelo. Seguramente era un adicto incurable. El más joven era corpulento y tenía la cara redonda de un niño con papada, siempre miraba como si fuera un colegial cogido en falta.

—No te enfades —dijo el mayor, y tosió—. Estamos perfectamente sobrios, ¿verdad, Henning?

El joven, al que había llamado Henning, asintió.

—Claro, Berti.

Ulli se acercó y olió un potente tufo a alcohol. Al menos el mayor ya había bebido lo suyo.

—Queríamos explicarte algo, Schwadke. Como buenos amigos, ¿entiendes?

Ulli no lo entendía en absoluto, porque esos dos eran de todo menos buenos amigos. Solo podía tratarse de un asunto turbio. Seguramente querían proponerle alguna estafa.

—¿Sabéis qué? —les dijo a los dos—. Ahora mismo os vais a tomar un buen café a mi salud y luego os largáis, ¿de acuerdo?

Berti esbozó una sonrisa de oreja a oreja y miró a su compañero con una peculiar mirada victoriosa.

—De acuerdo en lo del café, pero primero me vas a escuchar. Aquí, en el camping, está pasando algo. Había un tipo haciendo preguntas. Era de la pasma.

¿Qué tonterías decía ese borracho? ¿La policía los estaba buscando? Vaya, sería vergonzoso que algo así sucediese delante de los campistas.

—¿Qué tipo de preguntas?

—Quería saber si Max Krumme había perdido la chaveta. ¿Entiendes? Si estaba senil. Pirado. Si ya no estaba en plenas facultades.

Ulli miró al borracho y no entendió adónde quería ir a parar. ¿Acaso pretendía endilgarle algo a su difunto amigo Max? Una sensación desagradable se apoderó de él.

—Escucha —avisó a Berti—. Si dices una sola mala palabra sobre Max tendrás que vértelas conmigo. ¡Max era mi mejor amigo!

Berti levantó los brazos para tranquilizarlo con un gesto,

retrocedió unos cuantos pasos y Henning se puso a salvo detrás de la casa guardabotes.

—¡Nosotros no! —exclamó Berti, con la voz quebrada de los nervios—. Tranquilízate, tío. Te has equivocado de persona. Eran los polis los que lo dijeron. Querían que les contáramos cómo estaba Max entonces.

—¿Entonces cuándo? —insistió Ulli.

Berti buscó a su compañero con la mirada, lo vio detrás de la casa guardabotes y le indicó con un gesto que se acercara a él. Luego siguió dando explicaciones.

—Entonces, cuando falleció la mujer de Max, estuvo un tiempo muy raro.

La sensación desagradable se volvió más intensa. Todo eso era un asunto oscuro...

—No sería de extrañar, ¿no? —repuso.

Berti asintió con energía, y Henning sonrió como un bobo.

—La cosa es que los polis creen que Max no estaba en su sano juicio cuando te vendió todo esto. Por eso buscaban testigos, ¿entiendes?

Ulli se lo había imaginado. Todo eso tenía que ver con esa maldita denuncia. Pero ¿qué tenía que ver exactamente la policía?

—¿Quién dices que preguntaba?

—Bueno, los polis —contestó Berni con una risa sarcástica, y se inclinó hacia Ulli—. Tienes una denuncia pendiente, amigo. —Olió su amargo aliento a alcohol—. Dicen que negociaste un precio regalado con Max por el terreno porque él no estaba en su mejor momento mentalmente. ¿Entiendes?

Ulli se quedó de piedra. Era cierto. La denuncia. ¡Y la policía estaba haciendo indagaciones como si fuera un delincuente!

—Eso es una solemne tontería —se indignó.

—Ya lo sabemos, Schwadke —dijo Berti, que le puso una mano en el antebrazo en un gesto conciliador—. También les dijimos que seguro que todo se había hecho de forma correcta. Lo hicimos constar en el acta, ¿verdad Henning? Y el poli se lo apuntó en su libreta, ¿verdad?

Henning asintió con vehemencia.

—Es... muy amable por vuestra parte —murmuró Ulli.

Berti opinaba lo mismo.

—Hace tiempo que nos conocemos, ¿no? Conocí a Max cuando aún vivía Gertrud. Sí, el poli me dejó su tarjeta. Por si se me ocurría algo. Podría ser, ¿no?

Le lanzó a Ulli una mirada penetrante. Ulli lo entendió. ¡Maldito canalla!

—Ahora mismo, Henning y yo vamos mal de pasta. Seguro que dos mil marcos no son nada para ti, con toda la pasta que ganas aquí. Ahora que Max ya no está y todo es tuyo. Dos mil en billetes pequeños...

Ulli tuvo que contenerse para que no se le fuera la mano. Seguro que así no mejoraría las cosas.

—¡Estás loco! —increpó a Berti—. Si vuelves a intentarlo, te denunciaré por extorsión. Y acabarás en chirona, compañero.

Por desgracia, Berti no se dejó asustar por esa amenaza.

—Y tú ya puedes despedirte de todo esto, Schwadke. Porque la compra puede declararse nula, y además puede que tengas que pagar una multa. Luego no te quedará nada, amigo. Estarás con las manos vacías...

—¿Sabéis qué? —dijo, y le dio a Berti un leve empujón—. Os vais a ir al cuerno los dos. Ahora mismo. Si no, os echo yo. ¿Queda claro?

Berti retrocedió dando tumbos y chocó con su compañero.

—¡Te arrepentirás! —masculló, pero cuando Ulli levantó

el brazo en un gesto amenazador para reforzar sus palabras, los dos volvieron a toda prisa hacia el aparcamiento.

Ulli los siguió con la mirada, preocupado porque pudieran molestar a Elke, que estaba sola en el quiosco, pero corrieron hasta la parada de autobús y se sentaron en el banco.

«Qué pirado», pensó, y fue a coger sus herramientas. Si realmente alguien de la policía hubiera estado en el camping, Tom y Rocky se lo habrían contado. Por otra parte, ¿cómo conocían esos dos su problema? De todos modos, el abogado de Gabi y Elly insistía en cuestionar la capacidad de negociación de Max. Subió a la casa guardabotes, pensativo, y abrió la cubierta trasera para ver el timón, pero no era capaz de concentrarse en el trabajo. ¿Y si había algo de cierto en todo ese asunto?

«Tengo que llamar a Bernd —decidió—. Ahora mismo; si no, no estaré tranquilo.» Lo dejó todo para ir corriendo a casa pero, por supuesto, tres personas querían alquilar botes justo en ese momento, y una preguntó por el precio por hora del yate. Rocky estaba ocupado en otra parte, así que tuvo que ocuparse él de la clientela, darles los remos, apuntar la hora de partida y explicar que por desgracia el yate no se podía alquilar en ese momento debido a un defecto técnico. Cuando por fin llegó a su despacho y marcó el número de Bernd, tenía los nervios completamente destrozados.

Bernd no cogió el teléfono. Maldita sea, ¡pero si era el número correcto! No era el antiguo de la granja ecológica, sino el nuevo del piso de Waren. ¿Por qué le resultaba tan familiar? ¿No era el número de Sonja? Claro. Maldita sea, se había confundido. ¿Cómo iba a localizar a Bernd ahora? No paraba de dar vueltas de un lado a otro en el pequeño cuarto, se pasaba las manos por el pelo y estuvo a punto de llamar a Jenny para contarle toda esa horrible situación. Pero no quería molestar a su novia con eso ahora, de ningún modo, seguro que estaba con la pequeña Julia en el pediatra y tenía sus propias preocupaciones. Mejor llamar a Franziska.

—¿Bernd? —dijo ella, cuando él le explicó lo que quería—. Pero si se ha ido con Sonja a Berlín. Un galerista expone los cuadros de Sonja.

¡Qué pena! Justo ahora que necesitaba a su abogado, estaba de viaje. ¿Por qué no podía ir Sonja sola a Berlín?

—Ya sabes —prosiguió Franziska, animada—. Esos dos se gustan. ¡Walter y yo nos alegramos mucho!

La alegría de Ulli por la felicidad de Sonja y Bernd tenía unos límites.

—¿Y cuándo vuelven? —preguntó.

—El fin de semana, creo. ¿Ha pasado algo, Ulli? Suenas muy preocupado...

—No, no... —contestó—. No es tan importante. Gracias igualmente. ¿Jenny se ha ido al pediatra con la pequeña Julia?

—Sí, acaban de irse.

No era su día. Ulli volvió al embarcadero, procuró botes de remos a los clientes, alquiló una de las casas flotantes para una semana entera y necesitó un buen rato para explicar a esos urbanitas ignorantes cómo se manejaba el bote y qué debían tener en cuenta.

El asunto no dejaba de incordiarlo. Si no podía localizar a Bernd, al menos quería ponerse en contacto con el notario que certificó el contrato de compra en su momento. Fueron a Schwerin a firmarlo porque Max conocía al notario de antes. A Ulli le había parecido todo correcto, y también creía recordar que el notario estaba convencido de que Max estaba en plenas facultades mentales. ¿O se engañaba porque eran dos viejos amigos que mostraban con gran efusividad su alegría por volver a verse? ¿Cómo se llamaba? Tenía que constar en la documentación. Volvió al despacho y buscó la carpeta azul con la etiqueta «Venta del terreno/activos empresariales» que estaba arriba, a la derecha, en la estantería justo al lado de las carpetas con los impuestos del año anterior.

Había muchas carpetas de impuestos, pero faltaba la azul, la que contenía la documentación de la venta del terreno a Ulli Schwadke, así como los detalles de la empresa que montaron juntos con alquiler de botes, quiosco, tienda, bar, zona de acampada, etc. Ulli registró la estantería, leyó las etiquetas de todas las carpetas, examinó el escritorio, miró en la papelera, retiró el archivador de la pared por si la carpeta se había caído detrás. Nada.

Desesperado, se dejó caer en la silla de oficina con la mirada perdida, mientras notaba que el pánico se apoderaba de él. ¿Por qué había desaparecido justo esa carpeta? Quedaba prácticamente descartado que los empleados de la empresa de transportes contratada por Gabi y Elly la hubieran pescado de entre todas las demás carpetas. Habrían incurrido en un delito, y eso no le cabía en la cabeza. Además, creía que la puerta del despacho estaba cerrada.

Abatido, apoyó la cabeza en las manos. Entonces sonó el teléfono.

—¡Hola, cariño! —exclamó la voz alegre de Jenny desde el auricular—. Todo ha ido bien, solo era una pequeña indigestión. Ya se encuentra mejor, así que esta tarde podríamos ir a comprar muebles.

—¡Genial! —contestó, aunque en ese momento no tenía la cabeza para muebles.

—Sí, la pequeña Julia parece tener un ángel de la guarda —dijo entre risas. En ese momento Ulli cayó en la cuenta. Ángel, *Engel*. El notario se llamaba Engelmeier... no, Engelmann. Johannes K. Engelmann. Ahora lo recordaba con precisión.

—Entonces, paso por tu casa después de comer, ¿de acuerdo? —se oyó la voz contenta de Jenny en el auricular.

—Sí, claro. Tengo muchas ganas.

Colgó y se preguntó por qué le mentía todo el tiempo. Comprar muebles era casi lo último que tenía ganas de hacer en ese momento.

Primero quería aclarar la historia con el notario. Tenía que guardar una copia del contrato. Encontró el número en la vieja guía telefónica de Max en «J. Engelm.» y llamó.

—El señor Engelmann tiene reuniones esta mañana —le comunicó la secretaria—. ¿De qué se trata?

—Necesito hablar con él sobre el terreno que le compré a Max Krumme hace tres años. El señor Engelmann hizo la certificación notarial.

—Un momento, por favor, señor Schwadke.

Vaya. Oyó que llamaba a una puerta y decía algo. Contestó una voz masculina. No se entendía ni una palabra.

—Si pudiera venir hacia las diez, el señor Engelmann tendrá un ratito para usted.

—Por supuesto, muchas gracias.

De camino al coche pensó si debía haber preguntado a sus empleados si sabían algo, pero lo dejó pasar. ¿Para qué levantar sospechas sin motivo? Se detuvo en el quiosco. Como era tan temprano aún no había movimiento. Elke estaba guardando con diligencia las nuevas entregas: chocolatinas, caramelos y ositos de goma de todos los colores. Cuando lo vio, le sonrió con amabilidad. A Ulli le pareció que había engordado un poco. Por suerte. Casi no la reconoció cuando volvió de Occidente. Estaba flaca como un palo y con las mejillas hundidas. Jürgen se merecería una buena bronca. Ya era un pieza de antes…

—El periódico y un refresco de cola —pidió—. Dame el refresco ya abierto.

Ella le pasó lo que había pedido y él le dio un trago largo.

—¿Va todo bien? —preguntó, en tono inofensivo. Sin embargo, luego lo hizo: le preguntó si últimamente había estado allí alguien de la policía haciendo preguntas absurdas.

—Sí —contestó Elke en voz baja, y desvió la mirada a un lado, cohibida—. Vino uno. Quería saber algo del señor Krumme. Si estaba un poco raro y esas cosas... le dije que hacía poco que trabajaba aquí y no sabía nada de eso.

¡Ahí estaba! Era un golpe duro. Berti y Henning no se lo habían inventado. La policía investigaba. A ojos de la justicia era un delincuente sin escrúpulos.

Balbuceó algo irrelevante, cogió el periódico y subió a su coche. Cuando ya estaba en la carretera principal se dio cuenta de que se le había olvidado el refresco y notó una sequedad insoportable en la garganta. Cuando entró en la oficina del notario en Schwerin, le pidió a la secretaria un vaso de agua.

—Por supuesto, señor Schwadke. Hoy vuelve a hacer calor, ¿verdad?

Asintió y le dio las gracias. Era la misma secretaria que entonces, lo recordaba porque Max bromeó con ella. No tuvo que esperar mucho hasta que le llamó el señor Engelmann.

—¡Señor Schwadke! —exclamó, y le tendió la mano por encima del escritorio—. Le estaba esperando. Siéntese...

Ulli recuperó la esperanza. El señor Engelmann tenía, milagro, el duplicado del contrato y le aseguró que, a su juicio, todo estaba correcto.

—Seguro que podría discutirse el importe de compra, pero entonces podrían impugnarse muchos otros contratos como este, y seguro que no serviría para nada...

Ulli le entregó la carta de las hermanas Krumme y una copia de la denuncia que habían presentado contra él.

El señor Engelmann era corpulento y lucía una sonrisa agradable. Estaba sentado en mangas de camisa con chaleco en el escritorio, se había quitado la chaqueta del traje porque las ventanas del despacho daban al sur. Pese a la celosía gris, como mucho en dos horas aquello sería una sauna.

—En cuanto a las preguntas de la policía —continuó, y las débiles esperanzas de Ulli bajaron de nuevo al mínimo: así que también le habían preguntado a él—. Bueno, no soy psicólogo, claro, pero en mi opinión no había motivos para dudar de las facultades mentales de mi amigo Max cuando ustedes dos estuvieron aquí sentados delante de mí. Tampoco cuando vino hace medio año para modificar su testamento y legarle su parte del negocio; me pareció cien por cien capacitado.

Ulli lo confirmó. Max era una persona particular, pero había reflexionado mucho sobre esa venta y nunca se había arrepentido. Al contrario. En sus últimos años de vida había demostrado ser un empresario muy astuto, no había rastro de deterioro mental. Le habían contado que tras la muerte de su Gertrud sí estuvo mal, tuvo problemas de circulación, taquicardias y mareos. Entonces los médicos descubrieron que tenía cáncer de próstata, pero le operaron, tomó la medicación después de la operación y ya hacía años que había podido dejarla.

El señor Engelmann se reclinó en la silla y miró el reloj con discreción.

—Como le he dicho, señor Schwadke, no tiene de qué preocuparse. Todo está correcto en el contrato.

—Muchas gracias, señor Engelmann, ya estoy un poco más tranquilo.

Regresó a Ludorf absorto en sus pensamientos. ¿Y si de verdad Max no hubiera estado en su sano juicio cuando le vendió la propiedad por la miseria de sesenta mil marcos? Recordó lo entusiasmado que estaba su amigo, los brincos que daba, y eso que Mine decía que estaba enfermo. ¿Al final había vuelto a tomar medicamentos? ¿O estimulantes? ¿Antidepresivos?

Por otra parte, Max estaba feliz y contento con la venta. Su mayor deseo era montar algo con Ulli, porque sus hijos no mostraban ningún tipo de interés en su vida y se habían construido una completamente distinta. Aun así, no quería aprovecharse de nadie, no era su estilo.

Cuando entró en su aparcamiento en Ludorf regresó la sensación de congoja de antes. Si alguien de la policía había estado llevando a cabo sus investigaciones, todos los demás lo considerarían para siempre un cazador de herencias y un mentiroso, como le reprochaban Gabi y Elly, aunque no fuera cierto en absoluto. Siempre quedaría algo, y entonces los clientes se irían, quizá también los empleados, la empresa iría cuesta abajo y al final acabaría en la quiebra. Y apaga y vámonos.

Jenny le esperaba en la cocina. Estaba dando de comer a Waldemar, que aceptó con gusto una segunda ración, y miró a Ulli con gesto vivaracho.

—¿Empezamos? Lo he medido todo y sé perfectamente lo que necesitamos.

—Claro —dijo él—. Voy a ponerme otra camiseta, un momento.

Estaba completamente empapado en sudor y tenía ganas de darse una ducha, pero no quería agotar la paciencia de Jenny. La dejó conducir, se sentó a su lado, callado, mientras ella hablaba con naturalidad, y procuró sonreír o hacer preguntas cuando correspondía.

—¿Pasa algo, cariño? —le preguntó ella al final.

—No pasa nada, amor. Solo estoy un poco cansado. He dormido mal.

—¡Eso te pasa por dormir solo en Ludorf! —afirmó ella, se inclinó hacia él y le dio un beso en la mejilla. El coche hizo una leve ese.

—¡No hagas tonterías, Jenny! —le advirtió.

En la tienda de Waren buscó distintos muebles, no precisamente baratos, encargó que los enviaran a Ludorf y luego afirmó que tenía un hambre de lobos.

—Anda, vamos a comer.

Ulli firmó la compra y la acompañó al restaurante. Él solo pidió una ensalada. Su estómago se rebelaba, quizá estuviera enfermo.

—¿Enfermo? —preguntó Jenny, que lo escudriñó con la mirada, de reojo—. No, cariño. Tienes un problema, te lo noto.

Él se volvió y le dijo que a lo mejor le había contagiado la pequeña Julia, pero no le sirvió de nada. Jenny lo examinó de nuevo. En el fondo, Ulli se alegraba de poder hablar.

—Puede que pronto sea pobre como una rata, Jenny. A lo mejor lo pierdo todo.

Ella lo miró, siguió tomando la sopa y respondió, sin pestañear:

—Bueno, cariño, ¡pues ya somos dos!

Sonja

Se esperaba algo más. Siempre le pasaba lo mismo. Al principio todo le pareció una tontería, no quería ir; luego decidió espontáneamente hacerlo y se imaginaba una fiesta espectacular. «Acuarelas de Sonja Gebauer: *Los románticos prados de los lagos de Mecklemburgo*, *Venado pastando*, *El cielo sobre el prado ondulado*.»

En la pequeña galería, sus cuadros le parecían ajenos. Quizá fuera por los marcos que Claus Donner les había puesto. O tal vez por la iluminación. O por la copa de champán que se había bebido a toda prisa con el estómago vacío. No estaba a gusto, tenía ganas de salir corriendo.

Aparte de Bernd y ella, solo habían asistido a la fantástica inauguración su amiga Petra y su marido, el galerista Claus Donner y una mujer mayor y tímida de la prensa. Más tarde aparecieron dos jóvenes que seguramente se dedicaban a algo artístico y apenas prestaron atención a los cuadros de Sonja. Soportaron con paciencia las alabanzas de Petra Kornbichler y bebieron champán, luego entablaron conversación sobre las nuevas tendencias en el arte que conquistarían el mercado en breve.

Bernd fue su ancla salvadora en ese evento tan frustrante. Paseaba por la salita de cuadro en cuadro, observando con atención cada acuarela, e incluso se ponía las gafas cuando le interesaba un detalle.

—Me gusta. Sobre todo, los cuadros con el cielo nublado. Y los prados en la linde del bosque. Son tranquilos. Uno se siente como liberado.

Entonces él hizo que se fijara en que en algunas de las acuarelas había una pequeña pegatina roja: estaban vendidas.

—A lo mejor es por las vacaciones de verano —arguyó más tarde Claus Donner para intentar explicar la escasa asistencia—. Lo principal es que la inauguración aparezca en la prensa, la exposición estará abierta hasta principios de septiembre.

Se quedó en comisión las acuarelas que Sonja había llevado y ya había vendido tres cuadros. Había dinero.

—No son precisamente los coleccionistas de arte los que compran sus cuadros —reconoció el galerista—. Son aficionados. Personas que buscan una decoración agradable para su salón. Que quieren relajarse del estrés del trabajo y quizá les gustaría vivir en el campo. Pinte unos cuantos pueblecitos bonitos, una granja antigua, vacas y cerdos, cebada ondeando con la brisa de verano...

Prometió enviar la factura en breve y hacer una transferencia del importe. Luego le ayudaron a llevar las copas de champán a la cocina y dieron el acto por terminado.

—¿Sabes, Sonja? —dijo Petra Kornbichler cuando estuvieron fuera, en la calle—. Mi madre no se encuentra bien, deberíamos irnos a casa. Ya sabes cómo es la gente mayor: en cualquier momento puede pasar algo.

—Por supuesto —repuso Sonja, procurando disimular su decepción—. Algunos han llegado a pegarle fuego a su apartamento. Ten mucha paciencia, Petra.

—Por el amor de Dios —susurró el marido de Petra, muy pálido.

—Buenas noches, Sonja —se despidió Petra sin inmutarse, y le dio un abrazo a su amiga—. Me ha gustado verte después de tantos años. ¿Sabes que tu ex, Markus, se ha casado por tercera vez? Ahora es miembro de dos consejos de administración y tiene un yate en Corfú, siempre va cuando tiene vacaciones.

—¡Me interesa muy poco lo que haga Markus! —protestó Sonja—. Es una lástima que no tengas más tiempo. Pensaba que podríamos hablar de los viejos tiempos...

—En otra ocasión —prometió Petra—. A lo mejor vuelves pronto, con lo bien que te va con tus cuadros. O tal vez vaya a verte yo: ¡aún no he estado nunca en Mecklemburgo-Pomerania!

Dicho esto, ella y su marido subieron al coche que estaba aparcado en la acera y se fueron.

—Vamos a comer algo —propuso Bernd, consciente de la decepción de Sonja, y la cogió del brazo—. No me sienta bien el champán con el estómago vacío.

—A mí tampoco.

Hacía mucho tiempo que no iba a Berlín, y necesitó un tiempo para encontrar el bar al que tanto le gustaba ir cuando estudiaba allí. Se llamaba Zum Adler, estaba situado en una esquina y Paule, el dueño, acogía con cariño a los estudiantes sin recursos. Albóndigas con pan y mostaza, además de una cerveza, y todo por uno con veinte. Muchos días pasaba allí la tarde estudiando porque en su cuarto había mucho ruido.

—¿Paule? —dijo la chica de la barra—. Falleció. Hace dos años le dio un ataque al corazón. Fue muy rápido. Ahora su hija Anni lleva el bar.

Estaba lleno. En la barra había chicos jóvenes de distintas nacionalidades, sentados muy juntos, que bebían y charlaban. Sonja y Bernd se acomodaron en una mesa en el rincón de la ventana, pidieron una cerveza cada uno y, además, en honor a los viejos tiempos, albóndigas con mostaza y pan.

—¿Cuándo estudiaste aquí? —preguntó Bernd.

—En los años setenta.

—Entonces, al principio seguro que había mucho movimiento en la universidad —supuso.

Ella se encogió de hombros. Sabía que en esa época Bernd participaba activamente con Cornelia en los movimientos estudiantiles.

—Había unos cuantos pirados —comentó en tono despectivo—. Querían explicarnos cómo funcionaba el comunismo y que los palestinos necesitaban un Estado propio. Pero solo les interesaba a unos pocos.

Él se llevó una decepción y enterró la nariz en la espuma de cerveza. Sonja reflexionó sobre cómo explicarle su postura sin exponerse demasiado. Era así. Había aspectos de su vida que no hacía falta que los conociera todo el mundo. Como el asunto del arresto juvenil, que fue tan cruel, tan humillante, que lo había borrado de su vida. Solo Walter lo sabía, pero confiaba a ciegas en su padre. Markus también lo sabía, y lo había utilizado contra ella, la presionó con eso sin disimulo. Aún lo tenía metido en los huesos.

—¿Sabes? Por aquel entonces no tenía mucho interés por el comunismo y el socialismo —empezó a decir con cuidado—. Lo había dejado atrás. Pensaba que esos pirados de izquierdas deberían ir a la RDA a ver lo que era el socialismo de verdad.

Él sonrió con indulgencia.

Claro, era el momento de argumentar que la RDA nunca llegó a ser realmente socialista. Sonja cogió aire para explicar que ese Estado solo había aguantado durante décadas gracias a la vigilancia y el terror, pero se calló al ver que llegaban las albóndigas con pan.

—¿En Frankfurt también teníais esto? —comentó, señalando las albóndigas.

—No. Cociné durante años sopa de alubias con jamón y salchichas para todo el piso —confesó.

—¿Cocinabas tú? —exclamó ella, sorprendida.

—Alguien tiene que ser el tonto.

Se rieron y la conversación se relajó, dejaron a un lado las teorías y la obstinación desapareció. Hablaron sobre los galeristas y Petra Kornbichler, y luego fueron al piso de Bernd, situado en el sótano de la casa de Sonja, donde por lo visto se sentía como pez en el agua, aunque estuviera bastante pelado y vacío. Sonja pensó que Bernd había cambiado por fuera. Siempre iba bien afeitado y llevaba ropa elegante porque como abogado tenía que dar una impresión seria.

—¡Te queda bien! —dijo ella.

Él la miró un momento y luego apartó la vista, cohibido. Sin embargo, Sonja notó lo mucho que le había gustado su comentario. Desde que habían intimado más, de pronto esos aspectos superficiales habían cobrado importancia. Sonja había adelgazado cinco kilos y se había comprado unas preciosas blusas de colores que llevaba con los tejanos. Se recogía el pelo en la nuca, en vez de atárselo solo con una goma, y se maquillaba bien, algo que había dejado de hacer hacía más de veinte años. Y lo maravilloso era que Bernd se daba cuenta. El señor abogado sabía hacer cumplidos, en su estilo comedido.

—Se te ve tan sana...

Ya le ponía el brazo sobre los hombros con naturalidad cuando se presentaba la ocasión. Le había dado dos abrazos en toda regla, y una vez la besó. Fue cuando le enseñó el piso que ocupaba su sótano y dijo que para ella sería una alegría enorme que se mudara allí. Se puso tan contento con la oferta que la estrechó entre sus brazos en una reacción espontánea. A continuación dudó un poco, luego buscó su boca y ella cerró los ojos. El beso fue muy tierno y demasiado cauteloso, pero ya era un principio. A fin de cuentas, ella tenía poca experiencia en ese sentido, y él también parecía llevar bastante tiempo sin practicar. De todos modos, había sido emocionante, le había estado dando vueltas durante varias noches.

Con la segunda cerveza decidió contar por lo menos una parte. Había quemado el diario, y estaba bien así. Quería acallar para siempre los malos recuerdos, como el del arresto juvenil, pero Bernd debía saber lo que ocurrió después, porque eso la había convertido en lo que era ahora: una mujer con una piel de pinchos como un erizo.

—Yo siempre fui una cocinera pésima —reconoció—. Nunca estaba la comida puntual en la mesa cuando mi marido llegaba a casa del trabajo.

Lo dijo con ironía, pero él notó que había un trasfondo serio.

—Es verdad, estuviste casada, ¿no?

Sonja asintió. Bebió un trago largo y lo miró por encima del vaso. El rostro de Bernd reflejaba curiosidad y compasión al mismo tiempo.

—Markus Gebauer —dijo, y dejó el vaso con un movimiento brusco—. Un colega. En aquella época estaba bastante sola, y él lo aprovechó. Se acercó a mí, salió conmigo, me invitaba: yo aún era muy joven y me parecía fantástico tener novio. Él era ambicioso, terminó sus prácticas con unas notas excelentes y consiguió un buen puesto en una empresa.

De pronto se convirtió en su jefe, y luego en el jefe de su jefe. Entonces aún creía con firmeza en las bendiciones del socialismo. Algo que luego cambió rápido.

—¿Qué edad tenías cuando te casaste?

—Diecinueve. Mi padre se enfureció, boicoteó la celebración. Mis suegros tampoco estaban entusiasmados. En resumen, fue una boda bastante desoladora.

En realidad, no les parecía adecuado que su hijo Markus, con un futuro tan prometedor, hubiera escogido a una chica que había estado en el centro juvenil. Los Gebauer eran ciudadanos totalmente fieles a la línea de la RDA; el padre de Markus y su mujer podían incluso ir de vacaciones a Bulgaria. Obviaban el hecho de que la madre biológica de Markus hubiera huido a Occidente diez años antes.

—Pero seguro que estabais enamorados —dijo Bernd—. De lo contrario, no os habríais casado, ¿no?

Ella rehuyó su sonrisa comprensiva. Años atrás debió de estar muy enamorado de Cornelia. No le resultaba agradable, así que descartó la idea.

—Solemos llamarlo amor —respondió, y se encogió de hombros—. Dependencia sería la palabra que mejor lo definiría.

—¡Vaya! —Le puso una mano en el brazo, compasivo—. Entonces, no fue nada bien desde el principio, ¿no?

—¡Ah, no!

Markus había buscado a una chica a la que poder mangonear. Que hiciera la comida después del trabajo, obediente, que mantuviera la casa limpia y le ofreciera cerveza. Que hiciera en la cama todo lo que él le pidiera. También cosas asquerosas que le hacían sentir mal. Si se negaba, él la insultaba y la amenazaba con contarle a todo el mundo que había estado en el centro juvenil. En aquella época ya se habían mudado a Rostock, adonde lo trasladaron. Ella trabajaba en una empresa que fabricaba conservas de pescado, un trabajo repugnante, aunque solo fuera por la cantidad de peces muertos.

—¿Os separasteis pronto?

—Bastante pronto.

Markus tuvo problemas en la empresa, otro le pasó por delante, tuvo que quedarse atrás y eso no le gustaba nada.

Desahogaba su rabia con Sonja, empezó a pegarle y, como además ella se resistía a sus asaltos sexuales, se distanció.

—Solo había una cosa que nos unía: los dos queríamos irnos de la RDA. Él quería trabajar de ingeniero en el extranjero y yo quería terminar el bachillerato y estudiar veterinaria.

—¿Huisteis juntos a Occidente?

—Sí. Él solo no reunía el valor. Y yo tampoco.

En aquella época era correr un riesgo muy alto. Si los hubieran atrapado, se habrían metido en un buen lío. Meses en la cárcel, un descenso absoluto en el ámbito laboral y vigilancia permanente. Los espías de la Stasi estaban por todas partes, seguramente también en el clan Gebauer, tan fiel al partido.

—¿Cómo lo hicimos? Fuimos a Berlín a visitar a unos amigos. Nadie sospechó nada. Tardamos un tiempo en dar con los contactos adecuados. Había que tener muchísimo cuidado en algo así, era muy fácil caer en una trampa. Por supuesto, los demás iban con la misma cautela. Los que pasaban a gente de forma ilegal también se jugaban la vida, siempre nos acompañaban y arriesgaban tanto como nosotros.

Bernd sentía un gran respeto. Sobre todo, por ella y su valor, pero también por los que pasaban a la gente, que sin duda no lo hacían por dinero. Era una actitud, una misión. Querían jugársela al sistema y ayudar a tener una nueva oportunidad a los pobres diablos que no veían ningún futuro en la RDA.

—Bueno. —Sonja apagó su entusiasmo—. Pero sí aceptaban dinero. Y no era poco. Invertimos todos nuestros ahorros. Daba igual, de todos modos, no podíamos llevarnos nada.

Visto con perspectiva, le parecía irreal, como si solo lo hubiera visto en una película. Tenían que vestir ropa oscura, nada de maletas ni bolsas, solo lo que pudieran llevar encima. Esperaron en un bar y gastaron sus últimos marcos de la RDA en una comida y dos cervezas. Se sentaron uno enfrente del otro y fingieron ser una pareja de enamorados. Era grotesco. Tuvieron que coquetear cuando por dentro se morían de nervios, contar los minutos que quedaban hasta la hora acordada. Nunca se habían sentido tan unidos como en ese momento en que fueron cómplices, en que se enfrentaban al mismo peligro y albergaban el mismo deseo desesperado.

Hacia medianoche por fin pudieron irse, muy acaramelados para que todo el mundo pensara que estaban ansiosos. Se dieron un beso largo delante del bar y luego fueron al callejón lateral. Allí los esperaban. El tipo que los trasladó era barbudo y llevaba una gorra de visera oscura. No dijo ni una palabra y caminaba tan rápido que les costó seguirlo. No tenían ni idea de adónde los llevaba, seguramente esos callejones y edificios ya no existían. En un momento dado se colaron en la entrada de un edificio, se abrió una rendija en una puerta y entraron en un pasillo mohoso y frío.

Bajo la luz de la linterna el contacto les cobró el importe acordado y les dejó pasar al edificio colindante por un agujero en la pared. Lo demás se difumina en sus recuerdos. Había cuartos oscuros con muebles destartalados y polvorientos, puertas que colgaban torcidas de las bisagras y un sótano. Allí se reunieron con tres fugitivos más, un matrimonio con una niña pequeña.

—Tú primero —le dijo el contacto a Markus—. Los demás detrás. Al otro lado tenemos gente. Os seguirán ayudando.

—¿Cruzasteis a pie uno detrás de otro por el túnel?

—Más agachados que de pie. En algunos puntos era tan estrecho que pensé que no lo iba a conseguir. Además, había agua en el túnel. La niña pequeña no dijo esta boca es mía, aunque seguro que estaba muerta de miedo. Todos parecíamos cerdos hormigueros cuando salimos al otro lado. Nos esperaban dos ayudantes, nos dieron café, nos pusieron unas mantas sobre los hombros y nos dieron un abrazo. «Bienvenidos a la libertad», no paraban de repetir. Todo era absolutamente irreal, porque seguíamos estando en un sótano. Al principio me alegré cuando recorrimos las calles iluminadas de Berlín Oeste hacia el centro de acogida. Entonces comprendí poco a poco que todo había terminado. Que lo habíamos conseguido. Más tarde nos enteramos de que el túnel se vino abajo en dos puntos poco después.

—Es horrible. —Bernd abrió los ojos, horrorizado—. ¿Quedó gente sepultada?

Sonja no lo sabía, pero eso se temían.

—¿Y luego empezasteis de cero en Occidente? Seguro que no fue fácil.

—Para Markus, sí. Al cabo de pocas semanas consiguió un puesto en una empresa de construcción. De todos modos, hicieron todas las comprobaciones antes para ver que no era un espía de la RDA. El servicio secreto de Alemania Occidental nos hizo buenas ofertas. No las aceptamos, y por suerte no volvieron a dirigirse a nosotros.

Sonrió al ver el gesto afectado de Bernd. ¿Creía que el servicio secreto de la RFA no reclutaba espías? Era la época de la guerra fría, el espionaje era vital.

—Para mí no fue tan fácil —siguió explicando—. Cuando pudimos ocupar un piso pequeño, empezamos a discutir de nuevo. Él ganaba el dinero, yo estudiaba en la escuela nocturna. Cuando por la tarde no estaba la comida sobre la mesa puntual, había discusiones. Decía que yo era demasiado boba para hacer el bachillerato, que no lo conseguiría.

—¡Qué idiota! —soltó Bernd—. Pero por suerte no te dejaste engañar, ¿no?

—¡No, claro que no!

Se ahorró la descripción de las peleas interminables, que con frecuencia llegaban a las manos, las noches en las que se inclinaba exhausta sobre sus libros después de que él le hiciera pasar un infierno, el acoso de los vecinos, inquietos por sus escandalosos enfrentamientos verbales. No desaprovechaba la ocasión de ponerle palos en las ruedas. Visto así, le parecía un milagro haber aprobado los exámenes.

—Entonces ¿os separasteis bastante pronto?

—Ocho meses después de huir pedí el divorcio. Por aquel entonces estaba vigente la ley antigua. Él conservó el piso y todo su contenido, y yo tuve que buscarme un sitio donde alojarme. Recogí a un perro y viví unos días con él en la calle. Solo quería irme, me daba igual adónde. Más tarde nos alojamos con unos amigos.

Bernd la miró en silencio y le acarició la mano. Ella no se sentía a gusto, no quería compasión, pero se dejó llevar. Sí, fueron unos meses muy difíciles, pero, a diferencia del tiempo que pasó en el centro juvenil, mantuvo la cabeza bien alta. Quizá fue por el perro. Porque tenía que estar ahí por él, alimentarlo, cuidar de él. Era de mezcla, gris, con el morro negro y las patas también oscuras, como si llevara calcetines. Por eso lo llamó Calcetines.

Cuando le dieron una beca después del bachillerato y alquiló una habitación de estudiante, el perro la esperaba allí durante horas porque no podía llevárselo a todas las clases. Un día consiguió abrir la puerta y se largó. Era un vagabundo, necesitaba su libertad, ella lo entendía. A veces, cuando estaba tumbada al sol en un prado, le parecía verlo entre los jóvenes que estaban allí acampados. Vagabundeaba, mendigaba y robaba lo que podía. Los perros como Calcetines salían adelante en todas partes.

—¿Puedo decirte algo? —preguntó Bernd—. Estoy consternado con todo lo que has hecho en tu vida. Huida a Occidente, separación, bachillerato aprobado, universidad... Luego compraste una casa, abriste la consulta y para colmo construyes un zoológico.

Ella lo miró atónita, sin saber si le estaba gastando una broma. Pero lo decía en serio. Qué locura. Nadie le había dicho nunca algo así.

—En comparación, yo me siento un don nadie —prosiguió él—. Unos estudios cómodos, un poco de compromiso político, luego prácticas de abogado para después perseguir sin éxito un sueño de juventud. Ya está.

La miró, desvalido, y ella estaba tan emocionada que levantó el vaso vacío por vergüenza y luego lo dejó.

—¡Tonterías! Yo te admiré muchísimo cuando montaste la granja ecológica. Y sigo pensando que te rendiste demasiado pronto.

Él sonrió satisfecho ante su entusiasmo y levantó el brazo para pedir dos cervezas más.

—Entonces seguiría viviendo en la granja y no en tu sótano —protestó—. ¿Lo preferirías?

—Sí y no —contestó, con la frente arrugada.

—¿Y eso qué significa? ¿Sí o no?

—Los dos. Estaría bien que siguieras teniendo la granja, pero también está bien que vivas en mi casa.

—Más vale pájaro en mano que ciento volando, ¿eh?

Brindaron con los vasos de cerveza, entre risas. Hacia medianoche pagaron y recorrieron las calles escasamente iluminadas hasta la pensión, donde habían alquilado dos habitaciones para una noche. Tonteaban, se reían entre dientes y bromeaban y, como él la tenía agarrada del brazo todo el tiempo, caminaban haciendo eses por la acera. De vez en cuando se paraban junto a una farola y se besaban. ¿En algún momento Sonja sería capaz de confesarle que era la primera vez en la vida que estaba enamorada de verdad? Hoy seguro que no. Al día siguiente tampoco. Quizá más adelante...

Se detuvieron delante de la habitación de Sonja y se miraron, entonces ella entró y Bernd la siguió. Sonja no encendió la fría iluminación del techo, solo la lamparita de noche. Y tampoco estuvo encendida mucho tiempo.

Jenny

—Pero ¿qué pasa?

Ulli levantó la cabeza de la almohada, medio dormido, y se pasó la mano por el pelo alborotado. Jenny cerró la puerta del baño y se metió de nuevo en la cama.

—También he cogido yo esa maldita indigestión. Los pequeños lo cogen todo en la guardería.

—¡Cierto! —suspiró él, y echó un vistazo al reloj—. ¡Tengo que irme pronto! Quédate en la cama, cariño. Te haré una manzanilla antes de irme.

A Jenny le entraron náuseas solo de pensar en la insípida bebida.

—Nada de infusiones —suplicó—. Pero sería fantástico que pudieras llevar a la pequeña Julia a casa de Franziska y Walter.

—También puedo llevarla a la guardería.

—Está cerrada —repuso a duras penas, y se sentó—. No solo nos hemos contagiado Julia y yo. En realidad, Mücke no sabe si podrá continuar después del verano. Ahora todo el mundo envía a sus hijos a las guarderías nuevas de Waren. Ofrecen todo tipo de tonterías, estimulación temprana y esas cosas. Todo eso está muy bien, pero ¿hace falta que todos dominen cuanto antes tres lenguas extranjeras y toda una orquesta de instrumentos? También hay que jugar y descubrir las propias capacidades y limitaciones. —Se dejó caer de nuevo sobre la almohada y esperó a que pararan las náuseas. Era asqueroso. Había oído hacía poco en la sala de espera del pediatra que en los adultos duraba dos días. Los niños acaban antes con esas cosas. Desde la habitación infantil se oyó la voz dormida de Julia.

—¡Mamá!

—Voy, Julia —contestó Ulli—. Esta mañana te ayudo yo, a mamá le duele la barriga, igual que a ti hace poco. Así que primero al baño, a hacer pipí y lavarse los dientes. Y luego a vestirse...

Ulli tenía una manera muy tranquila de tratar a los niños. Se le daban muy bien. Cuando se ocupaba de las barcas en Ludorf, los niños del camping siempre correteaban por allí.

Poco a poco fueron pasando las náuseas. No era la peor versión de la gastroenteritis, parecía una de las leves. Con suerte. Se sentó, espero a que el baño quedara libre y luego se puso en pie para ducharse. Cuando entró en la cocina envuelta en el albornoz de rayas de Ulli, Julia ya se había ido a casa de Franziska y Walter y sobre la mesa de la cocina había una taza de manzanilla humeante.

—Siempre ayuda —le aseguró Ulli—. Mine me la preparaba cuando estaba enfermo.

—Gracias.

Se sentó delante del brebaje y la asaltó un recuerdo enterrado: su madre en tejanos y jersey de punto, con un pañuelo azul de algodón atado al cuello. Estaba delante de ella y le plantó una taza de manzanilla delante de las narices.

—Bébete esto —dijo Conny—. Vamos, Jenny, ya se te pasará...

Cierto, su madre le preparaba manzanilla. También le acarició con cariño la cabeza, la llevó a la cama y le escribió una nota de disculpa para el colegio. Qué raro que se acordara justo en ese momento, después de haberlo olvidado durante años. Tenía que ser por Ulli. Desde que sabía que él era la persona adecuada y que iban a vivir juntos, también se llevaba mejor con su madre. Por supuesto, Cornelia había cometido un montón de errores, pero ¿de qué servía pasarse toda la vida lamentándolo? Jenny se alegraba de haber hecho de tripas corazón y haber ido a Binz.

—Tengo que irme ya, cariño —dijo Ulli, que enjuagó su taza de café—. Con este tiempo hay mucha actividad, no puedo dejar solos a los empleados.

Se inclinó hacia Jenny para besarla, pero ella lo rechazó.

—Mejor no. No quiero contagiarte.

—¡Me da igual!

Le dio un beso en la mejilla y se dio la vuelta para irse, pero ella lo agarró por la camiseta.

—A las cinco tenemos cita con Bernd, no lo olvides.

—¡Claro!

Hacía poco que había tenido que echarle un buen discurso. Ulli estaba convencido de que había alguna irregularidad en la compra del terreno. Que a lo mejor Max ya no estaba en su sano juicio. ¡Y eso era una soberana tontería! Se lo había consultado a Mine y Karl-Erich, y los dos afirmaron sin sombra de duda que Max estuvo enfermo tras la muerte de su esposa, pero que nunca se le había ido la cabeza. Siempre había sabido perfectamente lo que hacía.

Comentó con Mine que quería que Ulli se quedara con el terreno ya cuando el chico pretendía instalarse en Bremen. Max no se dejaba engañar: quería crear una empresa grande en Ludorf, con zona de acampada, tienda y alquiler de barcas, y Ulli era el socio adecuado. Era un tipo decente y, encima, sabía de barcos. Además, amaba su tierra, ¿qué se le había perdido en Bremen? Como Max no sabía cuánto tiempo más viviría, quería vendérselo todo antes a Ulli. Formalizarlo como era debido, para que luego no hubiera peleas entre sus hijos.

Ulli se quedó atónito. Ya sabía que Mine había hecho causa común con Max en la compra del terreno, pero que ya tenían en mente toda la empresa, con el camping y las barcas, era nuevo. Había sido un complot en toda regla.

—Eres muy hábil, abuela —comentó, y se rascó la nuca, sin saber muy bien qué pensar.

—Así es ella —apoyó Karl-Erich a su nieto—. No hay que subestimar a Mine. A mí también me atrapó entonces para que no pudiera escapar.

—¿Y? —preguntó Mine con una sonrisa—. ¿Te has arrepentido?

—Bueno... —contestó Karl-Erich, cohibido, y fingió tener que pensárselo. Sin embargo, cuando Mine puso cara de enfadada, sonrió y le acarició el hombro con su mano retorcida—. No, no... Lo has hecho muy bien, Mine. Por lo menos en mi caso. ¡Y también con el chico!

—Lo que de verdad me preocupa —reflexionó Ulli— es que los demás piensen que he cometido una injusticia y que le di gato por liebre a Max. ¡Imaginaos si corre la voz y se me van los clientes!

—¡No se atreverán! ¡Entonces esas chismosa sabrán quién soy yo! —exclamó Mine—. Soy vieja, pero en Dranitz nadie me va a poner verde, ni a mí ni a mi nieto, y en Ludorf tampoco.

Cuando se despidió de los dos ancianos, Ulli ya estaba más tranquilo y miraba el futuro con bastante más confianza.

Por la tarde comentarían con Bernd cómo afrontar la maldita denuncia. Con un poco de suerte, ella se encontraría mejor para poder concentrarse. Jenny respiró hondo y se obligó a beber un trago minúsculo de la infusión caliente. De pronto recordó la imagen de la cocina del viejo piso compartido, la mesa destartalada con los nombres y símbolos grabados, los fogones de gas pegajosos que nunca limpiaba nadie, los armarios anticuados de la cocina, que alguien había pintado de color verde y lila. Sobre la mesa siempre había libros y periódicos tirados, notas empezadas, panes mordidos, tazas con café frío y un montón de migas. Qué raro sentir nostalgia ahora del viejo piso. Debía de ser porque estaba enferma.

El teléfono la sacó de sus reflexiones nostálgicas. Fue a coger el auricular, un poco molesta, y contestó con un hilo de voz.

—¿Jenny? —oyó que preguntaba su madre—. Soy yo, Conny. Mira, me ha surgido algo.

Sonaba bastante ajetreada, como si estuviera delante del coche con dos maletas y no encontrara la llave. O en la recepción del hotel, ya que en ese momento enmudeció un teléfono que sonaba de fondo, y una voz sonora preguntó: «Hotel Binz, recepción, me llamo Klüver, ¿en qué puedo ayudarle?»

—¿Mamá? ¿A qué te refieres con que te ha surgido algo?

—A mi visita —contestó su madre—. No puede ser. Tengo que volver deprisa a Hannover porque esos idiotas han montado un follón en la empresa. Debería haberme imaginado que esos novatos no darían la talla. Mira, lo arreglo y, cuando haya terminado, iré a veros.

Una profunda sensación de decepción se apoderó de Jenny. Claro. Quedaba aplazada hasta el día de Nuncajamás. Justo cuando se estaba formando una buena opinión de su madre, cuando incluso tenía esperanzas, todo se desmoronaba como un castillo de naipes. Su madre seguía siendo su madre. Siempre pensaba solo en ella.

—Bueno. Si tienes que aplastar a las jóvenes estrellas de tu empresa, ¡mucha suerte!

Sonó arisco, pero no tenía un buen día y no podía fingir. Por suerte su madre no notó la ironía.

—La necesitaré —contestó—. Ah, sí, antes de que se me olvide: un día de estos Bodo irá a hablar con vosotras. Imagínate, trabaja aquí, en Binz, en el hotel, y está amargado. Sabía que me sonaba el nombre cuando reservé la habitación; Bodo mencionó el hotel cuando hablé con él en el cumpleaños de Walter. Pero se imaginaba un trabajo muy distinto. Sufre muchísimo estrés, dice. Apenas puede dormir. Además, solo puede cocinar verdura.

¿Bodo? ¿No será Bodo Bieger, ese enano cocinero testarudo que se negaba a utilizar los huevos de la granja ecológica, aunque fueran más frescos que los del mercado? Bueno, da igual, ya se había resuelto. Ya no había granja ecológica.

—¿Es que quiere volver a trabajar con nosotros? Ya puede irse olvidando, mamá. No volveremos a contratar a un empleado que lo abandona todo y nos deja en la estacada.

Oyó cómo Cornelia ordenaba a alguien que llevara la maleta con cuidado y no volcara la bolsa. ¿Ya estaba lista la factura?

—Frena, Jenny —dijo su madre al teléfono—. Primero, es un buen cocinero; segundo, se arrepiente de haber dimitido, y tercero, y no es tema baladí, sus pretensiones salariales son moderadas.

Jenny sintió otra náusea y respiró hondo. Eso ayudó.

—No sé, tiene que hablar con la abuela. Yo es que no soporto a ese tipo.

—Ya —siguió Cornelia al otro lado de la línea—. Opino que merece una segunda oportunidad. Pensadlo. ¿O ya habéis contratado a otro?

—No. Todos son demasiado caros y tienen mil exigencias...

—¡Pues eso! Ahora tengo que irme, Jenny. Te llamaré. ¡Saluda a la dulce Julia de mi parte! ¡Hasta pronto!

—Hasta pronto, mamá...

Colgó. Al menos parecía que Cornelia pensaba en Dranitz. Y se acordaba con cariño de su nieta, con eso se había ganado un pedacito del corazón de Jenny.

De repente le entraron ganas de tomar un buen desayuno. Se levantó, tiró la infusión por el fregadero y se hizo un buen café. Cogió mermelada, mantequilla, jamón y tres huevos de la nevera, metió dos rebanadas de pan blanco en la tostadora y se preparó unos huevos revueltos. Tenía el estómago fantástico, quizá solo se encontraba mal porque estaba hambrienta. Saciada y de buen humor, se vistió, se peinó el pelo húmedo y se lo dejó suelto para secárselo al sol. Luego fue a pie a casa de Franziska y Walter a buscar a la pequeña Julia.

Solo encontró a Walter, que aun iba en bata y tenía un montón de fotocopias esparcidas sobre la mesa del salón.

—¿Julia? Ha bajado al lago con Franziska y Falko. Jörg también ha ido, tiene un barco de vapor con mando a distancia y querían probarlo.

En realidad, eso contrarió un poco a Jenny porque quería llevarse a Julia a Ludorf. Por otra parte, no quería aguarle la fiesta de enseñar su barco a Jörg, de ocho años, el mejor amigo de Julia: se merecía un rato de diversión y unas grandes vacaciones.

—¿Qué estás leyendo, Walter? ¿Otra vez viejas crónicas?

—He encontrado un tesoro, Jenny —contestó con una media sonrisa—. Imagínate, hay una historia de santos que probablemente tiene algo que ver con este convento. Estoy intentando refrescar mis conocimientos de latín enterrados para poder leer el texto. ¡Es emocionante!

Jenny sonrió al ver su entusiasmo. ¿Qué tenía de emocionante una historia de santos? Sin embargo, era bonito que a su edad se mantuviera en forma mentalmente e incluso estudiara latín.

—Además, podría ser que una de las abadesas del convento tuviera un parentesco lejano con la familia Von Dranitz.

—Vaya... Entonces me voy, Walter. Saluda a la abuela. Mamá ha llamado, puede que Bodo Bieger aparezca por aquí para recuperar el puesto. Yo me mantengo al margen.

—¡Pues a mí me encantaba cómo cocinaba! Si de verdad viene, deberíamos darle una segunda oportunidad.

Así que Cornelia no era la única que pensaba así. ¿Quizá debería volver a planteárselo?

Jenny se dio prisa para llegar a su coche. A lo mejor en Ludorf se daría el capricho de unas patatas fritas con mayonesa. Con un delicioso capuchino; la empleada del bar lo hacía delicioso, con espuma y cacao espolvoreado. De todos modos, parecía que el tiempo estaba cambiando. Mientras conducía hacia Ludorf, las sombras de unas grandes sombras corrían sobre los campos y la cebada ondeaba como un mar azotado por la tormenta. Qué lástima. Seguro que los turistas ya no tendrían ganas de un paseo en barca. Aun así, parecía que había mucha actividad, pese al tiempo cambiante.

Cuando Jenny entró en el aparcamiento, vio a la gente del camping en la orilla y de pie en el embarcadero, agitando los brazos y gesticulando; algunos estaban subiendo a los botes de remos. ¿Es que había programada una carrera de remo? Unas semanas antes Ulli había organizado una y habían acudido más participantes que barcas, así que tuvieron que hacer varias rondas.

Bajó del coche, y se dirigía a la orilla cuando vio a Elke salir corriendo del quiosco con los viejos prismáticos de Max en la mano, que guardaba debajo de la caja.

—¡Ha pasado algo! ¡Ahí detrás, casi en la otra orilla! —gritó, alterada; se puso los prismáticos delante de los ojos y señaló el lago con el brazo—. ¡Una casa flotante se está hundiendo!

—¿Qué?

En efecto, al otro lado del Müritz, no muy lejos de la orilla, se veía una de las casas flotantes de Ulli. Había dos personas al timón gesticulando con vehemencia; una mujer joven llevaba a un niño en brazos. Cielo santo, ¿qué estaba pasando?

—¡Dámelos! —ordenó Jenny, y le cogió los prismáticos a Elke de la mano—. ¡No parece que pase nada! —comentó.

Elke ahora estaba a su lado y temblaba por los nervios.

—Pero la gente decía que el barco se iba a hundir. Que había pasado algo. Abajo, en la bodega, donde están el motor y el timón.

Jenny vio que la primera barca de remos llegaba a la casa flotante. Era Ulli, por supuesto. Lanzó la soga a la gente que estaba en el barco para que la ataran a la barandilla. Luego subió al barco y empezaron a hablar. Vaya, estaban hechos una furia. Vio que Ulli hacía gestos para calmarlos; luego fue a abrir la trampilla del suelo, pero se lo impidieron.

—¿Lo ves? —susurró Elke—. Ahí abajo algo no funciona. Espero que no se hundan todos ahora. Mi padre siempre decía que el Müritz era un lago muy imprevisible. Lleno de zonas bajas. Además, en algunos puntos de pronto puede levantarse el viento y las olas alcanzan varios metros de altura...

—¡Tonterías! —la reprendió Jenny—. Tú misma ves que el barco flota tan tranquilo en el agua. Solo la gente que lo ocupa parece totalmente fuera de sí. ¡Venga, vamos al embarcadero!

—Pero el quiosco... —protestó Elke.

—Ciérralo y ya está. De todas maneras, ahora no irá nadie —le aconsejó Jenny—. Están todos en la orilla.

—Pero en la parada de autobús hay algunos...

—¿Y qué...?

Esperó a que Elke cerrara el quiosco y mientras tanto siguió los acontecimientos en el lago. Ya había llegado más gente a la casa flotante, y la mujer con el niño subió a una barca con remos. Al cabo de un rato, sus dos acompañantes también bajaron de la casa flotante, solo volvió Ulli. Jenny vio que había abierto la trampilla del suelo de la parte trasera y miraba en la sala de máquinas. Tuvo un mal presentimiento: esperaba que ahí abajo solo hubiera un motor estropeado y no algo que pudiera ponerlo en peligro.

—Mira —dijo Elke, y le dio un sobre—. Estaba pegado en el cristal del quiosco. Acabo de verlo.

Jenny cogió el sobre blanco con la punta de los dedos. Arriba aún había restos de la cinta adhesiva con la que alguien lo había pegado al cristal del quiosco.

—¡Vaya! —le dijo a Elke—. ¿Y no tienes ni idea de quién ha pegado eso en el cristal?

Elke se encogió de hombros.

—La han dejado en un lado, estaban las cajas de los chicles delante —se disculpó.

El sobre estaba cerrado. Jenny lo abrió. Aparecieron varias hojas de papel higiénico, seguro que era de los baños del camping.

—Será un bromista, ¿no? —dijo Elke.

—No lo sé —contestó Jenny.

En una de las hojas había dos recortes de papel de periódico. Con mucho esfuerzo se leía:

Primera advertencia

—Lo que te digo. Seguro que ha sido un crío, a veces hacen esos juegos de buscar cosas y dejar pistas. O juegan a policías y asesinos...

—¿Y te pegan esto en el quiosco?

—¿Por qué no? —preguntó Elke—. Siempre se les ocurre algo nuevo. Pero ahora vamos a bajar al embarcadero.

Allí aún había mucho alboroto. Algunos clientes que conocían a Jenny se acercaron a ella y la asaltaron con multitud de comentarios, hechos y rumores.

—Ha explotado algo. ¡El estallido se ha oído desde aquí! —exclamó una mujer rolliza vestida con un chándal azul.

—Y se ha visto humo —añadió un adolescente moreno, seguramente su hijo—. Parece que ha habido un incendio bajo cubierta.

—Los he visto... —Se oyó que decía un anciano, alterado.

—Y entonces uno de ellos ha saltado al agua...

—Sí, pero ese ha vuelto a subir enseguida al barco porque la mujer lo llamó...

—Pero yo los he visto. A los dos...

—Ulli ha subido de un salto a la primera barca de remos que ha visto...

—Se ha puesto a remar como alma que lleva el diablo...

—¡Los he visto! ¿Por qué nadie me escucha? He visto a esos dos canallas...

Al principio Jenny estaba totalmente confundida porque todos le hablaban a la vez. Luego se centró en el anciano, que intentaba con desesperación hacerse oír, pero siempre lo apartaban los demás. Lo conocía bien porque todas las mañanas compraba tres panecillos y tres merengues cubiertos de chocolate. Dos para él y uno para su mujer.

—¿Qué ha dicho?

Ahora que se dirigía directamente a él, de pronto era el centro de atención.

—¡He dicho que he visto a los tipos! —exclamó, muy alto—. Eran dos. Uno ha toqueteado algo, lo he visto. El otro estaba sentado ahí delante, en el embarcadero, vigilando. Lo he visto todo...

Los presentes pusieron cara de incredulidad, algunos se rieron.

—¡Qué has de ver, Johann! Siempre hay gente en el embarcadero.

—Pero no a primera hora de la mañana, cuando aún no ha amanecido —se defendió el anciano—. Entonces he salido de la tienda y he bajado a la orilla. Porque tenía que...

—¿No harás pis en el lago, Johann?

—¡Pero qué dices! —exclamó—. He ido a los baños y luego he bajado al lago. A respirar aire fresco...

—¿Y entonces ha visto a dos hombres? —preguntó Jenny, impaciente—. ¿Cómo eran?

—Se parecían a esos dos a los que Ulli tuvo que volver a echar hace poco. Los que siempre beben cerveza y arman jaleo. Parecían esos.

—¿Berti y Henning? ¿No estaban antes en la parada de autobús?

—¡Chorradas! ¡Son unos alcohólicos, pero inofensivos!

Jenny se dio la vuelta y miró hacia la parada de autobús. Estaba vacía.

De pronto se vio movimiento cuando la primera barca de remos amarró en el embarcadero. Rocky llevaba a la mujer con el niño, un crío rubio de dos años que parecía muy asustado. Su madre lo arrastró por el embarcadero hasta la orilla; le rodaban lágrimas por las mejillas mientras el pequeño ponía cara de absoluta confusión, sin saber si reír o llorar.

—Tenemos que llamar a la policía —balbuceó ella, pálida—. ¡Tenemos que llamar ahora mismo a la policía! ¡Una bomba, ha sido un intento de asesinato en toda regla! Y nosotros solo queríamos celebrar el cumpleaños de Vati...

—¡Bomba, bum! —repitió el pequeño, y se tapó los oídos al recordarlo.

Rocky le habló en un tono calmado y la llevó al bar, donde Helga, una de las empleadas, le sirvió un licor y al niño un helado. La mujer le dio un sorbo a la bebida con los ojos de par en par por el miedo y esperó a su marido y su suegro, que llegaron poco después.

—¿Una bomba? —preguntó alguien, incrédulo.

—Más bien un petardo —aclaró el marido—. Estalló, y luego ya no funcionaba. El timón estaba roto, y el motor apagado.

Jenny observó con los prismáticos la casa flotante dañada. Ulli trabajaba en la cubierta y luego volvió a bajar a la bodega. Estaba preocupada por él. ¿Cómo sabían que no había otro artefacto explosivo escondido en algún sitio?

Tom se acercó a ella.

—He llamado a la policía —le dijo—. Ahora mismo vienen.

Jenny ya no estaba tranquila, se quedó en el embarcadero haciendo señales impacientes a Ulli, que tardó un rato en fijarse en ella; luego, por fin subió a la barca de remos y desató el cabo. ¡Gracias a Dios! No se movió del sitio mientras él se acercaba al embarcadero. Tuvo que luchar con fuerza contra las olas, y recordó aquel día tan loco hacía unos años, cuando Ulli remó por el lago de Dranitz entre rayos y truenos. Entonces también pasó miedo por él, pero esta vez era distinto. Se moría de angustia, le entraron ganas de ir a su encuentro a nado y, cuando por fin llegó al embarcadero, se deshizo en lágrimas.

—Pero ¿qué te pasa, cariño? —murmuró Ulli cuando la estrechó entre sus brazos, sollozando—. ¿Tenías miedo por mí?

Como no le contestaba, la consoló con un beso y le preguntó si ya se encontraba bien del estómago.

—Perfectamente —contestó, y se sorbió los mocos—. Ahora necesito un trago. Para el estómago y los nervios.

—¡Yo también!

En la orilla, la multitud que esperaba aplaudió cuando Ulli bajó de la barca.

—Vaya, chico —dijo uno de los clientes del camping, y le dio una palmadita en el hombro—. Ya teníamos miedo de que hubieras saltado por los aires.

—¿Ha encontrado un artefacto explosivo? ¿Una bomba? —preguntó una anciana vigorosa con un gorro de baño y la cara desencajada por los nervios.

—Bueno, más bien varios petardos de Nochevieja con fines extraños —precisó Ulli, y llevó a Jenny de la mano hasta el bar—. Petardos de Nochevieja con un sistema de relojería muy sencillo. Había piezas de un despertador eléctrico —informó—. El petardo ha impactado en el cable del aparato del timón. El motor está bien, pero si hubiera dañado el depósito… ¡apaga y vámonos!

Había un gran interés. Todos querían conocer los detalles y, cuando Ulli contó cómo había descubierto los petardos hechos trizas, Jenny volvió a encontrarse mal. Echó un vistazo a las patatas fritas que Helga le puso delante, se levantó de un salto y corrió a los baños.

Cuando volvió, Elke Stock se sentó a su lado.

—A ver, estás fatal. ¿Va todo bien?

Jenny asintió y miró a Ulli, que hablaba con vehemencia con el anciano, Johann, sobre lo que había visto.

—Ahora se me pasa, gracias —tranquilizó a Elke—. Tengo náuseas a menudo desde hace poco. Pero tampoco me extraña: las emociones, el calor, encima hay gastroenteritis, la pequeña Julia acaba de coger algo.

Elke la escudriñó con la mirada, luego esbozó una sonrisa y susurró tan bajo que nadie la oyó:

—¿Seguro que no estás embarazada?

Kacpar

El tiempo lluvioso y nublado reflejaba perfectamente su estado de ánimo. Kacpar estaba junto a la ventana de su antiguo despacho con los dos brazos apoyados en el alféizar, que aún no había recibido una segunda capa de pintura. Ya no era asunto suyo. Su tiempo en Dranitz terminaba ese mismo día, solo le quedaba por bajar las cajas de libros y una maleta con trajes; el resto se quedaría allí. La cama destartalada y el armario eran algunas de las existencias de ese timador holandés, que le sacaba a la gente los muebles antiguos por unos cuantos marcos y luego vendía los trastos con enormes beneficios. Ese tipo de muebles no los quería, por principio.

El amplio paisaje alrededor de la mansión había desaparecido entre el vapor de la lluvia. Parecía que el cielo se hubiera desplomado sobre la Tierra y lo hubiera cubierto todo de nubes grises. Quizá fuera mejor así: de lo contrario, le habría resultado más difícil despedirse de los prados verdes y los campos amarillos cubiertos ahora de cereales maduros.

Había disfrutado durante cinco años de esas vistas cada mañana, creyendo haber encontrado un hogar. No como propietario de la mansión, nunca había sido tan osado. Pero pensaba que podría adquirir una parte de esa mansión. Sobre todo, de la casa antigua, que conocía mejor que nadie. Había examinado todos sus rincones, verificado todas las paredes, sabía dónde era vulnerable el edificio, cuáles eran sus puntos fuertes. En las gruesas capas de papel de pared del salón vivía la altanería noble de los Von Dranitz; la historia del servicio la contaban los ladrillos llenos de humo de las paredes de la cocina del sótano. Allí todos habían vivido juntos, pero cada uno tenía su lugar. Sin embargo, él, Kacpar Woronski, siempre había sido un extraño en esa casa. Había tardado cinco años en comprender algo tan sencillo.

Le dio la espalda a la ventana y dejó vagar la mirada por la pequeña buhardilla: ¿se le olvidaba algo importante? Quizá la piedra que había usado de pisapapeles. Era un guijarro liso con incrustaciones claras: lo había encontrado un día durante un paseo por el lago. ¿Con quién estaba? Daba igual. Una piedra era una piedra. No la necesitaba. Agarró la maleta y se colocó la caja bajo el brazo. Era muy incómodo, pero no tenía ganas de volver a subir. Bajó la escalera poco a poco. Cuando llegó a la planta baja, tuvo que dejar la caja a toda prisa para no dislocarse el brazo. Dejó la maleta al lado, malhumorado, y se dirigió a la puerta de la casa para echar un vistazo fuera. No era una imagen muy alentadora. La lluvia dibujaba unas gruesas rayas grises en las paredes claras de las dos caballerizas. En la casa del inspector, reformada con todo lujo, unos anchos chorros de agua caían de los canalones al jardín. ¡Ahí estaba! Eso era lo que había estado esperando todo este tiempo. Estaba claro que esos canalones ridículamente estrechos no aguantarían una buena tormenta de campo. Si lo hubiera diseñado él...

«Demasiado tarde», pensó. Simon Strassner había sido más rápido, se había quedado con el pequeño terreno. Simon no era un perdedor como él. Simon Strassner se había apropiado de un pedazo de Dranitz. Y no solo eso. También formaba parte del noble clan de los Von Dranitz, les gustara o no a Franziska o a Jenny. Simon era el padre de la pequeña Julia. Kacpar, en cambio, era un don nadie. Llegó como un don nadie, y como tal abandonaba el escenario.

«Pero ¿qué me pasa? —pensó, y volvió a acercarse a su equipaje—. Debe de ser por la maldita lluvia, que me afecta al estado de ánimo. En el fondo es un día de celebración. El día de la liberación del yugo de la nobleza. ¡El primer día de mi nueva vida! ¡Viva!» Decidió llevar su coche hasta la entrada para que no se le mojara la caja, así que se puso la capucha del chubasquero en la cabeza para correr deprisa al aparcamiento. En ese momento se abrió la puerta de la casa y tres figuras empapadas entraron en el vestíbulo. Cuando se quitaron los gorros y las capuchas, reconoció al arqueólogo Schreiber con su becaria, Sabine, y un hombre joven y fuerte que hasta entonces no había formado parte del equipo. Tal vez fuera otro alumno. El señor Schreiber se quitó las gafas empañadas y las limpió a fondo.

—Por desgracia, la bomba no funciona —les comunicó Kacpar—. No creo que puedan hacer nada hoy.

Habían descubierto que las aguas subterráneas de las excavaciones subían y había que extraerlas. Con la llegada de las lluvias, los costes de electricidad aumentarían hasta el infinito: sentía curiosidad por ver quién se haría cargo de la factura al final. Pero ahora eso tampoco era asunto suyo.

El señor Schreiber se puso nuevamente las gafas y se volvió parpadeando hacia Kacpar.

—Hoy no nos vamos a quedar mucho tiempo, señor Woronski, solo vamos a recoger nuestros aparatos y a hacer las últimas fotografías. Luego volverán a tener el sótano a su disposición.

Seguido por Könnemann y el joven alumno, se dirigió con paso decidido a la puerta del sótano y dejó a Kacpar en la más absoluta perplejidad. ¿Lo había entendido bien? ¿Iban a recoger? ¿Se había terminado la interrupción de las obras en el sótano? ¿Podían empezar a cavar la piscina?

¡Pero qué mala jugada del destino! Llevaba meses esperando iniciar por fin esa nueva fase de las obras y, ahora que el camino quedaba libre, se iba de Dranitz. Pero ya no era asunto suyo quién dirigiera las futuras reformas. Cogió su equipaje y caminó bajo la lluvia torrencial hacia su coche, metió las cosas en el maletero y en el asiento trasero y se apresuró a dejar atrás de una vez esa mansión. La despedida de la víspera había sido fría y distante, le habían dejado claro que lamentaban su marcha, pero nada más. Franziska Iversen, Von Dranitz de soltera, ni siquiera intuía el verdadero motivo de su sorprendente marcha. Un empleado, aunque fuera cualificado, seguía siendo un empleado. Jamás lo convertiría en socio, eso quedaba claro.

Jenny, que estaba en Ludorf con Ulli, le había mandado saludos. El único que tenía buen corazón era el viejo señor Iversen. Le dio un largo apretón de manos a Kacpar y comentó que esperaba que se quedara en Dranitz.

—Pero quizá sea lo mejor para ti —continuó con una sonrisa—. En todo caso, deseo que te vaya estupendamente en tu nuevo proyecto. ¡Y cuídate!

Walter era un buen tipo, pero por desgracia no tenía ni voz ni voto en Dranitz. En realidad, Kacpar aún tenía que entregar la factura que guardaba en el bolsillo interior de la chaqueta, pero, como estaba emocionado por el cálido trato de Walter Iversen, decidió pegar un sello en el sobre y enviarla por correo. Había seguido el consejo de Evelyne y le había expedido una jugosa factura adicional a Franziska que incluía una lista de todos los servicios que no quedaban cubiertos por el ridículo sueldo. El importe era impresionante y era consciente de que ella no disponía de los recursos para pagarle. Hacía tiempo que vivían del dinero de su futuro yerno.

Pero esa suma le correspondía, ¡ya vería ella cómo la reunía!

Su nueva vida avanzaba con lentitud. Había encontrado alojamiento en una pensión sencilla cerca de Waren. Si la venta se resolvía sin problemas y empezaban las obras de reforma, ya vería si podía alquilarle una habitación a Bastian en el edificio contiguo para estar sobre el terreno. Cuando le contó sus intenciones a Evelyn ella se horrorizó, pero no se dejó disuadir. Las comodidades no le importaban, tampoco la comida decente; a cambio, apreciaba y amaba los edificios antiguos y le gustaba controlar a los obreros que trabajaban allí. En cuanto estuviera listo uno de los edificios contiguos, se instalaría allí.

Había quedado para comer con Evelyn en su hotel para ponerse al corriente de la situación de las negociaciones para la venta. Le había dejado a ella la parte comercial, aunque había insistido en estar informado con precisión de cada paso. Además, ya tenía listo un primer plan de reforma con un desglose de costes provisional desde el día anterior. Así que tenían algunos puntos que comentar. En el plano personal, desde aquella noche apenas había pasado nada entre ellos. Evelyne viajaba mucho y, cuando estaba en Waren, llamaba a Kacpar y pasaban la tarde juntos, en ocasiones también la noche. Evelyn era una mujer que cogía lo que necesitaba. Eran socios, tanto en los negocios como en la cama.

Ya estaba sentada en el restaurante con una copa de vino blanco hojeando su documentación. Cuando lo vio puso cara de pocos amigos; odiaba esperar.

—Lo siento, me han entretenido.

—No te sientes junto a la ventana, sopla el viento. —Levantó su copa—. Por cierto, el chardonnay es excepcional.

El camarero les llevó dos cartas. Evelyn las dejó sin abrir.

—Ya sé lo que voy a tomar.

—¿Carne cruda? —preguntó Kacpar con una sonrisa.

—Hoy no. Los *linguine* con langosta están deliciosos.

Mientras Kacpar buscaba algo más sabroso, ella le informó:

—Parece que podríamos bajar el precio a la mitad. Sigue siendo mucho dinero, pero se trata de una propiedad insignificante que luego se puede usar para conseguir algo...

Después de pedir un bistec mediano con patatas y ensalada, oyó cómo ella hablaba de ventajas fiscales, planes de financiación y aumento de valor mientras pensaba si Evelyn Schneyder era en realidad una persona feliz. Era guapa, aparentaba seguridad, tenía éxito empresarial y conseguía amantes allí donde fuera. ¿Era esa la mezcla necesaria para la felicidad? ¿O más bien una receta contra la soledad?

—¿Me estás escuchando, Kacpar? —preguntó, e interrumpió los pensamientos de este.

—Por supuesto.

No era del todo cierto. En realidad, solo había entendido en parte lo que le había contado de sus ingeniosos planes de financiación, ayudas financieras, ventajas fiscales y amortizaciones. Si seguían ese plan, adquirirían la mansión casi a precio de saldo, o al menos eso había resonado en los oídos de Kacpar. Era admirable cómo hacía malabares con los números, conocía todos los resquicios y trucos. En lo comercial, superaba con creces a Simon, su antiguo maestro.

Les sirvieron la comida, ella pidió otro chardonnay y él eligió un vino tinto ligero. El bistec estaba duro, costaba masticarlo, la ensalada también dejaba mucho que desear, algunas hojas ya tenían los bordes marrones.

—Pasemos a tu plan de reforma, Kacpar. Es evidente que se ha salido de madre. En primer lugar, he reducido el paquete de medidas a la mitad.

—¿Que has hecho qué?

Horrorizado, dejó caer el tenedor con la carne y escuchó sus explicaciones. Tapar agujeros, poner suelos nuevos sobre los antiguos, pintar las paredes, ventanas nuevas solo en la cara norte. A Evelyn no le interesaban los detalles. Tampoco hacía falta restaurar la vieja escalera, y el papel de pared había que arrancarlo, no reconstruirlo. Los viejos pomos de las ventanas se podían vender junto con las ventanas, y las puertas originales también irían a la basura.

—Entonces, quieres destruir la casa con la reforma, ¿no?

—Si quieres entretenerte con esas naderías —contestó ella con un gesto de resignación—, los costes aumentan muchísimo. Haremos las reparaciones imprescindibles, luego lo pintaremos todo de un color claro y en primavera la sacamos al mercado.

Debería haberlo sabido. Había pasado por encima de él con sus planes, ahora quería imponer la idea de que ella viajaba por todo el país y era evidente que había ganado un montón de dinero. Comprar, arreglar, y volver a vender con beneficios.

—Hay un grupo de gente que compra casas viejas como inversión —prosiguió—. Otro grupo lo forman los antiguos expulsados del país que quieren instalarse de nuevo aquí como corresponde a su nivel social. El tercer grupo de compradores son algunas sectas o comunidades religiosas peculiares que necesitan una construcción aislada pero representativa para sus dudosos chanchullos.

Básicamente, ella vendía a los que le hicieran la mejor oferta.

—¿Sabes, Evelyn? —interrumpió él su verborrea—. Me lo había imaginado distinto...

—Lo tengo claro, Kacpar, pero con tus caprichos románticos nunca tendrás éxito en la vida. Mira, has dejado que esa gente se aproveche de ti durante cinco años. Has arreglado hasta el último detalle de esa vieja casa por un sueldo de miseria y la has restaurado con cariño, y si no hubiera llegado yo, encima habrías convertido el sótano de los señores nobles en un balneario. Ya basta: ¡ha llegado el momento de ganar dinero de una vez!

Kacpar le dio un sorbo a su vino tinto y escuchó. Tampoco le quedaba otro remedio, porque era difícil interrumpir a Evelyne cuando se lanzaba.

—Tres o cuatro proyectos como este y podrás comprar Dranitz, si tanto cariño le tienes. Según la información de que dispongo, en breve será subastada. Entonces podrás aprovechar la oportunidad. Solo así se convierte uno en propietario de una mansión, Kacpar.

A decir verdad, sonaba bastante tentador. ¡Comprar Dranitz en una subasta! Dejar claro a esa señora baronesa engreída que su tiempo en la mansión había terminado y mudarse él a las preciosas caballerizas. Dios mío, y eso que poco antes creía de verdad que formaba parte de la familia. El penúltimo invierno, cuando él les permitió ahorrar tanto dinero en calefacción en las dos caballerizas gracias a una planificación inteligente, Franziska le pidió que le tuteara. Walter siguió su ejemplo y celebraron la nueva relación con champán. Pero ya se estaba desviando de nuevo. Ahora tenía que concentrarse en Evelyne y sus propuestas. No, sería una locura adquirir la mansión. No tenía ganas de quedarse en Dranitz, solo y rechazado por todos; además, la propiedad no producía nada, solo generaba gastos.

—Entiendo perfectamente lo que quieres decir, Evelyne —dijo, y vació su copa de vino tinto—. Pero a la larga tengo intención de instalarme en Karbow. Por eso debo insistir en todos los detalles de mi plan de reforma, hasta los más ínfimos.

Enfadada, Evelyne tiró la servilleta en el plato medio vacío, hizo un gesto al camarero para que recogiera y pidió un café solo. Luego retó a Kacpar con una mirada de soslayo.

—Estoy dispuesta a hablar de algún detalle, pero no voy a compartir los gastos de una restauración según tus ideas.

Kacpar tuvo que ceder. Ella llevaba la negociación de la compra, tenía la sartén por el mango.

—De acuerdo, estoy dispuesto a asumir algunos compromisos. Pero no me gustan las chapuzas, las obras tienen que ejecutarse de forma sensata y seria.

—¡De acuerdo!

Tenía que ser un hotel con restaurante, para grupos pequeños, donde poder organizar congresos o cursos en un entorno rural y tranquilo. Había que arreglar el jardín, además de incluir el lago en el terreno.

Hacia las dos de la tarde, Evelyne miró el reloj y explicó que tenía una cita importante en Rostock y debía irse.

—Te avisaré en cuanto la venta esté cerrada —anunció, y le dio la tarjeta de crédito al camarero—. Entonces iremos los dos a Frankfurt y remataremos la faena.

Sería divertido ir con Evelyne al bar El Paraíso Azul. Sonrió para sus adentros, pagó su bistec y se dirigieron a la puerta.

—Cuídate —dijo ella y le tendió la mano—. Pareces estresado. Hazme un favor y tómate unos días de descanso.

En la entrada del restaurante había varios espejos, Kacpar se miró al pasar y comprobó que, en efecto, estaba un poco pálido. Lucía unas ojeras azuladas bajo los ojos, y una barba de tres días le cubría las mejillas y la barbilla.

Fuera seguía lloviendo, el agua borboteaba por las cañerías y formaba pequeños remolinos en la calle antes de desaparecer por el sumidero. En el puerto de la ciudad se bamboleaban varias barcas, medio enterradas en la bruma, y los paseos de turistas por el Müritz se habían cancelado por el mal tiempo. El lago era una superficie amplia de color gris plomizo de la que de vez en cuando sobresalía una caña negra en la orilla; una bruma blanquecina se posaba sobre el agua y ocultaba la orilla y el horizonte.

Kacpar permaneció un buen rato ahí, contemplando las vaharadas que se desplazaban; se alegró al ver un pedacito del lago y se sintió afligido cuando todo volvió a cubrirse. Cuando cayó en la cuenta de que la lluvia le estaba calando la chaqueta y le caía por la espalda, se dirigió despacio hacia su coche.

—¿Eres tú, Kacpar? —le llamó una voz aguda y conocida tras él.

Dio un respingo. Su primera idea fue salir corriendo. La segunda fue que esta vez no iba a permitir que lo distrajeran de sus planes.

—¡Vaya, Jenny! ¿Qué haces aquí con este tiempo?

Jenny sujetaba un gran paraguas negro, los tejanos estaban empapados hasta las rodillas y llevaba unas sandalias rojas con los pies al descubierto.

—He ido un momento a la farmacia —aclaró—. Dime, no vas en serio, ¿verdad? —La joven se puso en marcha y caminó hacia él.

—¿Que me voy de Dranitz? —preguntó él—. Por supuesto que va en serio. ¿Pensabas que me iba a quedar ahí arriba, en la buhardilla, hasta que fuera viejo y canoso?

—Claro que no —contestó ella—. Era una solución provisional. Pensaba que te construirías una casita en el jardín más adelante. Abajo, en el lago, sería un lugar superbonito.

Casi le entraron ganas de reír. Qué oferta tan generosa, ahora que iba en serio. ¿Qué diría su abuela?

—Muy romántico, de hecho —contestó él con una sonrisa amarga—. Pero ya tengo otro proyecto a la vista. Por cierto, también hay un lago.

Jenny torció el gesto. Por supuesto, no le gustaba que tuviera intención de hacerle la competencia al Hotel rural Dranitz, pero tendría que acostumbrarse, por desgracia.

—Vas a tener muchísimo trabajo —comentó ella—. Y encima, las cargas económicas, pero eso ya lo sabes.

Jenny tuvo que dejar espacio a un padre joven con un carrito, así que dio un paso más hacia él. Ahora la lluvia goteaba por el borde del paraguas en la chaqueta de Kacpar, que de todos modos ya estaba empapada.

—Habría invertido con gusto el dinero en vosotras, pero tu abuela se negó en redondo a aceptarme como socio, y tú tampoco intercediste por mí de verdad. Preferiste aceptar el dinero de Ulli y me lo restregaste en la cara: él no tenía intención de ser socio. Así que tuve que buscarme otra actividad.

Jenny suspiró.

—Dios mío, no era esa mi intención, en absoluto. Ya sabes que me pierde la boca.

Madre mía, parecía realmente triste, en ese momento tuvo que controlarse.

—¿Y cuál era tu intención? Creo que no hay mucho que interpretar en ese mensaje.

—Ay, no lo sé. A veces se me va la cabeza. —Se acercó, de manera que él también quedaba bajo el paraguas, luego le rodeó el cuello con el brazo y le dio dos besos en las mejillas—. Que te vaya bien, Kacpar —murmuró—. Aún no sé cómo me las voy a arreglar sin ti. Pero de alguna manera lo conseguiremos.

—No me voy a otro planeta —la consoló él, y se aclaró la garganta porque se le había formado un nudo.

—Ya —dijo y volvió a coger el paraguas—. ¡Puedes volver cuando quieras!

Él asintió, abatido, y se fue presuroso. ¿Es que no iba a parar de llover nunca? De todos modos, la lluvia era un reflejo perfecto de su estado de ánimo.

Condujo hasta Karbow con la ropa empapada, aparcó el

coche justo delante del edificio adyacente, donde vivía el cancerbero Bastian, y llamó a la puerta.

El anciano abrió como si esperara su visita y le dio la llave de la mansión.

Con esa lluvia, las viejas paredes le parecían mucho más lóbregas que bajo la luz del sol. De repente le parecía que no tenía ni mucho menos el encanto de Dranitz.

Bastian le prestó un paraguas y cruzó a la carrera el patio cubierto de charcos hasta la entrada. Dentro, la luz era muy mala. Tendrían que poner una instalación eléctrica nueva. Tampoco existía ya la línea telefónica y aún no sabía si la calefacción funcionaría con gas o aceite, como en Dranitz.

Todavía estaba todo por ver. Kacpar recorrió de nuevo las habitaciones, pero, a diferencia de la primera vez, no acababa de surgir la chispa.

Salió indeciso de la mansión, cerró y, armado con el paraguas de Bastian, se dirigió a inspeccionar el antiguo jardín. Alrededor no había más que plantas silvestres, hierba húmeda por todas partes, malas hierbas y árboles altos cuyas raíces nudosas sobresalían de la tierra. El olor a moho le llegó a la nariz, la lluvia arrancaba las hojas viejas y las pudría. Si algún día tenía que haber allí un jardín cuidado, había mucho que hacer.

Rodeó la casa y la observó por detrás. La antigua terraza ya no se podía salvar, lo sabía, pero cuando se puso delante de las paredes y golpeó en varios sitios la pintura desconchada descubrió vigas podridas. Los ladrillos también se deshacían; en algunos puntos la lluvia incluso había cavado hoyos en las paredes. ¿Por qué no se había fijado antes? Siguió andando con desgana, asustó a una garza que se había quedado inmóvil en la hierba alta. Cuando batió las alas de repente, saltó a un lado del susto y se dio un doloroso golpe con el pie en un objeto duro. ¿Una piedra? Se frotó la pierna con un gemido y se agachó para levantar el objeto de la hierba. Cuando lo observó con más atención comprobó que se trataba de una pequeña escultura. Un ángel. Un cupido pequeño y regordete con arco y flecha que un día fue blanco, pero ahora estaba cubierto de una capa de moho verde. Le faltaba la cabeza.

«Una maravillosa metáfora —pensó con amargura—. La cabeza es un apéndice prescindible cuando se trata de amor.»

Volvió a dejar el pequeño torso en la hierba y se fue cojeando y disgustado. Quería llegar al lago que limitaba al norte con la propiedad y que aún no había visto de cerca. El paraguas se le quedó más de una vez colgado de las ramas de los pinos tullidos; los abedules habían formado densas colonias y el moho crecía en los troncos de los árboles torcidos. Encontró un zorro que lo observaba con desconfianza a una distancia segura, pero luego buscó con cuidado la amplitud.

El lago se anunció a través de una zona pantanosa, tuvo que dar varios rodeos para no hundirse. Hacía rato que tenía los zapatos y las perneras de los pantalones mojados, pero era testarudo, quería ver de cerca las aguas verdosas. Tras buscar un poco vio una pasarela de madera que sin duda no era de la época señorial, sino obra de los pescadores socialistas. Caminó por el lodo de la orilla, pisó las planchas de madera y se adentró un poco en el lago. El verde que se veía desde la casa se debía, como suponía, a lentejas de agua. En todo caso, el agua que se veía en algunos puntos no era clara como el lago que había junto a la mansión Dranitz, sino tirando a marrón. Un agua sucia donde seguro que nadie quería bañarse. La miró fijamente, escuchó la melodía monótona de la lluvia y sintió la atracción fatal que ejercía esa agua turbia en él. Una disposición a dejarse caer, a sumergirse en ese lago oscuro y desaparecer bajo las verdes lentejas de agua. Introducirse en el extraño y frío reino acuático, donde no había pasiones ni decepciones...

De pronto apareció un anillo en el agua, redondo, provocado por una boca que apareció del fondo. Acto seguido apareció otro anillo, luego un tercero.

Kacpar retrocedió, asustado. Carpas. No le gustaban nada las carpas, aunque hubiera quien jurara que le encantaban esas voraces habitantes de los lagos, sobre todo bien preparadas y sobre un plato.

Emprendió el camino de vuelta, le devolvió el paraguas al anciano y subió a su coche, empapado y sucio como iba. Condujo en dirección al oeste, no sabía adónde, pero le pareció una buena idea. No iba a ocupar la habitación que había reservado en la pensión de Waren. Por la mañana llamaría a Evelyne para comunicarle que abandonaba su proyecto en común.

Audacia

Había llegado el otoño. Los días eran más cortos, el viento más frío, la lluvia azotaba las hojas marrones y rojas de los árboles. Los campesinos del convento habían recogido las últimas pobres cosechas, y la abadesa había tenido el valor para exigirles sus contribuciones. Sin embargo, los campesinos no olvidaban a las religiosas, les llevaban los cereales, frutas y carbón de los que podían prescindir y les pedían que rezaran por sus almas, cargadas de una gran culpa. La abadesa se lo prometía con afecto.

Las monjas tenían mucho por lo que orar ese otoño, ya que el convento seguía en ruinas, la iglesia no tenía techo y el campanario estaba derrumbado. Las mujeres entonaban sus salmos bajo el cielo abierto de Dios. Solo en el refectorio estaban protegidas de las inclemencias del tiempo; el dormitorio y el resto de las habitaciones que estaban encima no tenían techo, así que quedaban a merced del viento y el clima. Sin embargo, también había buenas noticias. Las seis enfermas seguían con vida; cuatro monjas se habían curado y ya podían participar de la vida diaria del convento, y las otras dos seguían con cuidados.

Guntram, el abad del monasterio de monjes, había ido al convento de Waldsee a preguntarles por lo ocurrido al hermano Gerwig y sus acompañantes, pero no pudieron decirle mucho. Guntram prometió enviarles a un joven cura para celebrar misa y hacer las confesiones. A la petición de la abadesa de ayudarlas con alimentos o piedras de construcción en esos momentos de necesidad, contestó que lo harían con gusto en cuanto las mujeres estuvieran dispuestas a abandonar la soberbia y cederles el derecho a elegir la abadesa. Luego bendijo a las mujeres y se fue acompañado de sus veinte siervos.

—Prefiere dejar que se le pudran los sacos de cereales a darnos siquiera una arroba —murmuró la priora, que los seguía con la mirada junto a la abadesa en la puerta abierta del convento.

Audacia también estaba furiosa, pero mandó callar a Clara. Antes morir de hambre y frío que devolver los derechos al monasterio de monjes, por los que tanto habían luchado sus antecesoras.

—Dios nos ayudará, Clara. ¡Confiemos en él!

El domingo siguiente llegó el cura al convento, un chico alto y flaco con los ojos grandes y unos dedos finos y alargados. Llegó a caballo, acompañado de diez siervos, y la abadesa se inquietó al pensar en cómo iban a dar de comer a tantos hombres. En un día, los siervos de Guntram habían consumido más alimentos que las monjas en una semana entera. El cura quedó muy impresionado al ver el convento destrozado, y enseguida pidió que lo llevaran a las tumbas de las mujeres fallecidas, donde quería pronunciar una oración. Todas las monjas se lo agradecieron, sobre todo la abadesa.

El hermano Raimund, así se llamaba, celebró la misa con una gran solemnidad, confesó a las mujeres y, cuando le invitaron a almorzar a él y sus siervos, explicó que estaba en ayuno y que no tomaba nada más que agua y un poco de pan. Sus siervos tampoco necesitaban una comida copiosa, bastaba con un cuenco de puré de cebada, algo de pan y una jarra de agua para cada hombre.

La abadesa les sirvió además manzanas asadas, que los siervos se comieron con gusto, aunque el hermano Raimund no las tocó. Era una persona tímida que apenas se atrevía a mirar a las monjas al otro lado de la mesa, y cuando la abadesa se dirigía a él, se mostraba apocado. Sin embargo, cuando le preguntó si era la primera vez que abandonaba las paredes del monasterio, para su sorpresa le explicó que había pasado las dos últimas semanas en la biblioteca del castillo del conde de Schwerin.

—Allí hay infolios de un valor incalculable —explicó, con las mejillas sonrojadas—. Un pariente del conde los trajo de Tierra Santa, pero nadie los ha podido leer. Yo aprendí a leer y hablar árabe, y he conseguido traducir las primeras páginas de uno de los libros al latín.

La abadesa notó que el corazón le latía con tanta fuerza que sintió un mareo. Bebió a toda prisa un trago de agua fría.

—Si ha estado en la corte del conde de Schwerin, hermano Raimund, seguro que tendrá noticias de la hija del conde. De Regula, una de mis pupilas.

El hermano Raimund preferiría hablar del contenido de los infolios, pero la mirada de excitación de la abadesa requería una respuesta.

—Regula —repitió y se frotó la frente—. Sí, me acuerdo.

—¿La ha visto? —presionó la abadesa, impaciente—. ¿Está sana?

—¿Cómo iba a saberlo, venerable madre? —preguntó, confundido—. Mi lugar era la biblioteca, allí trabajaba y dormía. Si sé algo de la hija del conde es porque me lo contó el viejo sirviente que me llevaba la comida. En cuanto a los infolios...

—¿Y qué le contaron sobre la hija del conde?

Él la miró, afligido al ver que de nuevo lo desviaba de su

tema preferido. Aguzó la mirada, pensativo, un poco a desgana, según le pareció a Audacia.

—Ha habido una discusión por ella, madre. Según tengo entendido, el obispo Brunward exigió que la dejaran en sus manos, pero su hermano Heinrich no quiere permitírselo. Ha enviado una petición a Roma para conocer la opinión del Papa sobre ese caso.

Aquella noticia le sentó a la abadesa como si le clavaran un puñal en el pecho.

—¿Una opinión? —preguntó y se le quebró la voz por el miedo—. ¿Sobre qué tiene que emitir el Papa una opinión?

El hermano Raimund vio lo alterada que estaba y dudó en contestar. Bebió despacio un trago de agua, se aclaró la garganta y limpió con la manga dos gotas de agua de la mesa.

—Se trata de la pregunta de si es una profetisa de Dios o una hereje.

¡Una hereje! Imaginaba que podrían hacer semejante acusación. Y toda la culpa era suya, porque ella, Audacia, había enviado a Regula, no había impedido que la novicia saliera del convento y se fuera a Schwerin. Su querida niña, su mejor amiga y alumna, había salvado el convento de los eslavos corriendo un gran peligro. Todo el mundo sabía que el papa Gregorio IX perseguía sin piedad a los herejes y los condenaba a morir en la hoguera.

—Confíe en la bondad del Señor, venerable madre —dijo el hermano Raimund en tono conciliador—. Sacará a la luz la inocencia de la hija del conde y volverá a reunirse con sus hermanas.

La abadesa no contestó. Su confianza en Dios era infinita e inquebrantable. De quien no se fiaba en absoluto era del obispo Brunward. Regula no podía caer en sus manos bajo ningún concepto. ¡Aún no era demasiado tarde! Todavía podía recuperar a Regula. Formaba parte del convento. Allí, bajo la amorosa protección de la abadesa, estaría a salvo de toda persecución.

Tres días después, Audacia estaba lista para partir. Se llevó a la joven Katerina von Wolfert porque su familia tenía influencias en la corte del conde, además de dos jóvenes, hijos de campesinos, que acompañarían a las religiosas. Los campesinos colocaron las sillas y las bridas en los caballos. Los animales eran un bien pecaminoso, pero como ahora solo lo usaban las monjas devotas, quizá quedarían libres de pecado. Como de costumbre, Audacia nombró sustituta a la priora y explicó a sus mujeres que iban a pedir ayuda al conde para reconstruir el convento y que quería traer de vuelta a la novicia Regula. Ambos planes eran ciertos, solo que la abadesa tenía más interés en el segundo deseo que en el primero.

El viaje transcurrió feliz bajo el cálido sol otoñal; los jinetes avanzaban a buen ritmo, y la novicia Katerina resultó ser una agradable compañera que distrajo las preocupaciones de la abadesa con una charla animada y preguntas curiosas. Hacia el anochecer llegaron a Schwerin. Allí, el castillo del conde y la iglesia se reflejaban en el lago tranquilo, iluminado por la suave luz del atardecer, y la abadesa vio esa bella imagen como una señal de Dios del éxito de su misión.

Sin embargo, su esperanza resultó ser una ilusión. El ambiente en el castillo era extraño, de agitación y al mismo tiempo letárgico; los jinetes se sentaban en el salón a beber vino; en el patio del castillo, los donceles cometían sus excesos sin supervisión; los artesanos estaban sentados juntos, charlando, y junto al pozo había un grupo de mujeres que iban a coger agua, pero los cubos y jarras estaban vacíos. Nadie se fijó en la llegada de las monjas con sus acompañantes y, hasta que no se les acercó un muchacho corriendo, no pudieron decir sus nombres ni presentar sus peticiones.

—Venimos del convento de Waldsee y pedimos con humildad poder hablar con nuestro señor, el conde Gunzelin…

—El conde está enfermo y no recibe a nadie —fue la respuesta—. Podéis pasar la noche aquí, pero mañana tendréis que iros.

La abadesa no se dio por satisfecha con eso. Llamó al sirviente, que ya se iba, y preguntó por el joven señor Heinrich, el hermano mayor de la novicia.

—Esperad aquí —exigió el sirviente, escueto—. Preguntaré si está dispuesto a hablar con vos.

Bajaron del caballo y, mientras los hijos de los campesinos se ocupaban de los animales, las dos monjas escucharon la charla de las mujeres junto al pozo.

—Ahora los caballeros acuden a él en bandada...

—Tienen que colgar su ropa al viento...

—Habrá algunos que se irán de la corte despechados...

La abadesa comprendió que el viejo conde se enfrentaba a la muerte y pronto el joven señor Heinrich ocuparía el trono. Con el viejo conde también tendrían que retirarse sus protegidos, por eso en la corte y el servicio estaban tan inquietos. Audacia estaba demasiado impaciente para seguir más rato sin hacer nada, así que se acercó a las mujeres junto al pozo, les dio las bendiciones y, cuando reconocieron a la abadesa, la saludaron en un tono sumiso.

—Hemos venido para acompañar a la novicia Regula de vuelta al convento —explicó—. ¿Sabéis dónde puedo encontrarla?

Obtuvo por respuesta un silencio turbado. Al final, una de las mujeres mayores se atrevió a tomar la palabra.

—Si se refiere a Regula, la hija del conde, venerable madre, ya no está aquí. Anteayer el obispo envió un carro para llevarla a su palacio, en Bützow.

—El clérigo quiere salvarla de los demonios —dijo una de las jóvenes.

Y otra añadió:

—La fuimos a buscar a los aposentos del conde. Estaba muy rígida. Y fría como un muerto.

—Que Dios bendiga al señor obispo, que quiere aceptarla —comentó una tercera—. Gran parte de la fama de ese hombre se debe a sus exorcismos. Seguro que se curará.

La abadesa no dejó entrever su desesperación ante semejante noticia, ni delante de las mujeres ni de su acompañante, la novicia Katerina von Wolfert. Les dio las gracias, las bendijo y luego se sentó en una piedra, abatida. Había llegado demasiado tarde. Ahora solo le quedaba una única esperanza: tenía que ir a Bützow, al palacio del obispo Brunward, y presentar allí su petición. Sin embargo, no tenía a nadie de su parte que la apoyara ante el poderoso clérigo, ni muchas opciones de lograrlo.

Las hicieron esperar un buen rato. Ya había oscurecido cuando dos sirvientes las condujeron a la sección principal del castillo, donde el joven Heinrich las recibió en un pequeño aposento. Estaba sentado a una mesa donde tenía extendidos varios pergaminos sellados: estaba ocupado con los detalles de su futura regencia. Con todo, al entrar la abadesa se puso en pie de un salto y se arrodilló ante ella para besarle el anillo.

—No trasladaron a Regula a Bützow en cumplimiento de mi voluntad, venerable madre —admitió, afligido—. Mintieron a mi padre con total impunidad y se llevaron a mi hermana. Pero no temáis, espero que, con la ayuda de Dios nuestro Señor, el obispo tenga que obedecer.

La abadesa no compartía esa esperanza, pero asintió con amabilidad y guardó silencio. El joven señor Heinrich no se parecía a su padre, había crecido mucho, tenía el cabello y la barba rojizos y los ojos grises. Era simpático y tenía una mirada nítida y amable, pero la abadesa sabía que también podía ser un guerrero cruel, pues había rechazado el ataque de los eslavos con sus caballeros.

—Oda, el ama de cría, acompaña a mi pobre hermana —dijo para calmar a la abadesa—. De lo contrario, no podría hacer nada por ella.

Así quedó el tema zanjado. Pese a todo, la abadesa obtuvo la promesa de que, antes del inicio del invierno, les enviarían alimentos y acudirían obreros con sus herramientas al convento para arreglar los peores daños.

—Hace días que mi padre permanece inmóvil en la cama —le contó el joven señor—. Se debate entre la vida y la muerte, y solo Dios sabe cuánto tiempo pasará allí. Rece por su alma, venerable madre.

La abadesa se lo prometió, y así las despacharon a ella y a su acompañante. Las dos mujeres pasaron la noche en un estrecho pasillo, donde varias criadas durmieron con ellas, además de los perros de caza del conde. En varias ocasiones, unos susurros y risas en la oscuridad les interrumpieron el sueño, y la abadesa lamentó mucho haberse llevado a la joven Katerina a ese viaje, donde estaban rodeadas de pecados y libertinaje.

Al día siguiente salieron del castillo a primera hora de la mañana, y cuando la abadesa explicó a sus acompañantes que no iban a regresar al convento, sino que se dirigían a Bützow, los dos hijos de campesinos se alegraron mucho, porque viajar les había gustado. También Katerina, que el día antes estaba rígida de tanto cabalgar, cumplió sin rechistar la voluntad de la abadesa.

—¡Será muy bonito volver a ver a Regula! —exclamó con ingenuidad—. Es una persona muy especial. Casi creo que es una elegida de Dios.

El camino era largo, porque tenían que rodear el lago por el sur. Más tarde atravesaron unos pinares y un vasto prado y pasaron junto a abrevaderos redondos, donde bebían los zorros y los corzos. Los pueblos ya se anunciaban a lo lejos con sus coloridos campos y prados divididos en cuadrados, rodeados de casas con tejados de paja. Tuvieron que preguntar varias veces por el camino y recibieron respuestas airadas. El obispo era un señor feudal duro que exigía a sus siervos más que el convento de Waldsee y, además, sabía recaudar los tributos por la fuerza.

Llegaron a Bützow cuando la luna ya estaba suspendida en el cielo. Los jinetes y los caballos estaban agotados y hambrientos, pero cuando llamaron a la puerta del palacio del obispo para pedir alojamiento, los rechazaron. Una campesina se compadeció del grupo y les permitió pasar la noche en su granero, además de llevarles leche fresca, pan y huevos.

—Es pecado rechazar a los forasteros —dijo cuando les llevó los obsequios—. Pero así es él, el severo señor feudal. Donde otros tienen el corazón, él guarda una piedra en el pecho. En el palacio del obispo la situación es horrible. Mi hija trabaja allí como sirvienta: ¡rece por nosotros, venerable madre!

La mujer era habladora y se alegraba de poder dar cobijo a dos religiosas porque esperaba que así se le perdonaran sus pecados. En efecto, había visto pasar el carro por allí tres días antes. Llovía, y las pasajeras, una joven y una anciana, se tapaban con un pañuelo. La joven llevaba el traje marrón de novicia y el pelo tapado con un velo; la anciana era rolliza, llevaba cofia y parecía una sirvienta.

—Mi hija me explicó que están las dos alojadas en un aposento al que solo tiene acceso el obispo. La anciana baja de vez en cuando a la cocina a comer algo. A la novicia no la ha visto nadie en tres días.

La abadesa pasó la noche en vela, no paraba de pensar en cómo presionar al obispo con su petición. Cuando ya cantaban los gallos, el agotamiento hizo que conciliara un sueño profundo del que al poco tiempo la despertó la novicia Katerina.

—Han abierto las puertas del palacio, venerable madre. La campesina dice que será mejor que vayamos ahora, porque más tarde llegarán muchos solicitantes y tendremos que esperar.

Bebieron un poco de leche a toda prisa, se sacudieron los tallos de paja de los hábitos, se colocaron los velos y se dirigieron al palacio del obispo Brunward. Las dejaron entrar y las condujeron a un salón alto, con las paredes cubiertas por ostentosos cuadros y tapices. Allí esperaban ya otros solicitantes que habían llegado antes que ellas: un grupo de comerciantes que ofrecían mercancías orientales, un ciego que había llegado acompañado por su hija y varios lisiados que vivían de las limosnas del piadoso obispo.

Al cabo de un rato llamaron a los comerciantes para que pasaran a ver al obispo con sus mercancías, y allí estuvieron un buen rato. Entretanto, el salón se había llenado de más gente, todos con una petición para el obispo, y la abadesa entabló conversación con ellos. Para muchos, era la cuarta o quinta vez que iban, porque no era fácil llegar hasta el religioso. Sus deseos eran de muy diversa índole: unos tenían una disputa, otros eran vasallos y necesitaban su permiso para contraer matrimonio, y los había que llevaban a un enfermo al que el obispo debía curar de una posesión diabólica.

—Nuestro obispo tiene un gran poder sobre el mal —informó una joven—. Cuando llama al diablo por su nombre, el poseído se pone a gritar como un animal salvaje, se retuerce de dolor porque Satán no quiere abandonarlo. Pero al final el demonio sale de su boca y se cura.

La abadesa sabía que ese tipo de curaciones eran posibles, pero solo en aquellos que realmente estaban poseídos por el demonio. Su querida hija y amiga Regula era pura como un ángel, sus visiones procedían de Dios.

Cuando por fin las llamó el obispo, la abadesa sintió que el profundo agotamiento y el cansancio la habían debilitado, y supo que no iba a conseguir mucho. Con todo, se presentó con valentía ante el alto dignatario, que recibía a los suplicantes en una sala bien caliente y provista de valiosos aperos. El obispo

Brunward era un hombre mayor de rostro enjuto, con el cabello y la barba ralos y canosos. Estaba sentado en una silla tallada, con los ornamentos bordados de oro bien colocados sobre las rodillas y los brazos apoyados en los reposabrazos.

—¿La novicia Regula? —preguntó con una aguda voz senil—. Por supuesto que regresará a su convento. Cuando la haya curado de su posesión, podrá llevársela.

—Disculpe, señor —intervino la abadesa—, pero la novicia no está poseída. Es una elegida de Dios que se manifiesta por la gracia divina. Su sitio está en mi convento, donde su padre, el conde de Schwerin, me la confió hace un año.

El obispo le lanzó una dura mirada con sus ojillos grises.

—No estáis autorizada para juzgar algo así, y tampoco estáis en situación de hacerlo, madre Audacia. Esperaréis hasta que haya completado la curación. Si lo consigue, y estoy convencido de ello, podréis llevaros a la novicia. Pero si Satán se resiste a mi poder, su alma solo encontrará alivio mediante el fuego purificador.

Algo se desgarró en el corazón de la abadesa. Una voz rugía con furia en su interior: «¡Será mentecato!». Sin embargo, no la dejó salir, porque la ira habría arruinado su misión. En cambio, procuró engatusar a su adversario con palabras.

—Jamás me atrevería a contradecir a su señoría, yo solo soy una sencilla religiosa inculta. Sin embargo, puede que el joven señor Heinrich, que en unos días accederá al trono de conde de Schwerin, os exija que le devuelva a su hermana. La novicia Regula viajó hasta aquí en contra de la voluntad de su hermano.

El obispo comprendió la amenaza: la relación del obispado con la casa del conde de Schwerin nunca había sido buena. Era un conflicto abierto que podía desembocar en una contienda que perjudicaría al obispado. Sin embargo, Brunward no era un hombre que se dejara amedrentar por una monja, por mucha fama que tuviera de ser lista y perspicaz.

—El futuro conde de Schwerin debería estar agradecido al obispo por haberse llevado a su hermana. Satán está en todas partes, puede encogerse hasta alcanzar el tamaño de un ratón y colarse en cada uno de nosotros. Ya ha habido casos, venerable madre, en que el demonio ha hablado en boca de un monje o una religiosa.

—Entonces, le ruego con toda modestia que tenga la bondad de dejarme ver a la novicia.

—Es imposible, se está preparando para el exorcismo con ayuno y oración.

Ese hombre la estaba dejando morir de hambre. De nuevo se alzó la voz furiosa en el interior de la abadesa, y rugió: «¡Llegará el día en que el Señor os castigará con dureza por lo que le hacéis a su querida servidora!». Sin embargo, no dejó espacio a la voz, mantuvo la compostura y habló en tono sumiso, como correspondía a una religiosa ante un obispo.

—En ese caso, le ruego que tenga la bondad de permitir que nos quedemos en el palacio hasta que el venerable obispo haya liberado a la novicia Regula.

El obispo se lo concedió y despidió a las dos religiosas con un gesto cansado de su mano izquierda envejecida.

—¿Es cierto que Regula está poseída por el demonio? —preguntó la novicia Katerina, acongojada, mientras uno de los sirvientes las guiaba por escaleras y pasillos.

—No, no es cierto.

—Pero el venerable obispo acaba de decir que…

—¡Se equivoca!

—¿Cómo puede ser que un obispo se equivoque, venerable madre? —insistió Katerina, confundida.

—Solo Dios conoce la verdad, hija mía. Pero las personas pueden equivocarse.

Les adjudicaron un cuarto con una pequeña ventana que daba al patio del palacio y por la que entraba algo de luz solar.

La abadesa no estuvo mucho rato dentro, salió a ver a los dos hijos de campesinos y a preguntar por los caballos. Todos estaban bien atendidos, a los jóvenes los había acogido el herrero en su taller, donde mantenían el fuego encendido, cortaban leña y estaban bien alimentados. Así que la abadesa se dirigió a la cocina del palacio, con la esperanza de encontrar allí al ama Oda. Sin embargo, la cocina estaba abarrotada, el fuego humeaba, había un gran estruendo de cazuelas y sobre la mesa había una increíble abundancia de carne, pescado y aves; las especias extranjeras desprendían un aroma que provocaba que se le hiciera la boca agua. Las cocineras y sus ayudantes estaban tan atareadas que la abadesa se marchó enseguida.

En su estrecho aposento encontró a una joven sirvienta con la novicia Katerina. Como ya había deducido, era la hija de la campesina que los había acogido la noche anterior en su granero.

—A su servicio —dijo la joven, que se arrodilló ante la abadesa.

Tenía el encargo de servir a las religiosas y trasmitirles los deseos y órdenes del obispo. Las dos monjas tenían prohibido deambular por el palacio y hacer preguntas a sus residentes, informó la muchacha, que se llamaba Elisa. Debían permanecer en su habitación y perseverar en la oración para que el exorcismo fuera fructífero.

—Me alegro de poder pasar las noches cerca de dos religiosas —confesó Elisa—. Los caballeros del obispo son unos grandes pecadores, venerable madre. Orad por mí.

La abadesa miró hacia la puerta y se calmó al comprobar que contaba con unos fuertes cerrojos de hierro.

—Solo te corresponde una pequeña parte de la culpa, hija mía —le dijo a la joven sirvienta, que seguía arrodillada ante ella—. Te incluiré en mis oraciones, pero al mismo tiempo te pido un favor.

Quería hablar con Oda, el ama de cría, pero Elisa le explicó que no la había visto desde la víspera. Eso significaba que estaba haciendo ayuno junto a su protegida.

—Entonces, te ruego que le lleves un mensaje a la novicia Regula.

—No puedo, venerable madre. El obispo ordenaría matarme a golpes.

—¿Y si te lo pido de corazón, Elisa?

La joven soltó un gemido y suspiró, se movió la cofia en la cabeza y se toqueteó el delantal, nerviosa.

—¿Qué mensaje, venerable madre?

Audacia sacó el pedacito de pergamino del bolsillo del hábito, donde lo guardaba en una bolsita de tela. Era la rosa que Regula había pintado para ella, fresca y viva como una flor de verdad; le costaba horrores separarse de ella.

—Mete esto por debajo de la puerta de su cuarto.

Esperaron dos días y dos noches. Pasaban el tiempo con sus oraciones habituales, en las que incluía a la novicia Regula con fervor, pero no obtuvo respuesta. El tercer día era domingo.

—Esta noche, después de la misa, el obispo curará a la novicia —anunció Elisa—. Ha dispuesto que las monjas del convento de Waldsee asistan a la misa y al exorcismo.

El anuncio llegó tan por sorpresa que no les quedó mucho tiempo para prepararse para el acontecimiento. La abadesa entró llena de temores y preocupaciones con Katerina en la catedral, avanzó sin mirar atrás hasta el ábside y se arrodilló. Desde allí vio el altar con la cruz de madera; al lado, la silla del obispo, esculpida en arenisca roja y tapizada con un cojín blando.

La catedral se llenó de multitud de personas, colocadas según el orden acostumbrado. Delante, los caballeros y las damas en taburetes de madera; detrás, los ministeriales y los cortesanos. Los vecinos y el resto del pueblo, de rodillas en el suelo, además de algunos monjes de un monasterio cercano. Al fondo del todo, muy cerca de la puerta de entrada, se agachaban los mendigos y lisiados, que después de la misa entraban en tromba a pedir pequeñas limosnas. Como muchas veces acababan peleándose, había varios siervos del obispo preparados para imponer la calma con el garrote.

La catedral era el edificio más impresionante que había visto jamás la abadesa, y la novicia Katerina también se sentía abrumada por su magnitud y suntuosidad. Allí, en ese espacio que ascendía hacia el cielo, que los piadosos cristianos habían alzado en honor a Dios, no había lugar para el pecado, solo reinaban la devoción y el amor a Dios.

Los ropajes de los clérigos eran ostentosos, pero los más bonitos eran los que llevaba el obispo: un hábito de color granate, bordado con hilo dorado. Pronunció la misa con una voz aguda y fina de anciano, repartió el pan y bebió el vino, bendijo a los reverentes de su comunidad arrodillada y, cuando Audacia ya creía que iba a salir tan contento de la catedral con su séquito, ordenó que le llevaran a la poseída.

Habían escondido a Regula en uno de los coros laterales enrejados, y dos ayudantes la llevaron hasta allí. Audacia ya no aguantó más arrodillada, se levantó y, si la joven Katerina no la hubiera agarrado del hábito, habría subido corriendo los peldaños del ábside.

Regula llevaba un vestido largo y blanco, iba descalza y llevaba un pañuelo claro sobre la cabeza, pero se le resbaló cuando la llevaron ante el obispo. Estaba calva, le habían cortado el cabello largo. Seguía con los ojos bien cerrados.

La ceremonia empezó siguiendo un ritual fijo: el obispo rogó a Dios nuestro Señor que lo apoyara, pronunció textos en latín y enseñó a la poseída la cruz de madera. Audacia no entendió ni una palabra: tenía la mirada, toda su alma, pendiente de la figura de su querida hija y amiga. Le rodaron lágrimas por las mejillas al ver lo mal que habían tratado a la chica, lo débil y pálida que se la veía ante el altar. La abadesa pensó que Regula parecía una hija del viento, un ser despojado de todo lo terrenal que se dirigía hacia el cielo para encontrar allí su verdadero hogar.

El obispo, que no parecía conmovido por la imagen de esa joven delicada, pasó a la segunda parte de la ceremonia e invocó a Satán que, a su juicio, vivía en ella, en voz alta y por su nombre.

—¡Abandona este recipiente, maldito, y sal de ella! —exclamó a voz en grito, y los espectadores se estremecieron—. ¡Sal de ella, te lo ordeno!

Regula también se estremeció al oír el grito, abrió los ojos y miró alrededor. Entonces la abadesa no aguantó más. Se zafó de Katerina, subió los escalones y apartó de un empujón a los ministeriales que intentaron detenerla. Se interpuso con los brazos extendidos entre el obispo y la novicia.

—¡Regula, querida! —exclamó, y estrechó a la novicia entre sus brazos—. Hija mía... amiga mía...

Sus miradas se cruzaron. A la abadesa le pareció que alrededor de ella bailaba un mar de llamas rojas y la cubría. Ardía con fuerza alrededor de sus cuerpos terrenales, que se mantenían entrelazados, y fundían sus almas inmortales en un solo espíritu inseparable.

—Estoy contigo, ya nada podrá separarnos —susurró Regula, mientras Audacia le cubría el rostro de besos.

¿A quién le importaban los gritos y chillidos que las rodeaban? ¿Que las separaran, que dijeran que era la novia de Satán, una hereje? De la mano de su amiga cayó una bolita de pergamino. Uno de los sirvientes que se la llevó pisó la rosa pintada con delicadeza, pero no pudo destruir su poder.

Más tarde, en la estrechez del minúsculo cuarto donde la encerraron, Audacia se arrepintió de lo que había hecho. Se había rendido a un deseo pecaminoso, había infringido todos los mandamientos y preceptos, incluso sus propios votos, y había traicionado a sus monjas, que la esperaban confiadas en el convento. El obispo la acusó de herejía, hecho una furia, la amenazó con el castigo más severo y habló de un tribunal eclesiástico que las juzgaría. Jamás volvería a ver su convento.

Estuvo presa durante días y semanas, viviendo a base de pan y agua, orando al ritmo acostumbrado, pero sin esperanza de lograr el perdón. A veces oía una voz que le daba ánimos y creía reconocer a la novicia Regula, pero sacudía la cabeza y se tapaba los oídos. En los momentos más oscuros llegó a pensar si Regula no era en realidad una sierva del mal, enviada por Satán para tentarla, pero no duraba mucho, porque el amor que sentía por esa chica seguía llenando su corazón.

Cuando por fin la sacaron de la celda, tenía los ojos ciegos por la oscuridad y los sentidos confusos. La envolvió una claridad deslumbrante en la que unas siluetas oscuras se apuraban; creyó distinguir a varios caballeros y perros que daban brincos y ladraban alrededor.

—¡Camina, monja! —ordenó una voz ronca—. Allí, al carro.

Al carro que la llevaba a la hoguera. Su último día en la preciosa Tierra de Dios había empezado. Se quedó quieta, obstinada.

—¡Sin un juicio, el obispo no tiene derecho a quemar a una hereje!

Se rieron de ella. Le dieron un empujón que la hizo tambalearse. Alguien caminó hacia ella y la estrechó entre sus brazos.

—¡No temáis, madre Audacia! —exclamó la voz de Oda, el ama de cría—. Ahí fuera está el ejército del conde Heinrich, que exige la liberación de su hermana Regula y la abadesa Audacia. El obispo tiene que entregarnos.

Alguien le puso un abrigo forrado de piel sobre los hombros, la subieron a un carro y por fin comprendió entre lágrimas de dónde procedía la luz cegadora. El patio del palacio del obispo estaba cubierto de nieve, que reflejaba los destellos y brillos del sol como si hubiera piedras preciosas esparcidas por el suelo. Sin embargo, lo que más feliz hizo a la abadesa fue el reencuentro con la novicia Regula, que estaba sentada en el carro sobre cojines blandos y pieles.

—Imagina lo que ha pasado, querida madre Audacia; el papa Benedicto ha decidido que soy una elegida de Dios —le dijo a la abadesa con una sonrisa. Audacia se acomodó a su lado y cerró los ojos irritados. ¿Todo eso era cierto o solo uno más de los sueños febriles que la habían perseguido durante algunas de las noches que había pasado en el calabozo? Oyó el crujido y el chirrido de la gran puerta de la entrada, los caballos arañaron la nieve, se oyeron órdenes y el carro se puso en movimiento. Las recibieron con gritos de júbilo: los caballeros del conde, que esperaban delante del palacio, vociferaban victoriosos porque el obispo había atendido sus exigencias rápido y sin condiciones.

—En total hay cuatro carros —informó el ama de cría, Oda—. Además de algunos caballos que llevan las cargas pesadas. Nuestro maravilloso señor, el conde Heinrich de Schwerin, ha exigido una compensación por el maltrato que su hermana ha tenido que soportar en Bützow siendo inocente. Ha exigido harina y sal, miel dulce, frutos secos y carne en salazón. Además de oro. Dicen que el obispo ha tenido que entregar una moneda de oro por cada cabello que ordenó cortar a la hija del conde.

—¡Pero Oda! —la reprendió Regula—. ¿Qué estás contando?

A la abadesa, el trayecto hasta la corte de Schwerin se le pasó volando, porque tenía a su querida hija y amiga a su lado. Iban cogidas de la mano, y la abadesa escuchaba la dulce voz de la chica, que tanto había echado de menos. Pasaron dos días en el palacio del joven conde, que recibió a su hermana con grandes honores. Allí estaba también la novicia Katerina.

Se enteraron de que hacía semanas que la chica había salido del calabozo del obispo y había vuelto sola a Schwerin a pie para informar al joven conde. La liberación se había producido sobre todo gracias a ella.

El convento de Waldsee recibió generosos obsequios, el conde envió a obreros a reconstruir los techos y al año siguiente se levantaría un nuevo campanario de piedra y dotarían a la iglesia de un precioso techo de madera tallada. Dado que la fama de Regula de Schwerin, que era una elegida de Dios, se extendía a gran velocidad por todo el país, numerosas familias pudientes enviaron a sus hijas al convento de Waldsee, y llegaban multitud de peregrinos para recibir sus bendiciones.

Regula de Schwerin estuvo tres años enteros en el convento de Waldsee, y el monje Raimund escribía sus visiones por orden del conde para que las revelaciones de Dios pudieran conservarse en el convento para todos los cristianos.

Murió el día de Navidad de 1239 y la enterraron en el ábside de la iglesia del convento junto al eslavo Bogdan, cuyo cuerpo había sido trasladado allí por deseo de Regula.

Tras la muerte de Regula de Schwerin, la abadesa estuvo enferma durante siete días, tumbada sin moverse en su lecho sin decir ni una palabra. Luego se levantó y cumplió la tarea que Dios le había encomendado. Audacia estuvo al frente del convento durante muchos años más como abadesa, con la anciana priora Clara, la persona de su mayor confianza, a su lado. Tras su muerte, la monja Katerina von Wolfert se convirtió en un gran apoyo para ella y su sucesora.

Cornelia

Poco después de pasar Hamburgo, Cornelia llamó a Franziska un momento desde un área de servicio para avisarle de que llegaría a Dranitz hacia las cuatro de la tarde.

—Si quieres que os eche una mano prepara la documentación, por favor. Ya sabes: gastos, ingresos, costes actuales, etc.

—Tomemos primero un café con calma para comentarlo —fue la respuesta de su madre.

—Lo siento, mamá, pero necesito la documentación para hacerme una idea precisa. No voy a tomar café con vosotras ni a tener una conversación trivial.

—Como quieras, Cornelia.

La táctica dilatoria de su madre la irritaba, pero se contuvo. Ya habían tenido suficientes discusiones durante los últimos días, tenía cubierta esa necesidad, por una vez.

—Y, por favor, convoca a los demás sobre las siete de la tarde para poder abordar el asunto juntos.

—¿A qué otros te refieres?

Quizá su madre estaba envejeciendo poco a poco: antes tenía más agilidad mental.

—Sonja, Bernd, Ulli Schwadke y, por supuesto, Jenny. Con eso bastará para empezar. Bueno, hasta luego…

Colgó para acabar la conversación, con lo que se ahorró

los posibles reproches de su madre. Luego se permitió un café rápido y un trocito de pastel de cerezas que sabía a cartón con edulcorante, y continuó en dirección a Schwerin.

Bueno, la decisión estaba tomada. Ahora se alegraba, pero el día anterior habría matado a su jefe y toda la junta directiva. El absurdo en las empresas de consultoría alemanas no tenía límites. Pero ¿por qué se enfadaba? Ella, Cornelia Kettler, no estaba dispuesta a asumir la responsabilidad de las estupideces que habían cometido otros. ¿Acaso no había detallado con pelos y señales antes de las vacaciones la mejor manera de proceder, dónde pedir precaución y dónde había que intervenir con rapidez? ¿No había llamado varias veces, y había dado el número de teléfono de su hotel en Rügen, para pedir informes? A nadie le había interesado. Los señores sabían hacerlo mejor. Habían estrellado el proyecto contra la pared, y ahora ella tenía que asumir la responsabilidad porque había sido idea suya.

En el fondo, la tenían en el punto de mira. La idea la había puesto furiosa el día anterior, pero hoy casi le daba igual. Punto final. A otra cosa.

El plazo de aviso lo había compensado con sus vacaciones y las horas extra; no les había gustado, pero era legítimo. Como la suma de cinco cifras de la indemnización. A partir de hoy era libre. De hecho, desde el lunes, ya que era sábado y el fin de semana aún estaba pagado. Le parecía fantástico, porque de todas formas quería pasar por Dranitz. Se lo había prometido a Jenny, y para ella era importante cumplir esa promesa. Jenny le importaba. Su hija Jenny y su maravillosa nieta Julia. Y su madre, por supuesto. En realidad, las tres.

Además, le interesaba el proyecto del Hotel rural Dranitz. Sí, era cierto. No iba a dejarse llevar por la nostalgia de su madre ni anhelaba la propiedad de sus antepasados, por el amor de Dios, no. Ya había sufrido bastante los relatos de su madre de la época dorada. Pero sí le interesaban el hotel y el restaurante desde un punto de vista profesional. Al fin y al cabo, no les iría mal que alguien del ramo echara un vistazo a la situación. Tampoco quería ver a su hija y a su madre ahogadas por las deudas.

Apretó el acelerador y agradeció el calor de finales de verano. El verde oscuro, el amarillo mate y el marrón grisáceo de los campos cosechados, encima el cielo de color azul metálico donde se formaban unas suaves siluetas de nubes blancas. En el carril contrario había mucho tráfico, sobre todo autocaravanas y automóviles a rebosar, uno detrás de otro; no paraba de ver atascos, ¿es que se estaban acabando las vacaciones?

Sin embargo, en dirección a Schwerin la carretera estaba vacía, incluso llegó a Dranitz un cuarto de hora antes de la hora prevista. En el aparcamiento, al lado del coche de Walter había un Mercedes deportivo con la capota bajada. Cornelia observó el flamante vehículo y calculó que lo que estaba aparcado ahí era el equivalente al valor de una casa. ¿Quién en su familia había perdido el contacto con la realidad para comprarse semejante carro de fanfarrón? En realidad, solo podía ser...

—¡Abuela! —se oyó al otro lado del patio—. ¡Abuela! Papá, esta es mi abuela. ¡Tiene una tumbona en la isla de Rügen!

Tuvo que parpadear contra el sol para poder reconocer a dos personas, una alta y la otra baja, que se acercaban a ella. Por delante corría Julia, su maravillosa nieta pelirroja, como siempre con un ingenuo vestido rosa y unas sandalias a juego; tras ella ondeaba un sombrero de paja que llevaba atado al cuello con una cinta. ¿Quién había vestido a la pobre niña con esa ropa de Barbie? Un hombre canoso con tejanos de diseño y chaqueta de piel negra, que debía de ser el antiguo jefe de Jenny en Berlín y padre de Julia, Simon Strassner, la seguía con parsimonia.

Cornelia tuvo que aguantar el equilibrio para afrontar el asalto de su nieta. ¡Qué niña tan fascinante! Qué natural era. ¡Qué cariñosa!

—¡Abuela, ya se me mueve un diente! ¡Mira! —Julia abrió bien la boca y le enseñó a Conny el presunto diente que se movía, que a su juicio aún estaba bien sujeto en su sitio.

—Usted debe de ser el señor Strassner —saludó con amabilidad al ex de Jenny; no quería que se le notara delante de Julia lo que pensaba en realidad del elegante señor arquitecto de Berlín.

Strassner le tendió la mano.

—Me llamo Cornelia Kettler. Soy la abuela de Julia.

—Papá tiene prisa —aclaró la pequeña Julia—, siempre tiene que irse al despacho o a las casas viejas que reforma por todo el mundo...

Simon Strassner se echó a reír.

—No exactamente por todo el mundo, pero sí, siempre hay mucho que hacer. Me alegro de haberla conocido, señora Kettler. Supongo que pasará aquí unos días de vacaciones. Espero que el tiempo siga siendo fantástico, ¡que lo pase muy bien!

Se despidió de su hija, le sacó la promesa de ser buena con su madre y le aseguró que volvería en dos semanas y le llevaría una preciosa muñeca nueva; luego subió a su deportivo plateado, levantó de nuevo la mano para saludar y se marchó a toda velocidad.

La pequeña Julia agarró a Cornelia de la mano y la llevó a la casa. Cornelia echó un vistazo a su reloj de pulsera. Las cuatro en punto. Conocía a su madre, ya la estaría esperando.

—Vamos a ver a la abuela, Julia —propuso—. Estoy convencida de que nos está esperando con un buen café y un trozo de pastel de cerezas.

—No me gusta el café... —sonrió Julia—. Pero a veces Walter me hace café para niños, ese sí me gusta.

Cornelia desvió la mirada de las dos caballerizas a la mansión, que se alzaba reluciente bajo el sol de mediodía.

Ya tenía otra pinta. Era cierto, Kacpar Woronski era un muchacho muy capaz. Había restaurado la vieja casa sin despojarla de su carácter. Una propiedad noble rural en Mecklemburgo. Generosa, pero sin adornos innecesarios. Funcional, coherente y armónica. Acorde con el amplio paisaje tan verde, bajo ese cielo, que entablaba un juego increíble y maravilloso con las nubes.

No tenía comparación con el edificio gris de la fotografía descolorida que colgaba encima del sofá en casa de sus padres. Dejó la maleta delante de la casa de Franziska y, cuando iba a llamar al timbre, oyó pasos por detrás. Se dio la vuelta y vio que Jenny y su novio habían salido al patio.

—¡Jenny! —gritó Cornelia con alegría—. ¡Y el señor Schwadke!

—¡Mamá! ¡Ulli! —gritó la pequeña Julia—. Papá me acaba de prometer que la próxima vez me traerá una muñeca nueva de Berlín... —Pero ni Jenny ni Ulli le hicieron caso. La pareja estaba muy junta, Jenny dijo algo y Ulli la agarró por los hombros. De pronto ella levantó la mano y le dio una sonora bofetada al pobre tipo.

La pequeña Julia gritó del susto.

Cornelia se quedó helada. Siempre había sido una defensora de la emancipación de la mujer, pero eso no significaba que las mujeres asumieran la mala conducta de los hombres. Pegar era intolerable. Nunca. No había excusas.

—¡Jenny! —gritó a pleno pulmón, en tono de reproche.

Su hija la miró un momento, asustada, luego se dio la vuelta y volvió corriendo a la casa. Su novio se quedó un instante aturdido en el sitio, sujetándose la mejilla.

—¡Eh! —gritó entonces, se sacudió y salió corriendo tras ella.

Esa familia era un drama. Siempre con discusiones. Ahora que había conseguido un buen tipo, tenía que abofetearlo. ¿Por qué no se la había dado años antes a ese canalla canoso, en vez de dejar que le hiciera una hija?

La pequeña Julia se había quedado boquiabierta de la impresión, pero en ese momento Franziska abrió la puerta y las dos mujeres se saludaron con cariño. Cornelia estaba muy sentimental: no había querido saber nada de su madre durante años, y ahora se daban un abrazo, las dos con lágrimas en los ojos.

—Es como un regalo, Conny —reconoció Franziska, cariñosa—. Me atormentó tanto durante todos estos años. No paraba de pensar en qué había hecho mal…

—Absolutamente nada —repuso Cornelia—. En todo caso, nada que tú pudieras cambiar. Antes era así, y ahora es distinto.

Se alegró de que Walter la estrechara entre sus brazos, porque así podía disimular mejor la emoción. Además, el perro pastor la olisqueó a conciencia antes de dirigirse a su compañera de juegos preferida y luego desaparecer hacia el salón.

—Abuela Franziska, mamá acaba de darle a Ulli… —empezó a explicar la pequeña Julia, pero Cornelia le quitó la palabra.

—Vaya, creo que Falko quiere robar el pastel de cerezas. ¡Ve corriendo y vigila que no robe nada!

—Pasemos al salón, Cornelia —la invitó Walter con alegría.

Como esperaba, la mesita del café estaba puesta. Había pastelitos de cerezas, además de bollos con semillas de amapola, que le encantaban. Dejó que Franziska le sirviera un pedazo grande en el plato y decidió que los libros de cuentas tendrían que esperar un poco.

—Hay muchas novedades, buenas y malas. ¿Cuáles quieres oír primero? —preguntó su madre mientras le servía el café.

—Pues empecemos por las malas.

El genial arquitecto Kacpar Woronski se había ido de Dranitz para siempre. Nadie sabía dónde estaba en ese momento. El fin definitivo de la granja ecológica ya se lo temía. El pobre Ulli tenía una denuncia pendiente que lo tenía muy preocupado, aunque, según Bernd, en realidad no tenía nada que temer. En pocas palabras: no había cambiado nada de lo que Jenny le había contado ya en Binz.

—Realmente estáis... —se le escapó a Cornelia. Miró a Julia, asustada, y se tapó la boca con la mano, pero la niña, que estaba ocupada porque Falko le estaba lamiendo la nata de los dedos, no había oído nada de la conversación de los adultos.

—También hay buenas noticias —intervino Walter—. Imagínate, Bernd se ha mudado a casa de Sonja y quieren casarse.

Cornelia no sabía qué tenía de bueno esa novedad. Bernd a la caza de una mujer para casarse, cielo santo. Pero bueno, ojalá fueran muy felices. De todos modos, ellos dos nunca habían encajado, pese a haberlo intentado una y otra vez.

—¿Algo más? —preguntó, masticando, y dejó que Franziska le sirviera un segundo trozo.

—Solo buenas noticias —dijo su madre con una sonrisa—. He vuelto a contratar al señor Bieger. Vino hace unos días y me pidió que le diera otra oportunidad. Creo que tiene muy buena voluntad.

¡Vaya! Cornelia recordó con una media sonrisa cómo el bueno de Bodo Bieger se plantó de repente delante de ella con su chaqueta blanca y el gorro de cocinero. Ella acababa de cenar en el restaurante del hotel, como casi siempre durante sus vacaciones, y ya se iba a su habitación cuando de pronto apareció él. Debía de llevar días observándola, y por fin se atrevía a dirigirle la palabra y compartir con ella sus preocupaciones. Estaba harto de cocinar verduras porque el chef no le dejaba acercarse a la carne y ya no sabía qué hacer. Daría cualquier cosa por irse de ahí, dijo, y ella habría jurado que tenía lágrimas en los ojos.

Los días que Bodo tenía libres recorrieron juntos la isla en coche, se apartaron del barullo para dar un largo paseo por la playa y se habían entendido a la perfección. Cornelia le prometió interceder por él en Dranitz, pero tenía que adaptarse más a los deseos de las propietarias. Él se lo prometió con firmeza.

—Le hemos ofrecido la buhardilla en la que vivía el señor Woronski. La semana que viene empieza con nosotros.

Así que el restaurante volvía a tener un buen cocinero. Muy bien. Franziska había publicado varios anuncios en los periódicos locales para informar a los clientes, eso ya era un principio. Enseguida les explicaría cómo hacer una buena campaña de publicidad.

—Lo mejor para el final —añadió Franziska con una sonrisa—. Por fin los arqueólogos han recogido el campamento: podemos construir la zona de balneario en el sótano.

—¡Muy bien! —se alegró Cornelia, y recogió las últimas migas del plato.

—No, a mí no me lo parece —repuso Walter, contrariado—. Me entristece pensar en la cantidad de preciosos legados del antiguo convento que serán víctimas de las obras.

—Pero Walter —intervino Franziska con suavidad—. No le va a pasar nada malo, las excavaciones se van a tapar de nuevo.

—Pero en el sitio donde irá la piscina se excavará y hormigonará.

Cornelia echó un vistazo con disimulo al reloj: ya eran más de las cinco. Había que ir al grano.

—¡Tengo una idea! —anunció—. ¿Qué os parece si Walter me enseña el sótano con las excavaciones y luego empezamos?

—Me alegro de que te interese nuestro viejo hogar, Cornelia. No siempre fue así. Pero, al fin y al cabo, tú vives en Hannover y tienes mucho trabajo, no podrás dedicarte lo suficiente a esta propiedad —afirmó su madre.

Cornelia respiró hondo. Si pretendía exigir sinceridad a Franziska, tendría que empezar dando ejemplo. Y no le resultaba fácil.

—Te equivocas, mamá. Ahora mismo tengo mucho tiempo para Dranitz. Ayer dimití y a partir del lunes no tengo trabajo.

Franziska se quedó callada de la impresión. La expresión «sin trabajo» pesaba mucho en su mente.

—Ay, cielo santo —dijo a media voz—. Lo siento mucho, Conny.

—No tienes por qué, mamá. En el fondo me alegro de que haya salido así. Antes de las vacaciones me hicieron dos ofertas de empresas de la competencia, y ese tipo de cambios me motivan. También cuento con la indemnización. Ya sabes que, desde la universidad, no he parado de reinventarme. —Vació la taza de café—. ¿Vamos, Walter?

—Con mucho gusto. Voy un momento a buscar la llave.

Mientras Franziska digería lo que había oído, Cornelia escuchó en el sótano de la mansión una emocionante introducción a la historia local del siglo XIII. Incluía un convento en el que habían habitado abadesas importantes. Además, había una santa, o mejor dicho, una «elegida de Dios», que dictaba sus visiones a un monje. Por desgracia, los textos se perdieron con el paso de los siglos, aunque Walter había encontrado unas leyendas de santos del siglo XVII donde se contaba la historia de Regula de Schwerin. Entretanto habían exhumado unos cuerpos, y uno de ellos con toda probabilidad era el de Regula; se hablaba de trasladarla a la catedral de Santa María y San Juan de Schwerin.

—Buena idea —reconoció Cornelia, a quien el convento medieval le parecía interesante, pero sobre todo problemático. Una difunta santa era lo último que necesitaban en un hotel balneario. Por otra parte, tal vez podrían sacar algo del pasado conventual. ¿Por qué no construir una piscina con columnas dóricas y arcos románicos en el sótano? Con una iluminación indirecta bien pensada. Un convento era un lugar de calma y contemplación. Ella tenía colegas que reservaban con regularidad fines de semana de retiro o cursos de ayuno en monasterios. Masajes, meditación, cantos gregorianos, desaceleración: todas esas técnicas gozaban de una popularidad creciente. Si se enfocaba de una forma inteligente, podía ser todo un éxito...

—Muy interesante —comentó ante las explicaciones de Walter—. Habría que apuntarlo todo con exactitud para que no se pierda.

—Eso estoy haciendo precisamente, Conny. Estoy redactando una crónica. Imagínate, una de las abadesas fue Katerina von Wolfert. El apellido de nacimiento de tu abuela era Von Wolfert.

—Ah, ¿sí?

Hacía rato que Cornelia tenía la mente en otra parte. Para llevar a cabo esa idea hacía falta un buen arquitecto. ¿Dónde demonios se había metido ese Woronski? Jenny debería saberlo, a fin de cuentas, eran amigos, y él le llevaba los panecillos por la mañana. Pero daba igual, si él no quería, ya encontraría a otro a través de sus contactos. Ahora tenía que hacer primero un resumen de su situación económica, antes de que apareciera el resto de la familia.

—Vamos a ver si mamá ha preparado ya la documentación.

En efecto, su madre había decidido poner las cartas sobre la mesa. Llevó a Cornelia a un pequeño despacho y señaló las carpetas guardadas en las estanterías.

—¡Sírvete tú misma! —invitó a su hija, luego cerró la puerta y la dejó sola con los archivos de los últimos cinco años. Cornelia leyó por encima las etiquetas de las carpetas y comprobó que estaban ordenadas cronológicamente. Recordó que su madre llevaba la contabilidad en la empresa familiar.

¡Muy bien! Sería más fácil de lo que esperaba.

Una hora después, las carpetas abiertas cubrían la mesa y el suelo, y Cornelia se tiraba de los pelos, desesperada. Si no ocurría un milagro, Dranitz entraría en quiebra en breve. ¿En qué estaba pensando su madre? Comprar esa propiedad en ruinas ya había sido una locura, pero las costosas reformas habían devorado el resto de su patrimonio. Era inútil preocuparse por los bancos, que ya habían sacado buenos beneficios con todas esas transacciones. El dinero que Ulli les había prestado también estaba casi agotado, y para colmo ese tal Woronski les había enviado por correo una abultada factura de más de cuarenta y ocho mil marcos por prestaciones especiales. Era un milagro que su madre aún pudiera dormir tranquila en semejante situación. Había que hacer algo lo antes posible.

No podía olvidar la ampliación del sótano, no había dinero para eso. Primero tenían que coger impulso el restaurante y el hotel, con o sin balneario. A cambio, podrían incluir en la oferta para los turistas el lago y el zoológico de Sonja, equitación, viajes en barca y el baño; eso era suficiente. Y, contra lo que cabía esperar, recuperar la antigua granja ecológica de Bernd, o al menos encontrar nuevos arrendatarios que estuvieran dispuestos a colaborar con ellos y a los que tal vez más adelante también podrían incluir.

Buscó papel para escribir y elaboró un plan. Tenían que hacer una campaña de publicidad agresiva, invertir en los puntos adecuados, contratar a unas cuantas personas y dar largas a los acreedores. Crear un programa de otoño e invierno. Comidas de caza al estilo de los antiguos señores. Concierto de Navidad con menú especial. Actuaciones para niños. Basarse en un buen concepto. Conocía a unas cuantas personas que invertirían en un proyecto así, ya encontraría la fórmula comercial adecuada. Los tiempos de los terratenientes habían terminado, los proyectos como ese descansaban mejor sobre varios hombros.

Estaba tan absorta en su plan que dio un respingo cuando se abrió la puerta del despacho.

—¡Abuela! ¡Te he buscado por todas partes!

—¡Julia! No pises...

Demasiado tarde. La niña caminó con sus sandalias sucias sobre los papeles desplegados y se encaramó al regazo de la abuela para ponerle los brazos pegajosos alrededor del cuello.

—Mamá me ha dicho que te vaya a buscar a la cama de los horrores...

—¿Adónde?

Ulli apareció en la puerta. Aún tenía la mejilla izquierda un poco enrojecida, por lo demás parecía que había aguantado bien el golpe. Sonrió alegre, con una copa de champán en la mano.

—Se dice cámara de los horrores, pequeña Julia. Ven con nosotros, Cornelia. ¡Hay algo que celebrar!

La niña irrumpió en el salón entre gritos de alegría.

—Cámara de los horrores, cámara de los horrores —tarareaba para sí misma.

Por lo visto, en esa familia nadie se tomaba la situación en serio. Ya estaban otra vez de celebración.

—¡Julia, ven aquí! —gritó Jenny—. Lávate las manos. Y dile a papá que no te compre siempre almendras garrapiñadas...

Jenny apareció al lado de Ulli, que la rodeó con el brazo en un gesto cariñoso. Gracias a Dios, todo iba bien. Quizá de vez en cuando el chico necesitaba mano dura. Cornelia dejó las carpetas una encima de otra, cerradas, y se abrió paso a través del desastre económico. Ulli le llenó la copa de champán.

—¡Por nuestra familia, querida Conny!

Necesitó un momento para entender lo que la sonrisa pícara de Jenny y su gesto inequívoco querían decir: su hija mecía a un bebé imaginario en brazos.

Iba a tener un niño. ¡Justo ahora, con una situación económica tan tensa!

—Es... maravilloso —balbuceó—. ¿Y por qué le has dado una bofetada antes?

Jenny soltó un bufido y lanzó a Ulli una mirada furiosa.

—Le he dicho que estaba embarazada y me ha preguntado: ¿de quién?

Ulli se encogió de hombros, compungido, y aclaró que pretendía ser una broma. Bastante inadecuada, cierto, pero le había salido así de pura alegría.

—Todo perdonado —se rio Jenny, y le dio un beso en la mejilla.

—Es maravilloso —tartamudeó Cornelia—. ¿Tú qué prefieres, un hermanito o una hermanita? —se dirigió a la pequeña Julia para que Jenny no captara lo dividida que se sentía con la noticia.

—Una hermanita —decidió la niña sin dudar—. Ya tengo

un hermano, Jörg. Pero ¿por qué tengo ahora un hermanito si ya tenemos una cámara de los horrores?

Todos se echaron a reír, y Cornelia notó que se le contagiaba la alegría general. De alguna manera todo saldría bien, solo deseaba formar parte de esa alegre familia, que siempre se mantenía unida, incluso cuando la situación era crítica. Hacía tiempo que no tenía ganas de seguir en su piso de Hannover sin su amiga Sylvie. Además, en la mansión sería de gran ayuda, ya que Franziska no siempre se mantendría tan fuerte y pronto Jenny estaría más que ocupada con dos niños pequeños. Necesitaban a alguien que cuidara de ellas. No: ¡necesitaban una directora del negocio!

—Dime, mamá —le dijo a Franziska—. Seguro que Kacpar Woronski ya no va a volver, ¿verdad?

Franziska la interrogó con la mirada.

—Y el cocinero puede alojarse en el pueblo, ¿verdad?

Su madre frunció el ceño.

—¿Por qué iba a hacerlo?

—Porque me gustaría mudarme a la vivienda de la buhardilla de la mansión.

Ulli

Otoño de 1995

Había gastado saliva en balde, porque ella no quería escucharle. Estuvieron a punto de pelearse por eso.

—Voy a ir solo a ese interrogatorio de la policía. No he hecho nada malo, y no quiero que te alteres.

—Pero no estoy enferma, ¡estoy embarazada! —Se lo había oído decir a Mine. Los dos ancianos habían recibido la noticia del embarazo de Jenny con lágrimas en los ojos, y Mine enseguida empezó a hablar de sus propios embarazos y de lo duro que era en aquella época. Luego le hizo un gesto a Ulli para que se acercara y le aconsejó mimar un poco, pero con calma, a «la querida muchacha».

—Ya sé que «solo» estás embarazada, y por eso quiero que te quedes aquí. Además, Cornelia quiere hablar contigo sin falta. Por lo visto, ha elaborado un plan genial y hace días que está ansiosa por presentártelo: lo llama «Parque de experiencias mansión Dranitz».

Al final Jenny cedió, pero, mientras Ulli se iba a Waren, donde le esperaba Bernd para darle apoyo jurídico durante el interrogatorio, volvió a sentir los nervios que tanto le había costado reprimir. ¿Por qué Bernd restaba importancia a las declaraciones diciendo que eran una «pura formalidad», cuando estaba en juego toda su existencia? No quería ni pensar en qué ocurriría si llegaban a un proceso judicial y el tribunal decidía que la venta del terreno había sido ilegal. ¡Sería un desastre quedarse con las manos vacías justo ahora que pronto vería la luz un pequeño Ulli Schwadke! Y ¿dónde demonios había metido el archivador azul? ¿Qué as en la manga guardaban las dos hermanas contra él? Aunque seguía sin explicarse cómo había llegado el archivador a sus manos. No lo había encontrado en toda la casa, ni tampoco en su pequeño despacho en el puesto de alquiler de barcos.

Hacía mal tiempo, el viento frío azuzaba la llovizna entre las calles. Bernd le esperaba delante del edificio con una carpeta bajo el brazo. Estaba muy raro vestido con ese traje azul marino.

—¿Nervioso? —preguntó cuando Ulli le estrechó la mano—. No tienes por qué. Creo que el caso pinta bien para nosotros.

Ulli afirmó estar muy tranquilo, luego entraron.

Bernd se presentó y se sentaron a esperar en un pasillo donde el ruido resonaba de forma desagradable. A Ulli le rugió el estómago: no había desayunado por los nervios. Bernd parecía tomarse la situación a la ligera, empezó a contarle su escapada con Sonja a Berlín. Ella le había enseñado la zona por donde huyó entonces a Occidente.

—Por supuesto, hace tiempo que todo se derribó para volver a construir. Hoy hay un banco y enfrente un gran establecimiento comercial. En realidad, deberían colgar un cartel, para que no se olvide lo que ocurrió.

Se abrió una puerta y Ulli se levantó de su silla. Dos agentes de policía se llevaban a un chico joven bastante hecho polvo; saltaba a la vista que había bebido mucho a primera hora de la mañana, a juzgar por el aliento a alcohol que inundó el pasillo.

—Tranquilo —comentó uno de los dos agentes—. Ahora te vas a dormir.

Ulli lo reconoció al instante. Era Henning, uno de los tipos que habían saboteado su vivienda flotante. La policía había pescado a los dos estafadores basándose en declaraciones de los testigos, y ellos habían confesado. Como no existía peligro de fuga, los pusieron en libertad hasta el inicio del proceso. Ulli tendría que hacerse cargo de los daños, porque el seguro se negaba a aceptarlo. Le molestaba, pero al final era secundario. De todos modos, quizá en el futuro no tendría que preocuparse más de esas cosas porque la empresa ya no sería suya.

Tuvieron que esperar cinco minutos más hasta que los llamaron y ocuparon dos duras sillas de madera delante del escritorio del empleado.

Ulli esperaba encontrar al agente de investigación criminal joven y simpático que estuvo el día después del ataque en Ludorf para dejar constancia del suceso. El comisario, que el año anterior había explorado los canales de Francia en barco, estaba entusiasmado con la casa flotante. En cambio, ahora había ahí sentado un hombre mayor que se presentó como el comisario jefe Dobert y no reaccionó a la sonrisa amable de Ulli.

Todo el procedimiento fue de una formalidad horrible. Tuvo que identificarse, Bernd presentó una autorización y el comisario formuló sus preguntas. Ulli se alegró de que Bernd contestara por él, porque estaba a punto de explotar de la rabia. El padre de Jenny solventó la situación con una serenidad admirable, mantuvo una amabilidad imperturbable, sin perder la determinación, e incluso llevaba encima la documentación que demostraba que Max había transferido a la empresa los tres barcos que él había vendido; los demás bienes que pertenecían a la empresa en común se los había dejado a Ulli tras su muerte mediante disposición testamentaria. Toda la historia duró como mucho veinte minutos; el agente se despidió con un apretón de manos y luego la puerta se cerró tras ellos.

—¿Y ahora qué? —preguntó Ulli, preocupado, cuando volvieron a estar en la calle.

—Ahora vamos a desayunar —propuso Bernd.

Caminaron bajo la lluvia con la cabeza gacha hasta que encontraron una cafetería abierta y pidieron dos desayunos con jamón, queso y huevos revueltos. Bernd le explicó que ahora tendrían que esperar a que se decidiera mediante el expediente de investigación si se aceptaba la denuncia o no.

—Otra vez a esperar...

—Ya pasará —le consoló Bernd—. ¡No te preocupes tanto, chico!

¡Qué fácil era decirlo! Ulli pensó en llamar a Jenny, pero como de todos modos pronto estaría con ella, decidió no hacerlo.

—Por cierto, ¿sabes quién se ha quedado con mi granja ecológica? —preguntó Bernd, que parecía convencido de que todo saldría bien y estaba de un humor excelente—. Kalle Pechstein y Wolf Kotischke. Esos dos me dan buena impresión —dijo, y se quitó con cuidado un poco de huevo revuelto de la rodilla—. Son chicos jóvenes, fuertes, que saben algo de agricultura. Debería irles mejor que a mí con mis sueños poco realistas...

—¿Crees que lo conseguirán? —preguntó Ulli, vacilante.

Bernd se encogió de hombros.

—Sonja está convencida de que la agricultura ecológica tiene un gran futuro.

Ulli no era de la misma opinión, pero no lo dijo. Sonja era

una soñadora, igual que Bernd en cuanto se quitaba el traje azul marino de abogado. Ella creaba paraísos. Un zoológico. Una granja ecológica.

—Está empeñada en construir un cercado de lobos para el zoológico.

—¿De verdad? ¿Y qué dice Kalle?

—Él quiere comprar dos burros. Defienden a las vacas de los lobos.

—¿De verdad? —Ulli apartó el plato y dijo que tenía que volver a Ludorf porque Jenny le estaba esperando y había trabajo en la zona de acampada. En realidad, la espera lo estaba volviendo loco, quería que el asunto terminara, pero, según Bernd, podía prolongarse durante una eternidad hasta que el juez «por fin se decidiera»—. Guárdate eso —le dijo a Bernd, que sacó el monedero—. Esto corre de mi cuenta, claro.

En Ludorf todo estaba tranquilo. Unos cuantos rezagados habían montado sus tiendas, jóvenes que solo se quedaban una noche y luego seguían. La mayoría de las caravanas estaban vacías, sus ocupantes las habían preparado para el invierno con plástico aislante y las habían cerrado. El quiosco del aparcamiento ahora solo abría el domingo si hacía buen tiempo. En invierno, Tom ayudaba en la empresa de coches de su futuro suegro, Rocky y Elke seguían llevando la tienda y los demás empleados tenían contratos temporales para los meses de verano.

Desde que había cerrado el economato de Ludorf, los lugareños iban a comprar al camping, lo que garantizaba de momento un empleo todo el año para Rocky y Elke. Cada año llegaban por Nochevieja más matrimonios con sus hijos para hacer hogueras junto al lago y asar salchichas, beber ponche y recibir el año con fuegos artificiales. Hasta entonces, esa era una época de vacas flacas, el negocio daba poco o nada. Solo los hoteles seguían haciendo caja en octubre, cuando llegaban los ornitólogos a observar las grullas. La idea de Max de construir unas casitas de vacaciones en el bosque no era ninguna tontería, ya que también servirían para los amantes de las aves. Sin embargo, de momento no hacía falta que se devanara los sesos con eso.

Después de echar un vistazo en la tienda, Ulli se dirigió presuroso a la vivienda, donde Jenny ya lo esperaba, ansiosa.

—¿Todo bien, cariño? —le preguntó, nerviosa.

Ulli asintió.

—Bernd está convencido de que no llegará a juicio, pero nunca se sabe. Ahora solo hay que esperar.

Estuvieron juntos hasta el mediodía y volvieron a cambiar de sitio los muebles nuevos. Jenny tenía cita con la ginecóloga en Waren a última hora de la tarde y luego quería ir a recoger a la pequeña Julia a casa de su amigo Jörg Junkers.

Ulli la acompañó al coche. Los días se habían acortado bastante y, cuando miró hacia el embarcadero, alrededor del cual ya pendían los primeros velos de niebla de la tarde, de pronto divisó una figura vestida con anorak azul que llevaba algo negro en las manos, un cubo, o quizá una llave pequeña.

Se puso en marcha. Cuando llegó al embarcadero la silueta se volvió hacia él.

—¿Ulli?

—¡Vaya! —contestó este, desconcertado—. Jörg... perdona, no te he reconocido en la penumbra.

Jörg Krumme le tendió la mano y Ulli le correspondió. El apretón fue húmedo, porque Ulli estaba agarrado a la barandilla mojada de la casa flotante.

—Me he cogido unos días libres y he estado en el cementerio de Ludorf para visitar la tumba de nuestra madre —le contó Jörg—. En cuanto a nuestro padre, aún hay algo pendiente. —Levantó el recipiente negro en alto. Ulli vio que se trataba de la urna de Max.

—Entonces, vas a hacerlo. —Ulli señaló la urna.

Jörg asintió.

—Sí, se lo debo. La obligación de enterrar es demencial. Por eso he esperado tanto, para que se fueran todos los turistas. Pero ahora... ¿quién va a vernos aquí, en el lugar preferido de mi padre?

Ulli tragó saliva.

—Tienes razón, Jörg. Ven. —Pasó junto al hijo de Max Krumme, eligió una de las casas flotantes, le hizo subir, desató los cabos y subió a bordo de un salto.

Se acomodaron bajo la cubierta del timón, muy juntos para no mojarse, y Ulli maniobró con el barco para salir del lago.

—Hablaba a menudo de los barcos cuando charlábamos por teléfono —dijo Jörg—. Son muy fáciles de manejar, ¿no?

—En el lago, sí. Es más difícil cuando hay que amarrar en puertos entre otros barcos. Con un poco de práctica se consigue...

En el agua soplaba más viento que en la orilla, el barco se balanceaba con fuerza y de vez en cuando salpicaba una ola por la borda.

—¿Te mareas? —preguntó Ulli.

—En absoluto. Es bonito...

Había algunos veleros navegando, que pasaban deslizándose junto a ellos, embriagados por la fuerte brisa que hacía volar sus embarcaciones sobre el agua. Jörg Krumme los miraba ensimismado.

—¿Aquí? —preguntó Ulli cuando llegaron aproximadamente al centro del lago.

Jörg asintió y retiró la tapa de la urna.

—Hacia sotavento —recomendó Ulli. Dejó que Jörg se acercara, se sentó a su lado y observó cómo las cenizas grisáceas ondeaban sobre el agua y se posaban sobre ella. Jörg lo hizo a conciencia, lavó el recipiente de plástico con agua del lago para que no se perdiera nada y luego lo volvió a cerrar.

—Bueno, padre —dijo a media voz—. Ahora se ha cumplido tu voluntad. En la vida no siempre he hecho lo que tú querías. Pero esto era importante para mí. Que vaya bien...

Ulli vio que tenía lágrimas en los ojos y guardó silencio, afligido. Los dos contemplaron las cenizas que seguían flotando en las olas y se hundían poco a poco en el agua.

—Empezó cuando yo tenía diez años —le contó Jörg Krumme—. Altas capacidades en matemáticas. El bachillerato. La universidad. Me hice científico. Mi madre sentía un orgullo enorme, mi padre no. Mis hermanas tampoco. Nunca nos entendimos...

Ulli dibujó una suave curva para regresar al embarcadero. Era buen tipo, Jörg Krumme. Lo había visto unas cuantas veces cuando estaba con sus abuelos de niño en Ludorf. Solo tenía un vago recuerdo de él: era un espárrago delgado con gafas, unos quince años mayor que Ulli. Siempre tenía un libro delante de las narices y nunca jugaba al fútbol con ellos. Sus hermanas ya estaban casadas, él ni siquiera las veía por aquel entonces. Ahora, en cambio, tenía que aguantarlas.

—Luego llegó la Reunificación —prosiguió Jörg en voz baja—. Mi instituto se disolvió y yo me quedé sin trabajo. Entonces me llamó mi padre y me preguntó si tenía ganas de hacerme cargo de la empresa en Ludorf. Era lo último que yo quería hacer, y así se lo dije, sin ambages. Ahora lo lamento mucho. Aunque era cierto, una empresa así no está hecha para mí. Pero podría habérselo dicho de otra manera. Le afectó mucho, al viejo...

«Remordimientos tardíos», pensó Ulli. Le costó llevar el barco hasta la orilla con las fuertes olas. Pobre Max. Creía recordar que su mujer, Gertrud, murió en aquella época. No le extrañaba que sufriera problemas cardíacos...

—Fue una época difícil —continuó Jörg Krumme, deseoso de contarle su vida a Ulli—. Primero me quedé sin trabajo, luego murió mi madre, y al mismo tiempo mi matrimonio se fue al garete. Mi ex se fue a Munich, donde le ofrecieron trabajo en una empresa farmacéutica. También había otro hombre de por medio...

—Vaya —comentó Ulli—. ¿Tenéis hijos?

—Por suerte, no... pero no se lo conté a mi padre. No hasta el final, porque siempre me había dicho que esa chica no era para mí.

«La obstinación la ha heredado de su padre», pensó Ulli.

—Yo también he pasado por una separación —confesó—. Conoció a un austríaco. Ahora vive con él en Schladming.

Jörg Krumme asintió, comprensivo.

—¿Niños?

—No. Pero ahora mi novia está embarazada. Y es la chica adecuada.

—Te felicito —dijo Jörg, que miró a Ulli con una sonrisa sincera en los labios.

Ulli notó que empezaba a sonreír como un tonto de alegría, y se concentró en maniobrar con la casa flotante en el embarcadero. Después de amarrarlo de forma segura, los dos saltaron a la pasarela.

—Antes de que se me olvide —comentó Jörg, que dio unos pasos sobre los tablones de madera—. Ayer me llamó Elly desde Munich. Su marido la ha convencido para retirar la denuncia. Tuvo una tremenda discusión con Gabi, pero no quiere llevar el caso hasta las últimas consecuencias ella sola, y de todas formas yo ya no participaba. Sé que eres un buen tipo, Ulli, y que mi padre quería que todo fuera exactamente como es ahora, salvo por las disputas. Pero ahora ya se han terminado.

Ulli lo miró, incrédulo.

—¿Eso es cierto?

—¡Como te lo cuento!

—Vaya, Jörg —gimió, aliviado—. ¡Me has quitado un peso de encima!

Le dio un abrazo espontáneo que avergonzó un poco a Jörg, y luego lo arregló con un fuerte apretón de manos.

—Déjate ver pronto por aquí, ¿de acuerdo?

—Lo haré. Y te deseo lo mejor para tu novia y el bebé.

Cuando Jörg se fue, Ulli se quedó un rato más contemplando el gris Müritz que tanto adoraba su amigo. Tenía una magia peculiar ese enorme lago. Quien quedaba prendado, ya nunca podía alejarse de él. Ulli ya sabía que ese era su sitio. Y le parecía que Jörg, que se había separado de su padre tras una discusión, también encontraría su sitio allí.

Mine

Invierno de 1995

Ninguno de ellos olvidaría con facilidad una boda así. La joven pareja seguro que no, pero tampoco los invitados. Algunos incluso tuvieron que excusarse por la tormenta. Las carreteras estaban bloqueadas. Arriba, en la costa, había alerta por marea muy alta y el Müritz se había desbordado.

—Toda la playa y el embarcadero, ¡todo ha quedado inundado! —les contó Ulli por la mañana cuando fue a recoger a los abuelos.

—Lo importante es que estamos en zona seca —contestó Karl-Erich.

Llevaba desde las ocho y media ataviado con el traje bueno, con corbata y los zapatos pulidos en la silla de ruedas y no podía esperar más. El enlace iba a producirse en la iglesia de Ludorf en una hora.

El día anterior ya habían estado en el registro civil, y luego los más allegados disfrutaron en casa de Mine de café y pastel de cerezas. Por la tarde sirvieron el delicioso guiso de pescado, que no podía faltar. A fin de cuentas, era su abuela y los había criado junto con Karl-Erich. Solo estaban los novios y la pequeña Julia, Cornelia, la madre de

Jenny, la señora baronesa y Walter Iversen, Sonja y Bernd.

Hoy, Mine se había puesto el vestido negro bueno para comprobar que se le había quedado demasiado grande. Así era la vida. A los niños la ropa se les quedaba pequeña y a los ancianos les ocurría lo contrario. Pero no importaba, así era más cómodo y ya no se le ceñía en la barriga, de modo que podría atiborrarse a comer. Solo los zapatos se le habían quedado estrechos con los años y le costó mucho ponérselos. A Karl-Erich le había pasado algo parecido, pero él ya no tenía que caminar.

¡Pero Ulli! Ay, tuvo que reprimir unas cuantas lágrimas de la emoción. Con el traje de boda se parecía a Karl-Erich de joven. Solo que ellos no tuvieron una celebración tan grande. Tuvieron que ser rápidos, porque estaban en guerra y su novio tenía que irse al campo de batalla. Dios, los jóvenes no podían ni imaginar cómo se sentía uno entonces.

Pese a las personas que se habían disculpado, la pequeña iglesia de Ludorf estaba abarrotada. Cuando los novios entraron en la iglesia, fue como si el viento penetrara a través de las puertas. El vestido blanco de Jenny se hinchó, luego el velo ondeó y la pequeña Julia dejó caer el cesto de las flores del susto. Eran flores de papel, porque las de verdad eran demasiado caras en noviembre. Jörg, el hijo de Anne Junkers, recuperó la cesta y ayudó a su amiguita a recoger todas las flores.

Luego los novios llegaron ante el altar, Ulli con su elegante traje oscuro y Jenny con su vestido de tul, que el día antes había tenido que ampliar con ayuda de Mücke. No era un ambiente muy festivo, porque el viento ululaba con fuerza alrededor de la iglesia y las ripias del tejado golpeteaban. Después de la ceremonia todos se emocionaron cuando Ulli estrechó a la novia entre sus brazos y le dio un largo beso delante de toda la comunidad.

—¡Muy bien! —exclamó Karl-Erich a voz en grito. El pastor sonrió, pero a Mine le dio vergüenza. ¡Justo delante del altar! No, el pastor Hansen no lo habría permitido.

Más tarde, cuando salían de la iglesia, Karl-Erich se lo pasó en grande porque el viento levantaba la falda de las mujeres y les destrozaba los peinados. De nuevo en el coche, esta vez con la señora baronesa y el señor Iversen, Karl-Erich exclamó encantado que era la boda más bonita a la que había asistido jamás.

—Bueno, la segunda más bonita —se apresuró a decir a media voz—. La más bonita fue la nuestra, por supuesto. ¿Verdad, Mine?

Mine lo confirmó, y también la señora baronesa, que asistió, los secundó. Había sido una boda seria, pero bonita.

Se detuvieron justo en la entrada de la mansión, y acto seguido cuatro chicos jóvenes se acercaron para ayudar a Karl-Erich a subir los escalones de la casa y llevarlo en su silla de ruedas. La celebración tendría lugar en el restaurante de la mansión.

¡La decoración del interior era preciosa! Franziska había encargado flores de verdad, y la larga mesa nupcial estaba puesta igual que en tiempos de la señora baronesa Margarethe von Dranitz. Pese a que habían reformado y cambiado muchas cosas, el techo estucado restaurado era el mismo bajo el cual se habían enamorado en su momento la joven Franziska y el comandante Iversen.

Ay, el tiempo, el tiempo… ¿dónde se había metido? Por aquel entonces ella era joven y muy rápida con los pies, podía poner la mesa y ocuparse de la multitud de invitados.

—¿Has visto? —preguntó Karl-Erich cuando se sentaron en su sitio, en la larga mesa, justo al lado de los novios—. Ahí fuera, en el cartel, dice: «celebración privada».

—Así debe ser —respondió Ulli—. Desde que Cornelia

ha empezado con la publicidad, el restaurante está cada vez más lleno. En doce semanas empiezan las vacaciones de Navidad, Jenny quiere ocuparse de la decoración y Conny está trabajando con el cocinero en los planes de menús.

—Ese Bodo hace todo lo que le dice —se rio Karl-Erich—. Cornelia Kettler sí que es tremenda. Pero era lo que os hacía falta, ¿eh?

Mine le dio un golpecito en el costado porque la señora baronesa estaba sentada a su lado y seguro que no le hacía gracia oírlo. Ulli le había contado que se había producido un auténtico cisma familiar cuando Cornelia Kettler les presentó sus planes. Ulli se llevó una buena sorpresa al ver que Jenny enseguida se ponía de parte de su madre. Sin embargo, a la señora baronesa le costó, al principio no quería saber nada de esas ideas y se retiró muy ofendida.

—Llevo cinco años luchando por esta propiedad, he dado el alma y todas mis fuerzas, todos mis bienes… lo he dado todo por ella. ¿De verdad creéis que voy a dejar que me la quiten de las manos tan fácilmente?

Lo dijo porque Cornelia Kettler quería erigir el Parque de experiencias mansión Dranitz. Junto con el Zoológico Müritz y la antigua granja ecológica de Bernd, que ahora explotaban Kalle y Wolf, tenían que formar una sociedad limitada. Sin embargo, la señora baronesa se oponía, porque entonces otras personas podrían decidir sobre su propiedad, y ella no quería. Estuvo una semana entera de morros, pero al final el señor Iversen la convenció de que su hija hacía lo correcto, y de pronto todo fue muy rápido.

—Mamá ofrece cursos de relajación para directivos —le había contado Jenny—. Ha sido la bomba, ya están todos reservados.

Ni Mine ni Karl-Erich habían entendido muy bien de qué tipo de cursos se trataba, pero más tarde la señora baronesa les invitó a tomar café y estaba muy contenta porque el hotel y el restaurante ahora estaban llenos de clientes.

—Los urbanitas están encantados con el parque asilvestrado y el lago —les contó—. Esto tiene un aire romántico salvaje. Pura naturaleza. Es un oasis de tranquilidad. Una joya. Y la comida es de primera…

Mine no era de la misma opinión y Karl-Erich le dio la razón. Lo que ese cocinero delgado les puso en el plato como banquete nupcial era raro. Pero, sobre todo, no era cantidad suficiente.

—Una hoja de lechuga con una mancha rosa, con una sola gamba encima, ¡nadie queda saciado con eso! —se lamentó Karl-Erich.

—Pero solo son los entrantes, abuelo —susurró Ulli—. Luego hay sopa de cangrejo cremosa. Y después cuatro platos más…

En la mesa de la señora baronesa siempre se habían servido varios platos, pero los de los invitados siempre estaban llenos. Seguro que a Karl-Erich le habría gustado más. Además, la ensalada nunca había sido santo de su devoción.

—¡Lo verde es para los conejos! —decía siempre.

Tuvo que ayudarle con la sopa, porque la cuchara se le resbalaba todo el tiempo de los dedos entumecidos. Terminaron justo antes de que la señora baronesa pronunciara su discurso para la feliz pareja.

Fue tan solemne que Mine tuvo que sacar de nuevo el pañuelo. Franziska se extendió mucho, habló de los viejos tiempos, de todos los seres queridos que Mine había conocido y no debían olvidar. El íntegro abuelo Dranitz. Los dos jóvenes señores, Jobst y Heinrich, ambos víctimas de la guerra. Y el bueno del señor barón, a quien se llevaron los rusos. Por último, habló de su hermana, que fue una persona muy especial.

—Todos vivieron en esta casa, lloraron y rieron, se quisieron y a veces también se pelearon. Me siento muy feliz de que esa vida colorida y bulliciosa ahora continúe, que se haya formado una joven pareja, de tener a mi nieta y mi bisnieta cerca. Antes de levantar la copa por los novios, me gustaría dar las gracias. Querida Cornelia: me siento contenta y agradecida de que te quedes con nosotros y tomes las riendas del destino de Dranitz con mano dura durante una temporada...

—¡Bravo! —gritó Karl-Erich, entusiasmado, cuando la señora baronesa le dio un abrazo a su hija. Sin embargo, esta vez no se quedó solo, todos los que estaban sentados a la mesa se pusieron en pie entre aplausos y gritos de júbilo. Los más de sesenta invitados organizaron un buen alboroto en el restaurante.

Cornelia Kettler estaba roja de alegría. Ella también dijo unas palabras, le dio las gracias a su madre por la confianza y aclaró que la mansión Dranitz tenía un futuro prometedor. Luego sirvieron el siguiente plato, y Mine tuvo que ayudar a Karl-Erich a comerse el salmón. Si cortaba el pescado en pedacitos pequeños, podía atraparlos bien con la cuchara sopera. El vaso de cerveza tenía un asa, y Mine comprobó enfadada que la rolliza Elfie se lo rellenaba sin que se lo pidiera.

—¿Cuándo será el bautizo? —preguntó Karl-Erich a Jenny, desinhibido.

—Nacerá en marzo —contestó con una sonrisa—. Y esta vez será niño.

La doctora le había hecho una ecografía y dijo que había pocas dudas.

—Un niño —dijo Mine, pensativa—. Cómo se habría alegrado Max.

Max habría tenido otros motivos de alegría, ya que Jenny y Ulli se mudaban a Ludorf con la pequeña Julia. Cornelia Kettler era la directora de la sociedad limitada Parque de experiencias mansión Dranitz, y en un futuro pretendía mudarse a la caballeriza donde había vivido Jenny. Si quería, Bodo Bieger podía ocupar la vivienda de la buhardilla. Cuando Jenny le hizo la propuesta, al principio pidió algo de tiempo para pensarlo, pero ella le vio en los ojos el brillo de ilusión.

En cuanto comieron el pescado, llevaron más platos.

—Dos platos más y empezará a entrarme el hambre —bromeó Karl-Erich—. ¡Ve a enseñarle a ese debilucho de la cocina cómo se hace una buena cazuela de pescado, Mine!

El siguiente plato tampoco fue de su gusto: le pusieron delante una artística creación de pedacitos de pescado entrelazados, tiritas de beicon y jamón asado. Además, había unos granitos verdes aislados sobre los amplios platos, algunas salpicaduras delicadas de salsa marrón y tres patatitas que parecían juntarse, temerosas.

—Podrías comértelo todo de una cucharada —gruñó Karl-Erich—. Cuando lleguemos a casa, tendrás que preparar algo de comer, mi niña…

Mine ya estaba preocupada por si podrían irse a casa con la tormenta que azotaba la mansión. En realidad, tenían pensado dejar que los niños jugaran un poco en el jardín después de comer, pero con ese tiempo era demasiado peligroso, en cualquier momento podría caerse uno de los viejos árboles. La pequeña Julia estaba sentada muy obediente al lado de su abuela, Jörg estaba pegado a ella y solo las gemelas Mandy y Milli seguían atormentando a sus padres. Mientras el alcalde daba su discurso, Mücke tuvo que irse con las dos a la sala contigua a cambiarles los pañales.

Paul Riep les trasmitió los buenos deseos de la comunidad y dijo sentir un enorme orgullo porque siempre había creído en la mansión Dranitz. Ahora trabajaban allí cinco empleados del pueblo, y llegarían más, porque en primavera contratarían a alguien para los botes de remos y en el zoológico necesitarían dos mozos de cuadra. Así que el regreso de la señora baronesa había sido una bendición para Dranitz, y, sin duda, era mérito de la flamante señora Jenny Schwadke.

Mine vio que Ulli irradiaba orgullo por su mujer y no paraba de acariciarle la barriga abultada.

El postre desprendía un aroma prenavideño, había manzanas asadas con pasas y almendras, además de tres tipos de helados y salsa de vainilla.

—Se deja comer —comentó Karl-Erich, muy aficionado al dulce—. Pero la ración está pensada para enanos.

—Después hay café y tarta nupcial, abuelo —le susurró Ulli—. De tres pisos. La ha hecho el cocinero especialmente para nosotros. Según él, es su obra maestra, porque también es pastelero.

—Es un hombre orquesta, ¿eh? —sonrió Karl-Erich, ilusionado.

Sin embargo, primero los músicos ocuparon un rincón del restaurante para el baile posterior. Jenny había insistido en ello porque su abuela le había contado que en esa sala era donde había bailado por primera vez con el joven comandante Iversen. La pequeña banda de Waren estaba compuesta por un bajo, un piano electrónico y una guitarra eléctrica. Sonaría muy distinto que entonces, pero no importaba.

Entonces llegó lo que Jenny y Ulli temían: Kalle no pudo evitar aportar sus versos para un día tan señalado. Pidió a los músicos que avisaran con un toque, se colocó en posición con su hoja y se alegró de que algunos miembros del público, que ya sabían lo que se acercaba, le ofrecieran un aplauso anticipado.

—Dios mío, que pase rápido —suspiró la señora baronesa, y Jenny también puso cara de desesperación. Donde estaban sentados Wolf Kotischke y Mücke ya se oían risas.

—Jenny llegó de Dranitz, y necesitaba un hombre con urgencia… —recitó Kalle en voz alta hacia la sala.

—Esto es… —susurró Jenny, enfadada.

—¡Chist! —exclamó Ulli, que la rodeó con cuidado con el brazo.

—Buscaba sin cesar / sin parar de criticar / porque de todos los caballeros / ninguno era el certero…

—¿Qué caballeros? —murmuró Cornelia—. ¿Me he perdido algo?

—… uno era aburrido, otro soso, / otro cojo, otro bobo…

—Es un sentido del humor un poco basto —oyó susurrar a Simon Strassner, que, como regalo de bodas, había puesto la casa del inspector a nombre de Jenny. Durante sus visitas podía alojarse en el hotel de la mansión y, como la pequeña Julia ahora viviría en Ludorf, ya no la necesitaba. Cuando su hija cumpliera veintiún años debía pasar a ella, como ayuda para iniciar su vida adulta, por así decirlo.

—Ulli la quería, / pero a Bremen lo enviaría —continuó Kalle, implacable.

—¡Eso no es verdad! —gritó Ulli—. ¡Me fui yo!

Su intervención fue recibida con carcajadas. Kalle tuvo que esperar un momento para poder seguir.

—Pero los que se pelean, se desean, / y las discusiones y angustias cesan. / ¡Pero llegó el maestro Adebar / y Ulli lleva a Jenny al altar!

Así se agotó el arte poético de Kalle, que levantó la copa y brindó por los novios. Se oyeron aplausos, bromas y risas, y Elfie y sus dos compañeras sirvieron vino y cerveza.

—¿Adebar? —preguntó Karl-Erich—. ¿Kalle no era su padrino de boda?

—Es la cigüeña que le ha pellizcado en la pierna a Jenny, como en los cuentos —aclaró Walter Iversen con una sonrisa.

Era el momento del baile nupcial, y de nuevo Mine tuvo que recurrir al pañuelo porque formaban una joven pareja preciosa. Igual que cuando la señora baronesa salió a la pista de baile con el señor Iversen, el pañuelo de Mine no paraba de humedecerse. Luego se sentó al lado de Karl-Erich y juntos contemplaron cómo las parejas daban vueltas por la pequeña pista de baile. Sonja y Bernd, la señora baronesa y el señor Iversen, Kalle y Mücke, Tom y su amiga Maggy, Elke Stock y Rocky, del camping. Hacía tiempo que Ulli esperaba que Rocky y Elke acabaran juntos; él era un buen tipo y, después de la decepción con Jürgen, Elke merecía tener a un hombre decente a su lado.

—¡Pero bueno! Mira el señor cura, que baila con Cornelia —se sorprendió Mine—. ¿Y a quién coge Anne Junkers del brazo? No lo conozco...

Karl-Erich entornó los ojos porque así veía mejor de lejos.

—Podría ser Jörg...

—¡Qué va! Es un hombre adulto, no su hijo...

—¡Me refiero a Jörg Krumme! ¿Ya no te acuerdas de él? El hijo de Max...

En efecto, Jörg posó su mirada en Mine y la saludó. Siempre había sido un buen chico, ese Jörg, callado y retraído, un ratón de biblioteca...

Fuera ya había oscurecido cuando llevaron la tarta nupcial al restaurante. Apagaron la iluminación del techo y las velas de las mesas inundaron la sala de decoración festiva con un brillo casi mágico. Karl-Erich comió tres pedazos y tuvo que admitir que casi estaba saciado.

Por suerte, la tormenta había amainado, así que Mine ya pensaba en pedir que los llevaran a casa después de un día agotador para los dos y a Karl-Erich se le cerraban los ojos. Los jóvenes, en cambio, aún no habían tenido suficiente, ni mucho menos; habían salido del restaurante, estaban en el vestíbulo de la mansión y Mine oyó que la señora baronesa exclamaba, alterada:

—¡Todo está muy mojado, Ulli! ¡Y seguro que el lago se ha desbordado!

—No te dejes llevar por el pánico, Franziska. Llegaremos. ¿Quién viene conmigo? ¿Hacemos una procesión de antorchas hasta el lago y damos una vuelta en barca?

Lo siguió todo un pelotón, incluso Jenny con su vestido de novia blanco y por supuesto Mücke, Elke, Maggy, Rocky, Tom y Kalle. Sonja y Bernd se sumaron, y también Cornelia.

—¡Es una locura absoluta! —se lamentó la señora baronesa, que hizo un amago de salir corriendo tras ellos, pero el señor Iversen la agarró del brazo.

—Ven, subamos a la primera planta. Así veremos las luces y el lago —propuso con una sonrisa.

Mine se quedó sentada junto a Karl-Erich y observó al resto de los invitados a la boda, que seguían bailando en la pista, animados.

—¿Te acuerdas? —le preguntó, y se bebió su copa de vino—. ¿Te acuerdas de cómo se dirigieron las antorchas al lago y se subieron a las barcas? Todos los jóvenes. También estaban el comandante Iversen y Franziska. Y Elfriede...

—Lo recuerdo muy bien —dijo él—. Yo tuve que preparar las barcas. Fue precioso ver cómo salían remando al lago oscuro con todas las luces.

Aquella noche Mine estaba junto a la ventana. Recordaba la imagen con tanta claridad que no le importaba quedarse sentada con Karl-Erich. Contaban con sus recuerdos, que con los años no habían palidecido, sino al contrario, eran más fuertes y nítidos.

Nada llegaba a su fin. Todo empezaba una y otra vez desde el principio. Lo nuevo llevaba otro vestido, pero cantaba la misma canción.